U0137634

中國古代小説文體史

中

譚帆 等 著

中國古代小説文體研究書系

譚 帆　主編

歷史篇

第四编　宋元小説文體

概　述

宋代文化之發達，可謂是中國古代社會的高峰。王國維《宋代之金石學》評價道："故天水一朝人智之活動與文化之多方面，前之漢唐，後之元明皆所不逮也。"① 陳寅恪也這樣評價："華夏民族之文化，歷數千載之演進，造極於趙宋之世。"② 内藤湖南則説："唐和宋在文化的性質上有著顯著差異：唐代是中世的結束，而宋代則是近世的開始。"③ 從中國古代社會文化發展演化的軌迹來看，宋元社會文化的發展確實處在轉型階段，由中古走向近世。例如，隨著科舉制度、文官制度的發展，庶族士人取代門閥士族，科舉選拔促進社會階層流動，造就了數以百萬計的新型士人階層。伴隨新興士人群體的形成和發展，一種新型的士人文化也孕育而生，形成新型士人階層和士人文化。城市經濟與城市文化的繁榮、市民階層興起，特别是勾欄瓦舍娱樂業的興盛，直接促進了市民文化的繁榮。印刷術的提高與普及、書肆圖書刊刻業的盛行繁榮，有力促進了文化傳播和學術、文化、藝術的發展。書院教育的發達提升了社會教育的整體水準，推動了文化的普及。以社會文化轉型爲背景，宋元時期的中國小説文體發展出現了重要的歷史性變遷。筆記小説和傳奇小説文體在繼承前代著述傳統的基礎上，出現了一系列新的文體演化，形成了自身的時代特色。同時，話本小説和章回小説文體的起源，開啓了白

---

① 王國維:《宋代之金石學》，傅傑編校:《王國維論學集》，北京：中國社會科學出版社 1997 年版，第 201 頁。

② 陳寅恪著:《金明館叢稿二編》，北京：三聯書店 2001 年版，第 277 頁。

③〔日〕内藤湖南著:《中國史通論》，北京：社會科學文獻出版社 2004 年版，第 323 頁。

話通俗小説創作的新潮流，形成了中國古代小説文體發展的新格局。中國小説文體發展的歷史性變遷與宋元社會文化發展的諸多因素也有直接關聯，筆記小説、傳奇小説與新型士人階層和士人文化密不可分，話本小説和章回小説的起源則直接源於城市娱樂業的盛行和市民文化的繁榮。

宋元時期，筆記小説無疑稱得上是一種頗爲盛行的著述類型，在文人士大夫著述體系中占據重要位置，作品數量和作者規模遠超唐五代，出現了空前繁榮的新局面。文人士大夫不僅普遍喜閲、喜著小説，甚至以博覽小説爲標榜，以編纂小説爲志業。宋人普遍將筆記小説看做載録歷史人物軼聞瑣事和鬼神怪異之事的一種文類，其取材和成書方式延續傳統，主要是采自見聞和前人書籍，但具體形態有所變化。隨著新型士人階層人際交往關係和交遊範圍的拓展、社會活動活躍度的提升，筆記小説載録見聞所依托之途徑也進一步豐富；包括文人劇談、遊歷、回憶、訪求、搜集等，不同的途徑常常對應不同的記載動機和記録方式，載録内容也有所不同，這種新變進一步發展了筆記小説的内部類型。相對唐人而言，宋人借助圖書刊刻流播更容易閲讀到大量典籍，在多種因素綜合作用下，宋代士人的總體學術水準、文化素養達到了一個新高度，這爲筆記小説取材前籍創造了前所未有的條件支撑。宋人也更加喜好以取材舊籍的方式鈔撮、編纂小説，而且越到後期其風越盛。這種成書方式主要包括讀書筆記、輯録摘鈔兩種類型，或爲平時的讀書摘抄、隨筆記録，或專門就某一主題鈔撮群書。宋元文人士大夫具有鮮明而自覺的主體意識，作爲一種案頭化的小説文體，筆記小説反映的是新型士人階層的生活情趣和價值追求，既儒雅内斂又風流灑脱，語言質樸而雅潔，叙事平實而簡練，總體呈現雅致、平淡的美學風格。與此相關，宋元筆記小説之體制形態也出現了一些新變。例如，每則載録冠以標題，呈由無到有、由少變多的趨勢，顯示出作者對標題的日漸重視。内部分類則在延續知識譜系分類方式和價值譜系分類方式的基礎上，出現了新的發展。小説語言平實，融入較多俗詞俚語，部分作品具有一定的口語化色彩。一些作品受到雅俗兩種文化浸染，融入講唱文學元素，呈現通俗化特徵。

就傳奇小説而言，一般認爲是唐宋並列，遼金元三朝的傳奇小説附屬其中。[①]這種格局的實質源於學術界長期以來所判定的所謂古代小説發展的兩大變遷：小説至唐因傳奇體小説的出現而宣告獨立，是爲中國小説發展史上之一大變遷；至宋，“其時社會上却另有一種平民底小説”出現，與筆記體和傳奇體的文言小説相較，“這類作品，不但體裁不同，文章上也起了改革，用的是白話，所以實在是小説史上的一大變遷”。[②]就唐宋兩代傳奇小説而言，其實兩者有繼承，也有較大的變革，如唐代傳奇小説文體的“婉轉思致”和宋傳奇小説文體的“平實而乏文采”。同時，唐宋兩代傳奇小説在存在形態和傳播方式上也有較大的差異：在唐代，主要依靠口耳相傳而後筆録，一般是單篇流傳，只是在唐後期才依靠小説集的編訂以整體的面貌流傳；在宋代，傳奇小説則從一開始就出現了多種存在形態與傳播方式並存的局面，從存在形態而言，有單篇、小説專集、小説選本和類書四種形態，從傳播方式而言，有口頭、抄本和刊本三種方式。宋元傳奇小説文體特徵也迥然有别於唐傳奇。宋代傳奇小説文體形成了“多言古事”“文約而事豐”的文體規範，“論次多實，而彩艷殊乏”的叙事語體特徵；慣於拾掇舊聞，引傳聞入叙事的“薈萃成文”。另外，宋元傳奇小説文體還出現了鮮明的俗化傾向，這種俗化的文體嬗變主要體現爲“以俗爲雅”和“化雅入俗”。前者大體表現爲語體的通俗性、題材的世俗性、思想情感的大衆性以及接受者的廣泛性。後者集中體現於南宋中後期出現的《緑窗新話》和《醉翁談録》，這兩部作品的文體特徵都體現了迎合大衆審美需求的簡約性和模式化。宋

---

① 元代宋遠的《嬌紅記》因爲篇幅漫長，多達一萬多字，研究者往往以之與明代那些融合文言與白話（或者説介於文言與白話之間的）而篇幅長達兩三萬字甚至四五萬字的愛情小説並列。

② 魯迅：《中國小説的歷史的變遷》第四講，《魯迅全集》第九卷，北京：人民文學出版社2005年版，第329頁。

代傳奇小説的存在形態與傳播方式的豐富與發展顯然與當時圖書刊刻出版業的繁榮密不可分，而傳奇小説文體的俗化傾向則與宋代文化重心的下移有關，傳奇小説的創作主體擴大到了下層文人，其創作動機帶有一定的文化商品化色彩，讀者接受群體也超越文人士大夫階層而拓展到了普通市民和社會大衆。

宋元時期，中國古代小説文體最重要的發展演化自然是源於“説話”伎藝的話本小説之發生。中國古代的“説話”伎藝由來已久，從現存史料來看，漢代至魏晉南北朝，俳優或士人中一直存在講説故事的“雜戲”“雜説”“俳優小説”，唐代開始出現獨立的、職業化的“説話”伎藝。宋代城市的人口規模和手工業、商業活動迅速發展，伴隨著城市的人口集聚、經濟繁榮、商業發達，市民階層的文化娛樂消費業也應運而生，出現了專門的瓦舍勾欄等市井娛樂場所。“説話”伎藝在這些充滿競争的市井娛樂場所獲得巨大發展，出現了“四家數”之分，其體制軌範也逐漸成熟、定型，也成爲當時最受歡迎的伎藝形式之一。

中國古代職業化的講唱伎藝與其“話本”大體具有一種共生性，話本的體制結構隨著伎藝形式的變化而改變，在“説話”伎藝走向成熟和定型的過程中，與之共生的話本也隨之發展成熟、定型。宋元小説家話本的文本性質基本可界定爲：一種由“説話”伎藝轉化而來的書面文學讀物，基本可看作口頭伎藝的書面替代品，具有濃厚的商品性，主要滿足下層市井細民娛樂消遣的需要。一般説來，作爲口頭文學向書面文學讀物轉化的産物，宋元小説家話本更可能是口頭文學演出内容的整理，應爲“録本”而非“底本”。當然，這裏講的“録本”並非指對口頭文學演出内容的直接記録，應更多地看作對口頭文學演出内容的書面化複述。因此，從某種意義上説，話本小説的濫觴——宋元小説家話本，本身就是爲了閱讀目的而存在的，是一種口頭文學案頭化的結果。當然，話本小説作爲一種通俗書面文學讀物的問世，離不开發達的書坊出版業。宋代書坊遍布全國，汴梁、臨安及成都、眉山、福州、建陽等地更是書坊林立，適應市民大衆文化娱樂消遣的需要，刊刻作爲現場“説話”伎藝替代品的話本小説文本自然成了書商們的一種市場化逐利之選。宋元小説家話本奠定了話本小説基本的文體形態、文體規範，可看作話本體的濫觴。這些作品由口頭文學的演出内容整理加工而來，所以，其文體的主要特性實際上還是由口頭文學確立的。當然，在整理加工過程中，既有種種案頭化的處理，又有局部的再創造，也會在一定程度上影響文體特性的形成。總體看來，在口頭文學伎藝向案頭閲讀話本的轉化過程中，“小説”伎藝的演説程式、叙事模式確立了小説家話本之篇章體制和叙事方式，並賦予其鮮明的口頭文學性和民間性，同時，也將“小説”伎藝具有濃厚民間和市井趣味的叙事文化精神帶入了話本中。例如，宋元小説家話本將叙事焦點集中於故事本身，更多關注叙事材料的故事價值，注重故事的奇異性、驚奇性、趣味性、香艷性、怪誕性，乃至恐怖性、刺激性等特性的展示，而相對忽視了人物價值和主題價值。這種叙事價值取向本身就是文本之娱樂性和民間性的突出表現。

章回小説文體的産生則是多種俗文學文體合力的結果，其中單個力量的影響或許並不全面，但多種因素匯合在一起就催生了章回小説文體的起源。俗講變文對章回小説文體之影響頗爲全面，如其以押座文開講、以解座文結束的講經程式影響到章回小説以詩起、以詩結的結構體制。其“散文與詩歌互用”的説唱方式影響到章回小説韻散交錯的語體模式。其“變文”與“變相”相結合的表演形式影響到章回小説圖文結合的叙述方式。話本小説對章回小説的影響最爲直接，從題材類型來看，“説話”四家的話本與章回小説的四大類型之間大致存在對應關係：講史話本發展演變爲歷史演義，小説話本之煙粉類發展演變爲世情小説，靈怪類發展演變爲神魔小説，傳奇、公案、朴刀、杆棒類發展演變爲英雄傳奇。從文體形態來看，話本小説對章回小説文體的影響是全方位的，章回小説的文體形態特徵幾乎都能在話本小說中找到自己的遺傳基因。講史話本（平話）的文體形態與章回小說已經非常接近，因此有人認爲《大宋宣和遺事》等平話乃章回小說之祖或章回小說的雛形。如果從小說的結構體制來說，則無論“講史”平話還是“小說”話本，都與章回小說存在傳承關係。章回小說沿用了話本小說的叙述方式，除了歷史演義中因爲史官聲口的存在而沖淡了說書人聲口之外，英雄傳奇、神魔小說與世情小說中說書人聲口都非常明顯。

作爲新型的白話通俗小說，話本小說和章回小說在宋元時期的孕育濫觴，開創了中國古代小說演化的新格局，至明清則進一步發展成爲蔚爲大觀的重要小說文體。如果說，筆記小說和傳奇小說的主體基本可看做文人士大夫文化與雅文學的範疇，其作者、讀者、主體精神、審美趣味、文體形態主要屬於文人士大夫階層，那麽，話本小說和章回小說的主體基本可看做市民文化與俗文學範疇，其作者多爲市井文人、書會才人、書坊編輯等以文謀生的下層讀書人，讀者多爲文化層次較低的市井細民。文本商品化突出，人物情節、題材主旨、叙事方式、文體語言也充滿了民間色彩和市井趣味。當然，文人士大夫文化、雅文學與市民文化、俗文學之間，既有格局有别之對峙，也有相互的交融、滲透、交叉。例如，新型士人階層有著大批庶族精英，他們成長於社會下層，不可避免地受到市民文化與俗文學的浸潤，文人士大夫主體精神中不可避免會有“俗”的一面；投射到筆記小說和傳奇小說創作中，自會形成部分“俗化”之傾向。許多處於社會下層的市井文人、書會才人、書坊編輯原本就屬於落第士子，他們身上依然保留著鮮明的士人主體意識，也會或多或少的體現於白話通俗小說等俗文學創作。雅俗對峙與交融的新格局無疑是宋元小說文體演化最重要的歷史文化語境，它不僅架構起筆記小說、傳奇小說與話本小說、章回小說雅俗文體二水分流的總體框架，而且規定了小說各文體類型内部諸多具體而微的文體現象。

第一章
宋元筆記小説的成書方式及其文體意義

宋元筆記小説直接承繼自唐五代，在文體上基本延續了唐五代筆記小説所建立的諸種規範。以往對唐宋小説的評價主要著眼於兩者之“異”，[①] 容易忽視兩者之“同”。客觀地説，宋代筆記小説在其題材、體裁，以及創作觀念和目的方面，無不繼承自唐五代筆記小説。正如有學者指出的那樣：“作爲中國文言小説正宗的志怪小説，從唐到宋，並未發生文體意義上的根本性變化，大體上繼續保持魏晉六朝及唐代志怪小説的特點，篇幅短粹，文字平實簡率，講求信實而不以文采見長。”[②] 這樣的判斷擴大到筆記小説依然適用。

---

① 明代胡應麟曾論及唐宋小説之差異：“小説，唐人以前紀述多虚而藻繪可觀，宋人以後論次多實而彩艷殊乏。蓋唐以前出文人才士之手，而宋以後率俚儒野老之談故也。”又云：“至唐人乃作意好奇，假小説以寄筆端……宋人所記乃多有近實者，而文彩無足觀。”見（明）胡應麟撰：《少室山房筆叢》，上海：上海書店出版社 2009 年版，第 283、371 頁。這種將唐宋小説互爲參照，並且“尊唐抑宋”的做法和評價標準影響十分深遠，一直延續至近現代的小説學界，如魯迅在《中國小説史略》中對宋代志怪小説的評價，論《稽神録》曰：“其文平實簡率，既失六朝志怪之古質，復無唐人傳奇的之纏綿，當宋之初，志怪又欲以‘可信’見長，而此道於是不復振也。”論《乘異記》《括異志》《祖異志》《洛中紀異》《幕府燕閑録》等作品曰：“諸書大都偏重事狀，少所鋪叙，與《稽神録》略同。”稍後又從總體上評價宋代文言小説：“宋一代文人爲志怪，既平實而乏文彩，其傳奇，又多托往事而避近聞，擬古且遠不逮，更無獨創之可言矣。”以上引文見魯迅著：《中國小説史略》，上海：上海古籍出版社 1998 年版，第 64、65、70 頁。這樣的評價又影響到此後的小説學界，乃至於有關筆記小説的論著亦是如此，如劉葉秋在《略談歷代筆記》一文中云：“宋人筆記小説，較唐代大有遜色。”（《天津社會科學》1987 年第 5 期）又如苗壯的《筆記小説史》論宋代筆記小説云：“唐人筆記小説在傳奇的影響刺激之下，而有尚奇、尚虚、尚韻等特點。在文言小説領域，宋代每與唐代並稱，仍然保持旺盛勢頭，却出現尚平實、少文采、多議論的不同之處，需要研究探討。”苗壯著：《筆記小説史》，杭州：浙江古籍出版社 1998 年版，第 246 頁。

② 凌郁之著：《走向世俗——宋代文言小説的變遷》，北京：中華書局 2007 年版，第 13 頁。

第一節　編述與鈔纂：筆記小説成書的兩種類型

筆記小説的文體形成與其成書的方式有十分緊密的聯繫。所謂成書方式即以某種方式撰寫、編纂書籍，具體包括兩個過程，一是前期的準備，即搜集獲取材料的過程，一是運用某種方式、遵循一定的體例進行撰寫或編纂的過程。中國古代的著述方式可分爲三類，分别爲著作、編述和鈔纂。張舜徽對此有所論述：

> 綜合我國古代文獻，從其内容的來源方面進行分析，不外三大類：第一是"著作"，將一切從感性認識所取得的經驗教訓，提高到理性認識以後，抽出最基本最精要的結論，而成爲一種富於創造性的理論，這才是"著作"。第二是"編述"，將過去已有的書籍，重新用新的體例，加以改造、組織的功夫，編爲適應於客觀需要的本子，這叫做"編述"。第三是"鈔纂"，將過去繁多複雜的材料，加以排比、撮録，分門别類地用一種新的體式出現，這成爲"鈔纂"。三者雖同是書籍，但從内容實質來看，却有高下淺深的不同。①

三種著述方式各有特點，體例也各不相同，對於已有典籍的依賴程度也有高低之别。"著作"注重思想的表達，原創性最高，對已有典籍的依賴程度

① 張舜徽著：《中國文獻學》，鄭州：中州書畫社 1982 年版，第 32 頁。同書第 17 頁也有相似的論述："（書籍）從寫作的内容來源加以區别，又可分爲著作、編述、鈔纂三大類。由於作者所投下的勞動不同，書的價值和作用，也就不同。所謂'著作'，在古代要求很高，是專就創造性的寫作説的。無論它的内容是抒情，是紀實，還是説理，但它們都要有一個條件，便是這些内容，都是前人没有説過或記載過的，第一次在這部書内出現，這才算得上'著作'。所謂'編述'，是在許多可以憑藉的資料的基礎上，加以提煉製作的功夫，用新的義例，改編爲另一種形式的書籍出現。儘管那裏面的内容，不是作者的創造，而是從别的書内取出來的，但是經過了細密的剪裁、加工，把舊材料變成更適用的東西，這便是'編述'。至於鈔纂，則是憑藉已有的資料，分門别類鈔下來，纂輯成一部有條理有系統的寫作。"

最低。“鈔纂”以繼承性爲特點，按照一定的體例摘鈔、輯録、排比已有文獻，具有匯集和總結的性質，對已有典籍的依賴程度最高。“編述”介於“著作”和“鈔纂”之間，它既不同於“著作”的憑空創造，也不同於“鈔纂”的專事鈔撮而不作任何改變，“乃是將那些來自不同時間和不同空間的資料，經過整理、熔化的工作，使成爲整齊劃一的文體，以嶄新的面貌出現。那末，這些材料，既已由各自分立的舊質變爲綜合統一的新質了，用不著再來標明它的出處”。[①]“編述”所依據的是一定的想象和創造，將前人所留下的書籍文獻，甚至是各種口傳的故事傳説，整理、改編、熔鑄成爲一個有一定體系的作品，使原本紛雜散亂的資料，被賦予新的生命和意義。在行文方面，自然也會沿用已有的文字，但基本是以自己的語言組織材料，按照自己的理解寫作。

在筆記小説的發展過程中，“編述”和“鈔纂”是主要的寫作或著述方式，在體制面貌方面對形成其文體特徵産生了重要影響。在文獻典籍數量有限的先秦時期，“編述”“鈔纂”因資料的缺乏而難以進行。隨著文化的積累，各類書籍數量逐漸增加，尤其是子、史二部，至魏晉時期已經極爲豐富，出於對已有知識的總結歸納，出現了“編述”“鈔纂”等著述方式，其中尤以“鈔纂”的成果最爲明顯。小説作爲子部之一家，又兼有史書的某些特點，故能横跨子史，於二部中兼收並蓄，筆記小説就是在這一背景下繁榮起來的。與史部中大量的史鈔類似，魏晉時期的大部分小説都帶有“鈔纂”的痕迹，這種著述方式一直延續至清代，可謂長盛不衰。張舜徽對此有很精到的論述：

> 子部之有小説，猶史部之有史鈔也。蓋載籍極博，子史尤繁，學者率鈔撮以助記誦，自古已然，仍世益盛。顧世人咸知史鈔之爲鈔撮，而不知小説之亦所以薈萃群言也……故小説一家，固書林之總匯，史部之

① 張舜徽著：《中國文獻學》，鄭州：中州書畫社1982年版，第36頁。

支流，博覽者之淵泉，而未可以里巷瑣談視之矣。[①]

此處將小説與史鈔相提並論，很明顯是出於兩者在著述方式、著述體例的相似處。可以看出，小説（筆記體）在古代不是“著作”的對象，而通常是“薈萃群言”的産物。而在經史子集四部之著述中，史部書籍對故有之典籍文獻依賴程度最高，因而史部的編述、鈔撮之作數量最夥。小説之所以同史鈔相似，正是在成書方式上亦具編述、鈔撮之特點，其體例容易與其互相混淆，不少作品在歷代書目的子部小説家和史部的史鈔、雜史等部類前後移動，也有此方面之原因。

雖然筆記小説采用“編述”“鈔纂”的著述方式淵源頗早，但真正普遍化，並在很大程度上影響到筆記小説文體，還要等到宋元時期。這一方面得益於雕版印刷技術的發展，出版業因此走向繁榮，書籍數量和種類急劇增加，另一方面得益於宋代文人高昂的藏書熱情，兩者都成爲筆記小説繁榮的基礎。當筆記小説發展到宋元時期，其面對的是前人留下的豐厚的文化學術遺産，四部典籍數量已十分浩博。僅看官方藏書，根據宋元國史、書目的記載，北宋時藏書至少有6 705部73 877卷，南宋時藏書至少有59 429卷，元代至正二年統計秘書庫藏書有2 390部24 008册，翰林國史院、弘文院、集賢殿亦各有藏書。[②]私家藏書的數量亦相當可觀，《宋代藏書家考·緒論》云：“宋初承五代搶攘之後，公家藏書零落，反有賴於私人之藏。加以雕版流行，得書較易，藏書之家，指不盛屈，士大夫以藏書相夸尚，實開後世學者聚書之風。”[③]可見藏書風氣自宋初時已經十分興盛。宋代藏書家遠超前代，《宋代藏書家考》介紹五代至宋的著名藏書家超過128人，《中國藏書家辭典》[④]著

① 張舜徽著：《四庫提要叙講疏》，臺北：臺灣學生書局2002年版，第175—176頁。
② 杜澤遜撰：《文獻學概要》，北京：中華書局2001年版，第76—77頁。
③ 潘美月著：《宋代藏書家考》，臺北：學海出版社1980年版，第2頁。
④ 李玉安、陳傳藝編：《中國藏書家辭典》，武漢：湖北教育出版社1989年版。

録宋元藏書家196人，其中宋代藏書家占絶大部分。藏書家兼小説作者（包括撰寫、編纂）也有不少，其中較爲有名的有李昉、張君房、文瑩、歐陽修、宋敏求、晁説之、葉夢得、張邦基、王銍、周煇、王明清、周密等，他們廣泛搜羅奇書秘籍，其藏書固然以經史諸子文集爲主，然各類釋道野史、小説雜記之書也當占有一定比例。如余靖“自少博學强記，至於歷代史記、雜家、小説、陰陽、律曆，外暨浮屠、老子之書，無所不通”，[①]王安石“自百家諸子之書至於《難經》《素問》《本草》、諸小説無所不讀”，[②]張淏“雖陰陽方伎、種植醫卜之法，輶軒稗官、黄老浮圖之書，可以娱閑暇而資見聞者，悉讀而不厭”，[③]王明清“《齊諧》志怪，繇古至今，無慮千帙，僕少年時唯所嗜讀，家藏目覽，麟集麏至，十逾六七”，[④]等等。小説已是文人書案常備之書，小説的嗜好對形成“尚博”“好奇”的學術氛圍有重要的推動作用。

除了收藏、閲讀小説，藏書家還利用其豐富的藏書編纂小説，這成爲宋代筆記小説著述的突出現象。如文瑩所撰《玉壺清話》乃從其藏書中輯史聞雜事而成。[⑤]張君房的《搢紳脞説》《儆戒會最》《科名定分録》《麗情集》皆采摭前代小説匯聚成篇，這與其藏書豐富也不無關係，其中《搢紳脞説》六十事中許多故事取材宋前古書，[⑥]且引録前人材料可能都注明

① （宋）歐陽修：《贈刑部尚書余襄公神道碑銘》，《歐陽修全集》卷二十三，北京：中華書局2001年版，第366頁。

② （宋）王安石：《答曾子固書》，《臨川先生文集》卷七十三，《宋集珍本叢刊》第十三册，北京：綫裝書局2004年版，第632頁。

③ （宋）張淏撰，李國强整理：《雲谷雜記》，《全宋筆記》第七編（一），鄭州：大象出版社2015年版，第80頁。

④ （宋）王明清撰，燕永成整理：《投轄録》，《全宋筆記》第六編（二），鄭州：大象出版社2013年版，第78頁。

⑤ 此書自序云：“君臣行事之迹，禮樂憲章之範，鴻勳盛美，列聖大業，關累世之隆替，截四海之見聞。惜其散在衆帙，世不能盡見，因取其未聞而有勸者，聚爲一家之書。”見《全宋筆記》第一編（六），鄭州：大象出版社2003年版，第86頁。

⑥ 此書取材對象基本爲宋前小説，如《樂府雜録》《盧氏雜説》《漢武帝内傳》《聞奇録》《稽神録》《玄怪録》《紀聞》《河東記》《玉溪編事》《瀟湘録》《廣異記》《王氏見聞》《玉堂閑話》《尚書故實》《抒情詩》《異夢録》《本事詩》等。參見李劍國著：《宋代志怪傳奇叙録》（增訂本），北京：中華書局2018年版，第103—104頁。

出處；[1] 與《搢紳脞説》博采衆取不同，另外三書皆先選定主題，然後選擇材料，《儆戒會最》專叙善惡報應，《科名定分録》專説科第功名有定分，而《麗情集》專叙情感事，三書多取材前代書籍，尤其是唐人小説。宋代志怪、志人小説多有纂集前代小説、或大量采摭古書中材料而成者，如《通籍録異》《搜神總記》《窮神記》《唐宋遺史》《唐語林》《獨異志》《至孝通神集》《群書古鑒》《吉凶影響録》《勸善録》《禁殺録》《古今前定録》《歷代神異感應録》《緑窗新話》《樂善録》《古今分門類事》《續博物志》《勸戒别録》《夷堅志》等。其中《古今分門類事》引書多達一百三十多種。這些作品有的采用類編形式，除《古今分門類事》外，還有《通籍録異》《唐語林》《窮神記》《至孝通神集》《禁殺録》《勸戒别録》等；[2] 其他則多爲專主一類，如勸善、靈驗、命定等。所采摭的材料包括了大量小説，尤其是唐代小説，也有少量引用宋代作品。如李昌齡的《樂善録》即大量引用《湘山野録》《類苑》《七朝事林》等宋代作品；署名皇都風月主人的《緑窗新話》引書多達七十餘種，大部分是宋前作品，宋人作品約有二十七八種，《麗情集》《青瑣高議》被采録最多，其他還有《南部新書》《唐宋遺史》《玉壺清話》《冷齋夜話》《紀異録》《聞見録》《翰府名談》等；洪邁的《夷堅志》大量鈔録前人時人現成作品，包括小説、筆記、傳記、文集等，據統計這些現成作品多達七十餘種，其中時人作品有劉名世《夢兆録》、吴良史筆記、李子永（泳）《蘭澤野語》、陳莘《松溪居士徑行録》、王灼《頤堂集》等。宋代還有一種節録各種小説作品，具有叢書性質的小説總集，如晁載之的《談助》《續談助》，朱勝非的《紺珠集》，曾慥的《類説》等。《談助》《續談助》收録《十

---

① 《詩話總龜》前集卷四二云："《搢紳脞説》載《盧氏雜記》曰：'歌曲之妙……'" 可爲例證。（宋）阮閱編，周本淳校點：《詩話總編》，北京：人民文學出版社 1987 年版，第 404 頁。

② 《通籍録異》入《秘書省續編到四庫闕書目》"類書類"，《窮神記》入《宋史・藝文志》"小説類"，"類事類" 重出，《至孝通神集》入《宋史・藝文志》"類事類"，《禁殺録》入《郡齋讀書志》"類書類"，《勸戒别録》入《宋史・藝文志》"類事類"，又入《直齋書録解題》"小説家類"，題《鑑誡别録》。

洲記》《洞冥記》《牛羊日曆》《三水小牘》《殷芸小説》《緑珠傳》等小説二十種,《紺珠集》收録《穆天子傳》以下小説雜書達一百三十三種（另附三種)。《類説》更是收書達二百五十二種，自序稱“集百家之説”，上至先秦，下迄北宋，舉凡雜史、傳記、小説、道書、佛典、兵法、樂書、地志、農書、醫書、相經、辭書、詩話、文論、書畫以至茶酒、花香、文房四寶等，無不備載，堪爲《太平廣記》之後又一小説之淵海。縱觀南北宋三百餘年，藏書之風未曾斷絶，有力支撑了宋代的學術文化，對藏書的利用有力促進了筆記小説的繁榮。宋代繼承了前代尤其是唐代小説的豐碩成果，宋代小説家得以廣徵博取、匯聚改編，開創了筆記小説發展的新局面。

宋元筆記小説的取材方式延續自前代，大致可分爲兩種方式，一者得自訪談或見聞，一者得自於前代或當代典籍，在具體作品中或偏於一方，或兼而用之，取材方式的不同會導致著述方式的不同，形成相應的體制面貌。分别來説，取材自訪談或見聞者多采用“編述”的方式成書，態度相對隨意，大多隨筆記録、任意編次，不講求體例的嚴謹和統一。當然，也不能排除有些作者在記録過程中會有所發揮，甚至有虚構和想象的成分，這就使作品具有了“著作”的色彩。取材自前代或當代典籍者多采用“鈔纂”的方式成書（也有采用“編述”者)，態度較爲嚴謹，一般具有明確的編纂意圖，遵循一定的思路和統一的體例，因而作品在體制上較爲規整。作者在編纂過程中一般不會對原文作改寫，儘量維持原貌，有些還會注明出處。同時因作者挑選、剪裁和編排的功夫，使作品呈現出新的面貌。

第二節　取材自見聞的筆記小説及其文體特徵

材料取自見聞者，即所謂得之於“耳聞目睹”。在耳聞目睹得來的故事中，親見或親歷者占少數，多數乃得之於“耳聞”，所謂“街談巷議”“道聽塗説”，成爲小説主要的來源途徑。張端義《貴耳集》自序云：“耳爲人至貴，言由音入，事由言聽，古人有入耳著心之訓，又有貴耳賤目之説。”[①]可見宋代小説家依然對耳聞之事特别重視。所謂“耳聞”，即由他人向作者講述一則故事或傳聞，此講述者或是故事的親歷者，或是故事的旁觀者，或是得自“耳聞”的另一位轉述者，其大致可分爲文人劇談、遊歷所得、回憶往昔、主動訪求等方式，各自的動機和記録方式也有所不同。

一、劇談型

劇談是小説作者獲取素材的重要方式，一般出於娱樂休閑之目的，也有些意在保存史料，内容大多散漫，記録方式也較爲隨意。唐代文人即喜劇談，不少筆記小説就是劇談的産物，内容涉及文史知識、朝野軼聞、民間傳説等，以知識性、故事性、趣味性爲主要特色，前文已有論述。宋代文人的劇談風氣更甚，内容範圍更廣，幾乎無所不包，這從筆記小説的命名即可見一斑，諸如“劇談”“譚賓”“閑談”“閑話”“客話”“談録”“談圃”“談苑”“燕語”“燕談”“叢談”“雅言”“雅談”等，多爲劇談之記録，足見劇談風氣之濃厚。劇談風氣之盛在作者自序中也有所反映，兹舉數例：

> 李太尉鎮蜀日，巡盗官韋詢編《戎幕閑談》，冀釋其所聞，用資談話。洎余燈下與二三知己談對外，語近代異事。（《燈下閑談序》）[②]

> 每接縉紳先生首闈名輩，劇談正論之暇，開尊抵掌之餘，或引所

① （宋）張端義撰，許沛藻、劉宇整理：《貴耳集》，《全宋筆記》第六編（十），鄭州：大象出版社2013年版，第282頁。

② （宋）佚名撰，唐玲整理：《燈下閑談》，《全宋筆記》第八編（八），鄭州：大象出版社2017年版，第140頁。

聞，輒形紀録，並諧辭俚語，非由臆説，亦綜緝之，頗盈編簡。(《友會談叢序》)[①]

太宗時守郡，與僚佐話及南唐野逸賢哲異事佳言，輒疏之於書，凡五十六條，以資雅言。(《郡齋讀書志》“小説類”《郡閣雅言》叙録)[②]

記祕閣同僚燕談。(《郡齋讀書志》“小説類”《祕閣雅談》叙録)[③]

茅亭其所居也。暇日，賓客話言及虛無變化、謡俗卜筮，雖異端而合道，旨屬懲勸者皆，録之。(《郡齋讀書志》“小説類”《茅亭客話》叙録)[④]

《澠水譚》者，齊國王闢之將歸澠水之上，治先人舊廬，與田夫樵叟閑燕而譚説也。(《澠水燕談録序》)[⑤]

故人親戚時時相過，周旋嵁巖之下，無與爲娱，縱談所及，多故實舊聞，或古今嘉言善行，皆少日所傳於長老名流，及出入中朝身所踐更者；下至田夫野老之言，與夫滑稽諧謔之辭，時以抵掌一笑。窮谷無事，偶遇筆札，隨輒書之。(《石林燕語序》)[⑥]

---

① （宋）上官融撰，黄寶華整理：《友會談叢》，《全宋筆記》第八編（九），鄭州：大象出版社2017年版，第5頁。

② （宋）晁公武撰，孫猛校證：《郡齋讀書志校證》，上海：上海古籍出版社2011年版，第582頁。

③ 同上，第583頁。

④ 同上，第590頁。

⑤ （宋）王闢之撰，金圓整理：《澠水燕談録》，《全宋筆記》第二編（四），鄭州：大象出版社2006年版，第5頁。

⑥ （宋）葉夢得撰，徐時儀整理：《石林燕語》，《全宋筆記》第二編（十），同上，第5頁。

從這些序言可以推知作者劇談對象多爲同僚知己、田夫野老，内容多爲無關政教之舊聞故實、歷史掌故、諧謔趣聞，加上劇談多在公事之餘、閑暇之時，故狀態都比較輕鬆，充滿文人之雅趣。當然也有些作者態度較爲正經，意在保存舊史、勸善懲惡，如張齊賢的《洛陽搢紳舊聞記》記録作者早年洛陽城中搢紳舊老所説唐、梁及五代間事，以及親所見聞者，態度比較嚴謹，其自序云："摭舊老之所説，必稽事實；約前史之類例，動求勸誡。鄉曲小辨，畧而不書，與正史差異者，並存而録之，則别傳、外傳比也。"[①] 可見是將此書作爲史書來對待的。

劇談型作品在文體上的特點表現在加入了一些"語録體"的形式。如王得臣的《麈史》乃作者致仕後回憶遊宦之見聞，其自序云："已而宦牒奔走，轍環南北，而逮歷三紀。故自師友之餘論、賓僚之燕談與耳目之所及，苟有所得，輒皆記之。"[②] 作品中往往直接以"某某言""某某説""某某曰"呈現，如卷上有"鄭毅夫嘗説""中書許冲元嘗對客言""内侍陳處約嘗與客言""協律郎陳沂聖與謂予曰""予嘗問聖與曰""富鄭公嘗爲予言"，卷中有"王侍郎古説""潞公嘗爲予言""王銍性之嘗爲予言""令狐先生曰""吾友頓隆師嘗言"，卷下有"蘇子容言""趙孝廉令畤景貺言""山中人説""前廣西漕李朝奉湜，江寧人，言""人有言曰"等。又如晁説之的《晁氏客語》多用語録體，言及義理最多，引言對象多爲當時著名文人學者，如以下幾則：

張乖崖戲語云："功業向上攀，官職直下覷。"似爲專意於卜數者言也。

---

① （宋）張齊賢撰，俞鋼整理：《洛陽搢紳舊聞記》，《全宋筆記》第一編（二），鄭州：大象出版社 2003 年版，第 147 頁。

② （宋）王得臣撰，黄純艷整理：《麈史》，《全宋筆記》第一編（十），鄭州：大象出版社 2003 年版，第 5 頁。

鄒至完云："以愛己之心愛人，則仁不可勝用矣；以惡人之心惡己，則義不可勝用矣。"

陳囊述古云："人之所學不可爲人所容。爲人所容，則下矣。"

徐仲車云："做仁且做仁，未到得能反處。仁到盡處，然後可以言能反。"

游定夫云："血氣之剛，能得幾時。"[①]

又如李廌的《師友談記》"多記蘇子瞻、范淳夫及四學士所談論"，[②]書中多語録體，以"少遊言""東坡云""豐甫言"等形式出之。與之類似的還有吕本中的《師友雜志》，此書記與師友言説及交往事迹，其記言形式與《師友談記》亦類似，如"止叔嘗説""汪信民嘗言""晁以道自言"等。又如陳鵠的《耆舊續聞》捃拾汴京故事及南渡後名人言行，其條目有些以語録出之，如"中書待制公翌新仲嘗言""吕伯恭先生嘗言"等，另外在每條末尾注明出處，如"叔暘云""曾原伯云""子逸云"等。此外還有單獨記録某人之言行，集爲一書者，此在唐五代已較多見，如《戎幕閑談》《劉賓客嘉話録》《尚書故實》《賈氏談録》等，宋代筆記小説中亦常見，所談内容多爲朝廷隱秘、文人軼事、傳聞怪談、細碎掌故，而被視作小説。如《楊文公談苑》[③]專記楊億談論，宋庠在序中稱楊億"文辭之外，其博物殫見又絶

① （宋）晁説之撰，黄純艷整理:《晁氏客語》,《全宋筆記》第一編（十），鄭州，大象出版社2003年版，第91—92頁。

② （宋）晁公武撰，孫猛校證:《郡齋讀書志校證》，上海：上海古籍出版社2011年版，第587頁。

③ 此書先由門人黄鑒筆録，名爲《南陽談藪》，後經宋庠删訂改編，易名《楊公談苑》，後世以楊億謚"文"而稱爲《楊文公談苑》。

人甚遠。故常時與其遊者，輒獲異聞奇説。門人故人往往削牘藏弆，以爲談助”;[①]《丁晉公談録》以旁觀者的口吻記録丁謂談話内容及行事,[②]記録丁謂言論以“晉公嘗云”出之;《王氏談録》乃作者王欽臣記録其父王洙言論而成，書中多以“公言”“公曰”起首;《欒城先生遺言》乃作者蘇籀記録其祖父蘇轍言論而成，亦多以“公言”“公曰”起首;《孫公談圃》由孫升口述，劉延世記録，其自序稱孫升被貶至臨汀，作者與其往來，“聞公言，皆可以爲後世法”，[③]因此退而筆之;《丞相魏公譚訓》乃蘇象先記録其祖父蘇頌“平日教誨之言”，[④]故文中多“祖父云”“祖父言”等形式;《過庭録》作者乃范仲淹後人，“過庭”典出《論語・季氏》，寓意内容皆聞之其父，然非直録其言，而以轉述形式出之。

二、遊歷型

取材自遊歷的筆記小説，一般是記録在旅途中的所見所聞，類似遊記。遊歷可分爲幾種，一是宦途，一是避難，一是出使。其所記内容也較廣，其中有些具有小説意味。有些記録沿途所見聞之傳説逸事，如張世南的《遊宦紀聞》記作者隨其父遊宦四川等地之見聞，涉及風土人情、人物軼事、詩文賞析、文物考古、神怪異聞等。有些記録沿途或所居地的山川物産、風俗民情，如洪皓的《松漠紀聞》主要記録金朝的歷史發展和制度沿革，間及民情

---

① （宋）黄鑒筆録，（宋）宋庠重訂，李裕民整理:《楊文公談苑》,《全宋筆記》第八編（九），鄭州：大象出版社 2017 年版，第 33 頁。

② 《郡齋讀書志》“雜史類”著録稱“皇朝丁謂撰”，又曰：“每章之首皆稱‘晉公言’，不知何人爲潤益。初，董志彦得之於洪州潘延之家。延之，晉公甥，疑延之所爲。”認爲此書乃丁謂撰，其甥潘延之潤益。《直齋書録解題》“傳記類”著録稱“不知何人作。”《四庫全書總目》“小説類”存目稱“即未必延之所作，其出於丁謂之餘黨，更無疑義也”。

③ （宋）孫開撰，趙維國整理:《孫公談圃》,《全宋筆記》第二編（一），鄭州：大象出版社 2006 年版，第 139 頁。

④ （宋）蘇象先撰，儲玲玲整理:《丞相魏公譚訓》,《全宋筆記》第三編（三），鄭州：大象出版社 2008 年版，第 41 頁。

風俗，有些内容是怪異傳聞。尤以范成大所撰《攬轡録》《驂鸞録》《吴船録》《桂海虞衡志》四部遊歷型筆記小説最爲典型，其中《攬轡録》是使金之行程記録，《驂鸞録》是由蘇州赴廣西帥任的行程記録，《吴船録》是在蜀地任滿後，由蜀歸吴之行程記録，《桂海虞衡志》是由桂林赴四川帥任旅途期間“追記其登臨之處與風物土宜……蠻陬絶徼，見聞可紀者”[①]的記録。四部作品在體制上有所不同，前三部采用行程録形式，按時間順序依次記録沿途見聞，包含風土人情、物産及各地古迹、典故等，可稱之爲“行程録體”，以《吴船録》卷下幾則爲例：

> 甲戌，泊沙頭。
>
> 乙亥，移舟出大江，宿江瀆廟前。
>
> 丙子，發江瀆廟，七十里至公安縣。登二聖寺。二聖之名，江湖間競尚之。即在處佛寺門兩金剛神也。此則遷之殿上，傳記載發迹靈異，大略出於夢應云。是千佛數中最後者，一名婁至德，一名青葉髻。江岸喜隤，或時巨足迹印其處，則隤止。百二十五里至石首縣對岸宿。縣下石磯，不可泊舟。[②]

《桂海虞衡志》則采用類書體形式，分爲“志山”“志金石”“志香”“志酒”“志器”“志禽”“志獸”“志蟲魚”“志花”“志果”“志草木”“雜志”“志蠻”等十三類，可稱爲“博物體”小説，與唐代的《嶺表録異》《桂林風土記》

---

① （宋）范成大撰，方健整理：《桂海虞衡志序》，《全宋筆記》第五編（七），鄭州：大象出版社2012年版，第98頁。

② （宋）范成大撰，方健整理：《吴船録》，同上，第81—82頁。

相類。采用“行程録體”的作品較爲著名的還有陸游的《入蜀記》，記録自山陰赴夔州任通判途中見聞，此外還有樓鑰的《北行日録》、程卓的《使金録》、方鳳的《金華遊録》、路振的《乘軺録》、張舜民的《郴行録》、周必大的《泛舟遊山録》、吕祖謙的《入越録》等。而采用“類書體”的作品還有周去非的《嶺外代答》，此書記作者在桂林任上見聞，“蓋長邊首尾之邦，疆埸之事、經國之具、荒忽誕漫之俗、瑰詭譎怪之産，耳目所治，與得諸學士大夫之緒談者”，[①] 模仿《桂海虞衡志》分爲二十門。[②]

三、回憶型

通過記録回憶所得而成書者，一般是在作者的中晚年，爲消遣餘暇而作，而其回憶之内容大多亦來自過去之見聞，這是宋代筆記小説一個突出特點。有學者對此論道：“毫無疑問，注重回憶是軼事小説作家帶總體特色的傾向，宋代更是如此。”[③] 書名中帶有“舊聞”“舊事”“舊話”者多因回憶而寫成，如《家世舊事》《曲洧舊聞》《桐蔭舊話》《家世舊聞》《舊聞證誤》《武林舊事》等。此外如張世南《遊宦紀聞》載其宦遊時見聞，乃作者回憶所得：“紹定改元，適有令原之戚，閉門謝客。因追思捉筆紀録，不覺盈軸，以《遊宦紀聞》題之，所以記事實而備遺忘也。”[④] 除了假期可回憶撰書外，爲官致仕、晚年閑居也是回憶的重要契機，一方面有閑置時間，一方面有足

---

① （宋）周去非撰，查清華整理：《嶺外代答》，《全宋筆記》第六編（三），鄭州：大象出版社 2013 年版，第 86 頁。

② 今有類名者十九，一門但存子目而無類名，現存類名爲“地理門”“邊帥門”“外國門”“風土門”“法制門”“財計門”“器用門”“服用門”“食用門”“香門”“樂器門”“寶貨門”“金石門”“花木門”“禽獸門”“蟲魚門”“古迹門”“蠻俗門”“志異門”。

③ 陳文新著：《文言小説審美發展史》（第二版），武漢：武漢大學出版社 2007 年版，第 345 頁。

④ （宋）張世南撰，李偉國整理：《遊宦紀聞》，《全宋筆記》第七編（八），鄭州：大象出版社 2015 年版，第 31 頁。“令原之戚”指兄弟去世，語出《詩經·小雅·常棣》：“脊令在原，兄弟急難。每有良朋，況也永嘆。”可知作者因兄弟去世而守喪。

夠的人生經歷可供回憶並記録，這樣的作品在宋代不在少數，如歐陽修的《歸田録》乃作者致仕後居潁州所撰，故以“歸田”爲名；范鎮的《東齋記事》乃作者謝事之後，“追憶館閣中及在侍從時交遊語言，與夫里俗傳説”，[①] 纂集而成；魏泰的《東軒筆録》乃作者晚年僻居漢陰鄧城縣，追憶少年時“力學尚友，遊於公卿間，其緒言餘論有補於聰明者”，[②] 故叢摭成書；蘇轍的《龍川略志》乃作者晚年居龍川時“老衰昏眩”，“乃杜門閉目，追思平昔”，[③] 由其子蘇遠執筆記録而成；周煇的《清波雜志》《别志》乃作者晚年居清波門時回憶早年“侍先生長者，與聆前言往行，有可傳者”，[④] 筆而記之，等等。由於是閑暇回憶的產物，作者在撰寫過程中的心態與創作詩文可謂大異其趣，大部分是隨憶隨記，狀態是輕鬆而隨意的。最後將材料編訂成書後，其内容和體例也大多較爲鬆散，看不出有統一的思路和目的，只是作者回憶片段的集合。

當然，回憶著書並不完全爲了“消遣餘暇”，很多時候是出於追念美好的過往，具有感傷的意味。如南宋時期有些作品因追念故國、感懷往昔而作，如《昨夢録》《東京夢華録》《夢粱録》等。這些作品以“夢”爲名，乃是在國破家亡、流離失所之餘，出於對故國繁華的追憶，如《東京夢華録》自序云：

> 近與親戚會面，談及曩昔，後生往往妄生不然。僕恐浸久，論其風俗者，失於事實，誠爲可惜，謹省記編次成集，庶幾開卷得覩當時之

① （宋）范鎮撰，汝沛永成整理：《東齋記事》，《全宋筆記》（第一編）（六），鄭州：大象出版社2003年版，第194頁。

② （宋）魏泰撰，燕永成整理：《東軒筆録》，《全宋筆記》（第二編）（八），鄭州：大象出版社2006年版，第4頁。

③ （宋）蘇轍撰，孔凡禮整理：《龍川略志》，《全宋筆記》（第一編）（九），鄭州：大象出版社2003年版，第255頁。

④ （宋）周煇撰，劉永翔、許丹整理：《清波雜志》，《全宋筆記》（第五編）（九），鄭州：大象出版社2012年版，第4頁。

> 盛。古人有夢遊華胥之國，其樂無涯者。僕今追念，回首悵然，豈非華胥之夢覺哉！目之曰《夢華録》。[①]

此外還有《都城紀勝》《繁盛録》《武林舊事》等作品雖不以“夢”名書，而撰書旨意和内容基本相同，如《武林舊事》自序云：

> 予囊於故家遺老得其梗概，及客脩門，閑聞退璫老監談先朝舊事，輒耳諦聽，如小兒觀優，終日夕不少倦。既而曳裾貴邸，耳目益廣，朝歌暮嬉，酣玩歲月，意謂人生正復若此，初不省承平樂事爲難遇也。及時移物换，憂患飄零，追想昔遊，殆如夢寐，而感慨係之矣。[②]

這幾部作品在内容、體例上有某些一致性，内容上都以描繪記録兩宋都城各種景象與事物爲主，涉及城市的布局結構、官府衙門、街道景點、商鋪買賣、商品百貨、民情風俗、四季節日等，體例上采用空間鋪展與時間推移的結構方法，構成一個完整的體系，其中以《東京夢華録》最爲典型。《東京夢華録》通過回憶詳細記録了東京汴梁的繁華景象，描繪了一幅民豐物阜、多姿多彩的城市畫卷，在叙述的整體結構上以空間與時間爲主：從卷一到卷四以城市的空間布局爲結構，以某一地點爲中心向四面鋪展，描繪主要街道，在具體叙述中圍繞重要的地點展開，如卷二的御街、宣德樓、朱雀街、州橋、東角樓、潘樓，卷三的馬行街、大内西右掖門、大内前州橋、相國寺、寺東門、上清宫等，串聯起街道上的各色酒樓商鋪、娛樂場所、商品貨物、民俗活動等，通過閱讀可以勾勒出一個較爲清晰的地理方位和種種

---

① （宋）孟元老撰，伊永文整理：《東京夢華録》，《全宋筆記》（第五編）（一），鄭州：大象出版社 2012 年版，第 114 頁。

② （宋）周密撰，范熒整理：《武林舊事》，《全宋筆記》（第八編）（二），鄭州：大象出版社 2017 年版，第 5 頁。

繁華場景；從卷六到卷十則是以時間爲綫索，按照時間推移，記録一年四季的重要節日，包括正月、元旦、立春、元宵、清明、端午、七夕、中元、立秋、中秋、重陽、天寧節、立冬、冬至、除夕等，圍繞節日叙述與之有關的朝廷禮節、民俗活動等。除了運用空間和時間的叙述結構，《東京夢華録》還采用了"因事命篇"的叙述模式，以及"描述説明"和"鋪陳羅列"等叙述手法。"因事命篇"是指以城市中實際存在的事件、活動、場景、物品爲記録對象，如卷四記録了"皇太子納妃""公主出降""皇后出乘輿""雜賃""修整雜貨及齋僧請道""筵會假賃"等活動與事件，還記録了食店、肉行、餅店、魚行的經營場景及諸色商品。"描述説明"和"鋪陳羅列"是筆記小説常用的叙述手法，與描寫都市的作品最爲契合，如《東京夢華録》對"魚行"的描述説明：

賣生魚則用淺抱桶，以柳葉間串，清水中浸，或循街出賣。每日早惟新鄭門、西水門、萬勝門，如此生魚有數千檐入門。冬月，即黄河諸遠處客魚來，謂之"車魚"，每斤不上一百文。[①]

又如"飲食果子"一則對"茶飯"的羅列：

所謂茶飯者，乃百味羹、頭羹、新法鵪子羹、三脆羹、二色腰子、蝦蕈、鷄蕈、渾砲等羹，旋索粉玉碁子、群仙羹、假河魨、白渫齏、貨鱖魚、假元魚……[②]

《東京夢華録》的結構方式和叙述方式在此後的同類作品中得以繼承。

---

① （宋）孟元老撰，伊永文整理：《東京夢華録》，《全宋筆記》第五編（一），鄭州：大象出版社2012年版，第146頁。

② 同上，第131頁。

如《武林舊事》主要運用了“因事命篇”的叙述模式，卷二和卷三穿插了按節日順序爲綫索的叙述模式，《都城紀勝》則以“因事命篇”的叙述模式爲主，《夢粱録》則仿照《東京夢華録》而稍有調整，卷一至卷六以時間綫索爲結構，卷七至卷十二以空間布局爲結構，卷十三至卷末則運用“因事命篇”的叙述模式。而“描述説明”和“鋪陳羅列”的叙述方式則在這幾部作品中都被普遍采用。

四、主動訪求型

主動訪求型即通過探訪、詢問的方式徵求材料，通常具有明確的動機，或補史，或好奇，或傳教，記録方式相對嚴謹。出於補史之目的以徵求材料，通常是在史官心態的驅使下搜集朝野遺佚，以保存史料，或備將來修史之需，在朝代更替之際表現得尤其明顯。如唐末五代時期出現了一批記載盛唐至中唐雜事的作品，包括《唐摭言》《開元天寶遺事》《金華子雜編》《中朝故事》《北夢瑣言》等。這種風氣延續至宋初，一些筆記小説記載唐末五代雜事，包括《三楚新録》《洛陽搢紳舊聞記》《南唐近事》《江表志》《江南餘載》《江南野史》《五國故事》《南部新書》《近事會元》《江南别録》《釣磯立談》等，這些作品性質内容相近，其内容材料來源不一，有大量摘録自前代稗官野史，但仍有不少來自於親自訪求獲取的口頭材料。如《三楚新録》載唐末史事，清代四庫館臣稱其内容與史牴牾不合者甚多，而其原因乃在於作者所憑材料來自訪求：“蓋羽翀未覩國史，僅據故老所傳述，纂録成書，故不能盡歸精審。”[①]《洛陽搢紳舊聞記》專記唐、梁已還五代間事，乃是作者訪求於洛城搢紳舊老所得。錢易的《南部新書》記載唐及五代時朝章國典、

① （清）永瑢等撰:《四庫全書總目》，北京：中華書局1965年版，第586頁。

軼聞瑣語，關於此書的材料來源，清代李慈銘曾云："希白世據吴越，唐之故老，多居其國，故承平文獻，述之尤詳。"[①]可見作者在搜集材料時曾向唐時故老多所訪求，不少記述才得以比較翔實。出於好奇之動機以徵求材料，乃是文人撰寫筆記小説的常見現象，宋元時期一批好奇尚怪之士如樂史、徐鉉、章炳文、蘇軾、尹國均、洪邁、王質、王明清等輩無不在平時留心於奇説異聞、狐妖鬼怪之事，如章炳文曾云："苟目有所見，不忘於心，耳有所聞，必誦於口。稽靈朗冥，搜神纂異。遇事直筆隨而記之……每開談較議，博采妖祥。"[②]有些作者如徐鉉、洪邁因好談鬼神，廣爲徵求，有人投其所好，藉此攀附巴結。如徐鉉撰《稽神録》,《郡齋讀書志》引楊大年（億）云："江東布衣蒯亮好大言夸誕，鉉喜之，館於門下,《稽神録》中事，多亮所言。"[③]又如洪邁自謂"好奇尚異"，人聞其名，"每得一説，或千里寄聲"，其所撰《夷堅志》卷帙浩繁，材料多來自平時有意徵求，其徵求的對象上至賢卿士夫，下至寒人、野僧、山客、道士、瞽巫、俚婦、下隸、走卒，"凡以異聞至，亦欣欣然受之"。[④]更有甚者如蘇軾聚客談異而"强人説鬼"，留下"姑妄言之"的佳話。[⑤]出於傳教之目的以徵求材料，即以小説來宣揚某種宗教理

---

① （清）李慈銘著：《越縵堂讀書記》，上海：上海書店出版社 2000 年版，第 854 頁。

② （宋）章炳文撰，儲玲玲整理：《搜神秘覽》,《全宋筆記》（第三編）（三），鄭州：大象出版社 2008 年版，第 108 頁。

③ （宋）晁公武撰，孫猛校證：《郡齋讀書志校證》，上海：上海古籍出版社 2011 年版，第 555 頁。按徐鉉好談鬼神及撰《稽神録》經過,《宋朝事實類苑》引《楊文公談苑》記載頗詳，兹引如下："徐鉉不信佛，而酷好鬼神之説……後嘗與近臣通佛理者説以爲笑，專搜求神怪之事，記於簡牘，以爲《稽神録》。嘗典選，選人無以自通，詭言有神怪之事，鉉初令録之，選人言不閑筆綴，願得口述。亟呼見，問之，因以私禱，罔不遂其請。歸朝，有江東布衣蒯亮，年九十餘，好爲大言夸誕，鉉館於門下，心喜之。《稽神録》中事，多亮所言。亮嘗忤鉉，鉉甚怒，不與話累日。忽一日，鉉將入朝，亮迎呼爲中闌，云：'適有異人，肉翅自廳飛出，升堂而去，亮目送久之，方滅。'鉉即喜笑，命紙筆記之，待亮如故。"（宋）江少虞撰：《宋朝事實類苑》卷六五，上海：上海古籍出版社 1981 年版，第 868—869 頁。

④ （宋）洪邁撰，何卓點校：《夷堅志》，北京：中華書局 1981 年版，第 185、537 頁。

⑤ 按此事載於《石林避暑録話》卷一、《何氏語林》卷十一、《宋稗類鈔》卷四等，原文如下："子瞻在黄州及嶺表，每旦起，不招客相與語，則必出而訪客。所與遊者，亦不盡擇，各隨其人高下，談諧放蕩，不復爲畛畦。有不能談者，則强之使説鬼。或辭無有，則曰'姑妄言之'。於是聞者無不絶倒，皆盡歡而去。設一日無客者，則歉然若有疾。"周勛初主編，葛渭君、周子來、王華寶編：《宋人軼事彙編》，上海：上海古籍出版社 2014 年版，第 1610 頁。

念，借助奇聞異事來“明神道之不誣”，這從魏晉六朝以來的“輔教”小説開始就未曾間斷，宋元時期這類小説數量不在少數，所宣揚的理念儒釋道三家皆有，如有宣揚孝道觀念的《孝感義聞録》《至孝通神集》，有宣揚命定觀念的《科名定分録》《唐宋科名定分録》《古今前定録》等，有宣揚懲惡揚善、輪迴報應觀念的《吉凶影響録》《勸善録》《幽明雜警》《樂善録》《勸戒别録》等。這些作品的材料有的取自於前代書籍，也有部分來自作者的見聞，如《郡齋讀書志》著録《吉凶影響録》云：“象求，熙寧末閑居江陵，批閱載籍，見善惡報應事，輒删潤而記之。間有聞見者，雖乎備載，亦采摘著於篇。”[①] 又如《宋代志怪傳奇叙録》引《朱君墓誌銘》云：“又取近世禍福之應、其理可推者百餘事次之以警世，謂之《幽明雜警》云。”[②] 推測此書材料也多得自作者的主動徵求。

第三節　取材自前代書籍的筆記小説及其文體特徵

宋元筆記小説的取材除了口傳之外，還有一部分直接取材自書面：有的是平時的讀書摘鈔、隨筆記録；有的是專門就某一主題鈔撮群書。讀書、鈔書、著書，伴隨著古代文人的整個科舉仕宦生涯。由於書籍與文化學術、仕途經濟有著極爲密切的聯繫，古人對書籍有著無比的崇奉，而對於口頭傳聞與書面文字之間的關係及可信程度之高低，古人也有較爲清晰的認識。宋代楊萬里在爲曾敏行的《獨醒雜志》所作序中討論了言與書的關係：

古者有亡書，無亡言。南人之言，孔子取之；夏諺之言，晏子誦焉。而孔子非南人，晏子非夏人也。南北異地，夏、周殊時，而其言猶

① （宋）晁公武撰，孫猛校證：《郡齋讀書志校證》，上海：上海古籍出版社 2011 年版，第 593 頁。
② 李劍國著：《宋代志怪傳奇叙録》（增訂本），北京：中華書局 2018 年版，第 274 頁。

傳，未必垂之策書也，口傳焉而已矣。故秦人之火能及漆簡，而不能及伏生之口。然則，言與書孰堅乎哉？雖然，言則堅矣，而言者有在亡也。言者亡，則言亦有時而不堅也，書又可廢乎！書存則人誦，人誦則言存，言存則書可亡而不亡矣。書與言其交相存者歟！[①]

楊氏對言和書持有並重的態度，指出在遠古時期，書寫困難，口傳之言"未必垂之書策"，此時口傳相對更顯寶貴。隨著書籍數量的增加，"言"的保存日趨簡便，而口述傳言的準確性相對降低了，"書存則人誦，人誦則言存"，一切文化知識皆可憑藉書籍而流傳後世。因此，隨著時代的發展，書籍的重要性日益彰顯。文人對書籍的信任度勝過了口傳，"道聽塗説"在他們看來是難登大雅之堂的。基於此，小説作者在徵求"道聽塗説"的材料之外，也從各類書籍中摘取、搜集小説材料，加以整理、彙集和潤飾，由此，筆記小説有了新的、更爲廣闊的材料來源。

一、讀書筆記型

材料源自書面材料的筆記小説中有一類可稱爲"讀書筆記"，[②]是文人學者日常讀書時隨筆記録的産物："凡讀書有疑，隨即疏而思之，遇有所得，質之於師友而不謬也,則隨而録之。積久成編。"[③]明代胡應麟將小説分爲六類，其中有"叢談"和"辨訂"兩類，所列舉的作品基本可視爲"讀書筆記"。[④]

---

① （宋）楊萬里：《獨醒雜志序》，（宋）曾敏行撰，朱傑人整理：《獨醒雜志》，《全宋筆記》第四編（五），鄭州：大象出版社 2008 年版，第 117 頁。

② 此類作品與今所謂"考據辨證類"筆記大體相合。參見劉葉秋著：《歷代筆記概述》，北京：北京出版社 2011 年版，第 4 頁。

③ （宋）史繩祖撰，湯勤福整理：《學齋佔畢》，《全宋筆記》第八編（三），鄭州：大象出版社 2017 年版，第 43 頁。

④ （明）胡應麟撰：《少室山房筆叢》，上海：上海書店出版社 2009 年版，第 282 頁。

這類作品没有嚴格的規範與體例，都是即興思考所得，隨讀隨記，集摘鈔、議論、考辨爲一體，議論間雜有作者耳聞目睹之逸聞瑣事，既有學術性、知識性，也有較强的娱樂性和趣味性。同時，這類作品又都是作者讀書之餘的産物，是文人學者發揮其才學的園地，隨作者趣味好尚的不同而風格各異，又因其與書籍有緊密的關係，具有濃厚的書卷氣、學者氣。可以説，離開了文人和書籍，就不會有這類作品的出現。

讀書筆記型作品孕育頗早，先秦諸子是其濫觴，正式發端於漢魏六朝，至唐代已經較爲成熟，發展至宋代而蔚爲大觀，成爲筆記小説中之大宗。[①]唐宋時期基本處於經濟發展、社會穩定狀態，朝廷提倡文教，科舉取士的範圍不斷擴大，造就了良好的文化學術環境。雕版印刷業的出現使得書籍的出版量有了極大的增加，書籍流通也更爲便利，私人藏書更加普遍。以上各種原因，爲讀書人讀書、鈔書、著書奠定了良好的環境和物質基礎。

古人因重視讀書而發展出名目不同的讀法，其中有所謂“鈔讀法”“思讀法”“博讀法”等。[②]“鈔讀法”是采用邊鈔邊讀的辦法閲讀書籍，細分爲全鈔、節鈔、類鈔三種；“思讀法”即邊讀邊思考，對書中的叙述、觀點等進行辨析，提出疑問，是一種批判性閲讀；“博讀法”即泛讀，泛覽博取，上至經書、下至小説，不拘於一隅。讀書筆記可視作以上三種讀書法結合使用的産物，“鈔讀”需引用書中文字，或直接鈔録原文，“思讀”是對所引文字進行辨析與議論，“博讀”則建立在平時廣泛閲讀、日積月累的基礎上，

---

① 《四庫全書總目》“雜家類·雜考之屬”云：“案考證經義之書，始於《白虎通義》，蔡邕《獨斷》之類，皆沿其支流。至唐而《資暇集》《刊誤》之類，爲數漸繁。至宋而《容齋隨筆》之類，動成巨帙。其説大抵兼論經史子集，不可限以一類，是真出於議官之雜家也。”又“雜説之屬”云：“案雜説之源，出於《論衡》。其説或抒己意，或訂俗譌，或述近聞，或綜古義，後人沿波，筆記作焉。大抵隨意録載，不限卷帙之多寡，不分次第之先後。興之所至，即可成编。故自宋以來，作者至夥。”見（清）永瑢等撰：《四庫全書總目》，北京：中華書局1965年版，第1032、1057頁。

② 前人總結古人讀書法種類各異，隋唐宋元時期是成熟時期，計有“勤讀法”“精讀法”“背誦法”“鈔讀法”“思讀法”“博讀法”“定額法”“列表法”“聽讀法”“保護法”“出入法”等十一種。參看曹之《中國古代圖書史》第六章《古代圖書的閲讀》，武漢：武漢大學出版社2015年版，第489—507頁。又參張明仁《古今名人讀書法》，北京：商務印書館1998年版。

三種讀法的共同使用構成了讀書筆記的體制、内容上的特點。

唐代較有名的讀書筆記型筆記小説有《資暇集》《刊誤》等，都是探究考訂風俗典故之作，以證世俗之訛。到了宋代，以考據辨證爲主要内容的筆記大量出現，以宋祁《筆記》爲肇端，“筆記”首次被用於書名，除了“筆記”之名，還有“隨筆”“隨録”“漫筆”“漫録”“漫志”“筆札”“札記”“雜記”“雜誌”“叢談”“叢説”“雜鈔”“雜説”等命名方式，可視爲“筆記”的異名，明人曹學佺《緯略序》云：“予謂前人讀書，率有私記，浸淫成帙，臚而列之，則爲彙書。若雜亂無序，則曰聞、曰記、曰録云爾。”[①]其創作方法不脱“隨筆記録”一途，如《容齋隨筆》卷一小序所云：“予老去習懶，讀書不多，意之所之，隨即記録，因其後先，無復詮次，故目之曰《隨筆》。”[②]宋代學者龔頤正曾撰《芥隱筆記》一書，劉董在爲此書所作跋中，對文人何以喜撰筆記以及“筆記”命名之意加以解釋道：

> 士非博學之難，能審思明辨之爲難。古人固有耽玩典籍，涉獵書記，窮年皓首，貪多務得者矣。然履常蹈故，誦書綴文，趣了目前，不求甚解。疑誤相傳，莫通倫類，漫無所考按也。檢討龔公，以學問文章知名當世，諸公要人争欲令出我門下。自六藝、百家、諸史之籍，無所不讀；河圖洛書、山鑱冢刻、方言地志、浮屠老子、騷人墨客之文，無所不記。至於討論典故，訂正事實，辨明音訓，評論文體，雖片言隻字，必欲推原是正，俾學者知所依據。此其閑居暇日，有得於一時之誦覽者，隨而録之，故號曰“筆記”。[③]

---

① （宋）高似孫撰，儲玲玲整理：《緯略》，《全宋筆記》第六編（五），鄭州：大象出版社 2013 年版，第 132 頁。

② （宋）洪邁撰，孔凡禮點校：《容齋隨筆》，北京：中華書局 2005 年版，第 1 頁。

③ （宋）龔頤正撰，李國强整理：《芥隱筆記》，《全宋筆記》第五編（二），鄭州：大象出版社 2012 年版，第 121 頁。

序言指出士人讀書，在博覽的基礎上還要做到“審思明辨”，不盲從古人，對疑誤之處要指出，加以考訂，所謂“退原是正，俾學者知所依據”。可見到了宋代，在讀書誦覽的同時，隨筆記録、編纂筆記已經成爲文人學者的習慣，而“筆記”也因其簡單易解而被用作此類作品的名稱。

讀書筆記因其是讀書、摘鈔的産物，其作者大部分是博覽群書的飽讀之士，撰《宜齋野乘》的吴枋自稱“自四十歲以來，縈念已絶，獨於嗜書一事，如饑之於食，渴之於飲，未嘗一日忘情也”；[①]《雲谷雜記》的作者張淏“自幼無他好，獨嗜書之癖，根著膠固，與日加益。每獲一異書，則津津喜見眉宇，意世間所謂樂事，無以易此”。他們讀書博雜，不拘一隅，張淏自稱：“雖陰陽方伎、種植醫卜之法，輶軒稗官、黄老浮圖之書，可以娛閑暇而資見聞者，悉讀而不厭。”[②]程大昌自稱“間因閲古有見，不問經史、稗説、諧戲，苟從疑得釋，則遂隨所遇縑簡，亟疏録以備忽忘”。[③]是以能旁徵博引，時出異説：“窮經考古，砭劘疵病，校量草木蟲魚，上撢騷雅，旁弋史傳，證引竺乾龍漢諸章，下及瑣録稗説，左掇右劘，悉爲吾用。”[④]又能令讀者感到新奇可喜、妙趣横生：“貫穿經史百氏之説，開抉古人議論之所未到，求而讀之，中心躍然，如入武庫，且喜且愕。”[⑤]

讀書筆記除了廣徵博引，還需長期積累，非一朝一夕之功可成，少則三五年，多則數十年。朱翌撰《猗覺寮雜記》歷經“五閏”；洪邁撰《容齋隨筆》《續筆》《三筆》《四筆》，前後花費近三十七年；吴坰《五總志》、俞

---

① （宋）吴枋撰，李國强整理：《宜齋野乘》，《全宋筆記》第七編（二），鄭州：大象出版社 2015 年版，第 90 頁。

② （宋）張淏撰，李國强整理：《雲谷雜記》，《全宋筆記》第七編（一），鄭州：大象出版社 2015 年版，第 80 頁。

③ （宋）程大昌撰，許沛藻、劉宇整理：《演繁露》，《全宋筆記》第四編（八），鄭州：大象出版社 2008 年版，第 141 頁。

④ （宋）洪邁：《猗覺寮雜記序》，（宋）朱翌撰，朱凱、姜漢椿整理：《猗覺寮雜記》，《全宋筆記》第三編（十），鄭州：大象出版社 2008 年版，第 5 頁。

⑤ （宋）陳益：《捫蝨新話序》，（宋）陳善撰，查清華整理：《捫蝨新話》，《全宋筆記》第五編（十），鄭州：大象出版社 2012 年版，第 4 頁。

成《螢雪叢説》、張淏《雲谷雜記》、史繩祖《學齋佔畢》皆自年少時即爲之。作者起初並無意於著述，只是興之所至、隨筆記録，經多年的累積，集腋成裘，融爲一編。所成作品之内容、形式、規模不拘一格，清人所謂“不限卷帙之多寡，不分次第之先後，興之所至，即可成編”，正可概括其特點。

讀書筆記型筆記小説的體制特徵可用幾字來概括：博、雜、散。讀書筆記的内容涵蓋經史子集，十分廣泛，因此“博”是其最大特徵，加上大部分讀書筆記不拘體例，成書較爲隨意，又呈現“雜”和“散”的特徵。從叙述角度考察讀書筆記的特徵，其較常采用的是摘録引用、考證辨析、分析評論等叙述方式，一般的模式是先摘録所讀書中的内容，然後針對此内容加以考證辨析或分析議論，以《雲谷雜記》卷一中的一則爲例：

> 太史公《管仲贊》曰：吾讀管氏《牧民》《山高》《乘馬》《輕重》《九府》，詳哉其言之也。司馬貞《索隱》曰：皆管氏著書篇名。九府，蓋錢之府藏，其書論鑄錢之輕重，故云《輕重九府》。予按《輕重》與《九府》，自是兩篇名，貞但見李奇以圜法爲錢，故指九府爲錢之府藏，謂輕重爲論錢之輕重，遂合輕重於九府，非也。《九府》篇，劉向時已亡，而《輕重》篇，今固存也。貞略不致審，何其疎之如是耶？[①]

此則内容從開頭至“故云《輕重九府》”爲摘録引用部分，從“予按”至“今固存也”爲考證辨析部分，從“貞略不致審”至最後爲分析評論部分。一則完整的讀書筆記的叙述會包含以上三個部分，而在有些叙述中會忽

---

① （宋）張淏撰，李國强整理：《雲谷雜記》，《全宋筆記》第七編（一），鄭州：大象出版社 2015 年版，第 11 頁。

略“考證辨析”或“分析評論”部分。因此，讀書筆記的叙述模式可具體分爲“摘録引用＋考證辨析”“摘録引用＋分析評論”“摘録引用＋考證辨析＋分析評論”三種類型。

二、輯録摘鈔型

輯録摘鈔是筆記小説取材的重要方式之一，且自魏晉以來便被小説家們廣泛應用。唐五代小説家通過輯録摘鈔方式撰寫小説的情形逐漸增多，有大量作品取材自唐前或同時期的典籍。隨著印刷出版業的進步，書籍逐漸普及與易得，輯録摘鈔取材方式也越來越普遍。輯録摘鈔型作品一般會在收集材料之前設定某些主題，在限定主題範圍内選擇材料，較爲常見的主題包括歷史掌故、朝野軼事、神仙靈怪等。如魏晉以來的佛教徒和道教徒爲擴大自身影響而編纂的所謂“輔教之書”，其材料有不少來自於佛書、道書及前代類似作品，與佛教有關的有冥報、報應、地獄、靈驗等主題的作品，與道教有關的有各類神仙靈異故事集。唐末五代的著名道士杜光庭可謂編纂“輔教小説”的集大成者，其所編纂的道教小説有《墉城集仙録》《仙傳拾遺》《王氏神仙傳》《神仙感遇傳》《録異記》《道教靈驗記》等六部，[①] 這些作品的材料鈔撮自前代書籍者所占比例較大。到了宋元時期，隨著書籍流通的進一步擴大，文人藏書熱潮的興起，以及對前代小説作品豐厚遺産的繼承，小説家們得以在更爲豐富的書籍資料中獲取小説材料。除了“輔教之書”，設定命定、前定、夢兆、五行爲主題，從前代書籍中輯録相關材料編輯成書的做法在宋元時期頗爲引人注目。這類作品數量較多，規模也較大，如宋人尹國均的

---

① 除此六部作品外，還有《歷代崇道記》《洞天福地嶽瀆名山記》《天壇王屋山勝迹記》《毛仙翁傳》也有不少内容屬於道教小説。參羅争鳴《杜光庭道教小説研究》第一章第四節《道教小説創作概況》，成都：巴蜀書社 2005 年版。

《古今前定録》雜録前代書籍中有關命定者輯爲一編，《郡齋讀書志》著録此書云：

> 右皇朝尹國均輯經史子集、古今之人興衰窮達，貴賤貧富，死生壽夭，與夫一動静，一語默，一飲一啄，定於前而形於夢，兆於卜、見於相貌，應於讖記者，凡一門，以爲不知命而躁競者之戒。至若裴度以陰德而致貴，孫亮以陰譴减齡之類，又别爲二門，使君子不以天廢人云。[①]

此後南宋委心子在尹書基礎上擴編而成《分門古今類事》，將前定事按類由原先三門擴爲十門，每門下排列故事，並注明出處，引書多達一百三十多種，經史子集佛典道藏均有采獵，大部分是志怪小説和軼事筆記，上起漢魏，而以唐宋居多，達九十餘種。

宋人編撰筆記小説喜采前人書，這從《通籍録異》《群書古鑒》等書名即可見其端倪。又由於時代接近，宋人尤好摭拾唐人遺事，故於唐人所著小説采擷特多。宋初張君房編筆記小説多種，包括《乘異記》《搢紳脞説前後集》《儆誡會最》《科名定分録》《麗情集》，除《乘異記》載五代宋初傳聞異事外，其餘多取材於宋前古書，如《搢紳脞説前後集》中不少故事取自前代小説，其中大部分爲唐人作品；[②]《儆誡會最》據書名推測可能是歷代善惡報應事的彙編；《科名定分録》全載唐朝科名分定事，估計是纂輯唐人小説中科名前定事而成；[③]《麗情集》則是以唐人傳奇爲主的彙編之作。鈔撮舊籍可

---

① （宋）晁公武撰，孫猛校證：《郡齋讀書志校證》，上海：上海古籍出版社 2011 年版，第 581 頁。

② 引書包括《樂府雜録》《盧氏雜説》《漢武帝内傳》《聞奇録》《稽神録》《玄怪録》《紀聞》《河東記》《玉溪編事》《瀟湘録》《廣異記》《王氏見聞》《玉堂閑話》《尚書故實》《抒情詩》《異夢録》《本事詩》等。據《詩話總龜》前集卷四〇云："《搢紳脞説》載：《盧氏雜記》曰：'歌曲之妙……'" 據此推測《脞説》凡引録前人書有可能都注明了出處。參李劍國：《宋代志怪傳奇叙録》，北京：中華書局 2018 年版，第 104 頁。

③ 李劍國著：《宋代志怪傳奇叙録》（增訂本），北京：中華書局 2018 年版，第 66 頁。

以基於不同的目的，唐人從事鈔撮其目的或是炫技逞博，或是好奇尚怪，或是保留史事，而宋人除了以上目的之外，還有休閑、自娱的目的。如陸游的《避暑漫鈔》乃是其避暑閑居時觀書鈔録而成，[①]而内容均爲唐宋間趣聞軼事；吕祖謙的《卧遊録》是其晚年自娱之作，王深源爲其作序云："太史東萊先生晚歲卧家，深居一室，若與世相忘，而其周覽山川，收拾人物之意未能已也。因有感於宗少文卧遊之語，每遇昔人記載人境之勝，輒命門人隨手筆之，而目之曰《卧遊録》，非直以爲怡神玩志之具而已。"[②]"卧遊"取典自南朝劉宋宗炳之事，[③]名其書爲"卧遊"，自寓有一種閑情雅致在内。[④]此後周密撰《澄懷録》，亦取典宗炳之卧遊，其自序云：

> 澄懷觀道，卧以遊之，宗少文語也，東萊翁用以名書，蓋取會心以濟勝，非直事遊觀也。惟胸中自有丘壑，然後知人境之勝，體用之妙，不在兹乎？余夙好遊，幾自貽戚，晚雖懲創，而煙霞之痼不可針砭，每聞一泉石奇、一景趣異，未嘗不躍然喜，欣然往。愛之者警以曩事，則悚然懼，慨然嘆曰：人生能消幾兩屐？司馬子長豈直以遊獲戾哉！因拾古今高勝、翁所未録者，附於卷末，名之曰《澄懷》，亦"高山""景行"之意也。[⑤]

---

① 所傳鈔之書目：《明皇雜録》《群居解頤》《獨見録》《中興紀事》《哀異記》《唐史》《大唐遺事》《喑囈集》《清異録》《鐵圍山叢談》《秘史》《春渚紀事》《廣異記》《仇池筆記》《中興筆記》《番禺雜記》《聞見録》。

② （宋）吕祖謙撰，趙維國整理：《卧遊録》，《全宋筆記》第六編（三），鄭州：大象出版社2013年版，第306頁。

③ 《宋書·宗炳傳》："（宗炳）好山水，愛遠遊……有疾還江陵，嘆曰：'老疾俱至，名山恐難徧覩，唯當澄懷觀道，卧以遊之。'凡所遊履，皆圖之於室，謂人曰：'撫琴動操，欲令衆山皆響。'"見（梁）沈約撰：《宋書》，北京：中華書局1974年版，第2279頁。

④ 此書《顧氏文房小説》本四十六則，前二十一則録選《世説新語》，後十九則選自《蘇軾文集》，四則選自《陶淵明集》，兩則記宋人田晝、隱者辛前輩事。《説郛》本、《寶顔堂秘笈》本、《金華叢書》本，無王深源序，録文一一七則，前二十一則與《文房小説》本同，後九十六則出自《晉書》《廣弘明集》及六朝以來文集等，皆前代關於遊歷山水勝景之事迹。

⑤ （宋）周密輯，黄寶華整理：《澄懷録》，《全宋筆記》第八編（一），鄭州：大象出版社2017年版，第91頁。

此書乃爲續吕祖謙《卧遊録》而作，二人皆好遊，有所謂的“煙霞之痼”，至晚年而不熄。周氏纂此書之用意與吕祖謙也大抵相同，即通過拾取古書成説中遊觀山水之事迹，表達内心的情志以及高雅的生活趣味。

輯録摘鈔型筆記小説在體制上有兩個明顯特徵，一是摘録之内容多標明出處，一是編纂體例常常采用“類編”形式。輯録前代書籍並注明出處，且采用類編形式者，宋初《太平廣記》即是典型，其對宋元筆記小説的編創當有典範意義。標明出處有兩種形式，一種是在正文中標明，即每一則開頭列出書名，接著摘録内容；一種是在正文摘録内容，文末標明來源。如李石的《續博物志》步武張華《博物志》，廣徵博引，專事搜羅異書秘籍，此書開頭云：“余所志，視華歲時綿歷，其有取於天，而首以冠其篇。次第倣華，説一事，續一事，不苟於搜索，與世之類書者小異，而比華所志加詳。”[1] 此書内容絶大多數摘自古書，大多未注明出處，注明出處的有六十餘則，且采用在正文注明出處的方式，如：

《山海經·東荒經》曰：“大荒之中，有山名曰大言，日月所出。有波谷山者，有大人之國。”又云：“大荒之中，有山名曰合虚，日月所出。有中容之國。”

《河圖括地象》云：二儀氣分，伏者爲天，偃者爲地。

《物理論》云：水土之氣升爲天。

《廣雅》云：東方蒼天，東南陽天，南方炎天，西南朱天，西方成

① （宋）李石撰，燕永成整理：《續博物志》，《全宋筆記》第四編（四），鄭州：大象出版社 2008 年版，第 162 頁。

天，西北幽天，北方玄天，東北變天，中央鈞天。[①]

此書摘録對象大部分是唐前書，其中以摘録《酉陽雜俎》最多，宋事亦多引據前人書，如《該聞録》《香譜》《硯譜》《子華子》《子程子》《遯齋閑覽》《集仙傳》《埤雅》《江淮異人録》等。[②]

采用文末標明出處的作品也較爲常見，《太平廣記》即采用這種形式，其他比較典型的有《宋朝事實類苑》《樂善録》《分門古今類事》等，其中《宋朝事實類苑》彙集宋代著述中朝野軼事，《四庫全書總目》稱其"所引之書，悉以類相從，全録原文，不加增損，各以書名注條下，共六十餘家"，[③]《樂善録》彙集舊籍中勸善懲惡之事，"出處大都在條末用小字注明，或在文中揭出"，[④]《分門古今類事》摘録四部典籍中命定之事，每則下皆注明出處。

"類編"形式來自類書，將其運用自小説者最遠可追溯至漢代劉向編纂的《説苑》《新序》，而更明顯的仿效對象則是劉義慶的《世説新語》。《世説新語》將搜集之材料分門别類，體例清晰，便於觀覽，且語言簡潔雋永，頗富興味意趣，故自唐以來模仿之作甚多。宋代的《唐語林》《續世説》雖於門類、取資皆有所出入，其用意規制皆本自《世説新語》。此外采用類編形式的作品還有不少，如《通籍録異》《窮神記》《至孝通神集》《禁殺録》《古今前定録》《宋朝事實類苑》《分門古今類事》《勸戒别録》等都爲類編之書，[⑤]

① （宋）李石撰，燕永成整理：《續博物志》，《全宋筆記》第四編（四），鄭州：大象出版社 2008 年版，第 164—165 頁。

② 李劍國著：《宋代志怪傳奇叙録》（增訂本），北京：中華書局 2018 年版，第 528 頁。又今人李之亮對此書材料來源作有詳細考證，指出此書"幾乎全部是鈔録而成。書中一些條目他注明了出處，更多的條目却未注明出處。粗看上去，似是他記録當時的俗傳，但一經檢查，便發現多是從他書轉録來的"。見李之亮：《〈續博物志〉前言》，《續博物志》前附，成都：巴蜀書社 1991 年版，第 3 頁。

③ （清）永瑢等撰：《四庫全書總目》，北京：中華書局 1965 年版，第 1061 頁。

④ 李劍國著：《宋代志怪傳奇叙録》（增訂本），北京：中華書局 2018 年版，第 507 頁。

⑤ 《通籍録異》入《秘書省續編到四庫闕書目》"類書類"，《窮神記》入《宋志》"類事類"，《至孝通神集》入《宋志》"類事類"，《禁殺録》入《郡齋讀書志》"類書類"，《勸戒别録》入《宋志》"類事類"。

且隨著時間推移，分類越來越繁，采書也越來越廣，如《宋朝事實類苑》分爲二十四類，[①]引書超過五十種；《唐語林》分爲五十二類，引書達五十種；《續世説》分爲三十八門；《古今分門類事》引書超過一百三十種。

綜上所述，自唐至宋，小説作者取材範圍基本上來自口説見聞和遺書舊編兩方面。隨著時間的推移，新的傳聞故事不斷産生，成爲小説取材的對象，因此口説見聞在筆記小説的材料來源中始終占有十分重要的地位。與此同時，鈔撮舊籍的比重也越來越大，特别是到了宋代，經過唐代小説的繁榮發展，需要對已有的作品作一番梳理和總結，故而出現了如《太平廣記》這樣官方編纂的大型書籍和如《紺珠集》《類説》《續談助》這樣私人編纂的小説總集、叢集。宋人“崇實”的治學風氣也致使其對書面材料的偏好，加上良好的文化環境，出版繁榮、書籍易得，爲宋人讀書、鈔書、編書打下了堅實基礎。宋人好鈔撮、編纂小説，越到後期其風越盛，其好處在於能夠廣收博取，保存大量珍貴的小説作品，且很多作品分門别類、注明出處，較爲嚴謹，便於閲覽和取資。當然，也不乏粗製濫造，所謂“擇材濫而不精，信手鈔録，鷄零狗碎，不成大觀”[②]者。

---

① 今存二本，一本六十三卷，分二十四類，一本七十八卷，分二十八類。
② 李劍國著：《宋代志怪傳奇叙録》（增訂本），北京：中華書局2018年版，第528頁。

第二章
宋元筆記小説的體制、敘事及審美特徵

唐五代筆記小説某些作品因“傳奇筆法”的滲入而呈現“以傳奇爲骨”的面貌，與傳統的筆記小説有所區别，這不得不説是唐五代筆記小説的獨特之處。但正如浦江清所説，傳奇在唐代的出現是“獨秀的旁枝”，[①] 雖然奪目耀眼，却並未扭轉小説發展的主幹。到了宋元時期，隨著傳奇小説的衰落，筆記小説也重新回到了尚實黜虚、尚質黜華的老路上來。那宋元筆記小説的文體形式較唐五代筆記小説有哪些變化呢？我們認爲，宋元筆記小説的這些變化是建立在繼承原有文體形式的基礎上的，表現爲某些文體要素在程度、範圍上的提升或擴大；同時，它又是時代差異的産物，即宋元時期的宗教思想、政治制度、社會形態、文化風氣、學術趣味等較唐五代有顯著的不同，並曲折地反映在宋元文人的著述中，而筆記小説即是其一。

第一節　體制的繼承與發展

宋元筆記小説在總體上延續了自唐五代以來形成的體制形態，同時也有所發展。首先，宋元筆記小説没有改變其“殘叢小語”的基本樣貌，即整體上的博雜、叢聚和單則内容的短小、簡潔。某些重要的體制特徵如標題和

---

① 浦江清：《論小説》，浦江清著：《浦江清文録》，北京：人民文學出版社 1958 年版，第 186 頁。

分類等，宋元筆記小説依然沿用，並呈現逐漸增多的趨勢。其次，宋元筆記小説的體制特徵在繼承的基礎上有所强化，具體表現在采用擬定標題和類編形式的作品逐漸增多，在標題的整齊化、叙事化和分類的多樣化、細緻化方面，都有很大程度的提升，並具有很高的自覺性，這一發展推動了筆記小説在體制上進一步走向成熟。

一、“標題”的繼承與發展

在論述唐五代筆記小説的標題特點時，我們有過以下一些觀點：首先，擬定標題的做法在唐五代筆記小説中雖意義重大，但並不普遍，總體還處在起步階段；其次，標題的類型主要有“名詞型”和“短語型”兩種，前者簡單，後者則具有一定的叙事性，且以前者爲主；第三，在擬定標題的作品中，除了《唐國史補》《雲溪友議》等少數作品外，大部分作品的標題乃是“不自覺”意識下的産物。到了宋元時期，以上情况有了明顯的變化：無論是自撰還是編纂，筆記小説作者擬定標題的“自覺”意識大爲提高，具有標題的作品數量有了明顯的增加。在標題的類型中，“短語型”標題的比重有所上升，其中有些標題的結構較一般短語更爲複雜，叙事性大爲提高。這種變化一方面提高了擬定標題的水平，增强了標題的文學性、藝術性，另一方面也進一步鞏固了筆記小説的體制特徵。

宋元筆記小説的“名詞型”標題延續了唐五代筆記小説的“人物名”和“事物名”兩種類型。“名詞型”標題的代表作品當屬宋初的《太平廣記》，此書規模龐大，雖爲搜集整理之作，非出自撰，但在編訂舊作過程中，無論原作是否有標目，都給每一則故事重新擬定了標題，所擬定之標題以“人物名”居多，“事物名”標題數量也不少。其中，“人物名”標題可細分爲多種形式，有的是人物姓名，如“郭璞”“杜子春”“徐福”“孫思邈”等，有的是名號尊稱，如“老子”“廣成子”“鬼谷先生”“南嶽真君”等，有的是代稱，如“泰山老父”“衡山隱者”“麒麟客”“陽平謫仙”等，有的是間接稱呼，如“王母使者”“魏方進弟”“韓愈外甥”“程偉妻”“安禄山術士”等，有的是帝號，如“漢武帝”“周穆王”“燕昭王”“唐憲宗皇帝”等，有的是一般稱呼，如“張老”“王老”“黑叟”“裴老”“賣藥翁”等，有的人物名稱前會加上地名、籍貫、國籍或職業，如“嵩山叟”“益州老父”“番禺書生”“天毒國道人”“道士王纂”“女巫秦氏”等。“事物名”標題主要出現於物類類目中，包括非生物、植物、動物幾大類目中，標題也涵蓋了這幾大類目中的各種事物，如“山”類中的“玉笥山”“太翮山”，“石”類中的“黄石”“馬肝石”，“寶”類中的“玉辟邪”“軟玉鞭”，“草木”類的“夫子墓木”“五柞”，“畜獸”類的“周穆王八駿”“漢文帝九逸”，“禽鳥”類的“飛涎鳥”“細鳥”，“水族”類的“東海大魚”“鯨魚”等。此外，《太平廣記》的標題中也夾雜了一些“短語型”標題，如卷五十中的“嵩岳嫁女”，卷二百八十九中的“魚目爲舍利”“目老叟爲小兒”“捉佛光事”等。《太平廣記》之外采用“名詞型”標題的作品仍有不少，如《江淮異人録》《括異志》《搜神秘覽》大多數爲人名標題，《清異録》人名、物名兩種標題皆有。此外如《茅亭客話》《桯史》《四朝聞見録》《清波雜志》《宋朝事實類苑》《夷堅志》《齊東野語》《癸辛雜識》等作品雖然融合了其他標題類型，標題形式逐漸多樣化，其中以人物、事物名稱爲標題仍占據相當比例。雖然有人認爲這種擬題方式是一次“復古的倒退”，[①] 但不可否認，“名詞型”標題在宋元筆記小説中仍占據重要地位，這是由筆記小説自身特點所决定的。

宋元筆記小説的標題相對於唐五代的發展主要體現在兩點：一是“短語型”標題比重增加，標題的“叙事性”逐漸增强；一是標題的“整齊性”進一步提升。同樣是爲前人作品擬定標題，南宋時期的一批諸如《類説》《紺

① 李小龍著：《中國古典小説回目研究》，北京：北京大學出版社 2012 年版，第 61 頁。

珠集》《新編分門古今類事》《宋朝事實類苑》這樣的小説叢書、類書，以及一批收録小説内容的普通類書如《孔帖》《海録碎事》《錦繡萬花谷》等，突破了《太平廣記》的擬題方式，同一則内容所擬的標題形式從之前的“名詞型”轉變爲“短語型”。如薛用弱《集異記》被《廣記》中所引的“徐佐卿”條，《類説》題“孤鶴中箭”，《分門古今類事》題“佐卿留箭”，《錦繡萬花谷》題“沙苑射雁”；《廣記》所引“王積薪”條，《類説》題“王積薪聞婦姑圍棋”，《孔帖》《古今事文類聚》《錦繡萬花谷》各題“婦姑弈棋”“婦姑手談”“可教常勢”；《廣記》所引“凌華”條，《錦繡萬花谷》《古今事文類事》各題“病見吏鑿玉枕骨”“玉枕骨亡”。又如徐鉉《稽神録》曾被《廣記》大量摘録，又被《類説》删摘二十二條，兩者共同摘録的故事標題有很大不同，《廣記》的“鄭就”“茅山牛”“江西村嫗”“僧瑨楚”“浦城人”等條在《類説》中分别爲“廉頗寶劍”“汗衫自牛口出”“蚯蚓覆誤死人臍中”“揚州掠剩鬼”“有金何不供母”。通過比對，可以發現《廣記》所摘録故事的標題到了《類説》等類編、叢編中都作了重新的擬定，且多以短語、短句爲主，叙事性有了明顯的增强。此外，在標題的整齊化方面，委心子所編的《新編分門古今類事》十分突出，此書每則故事皆以四字標目，如“周武得璽”“趙鞅病瘖”等，僅極少數例外。[①]

除了類編、叢編，標題“叙事性”“整齊性”的强化在《青瑣高議》《緑窗新話》《醉翁談録》等通俗化的筆記小説中表現得更加明顯。早在宋初張齊賢所撰的《洛陽搢紳舊聞記》中，這種迹象已經有所顯露，此書21則，每則皆有標題，標題有長有短，大部分屬“短語型”標題，其中幾則標題達到了七字、八字的長度，[②]有些標題如“梁太祖優待文士”“陶副車求薦見

① 計有“一殿三天子”“城下三天子”“張君房靈夢志”“先大夫龍泉夢記”“蒲教授荆山夢記”等五則。

② 分别爲“梁太祖優待文士”“陶副車求薦見忌”“泰和蘇揆父鬼靈”“齊王張令公外傳”“衡陽縣令周妻報應”“張相夫人始否終泰”“田太尉候神仙夜降”“宋太師彦筠奉佛”“水中照見王者服冕”“洛陽染工見冤鬼”等。

忌”“宋太師彦筠奉佛”等，屬於三二二式，與後世話本、章回小説的回目已十分類似，故有人稱其爲“開後世小説七字標目之先河”。[①]《青瑣高議》是北宋劉斧所編的“傳奇志怪雜事小説集”，此書《郡齋讀書志》《通志・藝文略》《宋史・藝文志》等書目皆著録爲十八卷，今存本爲前後集各十卷，别集七卷，故知爲後世重編本。[②]《青瑣高議》標題的特點是使用了正、副二重標題，即每一則有兩個標題，在正式標題下附有一個副標題。正式標題比較隨意，有人名如李相、許真君、顔魯公等，有東巡、善政、明政、議醫這樣的詞語，有些則更像書名或篇名，如“彭郎中記”“紫府真人記”“書仙傳”“名公詩話”“驪山記”等，標題的混雜與此書内容的龐雜當有很大關係。[③]不過值得注意的是附於正標題下的副標題，這些副標題明顯經過精心的擬定，大多爲七字，少數爲六字或八字，如上述“李相”的副標題是“李丞相善人君子”，“顔魯公”的副標題是“顔真卿羅浮屍解”，“議醫”的副標題是“論醫道之難精”，“東巡”的副標題是“真宗幸太岳異物遠避”，這些副標題的叙事化、整齊化在以往筆記小説中極爲罕見，却與後世話本、章回小説的回目極爲類似，故有人認爲其“完全受當時説話的影響”，“全仿效話本”。[④]目前學界對於《青瑣高議》的副標題是否原本即有還存在争議，[⑤]但可

---

① 李劍國著:《宋代志怪傳奇叙録》(增訂本)，北京：中華書局2018年版，第71頁

② 參見李劍國著:《宋代志怪傳奇叙録》(增訂本)，北京：中華書局2018年版，第283—289頁。

③ 李劍國《宋代志怪傳奇叙録》指出此書“作爲小説集，既不同於一般創作集，也不同於《異聞集》《麗情集》之類小説選集及宋代常見之鈔撮前人故事的雜纂雜編，乃集三者爲一書之混合型小説集”，内容的龐雜以及自撰、選編、摘鈔的成書方式，使其標題也呈現多種形式混合的狀態。參見李劍國著:《宋代志怪傳奇叙録》(增訂本)，北京：中華書局2018年版，第295頁。

④ 胡士瑩著:《話本小説概論》，北京：中華書局1980年版，第148—149頁。

⑤ 李劍國指出今本《青瑣高議》乃南宋書賈之重編本，七字標目非劉斧原書所有，乃是重編者所爲，“南宋紹興間皇都風月主人編《緑窗新話》全用七字標目，此殆仿之”。參見李劍國:《宋代志怪傳奇叙録》(增訂本)，北京：中華書局2018年版，第289頁。凌郁之認同李劍國的觀點，認爲《青瑣高議》《緑窗新話》的七字標題“很可能是南宋以後書坊所擬加”“未必是宋人舊觀”，“其七言題係爲標題而標題，爲求整齊劃一而刻意做成七言形式，有的殆同累贅，有的形同虚設，多數並不具有標題的意義”，凌氏進一步懷疑七字題與宋代説話之間的關係，《青瑣高議》的七言標題“本不屬於口語之説話，而更可能出於追求書面語言之美感”，又指出“話本七字標目到了明代才形成風氣，在宋元均未發現更多例證。我們很難説，到底是後來話本小説模仿了《緑窗新話》，還是《緑窗新話》本無此七字標題，而爲後世坊賈所添加”。參見凌郁之:《走向世俗——宋代文言小説的變遷》，(轉下頁)

以確定的是，這種“類回目”的出現，同筆記小説的趨俗有著緊密關係：一方面考察作者劉斧的身份可知其並非傳統的士大夫，而是處於社會中下層的一般文人，或是“一個以舌辯見長的説話人”，“正和隋代的侯白秀才一樣”，[①]既具備傳統士大夫的文采學識，也熟悉世俗社會，了解底層民衆的文學喜好；另一方面考察此書内容，可知此書具有從傳統筆記小説向通俗小説過渡的性質，“是文言小説通俗化過程中的關鍵性作品：有著文言小説的面貌，却反映著白話小説的内容；在形式上對文言小説有所突破，在内容上成爲宋元話本取材之淵藪”。[②]

在《青瑣高議》之後，尤其到了南宋，類似的通俗性筆記小説逐漸增多，在標題的整齊化、通俗化方面有突出表現，其中整齊化的代表是《緑窗新話》，而通俗化的代表是《醉翁談録》。《緑窗新話》的成書方式和内容都與《青瑣高議》頗爲類似，從書名及作者署名可以看出此書也與《青瑣高議》的性質相近，程毅中在論述《緑窗新話》時指出：“從書名看，二者（按：指《青瑣高議》和《緑窗新話》）就是一副很好的對子。它輯録的故事一律用七言句的標題，連原題也不要了，就比《青瑣高議》更進一步地走向了世俗化。”[③]《緑窗新話》一律以七字爲標題，七字標題成爲正式標題，而非附屬，且作者在排列篇目時以類相從，前後兩篇構成對偶形式，如“劉阮遇天台女仙”“裴航遇藍橋雲英”；“漢成帝服謹恤膠”“唐明皇咽助情花”等，這種標題形式是前所未有的，在中國古代小説史上具有重要意義，“成爲後

（接上頁）北京：中華出局2007年版，第268—284頁。凌氏傾向認爲《青瑣高議》《緑窗新話》的七字標題並非原書所有，而出自宋以後之明代書賈之手，其理由是“七字標題應屬於民間説話體制，而不是文人筆記或類書的慣例”。故《青瑣高議》《緑窗新話》本非話本，七字標題亦非宋時原貌，而後世書賈曾將其改編，説話人亦曾視其爲話本，用作話本使用，七字標題亦在此時被添加到原書中。李小龍對李、凌二人的觀點有所辯駁，參見《中國古典小説回目研究》，北京：北京大學出版社2012年版，第65—68頁。

① 程毅中著：《宋元小説研究》，南京：江蘇古籍出版社1999年版，第100—101頁。

② 李小龍著：《中國古典小説回目研究》，北京：北京大學出版社2012年版，第64頁。

③ 程毅中著：《宋元小説研究》，南京：江蘇古籍出版社1999年版，第184頁。

來擬話本短篇小説和演義體長篇小説運用對偶回目的先驅”。[1]南宋後期羅燁所編的《新編醉翁談録》較《青瑣高議》《緑窗新話》具有更强的通俗性，與説話聯繫也更爲緊密，李劍國指出此書是“書會才人”專門“編與説話人用作參考之資料書，多採‘風月’故事也”，[2]從所設諸如“私情公案”“煙粉歡合”“婦人題詠”“嘲戲綺語”“煙花品藻”這樣的名目來看，其明顯迎合了市民、市井等下層人民的喜好，而且此書在取材上也不同於《青瑣高議》《緑窗新話》收取、摘録前代作品，而大量收録了當代作品，如《張氏夜奔吕星哥》《林叔茂私挈楚娘》《静女私通陳彦臣》《柳耆卿以詞答妓名珠玉》《杜正倫譏任瓌怕妻》《王魁負心桂英死報》《紅綃密約張生負李氏娘》《華春娘題詩遇君亮成親》等，[3]多爲男女離合悲歡的艷情故事，其標題雖不如《緑窗新話》整齊，而通俗性却大爲增强。

二、“分類”的繼承與發展

前文將唐五代筆記小説的分類方式主要分爲“知識譜系”和“價值譜系”兩種，這兩種分類方式在宋元筆記小説中都得到了繼承，並有了一定程度的變異。此外，宋元筆記小説的分類方式相較於唐五代更加靈活和多元，並受到這一時期社會思潮和文化趣聞的影響，具有較爲鮮明的時代特色。

專門采用“知識譜系”分類方式的宋元筆記小説數量不多，最具代表性的作品是北宋陶穀所編的“博物體”小説《清異録》。此書采摭群書，分類編纂成三十七門（類），其類目按天、地、君、臣、民的順序依次排列，接著是佛、道，接著是草、木、果、疏、藥、禽、獸、蟲、魚，接著是有關

① （宋）皇都風月主人編，周楞伽箋注：《緑窗新話》“前言”，上海：上海古籍出版社 1991 年版，第 3 頁。

② 李劍國著：《宋代志怪傳奇叙録》（增訂本），北京：中華書局 2018 年版，第 656 頁。

③ 以上標題據（宋）羅燁著：《醉翁談録》，上海：古典文學出版社 1957 年版。

人之衣食住行各類雜目，如居室、衣服、陳設、器具、酒漿、饌羞等，最後是鬼、神、妖門，這一類目排列體現了北宋初期儒家知識份子的知識譜系，首重天地，次重人事，人事中首重儒家君臣民入世之義，次重釋道出世之説；草木蟲魚諸類顯示出儒家博物洽聞的趣味；衣食住行各類反映儒家對世俗社會的關注；鬼神妖三類處於最後，表明儒家重人事、遠鬼神的入世態度。除了《清異録》，宋代還有《續博物志》《廣博物志》，李石的《續博物志》卷首稱其書“次第仿華，説一事，續一事，不苟於搜索，與世之類書者小異，而比華志加詳”，[①] 顯然是步武《博物志》之作。事實上《續博物志》並未分類，只是各卷有所側重，譚獻稱其“推廣前《志》，差有條理”，[②] 而以天象爲首，與《清異録》類似，反映出宋代此類作品的一致性。此外，陳善的《捫蝨新話》也是一部按照“知識譜系”分類的作品，内容多爲考論經史、評論詩文，兼及人間雜事。此書原本未分類，據後人考證分類乃出自元人所爲。[③] 此書的類目能充分體現出宋代儒家士大夫所涉及的知識廣度，所謂“貫穿經史百氏之説,開抉古人議論之所未到”[④] 正體現出這一點。從類目的編排上也能反映出某些宋元士人關於知識的價值判斷與分布情況，此書首先按“經類”“史類”“子類”到“文章類”“詩類”“詩文類”“詩詞類”“詞曲類”“書畫”“讖類”的順序排列，與傳統書目中的四部分類法基本一致；接著是“聖賢類”“異端類”“儒釋類”“老氏類”“佛氏類”“佛老類”“神仙類”，體現出作者的“三教”觀念，即“三教”並重，又以“儒家”爲中心；

---

① （宋）李石撰，燕永成整理：《續博物志》，《全宋筆記》第四編（四），鄭州：大象出版社 2008 年版，第 161 頁。

② （清）譚獻著，范旭侖整理：《復堂日記》卷五，石家莊：河北教育出版社 2000 年版，第 111 頁。

③ 案此書原名《窗間紀聞》，《直齋書録解題》“小説家類”著録爲一卷，題陳子兼撰，未云分類，今所見分類本乃明代毛氏汲古閣刊十五卷本，據涵芬樓藏版夏敬觀跋云：“明毛氏汲古閣刊十五卷分類本，與《敏求記》所稱影宋標題《朝溪先生捫蝨新話》者同出一源，殆爲元人所分類析卷歟？”由此推測此書之分類乃元人所爲。

④ （宋）陳益：《捫蝨新話序》，（宋）陳善撰，查清華整理：《捫蝨新話》，《全宋筆記》第五編（十），鄭州：大象出版社 2012 年版，第 4 頁。

接著從“學校類”到“誅殺類”是對人物的分類，這些類目體現出作者對人才的重視，如“用人類”“設官類”“人才類”“人事類”等，以及對人物忠奸善惡的區分，如“功過類”“朋黨類”“忠義類”“奸佞類”等，具有價值判斷的意味；接著是“夢寐類”“變化類”“死生類”“鬼神類”，是關於未知領域的知識；最後是“花木類”“蟲魚類”“山川類”“古迹類”，是關於自然名物的知識。《捫蝨新話》的類目排列對《清異録》有所繼承，如對人事、“三教”的重視，博物的趣味等，也有所區别，而最大的不同在於經、史、子、詩文等類目的位置大爲提前，體現出對古代經典的重視以及“右文”傾向。

宋元時期采用“價值譜系”分類方式的筆記小説有《續世説》《唐語林》《南北史續世説》《澠水燕談録》《麈史》和《皇宋事實類苑》等幾種。其中前三種都是模仿《世説新語》的“世説體”小説，作者從前代舊籍中摘録人物事迹加以分類編排，類目較《世説新語》有所增損。[①] 由於這些作品都是取材自前代書籍，類目大半繼承自《世説新語》，新意不足，新設類目又顯得雜亂而無章法，雖爲宋人所撰，而内容缺乏時代特色，與《大唐新語》相比大爲遜色。能夠體現宋代特色及其價值譜系的作品當屬王辟之的《澠水燕談録》、王得臣的《麈史》和江少虞的《皇宋事實類苑》。首先，三書皆以記録當代事迹爲主，集中體現了宋代政治、文化特色。《燕談録》和《麈史》記録師友、賓佐之談論，皆爲當時朝廷州里之事；《皇宋事實類苑》冠以“皇宋”，不同他書鈔録前代書籍，而專録當代朝野事迹。汪俣在爲此書作序

---

① 其中，《續世説》分爲三十八類，三十五類仍《世説新語》之舊，未列“豪爽”一類，新增“直諫”“邪諂”“奸佞”三類；《唐語林》分爲五十二類，其中三十五類仍《世説新語》之舊，未列“捷悟”一類，新增“嗜好”“俚俗”“記事”“任察”“諛佞”“威望”“忠義”“慰悦”“汲引”“委屬”“砭談”“僭亂”“動植”“書畫”“雜物”“殘忍”“計策”等十七類；《南北史續世説》分爲四十七類，《四庫全書總目》提要云：“今考其書，惟取李延壽南北二史所載碎事，依《世説》門目編之，而增以博洽、介潔、兵策、驍勇、遊戲、釋教、言驗、志怪、感動、癡弄、凶悖十一門，别無異聞可資考據。”四庫館臣更懷疑此書爲明代僞書，今人考訂爲南宋作品，參見甯稼雨著：《中國志人小説史》，瀋陽：遼寧人民出版社 1991 年版，第 230—231 頁。

時引述作者語云:“古之述世説者多矣，與其有述於古，孰若有述於今? 非今之言勝,今之時勝也。”[①]表明其有很强的時代意識。在類目設置和排列上，三者亦有異曲同工之處。《澠水燕談録》全書分爲“帝德”、“讜論”、“名臣”、“知人”、“奇節”、“忠孝”、“才識”、“高逸”、“官制”、“貢舉”、“文儒”(附“書籍”)、“先兆”、“歌詠”、“書畫”、“事志”、“雜録”、“談謔”等十八類;《麈史》分上中下三卷，卷上分爲“睿謨”“國政”“朝制”“國用”等十二類，卷中分爲“賢德”“志氣”“度量”“知人”等十七類，卷下分爲“姓氏”“古器”“風俗”“奇異”等十五類，全書共分爲四十四類;《皇宋事實類苑》全書分爲“祖宗聖訓”“君臣知遇”“名臣事迹”“德量智識”“顧問奏對”“忠言讜論”“典禮音律”“官政治績”“衣冠盛事”“官職儀制”“詞翰書籍”“典故沿革”“詩歌賦詠”“文章四六”“曠達隱逸”“仙釋僧道”“休祥夢兆”“占相醫藥”“書畫伎藝”“忠孝節義”“將帥才略”“知人薦舉”“廣知博識”“風俗雜誌”“談諧戲謔”“神異幽怪”“詐妄謬誤”“安邊禦寇”等二十八類。[②]三書的類目大致都按君、臣、民、僧、道的順序排列，將有關君臣事迹、朝制國政、制度禮儀等類目置於前列，次之以官僚準則、科舉制度、文士修養等類，而將隱逸、僧道、風俗、醫卜、談謔、怪異等類置於最後。可以看出，三者都是按事物價值、地位的高低進行排列，反映出作者作爲封建官僚和儒家學者的價值譜系。在儒家思想占據主導地位的古代，這一價值譜系具有普遍性。正如江少虞在自序中所云:“聖謨神訓，朝事典物，與夫勳名賢達前言往行，藝術仙釋神怪之事，夷狄風俗之殊，纖悉

---

① (宋)汪俁:《皇宋事實類苑後序》,(宋)江少虞撰:《宋朝事實類苑》附録，上海:上海古籍出版社 1981 年版，第 1029 頁。

② 《宋朝事實類苑》今存兩個版本，一是日本木活字本，稱《皇宋事實類苑》，七十八卷，分爲二十八類;一是《四庫全書》本，稱《事實類苑》，六十三卷，分爲二十四類。江少虞於紹興十五年自序稱“釐爲二十八門”，又於紹興戊寅(二十八年)自序稱“始於本朝祖宗聖訓，終於風土雜志，總六十三卷”，考七十八卷本“祖宗聖訓”至“風俗雜誌”正爲二十四門，而多出“談諧戲謔”“神異幽怪”“詐妄謬誤”“安邊禦寇”四門。推測此書原本爲七十八卷二十八門，後經作者重新整理，删爲六十三卷二十四門。

備有。”[1]既是對作品内容的概括介紹，也反映出各類目在作者心目中價值之高低。

宋元筆記小説中運用分類編排内容的作品數量較唐五代有所增加，除了以上兩種分類方式，還有一些特殊的分類方式，這顯示出宋元筆記小説體制在繼承中有所發展。有些作品因規模龐大，一種分類方式無法涵蓋所有内容，因此采用多種分類方式，其中以《太平廣記》最爲典型。由於收録作品數量衆多，且性質各異，《太平廣記》的分類呈現多層次混合的狀態，其類目設置和安排整體上按照“道—釋—儒”三教的順序排列，其中道、釋兩大宗教類目占有較大比重，一方面展現出宗教觀念對筆記小説强大的影響力，另一方面也表明宋初在思想觀念領域的寬鬆。具體來看《太平廣記》的類目編排和分布，其分類方式具有兩大特點，一是其類目分布的“多層次性”，一是其類目呈現混合狀態。所謂“多層次”是指其分類按照多個層次，並呈現由上往下、由粗趨精的態勢。其中，類目排列的最高層次是道教類目、佛教類目、儒家類目、名物類目、其他類目，在儒家類目下又分爲人事類目、神怪類目，名物類目下又分非生物類目、植物類目、動物類目，人事類目下又分爲德行類目、道藝類目、戒行類目、婦僕類目，神怪類目下分爲夢幻類目、鬼神類目、死亡類目，由此可以看到整體的類目可劃分爲三個層次。所謂類目的“混合”是指類目的擬定和劃分采用了不同的標準，使其整體上呈現出混合的狀態。例如，“神仙”“女仙”“方士”“異人”是按人物屬性分；“報應”“徵應”“定數”“讖應”“感應”是按情節屬性分；“諷諫”“廉儉”“吝嗇”“氣義”“知人”“精察”“俊辯”是按價值屬性分；“文章”“樂”“畫”“書”“醫”“相”“器玩”“夢”“鬼神”“幻術”“妖怪”“精怪”是按事物屬性分；“雷”“雨”“風”“虹”“山”“石”“金”“草

---

① （宋）江少虞：《皇宋事實類苑原序》，《宋朝事實類苑》附録，上海：上海古籍出版社 1981 年版，第 1027—1028 頁。

木”“龍”“虎”“畜獸”“水族”“昆蟲”是按知識屬性分。洪邁所編《夷堅志》規模宏大而不分類，後世有好事者摘録其内容分類編排，南宋時即有陳日華選本、[①]何異選本、[②]葉祖榮選本三種類編本，陳、何二本已佚，葉祖榮的《分類夷堅志》則較爲流行。[③]《分類夷堅志》共分三十六門，門下設類，共一百一十三類，其分門方式頗同《太平廣記》，如甲集的“忠臣”“孝子”“節義”門是按價值屬性分；乙集至戊集的“陰德”“陰遣”“冤對報應”“欠債”“妬忌”“貪謀”“詐謀騙局”“前定”等門是按情節屬性分；乙集的“禽獸”門、戊集的“夫妻”門、己集至癸集的“神仙”“釋教”“神道”“鬼怪”“醫術”“卜相”“雜藝”“妖巫”“夢幻”“奇異”“精怖”“墳墓”“設醮”“冥官”等門是按事物屬性分。除了《太平廣記》《分類夷堅志》外，規模較大的分類作品還有《二百家事類》六十卷，《郡齋讀書志》“小説類”著録，稱其“分門編古今稗官小説成一書”，[④]性質與《太平廣記》類似，其具體類目已不可知，推測其大致亦與《廣記》相類。除了采用混合分類方式外，宋元筆記小説還有一種專題分類方式，即圍繞某一專題作細分，如《丞相魏公譚訓》《朝野類要》《古今前定録》《分門古今類事》等。《丞相魏公譚訓》是作者蘇象先追述其祖父蘇頌事迹遺訓的作品，是以蘇頌爲中心記録其言行的雜録，作者將這些言行細分爲二十六類，這些類目涵蓋了主人公的日常生活，既有涉及家國大事的“國論”“國政”“家世”等

---

① 何異《容齋隨筆序》云：“僕又嘗於陳日華曄，盡得《夷堅十志》與《支志》《三志》及《四志》之二，共三百二十卷，就摘其間詩詞、雜著、藥餌、符呪之屬，以類相從，編刻於湖陰之計臺，疏爲十卷，覽者便之。”見（宋）洪邁撰，孔凡禮點校：《容齋隨筆》附録，北京：中華書局2005年版，第980頁。又《直齋書録解題》“小説家類”著録陳昱日華《夷堅志類編》三卷，稱“取《夷堅志》中詩文、藥方類爲一編”。見（宋）陳振孫撰，徐小蠻、顧美華點校：《直齋書録解題》，上海：上海古籍出版社2015年版，第337頁。

② 何異《容齋隨筆序》云：“僕因此搜索《志》中，欲取其不涉神怪，近於人事，資鑒戒而佐辯博，非《夷堅》所宜收者，別爲一書，亦可得十卷。”見（宋）洪邁著：《容齋隨筆》，上海：上海古籍出版社2015年版，第1頁。

③ 葉祖榮《分類夷堅志》五十一卷，從甲至癸，分十集，嘉靖二十五年（1546）洪楩清平山堂刻本。

④ （宋）晁公武撰，孫猛校證：《郡齋讀書志校證》，上海：上海古籍出版社2011年版，第594頁。

類，也有關於日常瑣事的記録如“恬淡”“器玩”“飲膳”“疾醫”“卜相”等，且按照類目重要程度進行排列。《朝野類要》主要記録宋朝的典章制度及習俗，是對制度習俗名稱的講解與介紹，圍繞這一主題分成“班朝”“典禮”“故事”等二十類。《古今前定録》和《分門古今類事》都是以“前定”爲主題的故事類編，後者在前者的基礎上增編而成，分爲“帝王運兆”“異兆”“夢兆”“相兆”“卜兆”“讖兆”“祥兆”“婚兆”“墓兆”“雜誌”“爲善而增”“爲惡而削”等十二類，是將前定之事按情節類型細分的結果。其他如宋庠編《楊文公談苑》分爲二十一類，畢仲詢的《幕府燕閑録》分爲二十類，陳正敏的《遯齋閑覽》分爲十類，其分類方式大要不出《太平廣記》之範圍。至於像宋代錢民逸的《南部新書》按天干順序分爲“甲”至“癸”十部分，各部分内容無側重，類别特徵不明顯，這種劃分與分卷無異，嚴格意義上已不屬於分類。

第二節　叙事的繼承與發展

在上一編中，我們對唐五代筆記小説的叙事特徵作了細緻的概括，如“描述説明、考證羅列”的叙事方式、“史官化”“類型化”的叙事以及叙事的“雜糅性”等，這些叙事特徵在宋元筆記小説中都有著不同程度的繼承，某些部分在繼承中有所發展。此外，由於政治經濟等因素導致的社會文化背景的差異，宋元筆記小説的叙事方式和語言運用産生了諸多新變，其中最爲突出的是受到通俗小説、民間口語的影響，出現了一批融合雅俗、具有强烈世俗趣味的作品，體現出宋元筆記小説叙事逐漸走向通俗化和日常化。

唐五代筆記小説的“史官化”叙事體現方式之一是篇末議論的運用，而好議論則是宋元文人普遍的特點，他們在撰寫筆記小説過程中也好發議論。王季思就曾指出宋人筆記小説的特點之一是“每節故事下面常附以議論”，[①]尤其涉及歷史興亡、倫理道德，結尾往往發表議論，用以垂戒。這些議論大部分也出現在篇末，直接承接在所記之事後，有些議論也如唐五代筆記小説有諸如“某某曰”的標誌，如《釣磯立談》篇末有“叟曰”“叟嘗曰”，《青瑣高議》有“議曰”，《雲齋廣録》有“評曰”等。在議論的内容和形態上，宋元筆記小説不局限於針對事件本身發表看法，而是從事件出發，用更高遠的眼光來揭示事件所藴含的意義與道理。《釣磯立談》的議論就具備這一特點，此書記述南唐興亡事迹，作者未署名，而《宋史・藝文志》著録爲史虚白，乃五代南唐人。[②]正因爲作者歷經朝代更替，對所記史事有切身的體會，其所發表議論常常寄寓禍福交替、興亡迭代的感嘆。此書第一則議論即屬此類：

> 叟曰：禍福之來，雖各象德；而事有機會，皆相憑藉。是以風旋而上升，水激則彌悍。有情之所忘，每爲無情之所轉，大空之中，夫疇覺之哉。嚮若義祖本無歆羨金陵之心，則烈祖不得徙鎮矣。又烈祖以梅冶自乞，或如其欲，則亦無因而至京口矣。京口之不至，則廣陵之亂孰恃而弭，廣陵之功不在烈祖，則霸圖亦無自而托業矣。吁，夫豈人謀之所及邪？非人謀之所及，然後有以知天命之至，不可以幸而冀也。昔者伊摯以媵女而相成湯，百里奚鬻羊而見知於秦，竇姬行號而母漢室，袁婦伏膝而媲曹宗。是故非意之意，嘗爲事之基胎。一日之濩落，君子不以爲病焉，知卒業之有所在故也。[③]

---

① 王季思：《中國筆記小説略述》，《王季思學術論著自選集》，北京：北京師範學院出版社 1991 年版，第 262 頁。

② 案因此書未署名，今人關於此書作者有所争議，有學者根據此書内容分爲南唐史事及冠以“叟曰”的評論兩大部分，又據序言中所提到的“先校書”，推測此書作者爲兩人，史事部分爲“先校書”所爲，議論部分是作序者所爲，即自稱爲“叟”者。參見（宋）史□撰，虞雲國、吴愛芬整理：《釣磯立談》“點校説明”，《全宋筆記》第一編（四），鄭州：大象出版社 2003 年版，第 213 頁。

③ （宋）史□撰，虞雲國、吴愛芬整理：《釣磯立談》，《全宋筆記》第一編（四），鄭州：大象出版社 2003 年版，第 217 頁。

這一大段議論内容豐富，既有對史事的評説，歷史典故的羅列，也有事理的抽象提煉，抒情意味的感嘆。除了這種態度嚴肅、語言典正的議論，宋元筆記小説的議論更常見的是較爲隨意的見解與感想，作者更樂意發出自己的聲音，從自己的角度出發記録人事，表達好惡和意見，以此來顯示作者對文藝、學術、時事、人事的見識。舉《東坡志林》兩則文字爲例：

余嘗寓居惠州嘉祐寺，縱步松風亭下，足力疲乏，思欲就林止息。望亭宇尚在木末，意謂是如何得到？良久忽曰："此間有甚麽歇不得處！"由是如挂鉤之魚，忽得解脱。若人悟此，雖兵陣相接，鼓聲如雷霆，進則死敵，退則死法，當甚麽時也不妨熟歇。(《記遊松風亭》)

己卯上元，余在儋耳，有老書生數人來過，曰："良月佳夜，先生能一出乎？"予欣然從之。步城西，入僧舍，歷小巷，民夷雜糅，屠酤紛然，歸舍已三鼓矣。舍中掩關熟寢，已再鼾矣。放杖而笑，孰爲得失？問先生何笑，蓋自笑也，然亦笑韓退之釣魚，無得更欲遠去。不知釣魚者，未必得大魚也。(《儋耳夜書》)[①]

這兩則文字都是記事記言加議論的結構，所謂議論，都非經過深思熟慮的大道理，而是日常生活中的片段感悟，没有多麽深刻的含義，却能見出作者的智慧和情趣。

"類型化"叙事在宋元筆記小説中的表現也頗爲明顯。宋元時期宗教發展繼續繁榮，小説創作受宗教觀念的影響也得以延續。宋元筆記小説的"類型化"叙事除了存在於一些專門的"輔教之書"外，還蔓延至非宗教性作品

① （宋）蘇軾撰，王松齡點校：《東坡志林》，北京：中華書局1981年版，第4—5頁。

中。以佛教報應故事中的入冥類爲例，在《夷堅志》中即有不少記載，這些故事長短不一，短者如《夷堅乙志》“變古獄”條：“大觀初，司勳郎官郭權死而復生。言遍至陰府，多見近世貴人。其間一獄囚繫甚衆。問之，曰：‘此新所立變古獄也。’陳方石説。”[①]故事簡短，對地獄的描寫甚爲簡略。長者如《夷堅乙志》卷四“張文規”條，[②]將近兩千一百字，情節曲折，描寫細緻，人物對話頻繁，有性格刻畫。此外，道教仙傳小説在《江淮異人録》《稽神録》《搜神秘覽》《茅亭客話》《投轄録》《陶朱新録》《夷堅志》等作品中也較爲常見，宣揚“前定”“命定”觀念的故事在志怪類作品中更是屢見不鮮。

叙事的“雜糅性”在宋元筆記小説中表現最爲突出的是“詩話”比重大爲增加，而“詞話”“文話”也同樣出現在不少作品中。“詩話”孕育雖早，而其體之正式確立並進而大盛則始於宋代。清代息翁云：“詩之有話，自趙宋始，幾乎家有一書。”[③]據胡震亨《唐音癸籤》著録，凡以“詩話”命名的宋人作品有三十六種，《四庫全書總目》著録的宋人詩話有三十二種，《中國叢書綜録》所載的宋人詩話爲六十七種，郭紹虞撰《宋詩話考》收録的宋人詩話多達一百三十九種。[④]除了專門的詩話作品，筆記小説中摻入詩話内容也十分常見，如《丞相魏公譚訓》卷三“詩什”（另有“文學”）、《春渚紀聞》卷七“詩詞事略”、《澠水燕談録》卷七“歌詠”、《猗覺寮雜記》上卷、《履齋示兒編》“詩説”（另有“文説”）、《麈史》“詩話”、《捫蝨新話》“詩類”“詩文類”（另有“文章類”）、《雲齋廣録》卷二“詩話録”等，皆屬於詩話。此外如《西溪叢語》《步里客談》《過庭録》《墨莊漫録》《邵氏聞見後録》《甕牖閑評》《澗泉日記》《桯史》《能改齋漫録》《清波雜志》等作品

① （宋）洪邁撰，何卓點校：《夷堅志》，北京：中華書局1981年版，第190頁。

② 同上，第211—215頁。

③ （清）息翁：《蘭叢詩話序》，郭紹虞編選，富壽蓀點校：《清詩話續編》，上海：上海古籍出版社1983年版，第769頁。

④ 參見蔡鎮楚著：《中國詩話史》，長沙：湖南文藝出版社2001年版，第53—54頁。

中皆雜有數量不等的詩文評内容。正因爲撰寫詩話風氣之盛，宋代開始出現專門整理詩話的彙編，較著者有阮閱的《詩話總龜》、胡仔的《苕溪漁隱叢話》、魏慶之的《詩人玉屑》等，這些詩話彙編除了收録專門的詩話作品，另外重要的材料來源即是宋人的筆記小説。四庫館臣評價《詩話總龜》和《苕溪漁隱叢話》云："二書相輔而行，北宋以前之詩話大抵略備矣。然閲書多録雜事，頗近小説；此則論文考義者居多，去取較爲謹嚴。"[①] 宋代詩話與筆記小説關係之密切，由此可見一斑。[②]

宋元筆記小説在叙事上相較於前代的新變之處主要有兩點：一是叙事語言的通俗化，一是叙事内容的生活化。叙事語言的通俗化主要表現在對民間口語的吸收。在宋代，一方面是接續傳統筆記小説的特性，所運用的語言皆爲書面語（文言），儘管不少作品的來源是民間，如《澠水燕談録》《石林燕語》所載録的内容來自"田夫樵叟"或"田夫野老"，有不少諧辭俚語、謡俗異説，充滿鄉野氣息，然而作者在書寫過程中總會將原本樸素、粗鄙、諧謔的口語轉化爲規範典雅的書面語。以洪邁的《夷堅志》爲例，此書收録了大量民間故事，這些故事的講述者常常來自民間："寒人、野僧、山客、道士、瞽巫、俚婦、下隸、走卒，凡以異聞至，亦欣欣然受之。"[③] 但看其叙事語言，可知無論所描寫之人物來自哪個階層，都操著熟練的文言來對話，滿口之乎者也。這些對話若是出自貴族官僚、文人士子還情有可原，但若出自販夫走卒、商賈鄉民，乃至妓女乞丐、妖精鬼魅之口，則顯得文雅有餘而質樸不足，人物身份與語言之間扞格疏離，不夠真切自然。另一方面則與一味追求文雅的做法相對，有些作者也不時向來自民間的語言取資學習，吸收

---

① （清）永瑢等撰：《四庫全書總目》，北京：中華書局1965年版，第1787頁。

② 可參看吴文治：《宋詩話全篇·前言》，吴文治主編：《宋詩話全編》，南京：江蘇古籍出版社1998年版。

③ （宋）洪邁：《夷堅丁志序》，（宋）洪邁撰，何卓點校：《夷堅志》，北京：中華書局1981年版，第537頁。

口語中的詞彙和表達方式，融俗入雅。宋元時期社會較唐五代更貼近“平民社會”，不少文人士大夫的出身較爲普通，甚至有的來自社會底層；他們通過參加科考走上仕途，對下層的民俗風情較爲了解，也有天然的親近感，故而樂於在叙事語言中融入民間的俚語俗詞。此外，由於城鎮經濟的繁榮，城鎮中的文化娛樂活動，包括各種口頭講唱文學的影響日益增强，文人受其熏染，也會在筆記小説有所體現。比較典型的就有《雲齋廣録》《緑窗新話》《青瑣高議》《醉翁談録》等作品，這些作品的作者都是下層文人，受到雅俗兩種文化的浸染，故在作品中融入不少講唱文學的元素。宋代筆記小説中甚至還有全部使用口語的例子，如王明清《揮麈録餘話》卷二“王俊首岳侯狀”一則，所記爲王俊自陳受審狀詞，其中王俊與張太尉之對話即全用口語，對話頗長，此摘録其中一段：

> 俊於張太尉面前唱喏，坐間，張太尉不作聲，良久問道：“你早睡也，那你睡得着。”俊道：“太尉有甚事睡不着？”張太尉道：“你不知自家相公得出也。”俊道：“相公得出，那裏去？”張太尉道：“得衢、婺州。”俊道：“既得衢州，則無事也，有甚煩惱？”張太尉道：“恐有後命。”俊道：“有後命如何？”張太尉道：“你理會不得？我與相公從微相隨，朝廷必疑我也。朝廷交更翻朝見，我去則不必來也。”俊道：“向日范將軍被罪，朝廷賜死。俊與范將軍從微相隨，俊元是雄威副都頭，轉至正使，皆是范將軍，兼係右軍統制，同提舉一行事務。心懷忠義，到今朝廷何曾賜罪？太尉不須别生疑慮。”①

狀詞中的對話前後長達數千字，且所用皆爲口語，與文言文之簡潔文雅

① （宋）王明清撰，燕永成整理：《揮麈録餘話》，《全宋筆記》第六編（二），鄭州：大象出版社2013年版，第54—55頁。

大異其趣，故王明清稱其“甚爲鄙俚之言”。孫犁閲後認爲此條“全用口語，敘述描繪，與宋人話本同。互相對證，確係當時市井語言也”。[①] 可見民間口語和説話藝術確實對宋代筆記小説產生了一定的影響。

宋元文人常常關注日常生活中的點滴瑣事，在筆記小説中記録衣食住行等小事，並融入自己的審美趣味和感受；這種日常化的書寫，敘事語言較爲平淡閑適，有較强的抒情意味，性質與小品文較爲接近。除了前面引用的《東坡志林》，還有《涑水記聞》《仇池筆記》《歸田録》《龍川略志》《老學庵筆記》《入蜀記》《吴船録》《碧鷄漫志》《鶴林玉露》等。如《老學庵筆記》卷三記黄庭堅貶謫宜州後至過世的一段經歷：

> 范廖言，魯直至宜州，州無亭驛，又無民居可僦，止一僧舍可寓，而適爲崇寧萬壽寺，法所不許。乃居一城樓上，亦極湫隘。秋暑方熾，幾不可過。一日忽小雨，魯直飲薄醉，坐胡牀，自欄楯間伸足出外以受雨。顧謂廖曰：“信中，吾平生無此快也！”未幾而卒。[②]

黄庭堅晚年遭誣陷先後被貶，最後貶至廣西宜州，可謂晚境凄凉，幾乎跌到人生谷底。文中對其去世前境遇之描寫更是令人唏嘘傷懷，而其本人却充滿達觀與瀟灑，尤其在城樓上醉後淋雨一幕的描繪，既有悲劇意味，又顯示出歷經磨難後的超脱，語言簡潔雅緻，意境深遠，富於美感。這一類筆記作品的另一特點是敘述的個人化和抒情性，如《鶴林玉露》丙編卷四所記“山静日長”一則：

---

① 孫犁著，劉宗武編選：《書衣文録》（增訂版），北京：人民文學出版社 2013 年版，第 100—101 頁。

② （宋）陸游撰，李昌憲整理：《老學庵筆記》，《全宋筆記》第五編（八），鄭州：大象出版社 2012 年版，第 34 頁。

唐子西詩云："山静似太古，日長如小年。"余家深山之中，每春夏之交，蒼蘚盈階，落花滿徑，門無剥啄，松影參差，禽聲上下。午睡初足，旋汲山泉，拾松枝，煮苦茗啜之。隨意讀《周易》《國風》《左氏傳》《離騷》《太史公書》及陶杜詩、韓蘇文數篇。從容步山徑，撫松竹，與麛犢共偃息於長林豐草間。坐弄流泉，漱齒濯足。既歸竹窗下，則山妻稚子，作筍蕨，供麥飯，欣然一飽。弄筆窗間，隨大小作數十字，展所藏法帖、墨迹、畫卷縱觀之。興到則吟小詩，或草《玉露》一兩段。再烹苦茗一杯，出步溪邊，邂逅園翁溪友，問桑麻，説粳稻，量晴校雨，探節數時，相與劇談一餉。歸而倚杖柴門之下，則夕陽在山，紫緑萬狀，變幻頃刻，恍可人目。牛背笛聲，兩兩來歸，而月印前溪矣。[①]

文中是對作者個人日常生活的書寫，抒情意味濃厚，充滿詩意和美感，展現了文人具有的閑情雅緻。正如郁達夫所評價的那樣："看了這一段小品，覺得氣味也同袁中郎、張陶庵等的東西差不多。大約描寫田園野景，和閑適的自然生活，以及純粹的情感之類，當以這一種文體爲最美而最合。"[②] 這樣清新優美的文字即使放在晚明小品文中也毫不遜色，足以證明宋元筆記小説叙事上的獨特價值，而這種發展與宋元筆記小説叙事的生活化是密不可分的。

第三節　筆記小説的審美特徵

在古代小説的各類體式中，筆記體最具有"案頭化""文人化"的特點。筆記小説無論在作者的身份方面，還是在題材和體裁特徵方面，以及在語體

① （宋）羅大經撰，王瑞來整理：《鶴林玉露》，《全宋筆記》第八編（三），鄭州：大象出版社2017年版，第385頁。

② 郁達夫：《清新的小品文字》，《郁達夫文集》第六卷，花城出版社、生活·讀書·新知三聯書店香港分店1983年版，第189頁。

和叙事風格方面，都具有濃厚的案頭特色。從字面上看，案頭僅僅指文人閱讀寫作的書案，“案頭化”的小説是指在案頭上所撰寫的小説。其實不然，“案頭化”除了字面上所顯示的環境特點外，其内在還有更爲豐富的内涵。對於“案頭化”的内涵，林崗有如下定義：“所謂案頭，不僅僅是指一几一案、紙硯筆墨、書籍等物品，它當然是書齋生活，但更重要的是它意味著一種生活態度。這生活態度不僅關涉書齋生活，而是要通過書齋生活體現一脈相傳的精神、趣味、激情和雅致。”[①] 如上所述，“案頭化”除了表明寫作的環境——書齋之外，更蘊含了一種生活態度，具體説是文人的生活態度。文人的書齋生活除了表面化的琴棋書畫、筆墨紙硯、吟詩作賦，其深層意味著一種文人精神和價值，一種文人化的審美追求和文學旨趣。

書齋與案頭是文人主要的活動場所之一，既是人生目標的起點，寄托了文人的夢想，也是文人心靈安頓之所。無論是否取得功名，無論仕途順利還是遭遇坎坷，文人的最終歸屬還是書齋中、案頭前。與外界的紛繁喧囂相比，書齋是相對隔離的僻静場所，是屬於文人的個人空間，身處其中能免於被打擾，能够自由思考、閱讀和寫作。文人在書齋又可以突破空間時間的限制，思接千載，視通萬里，可以與古人對話，與天地精神相往來。在這裏，文人可以毫無顧忌地吟詩作文，享受創作帶來的快感，而筆記小説雖然在文人的文化生活序列中處於低端，却仍然是其不可或缺的閱讀、撰述對象。

宋元筆記小説作爲一種案頭化的小説文體，是文人獨立思考和撰述的産物，具有獨立真切的美學風格。雖然筆記小説的素材中有很大一部分來自他人的口頭撰述，或者來自前人的書籍，但作者不是單純的記録，而要經過一番深入的改造和修飾。與其他小説文體相比，筆記小説最不需要考慮寫作的對象，在選材、組織和編寫中更能融入自己的思想觀念和審美趣味，體現作

① 林崗著：《口述與案頭》，北京：北京大學出版社 2011 年版，第 192 頁。

者的獨立個性。即使到了南宋時期，由於印刷技術、傳播手段的提高，使得文言小説的創作有了市場化的傾向，但這種傾向也是極爲輕微的，大部分作者不會在意，不必考慮市場的接收度而迎合普通讀者的閱讀口味。筆記小説作爲一種案頭文學，其“潛在讀者”是“那些被認爲具有相同趣味的小圈子讀者”，因此是“文學諸類裏媚俗程度最低的一類”。[1]

筆記小説能夠使作者表達真實的見解，抒發真摯的情感，見解的真實表現在所述之事都是有所依據，不違背事實。這一點從唐至宋漸趨明顯，而由宋代筆記小説中考證之語大爲增加可知。情感的真摯則表現在筆記小説能夠表達作者真實的意趣，正如洪邁所描述的那樣：“於寬閑寂寞之濱，窮勝樂時之暇，時時捉筆據几，隨所趣而志之，雖無甚奇論，然意到即就，亦殊自喜。”[2] 由於筆記小説是消遣的讀物，不必承載過多的道德意涵，更利於真實的表達，可以“想到什麼寫什麼，知道什麼寫什麼，了解什麼寫什麼”，正統文學裏“不敢説、不敢寫的寫了説了”，“‘呵天罵地’，‘箴君議臣’，‘評人論事’，‘指桑罵槐’，甚至於‘滑稽諷刺’，‘嘲笑幽默’，甚至於‘周公説夢’，‘王婆祝鷄’，‘kind言長語’，‘翻是弄非’無所不可，亦無所不有，同時也容許‘寓箴規於諷刺’，‘言者無罪，聞者有戒’，‘顯事象於片言’，‘食之無味，去之可惜’”。[3]

李劍國曾如此評價文言小説：“文言小説基本屬於由正統文人創作的士人文學，突出反映著士人意識和士人生活，與文人詩文具有相同的文學淵源以及相通的文化精神與藝術精神。”[4] 以此來評價宋代筆記小説也頗爲貼切。

---

① 林崗著：《口述與案頭》，北京：北京大學出版社 2011 年版，第 204 頁。

② （宋）洪邁：《容齋三筆序》，（宋）洪邁撰，孔凡禮點校：《容齋隨筆》，北京：中華書局 2005 年版，第 425 頁。

③ 姜亮夫：《〈筆記選〉序：筆記淺説》，《姜亮夫全集》第二十一册，昆明：雲南人民出版社 2002 年版，第 624—625 頁。

④ 李劍國：《文言小説的理論研究與基礎研究——關於文言小説研究的幾點看法》，《古稗斗筲録——李劍國自選集》，天津：南開大學出版社 2004 年版，第 6 頁。

宋代筆記小説作爲一種案頭化的小説文體，反映的是文人的生活情趣和價值追求，既儒雅内斂又風流灑脱，語言質樸而雅潔，叙事平實而簡練，總體呈現雅致、平淡的美學風格。朱自清在《文學的標準與尺度》中對文學中“儒雅”與“風流”兩種風格有如下描述：

> 載道或言志的文學以“儒雅”爲標準，緣情與隱逸的文學以“風流”爲標準。有的人“達則兼濟天下，窮則獨善其身”，表現這種情志的是載道或言志。這個得有“正其誼不謀其利，明其道不計其功”的抱負，得有“怨而不怒”“温柔敦厚”的涵養，得用“熔經鑄史”“含英咀華”的語言，這就是“儒雅”的標準。有的人縱情於醇酒婦人，或寄情于田園山水，表現這種種情志的是緣情或隱逸之風。這個得有“妙賞”“深情”和“玄心”，也得用“含英咀華”的語言，這就是“風流”的標準。①

筆記小説不見得會寄寓作者多大的抱負，也很少對社會或人生發表深刻的思想見解，更多的是一些“不繫人之利害”的瑣事和談謔。筆記小説樂於傳遞一種平易温和的觀點，激烈的批判、惡意的攻訐是很難見到的，筆記小説的作者總是從容不迫、和顔悦色，最多可稱爲“温和的反對派”“人生經驗的調侃者”或“社會的嘲弄者”，② 儘量做到理智與情感的和諧統一。由此看來，筆記小説亦可視作“儒雅”與“風流”的集合體。

筆記小説無論是劇談還是訪求，其所述内容無論發生於朝廷廟堂還是山間鄉野，都是以口語傳播，故其語言具有口語的特色。而當這些内容被文人

---

① 朱自清：《文學的標準與尺度》，蔡清富、孫可中、朱金順編選：《朱自清選集》第一卷，石家莊：河北教育出版社 1989 年版，第 430—431 頁。

② 林崗著：《口述與案頭》，北京：北京大學出版社 2011 年版，第 233 頁。

所記録成文字，其語言就轉化成書面語，從口傳的故事轉化爲用文言書寫的筆記小説。雖然大部分的筆記小説作者都標榜“實録”，但所謂的實録是指内容有所依據，不是憑空虚構，實録的是情節、人物，而非語體。在筆記小説中，最能夠體現從口語到書面語（文言）巨大變化的是人物的對話。

正如林崗所云：“書寫既有脱離口頭語言獨自發展出只供閲讀不供聽聞的特殊書面語的傾向，又有靠近口頭語言貼近口語來組織書面語的傾向。書寫語言的這種複雜演變全在於運用書寫的人的趣味。如果是那些傾向於下層趣味的人在運用書寫，他們就會使得書面語向口頭表達的方向傾斜。”這一傾斜造成的結果便是“口頭表達的趣味、風格和修辭融入書寫表達中來”。[①] 宋代較唐代更貼近“平民社會”，在以文治國、大興科舉的政策下，文化更加普及，大批來自民間的讀書人通過科舉走上仕途，這些文人對下層的風俗民情十分了解，有天然的親近感，故而在文字書寫中樂於使用具有鄉野民間色彩的俚語俗詞。

在宋代文人的人生道路和規劃中，從“兼濟天下”的功名事業回到“獨善其身”的個人生活，才有可能在悠閑自得的心態下操起筆，撰寫筆記小説以“消遣歲月”。

在宋代文人的文章體系中，小説雖勉强擠入雅文學的圈子，却從來處在邊緣地位。在唐宋文人的爲文生涯中，大部分時間都在撰寫正經規範的廟堂文章，要求不偏不倚、平實雅正，心態總是嚴謹小心、戰戰兢兢。有些空餘時間，則以創作詩文爲主，除了歌功頌德的館閣體、相互吹捧的唱和體，也有部分抒發真情實感的作品。相對於廟堂文章和正統的詩文，筆記小説由於地位低下，歷來不受重視。即使頗受唐宋文人的喜愛，在其撰述活動中也僅占據極爲狹小的空間，許多作品都是在作者被“閑置”的貶謫、致仕、野處

① 林崗著：《口述與案頭》，北京：北京大學出版社2011年版，第57—58頁。

時期寫成。此時，作者常常已是風燭殘年，歷經了人事的變遷、歲月的洗禮，心態已歸於平静淡薄。他們或者閑坐終日、追憶往事，或者會友聚談、搜怪徵奇，將這些有趣的回憶和見聞記録成文，彙聚成編，不求文字之工，不求議論之正，在平淡的叙述中見出智慧和灼見，文意嫻雅而感情真摯。筆記小説在這種狀態和心態下完成，擺脱了道德功業的束縛，體現了宋代文人士大夫在人生道路上的另一種審美趣味和追求。

形成筆記小説上述美學趣味的要素，同作者的撰述狀態有密切關係。如上官融撰《友會談叢》乃是因爲科舉失利："今年春策不中，掩袂東歸，用舍行藏……身閑晝永，何以自娱？因發篋所記之言百餘紙。"[①] 或遭遇貶謫，如蘇轍的《龍川略志》及《别志》都是在謫居龍川時所撰：

> 乃杜門閉目，追思平昔，恍然如記所夢，雖十得一二，而或詳或畧，蓋亦無足記也。(《龍川略志・自引》)[②]

> 今謫居六年，終日燕坐，欲追考昔日所聞，而炎荒無士大夫，莫可問者，年老衰耄，得一忘十，追惟貢父之言，慨然悲之，故復記所聞。(《龍川别志・自序》)[③]

或是年老致仕，歸居鄉里，最爲典型的即歐陽修的《歸田録》，從"歸田"之書名可知是退休後所撰。又如范鎮《東齋記事》、沈括《夢溪筆談》、葉夢得《巖下放言》等：

---

① （宋）上官融撰，黄寶華整理：《友會談叢》，《全宋筆記》第八編（九），鄭州：大象出版社 2017 年版，第 5 頁。

② （宋）蘇轍撰，孔凡禮整理：《龍川略志》，《全宋筆記》第一編（九），鄭州：大象出版社 2003 年版，第 255 頁。

③ （宋）蘇轍撰，孔凡禮整理：《龍川别志》，同上，第 313 頁。

予既謝事，日於所居之東齋燕坐多暇，追憶館閣中及在侍從時交遊語言，與夫里俗傳説，因纂集之，目爲《東齋記事》。(《東齋記事·自序》)[①]

予退處林下，深居絶過從，思平日與客言者，時紀一事於筆，則若有所晤言，蕭然移日。所與談者，唯筆硯而已，謂之《筆談》。(《夢溪筆談·自序》)[②]

念掛冠以來，口固未嘗言世務。然親友往來，兒輩環繞，耳目所及，何能自苦至於不言，亦任之耳。時時或自記録，因目之爲《巖下放言》云。(《巖下放言·自序》)[③]

有些筆記小説是作者年老時所爲，如洪邁《容齋隨筆》和《夷堅志》:

予老去習懶，讀書不多，意之所之，隨即記録，因其後先，無復詮次，故目之曰《隨筆》。(《容齋隨筆》卷一小序)[④]

老矣，不復著意觀書，獨愛奇習氣猶與壯等。(《夷堅支乙集序》)[⑤]

宋元時期，作者撰寫筆記小説時還大多身處山林野地或鄉間湖畔，這些

---

① （宋）范鎮撰，汝沛永成整理:《東齋記事》,《全宋筆記》第一編（六），鄭州：大象出版社2003年版，第194頁。

② （宋）沈括撰，胡静宜整理:《夢溪筆談》,《全宋筆記》第二編（三），鄭州：大象出版社2006年版，第7頁。

③ （宋）葉夢得撰，徐時儀整理:《巖下放言》,《全宋筆記》第二編（九），鄭州：大象出版社2006年版，第319頁。

④ （宋）洪邁撰，孔凡禮點校:《容齋隨筆》，北京：中華書局2005年版，第1頁。

⑤ （宋）洪邁撰，何卓點校:《夷堅志》，北京：中華書局1981年版，第795頁。

偏僻、幽静之所爲作者回憶、創作提供了良好的環境，使作者保持閑適、安定的心態。魏泰的《東軒筆録》、葉夢得的《石林燕語》和《避暑録話》、釋曉瑩的《羅湖野録》和《雲卧紀談》等都是在這種環境下撰寫的，其書名中的"東軒""石林""羅湖""雲卧"等已經點出了撰述地點的特色。在作者的自序中也都對撰寫作品時所處的環境有詳細的描繪。

有些作者描繪自己所居之地的偏僻，如魏泰在《東軒筆録》自序中記叙其居於漢陰之鄧城縣，"縣非驛傳之所出，而居地僻絶，其旦暮之所接者，非山林之觀，則田畯之語，捨此無復見聞矣"。[①] 又如蘇轍貶謫至龍川，所居極爲簡陋，"大小十間，補苴蔽漏，粗芘風雨"，屋北有隙地可以耕種，於是"與子遠荷鉏其間"。還提及此地偏遠，"人物衰少，無可晤語"，只能"終日燕坐"。[②] 葉夢得的《石林燕語》和《避暑録話》都是隱居時所撰，且所居之地都是山林環繞，遠離城市，作者"周旋嵁巖之下"、[③]"擇泉石深曠、竹松幽茂處，偃仰終日"，[④] 以劇談自娱，所與談者或故人親戚，或田夫野老。與葉夢得情形相同的還有釋曉瑩，其撰有《羅湖野録》和《雲卧紀談》，前者撰于作者歸隱羅湖之時，"杜門却掃，不與世交"，[⑤] 後者撰於曲江之感山，作者自序其生活環境及狀態云：

> 年運既往，與世日益疎闊，順時制宜，以待溘然。或逃可畏之暑於松塢，或暴可愛之日於茆簷。身閑無事，遇朋賓過訪，無可藉口，則以

① （宋）魏泰撰，燕永成整理：《東軒筆録》，《全宋筆記》第二編（八），鄭州：大象出版社 2013 年版，第 4 頁。

② （宋）蘇轍撰，孔凡禮整理：《龍川略志 · 自引》《龍川别志 · 自序》，《全宋筆記》第一編（九），鄭州：大象出版社 2003 年版，第 215、313 頁。

③ （宋）葉夢得撰，徐時儀整理：《石林燕語》，《全宋筆記》第二編（十），鄭州：大象出版社 2013 年版，第 5 頁。

④ （宋）葉夢得撰，徐時儀整理：《避暑録話》，《全宋筆記》第二編（十），鄭州：大象出版社 2013 年版，第 223 頁。

⑤ （宋）釋曉瑩撰，夏廣興整理：《羅湖野録》，《全宋筆記》第五編（一），鄭州：大象出版社 2012 年版，第 208 頁。

疇昔所見所聞，公卿宿衲遺言逸迹，舉而資乎物外談笑之樂。[①]

從以上數例可知，宋代文人一旦仕途不順、遭遇貶謫，或者自動隱退，或者致仕還鄉，都樂於撰述筆記小説，以此來消磨歲月，度過閑暇時光。由於處於歸隱狀態，而選擇的歸隱之地大多是遠離喧囂的僻静之所，不是景色優美的山林，就是風光迤邐的田園，在時間和空間上都具備了閑適的因素。作者卸下了爲官時的沉重包袱，生理和心理都獲得了解脱；遠離了繁重的政事和複雜的人際關係，不需要正襟危坐、一本正經，過著簡單、輕鬆、閑適的生活，能夠保持心情的安定和愉悦。作者已不再"處廟堂之高"，時時想"兼濟天下"，而是安於"處江湖之遠"，過著"獨善其身"的生活。作者無需再寫枯燥古板的高文大册，而是隨意爲文，隨性所致，不拘體例。與高文大册的典雅、嚴謹、整齊、宏大相反，筆記小説記録片言瑣語、異聞逸事，具有雅趣、閑適、隨意、自由的特點，正好與作者的生活狀態、寫作趣味高度契合。正是由於這種契合，使由唐至宋的文人越來越樂於撰寫筆記小説，也越來越喜愛閲讀筆記小説，推動筆記小説走向了繁榮的局面。

① （宋）釋曉瑩撰，夏廣興整理：《雲卧紀談》，《全宋筆記》第五編（二），鄭州：大象出版社2012年版，第4頁。

第三章
宋元筆記小説觀念：以小説入正史爲視角

宋元時期，“正史”編撰可取材“小説”，基本成爲傳統史學之共識。“小説”何以進入“正史”，仍有古人如何認識評價“正史”采録“小説”、何類“小説”文本進入“正史”、“正史”編纂以何旨趣采録“小説”文本、“正史”編纂以何方式加工處理所采録的“小説”文本等諸多基本問題，不僅反映了“小説”與“正史”的關係，而且也從一個側面揭示了宋元時期的筆記小説觀念。本書將以《新唐書》傳記增文采録“小説”爲例加以探討。所謂《新唐書》傳記增文，主要指《新唐書》本紀、列傳中的傳記文相對於《舊唐書》增加補充之内容（不包括《舊唐書》無傳記而《新唐書》新增整篇傳記者）。

《新唐書》相對於《舊唐書》而言，“其事則增於前，其文則省於舊”，“列傳内所增事迹較舊書多二千餘條”，[①] 許多内容取材於雜史、傳記，也有不少取材於“小説”。對於《新唐書》增文采録“雜史”“傳記”“小説”，清代趙翼《廿二史劄記》《陔餘叢考》、錢大昕的《廿二史考異》、王鳴盛《十七史商榷》等多有專門述評，另外，沈炳震《新舊唐書合鈔》也以合鈔形式全面展示了《新唐書》增文情況。現當代研究者從歷史史料學角度對此亦多論述，如黄永年《唐史史料學》、謝保成《隋唐五代史學》、鄒瑜《〈新唐書〉

① （清）趙翼撰：《陔餘叢考》，北京：中華書局1963年版，第209頁。

增補傳記之史料來源考略——筆記小説部分》、解峰《〈新唐書〉增傳史料來源研究》等，也有部分學者從筆記體小説研究視角對此有所涉及，如周勳初《唐人筆記小説考索》《唐人軼事彙編》、程國賦《唐五代小説的文化闡釋》、嚴傑《唐五代筆記考論》等。章群《〈通鑑〉及〈新唐書〉引用筆記小説研究》對《新唐書》引用筆記體小説有專章論述，以附表形式較全面梳理了《新唐書》采録筆記體小説的具體條目。上述研究，基本釐清了《新唐書》采録唐人筆記體小説的史料來源情況，並針對相關問題亦有所分析論述，但較少從"正史"與"小説"關係的角度來進行深入研究。

第一節 小説進入正史的種類

整體來看，唐人"小説"主要類型有筆記體之志怪小説、軼事（志人）小説和傳記體之傳奇體小説以及雜糅諸體之雜俎小説。[①] 筆記體之志怪小説主要爲載録鬼神怪異之事的"異聞""語怪"等，以神、仙、鬼、精、怪、妖、夢、災異、異物等人物故事爲主要取材範圍。筆記體之軼事（志人）小説主要爲載録歷史人物逸聞瑣事的"瑣言""雜事"等，以帝王、世家、士大夫、官員、文人及市井人物等各類人物的軼聞逸事爲主要記述對象。傳奇體小説主要指以曲折細緻、文辭華艷、篇幅曼長之傳記體叙述戀情、俠義等人物故事。雜俎小説主要指兼容並包志怪、軼事、傳奇乃至非叙事性之雜家雜記者。其中，《新唐書》傳記增文采録之"小説"，主要爲筆記體之軼事（志人）小説，且多屬史學價值較高者，從史家眼光來看，算得上"小説"中之翹楚，采録之條目基本爲人物軼事瑣事。其中，僅有極少數條目爲人物奇異言行或神怪之事，涉及筆記體之志怪小説或雜俎小説。

① 參見甯稼雨：《中國文言小説總目提要》第二編"唐五代"、程毅中《唐代小説史》第一章《序論》的有關論述。

綜合前人之相關研究，特别是章群《〈通鑑〉及〈新唐書〉引用筆記小説研究》之附録《〈新唐書〉傳文引用筆記小説表》，進一步拓展考證，可見《新唐書》傳記增文采録“小説”主要集中於：張鷟《朝野僉載》、劉餗《隋唐嘉話》、劉肅《大唐新語》、李肇《唐國史補》、李德裕《次柳氏舊聞》、韋絢《劉賓客嘉話録》、趙璘《因話録》、鄭處誨《明皇雜録》、佚名《大唐傳載》、張固《幽閑鼓吹》、李浚《松窗雜録》、康駢《劇談録》、高彦休《闕史》、蘇鶚《杜陽雜編》、胡璩《譚賓録》、段成式《酉陽雜俎》、李冗《獨異志》、張讀《宣室志》、孟棨《本事詩》、李綽《尚書故實》、封演《封氏聞見記》、孫棨《北里志》、佚名《玉泉子》、王定保《唐摭言》、王仁裕《玉堂閑話》、劉崇遠《金華子》、孫光憲《北夢瑣言》等。

其中,《新唐書》傳記增文采録“小説”條目較多者主要有:《大唐新語》: 卷一“則天朝默啜陷趙定等州”條（《吉頊傳》)、“長安末張易之等將爲亂”條（《桓彦範傳》)、“姚崇以拒太平公主”條（《姚崇傳》)，卷二“安禄山天寶末請以蕃將三十人代漢將”條（《韋見素傳》)、“宋璟則天朝以頻論得失内不能容”條（《宋璟傳》)，卷四“李承嘉爲御史大夫”條（《蕭至忠傳》)，卷七“皇甫文備與徐有功同案制獄”條（《徐有功傳》)、“張説拜集賢學士於院廳燕會”條（《張説傳》)、“牛仙客爲凉州都督”條（《張九齡傳》)，卷十一“貞觀末房玄齡避位歸第”條（《房玄齡傳》）等。《隋唐嘉話》主要有：卷上“太宗令衛公教侯君集兵法”條（《侯君集傳》)、“英公雖貴爲僕射”條（《李勣傳》)，卷中“征遼之役梁公留守西京”條（《房玄齡傳》)、“虞監草行本師於釋智永”條（《歐陽通傳》)、“高宗之將册武后”條（《褚遂良傳》)、“武后使閻知微與田歸道使突厥”條（《閻知微傳》)，卷下“皇甫文備武后時酷吏也”條（《徐有功傳》)、“李昭德爲内史”條（《婁師德傳》)、“盧尚書承慶總章初考内外官”條（《盧承慶傳》)、“劉仁軌爲左僕射”條（《戴至德傳》)、“元行沖賓客爲太常少卿”條（《元行沖傳》)、“太宗嘗止一樹下”條和“太宗使宇文士及割肉”條（《宇文士及傳》）等。《明皇雜録》主要有：卷上“開元中上急於爲理”條（《張嘉貞傳》）、“玄宗既用牛仙客爲相”條（《牛仙客傳》）、“王毛仲本高麗人”條（《王毛仲傳》）、“楊國忠之子暄舉明經”條（《楊國忠傳》）、“開元中朝廷選用群臣”條（《倪若水傳》），卷下“張説之謫岳州也”條（《張説傳》）、“張九齡在相位”條（《張九齡傳》）等。《唐國史補》：卷上“張旭草書得筆法”條（《張旭傳》）、“盧杞除虢州刺史”條（《盧杞傳》）、“梨園弟子有胡雛者”條（《崔隱甫傳》）、“汴州相國寺言佛有流汗”條（《劉玄佐傳》）、“渾瑊太師年十一”條（《渾瑊傳》）、“李馬二家日出無音樂之聲”條《李晟傳》，卷中“王叔文以度支使設食於翰林中”條（《王叔文傳》）、“襄州人善爲漆器”條（《于頔傳》）、“杜羔有至行”條（《杜羔傳》）、“韋太尉在西川”條（《韋皋傳》）等。《次柳氏舊聞》：“魏知古起家諸吏”條和“元宗初即位禮貌大臣”條（《姚崇傳》）、“蕭嵩爲相引韓休爲同列”條（《蕭嵩傳》）、“肅宗在東宫爲李林甫所構”條（《章敬吴太后傳》）。《劉賓客嘉話録》：“盧杞爲相令李揆入蕃”條（《李揆傳》）、“率更令歐陽詢行見古碑”條（《歐陽詢傳》）、“皇甫文備武后時酷吏也”條（《徐有功傳》）、“昔中書令河東公開元中居相位”條（《張憬藏傳》）等。《大唐傳載》：“陽道州城之爲朝士也”條（《陽城傳》）、“李相國程爲翰林學士”條（《李程傳》）、“魏齊公元中少時”條（《張憬藏傳》）、“天實中有書生旅次宋州”條（《李勉傳》）等。《朝野僉載》：“蕭穎士開元中年十九擢進士第”條（《蕭穎士傳》）、“周郎中裴珪妾趙氏”條（《張憬藏傳》）、“唐明崇儼有術法”條（《明崇儼傳》）、“監察御史李嵩李全交殿中王旭京師號爲三豹”條（《王旭傳》）等。《酉陽雜俎》：前集卷之一“駱賓王爲徐敬業作檄”條（《駱賓王傳》），前集卷之二“武攸緒天后從子”條（《武攸緒傳》），前集卷之十二“唐王勃每爲碑頌”條（《王勃傳》），續集卷之三“斌兄陟早以文學識度名於時”條（《韋陟傳》）、“韋斌雖生於貴門而性頗厚質”條（《韋斌傳》）等。《唐摭言》：卷三“胡證尚書質狀魁偉膂力絶人”條（《胡證傳》），卷五“王勃著滕王閣序”條（《王勃傳》）、卷十“李賀字長吉唐諸王孫也”條（《李賀傳》）等。《因話録》：卷二“劉桂州栖楚爲京兆尹”條（《劉栖楚傳》）、卷二“柳元公初拜京兆尹”條（《柳公綽傳》）、卷三“劉司徒玄佐滑州匡城人”條（《劉玄佐傳》）等。《杜陽雜編》：“代宗纂業之始”條（《常衮傳》）、“二年夏五月”條（《朱泚傳》）、“魚朝恩專權使氣”條（《魚朝恩傳》）。

《新唐書》采録條目較少者主要有：《譚賓録》：卷五“李光弼討史思明”條（《李光弼傳》）、“太宗征遼東駐蹕於陣”條（《薛仁貴傳》）。《玉堂閑話》：“成式多禽荒”條（《段成式傳》）、“劉崇龜鎮南海之歲”條（《劉崇龜傳》）。《玉泉子》：“崔湜爲中書令”條（《張嘉貞傳》）、“杜宣猷大夫自陶中除宣城”條（《吐突承璀傳》）。《北夢瑣言》：“唐大中末相國令狐綯罷相”條（《令狐滈傳》）、卷二“王文懿公起三任節鎮”條（《王起傳》）。《獨異志》：卷下“蕭穎士開元中年十九擢進士第”條（《蕭穎士傳》），“唐朝承周隋離亂”條（《李嗣真傳》）。《劇談録》：卷上“唐盛唐令李鵬遇桑道茂”條（《桑道茂傳》）。《尚書故實》：“陸暢字達夫常爲韋南康作蜀道易”條（《韋皋傳》）。《封氏聞見記》：“姜晦自兵部侍郎拜吏部”條（《姜晦傳》）。《幽閑鼓吹》：“張長史釋褐爲蘇州常熟尉”條（《張旭傳》）。《北里志》附録：“胡證尚書”條（《胡證傳》）。《金華子雜編》：卷上“崔雍爲起居郎”條（《李景讓傳》）。《松窗雜録》：“玄宗何皇后始以色進”條（《王皇后傳》）。《宣室志》：卷一“新昌裏尚書温造宅”條（《桑道茂傳》）。《本事詩》：“沈佺期以罪謫”條（《沈佺期傳》）。

從歷代主要官私書目著録情況來看，《新唐書》傳記增文采録“小説”條目較多者，有相當一部分屬於“小説”“傳記”“雜史”混雜著録者，如《大唐新語》，《崇文總目》《新唐書·藝文志》《郡齋讀書志》《通志·藝文略》《直齋書録解題》著録“雜史”,《四庫全書總目》著録“小説”;《明皇雜録》,《崇文總目》《新唐書·藝文志》《郡齋讀書志》《直齋書録解題》著録“雜史”,《四庫全書總目》著録“小説”;《次柳氏舊聞》,《新唐書·藝文志》《郡齋讀書志》《通志·藝文略》《直齋書録解題》著録“雜史”,《崇文總目》《百川書志》著録“傳記”,《四庫全書總目》著録“小説”;《劉賓客嘉話録》,《崇文總目》著録“傳記”,《郡齋讀書志》《直齋書録解題》《四庫全書總目》著録“小説”;《朝野僉載》,《新唐書·藝文志》《宋史·藝文志》著録於“傳記”,《通志·藝文略》著録於“雜史”,《郡齋讀書志》《直齋書録解題》《四庫全書總目》著録於“小説”。作爲史之流别,“雜史”“傳記”“小説”與“正史”之文類關係存在著明顯的親疏遠近之别,其中,“雜史”載録内容與“正史”最爲相關,多事關廟堂國政、人事善惡,“傳記”次之,“小説”最遠。“雜史”“傳記”“小説”混雜著録者,多兼備三種或二種文類規定性,包括三類或二類性質内容,即事關廟堂國政、人事善惡,或近或遠、或大或小,但含有部分鬼神怪異之事、無關“朝政軍國”的日常生活化的軼聞瑣事、依托虚構之事等。不過,在宋代官私書目特别是《新唐書·藝文志》《崇文總目》中,此類作品多被歸爲“雜史”或“傳記”,也反映出《新唐書》傳記增文采録時,實際上還是將其作爲史料價值較高的“雜史”“傳記”看待的。此外,《新唐書》傳記增文采録“小説”條目較多者,也有部分作品屬於歷代主要官私書目主要著録於“小説”者,如《隋唐嘉話》《唐國史補》《唐摭言》《大唐傳載》《因話録》等。但此類作品在古人心目中也屬“小説”中之翹首,從史家眼光看來,屬史學價值較高者。如李肇《唐國史補·自序》:“撰《國史補》,慮史氏或闕則補之意。”[①]《四庫全書總目》之《大唐傳載》提要:“所録唐公卿事迹,言論頗詳,多爲史所采

① (唐)李肇等撰:《唐國史補　因話録》,上海:上海古籍出版社1979年版,第3頁。

用。”《因話録》提要：“故其書雖體近小説，而往往足與史傳相參。”《唐摭言》提要：“是書述有唐一代貢舉之制特詳，多史志所未及。”[①]《新唐書》采録“小説”主要集中於記載朝野人物之瑣聞軼事、具有較高史學價值的軼事小説，實際上反映了“正史”與“小説”文類關聯之處在於一小部分“補史之闕”者，其他大量的志怪小説、傳奇體小説及距離史家旨趣較遠的軼事小説大都與“正史”無緣，基本不符合“正史”編纂的取材範圍和入史標準。

“小説”（筆記體小説）之叙事多標榜“據見聞實録”原則，雖然也與“正史”一樣追求“實録”，但因“見聞”特别是“傳聞”本身可能存在附會依托、敷演增飾、虚妄不實之處，不少内容真虚莫測。其中，有部分作品較多傾向於“僞”和“誣”，“率多舛誤”。也有部分作品較多傾向於“真”和“信”，“信而有徵”，具有高度的歷史真實性。總體看來，《新唐書》采録的“小説”軼事瑣事，大都傾向於“信而有徵”者。

第二節　正史表述小説的方式

《新唐書》傳記增文表述“小説”軼事瑣事，往往會對作爲素材的“小説”軼事瑣事進行一番加工處理。一般來説，“小説”載録軼事瑣事較多描摹形容，包含大量的細節描寫和場景化描述，但這些軼事瑣事進入《新唐書》後，常常被簡化處理而僅保留個别典型性細節或比較簡略的場景化叙事。例如，《朝野僉載》記載蕭穎士之僕人杜亮因愛其才屢受鞭打而不願離開：“開元中，蕭穎士方年十九，擢進士。至二十餘，該博三教。其賦性躁忿浮戾，舉無其比。常使一僕杜亮，每一決責，皆由非義。平復，遭其指使

① （清）永瑢等撰：《四庫全書總目》，北京：中華書局1965年版，第1185、1184、1186頁。

如故。或勸亮曰：‘子傭夫也，何不擇其善主，而受苦若是乎？’亮曰：‘愚豈不知。但愛其才學博奥，以此戀戀不能去。’卒至於死。”[①]《新唐書》采録此瑣事寫入《蕭穎士傳》，僅删節保留爲：“有奴事穎士十年，笞楚嚴慘，或勸其去，答曰：‘非不能，愛其才耳。’”[②]《明皇雜録》載録“唐玄宗用張嘉貞爲相”：“開元中，上急於爲理，尤注意於宰輔，常欲用張嘉貞爲相，而忘其名。夜令中人持燭於省中，訪直宿者爲誰，還奏中書侍郎韋抗，上即令召入寢殿。上曰：‘朕欲命一相，常記得風標爲當時重臣，姓張而重名，今爲北方侯伯。不欲訪左右，旬日念之，終忘其名，卿試言之。’抗奏曰：‘張齊丘今爲朔方節度。’上即令草詔，仍令宮人持燭，抗跪於御前，援筆而成，上甚稱其敏捷典麗，因促命寫詔勑。抗歸宿省中，上不解衣以待旦，將降其詔書。夜漏未半，忽有中人復促抗入見。上迎謂曰：‘非張齊丘，乃太原節度張嘉貞。’别命草詔。上謂抗曰：‘維朕志先定，可以言命矣。適朕因閲近日大臣章疏，首舉一通，乃嘉貞表也，因此灑然方記得其名。此亦天啓，非人事也。’上嘉其得人，復嘆用舍如有人主張。”[③]《新唐書》采録此軼事入《張嘉貞傳》，做了較多删節簡化處理：“帝欲果用嘉貞，而忘其名。夜詔中書侍郎韋抗曰：‘朕嘗記其風操，而今爲北方大將，張姓而複名，卿爲我思之。’抗曰：‘非張齊丘乎？今爲朔方節度使。’帝即使作詔以爲相。夜且半，因閲大臣表疏，舉一則嘉貞所獻，遂得其名。”[④]這種簡略化處理反映了“正史”與筆記體小説在叙事方式上的典型差異。“而叙事之工者，以簡要爲主。……然則文約而事豐，此述作之尤美者也。”[⑤]“正史”之叙事追求簡潔，反對“虚加練飾，輕事雕彩”，而《新唐書》更是特别追求叙事之簡要，

① （唐）張鷟撰，趙守儼點校：《朝野僉載》，北京：中華書局 1979 年版，第 133 頁。
② （宋）歐陽修、宋祁撰：《新唐書》，北京：中華書局 1975 年版，第 5770 頁。
③ （宋）鄭處誨撰，田延柱點校：《明皇雜録》，北京：中華書局 1994 年版，第 12 頁。
④ （宋）歐陽修、宋祁撰：《新唐書》，北京：中華書局 1975 年版，第 4442 頁。
⑤ （唐）劉知幾著，（清）浦起龍通釋，王煦華整理：《史通通釋》，上海：上海古籍出版社 2009 年版，第 156 頁。

如《進唐書表》稱："其事則增於前，其文則省於舊。"《新唐書》對傳記增文采録"小説"之軼事瑣事進行簡略化處理，實際上是一種"正史化"。不過，對於這種簡略化處理雖符合"正史"之叙事原則，但因過度追求叙事簡要，也招致不少古代史家、文人的批評，例如，顧炎武《日知録》"文章繁簡"條："辭主乎達，不論其繁與簡也，繁簡之論興而文亡矣，《史記》之繁處必勝於《漢書》之簡處，《新唐書》之簡也，不簡於事而簡於文，其所以病也。……是故辭主乎達，不主乎簡。劉器之曰：'《新唐書》叙事好簡略其辭，故其事多鬱而不明，此作史之病也。'"[①] 這裏主要指《新唐書》叙事過分追求簡略，删略了一些構成史實的必備細節要素如歷史時間、地點、稱謂等，事實反而晦澀不清了。

不過，《新唐書》傳記增文采録"小説"軼事瑣事做簡略化處理，也有少部分片段還是保留了較完整細膩的場景化叙事，例如，《吉頊傳》："及辭，召見，泣曰：'臣去國，無復再謁，願有所言。然病棘，請須臾間。'后命坐，頊曰：'水土皆一盎，有争乎？'曰：'無。'曰：'以爲塗，有争乎？'曰：'無。'曰：'以塗爲佛與道，有争乎？'曰：'有之。'頊頓首曰：'雖臣亦以爲有。夫皇子、外戚，有分則兩安。今太子再立，而外家諸王並封，陛下何以和之？貴賤親疏之不明，是驅使必争，臣知兩不安矣。'后曰：'朕知之，業已然，且奈何？'"[②]《李光弼傳》："光弼壁野水度，既夕還軍，留牙將雍希顥守，曰：'賊將高暉、李日越，萬人敵也，賊必使劫我。爾留此，賊至勿與戰，若降，與偕來。'左右竊怪語無倫。是日，思明果召日越曰：'光弼野次，爾以鐵騎五百夜取之，不然，無歸！'日越至壘，使人問曰：'太尉在乎？'曰：'去矣。''兵幾何？'曰：'千人。''將爲誰？'

---

① （清）顧炎武著，（清）黄汝成集釋，欒保群、吕宗力校點：《日知録集釋》，上海：上海古籍出版社2014年版，第433頁。

② （宋）歐陽修、宋祁撰：《新唐書》，北京：中華書局1975年版，第4259頁，采自《大唐新語》。

曰：'雍希顥。'日越謂其下曰：'我受命云何，今顧獲希顥，歸不免死。'遂請降。"①

總體看來，《新唐書》傳記增文采録"小説"之軼事瑣事，雖然都經歷了程度不同的簡略化處理，但最終寫入的歷史片段、生活片段還是或多或少進一步補充增强了《新唐書》的文學性。作爲"史家之絶唱，無韻之《離騷》"，《史記》是史筆、文筆相結合的典範之作。從敘事方式上來説，其文筆主要表現爲：歷史敘述中摻加了諸多描摹形容成分，包括細節描寫、心理描寫、場面描繪、氛圍渲染、軼事傳神、筆補造化等，不僅注重敘事，也注重寫人，鮮明生動地刻畫人物性情品格、深刻揭示人物思想靈魂，而且，注重凝練主題，寄托自己對歷史人物的認識評價和情感態度、審美理想。"太史公敘事，必摹寫盡情。如萬石君孝謹，將其處家處鄉處朝，筆筆形容，如化工之畫鬚眉，毫髮皆備。"②"是故馬遷之爲文也，吾見其有事之巨者而括焉，又見其有事之細者而張皇焉，或見其有事之闕者而附會焉，又見其有事之全者而軼去焉，無非爲文計，不爲事計也。"③而且，其中不少描摹形容成分屬於"筆補造化"，即爲歷史真實性可疑的想象虚構，如周亮工《尺牘新鈔》三集卷二釋道盛《與某》："余獨謂垓下是何等時，虞姬死而子弟散，匹馬逃亡，身迷大澤，此際亦何暇更作歌詞！即有作，亦誰聞之而誰記之歟？吾謂此數語者，無論事之有無，應是太史公'筆補造化'，代爲傳神。"④方中通《陪集》卷二《博論》下："《左》《國》所載，文過其實者强半。即如蘇、張之遊説，范、蔡之共談，何當時一出諸口，即成文章？而又誰爲記憶其字

---

① （宋）歐陽修、宋祁撰：《新唐書》，北京：中華書局1975年版，第4588頁，采自《譚賓録》。

② 王治皞《史記榷参》評論《萬石張叔列傳》，楊燕起、陳可青等編：《歷代名家評〈史記〉》，北京：北京師範大學出版社1986年版，第658頁。

③ （明）施耐庵著，（明）金聖歎評點：《第五才子書水滸傳》，天津：天津古籍出版社2006年版，第244頁。

④ （清）周在浚等輯：《結鄰集》，《四庫禁毀書叢刊》（集部36），北京：北京出版社1998年版，第541頁。

句，若此其纖悉不遺也？”[①] 隨著史學發展，《漢書》已出現文史分流的傾向，更加注重紀事而淡化寫人，常常删略歷史敘述中的描摹形容成分，從而使其文學性大大削弱。《後漢書》《三國志》之後，文史異轍則更加明顯，强調“文之與史，較然異轍”，[②] 追求史體謹嚴實録而反對“文筆”敘事，甚至認爲文采奕奕有害歷史真實。從上述例證可見，這些寫入《新唐書》的歷史片段、生活片段大都包含了諸多人物的表情、動作、言語等細節描寫，有些還算得上歷史場面描摹，鮮明生動地刻畫出歷史人物的性格思想、性情才能。從某種意義上説，此類文字也算得上文學性較强之文筆。

“小説”屬於“據見聞實録”，即使是“信而有徵”者，實際上也是歷史性想象和文學性想象相結合的産物，既追求紀實求真、真實客觀地再現基本歷史事實，又追求具體生動、形象化地展示歷史事實之具體過程和細節，主要表現爲以歷史基本事實爲基礎的情節附會、細節增飾和臆測想象、場面鋪敘等。錢鍾書《管錐編》稱：“史家追叙真人實事，每須遥體人情，懸想事勢，設身局中，潛心腔内，忖之度之，以揣以摩，庶幾入情合理。……《韓非子·解老》曰：‘人希見生象也，而得死象之骨，案其圖以想其生也；故諸人之所以意想者，皆謂之象也。’斯言雖未盡想象之靈奇酣放，然以喻作史者據往迹、按陳編而補闕申隱，如肉死象之白骨，俾首尾完足，則至當不可易矣。”[③] 其中，歷史性想象更多傾向於建構大象之“白骨”框架，而文學性想象則更多傾向於建構大象之豐滿“血肉”。總體看來，《新唐書》對“小説”軼事瑣事進行加工處理，基本屬於一定程度上消減其文學性想象、凸顯其歷史性想象。

---

① （清）方中通撰：《陪集》，《清代詩文集彙編》(133)，上海：上海古籍出版社 2010 年版，第 39 頁。

② （唐）劉知幾著，（清）浦起龍通釋，王煦華整理：《史通通釋》，上海：上海古籍出版社 2009 年版，第 232 頁。

③ 錢鍾書著：《管錐編》（第一册），北京：中華書局 1986 年版，第 166 頁。

第三節　正史采録小説的旨趣

關於《新唐書》編纂者以何旨趣采録"小説"增補傳文，趙翼《廿二史劄記》卷十七"新書增舊書處"稱："試取《舊書》各傳相比較，《新書》之增於《舊書》者有二種，一則有關於當日之事勢，古來之政要，及本人之賢否，所不可不載者；一則瑣言碎事，但資博雅而已。"[①] 從古代傳統史學視角來看，所謂"有關於當日之事勢，古來之政要，及本人之賢否，所不可不載者"，主要指《新唐書》傳記增文之史家宗旨：事關重要歷史事件發展過程、朝廷大政沿革、人物善善惡惡評價等。所謂"瑣言碎事，但資博雅而已"，是從傳統史家立場出發的一種批評，但恰恰反映了《新唐書》傳記增文之文人旨趣：瑣言碎事實際上富有表現力地展現了人物之性情、品格、文藝或學術才華等，與"小説"之趣味更爲接近。

從文本分析來看，《新唐書》傳記增文以史家旨趣采録"小説"具體表現爲：

第一，傳統史學强調，"正史"載事須"事關軍國""理涉興亡""殷鑒興廢"。《新唐書》傳記增文采録"小説"軼事與朝廷大政密切相關，屬於反映重要歷史事件或重要人物命運轉折之歷史片段，例如，《桓彦範傳》："后聞變而起，見中宗曰：'乃汝耶？豎子誅，可還宫。'彦範進曰：'太子今不可以歸，往天皇棄羣臣，以愛子托陛下，今久居東宫，羣臣思天皇之德，不血刃，清内難，此天意人事歸李氏，臣等謹奉天意，惟陛下傳位，萬世不絶，天下之幸。'后乃卧，不復言。"[②] 事關中宗復位的重要歷史事件，展現了當時重要的一幕歷史場景。《蕭嵩傳》"帝慰之曰：'朕未厭卿，何庸去乎？'

① （清）趙翼著，王樹民校證：《廿二史劄記校證》，北京：中華書局 1984 年版，第 358 頁。
② （宋）歐陽修、宋祁撰：《新唐書》，北京：中華書局 1975 年版，第 4310 頁，采自《大唐新語》。

嵩伏曰：'臣待罪宰相，爵位既極，幸陛下未厭，得以乞身，有如厭臣，首領且不保，又安得自遂？'因流涕，帝爲改容曰：'卿言切矣，朕未能决。弟歸，夕當有詔。'俄遣高力士詔嵩曰：'朕將爾留，而君臣誼當有始有卒者。'乃授尚書右丞相，與休皆罷。是日，荆州進黄甘，帝以紫帉包賜之。"[①] 展示了蕭嵩被罷黜丞相的歷史過程細節，也關係其命運的重大轉折。[②]

第二，傳統史學强調，"正史"載事須"辨人事之紀"、"賢賢賤不肖"、"表賢能"。《新唐書》傳記增文采録"小説"軼事與人物治國理政之才幹評價密切相關。例如：《張嘉貞傳》："其始爲中書舍人，崔湜輕之，後與議事，正出其上。湜驚曰：'此終其坐。'後十年而爲中書令。"[③] 通過崔湜對張嘉貞之態度由輕蔑到驚異而欽佩的轉變，側面表現了張嘉貞才能之出類拔萃。《盧杞傳》："（稍遷吏部郎中，爲虢州刺史）奏言虢有官豕三千爲民患，德宗曰：'徙之沙苑。'杞曰：'同州亦陛下百姓，臣謂食之便。'帝曰：'守虢而憂它州，宰相材也。'詔以豕賜貧民，遂有意柄任矣。"[④] 盧杞之議論，揭示了他胸懷天下、心有全局之宰相胸懷。《薛仁貴傳》："（率兵擊突厥元珍於雲州）突厥問曰：'唐將爲誰？'曰：'薛仁貴。'突厥曰：'吾聞薛將軍流象州死矣，安得復生？'仁貴脱兜鍪見之，突厥相視失色，下馬羅拜，稍稍遁去。仁貴因進擊，大破之。"[⑤] 突厥見薛仁貴驚恐失色而遁逸，凸顯了他令敵人聞風喪膽的英武神勇。《劉栖楚傳》："改京兆尹，峻誅罰，不避權豪。先是，諸惡少竄名北軍，凌藉衣冠，有罪則逃軍中，無敢捕。栖楚一切窮治，不閱

① （宋）歐陽修、宋祁撰：《新唐書》，北京：中華書局1975年版，第3954頁，采自《次柳氏舊聞》。

② 此類例證還有《牛仙客傳》："帝既用仙客……翌以爲實，喜甚。"（《明皇雜録》）《韋見素傳》："明年，禄山表請蕃將三十二人代漢將……禄山反，從帝入蜀。"（《大唐新語》）《姚崇傳》："魏知古，崇所引……然卒罷爲工部尚書。"（《次柳氏舊聞》）《令狐滈傳》："諫議大夫崔瑄劾奏綯以十二月去位……請委御史按實其罪。"（《北夢瑣言》）《閻知微傳》："武後時……於是骨斷臠分，非要職者不能得。"（《隋唐嘉話》）

③ （宋）歐陽修、宋祁撰：《新唐書》，北京：中華書局1975年版，第4444頁，采自《玉泉子》。

④ 同上，第6351頁，采自《唐國史補》。

⑤ 同上，第4142—4143頁，采自《譚賓録》。

旬，宿奸老蠹爲斂迹。一日，軍士乘醉有所凌突，諸少年從旁噪曰：‘癡男子，不記頭上尹邪？’”[①]反映了劉栖楚治理惡少之患，敢作敢爲的震懾之力。《姚崇傳》：“崇嘗於帝前序次郎吏，帝左右顧，不主其語。崇懼，再三言之，卒不答，崇趨出。内侍高力士曰：‘陛下新即位，宜與大臣裁可否。今崇亟言，陛下不應，非虚懷納誨者。’帝曰：‘我任崇以政，大事吾當與決，至用郎吏，崇顧不能而重煩我邪？’崇聞乃安。”[②]此軼事彰顯了一種理想的君臣關係，“此見玄宗任相之專”，[③]體現了唐玄宗對姚崇的信任和姚崇的出衆才幹。[④]

第三，傳統史學强調，“正史”載事須“善善惡惡”、“書美以彰善，記惡以垂戒”。《新唐書》傳記增文采録“小説”軼事與歷史人物品行操守的道德評價密切相關。例如：《房玄齡傳》：“（帝討遼，玄齡守京師）有男子上急變，玄齡詰狀，曰：‘我乃告公。’玄齡馹遣追帝，帝視奏已，斬男子，下詔責曰：‘公何不自信！’其委任類如此。”[⑤]既反映了唐太宗對房玄齡的信任，也表現了房玄齡對唐太宗的坦蕩、忠誠。《魚朝恩傳》：“養息令徽者，尚幼，爲内給使，服緑，與同列争忿，歸白朝恩。明日見帝曰：‘臣之子位下，願得金紫，在班列上。’帝未答，有司已奉紫服於前，令徽稱謝。帝笑曰：‘小兒章服，大稱。’”[⑥]“會釋菜，執易升坐，百官咸在，言鼎有覆餗象，以侵宰

---

① （宋）歐陽修、宋祁撰：《新唐書》，北京：中華書局1975年版，第5246頁，采自《因話録》。

② 同上，第4384頁，采自《次柳氏舊聞》。

③ （清）趙翼《廿二史劄記》卷十七“新書增舊書有關係處”：“《姚崇傳》，增玄宗欲相崇，崇先以十事邀帝。此爲相業之始，而《舊書》不載。又增崇在帝前序進郎吏，帝不顧，後謂高力士曰：‘我任崇以大政，此小事，何必瀆耶。’此見玄宗任相之專。”見（清）趙翼著，王樹民校證：《廿二史劄記校證》（訂補本），北京：中華書局2001年版，第360頁。

④ 此類例證還有：《房玄齡傳》：“帝悟，遽召於家……因載玄齡還宫。”（《大唐新語》）《崔隱甫傳》：“梨園弟子胡鶵善笛……賜隱甫百縑。”（《唐國史補》）《吐突承璀傳》：“是時，諸道歲進閹兒……宣猷卒用群宦力徙宣歙觀察使。”（《玉泉子》）《姚崇傳》：“故事，天子行幸……究究不知倦。”（《大唐新語》）《姜晦傳》：“滿歲，爲吏部侍郎……衆乃伏。”（《封氏聞見記》）《柳公綽傳》：“遣宣諭鄆州……帝乃解。”（《因話録》）

⑤ （宋）歐陽修、宋祁撰：《新唐書》，北京：中華書局1975年版，第3857頁，采自《隋唐嘉話》。

⑥ 同上，第5865頁，采自《杜陽雜編》。

相。王縉怒，元載怡然。朝恩曰：‘怒者常情，笑者不可測也。’載銜之，未發。”① 凸顯了魚朝恩之惡：藐視皇權、專横無理、飛揚跋扈。《李勉傳》：“勉少貧狹，客梁、宋，與諸生共逆旅，諸生疾且死，出白金曰：‘左右無知者，幸君以此爲我葬，餘則君自取之。’勉許諾，既葬，密置餘金棺下。後其家謁勉，共啓墓出金付之。”② 彰顯了李勉對朋友之誠信。《徐有功傳》：“與皇甫文備同按獄，誣有功縱逆黨。久之，文備坐事下獄，有功出之，或曰：‘彼嘗陷君於死，今生之，何也？’對曰：‘爾所言者私忿，我所守者公法，不可以私害公。’”③ 彰顯了徐有功之大度寬容、公私分明。《蕭至忠傳》：“始，至忠爲御史，而李承嘉爲大夫，嘗讓諸御史曰：‘彈事有不咨大夫，可乎？’衆不敢對，至忠獨曰：‘故事，臺無長官。御史，天子耳目也，其所請奏當專達，若大夫許而後論，即刻大夫者，又誰白哉？’”④ 表現了蕭至忠之不畏强權之耿直和忠於職守。⑤

整體而言，“小説”屬於“史官之末事”，載録歷史人物軼事多爲無關朝廷大政、善善惡惡的“瑣細之事”。然而，從《新唐書》傳記增文采録“小説”軼事有相當一部分直接事關朝廷大政、人物命運、善善惡惡之評價來看，“小説”還是載録有少量完全符合史家旨趣之軼事，與“正史”存在直接相通之處。《朝野僉載》《唐國史補》《大唐新語》《次柳氏舊聞》《明皇雜録》等一批唐人軼事小説中，載録有大量此類性質條目。有學者甚至

① （宋）歐陽修、宋祁撰：《新唐書》，北京：中華書局1975年版，第5864—5865頁，采自《杜陽雜編》。

② 同上，第4509頁，采自《大唐傳載》。

③ 同上，第4191頁，采自《隋唐嘉話》《劉賓客嘉話録》《大唐新語》。

④ （宋）歐陽修、宋祁撰：《新唐書》，北京：中華書局1975年版，第4371頁，采自《大唐新語》。

⑤ 此類例證還有：《韋陟傳》：“窮治饌羞……必允主之。”（《酉陽雜俎》）《段成式傳》：“侍父於蜀……衆大驚。”（《玉堂閑話》）《王起傳》：“帝題詩太子笏以賜……其寵遇如此。”“起治生無檢……不克讓。”（《北夢瑣言》）《王毛仲傳》：“嘗生子……今以嬰兒顧云云。”（《明皇雜録》）《王叔文傳》：“叔文母死……聞者悔懼。”（《唐國史補》）《楊國忠傳》：“子暄舉明經……猶吒官不進。”（《明皇雜録》）《宋璟傳》：“詔按獄揚州……非朝廷故事。”（《大唐新語》）《劉玄佐傳》：“玄佐貴……故待下益加禮。”（《因話録》）《李揆傳》：“揆辭老……還卒鳳州。”（《劉賓客嘉話録》）《陽城傳》：“常以木枕布衾質錢……爭售之。”（《大唐傳載》）《于頔傳》：“初，襄有髹器……故方帥不法者號‘襄樣節度’。”（《唐國史補》）

認爲，其中許多内容可能抄録自唐代國史“實録”。此類軼事小説還爲後世確立起軼事小説之典範，宋人軼事小説向唐人學習，也載録了大量此類内容，如歐陽修《歸田録》、司馬光《涑水記聞》等，《四庫全書總目》之《歸田録》提要：“多記朝廷軼事，及士大夫談諧之言。……然大致可資考據，亦《國史補》之亞也。”[①]宋人軼事小説中諸多此類軼事也被大量寫入了《宋史》。

《新唐書》傳記增文以文人旨趣采録“小説”具體表現爲：

第一，《新唐書》傳記增文采録“小説”瑣事與歷史人物之性情、品格、嗜好密切相關。例如：《李程傳》：“學士入署，常視日影爲候，程性懶，日過八磚乃至，時號‘八磚學士’。”[②]“八磚學士”綽號，彰顯了李程性格之懶散。《韋斌傳》：“斌天性質厚，每朝會，不敢離立笑言。嘗大雪，在廷者皆振裾更立，斌不徙足，雪甚，幾至韡，亦不失恭。”[③]彰顯了韋斌性格之憨厚、拘謹。《杜羔傳》：“從弟羔，貞元初及進士第，有至性。父死河北，母更兵亂，不知所之，羔憂號終日。及兼爲澤潞判官，鞫獄，有媪辨對不凡，乃羔母，因得奉養。而不知父墓區處，晝夜哀慟，它日舍佛祠，觀柱間有文字，乃其父臨死記墓所在。羔奔往，亦有耆老識其壟，因是得葬。”[④]彰顯了杜羔天性之純孝。《婁師德傳》：“嘗與李昭德偕行，師德素豐碩，不能遽步，昭德遲之，恚曰：‘爲田舍子所留。’師德笑曰：‘吾不田舍，復在何人？’其弟守代州，辭之官，教之耐事。弟曰：‘人有唾面，絜之乃已。’師德曰：‘未也，絜之，是違其怒，正使自乾耳。’”[⑤]“唾面自乾”已成爲典故，表現了婁師德之隱忍。《李勣傳》：“性友愛，其姊病，嘗自爲粥而燎其須。姊戒止。

---

① （清）永瑢等撰：《四庫全書總目》，北京：中華書局1965年版，第1190頁。
② （宋）歐陽修、宋祁撰：《新唐書》，北京：中華書局1975年版，第4511頁，采自《大唐傳載》。
③ 同上，第4354頁，采自《酉陽雜俎》。
④ 同上，第5205頁，采自《唐國史補》。
⑤ 同上，第4093頁，采自《隋唐嘉話》。

答曰：‘姊多疾，而勣且老，雖欲數進粥，尚幾何？’”[①]反映了李勣對姊妹之友愛。上述軼事，多被歸爲“性懶”“天性質厚”“有至性”“性友愛”，主要反映了人物之性情。另有一類與上述體現性情之瑣事相近者，但重在表現人物之品格，例如，《宇文士及傳》：“其妻嘗問向遽召何所事，士及卒不對。帝嘗玩禁中樹曰：‘此嘉木也！’士及從旁美嘆。帝正色曰：‘魏徵常勸我遠佞人，不識佞人爲誰，乃今信然。’謝曰：‘南衙羣臣面折廷争，陛下不得舉手。今臣幸在左右，不少有將順，雖貴爲天子，亦何聊？’帝意解。”“又嘗割肉，以餅拭手，帝屢目，陽若不省，徐啖之。其機悟率類此。”[②]《劉崇龜傳》：“廣有大賈，約倡女夜集，而它盜殺女，遺刀去。賈入倡家，踐其血乃覺，乘艑亡。吏迹賈捕劾，得約女狀而不殺也。崇龜方大饗軍中，悉集宰人，至日入，乃遣。陰以遺刀易一雜置之。詰朝，羣宰即庖取刀，一人不去，曰：‘是非我刀。’問之，得其主名。往視，則亡矣。崇龜取它囚殺之，聲言賈也，陳諸市。亡宰歸，捕詰具伏，其精明類此。”[③]《劉玄佐傳》：“汴有相國寺，或傳佛軀汗流，玄佐自往大施金帛，於是將吏、商賈奔走輸金錢，惟恐後。十日，玄佐敕止，籍所入得巨萬，因以贍軍。其權譎類若此。”[④]《盧承慶傳》：“初，承慶典選，校百官考，有坐漕舟溺者，承慶以‘失所載，考中下’。以示其人，無愠也。更曰：‘非力所及，考中中’。亦不喜。承慶嘉之曰：‘寵辱不驚，考中上。’其能著人善類此。”[⑤]“機悟率類此”“精明類此”“權譎類若此”“著人善類此”，顯然就是以此瑣事典型地反映這些人物鮮明的品格特徵。此外，還有一些瑣事重在表現人物之嗜好，例如，《李晟傳》：“與馬燧皆在朝，每宴樂恩賜，使者相銜於道。兩家日出無鐘鼓聲，則

---

① （宋）歐陽修、宋祁撰：《新唐書》，北京：中華書局1975年版，第3821頁，采自《隋唐嘉話》。
② 同上，第3935—3936頁，采自《隋唐嘉話》。
③ 同上，第3769頁，采自《玉堂閑話》。
④ 同上，第6000頁，采自《唐國史補》。
⑤ 同上，第4048頁，采自《隋唐嘉話》。

金吾以聞，少選，使者至，必曰：‘今日何不舉樂？’”[①]《歐陽詢傳》：“嘗行見索靖所書碑，觀之，去數步複返，及疲，乃布坐，至宿其傍，三日乃得去。其所嗜類此。”[②]

此類反映人物之性情、品格、嗜好的瑣事，在《新唐書》中大多屬於追叙、補叙，以“嘗”“初”“類此”等引導指示，基本上脱離了人物命運和歷史功業之主體叙事。

第二，《新唐書》傳記增文采録“小説”瑣事與歷史人物之文藝、學術才能密切相關，主要集中於文藝傳和儒學傳。例如：《李賀傳》：“七歲能辭章。韓愈、皇甫湜始聞未信，過其家，使賀賦詩，援筆輒就如素構，自目曰‘高軒過’，二人大驚，自是有名。”[③]《駱賓王傳》：“徐敬業亂，署賓王爲府屬，爲敬業傳檄天下，斥武后罪。后讀，但嘻笑，至‘一抔之土未乾，六尺之孤安在’，矍然曰：‘誰爲之？’或以賓王對，后曰：‘宰相安得失此人！’”[④] 上述二則軼事，以獨特的方式分别凸顯了李賀、駱賓王傑出的文學天才。《張旭傳》：“初，仕爲常孰尉，有老人陳牒求判，宿昔又來，旭怒其煩，責之。老人曰：‘觀公筆奇妙，欲以藏家爾。’旭因問所藏，盡出其父書，旭視之，天下奇筆也，自是盡其法。旭自言，始見公主簷夫争道，又聞鼓吹，而得筆法意，觀倡公孫舞劍器，得其神。”[⑤] 老人陳牒而盡其法、聞鼓

---

① （宋）歐陽修、宋祁撰：《新唐書》，北京：中華書局1975年版，第4872頁，采自《唐國史補》。

② 同上，第5646頁，采自《劉賓客嘉話録》。此類反映人物之性情、品格、嗜好的軼事瑣事還有：《王皇后》：“先天元年……終無肯譖短者。”（《松窗雜録》）《韋臯傳》：“善拊士……死喪者稱是。”（《唐國史補》）《渾瑊傳》：“瑊年十一……‘與乳媪俱來邪？’”（《唐國史補》）《侯君集傳》：“始，帝命李靖教君集兵法……‘此君集欲反耳。’”（《隋唐嘉話》）《倪若水傳》：“時天下久平，……吾恨不得爲騶僕。”（《明皇雜録》）《戴至德傳》：“嘗更日聽訟……人伏其長者。”（《隋唐嘉話》）《胡證傳》：“證旅力絶人……故時人稱其俠。”（《北里志》《唐摭言》）《劉玄佐傳》：“玄佐貴……故待下益加禮。”（《因話録》）《李景讓傳》：“母鄭……亟使閉坎。”（《金華子雜編》）《韋臯傳》：“朝廷欲追繩其咎……暢更爲蜀道易以美臯焉。”（《尚書故實》）《王旭傳》：“制獄械，率有名……‘若違教，值三豹。’”（《朝野僉載》）

③ （宋）歐陽修、宋祁：《新唐書》，北京：中華書局1975年版，第5787—5788頁，采自《唐摭言》。

④ 同上，第5742頁，采自《酉陽雜俎》。

⑤ 同上，第5764頁，采自《幽閑鼓吹》《唐國史補》。

吹得筆法意、觀倡公孫舞劍器得其神，揭示了張旭書法技藝之淵源。《元行沖傳》："有人破古冢得銅器似琵琶，身正圓，人莫能辨。行沖曰：'此阮咸所作器也。'命易以木，弦之，其聲亮雅，樂家遂謂之'阮咸'。"[①] 展示了元行沖之多聞博識。[②] 此類軼事，趙翼稱之爲"正以見其才"："亦有瑣言碎事，舊書所無，而《新書》反增之者，如《韋皋傳》，李白爲《蜀道難》以譏嚴武。……無他事迹可紀，此正以見其才，非好奇也。"[③]

第三，《新唐書》傳記增文采録"小説"瑣事，有少量條目屬於特定人物非常奇異之言行或所遇超常神怪之事。整體而言，《新唐書》載録祥瑞、災禍、神怪、變異之事，主要集中於《五行志》中，本紀、列傳等傳記中僅偶爾涉及超現實的神怪變異之事。《新唐書》傳記增文采録"小説"爲人物非常奇異之言行者，主要集中《方伎傳》，描寫方伎之士的占卜、作法等，所涉人物多爲重要歷史人物。例如：《張憬藏傳》："魏元忠尚少，往見憬藏，問之，久不答，元忠怒曰：'窮通有命，何預君邪？'拂衣去。憬藏遽起曰：'君之相在怒時，位必卿相。'姚崇、李迥秀、杜景佺從之遊，憬藏曰：'三人者皆宰相，然姚最貴。'""郎中裴珪妻趙見之，憬藏曰：'夫人目修緩，法曰'豕視淫'，又曰'目有四白，五夫守宅'，夫人且得罪。'俄坐奸，没入掖廷。""裴光庭當國，憬臧以紙大署'台'字投之，光庭曰：'吾既台司矣，尚何事？'後三日，貶台州刺史。"[④] 張憬藏屬方伎之士，其列傳主要載録了其爲蔣嚴、劉仁軌、靖賢、姚崇等人卜相的幾則軼事，以此表現其準確預知生死、仕宦之神奇。《新唐書》采録"小説"補充軼事自然也多爲此類性質

① （宋）歐陽修、宋祁撰：《新唐書》，北京：中華書局 1975 年版，第 5691 頁，采自《隋唐嘉話》。

② 此類軼事瑣事還有：《王勃傳》："初，道出鐘陵……請遂成文，極歡罷。"（《唐摭言》）"勃屬文，初不精思……尤喜著書。"（《酉陽雜俎》）《歐陽通傳》："褚遂良亦以書自名……非是未嘗書。"（《隋唐嘉話》）

③ （清）趙翼撰：《陔餘叢考》，北京：中華書局 1963 年版，第 196 頁。

④ （宋）歐陽修、宋祁撰：《新唐書》，北京：中華書局 1975 年版，第 5802 頁，采自《大唐傳載》《朝野僉載》《劉賓客嘉話録》。

内容。對此，錢大昕《廿二史考異》唐書卷十六“方技傳”批評稱：“小説家附會之説，不盡足信。”①《明崇儼傳》：“（高宗召見，甚悦，擢冀王府文學）試爲窟室，使宫人奏樂其中，召崇儼問：‘何祥邪？爲我止之。’崇儼書桃木爲二符，剚室上，樂即止，曰：‘向見怪龍，怖而止。’”②此則瑣事反映明崇儼做法之神異。另外，還有個别瑣事反映歷史人物遭遇鬼神、怪異之事，例如，《朱泚傳》：“泚失道，問野人，答曰：‘朱太尉邪？’休曰：‘漢皇帝。’曰：‘天網恢恢，走將安所？’泚怒，欲殺之，乃亡去。”③《章敬吴太后傳》：“肅宗在東宫，宰相李林甫陰構不測，太子内憂，鬢髮班禿。後入謁，玄宗見不悦，因幸其宫，顧廷宇不汛掃，樂器塵蠹，左右無嬪侍，帝愀然謂高力士曰：‘兒居處乃爾，將軍叵使我知乎？’詔選京兆良家子五人虞侍太子，力士曰：‘京兆料擇，人得以藉口，不如取掖廷衣冠子，可乎？’詔可。得三人，而后在中，因蒙幸。忽寢厭不寤，太子問之，辭曰：‘夢神降我，介而劍，决我脅以入，殆不能堪。’燭至，其文尚隱然。生代宗，爲嫡皇孫。生之三日，帝臨澡之。”④

“正史”借細小瑣事爲人物傳神、表現人物性情精神的書寫傳統確立於《史記》，“史公每於小處著神”。⑤相對於人物的歷史大事業、大功績來説，細小的軼事往往在表現人物性格方面，更富於表現力，如劉辰翁《班馬異同評》評論文君夜奔之軼事：“賦成而王卒，而困，是臨邛令哀故人之困，豈無他料理，顧相與設畫，次第出此言，是一段小説耳。子長以奇著之，如聞

---

① （清）錢大昕著，陳文和主編：《嘉定錢大昕全集》（增訂本），南京：鳳凰出版社 2016 年版，第 977 頁。

② （宋）歐陽修、宋祁撰：《新唐書》，北京：中華書局 1975 年版，第 5806 頁，采自《朝野僉載》。

③ 同上，第 6448 頁，采自《杜陽雜編》。

④ 同上，第 3499 頁，采自《次柳氏舊聞》。此類軼事瑣事還有：《桑道茂傳》：“建中初……賴以濟。”“李晟爲右金吾大將軍……晟爲奏，原其死。”（《劇談録》）“是時藩鎮擅地無寧時……後終司徒。”（《宣室志》）《李嗣真傳》：“太常缺黄鐘……掘之得鐘，衆樂遂和。”（《獨異志》）

⑤ （西漢）司馬遷原著，（清）姚苧田評：《史記菁華録》，上海：上海古籍出版社 2007 年版，第 78 頁。

如見，乃並與其精神意氣，隱微曲折盡就。”[①]《新唐書》傳記增文采録“小説”中無關史家旨趣之瑣言碎事，實際上也是遵從“正史”這一書寫傳統。對於“小説”而言，多載録人物之瑣細軼事，本身就屬自身的一種主要書寫傳統，從某種意義上説，這也正是“正史”與“小説”的相通之處。當然，“正史”與“小説”在載録軼事瑣事方面，整體上還界限分明的，大多數“小説”所載之瑣細軼事無資格被“正史”所采。

《新唐書》傳文增文采録“小説”之史家旨趣和文人旨趣，與宋祁兼具史家與文人之雙重身份與意識密切相關。曾公亮《進新修唐書表》稱：“衰世之士，氣力卑弱，言淺意陋，不足以起其文，而使明君賢臣俊功偉烈，與夫昏虐賊亂禍根罪首，皆不足暴其善惡，以動人耳目，誠不可以垂勸戒，示久遠，甚可嘆也。”[②]《新唐書》增補諸多歷史人物事迹之初衷，主要是爲了更好地彰顯人物之善善惡惡和歷史功績、揭示歷史發展的成敗盛衰之理、以史爲鑒勸戒後世等，顯然，這種價值追求應源於宋祁之史家身份與意識。同時，宋祁在《新唐書》增補中表現出鮮明的文人色彩，以至於招致宋人之批評，如吴縝《新唐書糾謬序》：“修傳者則獨以文辭華采爲先。”[③]高似孫《緯略》：“仁宗詔重修《唐書》……十七年書成。韓魏公素不悦宋景文，以所上列傳文采太過。”[④]晁公武《郡齋讀書志》“《新唐書》二百二十五卷”：“子京通小學，惟刻意文章。”[⑤]這應源於宋祁之文人身份與意識。

《新唐書》對《舊唐書》之删略、增補，暗含著一種批評對話關係。宋祁選擇“小説”軼事瑣事寫入《新唐書》，首先，必須符合他對傳主的人生

① （宋）劉辰翁：《班馬異同評》，《四庫全書存目叢書》（史部1），濟南：齊魯書社1996年版，第244頁。

② （宋）歐陽修著，李之亮箋注：《歐陽修集編年箋注》，成都：巴蜀書社2007年版，第381頁。

③ 王東、左宏閣校證：《唐書直筆校證　新唐書糾謬校證》，成都：四川大學出版社2014年版，第153—154頁。

④ 左洪濤校注：《高似孫〈緯略〉校注》，杭州：浙江大學出版社2012年版，第245頁。

⑤ （宋）晁公武撰，孫猛校證：《郡齋讀書志校證》，上海：上海古籍出版社2011年版，第193頁。

經歷、思想才能、性情品格以及相關歷史事件過程的整體理解和想象。也就是説，這些軼事瑣事所反映的歷史場景和細節、所表現的人物性情思想和品德才幹應與他對傳主的整體理解和想象保持一致、相互統一。其次，這也是他在按照自己的史學標準和新掌握的史料重新審視《舊唐書》，表達對《舊唐書》人物傳記的質疑、不滿和批評，補充、修正《舊唐書》對傳主的整體理解和想象。《新唐書》傳文增文采録“小説”之史家旨趣和文人旨趣，實際上就是這種批評對話關係之中心主題。

第四節　正史采録小説之評價

宋人對《新唐書》增文采録“小説”軼事瑣事，基本傾向於持批評態度，例如，吴縝《新唐書糾謬》之原《序》：“揆之前史，皆未有如是者。推本厥咎，蓋修書之初，其失有八：……五曰多采小説而不精擇。……何謂多采小説而不精擇？蓋唐人小説，類多虚誕，而修書之初，但期博取，故其所載或全篇乖牾，豈非多采小説而不精擇之故歟？”[①] 陳振孫《直齋書録解題》之“《新唐書》二百二十五卷”：“今唐史務爲省文，而拾取小説私記，則皆附著無棄，其有官品尊崇而不預治亂，又無善惡可垂鑒戒者悉聚，徒繁無補，殆與古作者不侔。”[②] 晁公武《郡齋讀書志》“《新唐書》二百二十五卷”：“故書成上於朝，自言曰‘其事則增於前，其文則省於舊’也。……采雜説既多，往往牴牾，有失實之嘆焉。”[③] 此類評價主要集中於《新唐書》增文采録“小説”過多過濫、没有經過精心擇選，存在諸多失實、訛誤之處，無關

① 王東、左宏閣校證：《唐書直筆校證　新唐書糾謬校證》，成都：四川大學出版社 2014 年版，第 152—153 頁。

② （宋）陳振孫撰，徐小蠻、顧美華點校：《直齋書録解題》，上海：上海古籍出版社 1987 年版，第 104 頁。

③ （宋）晁公武撰，孫猛校證：《郡齋讀書志校證》，上海：上海古籍出版社 2011 年版，第 193 頁。

治亂殷鑒、人物褒貶、善惡勸懲。宋代筆記亦多對《新唐書》增文采録“小説”謬誤之處有所辨正，實際上也暗合了上述評價，反映了一種比較普遍的認識，如王觀國《學林》卷五“霓裳羽衣曲”：“今《新唐書・王維傳》，亦載此事，蓋用《國史補》語也。……蓋《國史補》雖唐人小説，然其記事多不實。修唐史者一概取而分綴入諸列傳，曾不核其是否，故舛誤類如此也。”[①] 葉夢得《避暑録話》卷上：“鄭處誨《明皇雜録》記張曲江與李林甫争牛仙客實封。……《新書》取載之本傳。……此正君子大節進退，而一言之誤，遂使善惡相反，不可不辨。乃知小説記事，苟非耳目所接，安可輕書也。”[②] 洪邁《容齋隨筆》之《容齋續筆》卷第六“嚴武不殺杜甫”：“《舊史》但云：‘甫性褊躁，嘗憑醉登武床，斥其父名，武不以爲忤。’初無所謂欲殺之説，蓋唐小説所載，而《新書》以爲然。”[③] 陸游《渭南文集》卷第三十“跋松陵倡和集”：“方吴越時，中原隔絶，乃有妄人造謗，以謂襲美隳節於巢賊，爲其翰林學士。《新唐書》喜取小説，亦載之。豈有是哉！”[④] 這也應與宋代歷史考據學興起密切相關。宋人治史之考據歷史事實意識明顯增强，出現了一批專事考據史事之專門著述，如吴縝《新唐書糾謬》《五代史纂誤》、程大昌《考古編》、葉大慶《考古質疑》、王應麟《困學紀聞》之《考史》、李心傳《舊聞證誤》、李大性《典故辯疑》等。其中，吴縝《新唐書糾謬》指摘《新唐書》之誤，主要是考證其史事之誤：“夫爲史之要有三，一曰事實，二曰褒貶，三曰文采。有是事而如是書，斯謂事實；因事實而寓懲勸，斯謂褒貶；事實褒貶既得矣，必資文采以行之，夫然後成史。至於事得其實矣，而褒貶文采則闕焉，雖未能成書，猶不失爲史之意。若乃事實未

---

① （宋）王觀國：《學林》，長沙：岳麓書社 2010 年版，第 162—163 頁。
② （宋）葉夢得撰，徐時儀校點：《避暑録話》，上海：上海古籍出版社 2012 年版，第 120 頁。
③ （宋）洪邁著，穆公校點：《容齋隨筆》，上海：上海古籍出版社 2015 年版，第 154 頁。
④ （宋）陸游著，馬亞中、涂小馬校注：《渭南文集校注》，杭州：浙江古籍出版社 2015 年版，第 294 頁。

明，而徒以褒貶文采爲事，則是既不成書而又失爲史之意矣。”[①] 歷史考據學興盛和考據歷史事實意識增强，使得史家以更加審慎的態度對待“小説”之史料價值，例如李心傳《舊聞證誤》中相當一部分内容專論“小説”記事之誤，“凡所見私史小説，上自朝廷制度沿革，下及歲月之參差，名姓之錯互，皆一一詳徵博引，以折衷其是非”。[②]

清代許多學者則並不認同宋人之評價，對《新唐書》增文采録“小説”多持肯定態度，認爲其采録“小説”並非濫收而是謹嚴的，算得上嚴格甄别挑選，符合史體規範，如趙翼《陔餘叢考》卷十一“新唐書得史裁之正”：“吴縝《糾繆》謂《新書》多采唐人小説，但期博取，故所載或全篇乖牾。然李泌子繁，嘗爲泌著家傳十篇，《新書》泌傳雖采用之而傳贊云：‘繁言多不可信，按其近實者著於傳’，是《新書》未嘗不嚴於别擇。今按唐人小説，所記軼事甚多，而《新書》初不濫收者，如《王播傳》不載其闍黎飯後鐘之事。《杜牧傳》不載其揚州狎遊，牛奇章遣人潛護及湖州水嬉、緑樹成蔭之事，《温廷筠傳》不載其令狐綯問故事，答以出在南華，遂遭擯抑之事，《李商隱傳》不載其見擯於綯，因作詩謂郎君官貴，東閣難窺之事。此皆載詩話及《北夢瑣言》等書，膾炙人口，而《新書》一概不收，則其謹嚴可知。”[③] 王鳴盛《十七史商榷》卷九十一“盧攜無拒王景崇事”：“新舊《景崇傳》皆不載，可見《新書》雖好采小説，尚稍有裁斷，未至極濫也。”[④] 錢大昕《十駕齋養新録附餘録》卷六“唐書”：“劉餗《隋唐嘉話》云：太宗謂尉遲公曰：‘朕將嫁女與卿，稱意否？’敬德謝曰：‘臣婦雖鄙陋，亦不失夫妻情。’……《資治通鑑》亦采此事，而《唐書》無之。世人每譏宋子京

---

① 王東、左宏閣校證：《唐書直筆校證　新唐書糾謬校證》，成都：四川大學出版社 2014 年版，第 153 頁。

② （清）永瑢等：《四庫全書總目》，北京：中華書局 1965 年版，第 754 頁。

③ （清）趙翼：《陔餘叢考》，北京：中華書局 1963 年版，第 195 頁。

④ （清）王鳴盛著，陳文和主編：《嘉定王鳴盛全集》之《十七史商榷》，北京：中華書局 2010 年版，第 1329 頁。

好采小説，而此傳不載辭尚公主事，却有斟酌。”[①]或認爲《新唐書》增文采録“小説”更好地彰顯了人物評價、善惡勸懲，符合“正史”之價值追求，王鳴盛《十七史商榷》卷九十二“魚朝恩傳新舊互異”：“宦者魚朝恩恣横之狀，《新書》描摹曲盡，大半皆《舊書》所無。至如朝廷裁决，或不預，輒怒曰：‘天下事有不由我乎？’養息令徽尚幼，服緑，與同列争，朝恩見帝，請得金紫，帝未答，有司已奉紫服於前，令徽稱謝。此皆出蘇鶚《杜陽雜編》卷上。《新書》好采小説，如此種采之却甚有益，《舊書》不采，使朝恩惡不著，固可恨。”[②]

現在看來，從文本分析來説，《新唐書》傳記增文采録“小説”軼事瑣事的確是有所篩選甄别，甚至經過精心選擇的。例如，《新唐書》卷一百二十五列傳第五十《張説傳》從“小説”中甄選了兩則軼事進行增補：“説既失執政意，内自懼。雅與蘇瓌善，時瓌子頲爲相，因作《五君詠》獻頲，其一紀瓌也，候瓌忌日致之。頲覽詩嗚咽，未幾，見帝陳説忠謇有勳，不宜棄外，遂遷荆州長史。”“後宴集賢院，故事，官重者先飲，説曰：‘吾聞儒以道相高，不以官閥爲先後。大帝時修史十九人，長孫無忌以元舅，每宴不肯先舉爵。長安中，與修《珠英》，當時學士亦不以品秩爲限。’於是引觴同飲，時伏其有體。”[③]前一則軼事采自《明皇雜録》卷下“張説之謫岳州也”條，既反映了張説從被謫貶岳州到復用荆州長史的仕途沉浮之歷史細節及其原委，也表現了張説善於迎逢周旋之性格。後一則軼事采自《大唐新語》卷七“張説拜集賢學士於院廳”條，表現張説謙讓、有禮之作風。然而，另有三則事關張説的“小説”軼事瑣事却未被采納，如：

---

① （清）錢大昕著，陳文和主編：《嘉定錢大昕全集》（增訂本），南京：鳳凰出版社2016年版，第196頁。

② （清）王鳴盛著，陳文和主編：《嘉定王鳴盛全集》之《十七史商榷》，北京：中華書局2010年版，第1339頁。

③ （宋）歐陽修、宋祁撰：《新唐書》，北京：中華書局1975年版，第4407、4410頁。

段成式《酉陽雜俎》前集卷之十二："明皇封禪泰山，張説爲封禪使。説女婿鄭鎰，本九品官，舊例封禪後，自三公以下皆遷轉一級，惟鄭鎰因説驟遷五品，兼賜緋服。因大脯次，玄宗見鎰官位騰躍，怪而問之，鎰無詞以對。黄幡綽曰：'此乃泰山之力也。'"①

封演《封氏聞見記》卷五"巾襆"條："開元中，燕公張説當朝文伯，冠服以儒者自處。元宗嫌其異已，賜内樣巾子、長脚羅襆頭。燕公服之入謝，元宗大悦，因此令内外官僚百姓並依此服。"②

劉肅《大唐新語》卷十一："賀知章自太常少卿遷禮部侍郎，兼集賢學士，一日並謝二恩。時源乾曜與張説同秉政，乾曜問説曰：'賀公久著盛名，今日一時兩加榮命，足爲學者光耀。然學士與侍郎，何者爲美？'説對曰：'侍郎自皇朝已來，爲衣冠之華選，自非望實具美，無以居之。雖然，終是具員之英，又非往賢所慕。學士者，懷先王之道，爲縉紳軌儀，藴揚、班之詞彩，兼游、夏之文學，始可處之無愧。二美之中，此爲最矣。'"③

《酉陽雜俎》《封氏聞見記》《大唐新語》都屬《新唐書》傳記增文的采録對象，編撰者應都曾過目這些條目，但爲何棄而未取，應是經過一番甄别選擇。相對於增補者而言，這三則被捨棄的軼事瑣事，既無關朝廷大政和人物命運，也不能很好地表現張説之性情、品格。此類事例林林總總，不勝枚舉。

古代史家采擇"小説"史料編纂《新唐書》，實際上是一個選擇、建構的過程。他必然是以一定的標準捨棄那些他認爲並不重要或不真實的軼事瑣事，而將那些他認爲有價值者寫入其中，而且，一般地説，這些被納入的新材料要與《舊唐書》原有的傳記共同構成一幅在他看來是統一而協調的歷史

① （唐）段成式撰，方南生點校：《酉陽雜俎》，北京：中華書局 1981 年版，第 118 頁。
② （唐）封演撰：《封氏聞見記》，北京：中華書局 1985 年版，第 63 頁。
③ （唐）劉肅等撰，恒鶴等校點：《大唐新語》，上海：上海古籍出版社 2012 年版，第 92 頁。

畫卷或人物形象。因此，如何認識古人對《新唐書》增文采録“小説”之評價，實際上主要針對兩個方面的問題：第一，古人如何認識評價“小説”及其所載録之軼事瑣事之價值。這一問題實際上主要涉及從宋代至清代小説觀念的發展演化，特別是關於“小説”之文類性質、價值功用的認識。總體而言，清人之小説觀念相對於宋人更强調小説之“補史之闕”之性質，例如，《四庫全書總目提要》就將一批原來一直歸爲“雜史”“傳記”的著作劃歸“小説家”，而且，也更加强調“小説”具有不可替代之史料價值，如王鳴盛《十七史商榷》卷九十三“歐史喜采小説薛史多本實録”：“實録中必多虚美，而各實録亦多係五代之人所修，粉飾附會必多。……歐陽子盡削去，真爲快事，大約實録與小説互有短長，去取之際，貴考核斟酌，不可偏執。”[①] 第二，古人如何認識評價“正史”采録“小説”之標準。這一問題實際上主要涉及從宋代至清代史學思想的發展演化，特别是關於“正史”編纂之取材範圍、入史標準等。總體而言，清人之史學思想相對於宋人更爲開放且理性，對“正史”采録“小説”更易接納理解，如徐乾學《修史條議》：“集衆家以成一是，所謂博而知要也。凡作名卿一傳，必遍閲記載之書，及同時諸公文集，然後可以知人論世。”[②]

① （清）王鳴盛著，陳文和主編：《嘉定王鳴盛全集》之《十七史商榷》，北京：中華書局2010年版，第1369—1370頁。

② （清）徐乾學：《憺園文集》，《四庫全書存目叢書》（集部243），濟南：齊魯書社1997年版，第37頁。

第四章
宋人對傳奇小説的文體定位與歸類

對於宋人而言，唐傳奇作爲一種新文類、文體，如何確定其在當時文類、文體系統中的位置和歸屬，實際上是存在一定困惑的。這種文類、文體定位和歸類，既反映了宋人對唐傳奇的文類性質、特徵、價值及其與相關文類關係的認識，也揭示了唐傳奇作爲一種獨特文類、文體的規範特徵，同時，也在某種意義上反映了宋元時期對傳奇小説文體的認識。前人在唐宋傳奇研究和唐宋散文研究的相關論著中對此問題或多或少有所涉及，[①] 但未做全面系統的梳理探討，更未對唐傳奇所涉及的集部“傳記文”、史部“傳記”、子部“小説”之關係進行綜合融通研究。

第一節　對唐人傳奇界定之困惑

在古代文類或文體體系中，“唐人傳奇”並非一個獨立存在、界限分明的文類或文體類型，從某種意識上説，它是以近現代形成的“傳奇”文體概

① 唐宋傳奇研究和唐宋散文研究有衆多論著零散涉及此問題者，論述比較集中者主要有李宗爲《唐人傳奇》之《第一章　緒論》，北京：中華書局 1985 年版；程毅中《唐代小説史》之《第一章　序論》，北京：人民文學出版社 2003 年版；李劍國《唐五代志怪傳奇叙録》（增訂本）之《唐稗思考録》，北京：中華書局 2017 年版；凌郁之《走向世俗——宋代文言小説的變遷》之《第一章　唐宋文言小説的嬗變》，北京：中華書局 2007 年版；羅寧《漢唐小説觀念論稿》之《第四章　唐代小説觀念》，成都：巴蜀書社 2009 年版；李軍均《傳奇小説文體研究》之《第一章　傳奇小説名實考》，武漢：華中科技大學出版社 2009 年版；孫遜、潘建國《唐傳奇文體考辨》，《文學遺産》1999 年第 6 期；趙維國《傳奇體的確立與宋人古體小説的類型意識》，《寧夏大學學報》1999 年第 3 期。

念甄别具體作品建構而成的，實際上涉及唐代單篇傳奇文、小説集、史部之“傳記”以及“雜史”、集部之“傳記文”等多種文類、文體，而且也面臨著如何將這些相關或相近文體區分開來的問題。

一、現當代唐人傳奇作品文體特徵界定之理論困惑

20世紀二三十年代中國小説史學科創立之初，魯迅明確將“傳奇”界定爲文言小説的一種文體概念，並對其文體規範特徵進行專門表述，如《中國小説史略》之《唐之傳奇文》《唐之傳奇集及雜俎》和《且介亭雜文二集》之《六朝小説和唐代傳奇文有怎樣的區别?》等，“雖尚不離於搜奇記逸，然叙述宛轉，文辭華艷，與六朝之粗陳梗概者較，演進之迹甚明，而尤顯者乃在是時則始有意爲小説”，[①]“文筆是精細的，曲折的，至於被崇尚簡古者所詬病；所叙的事，也大抵具有首尾和波瀾，不止一點斷片的談柄；而且作者往往故意顯示著這事迹的虚構，以見他想象的才能了”。[②]之後，此文體概念被學界廣泛認同接受，一批現當代研究唐人傳奇的學者進一步沿此概念界定或有所拓展豐富，或有所修訂補充。其中，專題論述界定唐人傳奇或傳奇體小説文體規範的代表性論著主要有胡懷琛《中國小説概論》之《唐人的傳奇》、劉開榮《唐代小説研究》之《唐傳奇小説是城市文學的表現形式之一》、李宗爲《唐人傳奇》之《緒論》、程毅中《唐代小説史》之《序論》、李劍國《唐五代志怪傳奇叙録》之《唐稗思考録》、石昌渝《中國小説源流論》之《傳奇小説》、董乃斌《中國古典小説的文體獨立》之《唐傳奇與小説文體的獨立》、吴志達《中國文言小説史》之《唐人小説發展概貌》、薛洪勣《傳奇小説史》之《緒説》、侯忠義《唐人傳奇》之《什麽是傳奇》、周紹良《唐傳

① 魯迅著:《中國小説史略》，上海：上海古籍出版社1998年版，第44頁。
② 魯迅著:《且介亭雜文二集》,《魯迅全集》第六卷，北京：人民文學出版社1973年版，第289頁。

奇箋證》之《唐傳奇簡説》、石麟《傳奇小説通論》之《導論》、李軍均《傳奇小説文體研究》之《傳奇小説名實考》，以及孫遜、潘建國《唐傳奇文體考辨》、熊明《六朝雜傳與傳奇體制》、陳文新《傳、記辭章化：從中國敘事傳統看唐人傳奇的文體特徵》等，其中，有不少論述界定是面向作品範圍劃分而言的。例如，胡懷琛稱“每件少則幾百字，多則一二千字”，“每件包涵一個故事”，“獨立成篇的，每篇自首至尾，有很精密的組織”，“詞藻很華麗，很優美”，“和紀事的‘古文’不同。古文中的事‘真’的部分多，‘假’的部分少。傳奇則和他相反，‘真’的部分少，‘假’的部分多，甚至全是假的”。[①] 李宗爲稱“傳奇與志怪最根本的區別是在於作者的創作意圖上”，“傳奇小説的創作意圖，却主要是爲了顯露作者的才華文采，一方面譴興娛樂、抒情叙志，另一方面也帶有擴大名聲、提高聲譽的目的”。[②] 薛洪勣稱“相當於近現代的中、短篇小説。它具備了或基本上具備了小説這種文體的各種基本要素。它和其他寫人叙事的文學作品的首要區别，是它具有小説的虚構性；其次，也有描述方式和篇幅長短的不同”。[③] 周紹良稱“具有一定内容的奇情故事，並且故事是想像中可能有的，但其情節曲折，又不是一般的發展和結果”，“故事内容上要有一定的真實性，但同時也帶有一些理想和虚構”，“有豐富的詞藻和文采”。[④] 石麟稱“其一，作者是自覺的而非無意的；其二，内容是完整的而非片段的；其三，結構是曲折的而非平直的；其四，人物是鮮活的而非乾癟的；其五，語言是清麗的而非樸拙的；其六，細節是虚構的而非真實的；其七，篇幅是宏大的而非短小的”。[⑤] 劉世德主編的《中國古代小説百科全書》界定稱：“一般説傳奇小説的文學性較强，故事情節委宛，

---

① 胡懷琛著：《中國小説概論》，上海：世界書局 1944 年版，第 15 頁。
② 李宗爲著：《唐人傳奇》，北京：中華書局 1985 年版，第 12—13 頁。
③ 薛洪勣著：《傳奇小説史》，杭州：浙江古籍出版社 1998 年版，第 1 頁。
④ 周紹良著：《唐傳奇箋證》，北京：人民文學出版社 2000 年版，第 3—4 頁。
⑤ 石麟著：《傳奇小説通論》，鄭州：中州古籍出版社 2005 年版，第 6 頁。

人物形象鮮明，細節描寫較多，從而篇幅也較長。作者注重文采和意想，有自覺的藝術構思。"[①]

總體上看，這些面向唐人傳奇作品畛域界定的文體規範特徵概括，大體還是比較一致且明確的，主要集中於作品篇幅、情節結構、文筆描摹、想象虚構等，然而，以此標準甄别界定具體作品，還是顯得比較籠統且存在歧義，常常會面臨種種困惑。例如，一篇作品篇幅多長，才能算得上"傳奇"。唐代單篇傳奇通常有二三千字，個别達到了四五千字，而傳奇體小説集中篇幅較長的作品大都一千字左右，極個别達到二三千字，也有不少作品僅幾百字，以何爲具體標準？從情節結構來看，一篇作品包含多少事件算得上"叙事宛轉"，也難以精確計算；從文筆描摹來看，怎樣才可稱爲"文筆精細""筆法細膩""文辭華艷"，似乎也只能依靠藝術感覺判斷，"所謂描寫的精細，曲折，宛轉，華艷，在較長的作品中看得明顯，一篇幾百字的小説，又如何判定呢？只能作大概的判定，只能作直感的判定"。[②]從叙事虚實來看，傳聞想像、虚構幻設的成分占多大比例，才配得上"藝術虚構"。而且，一篇作品需要同時具備篇幅、情節、文筆、虚實幾方面的文體特徵才能劃定爲"傳奇"，還是僅具備某一方面文體特徵就可，也很難達成共識。爲此，有個别學者甚至刻意回避使用"傳奇"概念，"爲什麼有些研究者和編者寧可采用'唐人小説'這樣一個籠統含混的名稱呢？我認爲至今傳奇的範圍還不太明確、大家對'傳奇'名稱的概念還有些含混不清有以使然"。[③]

雖然從古人對唐傳奇和傳奇體小説文體的相關評論來看，他們普遍將唐傳奇以及傳奇體小説作爲"小説家"中一種獨特存在，但對其文體特徵的理

---

① 劉世德主編：《中國古代小説百科全書》，北京：中國大百科全書出版社2006年版，第39頁。
② 李劍國著：《唐五代志怪傳奇叙録》（增訂本），北京：中華書局2017年版，第7頁。
③ 李宗爲著：《唐人傳奇》，北京：中華書局1985年版，第10頁。

解本身也是籠統模糊的。總體看來，古人對其文體特徵的概括要集中於多依托附會、虚妄不實，有悖史家之徵實；内容淫艷、荒唐，有悖儒家之風教；多富有情致、文采。[①]顯然，現當代學者對唐人傳奇文體特徵界定雖然也承繼了古人的相關理解和認識，但更多是受到西方或現當代小説觀念的影響而建構起來的。從情節結構、文筆描摹、想像虚構等維度來認知唐人傳奇文體，界定作品範圍，並以此爲標準對作品進行價值評判，深受西方小説觀念影響。

二、唐代單篇傳奇作品範圍之分歧出入

唐人傳奇作品範圍界定作爲研究之基礎，自然會涉及幾乎所有相關論著，不過相對而言，最爲集中反映在唐人傳奇作品選本或總集編選中。因此，本書以魯迅《唐宋傳奇集》，汪辟疆《唐人小説》，袁閭琨、薛洪勣《唐宋傳奇總集》，李劍國《唐五代傳奇集》等爲代表，並結合相關論著，探討現當代學者圈定唐人傳奇作品範圍的分歧出入和困惑。

現當代學者甄别作品、界定唐人傳奇範圍，總體上是一個不斷擴充而日臻完善、後出轉精的過程。魯迅《唐宋傳奇集》之《序例》稱"本集所取，專在單篇"，[②]收録唐宋單篇傳奇四十五篇，其中，唐五代作品三十六篇。當然，魯迅並未否認傳奇小説集中的"傳奇"作品，只是未收而已。汪辟疆《唐人小説》延續《唐宋傳奇集》標準，收録單篇傳奇三十篇，同時拓展選録了《玄怪録》《續玄怪録》《紀聞》《集異記》《甘澤謡》《傳奇》《三水小牘》等傳奇小説集中的作品三十八篇。袁閭琨、薛洪勣《唐宋傳奇總集》承接《唐宋傳奇集》《唐人小説》編纂體例，進一步做了較大擴充，"以傳奇和

① 參見王慶華：《古代小説學中"傳奇"之内涵和指稱辨析》，《文藝理論研究》2014年第2期。
② 魯迅校録：《唐宋傳奇集》，《魯迅全集》第十卷，北京：人民文學出版社1973年版，第191頁。

準傳奇爲限”，全書共收録單篇傳奇作品八十篇，傳奇小説集七十多種，從其中選文三百二十多篇，其中，唐五代部分共有單篇傳奇作品三十九篇，從三十五部傳奇小説集中選文二百十八篇。李劍國是唐代小説研究的著名專家，治學嚴謹，成就卓著，其《唐五代傳奇集》可謂集大成之作，輯録作品六百九十二篇，包括單篇傳奇和小説叢集中的傳奇作品，其中，小説叢集中的傳奇作品，以傳奇小説集、志怪傳奇小説集（或亦含有雜事）中符合傳奇文體特徵的作品爲大宗，也包括雜事小説集中品格近傳奇者。然而，這四部先後相繼而作的傳奇小説作品選集或總集並非完全屬於後來者居上的疊加擴充，其中亦有不同編者對篇目斟酌選擇的分歧出入，而且，更重要的是，在不斷擴充豐富過程，出現了唐人小説集、文集之傳記文、史部“傳記”等幾種不同的取材指向。本書擬從單篇傳奇界定和小説集中甄選傳奇作品兩方面對其中諸多問題加以辨析探討，首先來看單篇傳奇作品。

《唐宋傳奇集》之李吉甫《編次鄭欽悦辨大同古銘論》、李公佐《古岳瀆經》、陳鴻《開元升平源》、佚名《隋遺録》(《大業拾遺記》),《唐人小説》則不取。其中，李吉甫《編次鄭欽悦辨大同古銘論》，魯迅亦認爲其“文亦原非傳奇”，但是因其被《異聞集》選録，唐宋人看作“小説”，故采入其中，“《廣記》注云出《異聞記》。蓋其事奥異，唐宋人固已以小説視之，因編於集”。[①]《開元升平源》混雜著録於宋元書目的“小説家”和“雜史”，《新唐志》《崇文總目》著録於“小説家”，《郡齋讀書志》《直齋書録解題》《文獻通考》著録於“雜史”。《隋遺録》在《崇文總目》《遂初堂書目》《郡齋讀書志》《文獻通考》《通志藝文略》中均著録於“雜史”。

沈亞之《馮燕傳》、佚名《秀師言記》不載於《唐宋傳奇集》《唐宋傳奇總集》，而見於《唐人小説》《唐五代傳奇集》。關於《馮燕傳》，“魯迅《唐

① 魯迅校録:《唐宋傳奇集》,《魯迅全集》第十册，北京：人民文學出版社1973年版，第480頁。

宋傳奇集》未收此傳，殆以其紀實，非幻設之故耳。然事奇文雋，視作傳奇正可”。[①]《唐宋傳奇總集》《唐五代傳奇集》所收柳宗元《李赤傳》《河間傳》和韓愈《石鼎聯句詩序》、何延之《蘭亭記》、郭湜《高力士外傳》、鄭權《三女星精傳》、蕭時和《杜鵬舉傳》等，不見於《唐宋傳奇集》《唐人小説》。從《河東先生集》甄選《李赤傳》《河間傳》，應主要考慮更近“傳奇筆意”。[②]從《韓昌黎全集》中甄選《石鼎聯句詩序》，或因其“全用小説描寫筆法”。[③]古人也應視《蘭亭記》爲集部之文，收録《全唐文》卷三〇一。《高力士外傳》，《崇文總目》《新唐志》《通志藝文略》《直齋書録解題》《遂初堂書目》多著録於史部“傳記”類，然而“此傳……宜以傳奇小説視之”，或因其“多綴細事，言語娓娓”，“行文亦具稗家意緒”。[④]

《唐五代傳奇集》作爲後出集大成之作，進一步收録了闕名《黄仕强傳》、胡慧超《晋洪州西山十二真君内傳》、闕名《懺悔滅罪金光明經冥報傳》、張説《梁四公記》《鏡龍圖記》《緑衣使者傳》《傳書燕》、顧況《仙遊記》、鄭輅《得寶記》、劉復《周廣傳》、鄭仲《稚川記》、趙業《魂遊上清記》、元稹《感夢記》《崔徽歌序》、白居易《記異》、李象先《盧逍遥傳》、沈亞之《感異記》、王建《崔少玄傳》、長孫滋《盧陲妻傳》、柳珵《劉幽求傳》、温造《瞿童述》、盧弘止《昭義軍記室别録》、孟弘微《柳及傳》、陸藏用《神告録》、闕名《后土夫人傳》、闕名《達奚盈盈傳》、闕名《曹惟思》、闕名《齊推女》、闕名《神異記》、闕名《王生》、闕名《賈籠》、闕名《僕僕先生》、闕名《獨孤穆》、闕名《薛放曾祖》、闕名《白皎》、崔龜從《宣州昭亭山梓華君神祠記》、張文規《石氏射燈檠傳》、羅隱《中元傳》、崔致遠《雙女墳記》、闕名《余媚娘叙録》、闕名《鄴侯外傳》、皇甫枚《玉匣記》、

---

① 李劍國著：《唐五代志怪傳奇叙録》（增訂本），北京：中華書局2017年版，第454頁。
② 同上，第390頁。
③ 同上，第402頁。
④ 同上，第105頁。

李琪《田布神傳》、沈彬《張靈官記》、王仁裕《蜀石》等，這些作品均不見於《唐宋傳奇集》《唐人小説》《唐宋傳奇總集》，較大拓展了單篇傳奇作品範圍。這些篇目大部分屬於唐宋時期基本被看作“小説”者，如《鏡龍圖記》《杜鵬舉傳》《劉幽求傳》《周廣傳》《后土夫人傳》《達奚盈盈傳》《玉匣記》等，但也有部分篇目應屬集部之傳記文，如《記異》從《白氏長慶集》甄選，因其“本爲虚誕，而叙述細微有若目見”。[1]《感夢記》《崔徽歌序》雖原文已佚，僅節存片段或梗概，但從作品性質來説，也應屬於《元氏長慶集》闕載者。《感異記》也應爲“沈集所不載者，蓋今本脱去耳”。[2]《仙遊記》《瞿童述》《盧陲妻傳》，分别載於《全唐文》卷五百二十九、卷七三〇、卷七一七。此外，個别作品應屬史部“傳記”，如《梁四公記》，《崇文總目》《新唐志》《通志・藝文略》《中興館閣書目》《遂初堂書目》《直齋書録解題》著録於“傳記”，“用傳奇筆法，精心經營，鑄成偉構”。[3]當然，這些選入的集部傳記文和史部“傳記”大都曾被《太平廣記》收録，從更寬泛的意義上説，也可看作“小説”類性質的作品。

也有部分學者將韓愈《毛穎傳》、柳宗元《謫龍説》《種樹郭橐駝傳》《宋清傳》《童區寄傳》等劃入“傳奇小説”，如卞孝萱《唐傳奇新探》收録《毛穎傳》《謫龍説》，石麟《傳奇小説通論》附録《現存單篇傳奇小説目録》録有《毛穎傳》《種樹郭橐駝傳》《宋清傳》《童區寄傳》。

綜上所述，現當代學者劃定唐人單篇傳奇作品範圍存在著“小説”與集部之傳記文、史部“傳記”以及“雜史”等文類混雜出入的情況，這絶非現當代學者刻意擴大範圍，而應源於唐人單篇傳奇在古代文類或文體體系中，原本就非一個界限分明的獨立存在。一方面，在唐人小説文類内部，部分作

---

① 李劍國著:《唐五代志怪傳奇叙録》(增訂本)，北京：中華書局2017年版，第418頁。
② 同上，第479頁。
③ 同上，第76頁。

品是否曾單篇散行，如何界定，存在一定困難。另一方面，更爲複雜的是，部分作品的文類歸屬在古代文類體系中就存在著子部“小説家”、集部“傳記文”、史部“傳記”之間的混雜出入情況。[①] 因此，“有些作品介乎志怪與傳奇或傳記與傳奇之間，究竟能否算作傳奇作品，看法很不一致”。[②] 這種狀況其實自古而然，也就是，在古人心目中，不少單篇傳奇實際上就是處於文類或文體定位混雜不清的狀態。因此，現當代學者界定唐人單篇傳奇不可避免地面臨出入集部“傳記文”、史部“傳記”之困惑，面對具體作品斟酌選擇，自然見仁見智。

當然，以現代學者對唐人傳奇文體特徵的界定爲依據，不斷擴大甄選單篇傳奇作品的範圍，有些作品甄別界定也存在過於寬泛之嫌，例如，對於韓愈《毛穎傳》、柳宗元《謫龍説》《種樹郭橐駝傳》《宋清傳》《童區寄傳》等劃入“傳奇小説”，就有不少學者提出質疑。將部分富有傳奇色彩的道家之神仙傳歸入單篇傳奇，也值得商榷。

三、唐人小説集中甄選傳奇作品之取捨困難

對於唐人小説集中的“傳奇”作品而言，如何區分筆記體與傳奇體或志怪、雜事與傳奇，更令人難以把握。唐人傳奇的起源和興盛是從單篇散行的傳奇文開始的，大約在唐代中期流行近二百年之後開始逐漸進入小説集，[③] “造傳奇之文，薈萃爲一集者，在唐代多有”。[④] 的確，唐人小説集特別是一批傳奇小説集中包含“傳奇”作品應是毋庸置疑的。李劍國《唐五代

---

① 詳見下文分析。

② 石麟著：《傳奇小説通論》，鄭州：中州古籍出版社2005年版，第6頁。

③ 參見李劍國《唐五代志怪傳奇叙録》（增訂本）之《唐稗思考録（代前言）》有關論述，北京：中華書局2017年版。

④ 魯迅著：《中國小説史略》，上海：上海古籍出版社1998年版，第58頁。

志怪傳奇叙録》根據唐人小説集含有傳奇體小説比例，將其劃分爲“傳奇集”“傳奇志怪集”和“志怪傳奇集”“志怪傳奇雜事集”等。然而，如何根據唐人傳奇的文體規範特徵將唐人小説集中的傳奇作品甄選出來，却是一個非常棘手的問題，如李宗爲《唐人傳奇》稱：“區别志怪與傳奇的問題主要集中在小説集上。單篇的唐人小説屬於傳奇類，這似乎是爲大家所公認的。……所以要把志怪和傳奇截然區分，在某些具體的小説集上還是有一定困難的。對這些作品，我們只能就其基本傾向來判斷其歸屬。”[①]《中國古代小説百科全書》“傳奇”條：“但有些偏重紀實的作品，與傳記文相近；有些神怪題材的作品，又與志怪小説類似。而且古代小説集裹往往兼收衆體，很難截然劃分界限。對於具體作品的分類，研究者尚有不同意見。”[②]李劍國《唐五代傳奇集》之“凡例”稱：“顧志怪、雜事與傳奇之體，涉及具體作品二者每難區别，時或首鼠兩端，頗費思量，是故取捨或有不當，自屬難免。”[③]例如，關於牛肅《紀聞》，《唐宋傳奇總集》選録《水珠》，《唐五代傳奇集》未録，《唐五代傳奇集》選録《稠禪師》《儀光禪師》《洪昉禪師》《李思元》《李虚》《牛騰》《劉洪》《竇不疑》《李强名妻》《葉法善》《鄭宏之》，《唐宋傳奇總集》未録。關於張薦《靈怪集》，《唐宋傳奇總集》選録《關司法》，《唐五代傳奇集》未録，《唐五代傳奇集》選録《王生》，《唐宋傳奇總集》未録。此類分歧出入情況，比比皆是。整體看來，《唐五代傳奇集》作爲後出轉精的集大成之作，從唐人小説集中選録傳奇作品要遠遠多於《唐宋傳奇總集》，不僅從兩書共有的一批小説叢集如《玄怪録》《河東記》《原化記》《博異志》《集異記》《續玄怪録》《纂異記》《甘澤謡》《傳奇》《瀟湘録》等選録傳奇作品數量大增，而且新增了不少《唐宋傳奇總集》未曾關注的小説叢

① 李宗爲著：《唐人傳奇》，北京：中華書局1985年版，第10—13頁。
② 劉世德主編：《中國古代小説百科全書》，北京：中國大百科全書出版社2006年版，第39頁。
③ 李劍國輯校：《唐五代傳奇集》，北京：中華書局2015年版，第1—2頁。

集，如句道興《搜神記》、蕭瑀《金剛般若經靈驗記》、唐臨《冥報記》、孟獻忠《金剛般若經集驗記》、鍾輅《前定録》、吕道生《定命録》、闕名《會昌解頤録》、陸勳《陸氏集異記》、李隱《大唐奇事記》、黄璞《閩川名士傳》、嚴子休《桂苑叢談》、杜光庭《神仙感遇傳》《仙傳拾遺》《墉城集仙録》、沈汾《續仙傳》、王仁裕《王氏見聞集》、何光遠《鑑誡録》、隱夫玉簡《疑仙傳》。當然，也有尉遲樞《南楚新聞》等個别小説叢集是《唐宋傳奇總集》收録却不見於《唐五代傳奇集》的。從《唐宋傳奇總集》和《唐五代傳奇集》來看，學者依據傳奇文體特徵從同一部小説叢集中甄選傳奇作品，常常會有分歧出入，而且，對於哪些小説叢集包含傳奇作品也會有不同判斷。有的學者甚至否認將《原化記》《甘澤謡》《集異記》等所謂的傳奇集歸入傳奇小説，“早則有《唐人小説》，近則有《唐宋傳奇選》，事實上他們是没有認識到魯迅所劃定傳奇的特徵。如張讀的《宣室志》、皇甫氏的《原化記》等只是‘志怪’一類的小説，袁郊的《甘澤謡》、薛用弱的《集異記》、皇甫枚的《三水小牘》等只能算‘紀録異聞’的小説，雖然它已經比前代的這類作品在篇幅上加長許多，但從實質上看不是傳奇”。[①]

明清時期就有一批小説叢書《虞初志》《古今説海》《五朝小説》《唐人説薈》等以篇爲單位從《紀聞》《廣異記》《玄怪録》《通幽記》《河東記》《博異志》《集異記》《續玄怪録》《纂異記》《甘澤謡》《宣室志》《傳奇》等唐人小説集中選録作品，有些還明確歸於“傳奇家”“别傳家”類目之下。[②]這實際上就是從唐人小説叢集中甄選與單篇傳奇風格接近的作品。

雖然現當代學者依據傳奇體小説文體規範區分唐人小説集中的作品古已有之，但或多或少存在一定程度地“削足適履”。所謂傳奇體小説、筆記體小説是近現代學者受到西方小説文體觀念影響，對古代的“小説”進行文

---

① 周紹良著:《唐傳奇箋證》，北京：人民文學出版社 2000 年版，第 4 頁。

② 參見王慶華《古代小説學中“傳奇”之内涵和指稱辨析》，《文藝理論研究》2014 年第 2 期。

體類型劃分界定而提出的。[①]在古代小説文類、文體的本然狀態中，並不存在純粹以筆記體、傳奇體的文體類型爲標準的創作類型，而且古人也並未嚴格秉持兩類文體觀念進行敘事書寫。唐人小説集中確實出現了一批深受單篇傳奇影響的作品，然而，如果深入比較單篇傳奇與傳奇集中的作品，還是會發現兩者在篇幅、情節結構、敘事方式等文體特徵方面存在一定差距，一般説來，單篇傳奇更多傾向於“文筆”而傳奇集中的傳奇作品更多傾向於“史筆”。例如，《任氏傳》《李娃傳》《柳毅傳》《南柯太守傳》《鶯鶯傳》《霍小玉傳》等單篇傳奇與《紀聞》《集異記》《玄怪録》《甘澤謡》《傳奇》《三水小牘》中代表性傳奇作品《吴保安》《李清》《魏先生》《紅綫》《杜子春》《崔書生》《昆侖奴傳》《聶隱娘傳》《非煙傳》等相比，在篇幅、情節結構、敘事方式等方面就有較爲明顯的“文筆”和“史筆”之别。前者篇幅明顯較長，在敘述中摻加了諸多描摹形容成分，包括細節描寫、場面鋪陳、氛圍渲染等；情節曲折，且注重寫人，鮮明生動地刻畫人物性情品格。後者相對而言，篇幅明顯較短，更多追求敘事簡潔，而僅保留個别典型性細節或比較簡略的場景化敘事。傳奇小説集之外的其他唐人小説集，雖然也或多或少含有個别類似傳奇體小説的作品，但實際上整體看來，主要延續了唐前小説集的書寫傳統，例如，干寶《搜神記》中也不乏《胡母班》《趙公明參佐》《成公智瓊》《李娥》《白水素女》等篇幅較長、情節曲折、文筆較精細者。例如，《胡母班》講述胡母班受泰山府君之邀，送書與河伯之事，故事曲折，描摹細膩，“胡母班字季友，泰山人也。曾至泰山之側，忽於樹間逢一絳衣騶，呼班云：‘泰山府君召。’班驚愕，逡巡未答。復有一騶出，呼之，遂隨行。數十步，騶請班暫瞑。少頃，便見宫室，威儀甚嚴。班乃入閣拜謁，主者爲設食，語班曰：‘欲見君，無他，欲附書與女婿耳。’班問：‘女郎何在？’

---

① 參見王慶華《古代文類系統中“筆記”之内涵指稱》,《華東師範大學學報》2010 年第 5 期;《古代小説學中“傳奇”之内涵和指稱辨析》,《文藝理論研究》2014 年第 2 期。

曰：‘女爲河伯婦。’班曰：‘輒當奉書，不知何緣得達？’答曰：‘今適河中流，便扣舟呼青衣，當自有取書者。’班乃辭出”。[①]

其實，唐人小説集多由記載傳聞而成，文隨事立，若傳聞本身事件簡略，載文自然也簡短，傳聞曲折，載文自然篇幅漫長，文筆之簡潔抑或細膩，也常與傳聞性質相關。因此，現當代學者不可避免地面臨兩難選擇，如果以比較接近單篇傳奇爲標準從小説集中甄選作品，似乎數量太少；如果以比較寬泛的標準來界定，似乎又容易混淆泯滅唐人傳奇文體規定性而混同於一般的古代小説作品。因此，學界對於從唐人小説集中甄選傳奇作品，自然很難達成普遍共識。筆者認爲，相對而言，如果將傳奇體界定爲與筆記體相對應的文體概念，强調兩者之文體區分，理應以單篇傳奇爲標準進行比較嚴格篩選，同時，可將明清時期小説叢書以篇爲單位從唐人小説集中選録的作品作爲重要參考。否則，以比較寬泛標準選録的大量所謂“傳奇”作品很難與一般筆記體小説篇幅較長者區分開來，實際上就混淆了傳奇體與筆記體的文體界限。

現當代學者對唐人傳奇文體規範和相關作品範圍的界定不僅稱得上古代小説研究的典型個案，而且在整個古代文學研究中也具有一定代表性，其研究範式面臨的種種困惑和進退失據的兩難選擇對於古代小説研究乃至古代文學研究無疑具有重要啓示意義。一方面，中國小説史學科創立之初形成一批基本概念術語，大都以古已有之的相關概念術語爲基礎重新界定而成，古代文獻原有内涵、指稱與近現代學界賦予的新内涵、指稱之間存在相互糾葛的種種困惑。這種情況包括“傳奇”在内的“志怪”“志人”“變文”“話本”“平話”“筆記小説”“章回小説”等一批概念。顯然，“傳奇”在古典文獻中的原有内涵和指稱與近現代學者的相關界定存在諸多不一致，這常給研

---

① （晉）干寶撰，汪紹楹校注：《搜神記》，北京：中華書局1979年版，第44—45頁。

究者帶來依違於新舊之間的困惑。我們也需要對此類基本概念術語因新舊内涵糾纏而産生的種種理論困惑進行梳理反思，以便使我們的研究建立在更加堅實的理論基礎上。一方面，對這些概念術語在古典文獻中的指稱對象和範圍、命名角度和理論内涵、指稱與理論内涵之演化以及相關歷史語境等做一全面系統梳理；另一方面，對其在近現代學界的命名依據、理論背景、内涵演化、學術影響等做一深入探討。此外，現代人文學術的研究範式强調研究概念本身的明確清晰、研究對象範圍劃分的界限分明，然而，古代文類、文體體系本身却存在比較普遍的界限模糊、相互混雜的狀況。唐人傳奇在古代文類體系介於小説、集部“傳記文”、史部“傳記”等文類之間，作品範圍界限更是相當模糊，因此，近現代學界力求清晰明確地界定唐人傳奇不可避免會面臨種種困惑。從研究範式、研究方法、理論視域更好地貼近研究對象從而充分揭示其特徵來看，我們的研究理應充分尊重古代文類、文體本身的混雜性、模糊性，將其作爲歷史實在加以揭示，而不應無視回避其存在，更不應削混雜性、模糊性之“足”而適現代人文學術研究明確性、清晰性之“履”。

考慮到現當代學者界定唐傳奇的文體特徵並以此爲標準圈定其作品範圍存在種種困惑。因此，關於宋人對唐傳奇的文類、文體定位和歸類研究，以最具代表性和共識性的唐人單篇傳奇文和傳奇集爲例。

第二節　唐人單篇傳奇文歸入集部之“傳記文”

唐人多將當時流行的單篇傳奇文稱爲“傳”或“記”，宋人也基本延續了唐人之稱謂。在宋代文類、文體概念系統中，“傳記”既爲史部之“傳記”或“雜傳”類目概念，同時，又爲集部之“傳記”文章概念，如《文苑英華》之“傳”“記”類，《郡齋讀書志》著録《文苑英華》稱：“‘傳’五卷，‘記’三十八卷。”[①]《唐文粹》選録作品有“傳”“録”“紀事”類等。劉攽《彭城集》卷三十四《公是先生集序》：“内集二十卷，諸議論、辯説、傳記、書序、古賦、四言、文詞、箴贊、碑刻、銘志、行狀皆歸之内集。”[②]汪應辰《文定集》卷二十《御史中丞常公墓志銘》：“公晚年自號虚閑居士，有古律詩、表、啓、詞、疏、外制、劄狀、書序、題跋、序跋、傳記、碑、銘二十卷，名曰《虚閑集》。”[③]因此，所謂“傳記”，應爲介於兩者之間的一種文類、文體概念。那麽，此類單篇行世之傳奇文被稱之“傳記”，是定位於史部之“傳記”還是集部之“傳記文”呢？從部分唐人單篇傳奇文被明確定位於集部來看，宋人應更傾向於將其看作集部之“傳記文”。

宋人編纂唐人詩文總集和别集，曾收録部分唐人傳奇作品。《文苑英華》之“傳類”“記類”“雜文類”選録個别唐傳奇作品，如卷七百九十二至七百九十六之“傳”類收録沈亞之《馮燕傳》、陳鴻《長恨歌傳》，[④]卷八百三十三“記”類收録沈既濟《枕中記》，卷三五八“雜文”類收録沈亞之《湘中怨解》。作爲詩文總集，《文苑英華》所選作品在文體、文類界定上應具有一定典範意義。《文苑英華》收録《長恨歌傳》《馮燕傳》，同時也收録了《長恨歌》（卷三百四十六）、《馮燕歌》（卷三百四十九）。此類傳奇文與歌行珠聯璧合，還有沈既濟《任氏傳》與白居易《任氏行》、元稹《鶯鶯傳》與李紳《鶯鶯歌》、白行簡《李娃傳》與元稹《李娃行》、蔣防《霍小玉傳》與佚名《霍小玉歌》等。傳文與歌行相配而行是唐代中期單篇傳奇文創作的一種獨特文體現象，從類型意義上來説，《文苑英華》中的《長恨歌傳》《馮燕傳》以及《長恨歌》《馮燕歌》應代表此類作品。這也與叙事性詩序與詩歌相伴而行頗爲相似，如韓愈《石鼎聯句詩序》、元稹《崔徽歌序》等。

---

① （宋）晁公武撰，孫猛校證：《郡齋讀書志校證》，上海：上海古籍出版社 2011 年版，第 1215 頁。

② （宋）劉攽撰，逯銘昕點校：《彭城集》，濟南：齊魯書社 2018 年版，第 901 頁。

③ （宋）汪應辰撰：《文定集》，上海：學林出版社 2009 年版，第 228 頁。

④ 陳鴻《長恨歌傳》亦載《白氏長慶集》卷一二，《四部叢刊》景印日本翻宋大字本。

在《文苑英華》中，沈既濟《枕中記》被列入“記”類的“寓言”之屬，同時收録的還有王績《醉鄉記》、李華《鶚執狐記》，都爲典型的文章之作。在宋人眼中，沈既濟《枕中記》與李公佐《南柯太守傳》、佚名《櫻桃青衣》亦屬同一類型作品，如洪邁《夷堅志甲》卷二《衛師回》：“唐人記南柯太守、櫻桃青衣、邯鄲黄粱，事皆相似也。”[①]因此，《枕中記》《南柯太守傳》等一批“寓言”性質的傳奇文，也應都可算作集部之文。“怨”屬“歌行”性質的文體，“解”屬詩序性質之文體，兩者都非通行文體，沈亞之《湘中怨解》因而被收録在《文苑英華》之“雜文”類。

宋人所編沈亞之《沈下賢文集》[②]卷二“雜著”收録《湘中怨解》《秦夢記》，卷四“雜著”收録《異夢録》《馮燕傳》。卷二同時收録的還有《爲人撰乞巧文》《祝㯉木神文》《文祝延》《雜記》等，實爲各類“雜”文體。卷四同時收録的還有《李紳傳》《郭常傳》《嘉子傳》《誼鳥録》，因《沈下賢集》未另立“傳”類，所以，卷四相當於其他别集之“傳”。在宋人看來，《秦夢記》屬於叙述奇遇之文，與此相類者，還有多篇傳奇文，如劉克莊《後村集》卷一百七十三：“唐人叙述奇遇，如后土夫人事，托之韋郎，無雙事托之仙客，鶯鶯事雖元稹自叙，猶借張生爲名。惟沈下賢《秦夢記》、牛僧孺《周秦行記》、李群玉《黄陵廟詩》，皆攬歸其身，名檢掃地矣。”[③]顯然，《沈下賢集》可收録此類作品，其他文人文集也應可録入，如李德裕《李文饒外集》卷四《窮愁志》附《周秦行紀》，陳振孫《直齋書録解題》卷十六著録《會昌一品集》二十卷、《别集》十卷、《外集》四卷稱：“《周秦行紀》一篇，奇章怨家所爲，而文饒遂信之爾。”[④]

---

① （宋）洪邁撰，何卓點校：《夷堅志》，北京：中華書局 2006 年版，第 727 頁。

② 據《四部叢刊初編》之涵芬樓景印明翻宋本。

③ （宋）劉克莊著，辛更儒箋校：《劉克莊集箋校》，北京：中華書局 2011 年版，第 6699 頁。

④ （宋）陳振孫著，徐小蠻、顧美華點校：《直齋書録解題》，上海：上海古籍出版社 1987 年版，第 482 頁。

宋人筆記雜著談及部分唐人傳奇文，也將其看作集部之文，如趙令畤《侯鯖録》卷第五“元微之崔鶯鶯商調蝶戀花詞”：“夫《傳奇》者，唐元微之所述也，以不載於本集而出於小説，或疑其非是。今觀其詞，自非大手筆，孰能與於此?”[①]此處“本集”顯然應指《元氏長慶集》，也就是説，《傳奇》(《鶯鶯傳》)原本應載於《元氏長慶集》。[②]之所以未載，應主要是有所忌諱。《直齋書録解題》卷十六“元氏長慶集”稱：“今世所傳《李娃》《鶯鶯》《夢遊春》《古决絶句》《贈雙文》《示楊瓊》諸詩，皆不見於六十卷中。意館中所謂‘逸詩’者，即其艷體者耶。”[③]《李娃行》等屬於艷體詩，魏慶之《詩人玉屑》卷十七：“詩人寫人物態度，至不可移易。元微之《李娃行》云：髻鬟峩峩高一尺，門前立地看春風。此定是娼婦。”[④]宋人對於文人别集録此尚有避諱，與之相關之《鶯鶯傳》《李娃傳》等，雖屬於應載者，也一定在回避之列了。胡仔《苕溪漁隱叢話》後集卷第十八《羅隱》引《藝苑雌黄》：“唐人作《后土夫人傳》，予始讀之，惡其瀆慢而且誣也；比觀陳無已《詩話》云：‘宋玉爲《高唐賦》，載巫山神女遇楚襄王，蓋有所諷也；而文士多效之，又爲傳記以實之，而天地百神，舉無免者。’”[⑤]《后土夫人傳》也列爲“文士”之“傳記”。

《太平廣記》卷四八四至卷四九二將所録傳奇文《李娃傳》《東城老父傳》《柳氏傳》《長恨傳》《無雙傳》《霍小玉傳》《鶯鶯傳》《周秦行記》《冥音録》《東陽夜怪録》《謝小娥傳》《楊娼傳》《非煙傳》《靈應傳》等十三篇，特稱爲“雜傳記”。《太平廣記》類目劃分主要借鑒宋前之類書、史書《五行

---

① （宋）趙令畤撰，傅成校點：《侯鯖録》，上海：上海古籍出版社 2012 年版，第 97 頁。

② 李劍國《唐五代志怪傳奇叙録》稱：“然《永樂大典》卷二七四二《崔鶯鶯》條下引元稹《長慶集》之《崔鶯鶯傳》，則至晚元明間傳世之《元氏長慶集》已收入此傳。”北京：中華書局 2017 年版，第 336 頁。

③ （宋）陳振孫著，徐小蠻、顧美華點校：《直齋書録解題》，上海：上海古籍出版社 1987 年版，第 478—479 頁。

④ （宋）魏慶之：《詩人玉屑》，上海：上海古籍出版社 1959 年版，第 385 頁。

⑤ （宋）胡仔纂集，廖德明校點：《苕溪漁隱叢話》，北京：人民文學出版社 1962 年版，第 126 頁。

志》《世説新語》等分類，以題材内容性質爲主，例如，各種人物類型：方士、異人、異僧、將帥、婦人、儒行等，各種神怪類型：神仙、女仙、神、鬼、夜叉、神魂、妖怪、精怪、靈異等，各種博物類型：器玩、酒、雷、雨、山、石、水、草木、龍、虎、昆蟲等，各種人物品性類型：氣義、幼敏、器量、詭詐、詼諧、輕薄等；各種情節類型：報應、感應、定數、再生、悟前生等。“雜傳記”顯然是游離於主體分類之外的獨特類目，從内容性質上來看，這些作品實際上都可納入上述類目體系，正如《古鏡記》在器玩類、《李章武傳》在鬼類、《柳毅傳》在龍類、《任氏傳》在狐類、《南柯太守傳》在昆蟲類一樣，《霍小玉傳》《鶯鶯傳》也自可納入“婦人”等。因此，“雜傳記”單列一類，應主要從文體角度考慮，而且區别於通常所稱之史部“傳記”類概念。《太平廣記》本身就是大量采録史部“傳記”“小説”而成，如《直齋書録解題》著録《太平廣記》稱：“又取野史、傳記、故事、小説撰集，明年書成，名《太平廣記》。”[①] 因此，就没有必要再從史部“傳記”角度指稱此類作品爲“雜傳記”。如果聯繫宋人將部分唐代單篇傳奇文歸入集部之“傳記文”來看，《太平廣記》從文體角度將唐代單篇傳奇文命名爲“雜傳記”，可能更傾向於集部之“傳記文”。

張君房《麗情集》編纂唐人傳奇，多“傳”與“歌行”相配，如《任氏傳》《長恨歌傳》《鶯鶯傳》《燕女墳記》《李娃傳》《煙中怨解》《湘中怨解》《馮燕傳》《霍小玉傳》《無雙傳》《非煙傳》《余媚娘叙録》等，配有《任氏行》《長恨歌》《鶯鶯歌》《李娃行》《馮燕歌》《小玉歌》《無雙歌》等歌行，同時，還收録了一批唐人詩歌并序，如顧況《宜城放琴客歌并序》、元稹《崔徽歌并序》、崔珏《灼灼歌并序》、劉禹錫《泰娘歌并引》、杜牧《杜秋娘詩并序》《張好好詩并序》、盧頎《真真歌并序》等，長篇詩序詳叙詩歌本

① （宋）陳振孫撰，徐小蠻、顧美華點校：《直齋書録解題》，上海：上海古籍出版社 1987 年版，第 325 頁。

事之始末，與傳奇文頗相類似。[①] 兩者並列，也反映了選編者將長篇詩序相配詩歌與傳奇文相配歌行看做文體性質相近的作品。而且，該書被《秘書省續編到四庫闕書目》著録於總集類，也揭示了宋人將唐人單篇傳奇定位於集部“傳記文”的文體性質判别。陳翰《異聞集》是以單篇傳奇文爲主之選集，目前考證收録四十四篇，《郡齋讀書志》稱：“以傳記所載唐朝奇怪事，類爲一書。”[②] 此處所稱“傳記”，也應更傾向於集部“傳記文”之文體概念。此外，也有極個别唐人傳奇集中的作品析出進入宋人文集，如《甘澤謡》之《圓觀》被蘇軾删改做《僧圓澤傳》收入《東坡全集》卷三九，末有附注：“此出袁郊所作《甘澤謡》，以其天竺故事，故書以遺寺僧。舊文煩冗，頗爲删改。”[③]

唐傳奇文體主要源於魏晉六朝雜傳，與魏晉六朝雜傳一脈相承的唐人傳奇，宋人爲何就將其部分作品歸入集部之“傳記文”呢？這應主要源於以下兩個方面：

一方面，唐傳奇文體雖源於魏晉六朝雜傳，但又是對雜傳之文體規範的超越和改造。唐人寫作傳奇文，相當一部分是爲了彰顯作者歷史叙事和文學想像的才華，因此，這就賦予了傳奇文濃厚的“文章”色彩，“著文章之美，傳要妙之情”。[④] 陳寅恪早就指出，《長恨歌傳》等傳奇文“乃一種新文體”，屬於“當時諸文士之各竭其才智，竞造勝境”之結果。[⑤] 近年來，陳文新提出唐傳奇的基本文體特徵就是“傳、記辭章化”，傳、記融合了辭章的旨趣和手法，創造了一種全新的文體。[⑥] 如果深入比較單篇傳奇文與傳奇集中的

---

① 參見李劍國《宋代志怪傳奇叙録》（增訂本）之《麗情集二十卷》考證，北京：中華書局 2018 年版，第 122 頁。

② （宋）晁公武撰，孫猛校證：《郡齋讀書志校證》，上海：上海古籍出版社 1990 年版，第 548 頁。

③ 張志烈、馬德富、周裕鍇主編：《蘇軾全集校注》，石家莊：河北人民出版社 2010 年版，第 1354 頁。

④ （宋）李昉等編：《太平廣記》，北京：中華書局 1961 年版，第 3697 頁。

⑤ 陳寅恪著：《元白詩箋證稿》，上海：上海古籍出版社 1978 年版，第 9 頁。

⑥ 陳文新、王煒：《傳、記辭章化：從中國叙事傳統看唐人傳奇的文體特徵》，《武漢大學學報（人文科學版）》2005 年第 2 期。

作品，還是會發現兩者在篇幅、情節結構、叙事方式等文體特徵方面存在一定差距，單篇傳奇文更多傾向於“文筆”而傳奇集中的傳奇作品更多傾向於“史筆”。

另一方面，宋人面對唐代史部“傳記”之單篇傳記顯著衰落和集部之傳體文興起之演化，也自然傾向於從集部之傳記文的角度來理解唐人單篇傳奇文。

漢魏六朝史部“雜傳”之單篇人物傳數量巨大，兩漢有二十三種左右、三國時期有五十種左右，兩晉有一百五十種以上，南北朝則多道教人物傳而其他散傳則相對較少。[①]唐代史部“傳記”之單篇人物傳記創作顯著衰退，僅有十六種，主要包括賈閏甫《李密傳》、王方慶《文貞公事録》、宗楚客《薛懷義傳》、李邕《狄仁傑傳》、徐浩《廬陵王傳》、馬宇《段公别傳》、劉復《周廣傳》、佚名《王義傳》等。[②]唐前之文集雖有《大人先生傳》《五柳先生傳》《丘乃敦崇傳》《任府君傳》等傳體文，但尚未形成獨立文體，至唐代，文集中的傳體文作爲獨立文體開始興起，[③]傳體文展現出多種富有創造性的類型，其中亦有一批載録異人奇事的傳體文，如柳宗元《李赤傳》、沈亞之《歌者葉記》、長孫巨澤《盧陲妻傳》、温造《瞿童述》等。顯然，相對於唐代史部爲數不多的單篇“傳記”而言，以單篇形式流傳的傳奇文自然更接近於集部之傳體文，或也可看作一種“變體”類型。[④]

將唐人傳奇看做集部“傳記文”，應爲宋朝獨有的一種觀念。明清時期，僅有極個别文章總集收録唐人傳奇作品，例如，明代屠隆《鉅文》增收録個

---

① 詳見熊明：《雜傳與小説：漢魏六朝雜傳研究》，瀋陽：遼海出版社 2004 年版。

② 詳見武麗霞《唐代雜傳研究》有關統計，博士學位論文，四川大學，2004 年。

③ 參見羅寧、武麗霞：《論古代文傳的産生與演變》，《新國學》第六卷，成都：巴蜀書社 2006 年版。

④（清）王士禛撰，靳斯仁點校：《池北偶談》卷十六“沈下賢集”條：“唐吴興沈亞之《下賢集》十二卷，古賦詩一卷，雜文、雜著如《湘中怨》《秦夢記》《馮燕傳》之類三卷……《下賢》文大抵近小説家，如記弄玉、邢鳳等事。”北京：中華書局 1982 年版，第 391 頁。

别傳奇文，《四庫全書總目》批評稱："是集雜選經傳及古文詞，分宏放、悲壯、奇古、閑適、莊嚴、綺麗六門，僅八十篇。以《考工記》《檀弓》諸聖賢經典之文與稗官小説如《柳毅傳》《飛燕外傳》等雜然並選，殊爲謬誕。"[1] 清代董誥編輯《全唐文》以《唐文》爲底本，《唐文》原曾將唐人傳奇文收録其中，《全唐文》則因其事關風化或猥瑣誕妄而削删未録，《凡例》稱："唐人説部最夥，原書所載，如《會真記》之事關風化，謹遵旨削去。此外，如《柳毅傳》《霍小玉傳》之猥瑣，《周秦行記》《韋安道傳》之誕妄，亦概從删。"[2] 不過，《全唐文》亦收録《東城老父傳》《謝小娥傳》《異夢録》等傳奇文。

第三節　唐人傳奇歸入史部之"傳記"

在宋代官私書目中，唐傳奇明確被著録於史部之"傳記"類，實際上僅涉及極個别特例作品，主要有張説《梁四公記》、郭湜《高力士外傳》、佚名《補江總白猿傳》、裴鉶《虬髯客傳》、袁郊《甘澤謡》等。

從宋代官私書目著録情況來看，這幾篇（部）作品被歸入"傳記"主要有兩種情況，一種是宋代官私書目均著録於史部"傳記"類，也就是説，宋人基本將其看作史部之"傳記"，例如，《梁四公記》，被著録於《崇文總目》"傳記類"、《新唐志》"雜傳記類"、《通志・藝文略》"傳記類"之"名士"、《中興館閣書目》"雜傳類"、《遂初堂書目》"雜傳類"、《直齋書録解題》"傳記類"。《高力士外傳》，被著録於《崇文總目》"傳記類"、《新唐志》"雜傳記類"、《通志・藝文略》"傳記類"之"名士"，《直齋書録解題》"傳記類"、《遂初堂書目》"雜傳類"。

---

① （清）永瑢等撰：《四庫全書總目》，北京：中華書局 1965 年版，第 1755 頁。
② （清）董誥等編：《全唐文》，北京：中華書局 1983 年版，第 15 頁。

《梁四公記》《高力士外傳》被宋代官私書目一致歸入史部之“傳記”類，反映了一種共識性的文類觀念：歷史人物傳聞性的傳記作品，基本相當於“别傳”“外傳”，“與正史差異者，並存而録之，則别傳、外傳比也”，[①] 一般多歸入“傳記”類。在宋人看來，“傳記”屬於史學價值較低、爲“正史”編纂提供素材、補史之缺的“野史”，如《歐陽修集》卷一二四《崇文總目叙釋》：“古者史官，其書有法，大事書之策，小事載之簡牘。至於風俗之舊，耆老所傳，遺言逸行，史不及書，則傳記之説，或有取焉。然自六經之文，諸家異學，説或不同。況乎幽人處士，聞見各異，或詳一時之所得，或發史官之所諱，參求考質，可以備多聞焉。”[②] 馬端臨《文獻通考》卷一百九十五《經籍考二十二》：“《宋三朝藝文志》曰：傳記之作，蓋史筆之所不及者，方聞之士，得以紀述而爲勸戒。”[③] “傳記”載録之事或多或少與朝政大事、歷史人物事迹、人事善惡等史家旨趣相關，因此，載録歷史人物傳聞性的“外傳”“别傳”之類自然應歸入“傳記類”，宋代官私書目有諸多此類證例，如《漢武内傳》《趙飛燕外傳》《楊太真外傳》《緑珠傳》《則天外傳》被歸入《郡齋讀書志》《直齋書録解題》“傳記類”或《遂初堂書目》“雜傳類”。

另一種則屬宋代官私書目混雜著録者，例如，《補江總白猿傳》，被著録於《郡齋讀書志》“傳記類”、《通志藝文略》“傳記類”之“冥異”，《崇文總目》《新唐志》《遂初堂書目》《直齋書録解題》則均著録於“小説家類”。《虬髯客傳》，被著録於《崇文總目》“傳記類”、《通志・藝文略》“傳記類”之“冥異”，陳翰《異聞集》曾收録《虬髯客傳》，《異聞集》被收入“小説

① （宋）張齊賢：《洛陽搢紳舊聞記・序》，《全宋筆記》第一編（二），鄭州：大象出版社 2003 年版，第 147 頁。

② （宋）歐陽修著，李之亮箋注：《歐陽修集編年箋注》，成都：巴蜀書社 2007 年版，第 85—86 頁。

③ （元）馬端臨：《文獻通考》，北京：中華書局 1986 年版，第 1647 頁。

家”，也應算一種混雜。《甘澤謡》，被著録於《崇文總目》“傳記類”、《通志·藝文略》“傳記類”之“冥異”，《新唐志》《郡齋讀書志》《直齋書録解題》均著録於“小説家”。其中，《通志·藝文略》“傳記類”之“冥異”著録了一大批“小説”志怪性質作品，承襲了《隋書·經籍志》《舊唐書·經籍志》“雜傳類”之著録體例，在宋代官私書目“傳記類”著録中可看作一種特例。

在宋人看來，史部之“傳記”與子部之“小説”文類性質非常接近，如晁公武《郡齋讀書志》卷九“傳記類”之《黄帝内傳一卷》：“《藝文志》以書之紀國政得失、人事美惡，其大者類爲雜史，其餘則屬之小説。然其間或論一事、著一人者，附於雜史、小説皆未安，故又爲傳記類，今從之。”[①]作爲“史之流别”，兩者都屬載録聞見或傳聞而成的野史、稗史之類，只是相對而言，“小説”載録之事距離廟堂國政、人事善惡更遠一些，也更爲瑣細一些。因文類性質非常接近，宋人常將“傳記”與“小説”相提並論，如歐陽修《五代史伶官傳論》：“五代文章陋矣，而史官之職廢於喪亂，傳記小説多失其傳，故其事迹，終始不完，而雜以訛謬。”[②]史繩祖《學齋佔畢》卷二“紙筆不始於蔡倫、蒙恬”：“傳記、小説多失實。”[③]

《補江總白猿傳》《虬髯客傳》《甘澤謡》被著録於“傳記類”“小説家”，應主要爲“傳記”與“小説”文類相近而造成的文類混雜。當然，從具體作品來看，也與其兼有兩者之文類規定性密不可分。從“傳記類”文類規定性來看，與《梁四公記》《高力士外傳》相類，它們都涉及歷史人物之傳聞或傳説，例如，《補江總白猿傳》事關歐陽詢、江總，《虬髯客傳》事關李靖、唐太宗等，《甘澤謡》事關狄仁傑、薛嵩等。從“小説”文類規定性來看，

① （宋）晁公武撰，孫猛校證：《郡齋讀書志校證》，上海：上海古籍出版社2011年版，第359頁。
② （宋）歐陽修撰，徐無黨注：《新五代史》，北京：中華書局1974年版，第406頁。
③ （宋）史繩祖撰：《學齋佔畢》，上海：上海古籍出版社1992年版，第25頁。

這些作品又都含有不少荒誕怪妄内容，如《直齋書録解題》稱《補江總白猿傳》："歐陽紇者，詢之父也。詢貌類獼猿，蓋嘗與長孫無忌互相嘲謔矣。此傳遂因其嘲，廣之以實其事，托言江總，必無名子所爲也。"[①]大概因各官私書目對這些傳聞或傳説真實性的判斷見仁見智，故傾向於較爲真實可信者則歸入"傳記類"，傾向於較爲荒誕不經者則歸入"小説家"。

在宋人官私書目著録中，唐人"傳記"與"小説"之混雜主要集中於以筆記體爲主、載録朝野見聞的"小説"作品，如張鷟《朝野僉載》(《新唐書·藝文志》"傳記"，《郡齋讀書志》《直齋書録解題》"小説")、蘇鶚《杜陽雜編》(《崇文總目》"傳記"，《通志·藝文略》"小説")、皇甫牧《三水小牘》(《崇文總目》"傳記"，《直齋書録解題》《遂初堂書目》著録"小説")、佚名《玉泉子》(《崇文總目》"傳記"，《直齋書録解題》"小説")、馮翊子《桂苑叢談》(《崇文總目》"傳記"，《通志·藝文略》"小説")、王仁裕《王氏見聞集》(《崇文總目》"傳記"，《秘書省續編到四庫闕書目》"小説")、王仁裕《玉堂閑話》(《崇文總目》"傳記"，《遂初堂書目》"小説")、劉崇遠《金華子》(《崇文總目》"傳記"，《郡齋讀書志》《直齋書録解題》"小説")等。顯然，在宋代官私書目中，唐人傳奇與史部"傳記"整體還是涇渭分明的。

此外，也有極個别唐人傳奇文在宋代官私書目歸入史部之"雜史類"，如陳鴻《開元升平源》著録於《郡齋讀書志》《直齋書録解題》"雜史類"，佚名《隋煬帝開河記》著録於《遂初堂書目》"雜史類"。佚名《大業拾遺記》(《隋遺録》) 著録於《崇文總目》《遂初堂書目》《郡齋讀書志》"雜史類"。相對於"傳記"而言，"雜史"與史家旨趣更爲密切，史學價值也更高

---

① (宋) 陳振孫撰，徐小蠻、顧美華點校：《直齋書録解題》，上海：上海古籍出版社 1987 年版，第 317 頁。

些，如《郡齋讀書志》稱《開元升平源記》：“載姚崇以十事要明皇。”[①]

從上文分析可見，宋人將個别唐人傳奇歸入史部之“傳記”，實際上僅僅涉及載録歷史人物傳聞性的“外傳”“别傳”之類作品。明代個别私家書目晁瑮《寶文堂書目》、高儒《百川書志》“傳記”類收録了一批經典傳奇文。有些學者據此認定，古人普遍將唐人傳奇看做史部之“傳記”，這應爲一種誤讀。一方面，從官私書目著録情況來看，《文獻通考·經籍考》《宋史·藝文志》《國史·經籍志》《千頃堂書目》《明史·藝文志》等，一般均將唐傳奇以及後來之傳奇體小説歸入“小説家”。《四庫全書總目》“小説家”甚至對傳奇體小説作品黜而不録，多處提及傳奇體小説時，也多從正統價值立場出發的鄙薄之詞，如“其文淫艷”“詞多鄙俚”“同出依托”等。另一方面，《百川書志》《寶文堂書目》著録體例有失嚴謹，如周中孚《鄭堂讀書記》稱《百川書志》：“然以道學編入經志，以傳奇爲外史，瑣語爲小史，俱編入史志，可乎？”[②]這種著録應爲一種明清個别書目的特例。在明清正統觀念中，傳奇體小説僅屬“獨秀的旁枝”，甚至在“小説家”中也屬於地位和價值相對較爲低下者，一般不可能將其著録於史部“傳記”類。

當然，除了部分作品被歸入集部“傳記文”和史部“傳記”外，唐人傳奇同時普遍被歸入“小説”。唐人傳奇集普遍著録於子部之“小説家”。牛僧儒《玄怪録》、薛漁思《河東記》，皇甫氏《原化記》，鄭還古《博異志》、薛用弱《集異記》、李復言《續玄怪録》、李玖《纂異記》、袁郊《甘澤謡》、裴鉶《傳奇》、李隱《大唐奇事記》、柳祥《瀟湘録》等傳奇集，除了《通志·藝文略》或著録於“傳記類”之“冥異”之外，《崇文總目》《新唐書·藝文志》《郡齋讀書志》《直齋書録解題》等宋代官私書目均著録於“小

① （宋）晁公武撰，孫猛校證：《郡齋讀書志校證》，上海：上海古籍出版社 2011 年版，第 250 頁。
② （清）周中孚撰，黄曙輝、印曉峰標校：《鄭堂讀書記》，上海：上海書店出版社 2009 年版，第 483 頁。

説家”。宋代官私書目極少以篇爲單位對單篇傳奇文進行著録，從《太平廣記》《類説》《紺珠集》《錦繡萬花谷》《全芳備祖》等文言小説總集、類書轉録、摘録和《詳注片玉集》《施注蘇詩》《山谷詩集注》等詩注徵引情況來看，唐人單篇傳奇文在宋代主要通過陳翰編《異聞集》、張君房編《麗情集》流傳行世。《異聞集》收録《神告録》《鏡龍記》《古鏡記》《韋仙翁》《柳毅傳》《離魂記》《韋安道》《周秦行記》《任氏傳》《上清傳》《柳氏傳》《李娃傳》《霍小玉傳》《鶯鶯傳》《謝小娥傳》《東城老父傳》《枕中記》《南柯太守傳》《櫻桃青衣傳》等一批單篇傳奇文名篇，現在可考者約四十四篇。《異聞集》《麗情集》被《崇文總目》《新唐書・藝文志》《郡齋讀書志》《直齋書録解題》《宋史・藝文志》著録於“小説家”。這反映出宋人實際上同時將唐代單篇傳奇文也普遍看作“小説”。

宋人明確將部分唐人單篇傳奇文歸入集部之“傳記文”，同時，將唐人單篇傳奇文和傳奇集亦看作“小説”，以資談暇、廣見聞的價值定位爲主，而將唐人傳奇著録於史部之“傳記”，實際上僅涉及極個别作品，多因其與歷史人物傳聞性“傳記”相類。這實際上從文類或文體界定角度，反映了宋人對唐傳奇的文類性質、特徵、價值的認識判斷，也揭示了唐傳奇作爲一種獨特文類的文體規範。在宋人看來，單篇傳奇文介於集部“傳記文”和“小説”之間，一方面，其文體與叙事藝術、語言形式方面具有鮮明的傳記文章特性，可看做集部之文章；另一方面，其價值功用定位低下，“非文章正軌”，又難以納入正統集部，屬於“小道”，理應歸入“小説”。當然，與傳統筆記體小説相比，此類作品無疑又屬於“小説”中的“另類”。宋人對唐傳奇的文類、文體歸類爲後世理解、認知唐傳奇以及整個傳奇體小説類型奠定了基礎，産生了深遠影響。同時，唐人傳奇介於集部“傳記文”和“小説”之間的文體、文類定位，也開創了集部之文與子部之“小説家”交叉混雜之傳統。

第五章
宋元傳奇小説的文體流變及特性

關於唐宋傳奇小説的基本特徵，學界大體接受魯迅的如下評判：唐人傳奇“婉轉思致”，宋人傳奇“平實而乏文采”；“唐人小説少教訓，而宋則多教訓”。至於這種差異形成的原因，魯迅也有所解釋，云：“大概唐時講話自由些，雖寫時事，不至於得禍；而宋時則諱忌漸多，所以文人便設法回避，去講古事。加以宋時理學極盛一時，因之把小説也多理學化了，以爲小説非含有教訓，便不足道。”①其實，明人胡應麟也曾概括唐宋傳奇小説特徵的差異和形成原因，言：“小説，唐人以前記述多虚而藻繪可觀；宋人以後論次多實而彩艷殊乏。蓋唐以前出文人才士之手，而宋以後率俚儒野老之談故也。”②兩者對唐宋兩代傳奇小説差異的概括基本相同，也符合實際。至於形成原因的解釋，魯迅從社會文化對作者的制約著手，胡應麟則從作者的社會身份著手，皆有一定的道理。無論唐宋傳奇小説有何差異，就文體而言，宋代傳奇小説形成了一代之特徵，在小説史上與唐傳奇地位可並肩。桃源居士《宋人百家小説序》中一番話可做爲相對充分之説明，言：“（小説）尤莫盛于唐，蓋當時長安逆旅，落魄失意之人，往往寓諷而爲之。然子虛烏有，美而不信。唯宋則出士大夫，非公餘纂録，即林下

① 魯迅：《中國小説的歷史的變遷》第四講，魯迅著：《魯迅全集》第九卷，北京：人民文學出版社 2005 年版，第 329 頁。

② （明）胡應麟撰：《少室山房筆叢》，上海：上海書店出版社 2009 年版，第 283 頁。

閑譚，所述皆生平父兄師友相與談説，或履歷見聞、疑誤考證，故一語一笑，想見先輩風流。其事可補正史之亡，裨掌故之闕。較之段成式、沈既濟等，雖奇麗不足而朴雅有餘。彼如豐年玉，此如凶年穀；彼如柏葉菖蒲，虚人智靈，此如嘉珍法酒，沃人腸胃。並足爲貴，不可偏廢耳。”[①] 因此，對宋代傳奇小説的研究，固然不能夠拔高其意義和價值，但也不應該貶低或者忽略。

宋代傳奇小説的文體演變，大體可分爲三個階段。即：從宋代開國（960）到宋哲宗元祐年間（1086—1094）爲初期，以約成書於元祐年間的劉斧《青瑣高議》爲初期結束的標誌，這一時期的傳奇小説“在文體規範上大致規撫唐人，構思辭藻亦尚婉曲清麗，略顯平實嚴冷”；[②] 宋哲宗紹聖年到南宋高宗紹興年間爲中期，這一時期傳奇小説的文體特徵是雅俗融合，文體審美追求逐漸由士人之“雅”下移到市民之“俗”，此爲宋代傳奇小説發展的過渡階段；後期以約成書於紹興十八年至紹興三十二年間（1148—1162）的《緑窗新話》爲開始標誌，結束於元忽必烈滅宋，此時期的傳奇小説，或緣於宋代説話伎藝之發達而受其影響，呈現了融合話本特徵的趨勢，出現了“話本體”的傳奇小説，這類傳奇小説文字淺俗，於叙事中夾雜有“詩筆”（詩詞等韻文），拓開了元明傳奇小説發展之路。至於元代傳奇小説的文體特徵，乃宋代傳奇小説的遺響和蘖變，宋遠的《嬌紅記》爲蘖變之代表，該小説“情節曲折，節奏舒緩，詞章華麗，人物性格鮮明，細節描寫的真實懷達到了新的高度，篇幅之長在古代小説裏也是空前的”。[③]

---

① （明）佚名：《五朝小説大觀》（三），北京：北京圖書館出版社 1998 年版。

② 吴志達著：《中國文言小説史》，濟南：齊魯書社 1994 年版，第 594 頁。

③ 劉世德主編：《中國古代小説百科全書》“宋、遼、元的傳奇小説”條，北京：中國大百科全書出版社 1998 年版，第 500 頁。

第一節　對唐五代傳奇小説文體的繼承和發展

宋代存有完帙且具有代表性的傳奇小説較多：在發展初期，作者以樂史、秦醇、錢易及劉斧等作者爲主，以《青瑣高議》爲典範的"青瑣"叢書所收録的作品，存有完帙且具有代表性者約有五十篇，此外還有張齊賢《洛陽搢紳舊聞記》集中了一批傳奇小説；中期以吴可《張文規傳》、耿延禧《林靈素傳》、趙鼎《林靈蘁傳》、王禹錫《海陵三仙傳》、晁公遡《高俊入冥記》以及李獻民《云齋廣録》卷四至卷八所收録之傳奇小説爲典範；晚期則僅有岳珂《義騟傳》、陳鵠《曾亨仲傳》、佚名《李師師外傳》等少數幾篇。從這些傳奇小説的文體特徵中，可以發現宋代傳奇小説對唐五代傳奇小説文體的繼承和變化。

宋代傳奇小説發展的初期，文體的主要表現是志傳體的盛行。如張齊賢《洛陽搢紳舊聞記》和劉斧《青瑣高議》系列中的傳奇體小説，大體都是志傳體。據現存《洛陽搢紳舊聞記》，[①] 該書載録五代間洛陽人物傳聞凡二十一事，其中有十七篇具有傳奇小説文體的規範，它們的文體外在形式趨於一致，形成了模式化（見下表所示）：如標題模式化，一般采用主謂結構，概括"故事"的中心内容，昭示了叙事以情節爲中心的文體特徵，且爲後世小説以題目揭示叙事情節之先河；如起首一般介紹主要叙事人物的情况和背景，没有直接進入叙事的；結尾則全部以議論結尾，闡釋著述者因小説中的人或者事而引發的道德見解；又如所有的篇目都有議論，但只有四篇有"詩筆"；再如篇幅大體上處於約一千字到兩千字之間；叙事朴質，與史筆同，而題材也大多是歷史人物，少數是現實中的人或事。張齊賢傳奇小説模式化

① （宋）張齊賢撰，俞鋼整理：《洛陽搢紳舊聞記》，《全宋筆記》第一編（二），鄭州：大象出版社 2003 年版。

的另一個表現就是史官本位意識的彰顯，這在他的傳奇小説中有很明確的標誌：一是自覺的補史意識，二是補史意識套語化，三是自覺的“勸善懲惡”的史意。前兩點融爲一體。如《向中令徙義》，起首交待向中令“國史有傳，今記者，備其遺闕焉”，結尾又言：“他日取《中令傳》校之，傳之詳者去之，傳之略者存之，冀有補于太史氏而已。”《齊王張令公外傳》起首交待張令公“五代史有傳，今之所書，蓋史傳之外見聞遺事爾”。《李少師賢妻》起首也介紹主要叙事人物“國史有傳”。《安中令大度》起首介紹主要叙事人物“五代史有傳”，結尾交待著述之由，“慮史氏之闕，書之以示來者”。《宋太師彦筠奉佛》起首介紹主要叙事人物“正史有傳”，結尾交待著述之由，“史傳略之，故備書其事焉”。《少師佯狂》起首交待主要叙事人物楊凝式“正史有傳”。如此等等，從文字到其所包含的著述者的主觀著述意識，都趨於一致，形成套語。自覺的“勸懲”史意，集中體現在結構性結尾的議論中，如《虔州記異》的“異而書之，垂誡於世”，《田太尉侯神仙夜降》的“以戒貪夫”，《水中照見王者冕服》的“足爲深誡”等等。而張齊賢也曾有自序道明著述之由，云：“余未應舉前十數年中，多與洛城搢紳舊老善，爲余説及唐梁已還五代間事，往往褒貶陳迹，理甚明白，使人終日聽之忘倦，退而記之，旋失其本。……摭舊老之所説，必稽事實，約前史之類例，動求勸誡，鄉曲小辨，略而不書，與正史差異者並存而録之，則别傳外傳比也。”[①] 張齊賢自謂的“約前史之類例”和“别傳外傳比”，表明的也是史官本位的著述立場。整飭的文體外在形式和有意爲“前史之類例”主觀意識的相結合，正表明張齊賢確實是按照志傳的文體形式來著述《洛陽搢紳舊聞記》，因而張齊賢的傳奇小説可以稱之爲“志傳體”傳奇小説。張齊賢《洛陽搢紳舊聞記》中的傳奇小説，可以説是“平實而乏文采”的集中體現，而這種傾向實

① （宋）張齊賢撰，俞鋼整理：《洛陽搢紳舊聞記序》，《全宋筆記》第一編（二），鄭州：大象出版社 2003 年版，第 147 頁。

肇端于晚唐五代傳奇小説文體的稗史化傾向。如晚唐五代薛用弱《集異記》、盧肇《逸史》、皇甫枚《三水小牘》、蘇鶚《杜陽雜編》、康軿《劇談録》和高彦休《闕史》等書中的傳奇小説之作，乃是緣於"簿領之暇，搜求遺逸，傳於必信"，[①]"以備史官之闕"。[②]

此外值得注意的還有兩點：一是張齊賢《洛陽搢紳舊聞記》中小説命名的示範意義，其中"有六篇七字標目；如《梁太祖優待文士》《陶副車求薦見忌》《宋太師彦筠奉佛》皆爲三二二式，開後世小説七字標目之先河"。[③]二是在十七篇傳奇小説中，雖只有四篇有"詩筆"，但是這四篇中的"詩筆"却呈現不同的文本結構事功能。《梁太祖優待文士》《陶副車求薦見忌》中的"詩筆"，與唐代傳奇小説的"詩筆"一樣，融入叙事進程，爲叙事人物和情節的發展服務。《少師佯狂》中的四首詩，除"歌者嘲蜘蛛"之詩外，其餘三首也融入叙事進程，並爲叙事情節的發展服務，"歌者嘲蜘蛛"則游離於叙事進程之外，在文本中並没有起到結構文本的叙事功能。《田太尉侯神仙夜降》録於結尾之詩，也如《少師佯狂》中的"歌者嘲蜘蛛"詩一樣，游離於叙事進程。這種現象並不僅僅存在於張齊賢的傳奇小説之中，在其他宋人傳奇小説中也有比較多的存在。

張齊賢《洛陽搢紳舊聞記》傳奇小説文體特徵一覽表

篇名	介紹人物背景型起首	結構性結尾	詩筆	議論	文采	題材	篇幅
梁太祖優待文士	★	★	詩一、賦一	★	樸質	歷史	一般
少師佯狂	★	★	詩四	★	樸質	歷史	一般
向中令徙義	★	★		★	樸質	現實	一般
陶副車求薦見忌	★	★	詩序一	★	樸質	歷史	一般

① （唐）鄭綮：《開天傳信記・自序》，上海：上海古籍出版社1985年版，第1頁。
② （唐）李德裕：《次柳氏舊聞・自序》，上海：上海古籍出版社1985年版，第1頁。
③ 李劍國撰：《宋代志怪傳奇叙録》（增訂本），北京：中華書局2018年版，第71頁。

續 表

篇名	介紹人物背景型起首	結構性結尾	詩筆	議論	文采	題材	篇幅
齊王張令公外傳	★	★		★	樸質	歷史	一般
李少師賢妻	★	★		★	樸質	歷史	一般
虔州記異	★	★		★	樸質	現實	一般
張相夫人始否終泰	★	★		★	樸質	歷史	較短
田太尉侯神仙夜降	★	★	詩一	★	樸質	歷史	較短
白萬州遇劍客	★	★		★	樸質	歷史	一般
安中令大度	★	★		★	樸質	現實	一般
宋太師彦筠奉佛	★	★		★	樸質	歷史	較短
水中照見王者服冕	★	★		★	樸質	現實	一般
洛陽染工見冤鬼	★	★		★	樸質	現實	較短
白中令知人	★	★		★	樸質	歷史	較短
張太監正直	★	★		★	樸質	歷史	一般
焦生見亡妻	★	★		★	樸質	現實	一般

與張齊賢傳奇小説模式化志傳體相比，以樂史、秦醇、錢易和《青瑣高議》爲代表的傳奇小説，在文體的外在形式上雖並不整一，但大抵也是志傳體。在這 50 篇具有代表性的傳奇小説中，有 43 篇起首是交待人物情況和叙事背景，只有 7 篇直接進入叙事；有 23 篇傳奇小説的結尾爲情節性結尾，其中有 21 篇爲史實印證型的情節性結尾，僅有《長橋怨》和《大眼師》兩篇爲夢幻型的情節性結尾，27 篇爲結構性結尾，其中 19 篇爲發表議論的結構性結尾；有 31 篇有"詩筆"，其中有 16 篇"詩筆"比重頗大；8 篇篇幅漫長，15 篇較短，其他的 27 篇則處於不長不短的中間狀態；至於議論，表中雖然僅僅選定有 19 篇有議論，事實上這是僅就著述者在叙事的過程中直接站出來發表議論而言。此外，宋代傳奇小説的著述者喜歡通過主要叙事人物來發表長篇大論，如《緑珠傳》就是顯例。

宋代傳奇小説發展初期文體特徵一覽表

著述者	篇名	起首		結尾		詩筆	議論	篇幅	作者身份
		交待人物	直接叙事	情節性	結構性				
樂史	緑珠傳	★			★	詩五	★	一般	秘書郎、著作佐郎、著作郎直史館
	楊太真外傳	★			★	詩詞九、謡二、表一、奏一	★	漫長	
佚名	魏大諫見異録	★		★			★	一般	不詳
錢易	桑維翰		★		★		★	一般	進士、秘書郎、左司郎中、翰林學士
	越娘記	★			★	詩四	★	一般	
	烏衣傳	★			★	詩五		一般	
丘濬	孫氏記	★			★	書信六	★	一般	進士、理學家
王拱辰	張佛子傳	★			★			一般	狀元、翰林學士、龍圖閣學士等
張實	流紅記		★		★	詩六	★	一般	不詳
龐覺	希夷先生傳	★		★		書奏二、詩三		一般	不詳
杜默	用城記	★		★				較短	同進士出身
崔公度	金華神記	★		★				較短	秘書省校書郎、國子監直講等
	陳明遠再生傳	★			★		★	一般	
柳師尹	王幼玉記	★			★	詩二、詞一、書一		漫長	不詳
陸元光	回仙録		★	★		詩一		一般	進士、河北轉運使
沈遼	任社娘傳	★			★	歌一		一般	監内藏庫等
無名氏	張浩	★		★		詩二、詞一、判一		一般	
無名氏	蘇小卿	★		★		詩一、詞一、歌二		一般	

續　表

著述者	篇名	起首		結尾		詩筆	議論	篇幅	作者身份
		交待人物	直接叙事	情節性	結構性				
清虚子	甘棠遺事	★			★	詩一、書一	★	漫長	赴調京師官員
秦醇	驪山記	★		★		童謡一、歌詩一	★	漫長	不詳
	温泉記		★		★	詩五		一般	
	趙飛燕别傳		★	★		箋奏答奏各一		一般	
	譚意歌傳	★			★	詩三、詞二、書信三	★	漫長	
黄庭堅	李氏女	★		★				較短	進士、集賢校理、中書舍人等
	尼法悟	★		★				較短	
劉斧《青瑣高議》《青瑣摭遺》《翰府名談》中之不能確定著述者之篇目	群玉峰仙籍	★			★	詩一	★	一般	不詳
	高言	★			★	詩一	★	一般	
	王寂傳	★		★		歌詩二		一般	
	程説	★			★		★	一般	
	瓊奴記	★			★	題記一、歌詩一		一般	
	王實傳	★		★				一般	
	長橋怨	★		★		詩七		一般	
	韓湘子	★		★		詩五		一般	
	小蓮記	★		★				一般	
	異魚記		★		★	詩二		較短	
	陳叔文	★			★			較短	
	蔔起傳	★		★				較短	

續　表

著述者	篇名	起首		結尾		詩筆	議論	篇幅	作者身份
		交待人物	直接叙事	情節性	結構性				
劉斧《青瑣高議》《青瑣摭遺》《翰府名談》中之不能確定著述者之篇目	龔求記	★			★		★	較短	不詳
	范敏	★		★		詩一		漫長	
	夢龍傳	★		★				較短	
	仁鹿記	★		★				較短	
	朱蛇記	★			★	詩一	★	一般	
	袁元	★		★				較短	
	西池春遊	★			★	詩三	★	漫長	
	楚王門客	★			★	書一、詩三	★	一般	
	異夢記		★	★				較短	
	慈雲記				★	奏一、詩二	★	漫長	
	大眼師	★		★		詩一		較短	
	蔣道傳	★		★				較短	
	書仙傳	★			★	詩二		較短	

從上表可以看出，宋代發展初期的傳奇小説文體特徵，大體符合趙彦衛所謂的“文備衆體”。特别是“詩筆”，在宋代發展初期的傳奇小説文體中占據了較重要的地位，其他一些節存的傳奇小説中也有大量的詩筆，如陳道光《蔡箏娘記》雖爲節存，但其中存詩十首，頗見規模。[①] 這些傳奇小説中的部分“詩筆”，也出現了如張齊賢的傳奇小説中“詩筆”的新變，如《青瑣高議》中《楚王門客》(“劉大方夢爲門客”）的三首詩，游離於叙事情節

① 張齊賢《洛陽搢紳舊聞記》的傳奇小説，因傳人傳事大多與韻文無關，故有“詩筆”的傳奇小説不多，且單篇中“詩筆”比重不大。

發展進程之外，僅爲存詩而存詩，云："大方别家人，乃奄然。一何異哉！大方有詩數篇，吾雖鄙其人，而愛其才，亦愛而知惡、憎而知善之意也，故存之。"[①]《瓊奴記》（"宦女王瓊奴事迹"）中先録瓊奴之文，後録王平甫之詩，雖説有"具載於此，使後之人得其詳也"的補充説明的功能，但於叙事情節發展進程而言在録詩文之前已到了叙事的終點，故詩文的録入也游離於叙事情節發展進程之外，在一定程度上與孟棨《本事詩》的詩話文體形式有相通之處。錢易《烏衣傳》有詩五首，其中前四首乃人物活動，融匯於叙事活動之中，最後一首乃引劉禹錫《烏衣巷》詩，以證故事之不虚。本來《烏衣傳》的"故事"乃借劉禹錫《烏衣巷》詩之端緒，如果以劉禹錫詩置於開篇，則有話本小説入話之叙事功能，但置於結尾則成爲傳奇小説文體叙事的累贅。秦醇《驪山記》中的開元末童謡，樂史《楊太真外傳》中的兩首時謡、杜甫詩和張祜詩，這些"詩筆"的引用也游離於叙事情節進程之外。至於樂史《緑珠傳》中五首詩，除了緑珠歌詩和喬知之詩融匯入叙事進程中，後三首庾肩吾詩、李元操詩、江總詩皆爲考證之作。對於《緑珠傳》的引詩，成柏泉曾定位其性質道："這篇小説采取夾叙夾議，並引用前人詩文代替叙述，可看出是史家的筆法。"[②]其實這種現象也存在於其他的宋代前期的傳奇小説中，可以説是一種普遍現象。此種現象的出現，乃在於詩話與史傳的融合催生了傳奇小説引詩的新變，即如章學誠所云："唐人詩話，初本論詩，自孟棨《本事詩》出（原注：亦本《詩小序》），乃使人知國史叙詩之意，而好事者踵而廣之，則詩話而通于史部之傳記矣。"[③]

前面説過，張齊賢的傳奇小説可以稱之爲"志傳體"傳奇小説。其實著述"志傳體"傳奇小説是宋代傳奇小説發展初期的主流，如樂史、秦醇、錢易以及《青瑣高議》中的大部分傳奇小説都采用"志傳體"。樂史的《緑珠

---

① （宋）劉斧撰輯：《青瑣高議》，上海：上海古籍出版社 1983 年版，第 249 頁。
② 成柏泉選注：《古代文言短篇小説選注》二集，上海：上海古籍出版社 1984 年版，第 5 頁。
③ （清）章學誠著，葉瑛校注：《文史通義校注》，北京：中華書局 2014 年版，第 648 頁。

傳》《楊太真外傳》，秦醇的《譚意哥傳》《趙飛燕外傳》，錢易的《桑維翰》《烏衣傳》等，都是典型的"志傳體"傳奇小說，特别是秦醇《温泉記》，在結尾也聲明"俞多與士君子説此事，乃筆成傳"。[①] 足見他們的史官本位意識的自覺。其他人所著的傳奇小說不僅具有典型的"志傳體"特徵，亦同樣有自覺的志傳意識，如王拱辰《張佛子傳》起首一段即點明："予少之時，聞都下有張佛子者，惜其未之見也，又慮好事者之偏辭也。逮予之職御史，得門下給事張亨者，始末之奇。……予因詰其詳於亨，亨遂書其本末。……則以亨之言紀其實，以垂鑒將來。"[②] 清虚子《甘棠遺事》言："大凡爲傳記稱道人之善者，苟文勝於事實，則不惟私近鄉愿，後之讀者亦不信，反所以爲其人累也。乃今直取温生數事，次第列之，非敢加焉。"[③] 此外如崔公度《陳明遠再生傳》、龐覺《希夷先生傳》、沈遼《任社娘轉》、王山《筆奩録》中的《盈盈傳》、《青瑣高議》中的《王寂傳》《王實傳》《卜起傳》《陳叔文》《范敏》等，皆有如此特徵。又《洛陽搢紳舊聞記》的標題已體現出以情節爲中心的取向，把主要内容示於人，但是標題字數並不整飭。劉斧編撰《青瑣高議》，每篇正題之後皆以七字作爲副標題，主要目的也是爲了讓讀者能夠對小說内容有個最初的了解，增加閲讀小說的興趣。

還有一點值得注意的是，這一時期的傳奇小說出現了比較多的後延叙事時間，這是一個明顯的總體變化特徵。[④] 唐代傳奇小說中此種後延叙事時

① （宋）劉斧撰輯：《青瑣高議》，上海：上海古籍出版社 1983 年版，第 67 頁。

② （宋）祝穆撰：《古今事文類聚》别集卷三二，《景印文淵閣四庫全書》第 927 册，臺灣：商務印書館 1986 年版，第 1032 頁。

③ （宋）劉斧撰輯：《青瑣高議》，上海：上海古籍出版社 1983 年版，第 166 頁。

④ 一般而言，後延叙事時間相對於叙述者叙事時間的當下性而言。叙述者在叙述時，其叙述動作發生的當下時間總是落後於"故事"時間，因而叙述者可以采取順叙、補叙等時空叙事使叙事完滿。後延叙事時間則是叙述者叙述發生的當下時間處於"故事"時間中，與一般叙述時間差異很大，在中國傳統叙事中較少出現此種叙事時間，其標誌就是與"初"相對的"後"。此種叙事時間在中國叙事傳統中一般存在于史學領域，源於"史官作傳，體例所限，宜短不宜長"，固有此種史學家汪榮祖稱之爲"搭天橋"法的叙事時間的出現。見汪榮祖著：《史傳通説——中西史學之比較》，北京：中華書局 2003 年新 1 版，第 80 頁。

間的出現非常少，於唐代傳奇小説而言是個别現象，僅有牛肅《紀聞》中的《王賈》等寥寥幾篇。如《王賈》爲驗證讖語，在結尾言："暹後作相，曆中外，皆如其謀。"[①]但在《青瑣高議》中則出現的比較多，如《蔣道傳》中有"後道不復敢過陳寨"，《韓湘子》中言"後皆如其説焉"，《夢龍傳》中言"及後果如其言"，等等。

至於宋代傳奇小説發展中後期的傳奇小説文體，與發展初期大體相同，多數采用志傳體，有對唐傳奇文體的延續。如李獻民《雲齋廣録》，其自序即明言向唐代傳奇小説學習，云："然嘗觀《唐史·藝文志》，至有《甘澤謡》《松窗録》《雲溪友議》《戎幕閑談》之類，叙述遺事，亦見采於當時。僕雖不揆，庶可跂而及也。"[②]李獻民《雲齋廣録》中卷四至卷八所收録之十二篇傳奇小説，確實具有唐代傳奇小説的特徵。這十二篇傳奇小説的起首有十篇是交待主要叙事人物等背景，只有兩篇直接進入叙事；六篇爲情節性結尾，六篇爲結構性結尾，其中五篇以議論結尾，特别是《丁生嘉夢》和《四和香》兩篇的議論是以"評曰"引出，顯示出著述者强烈的因文説教的主體意識；至於議論，有五篇是著述者直接站出來發表自己的見解，其他小説如《豐山廟》《無鬼論》等，則在叙事過程中通過叙事人物的對話等方式融入大量的議論；就篇幅而言，較短的有六篇，漫長的有二篇，一般狀態的有四篇；十二篇中九篇有詩筆。與宋代傳奇小説發展初期的文體特徵不同的是，李獻民《雲齋廣録》中的傳奇小説的文體基本與唐代傳奇小説保持一致，如其中的"詩筆"都融入叙事情節進程，没有出現如初期那些脱離叙事情節進程之外的現象。從叙事時空、場景描寫、人物設置等方面而言，這十二篇傳奇小説也與唐代傳奇小説一脈相承。[③]

---

① （唐）牛肅撰，李劍國輯校：《紀聞輯校》，北京：中華書局2018年版，第10頁。

② 李獻民著：《雲齋廣録》，上海：上海中央書店1936年版，第1頁。

③ 關於李獻民《雲齋廣録》中傳奇小説對唐代傳奇小説的模仿，可參見程毅中《宋元小説研究》第四章第二節，南京：江蘇古籍出版社1999年版。

宋代傳奇小説發展的中後期，存有完帙的單篇流傳之傳奇小説有八篇，與《雲齋廣録》一樣，它們的文體特徵大體上與唐代傳奇小説保持一致。這八篇傳奇小説中，有六篇的起首是交待主要叙事人物基本情況等，兩篇直接進入叙事；結尾有五篇是情節性結尾，三篇結構性結尾，其中《張文規傳》乃考證型的結構性結尾，其他兩篇爲議論型結構性結尾；兩篇篇幅較短，兩篇漫長，四篇處於中間狀態；三篇有“詩筆”，而且“詩筆”乃是融入叙事情節發展進程中的。

宋代中後期傳奇小説文體特徵一覽表

著述者	篇名	起首		結尾		詩筆	議論	篇幅	作者身份
		交待人物	直接叙事	情節性	結構性				
李獻民	嘉林居士	★			★		★	較短	不詳
	甘陵異事		★	★		詩五		較短	
	西蜀異遇	★		★		詞二、書一、祭文一、詩三		漫長	
	丁生嘉夢	★			★	詩一	★	較短	
	四和香	★			★	詩一	★	一般	
	雙桃記	★			★	詩一、詞一	★	一般	
	錢塘異夢	★		★		詞三、詩一		一般	
	玉尺記		★		★	詩一	★	較短	
	無鬼論	★		★		詩三		一般	
	豐山廟	★			★			較短	
	華陽仙姻	★		★		詩一		漫長	
	居士遇仙	★		★				較短	

續 表

著述者	篇名	起首		結尾		詩筆	議論	篇幅	作者身份
		交待人物	直接叙事	情節性	結構性				
吴可	張文規傳	★			★			一般	進士
耿延禧	林靈素傳	★		★		詔一、詩一		一般	太學官、中書舍人等
趙鼎	林靈蘁傳	★		★		詩三、頌一、敕一		漫長	進士
王禹錫	海陵三仙傳	★		★				漫長	進士、通直郎
晁公遡	高俊入冥記		★	★				較短	進士、終朝奉大夫
岳珂	義騟傳	★			★		★	一般	户部侍郎、寶謨閣直學士
陳鵠	曾亨仲傳		★	★		詩一		較短	太學諸生、滁州教授
佚名	李師師外傳	★			★		★	一般	不詳

第二節 文約事豐的文體新變

與唐五代傳奇小説多言時事少講古事相比，宋代傳奇小説，特别是發展初期的傳奇小説，多言古事是一個明顯的轉折。從宋代傳奇小説之始的樂史《緑珠傳》到宋末佚名的《李師師外傳》等，有多講古事且條貫始末的發展綫索。宋代傳奇小説講古事大體可以分爲三類：一是以歷史爲本事講述，其體與史書相類，如《緑珠傳》《楊太真外傳》《桑維翰》《李師師外傳》等；二是托近聞以述古事，如《驪山記》《温泉記》等；三是以近聞爲本事，其間穿插古事，如《越娘記》《西池春遊》等。這三類講古事的傳奇小説在宋代傳奇小説發展初期不僅數量最多，而且形態最完備。

有宋一代,講古事的傳奇小説大體都有“文約而事豐”[1]的文體特徵。這包括兩方面的内涵：一是宋代傳奇小説慣於拾掇舊聞，引傳聞入叙事的“薈萃成文”之叙事特性，即“事豐”；二是宋代傳奇小説“論次多實，而彩艷殊乏”[2]的語體特徵，即“文約”。形成這種文體特徵的原因，魯迅所謂“本薈萃稗史成文,則又參以輿地志語”[3]一語或可解釋。此語本爲評説樂史的傳奇小説《緑珠傳》和《楊太真外傳》的文體叙事特點，但也適用於其他宋代傳奇小説。《緑珠傳》的本事大體依據《晉書・石崇傳》、裴啓《語林》和劉義慶《世説新語》所載“古事”，以晉石崇寵婢緑珠的“故事”爲中心結構小説。其叙事内容包括：緑珠的出生地白州博白縣的地理沿革、石崇得緑珠的經歷、緑珠善舞《明君》等才能、昭君遠嫁事、緑珠自製昭君歌、崇之美妾不爲名而以佩聲釵色爲辨、孫秀求緑珠不得而譖崇、緑珠墮樓、緑珠女弟子宋禕事、緑珠井、昭君村、牛僧孺《周秦行記》緑珠事、石崇殺戮事、飲酒殺美人事、王進賢侍兒六出貞節事、喬知之因寵婢窈娘與武承嗣交惡事、後世之題緑珠者、石崇死、孫秀死。從中我們可以看到，很多内容並不屬於情節的必然部分，而是游離於石崇與緑珠二人故事之外，雖可有可無，但有助於了解更多的與緑珠故事相關或相類的人物和風情等知識。《楊太真外傳》亦綴合舊事而成，所采録之書有《舊唐書》的《楊貴妃》《楊國忠》《安禄山》《陳玄禮》等傳，以及《長恨歌傳》《國史補》《明皇雜録》《樂府雜録》《酉陽雜俎》《開天傳信記》《安禄山事迹》《津陽門詩注》《松窗雜録》《談賓録》《逸史》《宣室志》《杜陽雜編》《開元天寶遺事》《仙傳拾遺》，以及杜甫詩、劉禹錫詩、張祜詩等，尤以《明皇雜録》爲多。秦醇的《驪山記》《温泉記》也是如此。如《驪山記》中著述者借老翁之口講了楊妃以安禄山爲子、安禄

---

① （唐）劉知幾撰，浦起龍通釋，王煦華整理：《史通通釋》，上海：上海古籍出版社 2009 年版，第 156 頁。

② （明）胡應麟撰：《少室山房筆叢》，上海：上海書店出版社 2009 年版，第 283 頁。

③ 魯迅著：《中國小説史略》，上海：上海古籍出版社 1998 年版，第 66—67 頁。

山手足心有黑子、禄山化猪龍、李猪兒殺安禄山、樓下人唱汾水秋雁等大量有關唐宫、楊妃、安禄山等諸事；其本事大抵依傍鄭處誨《明皇雜録》、鄭綮《開天傳信記》、姚汝能《安禄山事迹》、李德裕《次柳氏舊聞》《津陽門詩注》、吕道生《定命録》等書。其中又講述有安禄山傷楊妃乳、楊妃出浴而明皇禄山詠乳諸事，此前不見有記載。無名氏的《玄宗遺録》圍繞馬嵬兵變這一主綫，擷取玄宗聞樂（《霓裳曲》）而知將變、取蓍而卦、妃子驚夢、漁陽兵變、六宫西逃、馬嵬兵變、縊死楊妃、玄宗思妃夢中相見諸事。《李師師外傳》的本事，在宋人所著的史乘如《三朝北盟會編》，筆記如《東京夢華録》《貴耳集》《墨莊漫録》《浩然齋雅談》等，話本如《宣和遺事》中均曾提及。

宋代傳奇小説"多言古事"傳統的形成，蓋緣於當時社會一種"薈萃小説"的士風。宋代傳奇小説的著述者大多是致力於科舉的知識份子，這一群體有一種以博聞强識相矜賞的士風，這種士風可以從宋仁宗下詔禁止科試中"小説"語言泛濫的情况得以證明。李燾《續資治通鑑長編》卷一百八載宋仁宗天聖七年事："五月，詔曰：'朕試天下之士，以言觀其趣向，而比來流風之敝，至於薈萃小説，割裂前言，競爲浮誇靡蔓之文，無益治道，非所以望于諸生也。'"[①] 所謂"薈萃小説，割裂前言"，所指向的就是徵引各類雜聞軼事以炫學。同時，時人也推尊博學多聞之人，如宋仁宗朝的孫甫，歐陽修曾評價云："尤善言唐事，能詳其君臣行事本末，以推見當時治亂。每爲人説，如身履其間，而聽者曉然如目見。故學者以謂閲歲讀史，不如一日聞公論也。"[②] 至於爲何推尊博學多聞之人，孫甫的一段話也可以説明，曰："編列君臣之事，善惡得實，不尚辟怪，不務繁碎，明治亂之本，謹勸戒之道。"[③] 因此，在傳奇小説的著述中，著述者亦自然而然地融入自己的博聞强識，於是形成了"薈萃成文"的文體特徵。

---

① （宋）李燾撰：《續資治通鑑長編》第 8 册，北京：中華書局 1995 年版，第 2512 頁。
② （宋）歐陽修：《孫甫墓誌銘》，載孫甫《唐史論斷》附録，北京：中華書局 1985 年版，第 1 頁。
③ （宋）孫甫：《唐史記序》，載《唐史論斷》，北京：中華書局 1985 年版，第 2 頁。

宋代傳奇小説雖“多言古事”，但“論次多實”，即叙事以“徵實”爲價值準則。宋代傳奇小説的徵實，並不是史學領域中嚴格意義上的實録，而是如干寶《搜神記》自序中的“實録”一樣，有著“信以傳信”和“疑以傳疑”兩種方式和原則。如張齊賢《洛陽搢紳舊聞記》序中所謂“摭舊老之所説，必稽事實；約前史之類例，動求勸誡。……庶可傳信，覽之無惑焉。”[①]洪邁編撰《夷堅志》，自謂“稗官小説家言不必信，固也。信以傳信，疑以傳疑，自《春秋》三傳則有之矣，又况乎列禦寇、惠施、莊周、庚桑楚諸子汪洋寓言者哉！《夷堅》諸志，皆得之傳聞，苟以其説至，則受之而已矣。”[②]此種主張，並不僅僅存在小説集的編著中，在具體的傳奇小説中，著述者也以叙述者的身份直陳此種主張。如《高言》：“余矜其人奔竄南北，身踐數國，言所遊地，人物詭異，因具直書之，且喜其人知過自新云耳。”[③]此外，如崔公度《陳明遠再生傳》、沈遼《任社娘記》、清虚子《甘棠遺事》等，皆有類似之交代。[④]如此等等，足顯宋人傳奇小説“徵實”的特點。

事實上，無論是傳信還是傳疑，于宋代傳奇小説家而言，所傳聞之“事”本身及其所具有的教育意義，才是其所關注的重點。關注傳“事”與傳事之義，是宋人的主流觀念，但史書注重事實，小説則無此準則。北宋人吴縝《新唐書糾謬・序》言：“夫爲史之要有三：一曰事實，二曰褒貶，三曰文采。有是事而如事書，斯謂事實。因事實而寓懲勸，斯謂褒貶。事實、褒貶既得矣，必資文采以行之，夫然後成史。至於事得其實矣，而褒

① （宋）張齊賢：《洛陽搢紳舊聞記・序》，《全宋筆記》第一編（二），鄭州：大象出版社 2003 年版，第 147 頁。

② （宋）洪邁撰：《夷堅志》，北京：中華書局 2006 年版，第 967 頁。

③ （宋）劉斧撰輯：《青瑣高議》，上海：上海古籍出版社 1983 年版，第 32 頁。

④ 崔公度《陳明遠再生傳》結尾云：“至和三年八月，明遠歸莆田，以故人訪予，且出所授經，具道其事，欲予記之。”沈遼《任社娘記》也説：“余初聞樂章事，云在胡中，蓋不信之。然其詞意可考者，宜在它國。及得仁王院近事，有客言其始終，頗異乎所聞，因爲叙之。寺爲沙門者多娼家，余所知凡數輩。”清虚子《甘棠遺事》亦言：“大凡爲傳記稱道人之善者，苟文勝於事實，則不惟私近鄉願，後之讀者亦不信，反所以爲其人累也。乃今直取温生數事，次第列之，非敢加焉。”

貶、文采則闕焉，雖未能成書，猶不失爲史之意。若乃事實未明，而徒以褒貶、文采爲事，則是既不成書，而又失爲史之意矣。”[①] 吴縝“爲史三要”中，“事實”是根本，只有“事得其實”了，才能“寓懲勸”並“資文采以行之”，反之則不行。因此，爲求“事實”，宋人往往以“有是事而如事書”的標準去衡量前代小説。如司馬光編纂《資治通鑑》時，“遍閲舊史，旁采小説，簡牘盈積，浩如煙海”，[②] 以“有是事而如事書”得角度考辨唐傳奇所叙之事，認定《開元升平源》係僞托：“似好事者爲之，依托兢名，難以盡信，今不取。”[③] 對《虬髯客傳》叙李靖事，司馬光也認爲其“又叙靖事極怪誕，無取”。[④] 但一旦不尋求“事實”時，宋代對小説的“傳事”，則無所謂“傳信”或“傳疑”。如王銍辨正唐傳奇，論《達奚盈盈傳》曰：“《達奚盈盈傳》，晏元獻（殊）家有之，蓋唐人所撰也……觀天寶後，掖庭戚屬，莫不如此，國何以久安耶？……其間叙婦人姿色及情好曲折甚詳，然大意如此。”[⑤] 辨正《鶯鶯傳》爲元稹自叙艷遇：“則所謂《傳奇》者蓋微之自叙，特假他姓以自避耳。不然爲人叙事，安能委曲詳盡如此？”[⑥] 此種態度，應該是宋人對於史書與小説的分野。因此，南宋末時人劉克莊對宋人的小説辨正，歸納爲：“唐人叙述奇遇，如后土夫人事托之韋郎；無雙事托之仙客；鶯鶯事雖元稹自叙，猶借張生爲名。”[⑦] 宋人雖然能夠欣賞唐傳奇的詩意化叙事，但宋代傳奇小説家在著述傳奇小説的時候，則大體本著“得歲月者記歲月，得其所者記其所，得其人者記其人”[⑧] 的原則傳“事”或“人”，也因此决定了宋代傳

① （宋）吴縝撰：《新唐書糾謬》，上海：上海書店出版社 1985 年版，第 4—5 頁。

② （宋）司馬光著：《進資治通鑑表》，（宋）司馬光編著：《資治通鑑》，北京：中華書局 1956 年版，第 9607 頁。

③ （宋）司馬光著：《資治通鑑考異》卷十二，《文淵閣四庫全書》史部第 311 册，上海：上海古籍出版社 2003 年版，第 136 頁。

④ （宋）司馬光：《資治通鑑考異》卷八，同上，第 94 頁。

⑤ （宋）王銍撰：《默記》卷下，北京：中華書局 1981 年版，第 41 頁。

⑥ （宋）趙令畤撰：《侯鯖録》，北京：中華書局 1985 年版，第 41 頁。

⑦ （宋）劉克莊撰：《後村詩話》卷一，北京：中華書局 1983 年版，第 12 頁。

⑧ 曾棗莊、劉琳主編：《全宋文》，第 258 册，上海：上海辭書出版社 2006 年版，第 289 頁。

奇小説一掃唐代傳奇小説的炫奇瑰麗，走向相平實的“徵實”之路。

宋代傳奇小説的“徵實”，乃是爲了使其更具“褒貶”的教化意義，而且此種現象表現在三類傳奇小説中，是一種自覺的文體追求。宋代傳奇小説的“褒貶”的教化意義，主要由文本中的“議論”來完成的，這種“議論”有兩種形式：一是篇末的“垂誡”性議論文字，這在傳奇小説中是一種普遍形式，此不贅言；二是通過綴合古事（或可曰故事），在情節發展進程中借人物之言語（包括詩詞書信）表現自己對歷史和現實的思考，以實現“褒貶”之議論。這第二種“議論”形式，在唐代傳奇小説中鳳毛麟角，但在宋代傳奇小説中則大量存在。

宋代傳奇小説爲使寓“褒貶”之議論能自然生發，在“薈萃爲文”的過程中，會依照所要闡揚的道德倫理對“事實”進行“削高補低”，以便敍事人物在敍事進程中自然發表“褒貶”之議論。在此，不妨以張實《流紅記》、胡微之《芙蓉城傳》和無名氏《李師師外傳》爲例進行申述。張實《流紅記》是一篇愛情傳奇，主角是宫女韓夫人與儒生于祐，兩人借助樹葉題詩和御苑水渠之流水，終成眷屬。此篇傳奇小説係綴合前人所寫的兩個故事而成。其一爲孟棨《本事詩·情感第一》所載顧况與宫中女性借流水紅葉題詩和詩的逸事，其二爲范攄《雲溪友議》卷下所載“題紅怨”，雖簡略，但含兩事：顧况和宫女借流水紅葉題詩和詩事，盧渥拾得妻子爲宫女時所作紅葉詩之逸事。兩書所載，敍事皆簡略，僅爲存事而已，故並没有道德倫理的褒貶。張實著述《流紅記》時，韓夫人題於葉上的第一首詩選擇了盧渥所得之宫女詩，至於于祐題葉的詩，則只有兩句：“曾聞葉上題紅怨，葉上題詩寄阿誰？”選用了顧况詩的最後一句。如此選擇，符合宋儒的道德規範。胡微之《芙蓉城傳》所述芙蓉城故事，在北宋時盛傳於世，蘇軾即曾作《芙蓉城詩》，序云：“世傳王迥子高與仙人周瑶英遊芙蓉城。元豐元年三月，余始識子高，問之信然，乃作此詩，極其情而歸之正，亦變風止乎禮義之意也。"[①]王銍《默記》卷上、王明清《玉照新志》卷一也載其事，以爲實有。但葉夢得則認爲乃傳疑之説，其《避暑録話》卷上説："世傳王迥芙蓉城鬼仙事，咸云無有，蓋托爲之者。迥字子高，蘇子瞻與迥姻家，爲作歌，人遂以爲信。"[②]趙彦衛也基本持此論，其《雲麓漫鈔》卷十説："舊有周瓊姬事，胡徽之爲作傳，或用其傳作《六么》，東坡復作《芙蓉城詩》，以實其事。"[③]朱彧《萍洲可談》卷一則解釋了出現此種傳疑之説的原因，云："朝士王迥，美姿容，少年時不甚持重，間爲狎邪輩所誣，播入樂府，今《六么》所歌'奇俊王家郎'者，乃迥也。"[④]陳振孫《直齋書録解題》小説類還著録有無名氏記四個故事的《賢異録》一卷，"其一曰《鬼傳》者，言王家子弟所遇，與世傳王子高事大同小異，當是一事耳"。[⑤]可見當時關於芙蓉城故事的傳聞異辭很多。《芙蓉城傳》現僅節存，文本寓褒貶的特徵並未顯現，但《芙蓉城傳》定有如上引蘇軾詩序所言含有歸情之正、止乎禮義的"褒貶"性議論，因之而廣泛傳播，並成爲當時社會的典故。

《李師師外傳》的教育意義更爲明顯。作爲一名妓女，李師師的社會身份無疑是低賤的，但她在當時社會有較大影響。[⑥]《李師師外傳》一開始介紹

---

① （宋）蘇軾著，（清）馮應榴輯注，黄任軻、朱懷春校點：《蘇軾詩集合注》，上海：上海古籍出版社 2001 年版，第 777 頁。

② （宋）葉夢得撰：《石林燕語　避暑録話》，上海：上海古籍出版社 2012 年版，第 136 頁。

③ （宋）趙彦衛撰：《雲麓漫鈔》，北京：中華書局 1996 年版，第 168 頁。

④ （宋）朱彧撰：《萍洲可談》，上海：上海古籍出版社 2012 年版，第 20 頁。

⑤ （宋）陳振孫撰：《直齋書録解題》，上海：上海古籍出版社 2015 年版，第 343 頁。

⑥ 李師師大約生於宋仁宗嘉祐七年（1062），比周邦彦（1056—1121）小六歲，比趙佶（1082—1135）大二十歲。她在熙寧末見張先，在元豐時曾與晏幾道、秦觀、周邦彦交遊。爲此，張先、晏幾道、秦觀等人寫有不少艷詞。元祐時，李師師曾與晁沖之交遊，崇寧、大觀時雄踞瓦肆歌壇。宋人張邦基《墨莊漫録》有一段關於李師師的記載，云："政和間，汴都平康之盛，而李師師、崔念月二妓名著一時。時晁沖之叔用每會飲，多召侑席。其後十餘年再來京師，二人尚在，而聲名溢于中國，李生者門第尤峻。"政和後宋徽宗趙佶曾聽她歌唱，靖康時被抄家放逐。李師師終於南宋初，壽六十五歲以上。由於年齡懸殊，趙佶不可能"幸"她，周邦彦和趙佶也不可能因她而打破醋壇。（參見羅忼烈：《談李師師》，載《兩小山齋論文集》，北京：中華書局 1982 年版，第 131 頁。）張端義《貴耳集》卷下記載當時有《李師師小傳》問世。南宋劉克莊《後村詩話》前集卷二也提到一本《李師師傳》，云："汴都角妓郜六、李師師，多見前輩雜記。郜即蔡奴也，元豐中命帶詔崔白圖其貌入禁中。師師著名宣和間，入掖廷。頃見鄭左司子敬云：汪端明家有《李師師傳》，欲借抄不果。劉屏山詩云：'輦轂繁華事可傷，師師垂老過湖湘。縷衣檀板無顏色，一曲當年動帝王。'"

因貧寒凄涼的出身，成爲孤兒的李師師被倡藉（妓院）李姥收養長大，淪爲妓女。即便如此，李師師依然具有傲兀不馴、孤芳自賞的性格，如宋徽宗趙佶第一次以大富商趙乙身份去拜訪李師師，師師却不把他放在眼裏，“淡妝不施脂粉”，“衣絹素，無艷服”，見趙佶時“意似不屑，貌殊據，不爲禮”。趙佶第二次上門時，身份已顯露，李姥等人戰戰兢兢地俯伏在地迎接當朝皇帝的駕臨，“體顫不能起”，而李師師却“仍淡妝素服”。此外，李師師還具有清醒的政治頭腦與崇高的民族氣節，她見當今皇帝不理政事，暗逛妓院，自責道：“惟是我竊自悼者，實命不猶，流落下賤，使不潔之名，上累至尊，此則死有餘辜也。”在“天子”親臨時，一名“賤妓”不受寵若驚，反而有如此發自肺腑的自責之詞以勸諫皇上，於當時社會而言難能可貴。最後，隨著金兵入寇，李師師捐出趙佶所賜之金錢助軍餉，並出家以避世。然而值此北宋王朝面臨滅頂之災之際，權奸張邦昌等人順從金兵主帥闥獺意旨將李師師，抓住送往金營供蹂躪。師師義不受辱，大義凜然地怒斥張邦昌等人道：

> 吾以賤妓，蒙皇帝眷，寧一死無他志，若輩高爵厚禄，朝廷何負於汝，乃事事爲斬滅宗社計？今又北面事醜虜，冀得一當，爲呈身之地，吾豈作若輩羔雁贄耶？[①]

李師師最後義不受辱，吞金自盡而死。此中叙事的虛虛實實，於著述者而言並非無法分辨清楚；然而著述者却不願分辨，而是在傳信與傳疑之間，將李師師與宋徽宗、張邦昌之流的對比中，形成對李師師此一社會身份低賤之人的“褒”：“李師師以娼妓下流，猥蒙異數，所謂處非其據矣。然觀其晚節，烈烈有俠士風，不可謂非庸中佼佼者也。”[②]與之相對應的是，所貶之人、著

① 魯迅輯：《唐宋傳奇集》，《魯迅全集》第十卷，北京：人民文學出版社1973年版，第472頁。
② 同上。

述者的寄寓，也就不言自明了。

此外，如《越娘記》，其叙事情節雖爲楊舜俞遇女鬼越娘的故事，但就叙述的詳略而言，其著力點在於越娘對五代社會現實的追憶與評述，越娘對楊舜俞行爲的詬責及道士對“幽明異道”的解釋。《驪山記》通過張俞與田翁的對話，在回憶唐玄宗、楊貴妃和安禄山的三角關係中進行臧否。《孫氏記》通過周默和孫氏的書信往來傳達著述者的女德理想。《仁鹿記》則以鹿與楚元王的對答闡明了一種政治理想。對宋代傳奇小説而言，“故事”的鑒戒性和主要叙事人物的勸懲意味常常重合於一體。以負心題材爲例，唐代傳奇小説中有《鶯鶯傳》《霍小玉傳》等，宋代傳奇小説中則有《陳叔文》《王魁傳》等。《鶯鶯傳》與《陳叔文》相似，然《鶯鶯傳》反映出的是唐人的“補過”心態，《陳叔文》則代表了宋人對負心行爲的譴責：“兹事都人共聞，冤施於人，不爲法誅，則爲鬼誅，其理彰彰然異矣。”[①]《霍小玉傳》與《王魁傳》相類，《霍小玉傳》中霍小玉鬼魂的報復，不是負心的男子，遭罪的還是和霍小玉一樣處於弱勢地位的女性，但《王魁傳》中桂英的報復行爲則直接針對男性。

又，宋人叙事尚簡，所謂“事以簡爲上”“言以簡爲當”“文貴其簡也”[②]即是宋人行文的準則。既然宋人著述傳奇小説是以傳事或人及其褒貶爲核心的，且宋人行文以“簡”爲尚，那麽“資文采以行之”的文采自然不能掩飾淹没傳奇小説傳事或人及其褒貶了。如曾鞏在《洪渥傳》篇末批評古今“摭奇以動俗”的志傳，言：“予觀古今豪傑士傳，論人行義，不列於史者，往往務摭奇以動俗，亦或事高而不可爲繼，或伸一人之善而誣天下以不及，雖歸之輔教警世，然考之《中庸》或過矣。”[③]如此，宋人傳奇小説的語體近於史傳叙事“尚簡”特徵的原因就很明瞭了。宋人傳奇小説語體“尚簡”的特

---

① （宋）劉斧撰輯：《青瑣高議》，上海：上海古籍出版社 1983 年版，第 142 頁。
② （宋）陳騤撰：《文則》，北京：中華書局 1985 年版，第 2 頁。
③ （宋）曾鞏撰，陳杏珍等點校：《曾鞏集》，北京：中華書局 1984 年版，第 652 頁。

徵，如胡應麟、桃源居士、魯迅等所述甚多，此處就不再贅述。另本章第一節雖然也分析了宋代傳奇小説中"詩筆"的特徵，但需特别强調的是，宋代傳奇小説中的"詩筆"，主要是詩詞等韻體的摻入，且這些"詩筆"也不及唐傳奇中"詩筆"之風致。同時，中唐時期具有定體意義的傳奇小説，其"詩筆"不僅是"詩詞"等韻體摻入小説，更在於傳奇小説散體叙事語體的韻體化及篇章整體的詩意化。與中唐傳奇小説相比，宋代傳奇小説不僅散體叙事的語體没有韻體化，且篇章整體也殊乏詩意。這才是宋代傳奇小説"尚簡"的主要體現。

宋代傳奇小説的文約事豐和"尚簡""徵實"的叙事之法，和唐代傳奇小説"文辭華艷"的"文采"、"叙述宛轉"的"意想"，構成中國古代傳奇小説的兩種文體範式，皆爲後世所繼承。

第三節　俗化：宋元傳奇小説的文體轉向

關於宋元傳奇小説文體的俗化轉向，學界已予以充分的重視，進行了較爲深入細緻的研究。[①]宋元傳奇小説的俗化，有三種表現：一是宋代傳奇小説著述者文化身份的改變，即由士大夫轉變爲下層士人；二是著述者的期待讀者是普通人民，因此采用了普通人民能欣賞的文學樣式；三是傳奇小説的觀念由唐代形成的雅文化小説觀向宋代的俗文化小説觀遷延，並由此帶來傳奇小説文體的俗化。

宋代具有俗化文體特徵的傳奇小説主要有：《青瑣高議》中載録的《譚

① 如吴志達《中國文言小説史》第三編第一章《宋元傳奇小説的演變》、石昌渝《中國小説源流論》第四章第五節《傳奇小説的俗化》、陳文新《文言小説審美發展史》第十四章第三節《話本體傳奇的世俗化追求》等都有專門的論述。此外，程毅中《宋元小説研究》、張兵《宋遼金元小説史》、李劍國《宋代志怪傳奇叙録》、蕭相愷《宋元小説史》等專著中都對此有較多的論述。本節論述宋代傳奇小説的俗化，前輩時賢有精闢研究的，不擬展開而引用之，前輩時賢因認爲不甚重要而本書認爲應有所發掘的，則進行一番分析考察。

意歌傳》《王榭》等部分傳奇小説，李獻民《雲齋廣録》中志怪性傳奇小説，無名氏《摭青雜説》中的傳奇小説，佚名的《蘇小卿》以及《緑窗新話》和《醉翁談録》中删改過的傳奇小説等。這些傳奇小説的傳播方式可以分爲單篇流傳和結集流傳，但無論是以何種方式流傳，它們的俗化傾向則是相同的。當然，宋代前中期的傳奇小説，仍以士人價值觀念中的"志傳體"爲主體；到了宋代中後期，俗化的傳奇小説才昌熾起來。就著述者而言，宋代傳奇小説文體的俗化，並非一定是著述者身份的文化層次的轉移，很大程度上是由著述者自身審美情趣的俗化而決定；但就編選者而言，以選本形式流通的傳奇小説的俗化則與選編者的文化身份有顯著的關係。宋代前中期傳奇小説著述者，大部分屬於士人文化圈，而宋代傳奇小説選編者的文化身份則確實屬於下層文人。如下表所示：

編選傳奇小説的主要書籍及編選（撰）者文化身份一覽

<table>
<tr><th>書名</th><th>編（撰）者</th><th>身份</th><th>性質</th><th>備注</th></tr>
<tr><td>豪異秘纂</td><td>北宋無名氏</td><td>不詳</td><td>全文選</td><td>節存</td></tr>
<tr><td>洛陽搢紳舊聞記</td><td>北宋張齊賢</td><td>進士、著作佐郎、直史館</td><td>自撰</td><td>存</td></tr>
<tr><td>麗情集</td><td>北宋張君房</td><td>尚書度支員外郎、集賢校理</td><td>節選</td><td>節存</td></tr>
<tr><td>青瑣高議</td><td rowspan="3">北宋劉斧</td><td rowspan="3">不詳</td><td rowspan="3">全文編選與自撰混合</td><td>重編本</td></tr>
<tr><td>翰府名談</td><td>節存</td></tr>
<tr><td>青瑣摭遺</td><td>節存</td></tr>
<tr><td>雲齋廣録</td><td>北宋李獻民</td><td>不詳</td><td>全文選</td><td>殘存</td></tr>
<tr><td>清尊録</td><td>廉布撰</td><td>博士、左從事郎</td><td>自撰</td><td>節存</td></tr>
<tr><td>投轄録</td><td>南宋王明清</td><td>來安令、朝請大夫等</td><td>修飾加工</td><td>存</td></tr>
<tr><td>緑窗新話</td><td>皇都風月主人</td><td>不詳</td><td>删改</td><td>存</td></tr>
<tr><td>摭青雜説</td><td>南宋無名氏</td><td>不詳</td><td>自撰</td><td>節存</td></tr>
<tr><td>鬼董</td><td>南宋沈氏</td><td>太學生</td><td>改撰與自撰</td><td>存</td></tr>
</table>

續　表

書名	編（撰）者	身份	性質	備注
醉翁談録	南宋羅燁	不詳	删改	存
異聞	南宋何光	不詳	自撰	節存

上表所選十四部書，是兩宋由私人編撰且影響較大的代表性書籍，其中有十部選本，除《豪異秘纂》這一選本屬於私人珍藏之外，其他九部都曾公開流傳，大體都帶有普及性質。從傳播與接受影響而言，十部選本中，《豪異秘纂》《麗情集》《雲齋廣録》《投轄録》和《鬼董》主要在雅文化圈流傳；《緑窗新話》和《醉翁談録》主要在以説話人爲主的俗文化圈流傳；劉斧以《青瑣高議》爲代表的"青瑣"三書則是雅俗共賞。[①]至於編選者，僅有張君房和王明清兩人略微可考出曾擔任過一定的官職，其他諸人則唯賴其書以留存其名。由此可見，宋代傳奇小説的著述者與編選者所屬的文化圈，大體存有雅、俗的界限。這一界限正説明了兩者"俗化"的區别：對於著述者而言，其著述行爲在一定程度上考慮到了傳播與接受的需要；對編選者而言，著述者的著述則可以成爲一種"商品化"的流通物，而一種作爲"商品性"的流通物必然要考慮到市場的需求，因而具有了俗化特徵，這也是其編選的目的所在。

考慮到科舉取士的制度，宋代下層文人能夠通過科科躍登上流社會，他們的文化身份也會因此而可能存在由下層流轉到上層的變化。從宋代單篇傳奇小説的著述者來看，其主體雖是士人階層，但也有一個演變軌迹，即前期基本是士大夫階層，後期則以普通文人或下層文人居多。

宋代傳奇小説的著述者和編選者變化，使得傳奇小説呈現了"以俗爲

① 具體情況可參見李劍國《宋代志怪傳奇叙録》各條目、胡士瑩《話本小説概論》第五章第三節、程毅中《〈麗情集〉考》(《文史》第十一輯)、歐陽代發《話本小説史》第四章第一節第三小節等。

雅”和“化雅入俗”的兩種文體特徵。①

宋代傳奇小説“以俗爲雅”的文體嬗變，大體有如下兩方面的特徵：一是審美的俗化，包含語體的通俗性、題材的世俗性和思想情感的大衆性；二是接受者的廣泛性。關於宋代傳奇小説審美的俗化，吴志達對此有分析，言：

> 北宋中期至南宋中期，是形成宋傳奇特色的時期。其顯著特徵是雅俗融合，審美心理由士大夫之雅趨向市民之俗。作者雖然也有士大夫，但是也有一些社會地位不高、逐漸市民化的中下層士人，有些佚名作者的身份，可能帶有書會才人的性質，至少對市民生活、思想意識、審美觀念是比較了解的；因而，傳奇小説的文體規範也發生了變化，語言上受話本的影響，變得通俗淺顯，頗有文不甚深、白不甚俗近似後來《三國演義》的語言風格。散韻雜糅，本來在唐人傳奇中就存在，但除了像張文成《遊仙窟》這樣的異體傳奇（實際上是話本體傳奇的先驅）以外，穿插在故事發展過程中的詩歌，或者少量駢儷文字，是用以抒發人

---

① 宋代傳奇小説文體的“以俗爲雅”，亦與宋代“以俗爲雅”的文學審美情趣息息相關。宋代城市與商業發達，“紙張成爲普通的商品、印刷術的普及、書肆的活躍、大衆娱樂的發展，都使得文人作品容易傳播，傳統文學不再是少數階層的專利，而出現了一個普及化的進程。同時，隨著這種普及進程，一大批本來被排除在文人文化圈外的下層讀書人、商賈市民，也追時趨勢地加入到文人文學的創作界來，這就有可能改變文人文學的内容、思想、情感。”見章培恒、駱玉明主編：《中國文學史》，上海：復旦大學出版社 1996 年版，第 304 頁。與此同時，“宋儒弘揚了韓愈把儒家思想與日用人倫相結合的傳統，更加重視内心道德的修養。所以，宋代的士大夫多采取和光同塵、與俗俯仰的生活態度。……隨之而來的是，宋人的審美態度也世俗化了。他們認爲，審美活動中的雅俗之辨，關鍵在於主體是否具有高雅的品質和情趣，而不在於審美客體是高雅還是凡俗之物。蘇軾説：‘凡物皆有可觀，苟有可觀，皆有可樂，非必怪奇瑋麗者也。’（《超然臺記》）黄庭堅説：‘若以法眼觀，無俗不真。’（《題意可詩後》）便是這種新的審美情趣的體現。審美情趣的轉變，促成了宋代文學從嚴於雅俗之辨轉向以俗爲雅。這在宋詩中尤爲明顯。梅堯臣、蘇軾、黄庭堅都曾提出‘以俗爲雅’的命題。‘以俗爲雅’，才能具有更爲廣闊的審美視野，實現由‘俗’向‘雅’的昇華，或者説完成‘雅’對‘俗’的超越。宋代詩人采取‘以俗爲雅’的態度，擴大了詩歌的題材範圍，增强了詩歌的表現手段，也使詩歌更加貼近日常生活。只要把蘇、黄的送别贈答詩與李、杜的同類作品相對照，或者把范成大、楊萬里寫農村生活和景物的詩與王、孟的田園詩相對照，就可清楚地看出宋詩對於唐詩的新變。而實現這種新變的關鍵正是宋人‘以俗爲雅’的審美觀念。”見袁行霈主編：《中國文學史》第五編《宋代文學・緒論》，北京：高等教育出版社 1999 年版，第 10 頁。

> 物感情、表現人物才氣風度，或濃化叙事的環境、心理氣氛的，故書卷氣較濃。而宋代中期傳奇小説中的散韻雜糅，似乎更多著眼于讀者的審美心理，散文用以叙事，韻文用以抒情，而且韻文中詩、詞、駢文都有，内容大體上與散文所叙述的情節一致，起了調節氣氛、節奏的作用，這是説話藝人慣用的手法。在作品的題材上，歷史故事仍然較多，但描述現實中一般市民日常生活的題材更多了。[①]

驗諸宋代傳奇小説，此説大體可以成立。如劉斧《青瑣高議》在小説題目之下用提綱式的七字副標題，類似於説話人用來“説話”的故事提要。[②]《青瑣高議》中的部分傳奇小説的語體，可用“吐論明白，有足稱道”[③]來評價。如《王榭》，叙唐人王榭因航海遇風浪而至烏衣國，與其國一女子結姻，其叙事情節的推進基本依靠人物的“詩句”對話。本來傳奇小説的“雅”很大程度上依靠這些“詩筆”，但是《王榭》語體的俗化，却集中體現在人物對話所用詩句的通俗鄙俚，“人物酬答多用詩句，這種形式發展到後代，演變爲説唱文學（如諸宫調、彈詞之類）；所用文字較爲俚俗，特别是詩句顯得平庸淺近，但這正説明它是接近群衆的，是向‘説話’‘彈詞’轉變過程中的過渡形式”。[④]其他傳奇小説還有以“艷詞”入小説的，如《譚意歌傳》等。此外，《青瑣高議》中有人物對話雜用口語者，如《趙飛燕别傳》《西池春遊》

---

① 吴志達著：《中國文言小説史》，濟南：齊魯書社 1994 年版，第 595 頁。

② 魯迅認爲此乃宋元“擬話本”的先聲：“説話既盛行，則當時若干著作，自亦蒙話本之影響。北宋時，劉斧秀才雜輯古今稗説爲《青瑣高議》及《青瑣摭遺》，文辭雖拙俗，然尚非話本，而文題之下，已各系以七言，如《流紅記》（紅葉題詩娶韓氏）《趙飛燕外傳》（别傳叙飛燕本末）《韓魏公》（不罪碎盞燒須人）《王榭》（風濤飄入王榭）等，皆一題一解，甚類元人劇本結末之‘題目’與‘正名’，因疑汴京説話標題，體裁或亦如是，習俗浸潤，乃及文章。”見魯迅著：《中國小説史略》，上海：上海古籍出版社 1998 年版，第 79 頁。胡士瑩更是肯定地説：“劉斧這樣的標題，完全是受當時説話的影響。”見胡士瑩著：《話本小説概論》，北京：中華書局 1980 年版，第 148—149 頁。

③ 《青瑣高議》孫副樞序，（宋）劉斧撰輯：《青瑣高議》，上海：上海古籍出版社 1983 年版，第 6 頁。

④ 成柏泉選注：《古代文言短篇小説選注》（二集），上海：上海古籍出版社 1984 年版，第 39 頁。

《范敏》等傳奇小説。[1]

唐代傳奇小説的題材，主要集中在仙道神怪、夢幻與士人戀愛等，其所藴涵的思想情感是“文士對自身價值的直接的自我肯定”。[2]宋代傳奇小説亦有仙道神怪、夢幻與士人戀愛等題材，但宋代傳奇小説更多關注冶艷的男女私情，此種關注大多能滿足市民的審美需求，擁有對大多數讀者的親和力。《青瑣高議》中所載的傳奇小説大部分都如此，如《群玉峰仙籍》《瓊奴記》《王實傳》《流紅記》《長橋怨》《温泉記》《孫氏記》《趙飛燕别傳》《譚意歌傳》《王幼玉記》《王榭傳》等，幾乎都可以算作艷情小説。與《青瑣高議》此種特徵相類的是張君房《麗情集》，其所節録的傳奇小説，也大多是才子佳人型或神仙美女艷遇型故事。劉斧還有一部被魯迅疑爲《青瑣高議》“别集”的書——《翰府名談》，[3]宋人話本中經常提及它。如《陳巡檢梅嶺失妻記》末尾云：“雖爲《翰府名談》，編作今時佳話。”《五戒禪師私紅蓮記》末尾云：“雖爲《翰府名談》，編入《太平廣記》。”[4]由此可見《翰府名談》是“話本故事的寶庫”。[5]《翰府名談》能對話本有如此之影響，其題材與思想情感必定有著容易俗化的質素，這也可從側面印證《青瑣高議》題材的俗化傾向。又如李獻民《雲齋廣録》，《四庫全書總目提要》卷一四四評斷：“其書大致與劉斧《青瑣高議》相類。然斧書雖俗，猶時有勸戒，此則純乎誨淫而已。”言“誨淫”，顯然不同於宋代主流的道德倫理價值標準，也就是該書所收小説之取材與思想情感，必然是世俗喜聞樂見者。胡士瑩從形式角度入手評價《雲齋廣録》，曰：“其書亦采取話本分類的形式來分類”，“其中的《麗情新話》《麗情新説》《奇異新説》《神仙新説》等，頗近於話

① 參見陳文新著：《文言小説審美發展史》，武漢：武漢大學出版社2002年版，第439—440頁。
② 趙明政著：《文言小説——文士的釋懷與寫心》，桂林：廣西師範大學出版社1999年版，第210頁。
③ 魯迅輯：《唐宋傳奇集》，《魯迅全集》第十册，北京：人民文學出版社1973年版，第511頁。
④ 程毅中輯注：《宋元小説家話本集》，北京：人民文學出版社2016年版，第431、447頁。
⑤ 參見歐陽代發著：《話本小説史》，武漢：武漢出版社1994年版，第64—65頁。

本中的煙粉、靈怪、傳奇。又此書所載《無鬼論》《盈盈傳》《錢塘異夢》等篇，也被南宋説話人編成話本”。[①]而其中的《四和香》，葉德均甚至認爲“不妨以話本視之也”。[②]由此可見《雲齋廣録》中傳奇小説文體的俗化特徵非常明顯。即便不寫艷情，其創作的情感趨向也傾向於對市井人物的價值肯定。如《摭青雜説》中的《鹽商厚德》和《茶肆還金》就是贊美市井小人物的美德。

就接受者的廣泛性而言，“以俗爲雅”的傳奇小説能夠得到雅俗兩個階層讀者的接受。如《青瑣高議》不但能夠得到士人階層的喜好，如孫副樞即在序中聲明“予愛其文”，還説“子之文，自可以動于高目”；[③]還能夠得到文化修養和社會層次相對低下的讀者喜愛，如洪邁《夷堅三志己》卷二《程喜真非人》載：“新淦人王生，雖爲閭閻庶人，而稍知書。最喜觀《靈怪集》《青瑣高議》《神異志》等書。”[④]這説明了《青瑣高議》等爲代表的俗化傳奇小説不僅得到了士人階層的審美認同，還滿足了中下層人們的審美和閱讀要求，可見其傳播與接受是適合於雅俗兩個文化階層的，其他“以俗爲雅”的傳奇小説也大抵如此。

宋人傳奇小説的“化雅入俗”，集中於南宋中後期出現的《緑窗新話》和《醉翁談録》，其基本特點是迎合大衆審美需求的簡約性和模式化。皇都風月主人的《緑窗新話》是一部宋人説話的參考書，羅燁《醉翁談録·小説開闢》中列舉説話人的參考書時把它與《夷堅志》《琇瑩集》《東山笑林》並列。《緑窗新話》也確實是宋代話本和後世（擬）話本的取材對象。[⑤]《緑窗新話》的特點體現在“小説摘選本”[⑥]的性質上，它摘録先唐和唐宋的史

---

① 胡士瑩著：《話本小説概論》，北京：中華書局 1980 年版，第 150 頁。
② 葉德均著：《戲曲小説叢考》下册，北京：中華書局 1979 年版，第 598 頁。
③ （宋）劉斧撰輯：《青瑣高議》，上海：上海古籍出版社 1983 年版，第 6 頁。
④ （宋）洪邁撰：《夷堅志》，北京：中華書局 2006 年版，第 1315 頁。
⑤ 胡士瑩著：《話本小説概論》，北京：中華書局 1980 年版，第 151—152 頁。
⑥ 劉世德主編：《中國古代小説百科全書》，北京：中國大百科全書出版社 1998 年版，第 331 頁。

傳、地志、傳奇小説、筆記體小説、詩話詞話等共一百五十四篇，其中注明出處者有六十餘種；又據李劍國考證,《緑窗新話》中未注明出處而可考者有《洞冥記》《柳毅傳》《鶯鶯傳》《李娃傳》《芙蓉城傳》《翰府名談》《續青瑣高議》等，共七十餘種。[①]《緑窗新話》對唐宋兩代傳奇小説的摘選，“不僅有刪節，而且也有增改”。[②] 其刪節處，是對事詳文繁的唐宋傳奇小説叙事的枝椏（如駢儷的自然景物、男女人物容貌的描述，逸出叙事情節中心的“事”等）的刪削，大多只存有貫串叙事的情節梗概；其增改處則主要是賦予叙事人物以姓氏。[③] 但需説明的是,《緑窗新話》中所載具有傳奇體特性的文本，無論是從外在文體形態還是從内在叙事規範而言，已經不具備傳奇小説文體的基本特徵。做爲説話參考書的《緑窗新話》，對傳奇小説的刪改，正是雅俗融合、化雅入俗的實踐結果，“對傳統小説文體和近體小説的交流融合起了積極的推動作用”。[④]

羅燁《醉翁談録》的主旨是“編成風月三千卷，散與知音論古今”，[⑤] 其中轉録和摘録有唐宋兩代的傳奇小説 20 餘篇。與《緑窗新話》中僅存傳奇小説的情節梗概不同的是，羅燁《醉翁談録》中所載唐宋兩代的傳奇小説雖然也是經由羅燁或者其他人刪節或增改，但大多符合傳奇小説的文體規範。如《趙旭得青童君爲妻》《薛昭娶雲容爲妻》《郭翰感織女爲妻》《封陟不從仙姝命》《裴航遇雲英于藍橋》《李亞仙不負鄭元和》等，仍然可以稱之爲傳奇小説。將《醉翁談録》中刪改自唐代傳奇小説的作品與原作做對讀,《醉翁談録》“化雅入俗”的特徵就非常明顯了。《醉翁談録》中的《封陟不從仙姝命》《裴航遇雲英于藍橋》《薛昭娶雲容爲妻》等三篇，刪改自裴鉶《傳

① 參見李劍國著:《宋代志怪傳奇叙録》(增訂本)，北京：中華書局 2018 年版，第 493 頁。
② 程毅中著:《宋元小説研究》，南京：江蘇古籍出版社 1999 年版，第 185 頁。
③ 程毅中《宋元小説研究》第六章有關《緑窗新話》的部分，對此有較爲詳細的論述，可參見。南京：江蘇古籍出版社 1999 年版。
④ 程毅中著:《宋元小説研究》，南京：江蘇古籍出版社 1999 年版，第 188 頁。
⑤（宋）羅燁撰:《醉翁談録》甲集《小説引子》，上海：古典文學出版社 1957 年版，第 1 頁。

奇》中的《封陟》《裴航》和《薛昭》三篇。下面先以《封陟不從仙姝命》與《封陟》相比。《封陟》篇中對封陟遇仙之前有一大段駢儷文字，云：

寶曆中，有封陟孝廉者，居於少室。貌態潔朗，性頗貞端。志在典墳，僻于林藪，探義而星歸腐草，閲經而月墜幽窗。兀兀孜孜，俾夜作晝，無非搜索隱奥，未嘗暫縱揭時日也。書堂之畔，景象可窺，泉石清寒，桂蘭雅淡；戲猱每竊其庭果，唳鶴頻棲於澗松。虚籟時吟，纖埃晝閴。煙鎖篔篁之翠節，露滋躑躅之紅葩。薜蔓衣垣，苔茸毯砌。時夜將午，忽飄異香酷烈，漸布於庭際。俄有輜軿自空而降，畫輪軋軋，直凑簷楹。見一仙姝，侍從華麗，玉珮敲磬，羅裙曳云，體欺皓雪之容光，臉奪芙蕖之艷冶，正容斂衽而揖陟曰："某籍本上仙，謫居下界，或遊人間五嶽，或止海面三峰。月到瑶階，愁莫聽其鳳管；蟲吟粉壁，恨不寐於鴦衾。燕浪語而徘徊，鸞虚歌而縹緲。寶瑟休泛，虬觥懶斟。紅杏艷枝，激含嚬於綺殿；碧桃芳萼，引凝睇于瓊樓。既厭曉妝，漸融春思。伏見郎君坤儀浚潔，襟量端明，學聚流螢，文含隱豹。所以慕其真樸，愛以孤標，特謁光容，願持箕帚，又不知郎君雅旨如何？"陟攝衣朗燭，正色而坐，言曰："某家本貞廉，性唯孤介。貪古人之糟粕，究前聖之指歸；編柳苦辛，燃粕幽暗；布被糲食，燒蒿茹藜。但自固窮，終不斯濫，必不敢當神仙降顧。斷意如此，幸早回車。"姝曰："某乍造門牆，未申懇迫，輒有一詩奉留，後七日更來。"詩曰：……①

《封陟不從仙姝命》則簡略爲：

封陟，字少登，居少室山。一夕，天氣清亮，月明如晝，忽睹一仙

① （唐）裴鉶著，周楞伽輯注：《裴鉶傳奇》，上海：上海古籍出版社 1980 年版，第 65 頁。

> 姝，淡妝近前，顧揖曰："久聞美，願執箕帚。"陟曰："君子固窮，寧敢思濫？請神仙回車，無相瀆也。"姝贈以詩。詩曰……[1]

至於贈詩之後和七日後復來時兩個人之間發生的事，《封陟》的叙事也是非常詳細：

> 陟覽之，若不聞。云軿既去，窗户遺芳，然陟心中不可轉也。後七日夜，姝又至，騎從如前時。麗容潔服，艷媚巧言，入白陟曰："某以業緣遽縈，魔障欻起，蓬山瀛島，繡帳錦宫，恨起紅茵，愁生翠被。難窺舞蝶於芳草，每妒流鶯於綺叢，靡不雙飛，俱能對跱。自矜孤寢，轉懵空閨。秋却銀釭，但凝眸於片月；春尋瓊圃，空抒思於殘花。所以激切前時，布露丹懇，幸垂采納，無阻精誠。又不知郎君意竟如何？"陟又正色而言曰："某身居山藪，志已顓蒙，不識鉛華，豈知女色？幸垂速去，無相見尤。"姝曰："願不貯其深疑，幸望容其陋質，輒更有詩一章，後七日復來。"[2]

而《封陟不從仙姝命》中則只用一句話交代："後七日復來，又獻詩曰：……"其後之刪改也大抵如是。可見《醉翁談録》完全是一種再創造，且《封陟不從仙姝命》篇末綴以一大段"醉翁曰"的議論，與《封陟》的情趣迥異。

此外，唐代傳奇小說中的《李娃傳》是一篇"以俗爲雅"的傳奇小說，那麽，羅燁《醉翁談録》中的《李亞仙不負鄭元和》則是"化雅入俗"的一部小說。如《李亞仙不負鄭元和》介紹鄭元和時，只是説"有滎陽鄭生，字元和者，應舉之長安"。删去了《李娃傳》中大段交代鄭生身份的文字。更

---

① （宋）羅燁撰：《醉翁談録》，上海：古典文學出版社 1957 年版，第 68 頁。後引該小説不另注。
② （唐）裴鉶著，周楞伽輯注：《裴鉶傳奇》，上海：上海古籍出版社 1980 年版，第 66 頁。

值得注意的是,《李亞仙不負鄭元和》一開始就點明李娃的民間身份，言:“李娃，長安娼女也，字亞仙，舊名一枝花。”[①]這顯然表明了對唐代中期流傳的説話《一枝花話》的親緣關係，而“一枝花”在《李娃傳》中則根本没有提及。《李亞仙不負鄭元和》改動了故事中的一個重要情節，即《李娃傳》在“滎陽生”囊中羞澀時，李娃親自以“尚無孕嗣”爲托詞，哄騙“滎陽生”去拜“竹林神”;《李亞仙不負鄭元和》則改爲讓李亞仙置身事外，直接出面哄騙鄭元和的是妓院的鴇母，她對鄭説:“女與郎相知一年矣，而無孕嗣。此間有竹林神，報應如響，宜詣彼祠下，祭奠求子，可乎?”這樣的改動突出了李亞仙在整個哄騙事件中的被動地位，不僅符合叙事進程發展的需要，也使李亞仙的性格與道德前後統一起來，從而更能夠體現出宋代社會市民的情感理想。

從文本的對比中，可以看出《醉翁談録》的删改主要表現在兩個方面:一是語言的俚俗化，即對唐代傳奇小説“文辭華艷”的駢儷語言進行俗化的加工，使之符合普通市民的閲讀水準;二是情節的集中化，即删去唐代傳奇小説的“叙述宛轉”，使情節相對單一集中，以滿足市民直奔主題的欣賞趣味。

將劉斧《青瑣高議》的“以俗爲雅”和羅燁《醉翁談録》相比，可以發現一個較爲明顯的差異，即兩書中所載小説篇末議論的數量多寡，能夠表現出兩書編纂者主體意識的差異。劉斧《青瑣高議》全書有17處用“議曰”或“評曰”引出一番“議論”。這些議論多爲針對内容、人物品行和小説功能而發，如從歷史或文化的角度品評人物，從“徵實”的角度品評内容的社會意義，從勸善懲惡、廣見聞、資考證的角度論述小説的社會功能等。[②]這些“議曰”或“評曰”完全是繼承史傳傳統和唐代傳奇小説“結構性結尾”的模式，代表的是一種士人文化本位意識。羅燁《醉翁談録》中有兩篇結尾綴有“醉翁曰”，即乙集卷一《林叔茂私挈楚娘》和己集卷二《封陟不從仙

① (宋)羅燁撰:《醉翁談録》，上海:古典文學出版社1957年版，第113頁。

② 關於《青瑣高議》中編選者的“議論”，秦川《青瑣高議:古代小説評點的濫觴》一文有較爲詳細的論述，本文有所借鑒。文載《光明日報》2002年5月15日。

姝命》。從數量而言，兩者有較大的差別，但考慮到《醉翁談録》中可能有佚失的情況，姑且不由此得出肯定的結論。不過，這兩篇傳奇小説中的“醉翁曰”雖然也是就人物品行而發，但所體現的倫理認知則是市民化的。如《林叔茂私挈楚娘》中“醉翁曰”對李氏接納楚娘爲士人林叔茂之妾的行爲持否定態度，而于當時士大夫而言，“納妾”乃是其風流生活的一種，因而此種倫理觀必然出自市民階層，或者下層士人階層。[①] 又《封陟不從仙姝命》中的“醉翁曰”對封陟“執德不回”“終不屑就”上元夫人自薦枕席的行爲並不贊同，而是以“以常人之情，遭遇仙女，恨不得與爲耦”的觀念來判定封陟的行爲乃是“執一而不通也”。這與當時社會理學興盛所體現的士人倫理觀念可謂針鋒相對，無疑也是一種平民化的願望理想。因此可以説，從《青瑣高議》到《醉翁談録》，確實存有一個由“以俗爲雅”到“化雅入俗”的文體嬗變軌迹。也正因爲此，羅燁的《醉翁談録》被稱爲“是一部非常重要的宋人‘説話’參考書，與當時説話藝人有更爲密切的聯繫”。[②]

至於宋代傳奇小説“化雅入俗”的原因，大體上可以從兩個方面追尋，一是宋代小説娱情功用觀念的發達，一是宋代“説話”伎藝的發達。宋人非常重視小説的娱情功用，如曾慥《類説序》即謂：“可以資治體、助名教、供談笑、廣見聞，如嗜常珍，不廢異饌，下箸之處，水陸具陳矣。”[③] 小説娱情功用觀念的發達，毫無疑義地促進了宋代傳奇小説向俗化的方向發展。與此同時，宋代較爲發達的“説話”伎藝，也爲宋元傳奇小説的俗化發展提供了借鑒和間接模仿對象。

---

① 在封建社會，婚姻制度分有等級，統治階級是一夫一妻多妾制，而平民百姓則是一夫一妻制，此種婚姻形式在宋代雖然出現了一些變化，一夫一妻多妾制的婚姻形式在民間受到了一定程度的限制，即道義上隨著程朱理學的興起對婦女貞節的極端强調，使男子的再娶納妾也在道義上受到了限制；法律上則按地位尊卑、身份特權規定娶妾的數量，而且特别强調娶妾是爲了傳宗接代，嫡妻到一定年齡不生育才准許娶妾。但這些限制只能針對下層文人和普通百姓，對有一定地位的士人則是全同虚設。

② 歐陽代發著：《話本小説史》，武漢：武漢出版社 1994 年版，第 66 頁。

③ （宋）曾慥撰：《類説》，北京：書目文獻出版社 1988 年版，第 6 頁。

第六章
宋元小説家話本的文體特徵

宋元小説家話本奠定了話本小説基本的文體形態、文體規範，可看作話本體小説之濫觴。這些作品由口頭文學的演出内容整理加工而來，故其文體的主要特性實際上還是由口頭文學確立的。當然，在整理加工過程中，既有種種案頭化的處理，又有局部的再創造，也會在一定程度上影響到文體特性的形成。總體看來，在口頭文學伎藝向案頭閲讀話本轉化過程中，“小説”伎藝的演出程式、叙事模式確立了小説家話本的篇章體制和叙事方式，並賦予其鮮明的口頭文學性和民間性，同時，也將“小説”伎藝具有的民間和市井趣味帶入了話本之中。

第一節　小説家話本之判定

現存的宋元小説家話本主要保存在明代中後期編刊的話本小説總集《六十家小説》、“三言”及《熊龍峰刊行小説四種》中，元刻本僅存《新編紅白蜘蛛小説》殘葉。這些話本小説總集包括宋元明三代之作，其中的宋元舊篇很可能被編輯整理者潤色、修改過，而非宋元時期的原貌。因此，實事求是地説，現在所謂的“宋元小説家話本研究”並没有一個非常堅實的文獻基礎。不過，這些宋元舊篇雖可能被潤飾過，但大體還保留著原始形態，所以，在宋元文獻缺失的情況下，以之爲基礎展開研究仍具有相當的合理性。

然而，怎樣確定《六十家小説》、“三言”及《熊龍峰刊行小説四種》中作品的成書年代却是一個非常複雜的問題。一般的做法是，參考《醉翁談録·舌耕叙引》《寶文堂書目》和《也是園書目》等文獻書目的著録，以文言小説、筆記、戲文、雜劇、院本爲參證，從作品所涉及的時代背景、名物制度、風俗習慣、語言特徵、文體風格等内證來判斷其成書年代。[①]學者們依據此方法考證，取得了很大成績。但也在具體操作中遇到了許多困惑，因爲這些作品在成書過程中經過了各代整理者程度不同的增潤，[②]“它就像被挖掘者擾亂了的土層，很難清理出古代文化堆積的年代了”。[③]不過結合作品的大多數内證，從其整體情況而非個别例證來判斷其成書年代依然是可行的。綜合前人和當代學者的有關考證，對《六十家小説》、“三言”及《熊龍峰刊行小説四種》中的宋元之作判定如下：

《六十家小説》有《柳耆卿詩酒玩江樓記》《簡帖和尚》《西湖三塔記》《合同文字記》《風月瑞仙亭》《洛陽三怪記》《快嘴李翠蓮記》《刎頸鴛鴦會》《陰騭積善》《陳巡檢梅嶺失妻記》《五戒禪師私紅蓮記》《楊温攔路虎傳》《花燈轎蓮女成佛記》《曹伯明錯勘贓記》《錯認屍》《夔關姚卞吊諸葛》。

“三言”有《趙伯升茶肆遇仁宗》《史弘肇龍虎君臣會》《楊思温燕山逢故人》《張古老種瓜娶文女》《宋四公大鬧禁魂張》《陳可常端陽仙化》《崔待詔生死冤家》《三現身包龍圖斷冤》《一窟鬼癩道人除怪》《小夫人金錢贈年少》《崔衙内白鷂招妖》《計押番金鰻産禍》《皂角林大王假形》《萬秀娘仇報山亭兒》《福禄壽三星度世》《勘皮靴單證二郎神》《鬧樊樓多情周勝仙》《鄭節使立功神臂弓》《十五貫戲言成巧禍》。

---

① 胡士瑩《話本小説概論·現存的宋人話本》綜合前人的研究，提出推勘宋人話本的八條標準或方法；程毅中《從姚汴吊諸葛詩談小説家話本的斷代問題》(《文學遺産》1994年第1期）又提出了一些自己的看法，兩者結合起來較爲全面。

② 参見劉堅：《略談“話本”的語言年代問題》，《運城師專學報》1985年第1期。

③ 程毅中著：《宋元小説研究》，南京：江蘇古籍出版社1999版，第323頁。

《熊龍峰刊行小説四種》有《張生彩鸞燈傳》《蘇長公章臺柳傳》。

一般認爲,《六十家小説》基本上保留了當時流行的單篇話本小説原貌,未做修改、加工;而馮夢龍則對“三言”中的舊本有所潤飾、改動。[①]因此,我們對宋元小説家話本文體的研究主要以《六十家小説》爲依據,而以《熊龍峰刊行小説四種》和“三言”爲參考。

第二節　篇章體制之口頭文學性

雖然在“小説”伎藝向書面讀物轉化過程中,整理加工者曾進行了種種案頭化處理,但總體來看,話本的題目、入話、篇尾、叙事韻文運用等篇章體制畢竟源於口頭文學的表演程式,故而還是體現出了鮮明的口頭文學屬性。

大部分宋元小説家話本的標題直接承襲“小説”伎藝,以人名、情節或故事中之道具、地點命名。如《簡貼和尚》《合同文字記》《西湖三塔記》《楊溫攔路虎傳》《錯認屍》,口頭文學色彩和民間性濃厚。少部分則在刊刻時重新擬定了書面色彩較濃的新題,主要以概括人物和情節的方式命名,多爲七言和八言。有人認爲,作爲説話藝人“參考書”的《青瑣高議》《緑窗新話》等作品的標題形式“全仿效話本”,似乎宋元話本的標題形式爲整齊的七言,這實在是一種誤識。文言小説使用七字句做標題,始於《青瑣高議》。《青瑣高議》是一部包括志怪、傳奇、詩話、雜事瑣記的文言小説集,這些作品或爲劉斧自創或爲抄撮它書。該書的標題與從前的文言小説集體例有别,在文言小説通用的標題下又加了小字標題。這些小字標題基本爲七字,但句式多樣,内容雜亂,應爲提示作品内容之用。如《前集卷之七》中的《趙飛燕别傳》署“别傳叙飛燕本末”,《前集卷之二》中的《書仙傳》

---

① 參見胡士瑩《話本小説概論》、劉世德主編《中國古代小説百科全書》中的有關論述。

署“魯文姬本係書仙”,《前集卷之五》中的《名公詩話》署“本朝諸名公歌詩”,《前集卷之六》中的《馬嵬行》詩署“劉禹錫作馬嵬行”。這顯然只是在提示内容，而不能算作標題。這樣的例子在書中還有許多。這就説明，此小字標題應看作大字標題的注釋，加此小字標題的目的應是爲了提示内容便於讀者閱讀。後來的《緑窗新話》《醉翁談録》等文言小説集應是受到它的啓發，直接采用句式齊整的七字或八字標題概括故事情節。隨著文言小説走出文人士大夫而走向下層文人和市井細民，其内容及形式必然趨向於通俗化，此類文言小説集標題形式的變化應源於文言小説的通俗化。標題以七言、八言單句概括故事内容，應是爲了讀者閲讀的便利，通過該題目，讀者對文中的主要内容可一覽而知，而一些怪異、艷情類題目則更易於激發讀者的閲讀興趣。

話本小説的篇首有導入正話的引導性成分，它是與正話相對的附加部分。體制完整者包括篇首詩詞、一段解釋議論性或閑話式的引言和作爲頭回的小故事三部分，也可僅爲詩詞或詩詞加引言。這一引導性部分應如何稱謂，學界有著不同的認識。有人把正話前的整個引導性成分稱爲“入話”，如鄭振鐸稱:“他們在開頭叙述正文之前，往往先有一段‘入話’以爲引起正文之用。‘入話’之種類甚多，有的先之以‘閑話’或‘詩詞話’之類……有的即以一詩或一詞爲‘入話’……有的以與正文相同的故事引起，……有的更以與正文相反的故事作爲‘入話’。”[①] 石昌渝稱:“入話在開頭，是導入故事正傳的閑話，是作品的附加部分。……入話可以是一首詩或數首詩，也可以是一個小故事，以小故事爲入話的又稱做‘得勝頭回’‘笑耍頭回’。這就是説，得勝頭回是入話，但入話却不完全是得勝頭回。”[②] 有人則把開篇詩詞、解釋議論性引言、頭回小故事分别稱爲“篇首詩詞”“入

---

① 鄭振鐸:《明清二代的平話集》,《中國文學研究》，北京：作家出版社 1957 年版，第 361、362 頁。
② 石昌渝著:《中國小説源流論》，北京：三聯書店 1994 年版，第 245、246 頁。

話”“頭回”。如胡士瑩稱：“‘小説’話本，通常都以一首詩（或詞）或一詩一詞爲開頭。……它除用於篇首外，也是爲分清‘回’或‘段落’而設，它並不是入話。”“在篇首的詩（或詞）或連用幾首詩詞之後，加以解釋，然後引入正話的，叫做入話。”“在不少話本小説的篇首，有時在詩詞和入話之後，還插入一段敘述和正話相類的或相反的故事的。這段故事，它自身就成爲一回書，可以單獨存在，位置又在正話的前頭，所以叫做‘頭回’。”① 有人則僅把開篇詩詞稱爲“入話”，如程毅中稱：“有人認爲話本前面的小故事和詩詞都應該叫做‘入話’。可是現在我們所見到的話本中，有些是前面寫明‘入話’兩字的，大多數只有一首詩，好象戲曲裹的定場詩一樣。可見一首詩就可以算做入話，就是開場白的意思。而有些話本先講一個小故事以引起正文的，却往往説明它是‘頭回’。入話是所有的話本都有的，而頭回却只有少數幾個話本才有。似乎頭回和入話還有些區别。”②“入話”一詞並不見於宋元，首見於《清平山堂話本》，它位於篇首，獨占一行引起開篇詩詞。在《清平山堂話本》中，無法明確判定它僅指篇首詩詞還是包括之後的引言及頭回（或要笑頭回）。在稍後的“三言”“二拍”等話本小説集中，“入話”則明確指正話之前所有的引導性成分。如《醒世恒言》卷三十五《徐老僕義憤成家》頭回結束時説：“適來小子道這段小故事，原是入話，還未曾説到正傳。”《拍案驚奇》卷十五《衛朝奉狠心盤貴産　陳秀才巧計賺原房》入話結束時説：“這却還不是正話。如今且説一段故事，乃在金陵建都之地，魚龍變化之鄉。”因此，“入話”應爲正話前整個引導性成分的稱謂。

“入話”作爲話本小説篇章體制的一部分應源於“小説”的表演程式。鄭振鐸《明清二代的平話集》稱：“我們就説書先生的實際情形一觀看，便

① 胡士瑩著：《話本小説概論》，北京：中華書局1980年版，第135、136、138頁。
② 程毅中著：《宋元話本》，北京：中華書局1980年版，第65，66頁。

知他不能不預備好那末一套或短或長的‘入話’，以爲‘開場之用’。一來是，借此以遷延正文開講的時間，免得後至的聽衆，從中途聽起，摸不著頭腦；再者，‘入話’多用詩詞，也許實際上便是用來‘彈唱’，以静肅場面，怡悦聽衆的。”[①] 在正話或正劇之前加一引導性附加部分是唐宋元時期許多文藝形式常用表演程式。唐代俗講的開頭常用押座文，宋雜劇在“正雜劇”之前有“艷段”或“艷”，如宋吴自牧《夢粱録》卷二十“伎樂”條介紹宋代雜劇演出時説：“先做尋常熟事一段，名曰艷段；次做正雜劇、通名兩段。”[②] 宋代傀儡戲也有“頭回小雜劇”，如《東京夢華録》卷五“京瓦伎藝”條云：“杖頭傀儡任小三，每日五更頭回小雜劇，差晚看不及矣。”[③] 金院本開頭有“引首”，或稱爲“衝撞引首”，如元陶宗儀《輟耕録》卷二五“院本名目”第七項爲“衝撞引首”，共列細目一百零七種；宋元“講史”開頭也有稱作“頭回”的引言，如《秦併六國平話》開頭一段概述先秦歷史後説：“這頭回且説個大略，詳細根原，後回便見。”明代的説書、詞話依然在使用類似入話的“請客”“攤頭”等表演程式，如錢希言《戲瑕》卷一：“文待詔諸公，暇日喜聽人説宋江，先講‘攤頭’半日，功父猶及與聞。”[④]“入話”一詞的書面色彩較濃，不像伎藝性名稱，大概是口頭文學的“説話”向書面文學的話本小説轉换時重新擬定的。

《六十家小説》中宋元之作的入話多數僅爲篇首詩詞，引言、頭回的使用較少，而且篇首詩詞多描摹正話中的情節、人物、情景以及故事發生的地點、季節等。通過這些因素的描繪而自然引入正話，與正話屬於一種自由的、形象的聯想式連接，關係並不密切。如《西湖三塔記》爲吟詠西湖美景的一連串描繪性詩詞：

---

① 鄭振鐸著：《中國文學研究》，北京：作家出版社 1957 年版，第 362 頁。
② （宋）吴自牧撰：《夢粱録》，西安：三秦出版社 2004 年版，第 312 頁。
③ （宋）孟元老撰：《東京夢華録》，北京：商務印書館 1936 年版，第 92 頁。
④ （明）錢希言撰：《戲瑕》，北京：中華書局 1985 年版，第 8 頁。

“湖光瀲灧晴偏好，山色溟蒙雨亦奇。若把西湖比西子，淡妝濃抹也相宜。”此詩乃蘇子瞻所作，單題西湖好處。言不盡意，又作一詞，詞名《眼兒媚》：“登樓凝望酒闌□，與客論征途。饒君看盡，名山勝景，難比西湖。　春晴夏雨秋霜後，冬雪□□□。一派湖光，四邊山色，天下應無。”

說不盡西湖好處，吟有一詞云：“江左昔時雄勝，錢塘自古榮華。不惟往日風光，且看西湖景物：有一千頃碧澄澄波漾瑠璃，有三十里青娜娜峰巒翡翠。”①

在多首描繪西湖美景的詩詞之後，開始進入正話：“今日説一個後生，只因清明都來西湖上閑玩，惹出一場事來。”入話與正話僅在故事發生的地點上相關聯。《風月瑞仙亭》爲描繪月夜彈琴表相思情景的七言詩，與正話僅在故事中的一個情景上相關；《陰騭積善》爲描繪歷史上人物報恩故事的七言詩；《快嘴李翠蓮記》爲描繪李翠蓮口才的七言詩。《柳耆卿詩酒玩江樓記》《洛陽三怪記》《藍橋記》《陳巡檢梅嶺失妻記》《楊温攔路虎傳》《曹伯明錯勘贓記》都屬此類型。另外，也有很少一部分作品的篇首詩詞爲議論式，它們或宣揚與作品題材有關的佛道思想，或揭示作品主旨，並且常伴有一小段解釋議論性的引言。如《花燈轎蓮女成佛記》爲宣揚佛法的七言詩；《刎頸鴛鴦會》爲議論貪花戀色害人的七言詩，與文中主旨相應。在“三言”、《熊龍峰刊行小説四種》的宋元舊篇中，“入話”這一特徵也有較鮮明的體現，二十一篇作品中，有十三篇屬前種類型，五篇屬後種類型，另有三篇由文中某一人物的詩詞開篇，引出此人物，從而引起正文。《六十家小説》宋元舊篇中頭回的運用並不普遍，只有《刎頸鴛鴦會》《簡帖和尚》兩篇，其

① （明）洪楩輯，程毅中校注：《清平山堂話本校注》，北京：中華書局2012年版，第56頁。

中《簡帖和尚》頭回“錯封書”與正話故事僅在情節發展的某一點上具有相似性，兩者關係較鬆散。參考“三言”中的宋元舊篇，我們可以看出，宋元小説家話本的頭回基本都屬此類型，五篇頭回中有四篇與之相近。如《史弘肇龍虎君臣會》頭回：“説話的，你因甚的，頭回説這‘八難龍笛詞’？自家今日不説别的，説兩個客人將一對龍笛蘄材，來東峰東岱嶽燒獻。只因燒這蘄材，却教鄭州奉寧軍一個上廳行首，有分做兩國夫人，嫁一個好漢……”[①]頭回僅與正話開頭一段情節在“燒蘄材”上存在關聯。《宋四公大鬧禁魂張》：“方才説石崇因富得禍，是誇財炫色，遇了王愷國舅這個對頭。如今再説一個富家，安分守己，並不惹事生非。只爲一點慳吝未除，便弄出非常大事……”[②]頭回與正話僅在因財惹禍的情節上相通。《三現身包龍圖斷冤》邊瞽聽音知禍福的故事僅與正話開頭的一段情節在“聽聲算命”上相似。總之，該類型的入話不但在體制上没有一定之規，可長可短，可多可寡，較隨意自由。

學界通常將話本小説的篇尾歸納爲概括評論式。如胡士瑩稱：“話本的煞尾却是附加的，往往綴以詩詞或題目，具有相對的獨立性。它是連接在情節結局以後，直接由説話人（或作者）自己出場，總結全篇大旨，或對聽衆加以勸戒。”[③]其實，這種説法主要是針對明清話本小説而言的，而忽略了宋元小説家話本本來的面目。《六十家小説》宋元舊篇中的絶大多數作品之篇尾並非概括評論式，而爲自然收尾式。所謂自然收尾式，指篇尾以作爲正話故事一部分的韻語（與正話故事相連）、散文或收場套語收煞，應看作正話的組成部分，而非附加成分。如《簡帖和尚》篇尾爲書會先生描繪和尚受刑情景的《南鄉子》詞及“話本説徹，且作散場”套語。《南鄉子》與正話結尾講述和尚受刑的情節相配合，可看作正話的一部分。《西湖三塔記》爲吟

① （明）馮夢龍編刊，魏同賢校點：《古今小説》，南京：江蘇古籍出版社 1991 年版，第 216 頁。
② 同上，第 527 頁。
③ 胡士瑩著：《話本小説概論》，北京：中華書局 1980 年版，第 145 頁。

詠奚真人捉妖的七言詩，與正話結尾的奚真人捉妖相配合。《洛陽三怪記》無詩詞韻語，僅“話名叫洛陽三怪記”套語。《陳巡檢梅嶺失妻記》僅“雖爲翰府名談，編作今時佳話”，“話本説徹，權作散場”套語。《楊温攔路虎傳》爲描繪楊温邊塞揚名的偶句一段，與結尾的情節相呼應。此類作品還有《快嘴李翠蓮記》《五戒禪師私紅蓮記》《花燈轎蓮女成佛記》。總的來看，《六十家小説》宋元之作基本以自然式收尾爲主，十六篇作品（二篇原缺）有十篇爲自然式收尾。自然式收尾反映了民間口頭文學伎藝表演程式上的自然隨意性。後世話本小説普遍使用概括評論式收尾，與宋元話本自然收尾式在功能、體制上完全不同。這種差異充分説明了宋元話本篇章體制的民間性和口頭文學屬性。“三言”宋元舊篇普遍采用了概括評論式收尾，應爲馮夢龍加工、改造的結果。

《六十家小説》正話中叙事韻語的功能基本可分爲描繪、議論和結構三種，其體裁包括詩（或詩贊）、[①]詞、賦贊、偶句（主要爲俗語、諺語、詩句）、唱詞等，一般以“正是”“但見”“有詩爲證”等指示性套語引起。描繪性韻語主要描摹人物外貌、自然景色和情節或事件發展的勢態。如描摹人物外貌：“宣贊着眼看那婦人，真個生得：緑雲堆髮，白雪凝膚。眼横秋水之波，眉插春山之黛。桃萼淡妝紅臉，櫻珠輕點絳唇。步鞋襯小小金蓮，玉指露纖纖春筍。”（《西湖三塔記》）描摹事態發展：“鼇魚脱却金鉤去，擺尾摇頭更不回。”（《風月瑞仙亭》）議論性韻語主要評論人物或事理，其體裁主要爲偶句或詩，如“鹿迷鄭相應難辨，蝶夢周公未可知。神明不肯説明言，凡夫不識大羅仙。早知留却羅童在，免交洞内苦三年”（《陳巡檢梅嶺失妻記》）。其中偶句所占比重較大，大多數是對生活經驗的總結，由“正是”引

① 葉德均《宋元明講唱文學》：“這類詩篇雖和詩體的絶、律、歌、行相似，但因爲用韻較寬，平仄不嚴，接近口語，究竟和正式的詩不同。”見葉德均著：《戲曲小説叢考》，北京：中華書局 1979 年版，第 627 頁。

起，仿佛在用韻語前的正話故事驗證韻語中的生活經驗或人情事理。如“正是：將身投虎易，開口告人難”（《楊温攔路虎傳》）。從總體上看，宋元作品的韻語主要爲描繪性，且在口頭文學中有著悠久狀物傳統的賦贊所占比重最大，詩和偶句次之。如《簡帖和尚》描摹性：賦贊 3 段、詩 2 首、詞 1 首、偶句 3 段，議論性：偶句 1 段。《西湖三塔記》描摹性：賦贊 10 段、詩 3 首，議論性：偶句 1 段。《風月瑞仙亭》描摹性：賦贊 2 段、偶句 1 段、詩 1 首，議論性：偶句 1 段。《洛陽三怪記》描摹性：賦贊 12 段、偶句 2 段、詩 2 首。《陰騭積善》描摹性：賦贊 4 段、詩 1 首。《楊温攔路虎傳》描摹性：賦贊 11 段、偶句 7 段、詩 3 首，議論性：偶句 5 段、詩 3 段。《花燈轎蓮女成佛記》描摹性：賦贊 3 段、偶句 3 段、唱詞 1 段、詩 1 首。（上述統計僅以正話部分爲依據。）

在這些韻文中，不同作品中反復使用的現成套語占有相當比重，它們不但包括大量的俗語、諺語，而且包括許多成篇的詩詞、賦贊等。如表示“女色禍水”：“兩臉如香餌，雙眉似鐵鉤。吴王遭一釣，家國一齊休。”（《錯認屍》《曹伯明錯勘贜記》）描繪“風”：“無形無影透人懷，二月桃花被綽開（四季能吹萬物開）。就地撮將黄葉去，入山推出白云來。”（《陳巡檢梅嶺失妻記》《洛陽三怪記》）描摹“清明風光”：“乍雨乍晴天氣，不寒不暖風光（風和）。盈盈嫩緑，有如剪就薄薄輕羅（香羅）。”（《西湖三塔記》《洛陽三怪記》）描摹“婆婆外貌”：“鷄皮滿體（鷄膚滿體），鶴髪盈頭（鶴髪如銀）。”（《西湖三塔記》《洛陽三怪記》）描繪年輕女子外貌：“緑云堆髪（鬢），白雪凝膚。”（《西湖三塔記》《洛陽三怪記》）《醉翁談録》談到“小説”藝人的修養時説：“論才詞有歐、蘇、黄、陳佳句；説古詩是李、杜、韓、柳篇章。”然而，從現存的宋元小説家話本來看，這些詩詞名句所占比重很小。大量的韻語則屬於俗語、諺語和下層文人創作的通俗化詩詞賦贊等套語。雖然馮夢龍對“三言”中宋元舊篇的韻語有所改動、删增，但這一特徵在這些作品中依然有著鮮明的體現。正話中的韻語除描繪、議論功能外，還具有結構功能。一般説來，正文中議論性韻語及描摹情節事態的韻語常設置在一段情節告一段落處，或頓挫叙述節奏，或標誌每段（或每回）起結。前者如《曹伯明錯勘贓記》，全文這樣的韻語共五處，都設置在一段情節告一段落處，用於頓挫文勢；後者如《錯認屍》《陳巡檢梅嶺失妻記》，每段都有韻文起結，開頭爲絶句一首，收尾爲偶句一段，全文以這種形式劃分爲八九段。其中，《錯認屍》在每段收尾處還有類似"有分交"的指示性套語。前者大概是以韻文來調節場上氣氛，後者主要是在分回講述，以韻文起結。[①]與後世的擬話本相比，宋元小説家話本叙事韻文使用較頻繁，而且套語較多，藝術水準較低，在整體上給人冗繁粗糙之感。顯然，這些都是"小説"口頭文學屬性的反映。

另外，《六十家小説》宋元話本中有兩篇文體較特别的作品——《快嘴李翠蓮記》和《刎頸鴛鴦會》。《快嘴李翠蓮記》中李翠蓮的人物話語主要爲三言、七言構成的韻語；《刎頸鴛鴦會》有"奉勞歌伴，先聽格律，後聽蕪詞"引起的十處曲詞，其中有七處述"斯女始末之情"，刻畫蔣淑珍當時的情感，二處描摹人物外貌，一處描摹場景。對這兩篇作品的文體性質和淵源，學術界有不同的認識。孫楷第、葉德均、鄭振鐸均認爲《刎頸鴛鴦會》爲鼓子詞，源於鼓子詞伎藝。近來有人對此提出質疑，認爲《刎頸鴛鴦會》不是鼓子詞而是"小説家"話本，源於"小説"伎藝。鄭振鐸、胡士瑩認爲《快嘴李翠蓮記》是由唱本改編的話本。[②]這些論斷雖都有一定的依據，但也只能看作一種推測。從現存材料看，很難對其源於何種説唱伎藝作出明確的

---

① 《警世通言》卷十四《一窟鬼癩道人除怪》稱："變做十數回蹺蹊作怪的小説。"

② 參見孫楷第《戲曲小説書録解題》，北京：人民文學出版社 1990 年版；葉德均《宋元明講唱文學》（《戲曲小説叢考》，北京：中華書局 1979 年版，第 631 頁）；鄭振鐸《明清二代的平話集》（《中國文學研究》，北京：作家出版社 1957 年版，第 370 頁）；程毅中《宋元話本》，北京：中華書局 1980 年版，第 68、69 頁；胡士瑩《話本小説概論》，北京：中華書局 1980 年版，第 175、291 頁；于天池《〈刎頸鴛鴦會〉是話本而非鼓子詞》（《文學遺産》1996 年第 6 期）中的有關論述。

判斷。不過有一點可以肯定，這兩篇作品的篇章體制均源於口頭文學，是口頭文學演出形式的反映。

第三節　叙事結構與叙事方式

作爲聽覺的藝術，“小説”伎藝現場講述的故事自然需要具備很强的故事性、傳奇性，唯有如此，才能吸引聽衆。話本之叙事結構基本保持了口頭文學原有的故事性、傳奇性。通常，學界將宋元小説家話本的故事性、傳奇性概括爲情節曲折離奇、善於設置懸念等，其實並不符合作品的實際情况。例如，絶大多數宋元小説家話本事件較少，情節比較簡單，故談不上曲折。《六十家小説》中的《柳耆卿詩酒玩江樓記》《簡帖和尚》《風月瑞仙亭》《西湖三塔記》《合同文字記》《快嘴李翠蓮記》《洛陽三怪記》《陰騭積善》《花燈轎蓮女成佛記》《曹伯明錯勘贓記》《夔關姚卞吊諸葛》等，大多只有三四個主要事件（如《簡帖和尚》：和尚送帖、皇甫休妻、妻嫁和尚、事情敗露）；有的僅有一二個（如《柳耆卿詩酒玩江樓記》《陰騭積善》《快嘴李翠蓮記》）；只有少數作品事件較多，情節較曲折複雜，如《五戒禪師私紅蓮記》《刎頸鴛鴦會》《陳巡檢梅嶺失妻記》《錯認屍》《楊温攔路虎傳》。“三言”、《熊龍峰刊行小説四種》共有宋元舊篇二十一篇，事件較少、情節較簡單者十五篇，事件較多、情節較曲折者僅六篇。而且在這些作品中，“叙一事之始終”者，常常表現爲事件之間因果關係分明，發展綫索清晰。如《曹伯明錯勘贓記》：曹伯明娶謝小桃爲妾、小桃與奸夫合謀誣告曹、曹伯明屈打成招、東平府明斷雪冤。《陰騭積善》：林善甫投宿遇珠百顆、張客尋珠找到林、林還珠得善報。“叙一人之始末”者對人物經歷的描繪也大多綫索單純明晰。如《西湖三塔記》：奚宣贊兩度遇怪、脱險、請真人捉妖。《洛陽三怪記》：潘松兩次遇怪、真人捉妖。《夔關姚卞吊諸葛》：姚卞經夔關吊諸葛亮、諸葛亮顯形相會、姚卞應試諸葛亮神靈相助。這種叙事結構特性應主要源於“小説”伎藝的演説體制，實質上是口頭文學屬性的表現。“小説”伎藝屬於篇幅短小，在較短的時間内把一個完整故事的來龍去脈講完的伎藝形式，“能講一朝一代故事，頃刻間提破（或捏合）”，並不善於講説事件衆多、關係複雜的故事，而且與書面閲讀不同，口頭文學屬口講耳聽，自然要求講説者必須把故事講得明白清楚，易於聽者理解接受。

然而，事件較少、情節比較簡單，綫索清晰突出並不意味缺乏傳奇性、故事性，宋元小説家話本常常能夠根據不同故事類型采用不同的結構和情節，從而取得强烈的故事性、傳奇性效果。

如靈怪類作品主要爲遭遇鬼怪故事，多采用人物視角、傳記體結構，即叙事者主要通過對故事中某個人物的言行、見聞、感受、心理和經歷的描述來展示整個故事情節，且以人物經歷展示事件的發展。用人物視角、傳記體講述，可大大强化靈怪故事險怪刺激的審美效果。《一窟鬼癩道人除怪》叙吴洪經鄰居王婆做媒，娶李樂娘爲妻。後來，與朋友王七三官到郊外飲酒，回家途中處處遇鬼，嚇得魂不附體，最後到家發現自己的妻子和侍女也是鬼魂。故事基本以吴洪的視角展開，氣氛恐怖刺激：

> 兩個奔來躲雨時，看來却是一個野墓園。只那門前一個門樓兒，裏面都没什麽屋宇。石坡上兩個坐着，等雨住了行。正大雨下，只見一個人貌類獄子院家打扮，從隔壁竹籬笆裏跳入墓園，走將去墓堆子上叫道：“朱小四，你這廝有人請唤。今日須當你這廝出頭。”墓堆子裏謾應道：“阿公，小四來也。”不多時，墓上土開，跳出一個人來，獄子廝趕着自去。吴教授和王七三官人見了，背膝展展，兩股不摇而自顫。[1]

---

① （明）馮夢龍編，曹光甫標校：《警世通言》，上海：上海古籍出版社 1992 年版，第 125 頁。

公案類主要講犯罪、判案過程，部分作品采用了限知視角、紀事體結構，即敘事者在講述故事過程中故意把某些情況遮掩起來，形成一定的限知，且以環環相扣的因果綫索來貫穿諸事件。如《簡帖和尚》《曹伯明錯勘贓記》在描寫犯罪過程中通過部分限知而取得懸念叢生、撲朔迷離的審美效果。“三言”宋元舊篇公案類作品《宋四公大鬧禁魂張》《陳可常端陽仙化》《三現身包龍圖斷冤》《勘皮靴單證二郎神》《十五貫戲言成巧禍》也與之相似。如《三現身包龍圖斷冤》敘大孫押司白天算命，金劍先生判定當夜三更三點必死，結果半夜“只聽得押司從床上跳將下來，兀底中門響。押司娘急忙叫醒迎兒，點燈看時，只聽得大門響。迎兒和押司娘點燈去趕，只見一個着白的人，一隻手掩着面，走出去，撲通地跳入奉符縣河裏去了”。大孫押司死後，押司娘子改嫁小孫押司；經過許多波折，直到最後才明白，原來“當日大孫押司算命回來時，恰好小孫押司正閃在他家。見説三更前後當死，趁這個機會，把酒灌醉了，就當夜勒死了大孫押司，攛在井裏。小孫押司却掩着面走去，把一塊大石頭漾在奉符縣河裏，樸嗵地一聲響。當時只道大孫押司投河死了”。[①] 對案情真相的限知使整個故事充滿了懸念，取得了很好的效果。

其他一般性全知視角的作品雖没有視角結構的特意安排，却也體現出强烈的故事性。這與故事本身的奇異性有很大關係，如《五戒禪師私紅蓮記》寫高僧破戒後兩世輪回的故事；《花燈轎蓮女成佛記》敘無眼婆婆投胎報恩，長大後在花轎中坐化成佛；《刎頸鴛鴦會》寫蔣淑珍放縱色欲而害死多人，最後被殺。“三言”宋元舊篇《趙伯升茶肆遇仁宗》《張古老種瓜娶文女》《計押番金鰻産禍》《萬秀娘仇報山亭兒》《福禄壽三星度世》《鬧樊樓多情周勝仙》和《熊龍峰刊行小説四種》的《張生彩鸞燈傳》《蘇長公章臺柳傳》與之相似。

在小説文本中，敘事手法的運用主要體現在各種敘事成分上。對於話本

---

① （明）馮夢龍編，曹光甫標校：《警世通言》，上海：上海古籍出版社 1992 年版，第 113、119 頁。

小説來説，叙事成分主要包括概述性叙述和場景化描繪、指示性套語、議論評價性話語、説明性話語。概括性叙述指叙事者介紹人物的基本情況、事件的背景，或概括人物的行動、情節的進展。這種概括既有詳略程度差異，又有主客觀語調的不同。場景性描繪指叙事者通過對人物感知、行動、語言、心理的細緻描繪展現一個相對完整的故事場景。當然，場景性描繪也有細緻程度和主觀客觀傾向的差異。有的場景性描繪將筆墨集中於人物的言行、感知，僅偶爾涉及或喜或怒的一般化心理和簡單而直接的行爲動機，叙事語調較客觀；有的則在人物的言行描繪中摻入大量有關人物思想動機的解釋説明或叙事者的主觀評論，叙事語調較主觀。指示性套語主要引導讀者閱讀，包括轉换情節套語和引入韻文套語兩類。前者如"話説""且説""却説""不説，却説""再説""話分兩頭"，主要用於指示情節的轉换。後者如"正是""便是""却是""但見""有詩爲證""怎見得""正所謂""有分交"等，主要用於引起韻文。議論評價性話語，一部分夾雜於概述性叙述和場景化描繪中，一部分獨立於叙述描繪性話語之外，對文中之人或事表示態度、發表見解。説明性話語，在講述故事過程中，叙事者中斷叙述對某名物、習俗、制度，或是故事中某一人物的舉動、某一情節的發展作出解釋説明。通過對作品叙事成分的分析與綜合，可以大體把握其外在的叙述形態。

《六十家小説》宋元舊篇雖繁簡不一，有些較細膩，如《楊温攔路虎傳》《錯認屍》《快嘴李翠蓮記》等，有些則相當簡略，如《柳耆卿詩酒玩江樓記》《合同文字記》等，但大多以場景化描述的方式展現故事情節。如《簡帖和尚》，在開頭幾句簡短概括性介紹後，通過王二的視角展開一段較細緻的場景化描述（和尚安排僧兒送帖），之後，通過僧兒給皇甫松送帖、皇甫松拷問迎兒、皇甫松休妻等一系列場景化描述展開叙述，場景之間常由概括性叙述連接，全文可看作概括性叙述連接一系列場景化描述而成。這類作品還有《柳耆卿詩酒玩江樓記》《合同文字記》《西湖三塔記》《五戒禪師私紅蓮記》《楊温攔路虎傳》《花燈轎蓮女成佛記》《曹伯明錯勘贓記》《錯認屍》《快嘴李翠蓮記》《夔關姚卞吊諸葛》等。一般説來，場景化描述大多是生活化、寫實化的，充滿了故事發生的特定時間和環境、過程的大量細節，力求逼近特定人物故事的生活原生態。[①] 如《楊温攔路虎傳》：

> 那員外聽得，便交茶博士取錢來數。茶博士抖那錢出來，數了，使索子穿了，有三貫錢，把零錢再打入竹筒去。員外把三貫錢與楊三官人做盤纏回京去。正是：將身投虎易，開口告人難。才人有詩説得好：求人須求大丈夫，濟人須濟急時無。渴時一點如甘露，醉後添杯不若無。那楊三官人得員外三貫錢，將梨花袋子袋着了這錢，却待要辭了楊員外與茶博士，忽然遠遠地望見一夥人，簇着一個十分長大漢子。那漢子生得人怕，真個是……這漢子坐下騎著一匹高頭大馬，前面一個拏着一條齊眉木棒，棒頭挑着一個銀絲笠兒，滴滴答答走到茶坊前過，一直奔上岳廟中去，朝岳帝生辰。[②]

此類場景化鋪叙雖然細緻而貼近生活，但却常常因缺乏藝術的提煉而流於繁縟而瑣碎。總體看來，這些概括性叙述和場景化描述大多將筆墨集中於人物的言行、感知，僅偶爾涉及或喜或怒的一般化心理和簡單而直接的行爲動機，很少滲入對人物思想動機的解釋説明和叙事者的主觀評論，叙事語調較爲客觀。議論評價性話語則很少見到，説教勸誡意味非常淡薄，如《柳耆卿詩酒玩江樓記》《簡帖和尚》《西湖三塔記》《合同文字記》《風月瑞仙亭》《洛陽三怪記》《陰騭積善》《陳巡檢梅嶺失妻記》《快嘴李翠蓮記》《曹伯明

---

① 詳見程毅中《宋元小説研究》第十章《宋元小説家話本》第三節《小説話本的藝術成就》和附録《宋元小説的寫實手法與時代特徵》，南京：江蘇古籍出版社 1999 年版。

② （明）洪楩輯，程毅中校注：《清平山堂話本校注》，北京：中華書局 2012 年版，第 271—272 頁。

錯勘贓記》《花燈轎蓮女成佛記》《夔關姚卞吊諸葛》基本無議論評價性話語，《五戒禪師私紅蓮記》《楊温攔路虎傳》《錯認屍》也僅有少量議論評價性話語。“三言”宋元舊篇雖經過馮氏的潤飾，但仍然大體保留了與之相近的叙述形態。

宋元小説家話本主要展示人物的言行、感知和簡單而直接的行爲動機，實質上反映了叙事者只注重展示事件的進展過程，而將叙事焦點集中於故事本身。如《花燈轎蓮女成佛記》蓮女坐化的一段場景：“媽媽見説，走到轎子邊，隔着簾子低叫：‘我兒。時辰正了，可下轎下來！’説罷，裹面也不應。媽媽見不應，忍不住，用手揭起簾子，叫幾聲‘我兒’，又不應。看蓮女鼻中流下兩管玉筯來，遂揭了銷金蓋頭，用手一摇，見蓮女端然坐化而死。只見懷中揣着一幅紙，媽媽拿了，放聲大哭，把將去衆人看。”[①] 此類場景中，人物言行、感知一般都明確指向事件的進展過程，直接推動故事的發展，而相對忽略了對人物性格、心理情感的體察和刻畫，也忽略了對人物故事的意義和價值的揭示。也就是説，它更多關注叙事材料的故事價值，注重故事特性的展示，而相對忽視人物價值和主題價值。

① （明）洪楩輯，程毅中點校：《清平山堂話本校注》，北京：中華書局2012年版，第317頁。

第五編　明代小説文體

概　述

在繼承前代小説的基礎上，明代的筆記小説、傳奇小説、話本小説和章回小説都獲得很大的發展，並形成鮮明的時代特色。

明代筆記小説内容豐富，題材多樣，尤其是志怪、軼事、笑話類和小品類等均數量多，成就高，在文體形態上也均有開拓。如笑話類作品，文人獨創與大衆傳聞争奇鬥艷，呈現出雅俗分流而又融通的格局。趙南星《笑贊》開創的説、贊組合的二元結構，《笑禪録》獨有的“舉”“説”“頌”結合的三段式叙述體式，都對筆記小説的外在形態進行了探索。尤其值得重視的是晚明小品類筆記小説的産生和發展，小品類筆記小説爲中國筆記小説陣容中增添了新的種類，同時在筆記小説文體方面也有很大的突破，更以自身的創作成就使明代的筆記小説相比前代有了更高的地位和更多的讀者。傳奇小説出現了《剪燈新話》等十多部專集和《鍾情麗集》等四十多種中篇傳奇小説，而更多的傳奇小説則夾雜在文集、筆記和通俗類書裏面，傳播廣泛。受前代傳奇小説、古文和史傳的影響，明代傳奇小説與詩歌、散文等文體的關係更加密切。詩歌大量羼入傳奇小説，甚至構成了傳奇小説的主體框架，成爲“詩文小説”。如瞿佑的友人桂衡這樣評價《剪燈新話》：“但見其有文、有詩、有歌、有詞、有可喜、有可悲、有可駭、有可嗤。”[①] 趙弼則以補史的心態創作《效顰集》，高儒這樣評斷《效顰集》：“言寓勸戒，事關名教，有

---

① （明）瞿佑等著，周楞伽校注：《剪燈新話（外二種）》，上海：上海古籍出版社 1981 年版，第 5 頁。

嚴正之風，無淫放之失，更兼諸子所長，文華讓瞿，大意迥高一步。”[①] 這些都是對明代傳奇小説詩歌化、文章化特徵的概括。

在書商的推動和參與下，明代第一部話本小説集《六十家小説》一經問世，深受市民和文人的喜愛。馮夢龍的“三言”則一改《六十家小説》在叙事和語言上的粗糙，全面提升了話本小説的思想藝術水準，使話本體制更加規範，叙事愈加精巧，集教化、娱樂於一體，融大衆情感與文人情趣於一爐，雅俗共賞。此後，愈來愈多的文人投入話本小説創作，編撰了《拍案驚奇》《型世言》等二十多部話本小説集。話本小説逐漸走上文人獨立創作的道路，呈現出雅俗分流的態勢及濃郁的説理意味。章回小説也在明代横空出世，迅速繁榮，出現了以《三國志通俗演義》《西遊記》《水滸傳》和《金瓶梅詞話》爲代表的“四大奇書”，並分别引領了歷史演義、神魔小説、英雄傳奇和世情小説的發展，開創了章回小説的嶄新局面。

正是大量作品的問世，明人對小説觀念和小説文體的認識更加深入全面，這種觀念和認識同時又反過來影響著小説的創作和傳播。如在小説觀念方面，傳統文人認爲小説“可以資治體，助名教，供談笑，廣見聞”，[②] 可以“備史官之闕”，[③] 較爲全面地總結了小説的社會功用。明代文人將這些本來用於肯定傳統筆記小説價值的觀念延伸到新興的話本小説和章回小説，以提高白話小説的地位。如林瀚認爲《隋唐志傳通俗演義》“爲正史之補，勿第以稗官野乘目之，是蓋予之至願也夫”。[④] 修髯子認爲《三國志通俗演義》“欲天下之人入耳而通其事，因事而悟其義，因義而興乎感。不待研精覃思，知正統必當扶，竊位必當誅，忠孝節義必當師，奸貪諛佞必當去。是是非非，

① （明）高儒撰：《百川書志》卷六史部“小史”，《明代書目題跋叢刊》，北京：書目文獻出版社 1994 年版，第 1267 頁。

② （宋）洪邁：《類説序》，《類説》，明天啓六年（1626）刊本。

③ （唐）李德裕：《次柳氏舊聞·自序》，上海：上海古籍出版社 1985 年版。

④ （清）褚人穫著：《隋唐演義》，清康熙間四雪草堂刊本。

了然於心目之下，裨益風教，廣且大焉……是可謂羽翼信史而不違者矣”。[①]都强調了歷史演義小説的補史功能和教化作用。馮夢龍和陸人龍則彰顯了話本小説“警世”“醒世”“喻世”與“型世”的價值功能。隨著表現題材由英雄神怪向日常生活轉變，傳統的尚奇求異觀念也從追求鬼神之怪轉爲日常之奇。如凌濛初《拍案驚奇序》所説：“今之人但知耳目之外牛鬼蛇神之爲奇，而不知耳目之内日用起居，其爲譎詭幻怪，非可以常理測者固多也。……因取古今來雜碎事可新聽睹、佐談諧者，演而暢之，得若干卷。其事之真與飾，名之實與贗，各参半。文不足徵，意殊有屬。凡耳目前怪怪奇奇，當亦無所不有，總以言之者無罪，聞之者足以爲戒，則可謂云爾已矣。”[②]重視日常之奇，意味著表現領域的擴大，如笑花主人《今古奇觀》序曰：“至所纂《喻世》《警世》《醒世》三言，極摹人情世態之歧，備寫悲歡離合之致，可謂欽異拔新，洞心駴目，而曲終奏雅，歸於厚俗。”[③]上述認識，無疑是對傳統小説觀念的發展，也是對明代富有時代特色的小説創作的理論總結。叙事方面，明人對小説的虚構有了深刻的體認。謝肇淛説：“凡爲小説及雜劇戲文，須是虚實相半，方爲遊戲三昧之筆，亦要情景造極而止，不必問其有無也。”[④]只有善於虚構，才能增加小説的藝術魅力，正如李日華《廣諧史叙》所説：“虚者實之，實者虚之。實者虚之，故不繫；虚者實之，故不脱。不脱不繫，生機靈趣潑潑然。”[⑤]認識到虚構必須表現真實的人情物理，如無礙居士《警世通言叙》説：“野史盡真乎？曰：不必也。盡贗乎？曰：不必也。然則去其贗而存其真乎？曰：不必也。……人不必有其事，事不必麗其人。

① （明）修髯子：《三國志通俗演義引》，（明）羅貫中編次：《三國志通俗演義》，《古本小説集成》，上海：上海古籍出版社1994年版，第2—3頁。

② （明）凌濛初著：《拍案驚奇》，《古本小説集成》，上海：上海古籍出版社1994年版，第1—9頁。

③ （明）抱甕老人選輯：《今古奇觀》，《古本小説集成》，上海：上海古籍出版社1994年版，第4頁。

④ （明）謝肇淛撰：《五雜組》卷十五，上海：上海書店出版社2001年版，第313頁。

⑤ （明）陳邦俊編：《廣諧史》，明萬曆乙卯（1615）刊本。

其真者可以補金匱石室之遺，而贋者亦必有一番激揚勸誘、悲歌感慨之意。事真而理不贋，即事贋而理亦真，不害于風化，不謬于聖賢，不戾于詩書經史，若此者其可廢乎！”[①]認識到虛構來源於現實生活，如袁于令在《李卓吾批評西遊記》卷首的《題辭》中說：“文不幻不文，幻不極不幻。是知天下極幻之事，乃極真之事；極幻之理，乃極真之理。”[②]明容與堂刻《水滸傳》卷首《水滸傳一百回文字優劣》說：“世上先有《水滸傳》一部，然後施耐庵、羅貫中借筆墨拈出；若夫姓某名某，不過劈空捏造，以實其事耳。”[③]尤其是金聖歎對《水滸傳》“因文生事”的敘事藝術進行了認真的研究，總結出倒插法、夾敘法、草蛇灰綫法、背面鋪粉法等十多種敘事方法，具有極強的理論概括性，是古代敘事理論中的瑰寶。

人物形象塑造方面，明人對此所取得的成就進行了總結，認識到鮮活的個性是小說成功的重要標誌。容與堂刻《水滸傳》第三回回末評云：“描畫魯智深，千古若活，真是傳神寫照妙手。且《水滸傳》文字妙絶千古，全在同而不同處有辨。如魯智深、李逵、武松、阮小七、石秀、呼延灼、劉唐等衆人，都是急性的。渠形容刻畫來各有派頭，各有光景，各有家數，各有身分，一毫不差，半些不混，讀去自有分辨，不必見其姓名，一睹事實，就知某人某人也。”[④]金聖歎《第五才子書水滸傳》序三云：“《水滸》所敘，敘一百八人，人有其性情，人有其氣質，人有其形狀，人有其聲口。”[⑤]這雖然是對《水滸傳》的理論概括，其實也適用於明代其他三大奇書和“三言二拍”等優秀話本小說，具有廣泛性和代表性，揭示出小說的藝術規律。

---

① （明）馮夢龍編撰：《警世通言》，《古本小說集成》，上海：上海古籍出版社1994年版，第1—6頁。

② 《李卓吾批評西遊記》，明刊本。

③ （明）施耐庵集撰，羅貫中纂修：《李卓吾批評忠義水滸傳》，《古本小說集成》，上海：上海古籍出版社1994年版，第1頁。

④ 同上，第107頁。

⑤ （明）施耐庵著：《第五才子書水滸傳》，《古本小說集成》，上海：上海古籍出版社1994年版，第35頁。

語言方面，傳奇小説、話本小説和章回小説都漸趨俚俗。胡應麟説："本朝新、餘等話本出名流，以皆幻設而時益以俚俗，又在前數家下。"[①] 明弘治年間，"庸愚子" 蔣大器《三國志通俗演義序》曰："《三國志通俗演義》文不甚深，言不甚俗，事紀其實，亦庶幾乎史。蓋欲讀誦者，人人得而知之，若詩所謂里巷歌謠之義也。"[②] 袁宏道評價《水滸傳》説："人言《水滸傳》奇，果奇。予每檢《十三經》或《二十一史》，一展卷，即忽忽欲睡去，未有若《水滸》之明白曉暢、語語家常，使我捧玩不能釋手者也。……則《兩漢演義》之所爲繼《水滸》而刻也，文不能通而俗可通，則又通俗演義之所由名也。"[③] 欣欣子《金瓶梅詞話序》云："其中未免語涉俚俗，氣含脂粉。……此一傳者，雖市井之常談，閨房之碎語，使三尺童子聞之，如飫天漿而拔鯨牙，洞洞然易曉。"[④] 語言通俗，纔能使市井大衆易懂，受到教化，如緑天館主人《古今小説敘》云：

> 大抵唐人選言，入於文心；宋人通俗，諧於里耳。天下之文心少而里耳多，則小説之資於選言者少，而資於通俗者多。試今説話人當場描寫，可喜可愕，可悲可涕，可歌可舞。再欲捉刀，再欲下拜，再欲决脰，再欲捐金。怯者勇，淫者貞，薄者敦，頑鈍者汗下。雖日誦《孝經》《論語》，其感人未必如是之捷且深也。噫，不通俗而能之乎？[⑤]

夏履先作《禪真逸史・凡例》云："書稱通俗演義，非故諧謔以傷雅道。

---

① （明）胡應麟撰：《少室山房筆叢・二酉綴遺中》，上海：上海書店出版社2009年版，第371頁。

② （明）羅貫中編次：《三國志通俗演義》，《古本小説集成》，上海：上海古籍出版社1994年版，第5頁。

③ （明）袁宏道：《東西漢通俗演義序》，黄霖編，羅書華撰：《中國歷代小説批評史料彙編校釋》，南昌：百花洲文藝出版社2009年版，第217頁。

④ （明）蘭陵笑笑生著：《金瓶梅詞話》，明末刊本。

⑤ （明）馮夢龍編：《古今小説》，《古本小説集成》，上海：上海古籍出版社1994年版，第5—7頁。

理奥則難解，辭葩則不真，欲期警世，奚取艱深。舊本意晦詞古，不入里耳。”[①]可見，隨著白話小説的發展與繁榮，小説逐漸由文人士大夫的貴族圈子走向市井小民的大衆圈子，追求通俗化成爲明人創作的主流，也使人物語言的個性化、職業化和方言化成爲可能，並取得突出的藝術成就。

除小説觀念、功能等的論述外，明人還從内容、體式方面對文言小説進行了分類的嘗試。胡應麟《少室山房筆叢》卷二九“九流緒論下”説：

> 小説家一類又自分數種，一曰志怪，《搜神》《述異》《宣室》《酉陽》之類是也；一曰傳奇，《飛燕》《太真》《崔鶯》《霍玉》之類是也；一曰雜録，《世説》《語林》《瑣言》《因話》之類是也；一曰叢談，《容齋》《夢溪》《東谷》《道山》之類是也；一曰辨訂，《鼠璞》《鷄肋》《資暇》《辨疑》之類是也；一曰箴規，《家訓》《世範》《勸善》《省心》之類是也。談叢、雜録二類最易相紊，又往往兼有四家，而四家類多獨行，不可攙入二類者。至於志怪、傳奇，尤易出入，或一書之中二事並載，一事之内兩端具存，姑舉其重而已。[②]

這種分類方法繼承了唐代劉知幾的觀點，充分考慮到小説文體的外在形態和内部敘事體制，較爲貼近當時的文言小説發展實際。胡應麟還説：“小説，子書流也，然談説理道或近於經，又有類注疏者；紀述事迹或通於史，又有類志傳者。他如孟棨《本事》、盧瓌《抒情》，例以詩話、文評，附見集類，究其體制，實小説者流也。至於子類雜家，尤相出入。鄭氏謂古今書家所不能分有九，而不知最易混淆者小説也。”[③]從説理和敘事兩個方面指出了小説

① （明）方汝浩著：《禪真逸史》，《古本小説集成》，上海：上海古籍出版社 1994 年版，第 1—2 頁。
② （明）胡應麟撰：《少室山房筆叢》，上海：上海書店出版社 2009 年版，第 282—283 頁。
③ 同上，第 283 頁。

與經史子集的聯繫及小説文體的駁雜，視野開闊，識見高遠，對文言小説的文體分類産生了深遠的影響。

明人對白話小説的起源與形態也作出過推測與論斷。郎瑛説："小説起宋仁宗，蓋時太平盛久，國家閑暇，日欲進一奇怪之事以娱之，故小説得勝頭回之後即云'話説趙宋某年'，閭閻淘真之本之起亦曰'太祖太宗真宗帝，四帝仁宗有道君'，國初瞿存齋過汴之詩有'陌頭盲女無愁恨，能撥琵琶説趙家'，皆指宋也。若夫近時蘇刻幾十家小説者，乃文章家之一體，詩話、傳記之流也，又非如此之小説。"[①]天都外臣於萬曆十七年（1589）説："小説之興，始于宋仁宗。于時天下小康，邊釁未動。人主垂衣之暇，命教坊樂部，纂取野記，按以歌詞，與秘戲優工，相雜而奏。是後盛行，遍于朝野。蓋雖不經，亦太平樂事，含哺擊壤之遺也。其書無慮數百十家，而《水滸傳》稱爲行中第一。"[②]二人都認爲白話小説起源於宋仁宗時。緑天館主人《古今小説叙》云："若通俗演義，不知何昉？按南宋供奉局，有説話人，如今説書之流。其文必通俗，其作者莫可考。泥馬倦勤，以太上享天下之養，仁壽清暇，喜閲話本，命内璫日進一帙，當意，則以金錢厚酬。於是内璫輩廣求先代奇迹及閭里新聞，倩人敷演進御，以怡天顔。然一覽輒置，卒多浮沉内庭，其傳布民間者，什不一二耳。然如《玩江樓》《雙魚墜記》等類，又皆鄙俚淺薄，齒牙弗馨焉。"[③]以上論述均對白話小説的形成提出了富於創新的觀點。

---

① （明）郎瑛:《七修類稿》卷二十二，上海：上海書店出版社 2001 年版，第 229 頁。

② （明）天都外臣:《水滸傳叙》，（元）施耐庵著:《水滸全傳》附録，北京：人民文學出版社 1954 年版，第 1825 頁。

③ （明）馮夢龍編，許政揚校注:《古今小説》，北京：人民文學出版社 1958 年版，第 1 頁。

第一章
明代章回小説的文體流變

自元末明初《三國演義》《水滸傳》等小説産生，至明末清初“四大奇書”的文人評改本盛行，章回小説文體經過近三百年的歷史演變，終於從草創權輿走向成熟定型。選擇元末明初作爲明代章回小説文體發展的起點，是因爲我們認定産生於這個階段的《三國演義》《水滸傳》等爲最早的章回小説。此前的《宣和遺事》《取經詩話》等雖然具備了章回小説文體的許多形態特徵，或可稱爲“章回小説之祖”，但此類小説終究屬於話本體裁。以“四大奇書”的文人評改本作爲章回小説文體定型的標誌，則是考慮到這幾部小説卓越的藝術成就以及它們對後世章回小説創作的典範意義。明代章回小説的文體形態呈現出許多局部的差别，即便同一部小説的不同版本其文體形態也往往大相徑庭，時人對章回小説的文體特徵並無規定，我們今天對章回小説文體的定義也只是約定俗成，而這種大衆印象的形成，很大程度來源於“四大奇書”的文人評改本。根據現存的小説版本來看，明代章回小説的發展很不平衡。

如果將明代章回小説文體近三百年的演變歷史分爲前後兩個半期，我們發現，嘉靖元年（1522）《三國志通俗演義》的出版剛好是其間的分水嶺。在前半期洪武至正德的一百五十年裏，章回小説的數量較少，主要靠抄本流傳；明代章回小説的産生主要集中在後半期的一百五十年，嘉靖至萬曆年間，歷史演義、神魔小説的創作非常活躍，並且從歷史演義中分化出了英雄傳奇,《金瓶梅》的問世標誌世情小說作爲一種章回小說類型的誕生,“四大奇書”的早期版本均產生在這個階段。泰昌至崇禎年間,章回小說的數量持續增加,但大多品質平平,走的仍然是摹擬、因襲的套路,晚明大量產生的時事小說是此階段一個獨特的創作現象。“四大奇書”的文人評改本陸續產生,延至清初《三國演義》毛氏父子評本、《西遊記》汪象旭評本的問世,代表明代章回小說最高藝術水準的“四大奇書”完成了各自的文體流變,標誌章回小說文體的成熟定型。本章擬根據明代章回小說發生(包括創作與刊行兩種狀態)的實際情況,分三個時段探討明代章回小說文體的流變。在這個流變過程中,分布於各個不同歷史階段的章回小說文本是我們得以考察章回小說文體流變狀況的具體例證,我們的研究將以具有獨特意義的小說個體和作爲創作現象的小說群體爲重點,主要從小說的成書方式以及章回小說文體特徵的幾個方面——回目的設置、開頭與結尾的模式、韻文的使用情況以及敘說方式的構成等對明代章回小說文體作出歷時態的描述。

第一節 早期章回小說的文體特徵

所謂早期是指洪武至正德時期的章回小說創作,此時期的章回小說創作並不興盛,現存僅《三國演義》《水滸傳》《隋唐兩朝史傳》《殘唐五代史演義》《三遂平妖傳》《孔聖宗師出身全傳》等六部作品。明代早期的章回小說大多以抄本形式流傳,這給小說的傳播與保存造成了極大不便。迄今爲止尚未發現這六部小說的任何原本,我們的研究只能以後出的刻本爲依據。經過多年的輾轉反覆,這些小說早已“今非昔比”“面目全非”,這勢必影響到章回小說文體流變研究的精確度。近年來,有不少論者對其中某些小說的作者與成書年代提出質疑,在缺少原本印證的情況下,我們姑且相信刊本小説的題署與前人文獻的紀録，對此類問題不作過多的探討。[1] 這個時期的章回小説創作尚處於起步階段，不但作品數量不多，其文體格式也不夠規範。這幾部作品都稱得上是世代累積型小説，作者博采史傳、話本、戲曲與野史傳聞，以"編次""輯撰"的方式摸索著章回小説的創作方式，故還深深地保留著以往文學樣式的烙印。但《三國演義》《水滸傳》的問世標誌著章回小説文體的産生，完成了從作爲口頭講唱文學的話本向作爲案頭之作的章回小説的蜕變，初步確立了章回小説文體的軌範並成爲後世小説模仿的對象。就題材類型而言，歷史演義占絶對優勢，即便是英雄傳奇《水滸傳》與神魔小説《三遂平妖傳》的産生，也離不開作爲本事的歷史材料；就文體軌範而言，此一階段的章回小説並未定型，還帶著剛從話本小説脱胎的濃厚印記，回目設置並不規範，以單句爲主，字數多寡不一，開頭與結尾較爲隨意，尚未形成固定的格套，韻文占較大比例，説書者聲口與史官聲口隨處可見。

---

① 學界有不少人根據現存明刊本《隋唐兩朝史傳》《殘唐五代史演義》與《三國志通俗演義》之間存在大量相似情節的事實否認兩書的作者爲羅貫中，並推斷兩書的成書時間在嘉靖、萬曆年間。鄭振鐸認爲《殘唐五代史演義》"文辭很粗卑，乃學《三國演義》而未能者。……大約所謂羅本、湯顯祖、卓吾子，都是托名的，決不是真的出於他們之手"（《鄭振鐸古典文學論文集》，上海古籍出版社1984年版，第447頁）。曾良認爲"舊題羅貫中編輯的《殘唐》，當是明中後期，《三國》《水滸》已産生廣泛影響，文人（或書賈）爲了獲利，才依托羅貫中之名，又因襲《三國》《水滸》，將長期流傳的五代史故事編輯而成"（《〈殘唐五代史演義傳〉三題》，《社會科學研究》1995年第5期）；沈伯俊認爲"《隋唐志傳》成書至少是在嘉靖本《三國志通俗演義》刊刻之後，可能晚至隆慶、萬曆年間，絶非羅貫中所作"（《〈隋唐志傳〉非羅貫中所作》，《明清小説研究》1997年第4期）；陳國軍認爲"《殘唐》小説的刊行、創作時間應在萬曆二十八年後"（《〈殘唐五代史演義傳〉非羅貫中所作》，《明清小説研究》1999年第1期）。我們認爲，這些論述均有一定的道理，但不能讓人完全信服。原因在於他們用於比勘的《隋唐兩朝史傳》《殘唐五代史演義》乃至《三國演義》的版本均非原本，都是經過了相當長時間傳抄、改竄並且已經非常流行的明代中後期版本，無法準確反映原本的面貌。如林瀚序已經明白無誤地交代清楚了他修改羅氏原本《殘唐五代史演義》的事實，而萬曆四十七年龔紹山刊本《隋唐兩朝史傳》又暴露出了不少曾經修改的破綻。書商爲了獲利，當然有可能托羅貫中之名，但另一方面，他們爲了獲利，模仿已經産生廣泛影響的《三國演義》修改《隋唐兩朝史傳》《殘唐五代史演義》原本的可能性也並非没有，更何況在章回小説文體的草創初期，編撰者有意無意重復自己的編創模式也是完全可能的。本文堅持柳存仁的觀點，認爲："其中一部分文字或者保存一《隋唐志傳》舊本之真相，並且承認此《兩朝志傳》實仍當有一仿佛《三國志傳》性質之舊本爲之先驅。"（參見柳存仁《羅貫中講史小説之真僞性質》，劉世德主編《中國古代小説研究——臺灣香港論文選輯》，上海古籍出版社1983年版）在尚未找到確鑿的證據之前，我們認爲這種表述較爲謹慎，也較符合已知的事實。

《三國演義》現存最早版本爲嘉靖元年（1522）刊本《三國志通俗演義》。據書前題署弘治甲寅（七年，1494）庸愚子所作《三國志通俗演義序》，可知至遲在弘治七年以前，《三國演義》即以抄本形式流傳民間："書成，士君子之好事者，争相謄録，以便觀覽。"[①] 羅貫中原本《三國演義》的面貌今已無法得知，我們只能從較接近原本的小説版本來推測其本來面貌。在現存數十種《三國演義》版本中，一般認爲"志傳"系列比較接近羅貫中原本，還保留著原本較多的文體特徵。今藏於西班牙愛思哥利亞王室圖書館的嘉靖二十七年（1548）葉逢春刊本《新刊通俗演義三國志史傳》是現存"志傳"系列中最早的建陽刊本，雖然此本仍然不可避免地受到後人改竄（如加入了生活於明代中期的周静軒詩），但據此我們多少可以推知羅貫中原本的一些特徵。此本分十卷二百四十則，則目爲單句，以六言爲主，間有七言與八言，如第一則"祭天地桃園結義"、第三則"安喜縣張飛鞭督郵"、第八則"曹操謀殺董卓"等。卷首有一首從"一從混濁分天地"叙至"萬古流傳三國志"的歷代歌，各卷前均標明本卷叙事時間的起訖年限。開頭無套語，少見後來章回小説常用的"却説""話説"之類引頭語詞，結尾多以簡短的問句結束，較爲隨意，如"怎麽取勝""性命如何""此人是誰""畢竟是誰"之類。這些特徵都比較接近元至治年間刊本《全相三國志平話》，羅貫中原本或當亦如此。文中多引詩詞，如標明"静軒"所作的有43首，記於"史官"名下的有65首，主要爲詠史詩作，借此表達叙述者對人物事件的情感與觀點。除已知署名"静軒"等的詩詞爲後人竄入外，其他究竟爲原本所有抑或同爲後人竄入尚不得而知。全書很少見到後期章回小説常見的説書人聲口，引導讀者閱讀的是貫穿全書的史官聲口，這種叙説方式的選擇無疑由作者"據國史演爲通俗"的創作宗旨決定，而欲求"庶幾乎史"的叙事

---

① （明）羅貫中編次：《三國志通俗演義》，《古本小説集成》，上海：上海古籍出版社1994年版，第5頁。

效果。羅貫中以《全相三國志平話》爲藍本，參采陳壽《三國志》及裴松之、習鑿齒注，明人高儒《百川書志》説他“據正史，采小説，證文辭，通好尚，非俗非虛，易觀易入，非史氏蒼古之文，去瞽傳詼諧之氣，陳叙百年，該括萬事”，[①] 這大概即羅氏原本的風貌。

《水滸傳》原本今亦不可見，我們只能從前人的記載中得知其大概情形。[②] 袁無涯刊本《忠義水滸全書發凡》云：“古本有羅氏致語，相傳《燈花婆婆》等事，既不可復見。”[③] 錢希言《戲瑕》云：“(《水滸傳》) 詞話每本頭上有請客一段，權做個德勝利市頭回，此政是宋朝人借彼形此，無中生有妙處。”[④] 天都外臣《水滸傳叙》云：“故老傳聞：洪武初，越人羅氏，詼詭多智，爲此書，共一百回，各以妖異之語引於其首，以爲之艷。嘉靖時，郭武定重刻其書，削去致語，獨存本傳。余猶及見《燈花婆婆》數種，極其蒜酪。”[⑤] 周亮工《因樹屋書影》也説《水滸傳》原本前有“致語”或“楔子”。“致語”“艷”“德勝利市頭回”等内容大致相同，指正文前那些鋪叙描寫的部分，其形式多爲駢文或韻文，可用於説唱。又據明萬曆二十二年（1594）雙峰堂刊本《京本增補校正全像忠義水滸志傳評林》上層評語可知，《水滸傳》原本多有“引頭詩”，如“吴用舉戴宗”一回評曰：“凡引頭之詩，皆未干《水滸》内之事，觀之摭（遮）眼，故寫於上層，隨愛覽者覽之”；“楊雄醉罵潘巧云”一回評曰：“詞之事皆是一引頭，何必要？故録上層，隨便覽睹”；“楊雄大鬧翠屏山”一回評曰：“各傳皆無引頭之詩，惟《水滸》中添

---

① （明）高儒撰：《百川書志》，上海：上海古籍出版社 2005 年版，第 82 頁。

② 竺青、李永祜《〈水滸傳〉祖本及“郭武定本”問題新議》認爲：“題署‘施耐庵的本，羅貫中編次’的百回本《忠義水滸傳》是現知所有明代《水滸傳》的祖本，其成書年限至遲不晚于成化年間。”《文學遺産》1997 年第 5 期。

③ （明）袁無涯：《忠義水滸全書發凡》，朱一玄、劉毓忱編：《水滸傳資料彙編》，天津：南開大學出版社 2002 年版，第 133 頁。

④ （明）錢希言撰：《戲瑕》，王雲五主編：《叢書集成初編》，上海：商務印書館 1936 年版，第 8 頁。

⑤ （元）施耐庵著：《水滸全傳》附録，北京：人民文學出版社 1954 年版，第 1825 頁。

此引頭詩，未見可取。”[①] 各回皆有引頭詩詞，同樣保存了較爲明顯的宋元話本小説特徵。

《隋唐兩朝史傳》與《殘唐五代史演義》均題署“羅本編輯”。《隋唐兩朝史傳》所附林瀚序亦云：“《三國志》羅貫中所編，《水滸傳》則錢塘施耐庵集成。二書並行世遠矣，逸士無不觀之。唯唐一代闕焉，未有以傳。予每憾焉。前歲偶寓京師，訪有此作，求而閲之，始知實亦羅氏原本。因於暇日遍閲隋唐之書所載英君名將忠臣義士，凡有關於風化者悉編爲一十二卷，名曰《隋唐志傳通俗演義》。”[②] 又四雪草堂刊本《隋唐演義》褚人穫序亦云：“《隋唐志傳》，創自羅氏，纂輯於林氏，可謂善矣。”[③] 同書所附林瀚《隋唐演義原序》題署“時正德戊辰仲春花朝後五日”。據此可知羅貫中創作有《隋唐志傳》，正德年間林瀚以此爲基礎纂輯成《隋唐志傳通俗演義》。萬曆年間龔紹山刊本《隋唐兩朝史傳》也非原作，其間存在曾經删改的痕迹，如第八十九回後又有一個“第八十九回”，不合常理；書末木記云：“是集自隋公楊堅于陳高宗（當作陳宣帝）大（當作太）建十三年辛丑歲受周王禪即帝位起。”[④] 可實際上正文並無楊堅受禪的情節，一開始就寫楊廣陰謀纂奪太子位。另萬曆本《殘唐五代史演義》亦非原本——小説每回有一插圖，基本上以回目爲圖題，原版應爲六十圖，此本闕二十九圖，又第四十八回圖“契丹兵助石敬塘”與第四十七回圖“廢帝遣將追公主”次序顛倒，可知此本非原刊本。

孫楷第認爲萬曆四十七年（1619）刊本《隋唐兩朝志傳》“似所據爲羅氏舊本，而書成遠在正德之際……且即此書九十一回以前觀之，其規模間

---

① 《水滸志傳評林》，《古本小説集成》，上海：上海古籍出版社 1994 年版，第 333、425、439 頁。
② （明）林瀚：《隋唐兩朝史傳》，《古本小説集成》，上海：上海古籍出版社 1994 年版，第 1—3 頁。
③ （清）褚人穫彙編：《隋唐演義》，《古本小説集成》，上海：上海古籍出版社 1994 年版，1—2 頁。
④ （明）羅貫中著：《隋唐兩朝史傳》，《古本小説集成》，上海：上海古籍出版社 1994 年版，第 1426 頁。

架，亦猶是羅貫中詞話之舊。唯於神堯起義以前增隋事數回而已”。[1]全書據史實敷演，抄襲史書之處不少。此外，還雜采民間里巷傳聞及戲曲説唱多種材料。不但“規模間架”多所依傍，《隋唐志傳》的文體形態特徵也頗同於《三國志傳》的早期版本。開頭無套語，起訖頗爲隨意，結尾有少數回目使用“畢竟如何”“未知如何”等簡單問句，没有出現萬曆末期以來大部分章回小説中已經定型成格式的套語“欲知後事如何，且聽下回分解”等語句。回目爲單句，以七言爲主，夾以六言、八言。語言質樸，多詠史詩詞。《殘唐五代史演義》題材與元人雜劇多有相同之處，趙景深以爲《殘唐五代史演義》小説在前，元人雜劇乃據小説改編。[2]然此論證據不足，説《殘唐五代史演義》係采元人雜劇而成者也未嘗不可。五代故事早在宋代即已成爲説話人熟悉的題材，甚至出現了專門説五代史故事的藝人，宋元時期還産生了《五代史平話》。與《三國志傳》以《三國志平話》爲藍本不同的是，《殘唐五代史演義》與《五代史平話》的關係並不密切。《五代史平話》取編年體例，梁、唐、晉、漢、周五代各自獨立成篇，筆墨均衡；《殘唐五代史演義》則從頭至尾按年代順序叙事，全書以李存孝爲中心，至王彦章死後叙事節奏陡然加快。全書六十回，以李存孝、王彦章爲中心的梁代故事有四十二回，占全書的百分之七十，而唐、晉、漢、周四代故事合占全書的百分之三十。此外，《殘唐五代史演義》叙李存孝故事與正史並不盡合，作者雖大體遵從史實，但對人物作了相當的虛構與加工，因此與其説《殘唐五代史演義》是五代的歷史演義，還不如説是李存孝一人的英雄傳奇。

《三遂平妖傳》現存有明萬曆二十年（1592）世德堂刊本，四卷二十回。此本非羅氏原本，泰昌元年（1620）天許齋刊本張譽《平妖傳叙》云“疑非

---

① 孫楷第撰：《日本東京所見小説書目》，北京：人民文學出版社，第38—39頁。

② 詳見趙景深：《殘唐五代史演義傳》，趙景深著：《中國小説叢考》，濟南：齊魯書社1980年版，第122頁。

全書，兼疑非羅公真筆”，崇禎年間嘉會堂刊本《新平妖傳識語》也認爲它“原起不明，非全書也。”嘉靖年間晁瑮《寶文堂書目》“子雜”類收録有兩種《平妖傳》，可見至遲在嘉靖時《平妖傳》已廣爲流傳。《平妖傳》以北宋慶曆年間貝州王則起義的歷史事件爲原型，南宋時説話藝人曾將這個故事編成話本，羅燁《醉翁談録》“舌耕叙引”曾提及“貝州王則”。齊裕焜認爲，《三遂平妖傳》“展示了初期長篇神怪小説的面貌。它是由一些‘妖術’‘公案’‘靈怪’類的短篇話本雜湊而成的”，“構成此書的五個故事，在《醉翁談録》所著的説話名目中，可見其部分底本：‘妖術’類有‘千聖姑’，可能即聖姑姑和永兒的故事；‘貝州王則’，即此書中的王則起義故事；‘公案’類有‘八角井’，當即此書卜吉的故事；‘靈怪’類有‘葫蘆兒’，當是此書彈子和尚與杜七聖的故事”。[①] 此本小説回目爲聯句，字數七言、八言不等；各回有引首詩詞，結尾先以“正是”引出一聯對句，再以“畢竟如何，且聽下回分解”的套語結束。從小説開頭、結尾的格式化來看，我們懷疑這是後人修改所爲，元末明初的章回小説當不至出現如此規範的文體特徵。小説多詩詞，描寫人物、景物與場面時多用韻文，説書人聲口較爲明顯，這些特徵表明羅氏原本還保留著明顯的話本小説特色。雖以王則起義的史實爲素材，但全書並没有完整地再現那段歷史，王則也並非全書的中心人物。王則起義是借助彌勒教的勢力開始的，宗教巫術與術數在王則起義的過程中起了很大的作用，這類題材在市井里巷中流傳非常廣泛。在史實與傳聞之間，作者將筆墨更多地留給了後者，以“妖”——即以聖姑姑和胡永兒爲首的一干神魔爲小説叙述的中心。就這樣，《三遂平妖傳》不經意間成了神魔小説的開山之作，魯迅論明代神魔小説時説“其在小説，則明初之《平妖傳》已開其先，而繼起之作尤夥”。[②]

---

① 齊裕焜著:《明代小説史》，杭州：浙江古籍出版社 1997 年版，第 91 頁。
② 魯迅著:《中國小説史略》，上海：上海古籍出版社 1998 年版，104 頁。

《孔聖宗師出身全傳》約成書於正德年間，撰人不詳，四卷十九則。小説分則標目，則目爲單句，字數不一，以六七言居多。各則以“却説”“話表”開頭，結尾有“不知後來如何，再聽下回又講”、“話猶未竟，再聽下面又叙”句式，尚未定型成固定格式。此書或由書會才人依據平話創作而成，第一卷第一則（則目頁佚）云“後有山人覽傳至此，口占西江月一首……”，“備論歷代帝王”一節末尾有“後有才人覽傳至此，援筆題曰……”句式。全書根據《闕里志》中孔子年譜次序，雜取史傳、《孔子家語》等書中有關孔子事迹編寫而成，情節比較散漫，内容以對話、解説爲主，語言比較呆板。各則後有詩詞作結，常用一些小説套語，可見作者企圖以小説形式宣揚孔子事迹。但由於作者拘泥於史料記載，故雖套用小説形式，而未能注重人物形象塑造和故事情節安排，全無文采。是以胡適《孔聖宗師出身全傳跋》認爲“文字不高明，僅僅能鈔書，却不能做通俗文字，所以這部書實在不能算作一部平話小説”,[①] 而《西諦書目》與《北京圖書館善本書目》乾脆把此書列入史部傳記類，不認爲它是小説。

第二節　趨於成熟的章回小説文體

嘉靖至萬曆的近一百年，是章回小説發展的黄金時期，作品數量衆多，類型齊備，文體形態漸趨規範。《三國演義》的成功，推動了歷史演義創作熱情的高漲，“事紀其實，亦庶幾乎史”[②] 成爲人們評判此類小説價值的標準，後來者紛紛仿效，認爲演義當“補經史之所未賅”，[③]“其利益亦與六經諸史

① （明）佚名：《孔聖宗師出身全傳》，《古本小説集成》，上海：上海古籍出版社 1994 年版，第 4 頁。

② （明）庸愚子：《三國志通俗演義序》，（明）羅貫中編次：《三國志通俗演義》，上海：上海古籍出版社 1994 年版，第 1 頁。

③ （明）陳繼儒：《叙列國傳》，（明）余邵魚編：《春秋列國志傳》，《古本小説集成》，上海：上海古籍出版社 1994 年版，第 8 頁。

相埒”。[①] 在這種小説觀念指導下，小説創作依傍史實，講求實録，作者較少發揮，除正史之外，各種野史傳聞也成了值得信賴的資料來源，因爲在時人看來，這不過是歷史另一種形式的記載。《水滸傳》以“叙一時故事而特置重於一人或數人”[②] 的方式替人物作傳，從歷史演義中另立門庭，開創了英雄傳奇小説類型。與歷史演義“傳信貴真”不同，英雄傳奇允許作者有相當程度的想像與虚構，即所謂“傳奇貴幻”。少了史實的羈絆，作者可以馳騁才情，虚實相生。《大宋中興通俗演義》總體上屬於歷史演義，但也出現了向英雄傳奇靠攏的偏差，在某種程度上可稱爲岳飛的傳奇；至《楊家府世代忠勇演義》則完全是“以一人一家事爲主，而近於外傳、別傳及家人傳者”。[③] 萬曆間神魔小説創作的興盛，可視爲對講求實録的歷史演義的反撥。從歷史演義到英雄傳奇再到神魔小説，小説取材經歷了由“傳信貴真”到“傳奇貴幻”再到“不極不幻”的轉變，至《西遊記》以其“漫衍虚誕”的特色而趨於極致。《西遊記》是神魔小説創作的典範，後來者總不離對它的摹擬與因襲。萬曆二十年（1592）金陵世德堂刊本《西遊記》文體形態已非常規整，《西洋記》《封神演義》等小説亦步亦趨，爲章回小説文體格式的確立打下了較好的基礎。萬曆年間，産生了世情小説的開山之作《金瓶梅詞話》，至此，章回小説的四種類型均已産生。雖然世情小説創作的繁盛直到清初才出現，但《金瓶梅詞話》以其嶄新的視角從歷史事件、神魔鬼怪、英雄豪傑等傳統題材中開闢了一片全新的天地，以市井百姓的日常生活爲叙述對象，其意義與影響不容小覷。

嘉靖元年（1522），《三國演義》刊行，結束了章回小説僅靠抄本流傳的歷史，影響迅速擴大。“嗣是效顰日衆”，作者甚夥，讀者對這種小説文體也

① （明）可觀道人：《新列國志叙》，（明）墨憨齋新編：《新列國志》，《古本小説集成》，上海：上海古籍出版社 1994 年版，第 18—19 頁。

② 魯迅著：《中國小説史略》，上海：上海古籍出版社 1998 年版，第 103 頁。

③ 孫楷第撰：《中國通俗小説書目·分類説明》，北京：人民文學出版社 1982 年版，第 4 頁。

表現出了極大的熱情，許多小説一版再版，《三國演義》《水滸傳》更是先後刊行數十次。[①]除去再版的小説之外，據不完全統計，嘉靖至萬曆的近百年時間裏，共産生了36種章回小説。在洪武至正德期間，章回小説創作尚處於起步階段，一百五十餘年時間裏只留下了區區六部作品，而羅貫中一人便擁有其中五部的著作權，這一百五十餘年的章回小説史幾乎可以稱爲“羅貫中時代”。嘉靖至萬曆年間，章回小説創作進入蓬勃發展時期，某一作者“獨步書林”的局面被打破，尤其值得關注的是一個由書坊主及其雇員組成的職業作家群的出現，其中以熊大木、余邵魚、余象斗、鄧志謨爲代表。[②]他們創作的章回小説藝術水準都非常低下，單從欣賞角度而言没有多大價值；但他們的創作引領了明代章回小説創作高峰的到來，對推動章回小説文體的發展功不可没，通過他們的作品，我們可以發現明代章回小説文體演變的足迹，從章回小説文體發展史的角度考慮，他們的創作具有重要意義。

《大宋中興通俗演義》，熊大木《武穆王演義序》云“以王本傳行狀之實迹，按通鑑綱目而取義”撰成。[③]全書實抄録史傳連綴成文，殊少自出機杼之處。《凡例》自稱“大節題目俱依通鑑綱目牽過，内諸人文辭理淵難明者，愚則互以野説連之，庶便俗庸易識”。[④]然除少數幾處采集《效顰集》及《江湖紀聞》之“野説”外，所據史料均出自《續資治通鑑綱目》並仿綱目體綴輯，文中大量插入表、疏、奏、詔等歷史文獻以及史評與詠史詩詞，以致作品史意有餘而文采不足，“俗庸易識”，不過空談。小説分則標目，不標則

① 萬曆時期建陽書坊主余象斗《批評三國志傳》，“三國辯”云“坊間所梓《三國》，何止數十家矣”，《忠義水滸志傳評林》“水滸辨”云“《水滸》一書，坊間梓者紛紛”。

② 關於這幾位作者的生平事迹可參閲陳大康《關於熊大木字、名的辨正及其他》（《明清小説研究》1991年第3期）、肖東發《明代小説家、刻書家余象斗》（《明清小説論叢》第四輯，春風文藝出版社1986年版）、吴聖昔《鄧志謨經歷、家境、卒年探考》（《明清小説研究》1993年第3期）、〔韓〕金文京《晚明小説、類書作家鄧志謨生平初探》（辜美高、黄霖主編《明代小説面面觀——明代小説國際學術研討會論文集》，學林出版社2002年版）等論文。

③ （明）熊大木編：《大宋中興通俗演義》，《古本小説集成》，上海：上海古籍出版社1994年版，第2頁。

④ 同上，《凡例七條》，第1頁。

數，則目爲七言單句（偶有八言）。各則開頭間或有“却説”字樣，結尾間或有“且聽下回分解”語句，但均未定型成格套。第一則有長篇古詩一首，概述自開天闢地至大宋一統天下事，類似話本小説之入話。又熊大木所撰《唐書志傳通俗演義》與《大宋中興通俗演義》的編創方式大同小異，故事情節大體抄襲《資治通鑑》原文連綴而成，“竟（意）境之創造既少，鉤稽組合亦無其學力，徒爲呆板不靈抄綴之俗書而已”。[①] 然兩書能圍繞主要人物展開叙述，前者以武穆王岳飛爲中心，後者以秦王李世民爲重點，雖然據史演義，却也敢於刪削情節，詳略有節，突出主要人物的英雄形象，故其敷衍史實有類《三國》，而刻畫人物頗同《水滸》，在歷史演義中書寫英雄傳奇，明代章回小説中許多作品存在文類雜糅的現象，熊大木可謂首開風氣者。元明兩朝以兩漢故事爲題材之小説甚多，今存元代平話《前漢書續集》、明萬曆三十三年（1605）刊本《兩漢開國中興傳志》、甄偉《西漢通俗演義》、[②] 謝詔《東漢十二帝》等，而以熊大木《全漢志傳》叙兩漢史事最爲詳備。全書刻意摹仿《三國》與《水滸》，在人物形象塑造上尤其明顯。劉秀每以忠義之由辭受皇位，恰似劉備之翻版；手下戰將係天上星宿下凡，頗類《水滸》之天罡地煞轉世。又排兵布陣、籌劃謀略，以及動輒觀星象、看人相，極似《三國》。内容大多遵從史實，較少發揮。各則以七言單句爲目，開頭較少套語，結尾則大多有定型化語句，如“欲知如何，下回便見”等，接近後來章回小説常見之“欲知後事如何，且聽下回分解”等句式。熊大木《南北兩宋志傳》分《北宋志傳》與《南宋志傳》兩部分，前者以《五代史平話》爲藍本，稱得上是對五代中晉、漢、周三朝平話的擴寫，雖云《北宋志傳》，而宋太祖事並非全書叙述的重點，僅散見於漢、周二朝叙述之中；後者參采

① 孫楷第撰：《中國通俗小説提要》，《藝文志》第三輯，太原：山西人民出版社 1985 年版，第 199 頁。

② 據趙景深考證，《西漢演義》以元代平話《前漢書續集》爲藍圖編撰成書。見趙景深：《〈前漢書平話續集〉與〈西漢演義〉》，《中國小説叢考》，濟南：齊魯書社 1980 年版，第 110—119 頁。

《楊家府演義》等小説（第一回按語有云“收集楊家府等傳，參入史傳年月編定”），以楊家父子爲中心，可視爲楊家父子的英雄傳奇，於史傳外雜采野史傳聞、市井俚説，故小説多有荒誕不經之處。全書分回標目，不標回數。回目爲七言聯句，每回前有“話説”“却説”字樣引出本回内容，結尾有簡單問句如“畢竟如何”等。文中常以“但見”“有詩爲證”等引出詩詞韻文，或寫景，或狀物，或擬人。《春秋五霸七雄列國志傳》現存主要版本有明萬曆三十四年（1606）三台館重刊本，八卷二百二十六則。該本係余邵魚據舊本加以改編，余象斗重編而成。余邵魚《題全像列國志傳引》宣稱小説“編年取法麟經，記事一據實録。凡英君良將，七雄五霸，平生履歷，莫不謹按五經並《左傳》《十七史綱目》《通鑑》《戰國策》《吴越春秋》等書，而逐類分紀”。[①] 余象斗《題列國序》又聲稱“旁搜列國之事實，載閲諸家之筆記，條之以理，演之以文，編之以序”。[②] 余氏叔侄羅列大堆史傳，開出編撰秘方，無非標榜小説具有信史的價值，“雖千百年往事，莫不炳若丹青”，“是誠諸史之司南”。然小説除參采《左傳》與《十七史詳節》（第七卷卷首《叙列國傳》云：“六卷以上演《左氏春秋》傳記之義，其事則説五霸；七卷以下因吕氏（祖謙）史記詳節之規，其事則説七雄”）外，更多的是從話本與戲劇中攫取題材。其叙武王伐紂故事，與元人講史平話《武王伐紂》多有雷同；叙春秋五霸故事，與明崇禎年間刊本《孫龐鬥志演義》相同；戰國七雄故事，又襲自《七國春秋後集》。此外，據孫楷第考證，小説對元人雜劇亦多有采録，如《浣紗女抱石投江》《孫武子吴宫操女兵》《范蠡扁舟歸五湖》等故事，均與元人雜劇情節相同。是以孫楷第指出，“全書八卷所演，蓋取之宋元以來傳説，如説話人話本及劇本所譜，排比先後，取其資料，亦略參

① （明）余邵魚編集：《按鑑演義全像列國志傳評林》，《古本小説叢刊》第6輯，北京：中華書局1990年版，第5—6頁。

② 同上，第10頁。

以史實，原非邵魚自創之書也”。[①] 全書分則標目，不標則數。則目爲單句，七言或八言不等。結尾多“畢竟如何”“此人是誰”等問句。文中多詠史詩詞，史官聲口較爲明顯。《北方真武祖師玄天上帝出身志傳》與崇禎四年（1631）昌遠堂刊本《五顯靈官大帝華光天王傳》均爲余象斗編撰。余象斗以民間流傳的佛道故事爲題材，參采筆記、戲劇資料，模仿《西遊記》的結構方式撰成二書。《北遊記》叙述玉帝一魂下凡投胎，不斷降生人家，最後得道。修行途中降魔除妖，與唐僧取經事相類，但形容簡陋。故事情節多采民間傳説及佛典，前六則内容與佛本生故事雷同，第二十二則直接搬用“雪山太子割肉飼鷹”“投崖飼虎”故事。魯迅指出，“此傳所言，間符舊説，但亦時竊佛傳，雜以鄙言，盛誇感應，如村巫廟祝之見”；又沈德符《萬曆野獲編》卷二十五“論劇曲”有“《華光顯聖》……則太妖誕”語，魯迅據此推斷“此種故事，當時且演爲劇本矣”。[②] 趙景深則據小説中兩段類似戲劇出場白的話推斷“《南遊記》大約是由戲劇改編的”。[③] 二書均分則標目，不標則數，則目爲單句，字數少則五言，多則十幾言不等；開頭大多以“却説”引導，結尾多“不知後來如何，且聽下回分解”語句，基本上定型成爲格套。除少數標明“仰止余先生”的詩詞之外，二書較少詩詞韻文。《鐵樹記》《咒棗記》《飛劍記》三書皆爲鄧志謨撰。鄧志謨《鐵樹記叙》云：“予性頗嗜真君之道。因考尋遺迹，搜檢殘編，彙成此書，與同志者共之。”[④] 具體説來，《鐵樹記》的題材主要來源於《太平廣記》中《許真君》《蘭公》《諶母》以及宋代白玉蟾編《玉隆集》中《旌陽許真君傳》《續真君傳》等傳記。此

① 趙景深認爲崇禎間刊本《孫龐演義》“一定是根據《七國春秋前集》改編的；我們雖不能看到《七國春秋前集》的原文，却可以根據這《孫龐演義》稍稍得到《七國春秋前集》的仿佛。”見趙景深著：《中國小説叢考》，濟南：齊魯書社 1980 年版，第 104—105 頁。

② 魯迅著：《中國小説史略》，上海：上海古籍出版社 1998 年版，第 106 頁。

③ 趙景深：《〈四遊記〉雜識》，趙景深著：《中國小説叢考》，濟南：齊魯書社 1980 年版，第 226 頁。

④ （明）鄧志謨撰：《鐵樹記》，《古本小説集成》，上海：上海古籍出版社 1994 年版，第 200 頁。

外，鄧志謨還從明代一些方志與民間傳聞中襲取了素材。[①]《咒棗記》卷首鄧志謨《薩真人咒棗記引》云："余暇日考《搜神》一集，慕薩君之油然仁風，摭其遺事，演以《咒棗記》。"[②]沈德符《萬曆野獲編》補遺卷四"薩、王二真君之始"記載了明代宣德、成化年間薩真人、王靈官深受朝野追捧的故事，鄧志謨當對此類傳聞耳熟能詳。除歷代野史筆記外，《元曲選》中收有《薩真人夜斷碧桃記》一劇，其劇情亦爲《咒棗記》襲取。《飛劍記》末尾鄧志謨自叙云："予素慕真仙之雅，爰捃其遺事爲一部《飛劍記》，以闡揚萬口云云。"[③]吕洞賓飛劍斬黄龍的故事自北宋以來一直盛傳於民間，小説、戲曲紛紛以其爲題材，鄧志謨彙集各種俚俗傳聞，雜采小説、戲曲編撰成《飛劍記》。鄧志謨三部神魔小説的編創方式完全相同，皆以各種野史筆記、俚俗傳聞爲題材，襲取小説、戲曲中的故事情節，摹擬甚至抄襲《西遊記》的情節模式，終因作者才氣不逮，難以望其項背。從文體形態看，三書分回標目，標明回數，回目爲七言聯句，比此前小説的單句標目有所進步。各回以"却説"引出所叙故事，結尾有"且看下回分解"語句，但均未定型成格套。文中多詩詞，描述人物、景物、場面等均用韻文。情節極不連貫，叙事隨起隨訖，以主人公行蹤爲叙事綫索，大多爲叙事片斷的綴輯，故結構並不完整，亦缺少一般章回小説所有的開端、發展、高潮、結局等環節。

自元末明初羅貫中《三遂平妖傳》首開神魔小説創作之先河以來，嘉靖至萬曆年間神魔小説創作已蔚爲大觀，除上述余象斗《南遊記》《北遊記》，鄧志謨《鐵樹記》《咒棗記》《飛劍記》外，尚有吴承恩《西遊記》、許仲琳《封神演義》、羅懋登《三寶太監西洋記》、朱開泰《達摩出身傳燈傳》、佚名《唐鍾馗全傳》、吴還初《天妃濟世出身傳》、吴元泰《八仙出處東遊記》、西

① 參汪小洋：《鄧志謨〈鐵樹記〉的另一版本與來源》，《明清小説研究》2000年第4期；李豐楙《鄧志謨鐵樹記研究》，臺灣：清華大學中文系編《小説戲曲研究》第二集。

② （明）鄧志謨撰：《咒棗記》，《古本小説集成》，上海：上海古籍出版社1994年版，第4頁。

③ （明）鄧志謨撰：《飛劍記》，同上，第177頁。

大午辰走人《南海觀世音菩薩出身修行傳》、潘境若《三教開迷歸正演義》、朱名世《牛郎織女傳》等小説。此一階段神魔小説創作的興盛，打破了歷史演義一枝獨秀的局面。至此，作爲章回小説一種重要的題材類型，神魔小説形成了自己的文體軌範並奠定了在章回小説史上的地位。

《三遂平妖傳》開創了神魔小説的題材類型，《西遊記》則確立了神魔小説的敘事模式並成爲後來者仿效的對象。關於唐僧西行取經故事，唐代有《大唐慈恩寺三藏法師傳》與《大唐西域記》等較爲正式的傳記資料，宋代有《大唐三藏取經詩話》等説書話本，至元代，西遊故事呈現了豐富多彩的面貌，小説有《西遊記平話》，戲曲有《唐三藏西天取經》雜劇。吴承恩在廣泛襲取前代已有故事情節與人物形象的基礎上，雜采民間傳聞，同時發揮自己天才的想像，以卓越的藝術才能撰成《西遊記》小説。《西遊記》版本甚夥，一般認爲萬曆二十年（1592）世德堂刊本《西遊記》最接近吴承恩原本。小説分回標目，回目爲聯句，以七言居多，間以四言、五言或八言。各回開頭多以“話表”“却説”等詞引出敘事；結尾多以“正是”引出對句，有“畢竟……如何，且聽下回分解”套語，已成格套。多引首詩詞，部分還以詩詞結束。文中大量使用詩詞韻文，所占比例極高。没有明顯的説書人口吻，但隨處可見的詩詞韻文似乎也可用來説唱。舉凡人物、景物、戰鬥及一般的場面描寫，敘述者全用詩詞韻文，則吴承恩原本爲説唱體，抑或西遊故事曾經説唱方式流傳皆有可能。全書以唐僧師徒西行取經爲綫索，取經過程中的八十一難作爲八十一個小故事穿成一串，結構比較單一；敘述過程模式化，不離“行進——逢妖——（求助）除妖——行進”幾個步驟，回環往復直至終局。後出之神魔小説，其敘事模式皆學步《西遊記》，而藝術成就無一能與之比肩。《封神演義》以宋元講史平話《武王伐紂平話》爲藍本，兩書故事情節大體相同，《演義》是對《平話》的推演與放大，這種關係有類於《三國演義》與《三國志平話》。據趙景深考證，《封神演義》共有二十八回故事幾乎完全根據《平話》擴大改編，反過來説，《平話》中有四十二則故事可以在《封神演義》中找到自己的身影。[①] 另據柳存仁考證，《封神演義》亦多處襲取《列國志傳》故事情節。[②] 此外，《封神演義》對雜劇如元吴昌齡《哪吒太子眼睛記》、趙敬夫《夷齊諫武王伐紂》，小説《三國演義》《西遊記》等也多有模仿與參采之處。[③] 全書分回標目，回目爲單句，以七言爲主，間有八言。各回有引首詩詞，以“話説”引出本回故事，結尾有“畢竟……且聽下回分解”語句，已定型成格套。文中多詩詞韻文，寫景狀物與議論抒情皆以韻語出之。第一回開頭以長篇韻文叙説歷史的做法與《三國志傳》卷首之《全漢總歌》相同，又舒載陽刊本卷首李雲翔《封神演義序》云“俗有姜子牙斬將封神之説，從未有繕本，不過傳聞於説詞者之口”，[④] 凡此種種，頗可疑《封神演義》有説唱體藍本存在。此外，小説叙虚幻不經之事而以“演義”名之，概因其以講史話本《武王伐紂平話》爲藍本之故。如第一回回首長詩末尾所言——“商周演義古今傳”，作者本意或在編撰一本商周兩朝之歷史演義。魯迅以爲《封神演義》“似志在於演史，而侈談神怪，什九虚造，實不過假商周之争，自寫幻想”，[⑤] 與此意想相同者尚有《三寶太監西洋記通俗演義》。《西洋記》雖以明永樂、宣德年間鄭和下西洋的史實爲框架，然叙事“侈談怪異，專尚荒唐”，“所述戰事，雜竊《西遊記》《封神傳》，而文詞不工，更增支蔓，特頗有里巷傳説”，[⑥] 實在不能歸於歷史演義

---

① 詳見趙景深：《〈武王伐紂平話〉與〈封神演義〉》，趙景深著：《中國小説叢考》，濟南：齊魯書社1980年版，第97—103頁。

② 柳存仁：《元至治本全相武王伐紂平話明刊本列國志傳卷一與封神演義之關係》，柳存仁著：《和風堂文集》，上海：上海古籍出版社1991年版，第1230—1259頁。

③ 參見徐朔方：《論〈封神演義〉的成書》，《小説考信編》，上海：上海古籍出版社1997年版，第349—361頁；方勝：《〈西遊記〉〈封神演義〉“因襲”説證實》，《光明日報》1985年8月27日；方勝：《再論〈封神演義〉因襲〈西遊記〉——與徐朔方同志商榷》，《徐州師範學院學報》（哲社版）1988年第4期。

④ （明）許仲琳撰：《封神演義》，《古本小説集成》，上海：上海古籍出版社1994年版，第13—14頁。

⑤ 魯迅著：《中國小説史略》，上海：上海古籍出版社1998年版，第117頁。

⑥ 同上，第120頁。

之類。不過《西洋記》也並非向壁虛構，書中所引材料大半出自馬歡《瀛涯勝覽》與費信《星槎勝覽》，[①] 書中主要人物金碧峰史上亦實有其人，明宋濂《宋學士文集·鑾坡後集》卷五之《寂照圓明大禪師壁峰金公設利塔碑》與葛寅亮編《金陵梵剎志》之《碧峰寺起止紀略》《非幻大禪師誌略》均有詳細記載，[②] 民間關於碧峰長老下西洋的傳説也頗爲盛行。羅懋登參采各種文獻資料與野史傳聞，仿照《西遊記》與《封神演義》撰成《西洋記》小説。全書分回標目，標明回數，回目爲七言聯句。各回有引首詩詞，結尾有"却不知……且聽下回分解"語句，俱已定型成格式。文中多詩詞韻文以及"論曰""斷曰"等評論，語言囉嗦，叙事極不連貫。故事情節多有抄襲《西遊記》與《封神演義》之處，尤以《西遊記》爲甚，而文采相差不可以道里計，清人俞樾以爲"其書視太公封神、玄奘取經尤爲荒誕，而筆意恣肆，則似過之"，[③] 未免過譽。《三教開迷歸正演義》叙林兆恩及其弟子宣揚三教合一，破除世人癡迷之事。林兆恩實有其人，世居福建莆田，別稱三教先生，畢生鑽研佛道二家精義，遂倡三教合一之説，著有《林子全集》四十卷，黄宗羲《南雷文案》卷八有《林三教傳》。然《三教開迷演義叙》云"其立名則若有若無，若真若假，其立言則至虛至實，至快至切"；[④]《三教開迷演義跋》亦强調"其中事迹若虛若實，人名或真或假，且信意而筆，無有定調"，"除怪誕不根者十之三以妝點作傳之花樣，其餘借名托姓"；[⑤] 可知小説實乃以林兆恩之相關事迹與傳聞爲綱要而演三教合一之神話，内容虛實參半，史實與傳聞雜糅。小説分回標目，標明回數，回目爲七言聯句，對仗較爲工

---

① 詳見趙景深：《三寶太監西洋記》，趙景深著：《中國小説叢考》，濟南：齊魯書社 1980 年版，第 266 頁。

② 詳見廖可斌：《〈三寶太監西洋記通俗演義〉主人公金碧峰本事考》，《文獻》1996 年第 1 期。

③ （清）俞樾撰：《春在堂隨筆》，南京：江蘇古籍出版社 2000 年版，第 100 頁。

④ （明）潘鏡若編次：《三教開迷歸正演義》，《古本小説集成》，上海：上海古籍出版社 1994 年版，第 5 頁。

⑤ 同上，第 1547 頁。

整。每回前以“却説”引出所叙故事，結尾有“畢竟（未知）……且聽下回分解”語句，已定型成格套。文中描述人物、景物、場面多用韻文或詩詞。《達摩出身傳燈傳》以佛教俗講中達摩禪師故事爲根據編創而成，分則標目，則目爲單句，字數四言至九言不等。則末附有偈詩，文字多有錯訛。全書多詩、偈，所占比例極大，文體接近於俗講。其他如《南海觀世音菩薩出身修行傳》《唐鍾馗全傳》《天妃濟世出身傳》《八仙出處東遊記》《女（牛）郎織女傳》等多據市井間俚俗傳聞編輯成書，情節綫索單一且殊無文采，文體不成格套，在明代神魔小説中實屬不入流之作。

嘉靖至萬曆年間，歷史演義仍然是最主要的題材類型，占據此一階段章回小説總量的半壁江山。《兩漢開國中興傳志》《西漢通俗演義》與《東漢十二帝通俗演義》均據舊本改編。《兩漢開國中興傳志》與《西漢通俗演義》所據爲元人講史平話《前漢書續集》與熊大木《全漢志傳》，甄偉《西漢通俗演義序》云：“偶閲西漢卷，見其間多牽强附會，支離鄙俚，未足以發明楚漢故事，遂因略以致詳，考史以廣義。越歲，編次成書。”[①]《東漢十二帝通俗演義》卷首《序》云：“有好事者爲之演義，名曰《東漢志傳》，頗爲世賞鑒。奈歲久字湮，不便覽閲。唐貞予復梓而新之，且屬不佞稍增評釋。”[②]所稱《東漢志傳》當指熊大木《全漢志傳》以及據大木本增益之《兩漢開國中興志傳》的東漢部分。《兩漢開國中興傳志》與《西漢通俗演義》皆分則標目，則目爲單句，字數六言、七言不等。開頭或有“却説”“話説”等語詞，結尾有“畢竟如何，且聽下回（節）分解”之類語句，均未定型成格套。《東漢十二帝通俗演義》分回標目，回目爲七言聯句，結尾大多有詩歌代替常見的問句作結，這在明代章回小説中並不多見。《皇明開運英武傳》《皇

---

①（明）甄偉：《西漢通俗演義》，朱一玄編：《明清小説資料選編》，天津：南開大學出版社2006年版，第13頁。

②（明）陳繼儒：《東漢十二帝通俗演義序》，孫楷第著：《日本東京所見小説書目》，北京：人民文學出版社1958年版，第56頁。

明英烈傳》《雲合奇蹤》三書皆叙明太祖朱元璋起兵建國事,《英武傳》與《英烈傳》内容體制全同,《雲合奇蹤》與前二書大同小異，稍有删改。據傳《英武傳》乃明郭勳爲宣傳其祖郭英之功而作，郎瑛《七修類稿》卷二十四與沈德符《萬曆野獲編》卷五均載有此事。或以爲郭勳所作不過後人僞托，孫楷第以爲“蓋相傳市人演説之本，坊肆增補之，因編次爲此書。勳使内官演唱於上前者，度理亦第取外間話本用之，謂爲勳自撰則誤也”，[①]可備一説。小説叙事大體遵從史實，然亦雜采野史傳聞，足以補正史之不足。[②]每則均標明題材出處，有《西樵野記》《今獻彙言》等。小説分節標目，節目爲七言聯句（標明“節目”二字)。節前有引首詩詞，多“却説”“話説”引領語詞，結尾亦多有詩詞，偶見“不知如何”一類問句，均未定型成格套。叙事中多插“史臣論曰”一類大段議論與奏章表折等公文，故事情節時常中斷，極不連貫。《雲合奇蹤》分則標目，則目爲四言聯句。各則有引首詩詞，有“却説”“且説”等引領語詞，結尾罕見套語，叙事隨起隨訖。

當歷史演義從以敷演一段完整的歷史爲主逐漸轉變爲以描述某一歷史人物的經歷爲主時，作者選取題材的角度和結構故事的方法就隨之發生了變化。他不再拘泥於“庶幾乎史”的寫作目的，也不再恪守“編年取法麟經”的寫作教程，人物成了小説的中心，事件已經退居其次。作者關注的是人物形象的塑造而非故事情節的真假。此類小説，我們寧願稱其爲英雄傳奇。《楊家府世代忠勇演義》叙北宋楊業（一作繼業）世代抗遼保國事，本事載《宋史》本傳及《續資治通鑑長編》等書，南宋時即衍爲故事，流傳民間。宋人羅燁《醉翁談録》所載話本名目有《楊令公》《五郎爲僧》二種，元陶宗儀《輟耕録》載有金人院本《打王樞密》，臧晉叔《元曲選》收録《昊天

① 孫楷第撰:《中國通俗小説提要》,《藝文志》第三輯，太原：山西人民出版社1985年版，第214頁。

② 詳見趙景深:《〈英烈傳〉本事考證》，趙景深著:《中國小説叢考》，濟南：齊魯書社1980年版，第176—209頁。

塔孟良盜骨》《謝金吾詐拆清風府》等雜劇，明人亦有數種演楊家府故事之雜劇，如《開詔救忠》《活拿蕭天佑》《破天陣》等。又據熊大木《南北宋志傳》之《北宋志傳》第一回按語，有“收集《楊家府》等傳”一句，如萬曆丙午（1606）刊本《楊家府演義》爲原本，則此《楊家府》爲市井間演楊家將故事之話本也有可能。《楊家府演義》所叙故事雖有史可征，然作者廣泛采摭戲曲、平話與野史傳聞，是故小説虚實參半，不拘泥於史實。又小説雖名演義，却並非以敷演北宋歷史爲目的，主要圍繞楊家府五代忠勇的英雄事迹組織故事情節，因此從題材類型而論，本書歸入英雄傳奇更爲合理。全書分則標目，則目爲單句，以七言爲主，間有六言。第一則前有詩一首，類似話本之入話。文中多詩詞，而開頭結尾均無套語，這在明代章回小説中並不多見。《于少保萃忠全傳》叙于謙一生經歷，雖重大事件不違史實，而生平事迹多采於野史傳聞，如卷首林從吾《叙》云“裒采演輯，凡七歷寒暑”，力求“公之事迹無弗完也”。秉此目的，作者選材無分巨細，但凡可褒揚於公者便采入傳中，以至小説頗有流水賬簿之嫌。小説分回標目，標明回數，回目爲七言聯句，對仗較爲工整。各回開頭無套語，結尾有“未知何人”、“未知如何，下回便見”語句，但未定型成格套。第一回正文前有長篇“叙述古風一首”，概説于少保一生功績，類似話本小説之入話。語言明白曉暢，通俗易懂，確如《叙》所言能使“三尺童豎，一覽了了”。雖然仍保留“有詩爲證”類説話者聲口痕迹，但叙述者以説書人身份强行介入叙事進程，中斷叙事的事例並不多見。

第三節 章回小説的文體定型

泰昌至崇禎的二十五年，章回小説創作持續著往日的繁榮，歷史演義與神魔小説仍然是兩大主流類型，英雄傳奇與世情小説還在緩慢地增長。此一階段，章回小説的文體形態已經定型，絶大部分小説的回目爲對偶的聯句形式，開頭、結尾的套語已經成型，詩詞韻文的比例相對下降，叙述者以説話人聲口或史官聲口隨意中斷叙事進程，干預叙事的現象也明顯减少。文人的參與對小説文體的定型與審美趣味的提升有著重要意義。自章回小説文體産生以來，明代文人始終表現出了很高的熱情，他們以各種形式推崇這種文體的價值與地位，在擺脱小説“小道可觀”却“君子不爲”的尷尬處境時發揮了積極作用。然而在很長時間裏，文人對章回小説的關注都停留在理論總結與價值宣揚等方面，親自投身於小説創作的文人並不太多。直到明代章回小説發展的最後一個階段，馮夢龍、于華玉、方汝浩、袁于令、董説等大批文人才開始打破雅俗觀念的偏見投身於小説創作，並以他們的創作實現章回小説審美趣味從俗趨雅的轉變。發端於市井書場的章回小説最終走向文人的案頭，成爲雅俗共賞的文體類型，文人的參與起了决定性作用。

此一階段，章回小説的創作繼續保持强勁增長的勢頭，除去再版小説，短短二十五年時間裏共産生了三十一部章回小説，增長速度甚至超過了嘉靖至萬曆年間。

嘉靖至萬曆年間章回小説創作的繁榮，給後人留下了極其豐富的小説作品，同時也給後來者積累了寶貴的創作經驗。隨著人們對章回小説文體的認識逐漸加深，越來越多的文人積極參與到章回小説的創作中來。與其他文體形式的發展歷程相類的是，章回小説作爲一種文體形式最初起源於民間而最終成熟於文人之手。泰昌至崇禎年間，文人參與小説創作的熱情繼續高漲，其中一個突出的現象就是對已有小説進行改編。經過他們的重新創作，不但小説的内容更加豐富，可讀性得到增强，而且其文體格式也更爲規範。可以這樣説，章回小説文體形式的最終定型，就是通過明末（包括清初）幾部文人評改本章回小説來確定的。在這一階段，我們先討論幾部文人改編的小説。鑒於改作與原作之間的巨大變化，我們將其視爲新的創作，《新平妖傳》與《新列國志》均係馮夢龍據舊本改編而成。《新平妖傳》與羅貫中原本《三遂平妖傳》之間最大的變化，一是擴大了小説的容量，增加了一倍的篇幅，使小説結構更加完整，人物形象更加豐滿，來龍去脈清晰可辨，改變了原作“首如暗中聞炮，突如其來；尾如餓時嚼蠟，全無滋味”的不足，做到了“備人鬼之態，兼真幻之長”；[①] 二是在形式上趨於規整，小説分回標目，標明回數，回目爲聯句，七言或八言不等，對仗工整。各回開頭有引首詩詞，以“話説”引出所叙故事，結尾有“畢竟不知……如何，且聽下回分解”語句，俱已定型成格套。《新列國志》是對余邵魚《列國志傳》的改編，與舊本比，新作主要有兩個方面的成就：一是講求史料的真實與全面。作者有感於“舊志事多疏漏，全不貫串，兼以率意杜撰，不顧是非”，於是“以《左》《國》《史記》爲主，参以《孔子家語》《公羊》……劉向《説苑》、賈太傅《新書》等書，凡列國大故，一一備載。令始終成敗，頭緒井如，聯絡成章，觀者無憾”。[②] 二是注意材料的處理與情節結構的安排。歷史演義固然以全面敷演歷史爲鵠的，但倘若裁剪不慎，極容易形同史鈔，明代早期的幾部歷史演義均有此缺憾。馮夢龍聲稱：“兹編一案史傳，次第敷演，事取其詳，文撮其略。其描寫摹神處，能令人擊節起舞。即平鋪直叙中，總屬血脈筋節，不致有嚼蠟之誚。……小説詩詞，雖不求工，亦嫌過俚。兹編盡出新裁，舊志胡説，一筆抹盡。”[③] 兩相對比，我們認爲馮夢龍當得起如許自負。小説分回標目，標明回數，回目爲聯句，以七言爲主，間有六言或八言，對仗工整。各回開頭有“話説”引出所叙故事，結尾有“未知如何，且聽下回分解”語句，俱已定型成格套。于華玉《岳武穆盡忠報國傳》以熊

---

① （明）張譽：《平妖傳叙》，朱一玄編：《明清小説資料選編》，天津：南開大學出版社 2006 年版，第 381 頁。

② （明）馮夢龍：《新列國志・凡例》，《古本小説集成》，上海：上海古籍出版社 1994 年版，第 1—2 頁。

③ 同上，第 3、5 頁。

大木《大宋中興通俗演義》爲藍本改編而成。與《大宋中興通俗演義》相比,《岳武穆盡忠報國傳》有兩方面的變化：一是圍繞主要人物組織故事情節，删除了與武穆王事迹不太相干的題材。《岳武穆盡忠報國傳凡例》認爲《大宋中興通俗演義》“俗裁支語，無當大體，間於正史多戾繇來，幾以稗家畜之。兹特正厥體制，芟其繁蕪”。[①]二是規範了小説的文體格式。《岳武穆盡忠報國傳》分則標目，則目爲單句，七言、六言各十四句，比《大宋中興通俗演義》整齊；删除了《大宋中興通俗演義》每則末尾的結語詩詞，全書無説書人口吻，無詩詞韻文形式，行文更爲簡潔；《岳武穆盡忠報國傳凡例》認爲“舊傳沿習俗編，惟求通暢，句複而長，字俚而贅”，因此“痛爲剪剔，務期簡雅”，對《大宋中興通俗演義》文字也作了一些修改，主要是將《大宋中興通俗演義》中口語化較爲明顯的詞句加以文飾，追求“簡雅”，使其語言更書面化、文人化。金聖歎評改本《第五才子書施耐庵水滸傳》與托名李漁的評改本《新刻繡像批評金瓶梅》分别對原本做出了大幅度的修改，使小説的文體形態發生了很大的變化，標誌著章回小説文體的成熟與定型。

自《金瓶梅》開闢世情小説題材類型以來，學步者亦不乏其人。然大多未能學其“描寫世情，盡其情僞”之佳處，“著意所寫，專在性交”，[②]以至流於淫褻。《昭陽趣史》[③]以《趙飛燕外傳》爲藍本,雜采《西京雜記》《趙飛燕别傳》等野史傳聞，同時襲取《漢書》“孝成趙皇后傳”相關情節編撰成書。小説叙趙飛燕、合德姐妹與漢成帝事，雖以歷史爲依托，實則多荒誕不經之事。小説目録分回標目，回目爲四言單句；正文却只分上下兩卷，不

---

① 《盡忠報國傳凡例》,（明）于華玉著:《岳武穆盡忠報國傳》,《古本小説集成》，上海：上海古籍出版社 1994 年版，第 1 頁。

② 魯迅著:《中國小説史略》，上海：上海古籍出版社 1998 年版，第 128—129 頁。

③ 本文所參《昭陽趣史》與《玉閨紅》等小説見陳慶浩、王秋桂主編《思無邪匯寶》，法國國家科學研究中心、臺灣大英百科股份有限公司 1994 年版。

標回目，上卷末尾云：“怎生行樂？怎生結局？且聽下回分解。”書中多詩詞韻文，不但寫景狀物多以詩詞韻文出之，小説人物亦動輒吟詩作賦、填詞作曲以抒發情感，表達見解。此外，説書人聲口亦隨處可見。《玉閨紅》叙宦門小姐閨貞及其婢女紅玉因家逢不幸外逃，途中閨貞被人拐入窯子，紅玉被金尚書收留，後二人俱嫁與金尚書子金玉文事。以玉、閨、紅三人爲名，顯然是模仿《金瓶梅》之命名方式。小説分回標目，回目爲七言聯句，對仗較爲工整。各回有引首詩詞，以“却説”“且説”等語詞引領叙事，結尾以“正是”引出一個對句，有“要知如何，且聽下回分解”語句，已定型成格套。多詩詞韻文，“看官聽説”之類説書人聲口也較爲多見。小説對晚明北京下層社會窯子的狀況描寫細緻入微，實乃開清初狹邪小説一派之先河。

神魔小説仍然是此一階段重要的題材類型。《韓湘子全傳》係據前代小説唱本與戲曲劇本改編而成，其藍本當是説唱體小説話本《十二度韓門子》。此外，據戴不凡考證，“全書至少係綜合雜劇三本以上和南戲一本而成”。[①] 第一回前有標明“入話”詞一首，表明了本書與話本小説之間的關係。小説分回標目，標明回數，回目爲七言對句，對仗較爲工整，開頭、結尾有固定套語，已屬較爲成熟的章回體格式。然書中極多詩詞韻文，不僅叙述者以唱詞代言，連人物對話也多用唱詞，表明小説與早期説唱文學之間還保留著血脈關聯。明代章回小説中但凡先以説唱形式存在，後經文人改編（或據此創作）者其詩詞韻文的使用頻率均比一般小説要高，這是此類小説的一大特色，《金瓶梅詞話》亦然。《掃魅敦倫東度記》叙達摩祖師率衆徒弟在東土傳經布道事，萬曆間朱開泰本《達摩出身傳燈傳》題材與之相同。然《東度記》内容豐贍，筆意恣肆，其文辭與意想俱遠勝於《傳燈傳》。小説分回標

① 戴不凡著：《小説見聞録》，杭州：浙江人民出版社 1980 年版，第 261 頁。

目，標明回數，回目爲七言聯句。每回開頭以“話説”引出所叙故事，從第二卷（第六回）起，結尾多有“下回自曉”語句。又每卷卷首有《引記》，多爲詩詞，内容不外乎宣揚佛法，勸諭世人行善。第一回正文前部還有叙述者的大段議論，談天説地，類似《西遊記》之引首；勸善懲惡，仿佛《金瓶梅》之開頭。書中多詩詞，描述景物、場面多用“但見”引出詩詞或韻文，雖然隨處可見“却説”“話説”字樣，但除每卷卷首外，叙述者的干預倒並不多見。《續西遊》續演玄奘師徒取經事，仿《西遊記》而少奇想，故《西遊補》所附《雜記》評曰：“《續西遊》摹擬逼真，失於拘滯，添出比丘靈虚，尤爲蛇足。”[①]劉廷璣則譏笑其爲狗尾續貂。[②]小説分回標目，標明回數，回目爲七言聯句，對仗較爲工整。各回開頭大多有“話表”引出所叙故事，結尾有“且聽下回分解”語句，已定型成格套。《西遊補》乃作者的遊戲與玩世之作，借“西遊”之酒杯，澆自己胸中之塊壘。書中小月王與唐僧等人的對話與行事，可視爲對《西遊記》本身乃至對傳統禮教的顛覆；第四回《一竇開時迷萬鏡　物形現處我形亡》描繪放榜時儒生百態，直抵半部《儒林外史》。全書的結構方式很有特點，幻中入幻的形式明顯深受唐傳奇影響。小説分回標目，標明回數，回目爲七言對句，較爲工整。開頭結尾極少説書套語，中間亦少見詩詞韻文形式，屬於已逐步擺脱話本小説之影響的章回體小説。

經過前面兩個階段的繁榮，歷史演義的創作面臨著題材枯竭的困窘，除南北兩朝外，有史可征的朝代幾乎都已經被“演義”過，這種狀況迫使小説家們不得不去開闢新的題材領域。他們很快發現歷史的長河中尚有兩極可以開采，最遠的那段從鴻蒙開闢至商周换代，最近的那段即逝去不久的本朝故

---

① （明）董説著：《西遊補》，上海：上海古籍出版社 1983 年版，《續西遊補雜記》第 3 頁。

② （清）劉廷璣《在園雜志》卷三云：“如《西遊記》乃有《後西遊記》《續西遊記》。《後西遊》雖不能媲美於前，然嬉笑怒駡皆成文章，若《續西遊》則誠狗尾矣。”北京：中華書局 2005 年版，第 125 頁。

事。只是遠古時期的那段歷史基本上没有可靠的文獻資料可以依傍，可供參采者頂多是一些零星片斷的神話故事，於是習慣於“按鑑演義”的小説家們便將這段歷史“敷演”成了一個個創世神話，從題材内容與文體特徵來看，這類小説與其稱之爲歷史演義，不如就叫做神魔小説來得貼切，如《開闢衍繹通俗志傳》《盤古至唐虞傳》《有夏志傳》《有商志傳》等。與此不同，剛剛逝去的本朝故事不但有可靠的新聞載體邸報可資借鑒，而且由於年代相隔不遠，小説家們對流傳於市井間的里巷傳聞尚感親切，某些親身經歷過的往事甚至記憶猶新；於是以明末歷史爲題材的章回小説風起云涌，竟成了泰昌至崇禎間小説創作的一大特色，人們稱之爲“時事小説”。但此類小説大多成書倉促，作者缺少發揮，以至多數形同史鈔，有些甚至成了後人修史的文獻資料。[①] 泰昌至崇禎間的時事小説按照内容大致可以分爲三類：一是描寫農民起義，《七曜平妖全傳》叙天啓二年山東白蓮教徒徐鴻儒起義事，《剿闖通俗小説》叙明末李自成起義事。二是描寫魏忠賢專權禍國，有《警世陰陽夢》《魏忠賢小説斥奸書》《皇明中興聖烈傳》《檮杌閑評》。三是描寫遼東戰事，有《遼海丹忠録》《近報叢譚平虜傳》《鎮海春秋》。

明末時事小説以逝去不久的本朝史事爲題材，其成書年代與事件的發生相隔時間最遠不過十數年，如《檮杌閑評》刊於魏忠賢自縊後十六年；最近則只有數月，如《警世陰陽夢》刊於魏忠賢自縊後僅七個月。其他如《遼海丹忠録》《近報叢譚平虜傳》《剿闖通俗小説》等小説的刊行與事件的結束也不過相隔一年的時間。時事小説對歷史題材處理的時效性，是一般歷史演義所不具備的，這與時事小説的成書方式有很大關係。明末時事小説大多以邸報爲根據，再參采朝野傳聞撰成。《魏忠賢小説斥奸書凡例》云：“是書自春徂秋，歷三時而始成。閱過邸報，自萬曆四十八年至崇禎元年，不下丈許。

---

① （清）計六奇編《明季北略》叙毛文龍事多采自《鎮海春秋》，叙李自成事多采自《剿闖通俗小説》。

且朝野之史，如正續《清朝聖政》兩集、《太平洪業》《三朝要典》《欽頒爰書》《玉鏡新談》，凡數十種，一本之見聞，非敢妄意點綴，以墜于綺語之戒”，“是書動關政務，半係章疏”，[①]可見作者創作態度之嚴謹。《皇明中興聖烈傳》卷首“小言”云“逆璫惡迹，罄竹難盡，特從邸報中與一二舊聞，演成小傳，以通世俗”。[②]《近報叢譚平虜傳》“因紀邸報中事之關係者，與海内共欣逢見上之仁明智勇。間就燕客叢譚，詳爲紀録”。[③]《遼海丹忠録序》標榜“其詞之寧雅而不俚，事之寧核而不誕”，[④]所選題材大多來自邸報與奏章。《剿闖通俗小説》中也提及引録了《國變録》《泣鼎傳》等當時的野史筆記。從邸報中攫取素材使得時事小説的内容大多真實可靠，但小説對歷史事件的快速反映和作者的倉促成文又嚴重影響到小説反映歷史的深度和小説藝術水準的高度。由於事件發生不久甚至有的還没有完全結束即被作者采入小説，作者對重大的歷史問題難以做出深刻的反思，有的甚至來不及消化咀嚼就被組織進了小説中去，這使得大部分時事小説都停留在僅僅羅列事件的編年史水準，作者没有時間（當然也有可能缺乏能力）將歷史事件進行剪裁、加工，渲染成爲小説作品。《七曜平妖傳序》云“秉史氏之筆而錯以時務，參以運籌”，[⑤]《魏忠賢小説斥奸書》《遼海丹忠録》《剿闖通俗小説》等均在各回（卷）前明確標示故事發生的時間，《近報叢譚平虜傳》在每個故事下注明題材來源於“邸報”或是“叢譚”，都表明作者在主觀上存在將時事小説寫成新聞，是邸報的通俗化表述的意願。小説語言文白相間，文言來自邸報，白話出於傳聞，二者未能融爲一體。除《檮杌閑評》《鎮海春秋》藝術水準

---

① （明）吴越草莽臣著：《魏忠賢小説斥奸書》，《古本小説集成》，上海：上海古籍出版社1994年版，第1—2頁。

② （明）西湖義士述：《皇明中興聖烈傳》，同上，第3—4頁。

③ （明）吟嘯主人撰：《近報叢譚平虜傳》，同上，前言第2頁。

④ （明）孤憤生撰：《遼海丹忠録》，同上，序第5頁。

⑤ （明）文光斗：《平妖全傳序》，（明）清隱道士編次：《皇明通俗演義七曜平妖全傳》，同上，第9—10頁。

較高外，其他大多乏善可陳，《剿闖通俗小説》更是不忍卒讀。從小説的文體形態來看，大多模仿話本小説體制，《七曜平妖全傳》《皇明中興聖烈傳》前有標明“入話”或類似入話的文字，《鎮海春秋》常以“看官”與“説話的”問答的方式對某些事件做出解答，《魏忠賢小説斥奸書》與《遼海丹忠録》各回均有引首詩詞。最可注意的是《警世陰陽夢》的文體格式，全書共十卷，自卷一至卷八爲“陽夢”，凡三十回；自卷九至卷十爲“陰夢”，凡十回。卷數相銜接，回數則自爲起訖，似一書而非一書。小説分回標目，標明回數，回目爲四言單句。正文卷首有長篇《引首》，談論人生如夢，歷數自軒轅皇帝以來夢之傳聞，引出本書故事情節，極類話本之入話。第一回先從魏忠賢倒臺説起，然後倒叙魏忠賢之生平、發迹變泰事，此種先叙結局，而後追叙緣由及過程的倒叙手法在明代章回小説中非常獨特。每回開頭有“話説”（“却説”）字樣，引出所叙故事情節，結尾有“畢竟（未知）後來如何，且聽下回分解”，俱已定型成格式。文中描述人物、景物、場面多用韻文或詩詞，説書人口吻亦頗爲常見。

以上粗略地勾勒了章回小説文體在有明一代近二百八十年時間裏的流變歷程，接下來作簡單的小結。從小説的成書方式來看，明代章回小説還難以擺脱世代累積型成書方式的影響，作者個人的獨創能力非常薄弱。七十餘部章回小説，絶大多數依靠前人的藍本或底本撰成，題材内容與情節模式的抄襲現象屢見不鮮，真正稱得上獨立創作、無所依傍的僅有萬曆中後期的《繡榻野史》與天啓、崇禎年間的《禪真逸史》《禪真後史》等爲數不多的幾部小説。儘管早期的章回小説創作大多是由書會才人或書坊主完成，如果因此而將造成明代章回小説缺少獨立之作的原因歸結於作者文化水準的低下却不盡符合實際，在明代中晚期已經有許多文人參與章回小説創作中來，他們中間很多人都是文學創作的高手。我們認爲這種現象主要是章回小説文體自身的發展規律造成的。在章回小説創作的前期階段，歷史演義占據絶大多數，其他類型的小說也大多依據一定的歷史背景產生，小說家們能輕而易舉地找到事件的藍本，宋元時期發達的說話藝術甚至爲他們留下了初具規模的話本供其敷演擴張。明代中期佛道盛行，豐富的宗教故事和浩瀚的宗教典籍爲小說創作提供了很好的素材，有些甚至稍加點染即可成爲小說，因此在章回小說創作的第二個階段，神魔小說盛行。神魔小說雖以虛幻爲特色，但它們的成書並非作者向壁虛造，同樣離不開一定的藍本。在章回小說創作的第三個階段，閹黨與東林黨之間的鬥争、後金政權與明朝政府之間的戰争以及農民起義成了當時社會的主要矛盾，發生在不久以前的歷史事件便成了小說家們的題材來源，記録事件發生的邸報更是爲小說家們提供了直接襲取的底本，於是時事小說成了此一階段的創作重點。從小說的文體形態來看，章回小說繼承了話本小說的大部分文體特徵。如果說，早期的章回小說因爲脱胎於講史平話而保留了其母體的部分特徵是無心之舉，那麽中晚期的章回小說創作仍然如此就只能理解爲小說家們有意而爲之。明代章回小說的文體格式在絶大部分時間裏都很不規範，儘管基本的程式大多數小說都會遵循，但小說家們還没有固定一種約定俗成的文體格套，直到明末清初代表明代章回小說最高水準，同時也是四大題材類型的章回小說中最爲經典的"四大奇書"評點本的出現，章回小說的文體格式才算定型。大體上說，明代章回小說的回目設置經歷了一個由單句到聯句、由字數不定到定型爲七言或八言、由散漫到凝練、由散句到對仗的過程。開頭與結尾模式的形成同樣經歷一個由不規整、帶有隨意性到最後趨於定型成格套的過程。明代章回小說使用詩詞韻文的情況在整體上呈現出逐步減少的趨勢，隨著小說作者文人化、專業化程度的加强，詩詞韻文在風格上逐步由俗趨雅、在功能上更能緊扣主題。明代章回小說的叙說方式主要體現在說書人聲口和史官聲口。一般來說，歷史演義以史官聲口爲主，叙述者似乎處於將小說當歷史來寫的幻想狀態；在其他類型小說則以說書人聲口爲主，叙述者有意摹擬說書情境來叙說故事。當然也有例外，在某些文人創作中，除了還保留著話本小説分回標目的特徵，其他特徵已經逐漸淡化。

第四節　“四大奇書”與章回小説文體

在小説史上，“四大奇書”指的是明代四部章回小説：《三國演義》《水滸傳》《西遊記》與《金瓶梅》。[①]康熙十八年（1679），李漁《〈三國演義〉序》較早提出“四大奇書”之説：“昔弇州先生有宇宙四大奇書之目，曰《史記》也，《南華》也，《水滸》與《西厢》也。馮猶龍亦有四大奇書之目，曰《三國》也，《水滸》也，《西遊》與《金瓶梅》也。兩人之論各異。愚謂書之奇當從其類，《水滸》在小説家，與經史不類，《西厢》係詞曲，與小説又不類。今將從其類以配其奇，則馮説爲近是。”[②]李漁認爲王世貞與馮夢龍各有“四大奇書”之説，而馮夢龍的説法更符合文體分類邏輯。

“四大奇書”的出現在中國古代小説發展史上具有標誌性意義，作爲一個經典群體，它反映了章回小説文體從發生走向定型的全部過程。這主要表現在以下幾個方面：首先，“四大奇書”在文本上經歷了從詞話本到文人改定本的漸變，在創作上經歷了從“世代累積”到“文人獨創”的轉型，這個過程可視爲章回小説文體産生過程的縮影。其次，“四大奇書”分屬不同題材，以不同的敘説方式開創了章回小説四大類型的叙事模式，體現在題材内容的類型化與文體形態的定型化兩個方面。再次，“四大奇書”確立了章回小説的評價體系，成爲檢驗後世章回小説藝術水準的標杆，並造成續書與仿作層出不窮。最後，“四大奇書”提升了古代小説的文體地位，改變了人們

① “四大奇書”這個概念較早見於雁蕩山樵《水滸後傳序》，指《南華》《西厢》《楞嚴》《離騷》四書。

② （清）李漁：《三國演義序》，李漁著：《李漁全集》第十八卷《評鑒傳奇二種　韻書三種　雜著》，杭州：浙江古籍出版社1991年版，第538頁。

的小説觀念，在從“君子弗爲”的“小道”上升到“文學之最上乘”的“説部”過程中，“四大奇書”起了關鍵作用。從四大奇書的産生到“四大奇書”的提出，其間經歷了數百年。這段歷史，既是這四部小説在明清兩朝的接受史，也是章回小説文體從發生、發展到成熟、定型的發展史。所謂“芥子納須彌”，通過考察這四部小説的成書經過、藝術成就以及對後世小説的影響，我們能夠清晰地看到章回小説文體的演變歷程。在文本形態上，“四大奇書”都經歷了從早期的詞話本到後來坊間通行的文人改定本的蜕變過程。孫楷第曾經斷言：“詞話爲通俗小説之先河。凡吾國舊本通俗小説，皆自詞話出。凡後世文人所撰通俗小説供案頭賞覽者，其唱詞雖有存有不存，要之皆是擬詞話之體。”[①] 這段話包含了兩層意思：一是揭示了章回小説與説唱詞話之間的關係，早期的章回小説從人物形象到故事情節都有説唱詞話作爲藍本；二是指出了章回小説文體在本質上是擬詞話體，是文人模仿説唱詞話的體制形式所創作，突出表現在小説中虛擬説唱情境的設置。下面我們將從“四大奇書”的詞話本階段開始追溯章回小説文體的産生與發展。

在《水滸傳》之前當有《水滸傳詞話》。錢希言《戲瑕》云：

> 詞話每本頭上有“請客”一段，權做個“德勝利市頭回”，此政是宋朝人借彼形此、無中生有妙處。遊情泛韻，膾炙千古，非深於詞家者不足與道也。微獨雜説爲然，即《水滸傳》一部，逐回有之，全學《史記》體。文待詔諸公暇日喜聽人説宋江，先講攤頭半日，功父猶及與聞。今坊間刻本，是郭武定删後書矣。郭故跗注大僚，其於詞家風馬，故奇文悉被剗薙，真施氏之罪人也。而世眼迷離，漫云搜求武定善本，殊可絶倒。[②]

① 孫楷第：《水滸傳舊本考》，孫楷第著：《滄州集》，北京：中華書局1965年版，第124頁。
② （明）錢希言撰：《戲瑕》，王雲五主編：《叢書集成初編》，上海：商務印書館1936年版，第8頁。

在這段話中，錢希言提及文徵明等人曾聽人説唱《水滸傳》詞話，詞話本《水滸傳》各卷卷首有“德勝利市頭回”，亦即説唱者所講之“攤頭”，後來被郭勳删除。萬曆十七年（1589）天都外臣《水滸傳叙》云：“故老傳聞：洪武初，越人羅氏，詼詭多智，爲此書，共一百回，各以妖異之語引於其首，以爲之艷。嘉靖時，郭武定重刻其書，削去致語，獨存本傳。余猶及見《燈花婆婆》數種，極其蒜酪。”[①]“致語”又名“致辭”，是古代宫廷藝人在樂舞百戲開始時，以對偶文字和詩章説唱形式寫成的祝頌之詞，宋元説話藝人把“致語”這種形式運用到説話藝術中，又稱爲“引子”或“引首”。“艷”是“艷段”的簡稱，本爲宋元雜劇用語，是搬演正劇前的一場，以“艷”名之，或許是形容這一小段詞采動人、趣味盎然，在小説中指各回前的引首詩詞。“極其蒜酪”説明羅氏原本中所用詩詞非常之多，即空觀主人《拍案驚奇凡例》云：“小説中詩詞等類，謂之蒜酪。”[②]又學山海居主人《重刊宋本宣和遺事跋》云：“余於戊辰冬得《宣和遺事》二册，識是述古舊藏。詢諸書友，果自常熟得來。但檢《述古堂書目》‘宋人詞話’門，有《宣和遺事》四卷，兹却二卷，微有不同……”[③]《述古堂書目》所載四卷本《宣和遺事》詞話今不可見，士禮居刊本《宣和遺事》或許即據述古堂本删改而成，也有可能是説唱詞話者演説水滸故事的一個提綱。[④]除了前人筆記或序跋中有《水滸傳詞話》存在的記載外，孫楷第還從百回本《水滸傳》第四十八回找到未被刊落的一段偈讚唱詞“獨龍山前獨龍崗，獨龍崗上祝家莊。……”，證明了《水滸傳》詞話本的存在，並根據百回本中的説話者口吻，進一步確

① （明）天都外臣：《水滸傳叙》，（元）施耐庵著：《水滸全傳》附録，北京：人民文學出版社1954年版，第1825頁。

② （明）凌濛初著：《初刻拍案驚奇》，《古本小説集成》，上海：上海古籍出版社1994年版，第2頁。

③ 《宣和遺事後集》，《四部備要》第45册，北京：中華書局1989年版，第44頁。

④ 黄霖根據萬曆年間刻本吴從先《小窗自紀》卷三《讀水滸傳》一文推斷，元初還存在另一種話本《水滸傳》，與《宣和遺事》分别屬於不同系統。詳見黄霖：《一種值得注目的〈水滸〉古本》，《復旦學報》（社科版）1980年第4期。

定其祖本爲元末書會所編之《水滸傳詞話》，其作者或許是施耐庵，或許是羅貫中，也可能是書會的集體編撰而署名爲施、羅。[①]

《水滸傳詞話》的説唱色彩非常明顯，但它不再是説話人的底本或提綱，而是具有一定文化素養的文人有意撰寫的書面讀物。至郭勳本出，各回前的“入話”“致語”都被删除，文人化、案頭化傾向進一步加强。然而它仍然保留有大量的説唱詞話痕迹，小説中充斥著過於明顯的説書人口吻（“説話的”“看官”）與大量的詩詞韻文。使《水滸傳》文體形態脱胎换骨的是金聖歎七十回評改本。金聖歎以袁無涯刻本爲藍本，其改動主要有兩個地方。首先是文本結構的調整。袁本“引首”已經叙及百官商議奏聞天子祈禳瘟疫一事，接下來第一回還是寫皇帝早朝，衆臣奏請祈禳瘟疫，金聖歎將原本的“引首”與第一回並作一回，使得袁本割裂的“祈禳瘟疫”一事更爲緊凑。袁本第二回開頭先寫洪太尉回京覆命，再寫高俅出身。洪太尉是第一回的主角，本應於第一回結束；而高俅是第二回乃至以後數回的重點，不應被洪太尉沖淡。金聖歎將洪太尉與祈禳瘟疫併入楔子，一則使“洪太尉誤走妖魔”成爲一個整體，二則保證了下一回能集中筆墨叙述高俅事迹。金聖歎選擇“驚惡夢”結束全書，於水滸故事處於高潮時戛然而止，餘音嫋嫋，令人遐想，又避免了袁本因招安後接連征戰所留下的許多破綻。或以爲金聖歎此舉乃受其政治思想桎梏，不想給犯上作亂的好漢們招安的機會使然，但改訂後的《水滸傳》結構更趨完整也是事實。其次是説唱色彩的弱化。袁本有詩詞韻文共 851 處，金聖歎將其删汰近盡，僅留下了必不可少的 26 處。除了已經内化爲小説有機組成部分的開頭與結尾的套語外，金聖歎評本實現了《水滸傳》文體演變的終結。

在《三國演義》之前當有《三國志詞話》。孫楷第曾據嘉靖本《三國志

① 詳見孫楷第：《水滸傳舊本考》，孫楷第著：《滄州集》，北京：中華書局 1965 年版，第 121—143 頁。

傳》的文體特徵推測“原本或者是《三國詞話》”，[①]其後發現的一些史料，或許可以補證孫楷第的推斷。嘉靖癸丑（1553）建陽書坊詹氏進賢堂重刊本《風月錦囊》卷二《精選續編賽全家錦三國志大全》開場詞《沁園春》云：

關羽英雄，張飛勇猛，劉備寬仁。桃園結義，誓同生死，天長地久，意合情真。共破黄巾三十六萬，功盖諸邦名譽馨。十常侍貪財賄賂，元嬌受非刑。　　弟兄嘯聚山林，國舅將情表聖君，轉受平原縣尹。曹公舉薦，虎牢關上，戰敗如臣，吕布出關，李確報怨，黄允正宏俱受兵。《三國志》，輯成詞話一番新。[②]

此處所言“李確”應指“李傕”，“黄允”應指“王允”，作者應當是文化水準不高的下層文人，符合説唱文學的編撰情況。根據文字内容、句式以及結尾“三國志，輯成詞話一番新”來看，《精選續編賽全家錦三國志大全》不僅是戲曲劇本，其原本很可能是有關三國故事的長篇説唱樂曲係詞話。[③]再從比較接近《三國演義》原本的明刊諸本《三國志傳》來看，不少題材直接源於説唱文學而非史傳文學，尤以花關索故事最爲顯著。以明成化十四年（1478）重刊本説唱詞話《花關索傳》與《新刻湯學士校正古本按鑑演義全像通俗三國志傳》卷九、卷十二的相關文字比勘，可發現二者故事輪廓大體一致，後者明顯是從前者蜕化而來，而花關索故事完全不見於史傳著録。錢希言《獪園》云：“傳奇小説中常有花關索，不知何人？東瀛耿駕部橘，少時常聽市上彈唱詞話者，兩句有云：‘棗核樣小花關索，車輪般大九條筋。’

① 詳見孫楷第：《三國志平話與三國志通俗演義》，孫楷第著：《滄州集》，北京：中華書局 1965 年版，第 118—119 頁。

② （明）徐文昭編輯：《風月錦囊》，王秋桂輯：《善本戲曲叢刊》第 4 輯，臺北：學生書局 1987 年版，第 413 頁。

③ 詳見〔日〕上田望：《明代通俗文藝中的三國故事——以〈風月錦囊〉所選〈精選續編賽全家錦三國志大全〉爲綫索》，周兆新主編：《三國演義叢考》，北京：北京大學出版社 1995 年版，第 348 頁。

後以語余，共相擊節。”[①]《風月錦囊》問世至遲應在明永樂年間，正統六年（1441）楊士奇等人編著的《文淵閣書目》（著録永樂十九年［1421］由南京運至北京的皇家藏書）曾述及此書；而《花關索傳》雖重刊于成化十四年，但其刊刻板式與語言文字都極似元人風貌，原刻時間當非明代無疑。趙景深就“頗懷疑這部《花關索傳》是從元刊本翻印的，初刻的年代還可以推前一百多年”。[②]從時間上看，《風月錦囊》與《花關索傳》都遠遠地早於《三國演義》現存最早的嘉靖元年（1522）刊本，因此在《三國演義》問世之前極有可能存在《三國志詞話》。

儘管《三國演義》以“史臣論曰”之類史官口吻代替了“看官聽説”之類説書人口吻，並且增加了大量的史家評論，如范曄的《論》《贊》與陳壽的《評》以及尹直的《明相贊》等，小説的案頭色彩大大加强，但它仍然保留了較爲明顯的説唱特徵。除開頭結尾的套語外，最爲明顯者即小説中存在大量的詩詞韻文，且絶大多數與故事情節毫不相干。毛倫、毛宗崗父子的評改本《第一才子書三國志演義》，徹底完成了《三國演義》的文體演變。毛本以李卓吾評本爲藍本，其文體形態的演進主要體現在兩個方面：一是修正小説語言，强化其文人色彩。李本原有詩詞 352 首，毛本删去幾近一半，還剩 188 首；李本有不少俚俗不堪的語句，毛本或改寫，或删除。通過精簡語句，去除冗詞，毛本語言簡練傳神，文人化與書面化傾向更爲明顯。二是修改小説回目。毛本將李本中分開的兩則融合爲一回，改變了《三國演義》單句標目的狀況，並重新編寫了小説回目，對仗工整，不僅涵義豐富，概括準確，而且極具對偶句式的形式美，堪稱後世章回小説回目設置的典範。自毛本出而一切舊本乃不復行，成爲坊間最爲通行的《三國演義》版本。

在《西遊記》之前當有《西遊記詞話》。胡士瑩曾據明李詡《戒庵漫筆》

---

① （明）錢希言撰：《獪園》卷十二“淫祀・花關索”，清乾隆年間知不足齋刊本。
② 趙景深：《談明成化刊本“説唱詞話”》，《文物》1972 年第 11 期。

所記“道家所唱有道情，僧家所唱有抛頌詞説，如《西遊記》《藍關記》，實匹體耳”，推測《西遊記》或許是“經歷過詞話階段而發展成爲長篇小説的”。[①] 又《金瓶梅詞話》第十五回云：“又有那站高坡打談的，詞曲楊恭；到看這扇響鈸遊脚僧，演説三藏”；第七十一回小厮演唱的諸宫調［正宫・端正好］中有一支曲子［呆骨朵］亦云：“這的調鼎鼐三公府，那裏也剃頭髮唐三藏。我向這坐席間聽講書，你休來我耳邊厢叫點湯！”[②] 據葉德均考證，“打談”即明代詩贊係講唱詞話的别稱，[③] 遊脚僧演説《三藏》，當是以唐三藏西天取經故事爲題的説唱詞話。至於諸宫調中所云聽講書“唐三藏”，也很有可能指的是詞話本《西遊記》。現存《西遊記》還保留有大量説唱詞話的痕迹，最引人注目者是人物身世背景多以自報家門的方式介紹，如唐僧師徒四人的出身經歷均由本人以長篇詩贊詞話道出。又如世德堂本第十回《二將軍宫門鎮鬼，唐太宗地府還魂》中唐王與魏徵的一段對話：

唐王聞言，大驚道：“賢卿盹睡之時，又不曾見動身動手，又無刀劍，如何却斬此龍？”

魏徵奏道：“主公，臣的身在君前，夢離陛下。身在君前對殘局，合眼朦朧；夢離陛下乘瑞雲，出神抖擻。那條龍，在剮龍臺上，被天兵將綁縛其中。是臣道：‘你犯天條，合當死罪；我奉天命，斬汝殘生。’龍聞哀苦，臣抖精神。龍聞哀苦，伏爪收鱗甘受死；臣抖精神，撩衣進步舉霜鋒。扢扠一聲刀過處，龍頭因此落虚空。”

太宗聞言，心中悲喜不一……[④]

① 胡士瑩著：《話本小説概論》，北京：中華書局 1980 年版，第 192—193 頁。
② （明）蘭陵笑笑生著：《金瓶梅詞話》，北京：人民文學出版社 1985 年版，第 173、685 頁。
③ 葉德均著：《宋元明講唱文學》，上海：古典文學出版社 1957 年版，第 55 頁。
④ （明）吴承恩著：《西遊記》，上海：上海古籍出版社 2009 年版，第 72 頁。

魏徵的回答是一段正經八百合轍押韻的唱詞，如果不是出自説唱詞話，我們實在無法想像君臣之間的日常對話會如此進行。康熙年間，汪象旭據世德堂本《西遊記》評改成《西遊證道書》，在内容上加入第九回《陳光蕊赴任逢災，江流僧復仇報本》，將原本第九至十二回共四回故事重新結構，組合爲第十至十二回，豐富了唐僧的人生經歷，並彌補了原本情節上的不少漏洞。除了小説結構的完善，《西遊證道書》還大量删節了世德堂本中的詩詞韻文，世德堂本共有詩詞韻文 723 處，《西遊證道書》只留下 164 處，説唱色彩大爲削弱。《西遊證道書》完成了《西遊記》的文體演變，不但清刊諸本都以之爲藍本，直到現在，它仍是最爲通行的《西遊記》版本。

《金瓶梅詞話》不但以“詞話”命名，小説本身也有著非常顯著的説唱文學色彩，是典型的擬詞話體著作。小説中詩詞曲賦不但數量衆多，而且是人物日常交往代言的工具。馮沅君指出，《金瓶梅詞話》以韻文代替普通語言是説唱文學的體例特徵，[①] 小説中有許多處人物對話采取的便是曲調形式。如第七十九回西門慶臨終前向吴月娘交代後事：

> 那月娘不覺桃花臉上滚下珍珠來放聲大哭，悲慟不止。西門慶道：“你休哭，聽我囑咐你，有《駐馬聽》爲證：賢妻休悲，我有衷情告你知：妻，你腹中是男是女，養下來看大成人，守我的家私。三賢九烈要貞心，一妻四妾攜帶著住。彼此光輝光輝，我死在九泉之下口眼皆閉。”
>
> 月娘聽了，亦回答道：“多謝兒夫，遺後良言教道奴。夫，我本女流之輩，四德三從，與你那樣夫妻。平生作事不模糊，守貞肯把夫名污。生死同途同途，一鞍一馬不須分付。”[②]

---

① 馮沅君：《〈金瓶梅詞話〉中的文學史料》，馮沅君著：《古劇説彙》，北京：作家出版社 1956 年版，第 183—185 頁。

② （明）蘭陵笑笑生著：《金瓶梅詞話》，北京：人民文學出版社 1985 年版，第 1213 頁。

很顯然，這種對話方式只能出現在戲曲或説唱文學中，只有在那種規定情境中，這樣的人物對話才是合理的。崇禎年間，托名李漁的評改者將《金瓶梅詞話》評改成《新刻繡像批評金瓶梅》，小説的文體特徵發生了顯著變化，學界亦因此稱前者爲“説唱本”，後者爲“説散本”。首先是小説回目的修訂。説散本改變了説唱本多數回目文不達意且對仗不工的現象，將回目全部换成對偶句，不僅更切合主題，而且使小説回目超越了概括故事情節的基本功能，具有更高層次的美學意藴。其次是引首詩詞的修訂。説唱本的引首詩詞多爲民間流行的現成之作，不少詩作言詞俚俗，且與故事毫不相干；説散本的改作則以自出機杼者居多，文辭與意想俱佳。第三是語體風格的修訂。這是説散本改動最大，也是對小説文體影響最大的地方。説散本刊落了説唱本中大量的詩詞曲賦等韻文，並將不少韻文改寫成散文，使《金瓶梅》完成了從説唱體向散文體的轉變。説唱本有詩 170 首，説散本刊落 70 首，改寫 6 首，加入 3 首，還剩 109 首；説唱本有詞曲贊賦等 226 處，説散本刊落 115 處，删節 15 處，還剩 126 處；説唱本有各式韻語 81 段，説散本刊落 74 段，還剩 7 段。此外，説唱本有“看官聽説”這樣的叙述者介入 45 處，説散本刊落了 16 處，還剩 29 處。説唱本中人物對話以曲詞代言的現象，在説散本中基本消失。經過修訂，《金瓶梅》的説唱色彩大大減弱，文人化程度進一步加强，基本擺脱了對傳統説唱伎藝的依靠。

在文本形態上，“四大奇書”經歷了從詞話本到文人改定本的蜕變。從話本到章回小説，詞話體是一種非常重要的過渡形式。它介於口語書録與案頭文學之間，以韻文爲叙述語言，説唱色彩十分濃厚；但它叙事詳盡，情節連貫，結構完整，更重要的是它分回標目，開頭結尾已有定型化的套語，完全具備了章回小説的文體特徵。在現存詞話體小説中，《金瓶梅詞話》與《大唐秦王詞話》分别代表詞話體小説的兩大系統：前者是樂曲係詞話的絶響，後者是詩贊係詞話的典型。在創作方式上，“四大奇書”體現了從“世代累積”

向“文人獨創”的轉型。就現存史料來看,《水滸傳》《三國演義》與《西遊記》在成書之前均有相關的話本小説流傳，如講述水滸故事的《宣和遺事》,講述三國故事的《三國志平話》，講述取經故事的《取經詩話》與《西遊記平話》。而《金瓶梅詞話》則缺少這樣一個前期的累積，第一次獨立創作章回小説，作者似乎缺少足夠的信心,“仰仗過去文學經驗的程度遠勝於他自己的個人觀察”,[①]不得不模仿詞話體形式。作者選擇散説作爲基本的叙述方式，這一點與説唱詞話以韻文爲主體有很大不同。但作者還不能完全擺脱説唱詞話的影響，在移植、引入衆多的説唱題材到小説中時，作者不是爲了創作一種新的小説體式而去改變那些被移植、引入題材的表現形式，相反，爲了保留它們的原有形式而不得不對小説的體制創新作了很大的犧牲。這導致《金瓶梅詞話》的文體形態頗爲獨特：它是詞話體，但選擇了念白的散説作爲基本的叙述方式；它大量保留了説唱文學的特徵，但又采取了章回體形式。這種獨特性是早期章回小説文體發展的必然結果，是“世代累積型創作”向“文人獨創型創作”轉變所留下的印記，儘管這種轉變還不夠徹底，有點拖泥帶水，但畢竟向一種新的創作方式跨出了重要的一步，其意義不容小覷。

① 〔美〕韓南著:《〈金瓶梅〉探源》，徐朔方編選校閲，沈亨壽等翻譯:《金瓶梅西方論文集》，上海：上海古籍出版社 1987 年版，第 37 頁。

第二章
圖文結合與明代章回小說文體

圖文並茂是中國古籍的傳統，清人葉德輝《書林清話》云："吾謂古人以圖書並稱，凡有書必有圖。"[①]圖文結合作爲一種叙事手段始自唐代俗講變文，宋嘉祐八年（1063），建安余氏靖安勤有堂刊本《新刊古列女傳》有插圖123幅，上圖下文式，圖文各占頁高一半，每兩頁圖合爲一幅雙面連式插圖。元至治年間刊本《全相平話五種》不僅是小說連續插圖本的代表作，其上圖下文、連續插圖的形式亦成了後世小說插圖最通行的格式。明代章回小說很好地繼承了中國古籍圖文並茂的傳統，遠師唐代俗講變文，近法宋元講史話本，其插圖不僅種類繁多，品質精湛，而且將圖像與文字之間的相互發明發揮得淋漓盡致。圖文結合是明代章回小說普遍采取的叙事方式，《古本小說版畫圖録》[②]共著録明代章回小說插圖本90餘種，庶幾囊括明代章回小說。

第一節　明代章回小說的插圖現象

明代章回小說使用插圖是一個普遍現象，從地域來說，無論"金陵"（南京）、"金閶"（蘇州）、"武林"（杭州），還是"建邑"（建陽），全國各主要刻書地刊刻的章回小說都以插圖本居多。從題材來看，不管歷史演義、英

① （清）葉德輝撰：《書林清話》，北京：中華書局1957年版，第218頁。
② 周心慧：《古本小說版畫圖録》（修訂增補本），北京：學苑出版社2000年版。

雄傳奇、神魔小説，還是世情小説，均有插圖本存在。從版式而言，主要有單面方式、雙面連式以及上圖下文式等，此外還有少量的月光式、鑲嵌式、上評中圖下文式。①

爲了招徠買主，明人多在小説的書名與題署中標示小説的插圖，主要使用“全像”（“全相”）、“出像”（“出相”）、“繡像”等概念。所謂“全像”，即以全幅圖畫表現每回的故事内容，作者在用文字講述故事的同時，以圖説的方式集中叙述主要的故事情節，圖畫中一般還配有簡單的文字，能概括圖畫的内容。在各種插圖中，“全像”的内容最豐富，其表現力也最强，各幅圖畫相連即相當於後世的連環圖畫。“全像”小説有的采用上圖下文的方式，頁面的上部三分之一是圖畫，下部三分之二是文字，圖畫與文字各所表現的内容大致能夠對應。此類“全像”小説以建陽本居多，如萬曆三十年（1602）書林熊仰台刊本《北方真武祖師玄天上帝出身志傳》（内封題“全像北遊記玄帝出身傳”），爲上圖下文式，每幅圖配有六至八字標題。除建陽本外，其他地方刊印的“全像”小説一般采用單面方式或雙面連式，圖畫的多少視小説回數而定，通常情況下是每回一幅插圖，以回目爲圖畫的標題。有的“全像”小説將所有插圖集中於書前或卷首，這樣也能形成圖畫形式的連貫叙事，也有的將插圖分散到各回正文中間，可以看作該回小説文字内容的圖像概括。如萬曆四十二年（1614）袁無涯刊本《出像評點忠義水滸全書》有圖 120 幅，集中於書前；萬曆三十七年（1609）酉陽野史所撰《三國志後傳》（目録頁題署“新鐫全像通俗演義續三國志”），有圖 56 幅，分散在正文中間。“出像”與“全像”相同，建陽本“出像”小説一般采用上圖下文式，如萬曆間熊龍峰中正堂刊本《新刊出像天妃濟世出身傳》即是上圖下文，其他地方刊印的小説則采用單面方式或雙面連式，如天啓間杭州爽閣主人刊本

---

①　從圖文結合的密切程度來看，月光式是單面方式的變體，鑲嵌式與上評中圖下文是上圖下文式的變體。

《禪真逸史》(卷首題“新鐫批評出像通俗奇俠禪真逸史”),有圖40幅,每回一圖。天啓三年(1624)金陵九如堂藏板《韓湘子全傳》(第一回題“新鐫批評出像韓湘子”),有圖30幅,也是每回一圖。[①]“繡像”一般只突出小説中的人物肖像,少有故事背景,更不叙述故事情節,與“全像”“出像”相比,内容要單一得多,表現力也相差甚遠。“繡像”的作用主要是以圖像的形式讓讀者直觀感受小説中的人物形象,對於文化水準較低的讀者來説其作用不容忽視,事實上對於文化水準較高、理解能力較强的讀者來説,人物“繡像”也不無裨益。人們往往在進入小説的文字世界之前便先入爲主地接受了圖畫對小説人物的描繪,然後再到文字描述中去尋找對應,栩栩如生的人物繡像甚至能蓋過文字的風頭,讓讀者對相應的文字描述漫不經心。如天啓間金閶葉昆池刊本《新刊玉茗堂批點繡像南北宋傳》分《南宋志傳》與《北宋志傳》,每《傳》前有圖16幅,均爲人物畫像。也有的“繡像”小説其圖畫部分同樣可以表現動作内容,叙事故事情節,這樣的“繡像”其實與“全像”已無分别。如崇禎四年(1631)人瑞堂刊本《隋煬帝艷史》内封題“繡像批評”,正文卷首却題“新鐫全像通俗演義隋煬帝艷史”,其《凡例》對“繡像”方法的介紹更是表明“繡像”也可以叙述故事,而不僅僅只能描摹人物:

錦欄之式,其製皆與繡像關合。如調戲宣華則用藤纏,賜同心則用連環,剪彩則用剪春羅,會花陰則用交枝,自縊則用落花,唱歌則用行雲,獻開河謀則用狐媚,盜小兒則用人參果,選殿脚女則用蛾眉,斬佞則用三尺,玩月則用蟾蜍,照艷則用疎影,引諫則用葵心,對鏡則用菱

① 魯迅在《中國小説史略·元明傳來之講史(上)》中説“日本内閣文庫藏元至治(1321—1323)間新安虞氏刊本全相(猶今所謂繡像全圖)平話五種”(上海古籍出版社1998年版,第85頁),在《且介亭雜文·連環圖畫瑣談》中又説“宋元小説,有的是每頁上圖下説,却至今還有存留,就是所謂‘出相’;明清以來,有卷頭只畫書中人物的,成爲‘繡像’”(《魯迅全集》第六卷,北京:人民文學出版社2005年版,第28頁)。他認爲“全相”與“出相”相同。只是根據明代章回小説的實際情况來看,“出相”的插圖不只“上圖下説”一種,還包括單面方式與雙面連式。

> 花，死節則用竹節，宇文謀君則用荆棘，貴兒罵賊則用傲霜枝，弑煬帝則用冰裂，無一不各得其宜。①

明人在章回小説中植入插圖主觀上是爲了促進小説的銷售，獲取利益，但這一舉動在客觀上也能降低讀者閲讀的難度，增加閲讀興趣。萬曆年間建陽吴觀明刊本《李卓吾先生批評三國志序》稱："此刻圖繪精工，批評遊戲較《水滸》《西遊》更爲出色，亦與先刻《批評三國志》本一字不同，覽者辨之。"②在明代章回小説中，精美的插圖和名人的評點一直是書坊主有力的競争武器，這符合當時讀者的閲讀習慣。萬曆十九年（1591）金陵周曰校刊本《新刊校正古本大字音釋三國志通俗演義》識語云："是書也刻已數種，悉皆訛舛。……輒購求古本，敦請名士，按鑑參考，再三讎校，俾句讀有圈點，難字有音注，地里有釋義，典故有考證，缺略有增補，節目有全像。"③在這部小説裏，"全像"與"音注""釋義""考證""增補"都是降低小説閲讀難度的手段，這也是小説插圖最基本的功能。同樣以插圖作爲小説促銷廣告的還有萬曆二十年（1592）雙峰堂余象斗刊本《音釋補遺按鑑演義全像批評三國志傳》，其識語云："坊間所梓三國何止數十家矣，全像者止劉鄭熊黄四姓。宗文堂人物醜陋，字亦差訛，久不行矣。種德堂其書板欠陋，字亦不好。仁和堂紙板雖新，内則人名詩詞去其一分。惟愛日堂者其板雖無差訛，士子觀之樂然，今板已朦，不便其覽矣。本堂以諸名公批評圈點校證無差，人物字畫各無省陋，以便海内士子覽之，下顧者可認雙峰堂爲記。"④如此强

① （明）齊東野人：《隋煬帝艷史》，《古本小説集成》，上海：上海古籍出版社1994年版，第7—9頁。

② 《李卓吾先生批評三國志序》，轉引自譚帆著：《中國小説評點研究》，上海：華東師範大學出版社2001年版，第197頁。

③ 朱一玄、劉毓忱編：《三國演義資料彙編》，天津：南開大學出版社2003年版，第218頁。

④ （明）余象斗：《按鑑批點演義全像三國評林·三國辯》，陳翔華主編：《三國志演義古版叢刊五種》，北京：中華全國圖書館文獻縮微復製中心1995年版，第3—5頁。

調"全像"的重要性，可見當時讀者對小説插圖非常喜愛，圖像精美的插圖本小説當是奇貨可居。雖然實際上余象斗刊本《三國志傳》的插圖一如建陽本的傳統，古樸、簡拙，除了能配合文字叙事，很難稱得上精美。

然而不要以爲書坊主們標榜自己小説插圖的作用完全是爲射利計，一味胡吹，有人還真觸摸到了小説中文字叙事與圖像叙事二者結合的必要性。袁無涯刊本《出像評點忠義水滸全書發凡》云：

> 此書曲盡情狀，已爲寫生，而復益之以繪事，不幾贅乎？雖然，於琴見文，於牆見堯，幾人哉？是以雲臺、凌煙之畫，《豳風》《流民》之圖，能使觀者感奮悲思，神情如對，則像固不可以已也。[①]

這種認識相當深刻，既考慮到了讀者的不同層次，又分析了讀者的審美心理，形象地闡發了小説中插圖的重要意義。明人對小説中圖像與文字相互發明的闡述最爲精當者莫過於《禪真逸史凡例》：

> 圖像似作兒態，然史中炎凉好醜，辭繪之。辭所不到，圖繪之。昔人云：詩中有畫。余亦云：畫中有詩。俾觀者展卷，而人情物理，城市山林，勝敗窮通，皇畿野店，無不一覽而盡。其間仿景必真，傳神必肖，可稱寫照妙手，奚徒鉛槧爲工。[②]

這段話肯定了在插圖本小説中"辭"（文字）居首要地位，"辭所不到，圖繪之"，精闢地指出了圖文結合的必要性及其重要意義，與後來見所見齋

① （明）袁無涯：《忠義水滸全書發凡》，朱一玄、劉毓忱編：《水滸傳資料彙編》，天津：南開大學出版社 2002 年版，第 133 頁。

② （明）清溪道人編次：《禪真逸史》，《古本小説集成》，上海：上海古籍出版社 1994 年版，第 4 頁。

“文字所不達者，以象示之而已”，[1]魯迅“（插圖）能補助文字之所不及”，[2]鄭振鐸“插圖作者的工作就在補足别的媒介物，如文字之類之表白”[3]諸論有異曲同工之妙。而“畫中有詩”的借用，更是表明圖畫作爲叙事手段，同樣具有文字的叙事功能，在插圖本章回小説中，圖像與文字相互發明，時間藝術與空間藝術融合無間，渾然一體，最終取得通俗化的叙事效果。

明代章回小説的插圖主要使用三種版式，大致經歷了由上圖下文式到單面方式再到雙面連式的發展演變。單從版畫藝術發展的角度來看，這種變化呈愈來愈大氣的趨勢，若就圖像與文字相結合的密切程度而言，則是愈來愈疏離。單面方式插圖一般位於卷首，圖畫較爲集中，如萬曆三十八年（1610）杭州容與堂刊本《李卓吾批評忠義水滸傳》全書 100 回，每回兩幅圖畫，爲回目聯句的圖解，全書共 200 幅插圖集中於卷首。雙面連式插圖則主要分布於正文中間，同樣是對回目文字的圖解，回目即圖畫的標題，如萬曆三十一年（1603）萃慶堂刊本《新鍥晉代許旌陽得道擒蛟鐵樹記》，全書 15 回，每回配有兩面插圖相連。單面方式插圖與雙面連式插圖的區别主要表現爲畫面内容的不同。因爲篇幅是單面方式的兩倍，所以雙面連式插圖能容納更多的信息。單面方式插圖由於畫幅的限制一般以人物繡像爲主，發展到雙面連式插圖，則因爲畫幅的擴大而留給了作者更多的表現餘地；除了描繪人物畫像外，雙面連式插圖還可以留出更多的空間來表現故事情節，呈現出一種動態的描述，從叙事的角度來説，雙面連式插圖的叙事功能顯然比單面方式插圖强大。不管是單面方式還是雙面連式，插圖中都會有少量的文字説明，一般以回目或簡短的語句爲標題，能概括圖畫的内容。不過單靠這兩類圖畫中的少量文字，顯然還難以充分理解小説的故事情節，只有將圖畫與正

---

① 見所見齋：《閲畫報書後》，《申報》1884 年 6 月 19 日。

② 魯迅：《“連環圖畫”辯護》，魯迅著：《南腔北調集》，《魯迅全集》第四卷，北京：人民文學出版社 2005 年版，第 458 頁。

③ 鄭振鐸：《插圖之話》，《鄭振鐸文集》，北京：綫裝書局 2009 年版，第 113 頁。

文相配合，才能使二者相得益彰，充分發揮各自的優勢。相對於單面方式與雙面連式插圖來説，上圖下文式插圖中圖像與文字的結合最爲直接，也最爲緊密，幾乎達到了渾然一體的程度。這種插圖每頁的上部三分之一爲圖畫，下部三分之二爲文字。與單面方式和雙面連式相比，上圖下文式插圖中圖畫的畫幅最小，這限制了此類圖畫在故事背景、人物形象上作更多更精彩的描繪，因此從藝術的角度而言其審美價值不如單面方式與雙面連式插圖。然而狹小的畫幅促使作者將精力更多地集中在講述故事情節上，因此上圖下文式插圖雖然缺少大幅度的背景介紹與人物形象的精雕細刻，但不乏栩栩如生的人物動作，單就每一頁插圖來説，這種簡樸古拙的插圖已經虎虎而有生氣，而當成百上千幅這樣的插圖聯貫出現在讀者眼前時，下部文字所描述的故事情節在圖畫中同樣“呼之欲出”。上圖下文式插圖以其龐大的群體數量（上圖下文式插圖因爲每頁有圖，所以一部章回小説少則有幾百，多則有上千幅插圖，如《京本增補校正全像忠義水滸志傳評林》插圖多達 1 242 幅）彌補了單幅插圖表現內容不夠豐滿的缺陷，又因其與文字的緊密結合（單面方式與雙面連式插圖都與正文相隔一定距離，其圖文結合的程度遠不如上圖下文式直接）而將圖文之間的相互發明發揮得淋漓盡致。如果將單面方式與雙面連式插圖本比作是一本畫册，那麽上圖下文式插圖本則是一部電影，每一頁圖都是一個分鏡頭。當讀者連續翻閲上圖下文式插圖時，很容易産生電影“蒙太奇”的感覺。因此上圖下文式插圖的叙事功能最爲强大，爲單面方式與雙面連式插圖所不及。加上圖畫本身就配有簡短的語句，也能概括故事情節，所以文化程度較低的讀者，通過讀圖也能大致了解小説的內容。魯迅就曾經説過：“這種畫的幅數極多的時候，即能只靠圖像，悟到文字的內容，和文字一分開，也就成了獨立的連環圖畫。”[①] 這樣的章回小説擁有最廣大的讀者群體，精明的書坊主投其所好，大量出版上圖下文式的

① 魯迅：《“連環圖畫”辯護》，魯迅著：《南腔北調集》，《魯迅全集》第四卷，北京：人民文學出版社 2005 年版，第 458 頁。

章回小説就在情理之中了。建陽刻本明代章回小説，上圖下文式插圖本數量最多、種類最全，是其他任何地域、任何插圖形式的版本所無法比肩的。書坊主對插圖版式的選擇具有一定的地域色彩，建陽本章回小説以上圖下文式爲主，金陵、金閶、武林等地的刊本以單面方式和雙面連式爲主。作出這種選擇的原因有許多，其中傳統的習慣力量與當地的文化氛圍居主導地位。鑒於上圖下文式圖像與文字結合最爲緊密，而建陽本又是這種版式使用最早、時間最長、影響最大的章回小説，我們擬以建陽本章回小説爲中心來探討圖文結合作爲一種叙事方式對明代章回小説文體的影響。

第二節　“上圖下文”與建陽本章回小説

福建建陽是中國古代的刻書重鎮，自宋迄明一直是全國最爲重要的出版基地之一，號稱“圖書之府”。清代福建人陳壽祺云：“建安、麻沙之刻盛于宋，迄明末已。四部巨帙自吾鄉鋟板，以達四方，蓋十之五六。”[①]景泰《建陽縣誌續集》云“天下書籍備于建陽之書坊”，嘉靖《建陽縣誌》卷三亦云“比屋皆鬻書籍，天下客商販者如織，每月以一、六日集”。[②]數百年來能夠一直保持興旺的發展態勢，建陽刻本書籍一定有其過人之處。宋人葉夢得《石林燕語》有言：“今天下印書，以杭州爲上，蜀本次之，福建最下。京師比歲印板，殆不減杭州，但紙不佳；蜀與福建，多以柔木刻之，取其易成而速售，故不能工。福建本幾遍天下，正以其易成故也。”[③]葉夢得對“福建本”的評價大體上是客觀公正的：品質“最下”，數量“遍天下”；對其原因的分析也比較中肯：“取易成而速售”，這正是建陽本書籍在激烈的市場競争

① （清）陳壽祺著：《左海文集》卷八“留香室記”，清道光九年廣東學海堂刻本。
② 《天一閣藏明代方志選刊》，上海：上海古籍書店重印天一閣藏明刻本。
③ （宋）葉夢得撰：《石林燕語》卷八，上海：商務印書館 1941 年版，第 74 頁。

中常勝不衰的法寶。到了明代，建陽刻本品質上的缺陷招致了文人學士的嚴厲批評。胡應麟説："閩中紙短窄黧脆，刻又舛譌，品最下而直最廉。余筐篋所收什九此物，即稍有力者弗屑也。"[①] 謝肇淛以鄙夷甚至帶點憤怒的口吻説："閩建陽有書坊，出書最多，而板紙俱最濫惡，蓋徒爲射利計，非以傳世也。"[②] 大概在明代士人看來,書坊主以售書來獲利是令人無法接受的事情，"爲射利計"而粗製濫造則更令人不齒，所以郎瑛也這樣認爲："我朝太平日久，舊書多出，此大幸也，亦惜爲福建書坊所壞。蓋閩專以貨利爲計，凡遇各省所刻好書，聞價高即便翻刊，卷數、目録相同而於篇中多所減去，使人不知，故一部止貨半部之價，人争購之。"[③]

不容否認，建陽本書籍在品質上確實不夠精美，多有瑕疵，但如果因此而否定建陽本的歷史功績，未免有失公允。至少在小説領域，建陽本憑藉"易成而速售"的特點，在加速小説的流通，擴大小説的影響，促進小説文體的變革等方面作出了很大的貢獻。現存明代章回小説，超過一半的版本是建陽本，它爲我們研究章回小説文體的發展演變提供了許多寶貴的材料。我們固然痛恨建陽本常常偷工減料，幾令書無全帙的伎倆，但也不要忘記建陽本"一部止貨半部之價，人争購之"所帶來的便利。要知道，明代書籍的價格大多不菲，萬曆末年姑蘇龔紹山刊本《新鐫陳眉公先生評點春秋列國志傳》每部售價紋銀一兩，金閶舒載陽刊本《新刻鍾伯敬先生批評封神演義》更是每部售價紋銀二兩，在當時可購買大米 2.75 石，相當於一個知縣月俸的三分之一强，遠非一般讀者所能承受。[④] 建陽本章回小説以低廉的售價行世，所以很受市井百姓歡迎，這從建陽本章回小説再版的頻率之高可見一斑。萬曆二十一年（1592）余氏雙峰堂刊本《京本增補校正全像忠義水

---

① （明）胡應麟撰:《少室山房筆叢》，上海：上海書店出版社 2009 年版，第 43 頁。
② （明）謝肇淛撰:《五雜組》卷十三，上海：上海書店出版社 2001 年版，第 266 頁。
③ （明）郎瑛撰:《七修類稿》卷四十五，上海：上海書店出版社 2001 版，第 478 頁。
④ 參見潘建國:《明清時期通俗小説的讀者與傳播方式》,《復旦學報》（社科版）2001 年第 1 期。

滸志傳評林》卷首《水滸辨》云："《水滸》一書，坊間梓者紛紛，偏像者十餘副，全像者止一家，前像板字中差訛，其版蒙舊，惟三槐堂一副，省詩去詞，不便觀誦。"① 我們認爲，建陽本章回小説之所以能夠暢銷，與書坊主對小説的定位有很大關係。建陽書坊主"爲射利計"，需要擴大小説的讀者面，鼓動最廣大層次的市井百姓購買小説，一方面通過節縮紙板，減少成本以降低售價，另一方面則設法降低小説的閲讀難度，激發讀者的閲讀興趣。在各種手段中，采用圖文結合的叙事方式，給小説配上插圖的效果最爲明顯，故建陽本章回小説幾乎無書不圖，具體刊布情況見下表：

明代建陽本章回小説使用插圖情況一覽表

小説名稱	版本	插圖版式			小説名稱	版本	插圖版式		
		上圖下文式	單面方式	雙面連式			上圖下文式	單面方式	雙面連式
新刊通俗演義三國志史傳	葉逢春刊本	√			新刊京本全像插增田虎王慶忠義水滸全傳	雙峰堂刊本	√		
新刊大宋中興通俗演義	清江堂刊本		√		全像水滸	雙峰堂刊本	√		
新刊參采史鑑唐書志傳通俗演義	清江堂刊本		√		新鐫校正京本大字音釋圈點三國志演義	鄭以楨刊本	√		
鼎鍥京本全像西遊記	清江堂刊本	√			鼎鍥京本全像西遊記	楊閩齋刊本	√		
京本通俗演義按鑑全漢志傳	克勤齋刊本	√			鼎鍥全像唐三藏西遊釋厄傳	劉蓮台刊本	√		
音釋補遺按鑑演義全像批評三國志傳	雙峰堂刊本	√			新刊按鑑演義全像唐書志傳	三台館刊本	√		

①（元）施耐庵著，（明）余象斗評訂：《京本增補校正全像忠義水滸志傳評林》，《古本小説集成》，上海：上海古籍出版社 1994 年版，第 1—2 頁。

續 表

小説名稱	版本	插圖版式			小説名稱	版本	插圖版式		
		上圖下文式	單面方式	雙面連式			上圖下文式	單面方式	雙面連式
新刻京本補遺通俗演義三國志傳	熊清波刊本	√			新鋟全像大字通俗演義三國志傳	喬山堂刊本	√		
北方真武祖師玄天上帝出身志傳	熊仰台刊本	√			新鋟全像大字通俗演義三國志傳	笈郵齋刊本	√		
新鋟音釋評林演義合相三國志史傳	忠正堂熊佛貴刊本	√			唐鍾馗全傳	安正堂刊本	√		
新鍥晉代許旌陽得道擒蛟鐵樹記	萃慶堂刊本			√	新鐫出像天妃濟世出身傳	忠正堂刊本	√		
鍥五代薩真人得道咒棗記	萃慶堂刊本			√	全像水滸	未明	√		
鍥唐五代吕純陽得道飛劍記	萃慶堂刊本			√	新鐫全像東西晉演義志傳	三台館刊本	√		
新鍥京本校正通俗演義按鑑三國志傳	三垣館刊本	√			新鍥唐三藏出身全傳	未明	√		
京板全像按鑑音釋兩漢開國中興傳志	詹秀閩刊本	√			新刊八仙出處東遊記	三台館刊本	√		
新刊京本春秋五霸七雄全像列國志傳	三台館重刊本	√	√		新鐫全像南海觀世音菩薩出身修行傳	煥文堂刊本	√		
重刻京本通俗演義按鑑三國志傳	楊閩齋刊本	√			新鍥國朝承運傳	未明	√		
新刻皇明開運輯略武功名世英烈傳	三台館刊本			√	新刻考訂按鑑通俗演義全像三國志傳	黄正甫刊本	√		

續　表

小説名稱	版本	插圖版式			小説名稱	版本	插圖版式		
		上圖下文式	單面方式	雙面連式			上圖下文式	單面方式	雙面連式
新刻京本全像演義三國志傳	與耕堂費守齋刊本	√			新刻增補批評全像西遊記	閩齋堂刊本	√		
新鍥京本校正按鑑演義全像三國志傳	種德堂刊本	√			五顯靈官大帝華光天王傳	昌遠堂刊本	√		
新刻按鑑演義全像三國英雄志傳	楊美生刊本	√			武穆王精忠傳	天德堂刊本		√	
新刊京本校正演義全像三國志傳評林	雙峰堂刊本	√	√		新刻全像水滸傳	劉興我刊本	√		
李卓吾先生批評三國志	劉君裕刊本		√		新鐫全像武穆精忠傳	天德堂刊本		√	
京本增補校正全像忠義水滸志傳評林	雙峰堂刊本	√			按鑑演義帝王御世盤古至唐虞傳	余季岳刊本	√		
新刻全像忠義水滸志傳	藜光堂刊本				按鑑演義帝王御世有夏志傳	余季岳刊本	√		
新刻湯學士校正古本按鑑演義全像通俗三國志傳	未明	√			按鑑演義帝王御世有商志傳	余季岳刊本		√	
精鐫按鑑全像鼎峙三國志傳	藜光堂刊本	√			新刻按鑑演義列國前編十二朝傳	三台館刊本	√	√	
新刻全像按鑑演義南北兩宋志傳	三台館刊本	√			新刊京本編輯二十四帝通俗演義東西漢志傳	文台堂刊本	√		

續　表

小説名稱	版本	插圖版式			小説名稱	版本	插圖版式		
		上圖下文式	單面方式	雙面連式			上圖下文式	單面方式	雙面連式
新刊按鑑演義全像大宋中興岳王傳	三台館刊本	√			新刻按鑑編輯二十四帝通俗演義全漢志傳	三台館刊本	√		
李卓吾先生批評三國志	吴觀明刊本		√		二刻按鑑演義全像三國英雄志傳	未明	√		
孔聖宗師出身全傳	未明	√			新鍥龍興名世録皇明開運英武傳	楊明峰重刊本	√		√
新刊京本通俗演義按鑑全漢志傳	愛日堂刊本	√			新鍥京本校正通俗按鑑全像三國志傳	聯輝堂刊本	√		
按鑑增補全像兩漢志傳	西清堂刊本	√			新鍥全像達摩出身傳燈傳	清白堂刊本	√		
明公批點合刻三國水滸全傳英雄譜	雄飛館刊本		√		新鐫全像通俗演義隋煬帝艷史	人瑞堂刊本		√	
新刻音釋旁訓評林演義三國志傳	王泗源刊本	√			戚南塘剿平倭寇志傳	未明	√		
新刻全像牛郎織女傳	余成章刊本	√							

據上表可知，建陽本章回小説的插圖版式以上圖下文式最爲常見，也具有非常悠久的歷史傳統，前文提及的元刊本《全相平話五種》即建陽刊本。嘉靖二十七年（1548）建陽葉逢春刊本《新刊通俗演義三國志史傳》是現存最早的插圖本章回小説，也是上圖下文式。建陽書坊主使用插圖具有明確的目的，那就是盡可能地使小説變得通俗易懂。在諸種插圖版式中，上圖下文式保證了圖像與文字之間最密切的聯繫，能最大限度地降低讀者閱讀的

難度，儘管書坊主選取這種版式的最終目的仍然是“貨利爲計”，但這在事實上推動了明代章回小説因爲采取圖文結合的叙事方式而朝向更加通俗化邁進。葉盛《水東日記》云：“今書坊相傳射利之徒僞爲小説雜書，南人喜談如漢小王（光武）、蔡伯喈（邕）、楊六使（文廣），北人喜談如繼母大賢等事甚多。農工商販，鈔寫繪畫，家畜而人有之；癡騃女婦，尤所酷好……”[①]這段文獻表明，書坊主深諳讀者心理，熟悉讀者口味，不僅小説題材豐富多樣，表現形式也是投其所好——“鈔寫繪畫”——顯然是圖文結合的，也唯其如此，才能“癡騃女婦，尤所酷好”。明末文人陳際泰（1567—1641）自傳《陳氏三世傳略》云：

> 是年冬月，從族舅鍾濟川借《三國演義》，向牆角曝背觀之。母呼食粥不應，呼午飯又不應，即饑，索粥飯皆冷。母捉裾將與杖，既而釋之。母或飲濟川酒：“舅何故借而甥書？書上載有人馬相殺事，甥耽之，大廢眠食。”泰亟應口曰：“兒非看人物，看人物下截字也，已悉之矣。”[②]

上截有人馬相殺事，下截有文字，陳際泰閱讀的當是通行的建陽刊本上圖下文式《三國志傳》。一個年僅十歲的小孩，閱讀“事紀其實，亦庶幾乎史”的歷史演義，如果不是因爲小説采取圖文結合的叙事方式，恐怕難以入迷到“粥飯皆冷”的地步。《傳略》中母親與小孩的對話都是圍繞小説插圖進行，在質疑與釋疑的交鋒中我們可以感受到圖文結合作爲叙事方式的真正魅力，它使章回小説這種文體形式婦孺皆知，老少咸宜。

正如郎瑛指責的那樣，建陽書坊主熱衷於翻刻各種小説，並且大多偷工

① （明）葉盛撰：《水東日記》卷二十一，北京：中華書局 1980 年版，第 213—214 頁。
② （明）陳際泰撰：《已吾集》卷八，清順治間刊本。

減料，導致了中國古代小説史上“簡本”與“繁本”現象的産生。尤其是影響較大的小説，如《水滸傳》《西遊記》更是翻印得最多，也删節得最厲害。建陽本章回小説采用簡本形式的原因，胡應麟等人歸結爲“射利計”。爲了獲取最大利潤，書坊主儘量降低刊刻成本，削減小説的字數能縮減刻工的工作量並減少紙張的使用；爲了擊敗競争對手，書坊主設法增加小説的故事内容，讓讀者獲得比繁本更多的信息量，比繁本更有吸引力。但是這樣一來，書坊主們面臨一個兩難的選擇：一方面要最大限度地縮減小説的篇幅以便降低刊刻成本，另一方面要容納更多的故事内容來增加小説的吸引力，而增加内容又不得不增加小説的篇幅。書坊主們采用圖文結合的叙事方式比較圓滿地解決了這個矛盾：圖畫與文字之間的相互發明可以彌補小説因爲删節文字而造成的部分遺漏並以圖畫的形式增加相應的故事内容，同時栩栩如生的圖畫也可以讓讀者轉移注意力，不再計較書坊主的“偷工減料”。事實上，書坊主對小説文字的删節大多限於“游詞餘韻”，没有影響到小説故事情節的完整，從某種意義來説，删去了“游詞餘韻”反而更有利於保持故事情節的連貫與統一。而插圖的連貫使用，同樣能夠叙述完整的故事情節，尤其是上圖下文式插圖的連貫使用，甚至形成了兩種不同媒介、不同方式交錯叙述同一個故事的局面：上部是以圖像的方式形象直觀地叙述故事，下部是以文字的方式含蓄藴藉地叙述故事。這種叙事風格不一定討文人學士們喜歡，但一般的市井百姓肯定歡迎，他們關心“事實”（故事情節）遠勝於“游詞餘韻”，這符合建陽書坊主們給自己産品的定位，章回小説本來就是一種“通俗”小説。

爲了更好地説明上圖下文式對章回小説文體形成的影響，我們打算以個案分析的形式進行闡述。我們將選取《水滸傳》的兩種不同版本進行比較，一種是所謂“簡本”《京本增補校正全像忠義水滸志傳評林》（以下簡稱“京本”），上圖下文式；另一種是所謂“繁本”《李卓吾先生批評忠義水滸傳》

（以下簡稱“李本”），單面方式。希望通過不同程度的圖文結合所産生的不同叙事效果來説明這種叙事方式對章回小説文體的影響。[①]

先將“京本”與“李本”的版式特徵及文體形態作一個簡單的對比：

“李本”與“京本”的版式、文體形態比較

書名	行款及字數	詩詞	韻文	插圖	備注
李卓吾先生批評忠義水滸傳	半葉十一行 行二十二字 共約 74.3 萬字	叙述者 501 首 人物 39 首 共計 540 首	269 段	單面方式 每回兩幅 共 200 幅	無征田虎、王慶故事
京本增補校正全像忠義水滸志傳評林	半葉十四行 行二十一字 共約 36.6 萬字	叙述者 248 首 人物 39 首 共計 287 首	51 段	上圖下文式 共 1 242 幅	有征田虎、王慶故事

從上表可知，“李本”字數是“京本”的兩倍，所用詩詞是“京本”的兩倍，韻文是“京本”的五倍有餘，而“京本”的插圖則是“李本”的六倍多。“京本”要以“李本”一半的篇幅表現“李本”的全部内容，還要增加征田虎、王慶故事二十回内容，無疑是有一定難度的。在保證故事情節完整的前提下，書坊主除了盡可能地刊落詩詞、韻文外，還必須借助連續插圖的配合，通過充分發揮圖像叙事的特點和作用，來補足大幅度削減文字所帶來的缺略和不足。换句話説，書坊主雖然删節了大量文字，但是同時增加了大量插圖，對一般讀者而言，“失之東隅，收之桑榆”，栩栩如生的圖畫比含蓄蘊藉的詩詞、韻文更具有吸引力。再就小説成本來看，“李本”每頁可刻 242 個字，“京本”除了上部三分之一刻了圖畫外，下部三分之二可刻 294 個字，這意味著“京本”在增加數倍於“李本”插圖的情况下，仍然能節約大量紙張，其成本自然更低，售價更便宜，因此建陽刻《水滸傳》簡本雖然

① 除征田虎、王慶故事外，“李本”與“京本”的回目幾乎全是相同的，這表明二者之間存在“親緣”關係：或者來源於一個共同的祖本，或者一本以另一本爲藍本。本文認爲，“京本”是據“李本”删節而成。

屢遭文人學士斥責，但並不妨礙它迅速占領小説市場，暢銷全國，“世所傳者，獨建陽本耳”。①

下面以第四回《趙員外重修文殊院　魯智深大鬧五臺山》爲例，具體分析“李本”與“京本”的文體差異。本回内容包括如下四個故事單元，“李本”與“京本”叙述各故事單元時存在較大不同：

一、魯達偶遇金氏婦女。魯達見金翠蓮時，“李本”有一段“但見”韻文描述翠蓮形象；“京本”删去“但見”韻文，78字。金氏婦女款待魯達，“李本”描述甚詳，寫金老兒如何安排翠蓮陪坐，自己和小厮去買酒，丫鬟燙酒燒菜，共143字；“京本”只用了兩個字：“酒來”。趙員外與魯達相見，“李本”用了141字描述整個場面，“京本”只寫了一句話“只聽見丫鬟來報：官人回來了”，共12字。趙員外邀魯達去莊園避禍，“李本”用了195字，“京本”只用了34字。

二、趙員外引薦魯達到五臺山出家。“李本”有兩段“但見”韻文，一段描寫“果然好座大山”，一段描寫“果然好座大刹”；“京本”保留了描寫大刹的韻文，删去描寫大山的韻文，共94字，原因應是“果然好座大山”與故事情節的發展無直接關係——魯達此行並非遊山玩水。

三、智深醉酒鬧事。第一次醉酒歸寺，“李本”有一段“但見”韻文描繪智深醉態，共94字；“京本”删去。智深酒醒挨方丈訓誡，“李本”插叙一段議論：“昔大唐一個名賢姓張名旭，作一篇醉酒歌行，單説那個酒。端的做的好……”韻散結合共224字；“京本”删去。第二次醉酒歸寺，“李本”寫道：“滿堂僧衆大喊起來，都去櫃中取了衣鉢要走……”，後有一段“但見”韻文描寫衆人與智深的打鬥場面，共計306字；“京本”只一句話“滿堂衆僧大喊起來逃去”，共10字。

---

①（清）周亮工撰：《因樹屋書影》，北京：中華書局1958年版，第8頁。

四、智真長老打發智深去相國寺。“李本”寫道：“‘我這里決然安你不得了，我夜來看了，贈汝四句偈言，終身受用。’智深道：‘師父教弟子那里去安身立命？’……有分教……直教名馳塞北三千里，証果江南第一州。”共111字。“京本”就一句話：“智深曰：師父交徒弟那裏去？”共11字。不但删去了對話描寫，還删去了“有分教”這樣的説書人套語。

“李本”第四回共有文字9 312個，單面方式插圖兩幅，一幅爲“趙員外重修文殊院”，另一幅爲“魯智深大鬧五臺山”，圖畫標題合在一起即是本回回目；“京本”第四回共有文字4 451個，上圖下文式插圖16幅。兩相比較，“李本”文字是“京本”的兩倍有餘，“京本”插圖則是“李本”的八倍。“京本”第四回的16幅插圖分别是：[①]

圖1：金老兒拖魯智深走　圖2：老金父子拜謝魯達
圖3：魯達同趙員外回莊　圖4：魯達去髮爲和尚
圖5：魯智深拜長老爲師　圖6：衆長老鳴鐘會衆僧
圖7：趙員外辭别真長老　圖8：魯智深山門下坐想
圖9：魯達踢倒漢子搶酒　圖10：魯和尚大鬧五臺山
圖11：智真長老怪罵智深　圖12：智深入店吃酒大醉
圖13：智深醉打倒亭子柱　圖14：門子看智深打金剛
圖15：魯智深亂打衆和尚　圖16：智真長老發落智深

我們發現，“京本”第四回16幅插圖的標題有這樣一些特點：（一）除圖4外，其餘15幅插圖均爲八字標目，與回目格式相同，所有標題均可視爲一個完整的主謂句，這意味著每一個標題都具有叙事功能，能表明人物的

① “智深”是魯達到五臺山出家後才有的法號，此前一般稱爲“魯達”或“魯提轄”。“京本”標題中的失誤也可證明“京本”是書坊主據某一個繁本删改而成。

行動。（二）除了圖6與圖7外，其他圖畫標題中的主語均爲“魯達”（或“魯智深”），事實上圖6與圖7的主人仍然是“魯智深”——圖6“衆長老鳴鐘會衆僧”是爲了魯達的剃度，圖7“趙員外辭别真長老”既委托智真長老看顧智深，“凡事看吾薄面”，又叮囑智深“凡事自宜省戒”。因此將這16幅插圖連貫起來看，即是本回魯達故事的另一種叙述：

1. 魯達偶遇金氏父女（圖1—圖3）

2. 趙員外引薦魯達上五臺山出家（圖4—圖7）

3. 魯智深兩次醉酒鬧事（圖8—圖15）

4. 智真長老打發智深去相國寺（圖16）

這個故事情節與本回文字所表述的内容是完全吻合的，因此我們有理由認爲，“京本”實際上存在叙述相同故事情節的兩種不同形式：一條以文字的方式叙述，另一條以圖畫的方式叙述。讀者既可以帶著讀文時産生的想象到圖畫中去尋求印證，也可以“看圖讀文”，借助圖像的形象與直觀跳過文字障礙，同樣能夠獲得閱讀的審美愉悦。

總起來説，論裝幀與小説插圖的精美，文人學士無疑會選擇相對雅致的“李本”，但論價格與閱讀的接受程度，廣大的市井百姓當然更喜歡通俗的“京本”。

第三章
《剪燈新話》與明代傳奇小説的詩文化

瞿佑於明洪武十一年（1378）創作完成的《剪燈新話》，是明代第一部傳奇小説集，在繼承唐宋傳奇小説的基礎上，又融入了自己的時代思考，富有鮮明的個性色彩和文體特徵，幾乎影響了整個明代傳奇小説的創作。李昌祺的《剪燈餘話》、趙弼的《效顰集》、雷燮的《奇見異聞筆坡叢脞》、陶輔的《花影集》、邵景詹的《覓燈因話》等傳奇小説集，都是效仿《剪燈新話》的産物。明代的單篇傳奇小説，最有特點和開創意義的是《柔柔傳》《賈雲華還魂記》《鍾情麗集》等40多部中篇文言傳奇小説。其他單篇傳奇小説則主要收録在筆記小説、文人别集和小説選本等書中，如林鴻的《夢遊仙記》附在其《鳴盛集》中、蔡羽的《遼陽海神傳》收録在《古今説海》説淵部、楊儀的《高坡異纂》收有《娟娟傳》、陸粲的《庚巳編》録有《洞簫記》、陸采的《冶城客論》收録《鴛鴦記》，等等。從時代性和影響的持久性上來説，有明一代傳奇小説的文體創新主要體現在兩方面：詩歌化和文章化，即傳奇小説羼入大量詩詞文賦，以及淡化故事、增强説理。我們對明代傳奇小説文體的研究將緊緊扣住詩歌化和文章化特徵進行論述。

第一節 《剪燈新話》的詩文化及其成因

瞿佑的《剪燈新話》模仿前代傳奇，尤其是受唐代傳奇的影響更大、更直接。如《金鳳釵記》《渭塘奇遇記》與《離魂記》、《水宫慶會録》與《柳毅傳》、《申陽洞記》與《補江總白猿傳》、《秋香亭記》與《鶯鶯傳》、[①]《龍堂靈會録》與《蔣琛》等。[②]但其不膠柱鼓瑟，而往往能自出機杼，傳奇小説呈現出明顯的詩文化特徵，深深地影響了有明一代傳奇小説的叙事形態和文體發展。

一、叙事詩歌化

所謂叙事詩歌化，就是運用詩筆，通過在作品中插入大量詩詞，使傳奇小説具有濃郁的抒情性。瞿佑的友人桂衡早已指出《剪燈新話》“但見其有文、有詩、有歌、有詞”。[③]近代以來，《剪燈新話》的詩文化特徵屢屢受到關注，以致被孫楷第直接稱作“詩文小説”。[④]在《剪燈新話》21篇作品中，有14篇插入了詩詞，數量多，比重大，反映出瞿佑有意追求詩文相間的傳奇小説文體觀念。同時，除《緑衣人傳》等作品中的少數詩歌爲他人所撰外，[⑤]《剪燈新話》中的絶大多數詩詞是作者的獨創之作，常常是小説不可或缺的組成部分，展示了作家的才華，抒發了作家獨特的人生感受和歷史反思。結合瞿佑的詩集、詞集、詩話，《剪燈新話》的創新之處，就在於插入的詩詞融入了作家的人生體驗，具有鮮明的個性色彩。

最具有代表性和象徵意義的作品是全書開卷第一篇《水宫慶會録》，插入的詩歌占整部小説的44%，用於抒發作家懷才不遇的苦悶。小説叙余善文

---

① 程國賦：《〈剪燈新話〉與唐人小説》，《明清小説研究》1999年第1期。

② 程毅中：《唐人小説中的“詩筆”與“詩文小説”的興衰》，《文學遺産》2007年第6期。

③（明）瞿佑等著，周楞伽校注：《剪燈新話（外二種）》，上海：上海古籍出版社1981年版，第5頁。

④ 孫楷第著：《日本東京所見小説書目》，北京：人民文學出版社1958年版，第127頁。

⑤ 任明華：《論明代嵌入他人詩歌的詩文小説——兼談〈湖海奇聞〉的佚文》，《求索》2016年第6期。

被南海龍王邀請到龍宫，爲新建的靈德殿撰寫上梁文，宴請之後又被送回，情節非常簡單，而其重心主要是余善文吟誦的詩歌。主要人物“余善文”無疑藴含“余善著文章”之意，寓意非常明顯，可視爲作者瞿佑的夫子自道。瞿佑少有詩名，曾受到著名詩人楊維禎的褒獎，《歸田詩話》卷下載楊維禎曾對瞿佑的叔祖稱贊説:“此君家千里駒也。”[①] 據《列朝詩集小傳》知瞿佑時年十四，可以想像，作者應該對自己的功名、人生寄予極高的期許！可元末的戰亂、明初的高壓，致使作家仕途蹭蹬，沉淪下僚，其内心的不滿壓抑可想而知。再考慮到高啓因詩文獲罪，《明史》卷二八五《文苑傳・高啓傳》載：“啓嘗賦詩，有所諷刺，帝嗛之未發也”，“帝見啓所作上梁文，因發怒，腰斬於市”。[②] 我們完全有理由相信創作於此前的《剪燈新話》有藉詩文爲自己吐氣的動機，以避開文網而自保。《水宫慶會録》置於全書之首，且叙余善文被龍王請去書寫上梁文，想必不是偶然，蓋有深意存焉。小説叙余善文“負不世之才，藴濟時之略”，在龍王面前“一揮而就，文不加點”，完成《上梁文》，充分體現出瞿佑的博聞賅洽與文采風致。在看似遊戲、詼諧的筆墨背後，或許隱含著作者腹有詩書却無人賞識的苦悶。《水宫慶會詩》二十韻更是氣勢恢宏，鏤金錯采，極盡鋪排，令人嘆賞。另外二首凌波詞與采蓮曲則仿楚辭而作，詞采華美，詩風飄逸。總之，《水宫慶會録》以人物的詩歌爲主，以述異爲輔，在大雅大俗的詩文中，洋溢著作家的文采風流，爲《剪燈新話》奠定了抒情的基調。

結合瞿佑的其他詩歌來看，融入作家情感最深切、抒情意味最濃厚的作品無疑是仿《鶯鶯傳》而作的《秋香亭記》。全篇插入的詩文幾近篇幅的一半，詠嘆了愛情成空的憂傷。《鶯鶯傳》和《秋香亭記》都是愛情悲劇，且都有作者自叙傳的影子。前者自北宋王銍始，即認爲“所謂傳奇者，蓋微之

---

① （明）瞿佑著，喬光輝校注:《瞿佑全集校注》，杭州：浙江古籍出版社 2010 年版，第 461 頁。
② （清）張廷玉等撰:《明史》，北京：中華書局 1974 年版，第 7328 頁。

自敘，特假他姓以自避耳”。[①] 至現代，仍普遍認爲張生即元稹之化名。[②] 後者則始自瞿佑的友人凌雲翰，其《剪燈新話序》云：“至於《秋香亭記》之作，則猶元稹之《鶯鶯傳》也，余將質之宗吉，不知果然否？”[③] 瞿佑《歸田詩話》卷上《鶯鶯傳》載：“其作《鶯鶯傳》，蓋托名張生。復製《會真詩》三十韻，微露其意，而世不悟，乃謂誠有是人者，殆癡人前説夢也。”[④] 且作有《崔鶯待月》絶句云：“殘妝在臂淚光熒，香霧雲空月半明。吟就《會真》三十韻，須知元子即張生。”[⑤] 結合《歸田詩話》所記及詩歌，可知《秋香亭記》也是瞿佑自傳而托名商生。

《秋香亭記》中的商生與采采“發乎情，止乎禮義”，由於戰亂而成了悲劇。瞿佑藉采采之信，表現了戰亂造成愛情成空的沉痛心情。采采作爲一個柔弱的閨閣女子，在“東西奔竄，左右逃逋”的流離失所之中，在家人相繼辭世的現實面前，爲了生存，在十年没有心上戀人消息的情況下，只好“委身從人”。采采對商生没有埋怨、責怪，只有無盡的相思與深深的無奈，正是采采這種身如飄蓬的孤獨無依之感，才讓商生“每一覽之，輒寢食俱廢者累日，蓋終不能忘情焉耳”。瞿佑還利用詩詞直抒胸臆，如《滿庭芳》曰：“悵歡蹤永隔，離恨難消！回首秋香亭上，雙桂老，落葉飄颻。相思債，還他未了，腸斷可憐宵！”可以説，與采采的甜蜜戀情，令作者縈繞於懷，難以忘却；與采采的愛情成空，令作者惆悵無奈，痛不欲生。《秋香亭記》作於明洪武十一年（1378），瞿佑尚屬青年時代，但直到暮年，作者依然不能釋懷。其《過蘇州》詩曰：“桂老花殘歲月催，秋香無復舊亭臺。傷心烏鵲

---

① （宋）趙令畤著：《侯鯖録》，北京：中華書局2002年版，第126頁。

② 如魯迅説《鶯鶯傳》是“元稹以張生自寓，述其親歷之境”，《中國小説史略》，上海：上海古籍出版社1998年版，第53頁；陳寅恪説《鶯鶯傳》“爲微之自叙之作，其所謂張生即微之之化名，此固無可疑。”陳寅恪著：《元白詩箋證稿》，上海：上海古籍出版社1978年，第108頁。

③ （明）瞿佑等著，周楞伽校注：《剪燈新話（外二種）》，上海：上海古籍出版社1981年版，第4頁。

④ （明）瞿佑著，喬光輝校注：《瞿佑全集校注》，杭州：浙江古籍出版社2010年版，第420頁。

⑤ （明）瞿佑著：《香臺集》卷中，《瞿佑全集校注》，杭州：浙江古籍出版社2010年版，第60頁。

橋頭水，猶望閶門北岸來。”[1]詩中所詠桂花、秋香亭、烏鵲橋，均見於小説的叙述。《過蘇州》的確切創作時間已無法斷定，但顯然此時的作者已垂垂老矣。總之，瞿佑不只是模仿《鶯鶯傳》等詩文小説的形式，更可貴的是注入了自己的體驗，將羼入詩文的抒情與小説的叙事結合起來，形成一種感傷凄美的詩歌意境與叙事格調。

有的作品羼入的詩歌，雖然數量和比重並不太大，但却是小説的叙述重心，成爲全篇的情感基調。這些作品中的詩詞往往見於瞿佑的詩集、詞集，可相互參看，更能凸現出作者在今昔對比中抒發的歷史興亡之感，具有鮮明的時代色彩。卷二《天台訪隱録》叙徐逸於洪武七年入天台山，遇南宋隱者陶上舍談興亡之事。全篇羼入一詩一詞，約占全篇的20%，其中陶上舍作的一篇古風，其實即瞿佑《故宫嘆》的改寫，試比較：

金輪夜半北方起，炎精未墮光先死。青衣去作行酒人，泥馬來爲失鄉鬼。江頭宫殿列巑岏，湖上笙歌樂燕安。魚羹自從五嫂乞，殘酒却笑儒生酸。格天閣上燒銀燭，申王計就蕲王逐。累世内禪諱言兵，中興之功罪難贖。開邊釁動終倒戈，師臣函首去求和。木綿庵下新鬼哭，誤國重逢賈八哥。琉璃作花禁珠翠，上馬裙輕淚妝媚。朔風吹塵笳鼓鳴，天目山崩海潮避。興亡往事與誰論，亭亭白塔鎮愁魂。惟有棲霞嶺頭樹，至今人説岳王墳。（瞿佑《宋故宫嘆》）[2]

建炎南渡多翻覆，泥馬逃來御黄屋。盡將舊物付他人，江南自作龜兹國。可憐行酒兩青衣，萬恨千愁誰得知！五國城中寒月照，黄龍塞上朔風吹。東窗計就通和好，鄂王賜死蕲王老。酒中不見劉四廂，湖上須

① （明）瞿佑著，喬光輝校注：《瞿佑全集校注》，杭州：浙江古籍出版社2010年版，第856頁。
② 同上，第861—862頁。

尋宋五嫂。累世内禪罷言兵，八十餘年稱太平。度皇晏駕弓劍遠，賈相出師笳鼓驚。攜家避世逃空谷，西望端門捧頭哭。毁車殺馬斷來蹤，鑿井耕田聊自足。南鄰北舍自成婚，遺風仿佛朱陳村。不向城中供賦役，只從屋底長兒孫。喜君涉險來相訪，問舊頻扶九節杖。時移事變太匆忙，物是人非愈悒悵。感君爲我暫相留，野蔌山肴備獻酬。舍下鷄肥何用買，床頭酒熟不須蒭。君到人間煩致語，今遇升平樂安處。相逢不用苦相疑，我輩非仙亦非鬼。(《天台訪隱録》)[1]

二詩開頭均言北宋滅亡、南宋偏安江南之事，中述建都杭州的醉生夢死、秦檜謀害岳飛、賈似道誤國事，表達物是人非的變化。“泥馬逃來御黄屋”、“東窗計就通和好，鄂王賜死蘄王老”、“湖上須尋宋五嫂”、“累世内禪罷言兵”等詩句僅稍作改動。《宋故宫嘆》作於元末，因此，成於明初的《天台訪隱録》才增加了“君到人間煩致語，今遇升平樂安處”，表達對天下一統、國泰民安的頌揚。至於詩中增加陶上舍的自述生平，則是爲了照應小説的情節，“也是爲了適應小説通俗的要求”。[2] 陶上舍所作《金縷詞》曰：

夢覺黄粱熟。怪人間、曲吹别調，棋翻新局。一片殘山並剩水，幾度英雄争鹿！算到了誰榮誰辱？白髮書生差耐久，向林間嘯傲山間宿。耕緑野，飯黄犢。　　市朝遷變成陵谷。問東風、舊家燕子，飛歸誰屋？前度劉郎今尚在，不帶看花之福。但兔麥燕葵盈目。羊胛光陰容易過，嘆浮生待足何時足？樽有酒，且相屬。[3]

① （明）瞿佑著，喬光輝校注：《瞿佑全集校注》，杭州：浙江古籍出版社 2010 年版，第 711—712 頁。

② 李聖華：《瞿佑與〈歸田詩話〉及其詩歌創作——兼論〈剪燈新話〉詩歌與小説之關係》，《北方論叢》2012 年第 2 期。

③ （明）瞿佑著，喬光輝校注：《瞿佑全集校注》，杭州：浙江古籍出版社 2010 年版，第 708 頁。

同樣也抒發了市朝陵谷、“舊時王謝堂前燕，飛入尋常百姓家”的歷史變化。正是爲了表達元明易代的興亡之感，瞿佑才故意以自己的詩詞爲重心構思了《天台訪隱録》。無疑，符號化的小説人物和簡單的叙事主要是爲了引出、烘托作家的這兩首詩詞，凸顯出作品的抒情色彩。

卷二《滕穆醉遊聚景園記》叙元延祐初滕生遇宋理宗朝宮女衛芳華的鬼魂事，共插入 3 首詩詞和 1 篇祭文，約占全文的 23%。其中衛氏作《木蘭花慢》詞，改自瞿佑《樂府遺音》中的詞作。試對比：

> 記前朝舊事，曾此地，會神仙。向鳷鵲橋頭，花迎鳳輦，浪捧龍船。繁華已成塵土，但一池、秋水浸長天。白鷺曾窺舞扇，青鸞慣遞吟箋。　　多情惟有舊時蓮，照影夕陽邊。甚冷艷幽香，濃涵晚露，澹抹昏煙。堪嗟後庭玉樹，共幽蘭，遠向汝南遷。留得宮牆楊柳，一般顦顇風前。(《樂府遺音》之《木蘭花慢·金故宮太液池白蓮》) ①

> 記前朝舊事，曾此地，會神仙。向月地雲階，重攜翠袖，來拾花鈿。繁華總隨流水，嘆一場春夢杳難圓。廢港芙蕖滴露，斷堤楊柳摇煙。　　兩峰南北只依然，輦路草芊芊。悵别館離宮，煙銷鳳蓋，波没龍船。平生銀屏金屋，對漆燈無焰夜如年。落日牛羊隴上，西風燕雀林邊。(《滕穆醉遊聚景園記》之《木蘭花慢》) ②

據《樂府遺音》，可知詞作乃詠金故宮太液池白蓮，以發歷史興亡之嘆。二詞開頭完全一致，可見瞿佑之喜愛。明陳霆《渚山堂詞話》卷二載：“聚景園有故宋宮人殯宮，瞿宗吉嘗作《木蘭花慢》云：……瞿詞雖多，予所賞

---

① （明）瞿佑著，喬光輝校注：《瞿佑全集校注》，杭州：浙江古籍出版社 2010 年版，第 275 頁。
② 同上，第 718 頁。

愛者此闋爲最。然瞿有詠金故宫白蓮詞，即用此腔，而語意亦仍之。首云：‘問前朝舊事，曾此地，會神仙。’即此起句也。是知此詞爲瞿得意者，故疊用如此。”[①] 這有助於我們理解《剪燈新話》藉詩文以抒情的叙事特色。

瞿佑在《剪燈新話》中插入如此多的詩歌是大有深意的，决不可等閑視之。如果將小説中的詩文與瞿佑别集中的作品進行對讀，就會發現二者可以相互生發，小説中的詩詞投射有作者强烈的主觀情感，主要是文人懷才不遇之嘆與由元末戰亂帶來的歷史興亡之感。或許可以説，瞿佑藉傳奇小説的舊瓶，裝入了自己歷經滄桑之後深刻體悟現實與歷史的新酒。

二、叙事文章化

所謂叙事文章化，主要是指在傳奇小説的創作中弱化故事情節，增强議論性，使傳奇小説具有文章的某些特徵。《剪燈新話》采用最多的叙事模式，是現實中的人物機緣巧合遇見鬼魂、神仙等異人，進入仙境、冥府、夢境，最後回歸現實。小説以現實——虚誕——現實的空間轉换爲主綫，以中間異境爲主體，精心鋪排場面和人物對話，以變形的方式表現作家對現實、歷史的獨特感受。日本的岡崎由美指出《剪燈新話》“借助於從前志怪小説的格式，對歷史進行評論”，如“借桃花源傳説描寫南宋亡國的《天台訪隱録》，以仙界淹留故事歌頌伍子胥吴越興亡的《龍堂靈怪録》，以及藉講冥婚故事寫南宋賈似道腐朽政治的《緑衣人傳》”。[②] 楊義亦謂：“以時空錯亂的幻想方式，與歷史、歷史人物進行對話或發言，似乎是明初傳奇的興趣所在。”[③]《剪燈新話》的叙事重心常常不在小説人物所做之事，而在於小説人物口出

① 孫克强、岳淑珍編：《金元明人詞話》，天津：南開大學出版社2012年版，第359頁。

② 〔日〕岡崎由美：《關於瞿佑的〈香臺集〉——〈剪燈新話〉成書的一個側面》，《許昌師專學報（社科版）》1986年第1期。

③ 楊義著：《中國古典小説史論》，《楊義文存》第六卷，北京：人民出版社1998年版，第330頁。

之言。誠然，唐宋傳奇也重視人物對話，但對話内容主要是抒發愛情的痛苦與人生體驗；而《剪燈新話》却藉人物之口表達作者的歷史觀點乃至思想見解，使傳奇小説在某種程度上成了代言體的説理文。

瞿佑《剪燈新話序》稱其創作小説的目的是“勸善懲惡，哀窮悼屈”，即“借神怪以言志”，故“以理勝”。[①] 瞿佑爲了突出作品的“理”，常常藉小説人物談論歷史，並喜歡在駢儷中運用典故以增强説服力，從而使《剪燈新話》兼具古文、駢文的特點，體現出濃烈的文章化傾向。

文章化的傾向之一表現爲小説通過人物對話評論歷史和歷史人物。如《龍堂靈會録》全文約 2 300 字，主要叙述書生聞子述受龍王之邀赴水府，聆聽伍子胥評判吴越興亡之事及衆人吟詩抒懷，作者把重心放在後面的人物議論與詩歌上，前面叙事不足 400 字。如吴地有三高祠祀越國范蠡、晉朝張翰、唐代陸龜蒙，在宴會上范蠡居首席，伍子胥見狀勃然大怒，對龍王説：

> “此地乃吴國之境，王乃吴地之神，吾乃吴國之忠臣，彼乃吴國之讎人也。吴俗無知，妄以三高爲目，立亭館以奉之。王又延之入室，置之上座，曩日呑吴之恨，寧忍忘之耶？”即數范相國曰：“汝有三大罪，而人罔知，故千載之下，得以欺世而盗名。吾今爲汝一白之，使大奸無所容，大惡不得隱矣！”

然後用 600 多字的篇幅有理有據地闡述了自己的觀點，駁斥得范蠡也只能俯首認罪。作品最後説：

> 蓋嘗論之，吴之亡不在於西子之進，而在於吾之被讒；越之霸不

① 石昌渝著：《中國小説源流論》，北京：生活·讀書·新知三聯書店 1994 年版，第 196 頁。

> 在於種、蠡之用，而在於吾之受戮。吾若不死，則苧蘿之姝，適足爲後宫之娱；棨楯之華，適足爲前殿之誇；姑蘇之臺，麋鹿豈可得遊；至德之廟，禾黍豈至於遽生哉！惟自戕其骨鯁，自害其股肱，故讐人得以乘其機，敵國得以投其隙，蓋有幸而然尔。豈子伐國之功，謀國之策乎？[①]

作者對吴越興亡原因以及范蠡、伍子胥的歷史功過作出了不同於傳統史學家的評判，翻出新意，表達了深深的歷史思索。

文章化的傾向之二表現爲通過人物對話闡述作者的思想見解。卷四《鑒湖夜泛記》叙成令言遇織女事，全文 2 000 字，却有一半的文字是二人討論仙女故事的真僞，故事性極弱，實近於筆記。小説先以織女自訴不滿："妾乃天帝之孫，靈星之女，夙禀貞性，離群索居。豈意下土無知，愚民好誕，妄傳秋夕之期，指作牽牛之配，致令清潔之操，受此污辱之名。開其源者，《齊諧》多詐之書；鼓其波者，楚俗不經之語；傅會其説而倡之者，柳宗元《乞巧》之文，鋪張其事而和之者，張文潛《七夕》之詠。强詞雄辯，無以自明；鄙語邪言，何所不至！往往形諸簡牘，播於篇章。"認爲這些記詠之作"褻侮神靈，罔知忌憚"。孰不知瞿佑《香臺集》卷上就有《織女牛夫》詩："錦機停織動勁秋，恨逐銀河一水流。人世底須争乞巧，自緣弄拙嫁牽牛。"認爲織女的幽怨與離恨，皆其自惹。顯然詩歌抒寫想像中織女的感受，小説則把織女當作自己的代言人。接著令言問"嫦娥月殿之奔，神女高唐之會，后土靈仇之事，湘靈冥會之詩"的真僞，這四個故事《香臺集》中都有相應的詩歌，其中兩首較傳統，即《湘靈鼓瑟》："苦竹叢深淚雨啼，蒼梧日落暮雲低。曲終人去如山舊，付與才郎入品題。"《嫦娥奔月》："一丸靈藥

① （明）瞿佑著，喬光輝校注：《瞿佑全集校注》，杭州：浙江古籍出版社 2010 年版，第 783 頁。

少人知，竊去應無再得期。後羿空能殘九日，不知月裏却容私。”兩首則可以與小説進行對讀，體現出相通之處。如《香臺集》卷上《神女行雲》曰：“神物何嘗與世通？書生自欲謟王公。已將雲雨誣幽夢，更把雌雄誑大風。”否定襄王與神女的傳説之事，這與小説中織女所説是一致的：“雲者，山川靈氣；雨者，天地沛澤，奈何因宋玉之謬，輒指爲房帷之樂，譬之衽席之歡？慢神瀆天，莫此爲甚！”織女最後説：“后土之傳，唐人不敢明斥則天之惡，故假此以諷之尓。”認爲《后土夫人傳》是作者假小説以諷武則天的，這與《香臺集》卷上《后土瓊花》所謂“阿武臨朝若鬼神，春風屢動壁衣塵。唐臣不敢揚君惡，移謗瓊花觀裏人”的觀點是相同的。瞿佑没有讓織女按照令言的順序依次辯白，而是把后土之事置於最後，應該大有深意，蓋不必拘泥於考證所謂仙女愛情故事的虚實，而是要領悟作者假借仙幻故事所寄托的創作意圖。《歸田詩話》卷上《鶯鶯傳》載：“唐人叙述奇遇，如《后土傳》托名韋郎，《無雙傳》托名仙客，往往皆然。”[①]這體現出瞿佑對虚構的認可，及對創作思想的重視。

從小説結構和叙事重心看，瞿佑有意簡化故事的情節，淡化人物的性格，而認真經營人物對話，以表現自己的歷史思考和見解，創新了傳奇小説的叙事模式。這種叙事模式，“即理想與現實、情與理之間的矛盾”，聯繫文化背景考察，其深層含義即“反映了元末文人如何由夢幻到明初理性現實的轉變”，[②]這正是《剪燈新話》由叙事向情理偏離的根本原因，也是其文體價值的根本體現。

文章化的傾向之三是常常在駢儷的語言中運用典故來説理。用典在瞿佑作品的人物語言中十分普遍。如《修文舍人傳》中的夏顔自嘆説：“顔淵困

---

① 以上均引自（明）瞿佑著，喬光輝校注：《瞿佑全集校注》，杭州：浙江古籍出版社 2010 年版，第 808、14、15、10、11、17、420 頁。

② 喬光輝：《〈剪燈新話〉的結構闡釋》，《松遼學刊（哲社版）》2000 年第 1 期。

於陋巷，豈道義之不足也？賈誼屈於長沙，豈文章之不贍也？校尉封拜而李廣不侯，豈智勇之不逮也？侏儒飽死而方朔苦饑，豈才藝之不敏也？”這四個典故的運用既照應前面夏顏的“博學多聞”，又符合他“日不暇給”的遭遇，可謂同病相憐，十分精當。後夏顏的鬼魂對友人談論人間擢取官員的不公時，用典更加密集：

> 今夫人世之上，仕路之間，秉筆中書者，豈盡蕭、曹、丙、魏之徒乎？提兵閫外者，豈盡韓、彭、衛、霍之流乎？館閣摛文者，豈皆班、揚、董、馬之輩乎？郡邑牧民者，豈皆龔、黄、召、杜之儔乎？騏驥服鹽車而駑駘厭芻豆，鳳凰棲枳棘而鵩鴞鳴户庭，賢者槁項黄馘而死於下，不賢者比肩接迹而顯於世。

第一句用蕭何、曹參、丙吉、魏相四位文臣均爲宰相的典故，第二句言韓信、彭越、衛青、霍去病四名武將拜王封侯的故實，第三句指班固、揚雄、董仲舒、司馬相如皆擅長著書立説，第四句稱龔遂、黄霸、召信臣、杜詩四位太守善於治理地方、教化百姓，四句共引用《史記》《漢書》《後漢書》中的16個典故。第五句化用賈誼《吊屈原賦》“驥垂兩耳服鹽車兮”、唐代李群玉《驄馬》詩“青芻與白水，空笑駑駘肥”與《後漢書・仇覽傳》“枳棘非鸞鳳所棲”，第六句用《莊子・列禦寇》“夫處窮閭阨巷，困窘織屨，槁項黄馘者，商之所短也”[①]之典。這些典故的運用表現了小説人物的治平理想及對現實的不滿，也是瞿佑内心的真實感受。

典故在插入的韻文中運用更爲廣泛。如《翠翠傳》中翠翠的鬼魂致父親的書信：

---

① （清）郭慶藩撰，王孝魚點校：《莊子集釋》，北京：中華書局1961年版，第1049頁。

> 夜月杜鵑之啼，春風蝴蝶之夢。時移事往，苦盡甘來。今則楊素覽鏡而歸妻，王敦開閤而放妓，蓬島踐當時之約，瀟湘有故人之逢。自憐賦命之屯，不恨尋春之晚。章臺之柳，雖已折於他人；玄都之花，尚不改於前度。將謂瓶沉而簪折，豈期璧返而珠還。殆同玉簫女，兩世因緣；難比紅拂妓，一時配合。天與其便，事非偶然。煎鸞膠而續斷弦，重諧繾綣；托魚腹而傳尺素，謹致丁寧。[1]

上述文字典故衆多，第一句杜鵑之典出《成都記》："後望帝死，其魂化爲鳥，名曰杜鵑"，[2] 表現翠翠的孤獨與悲愴。夢化蝴蝶出《莊子・齊物論》，喻示生前的美好婚姻猶如夢幻。第三句前半即徐德言與樂昌公主破鏡重圓之事，出《本事詩・情感第一》；後半出《世説新語》卷中"豪爽"類："王處仲，世許高尚之目。嘗荒恣於色，體爲之弊，左右諫之，處仲曰：'吾乃不覺爾，如此者甚易耳。'乃開後閤，驅諸婢妾數十人出路，任其所之，時人嘆焉。"[3] 第四句前半用《史記・封禪書》所載海外有蓬萊等三神山事，後半化用南朝梁柳惲《江南曲》："汀州采白蘋，日落江南春。洞庭有歸客，瀟湘逢故人。故人何不返？春華復應晚。不道新知樂，且言行路遠。"[4] 第三、四兩句的典故，表現出翠翠化成鬼魂後，方獲自由，終與丈夫的鬼魂在陰間團圓，内心十分喜悦。第五句尋春晚之典出《唐闕史》，杜牧在湖州與妓女相約十年後來娶，結果十四年後相會時，此妓已嫁人三年，生三子，杜牧感慨賦詩曰："自是尋春去較遲，不須惆悵怨芳時。狂風落盡深紅色，緑樹成陰子滿枝。"[5] 寫出翠翠自嘆命運屯邅，却不怨恨丈夫來遲。第六句前半用唐傳

---

① （明）瞿佑著，喬光輝校注：《瞿佑全集校注》，杭州：浙江古籍出版社 2010 年版，第 772—773 頁。
② （宋）葛立方著：《韻語陽秋》卷十六，明正德二年（1507）刊本。
③ （南朝宋）劉義慶撰，徐震堮校箋：《世説新語校箋》，北京：中華書局 1984 年版，第 326 頁。
④ （陳）徐陵編，穆克宏點校：《玉臺新詠箋注》，北京：中華書局 1985 年版，第 200—201 頁。
⑤ （唐）高彦休著：《闕史》，《筆記小説大觀》六編，臺北：新興書局 1983 年版，第 61 頁。

奇許堯佐《柳氏傳》的故事，喻自己雖被李將軍强占，但相逢後内心依然深愛丈夫；後半用劉禹錫遭貶回京作《贈看花諸君子》詩，云："玄都觀裹桃千樹，盡是劉郎去後栽。"結果因此再次被貶，十四年後方回長安，再遊玄都觀，遂作詩云："種桃道士歸何處？前度劉郎今獨來。"[①]第七句前半化用白居易《井底引銀瓶》詩，云："井底引銀瓶，銀瓶欲上絲繩絶。石上磨玉簪，玉簪欲成中央折。瓶沉簪折知奈何？似妾今朝與君別。"[②]表示夫妻分離再無會期；後半"璧返"用《史記·廉頗藺相如列傳》所載完璧歸趙之典，"珠還"化用《後漢書·循吏傳·孟嘗傳》所叙合浦去珠復還的故事，以此抒發翠翠夫妻鬼魂相聚的歡欣。第八句前半出《雲溪友議》所記韋皋與玉簫兩世姻緣事，後半指《虬髯客傳》所叙紅拂妓夜投李靖私奔事，暗示翠翠與丈夫有兩世姻緣之分，且合乎禮法，而不是鑽穴逾牆之苟合。第十句前半出《海内十洲記》："（鳳麟）洲上多鳳麟，數萬各爲羣。又有山川池澤，及神藥百種，亦多仙家。煮鳳喙及麟角，合煎作膏，名之爲續弦膠。"[③]後半出漢樂府《飲馬長城窟行》："客從遠方來，遺我雙鯉魚。呼兒烹鯉魚，中有尺素書。"[④]上述書信對偶工整，聲韻鏗鏘，典故運用豐富得體，既增加了書信的莊重典雅，又準確地傳達出翠翠的遭遇及對丈夫的深情。

《剪燈新話》還喜歡運用唐宋傳奇小説的典故。如《鑒湖夜泛記》中的"非若上元之降封陟，雲英之遇裴航，蘭香之嫁張碩，彩鸞之配文簫"，第一、二、四句的典故分别出自唐裴鉶《傳奇》中的《封陟》《裴航》《文簫》。小説人物對唐傳奇如數家珍，充分體現出瞿佑對唐傳奇的熟悉，形成一種言簡而意豐的叙事風格。其他如《滕穆醉遊聚景園記》中的"豈不見越娘之事

---

① （唐）孟棨著：《本事詩》，《筆記小説大觀》十三編，臺北：新興書局1983年版，第585—587頁。
② （唐）白居易著，顧學頡校點：《白居易集》，北京：中華書局1979年版，第85頁。
③ （漢）東方朔著：《海内十洲記》，《筆記小説大觀》十三編，臺北：新興書局1983年版，第16頁。
④ 逯欽立輯校：《先秦漢魏晉南北朝詩》，北京：中華書局1983年版，第192頁。

乎”指宋代錢易的傳奇小説《越娘傳》,“自能返倩女之芳魂”出唐陳玄祐的傳奇小説《離魂記》,《牡丹燈記》中的“乃致如鄭子逢九尾狐而愛憐”出自唐沈既濟的傳奇小説《任氏傳》,《愛卿傳》中的“又奪韓翃之婦”與《翠翠傳》中的“乃致爲沙吒利之驅”出自唐許堯佐的傳奇小説《柳氏傳》,《秋香亭記》中的“月老難憑”“則茅山藥成”等則借用了唐傳奇《定婚店》《無雙傳》《昆侖奴傳》《裴航》《柳氏傳》。

三、叙事詩文化的成因

作爲明代傳奇小説集的開山之作,《剪燈新話》形成了獨特的詩文化叙事體式。學界對此褒貶不一,[①]但却淵源有自,主要有下述方面的影響。

一是受前代傳奇小説和話本小説的影響,尤其是唐傳奇。程毅中把唐人小説分爲兩派:“一派是史傳派,一派是辭賦派。後者注重詩筆,在叙事中插入一些主人公的詩歌,既加强了人物的描寫,又顯示了作者的才華。”[②]插入詩文較有代表性的唐傳奇有張鷟的《遊仙窟》、元稹的《鶯鶯傳》、沈亞之的《感異記》等,或間有詩書,或連篇累牘。《剪燈新話》承繼了此種體式,常常並不重視叙事的曲折和人物性格的刻畫,而重在鋪陳小説人物吟誦的詩文。唐傳奇《離魂記》没有詩歌,而仿此的《渭塘奇遇記》則有五首詩歌,説明瞿佑對詩歌的重視。《剪燈新話》還受到鄭禧《春夢録》等元代傳奇小説的影響。《春夢録》開篇的序以第一人稱叙述了作者與吴氏女的愛情交往和悲劇結局,接著詳細交代了他們的來往書信、題贈詩詞,構成了小説的叙事主體。高德基《平江紀事》有一篇作品叙述元代書生楊彦采夜夢一女

---

① 如章培恒等主編的《中國文學史(下)》認爲:“仍存在好用駢儷,多引詩詞的缺陷。”見上海:復旦大學出版社 1996 年版,第 230 頁。陳大康認爲:“適量地融入某些詩文類作品可起到較積極的作用,但其數量决不能多。”見《明代小説史》,上海:上海文藝出版社 2000 年版,第 113 頁。

② 程毅中:《唐人小説中的“詩筆”與“詩文小説”的興衰》,《文學遺産》2007 年第 6 期。

鬼吟詩詠唱西施事，全文604字，却插入九首七言律詩共272字，占全文的45%，詩歌構成全文的主體叙事框架。瞿佑很可能直接借鑒過這些元代傳奇的題材和體式。話本小説以散體叙事、以詩歌韻文進行描寫、評論的叙述方式也對《剪燈新話》産生了影響。[①]

二是受詩話的影響。明代陸深《蓉塘詩話引》云："詩話，文章家之一體，莫盛於宋賢。經術事本、國體世風兼載，不但論詩而已。下至俚俗歌謡、星曆醫卜，無所不録。至其甚者，雖嘲謔鬼怪、淫穢鄙褻之事皆有。蓋立言者用以諱避陳托，微意所存，又文章之一法也。若乃發幽隱，昭鑒戒，紀歲月，顧有裨於正傳之缺失，蓋史家流也。"[②]把詩話視爲文章的一體，可謂見解獨到。明代的王昌會在《詩話類編》"凡例"中也説："編名詩話，義取兼資。若有詩無話、有話無詩者，録可充棟，俱無取焉。"[③]此處的"話"即"故事"的意思，作者强調自己收録的"詩話"就是有詩有話、具有故事性的作品。郭紹虞曾説：

> 宋人詩話之與説部既難以犁别，所以《宋史·藝文志》之著録詩話有入集部文史類者，有入子部小説類者。這不能全怪《宋志》之進退失據，體例不純，也是宋人詩話之内容性質本可兩屬之故，其足考當時詩人之遺聞軼事者，體固近於小説；即足資昔人詩句之辨證考訂者，亦何嘗不可闌入子部呢！所以詩話而筆記化則可以資閑談、涉諧謔，可以考故實、講出處；可以黨同伐異標榜攻擊，也可以穿鑿傅會牽强索解；可雜以神聖夢幻，也可專講格律句法：巨細精粗，無所不包，以這樣繁猥

---

① 陳大康著：《明代小説史》，上海：上海文藝出版社2000年版，第115—116頁。

② （明）姜南撰：《蓉塘詩話》，《續修四庫全書》第1695册，上海：上海古籍出版社1995年版，第625頁。

③ （明）王昌會編：《詩話類編》，《四庫全書存目叢書》集部第419册，濟南：齊魯書社1997年版，第4頁。

之作，當然繼起效颦者大有人在，而論詩風氣盛極一時了。[①]

指出了宋代詩話的筆記化傾向，具有“可以資閑談、涉諧謔，可以考故實、講出處”、“可雜以神聖夢幻”的娱樂性和叙事性特點。程毅中稱《春夢録》是一篇“詩話體的小説”。[②] 瞿佑撰有詩話《歸田詩話》，其中很多篇章就是既有詩又有話，交代詩歌本事、緣由的叙事體式，且篇幅較長，詩歌占有較大比重。如卷下叙作者與孟平的交往，全文共482字，其中插入一首完整的長詩《題剪燈新話》和兩首殘缺的詩詞，共304字，占全文的63%。只不過《歸田詩話》記述的此類詩歌的本事都是真人真事，而《剪燈新話》插入衆多詩詞的傳奇小説偏重虚構而已，其實二者在詩歌、散文相間的叙事體式上是相通的，也都具有一定的故事性和趣味性。從這個意義上説，《秋香亭記》完全可以看作是一篇作者托名商生的詩話。明代萬曆年間王昌會的《詩話類編》常常收録羼入詩歌的傳奇小説，如卷十“鬼怪”類收録了《剪燈新話》卷二《滕穆醉遊聚景園記》、卷十五“妓”類收録了《柳氏傳》、卷三十二“雜録”收録了《鶯鶯傳》、卷三十一“夢幻”類全文收録了《剪燈新話》卷二的《渭塘奇遇記》等。這恰好説明王昌會正是看到了詩話和傳奇小説在叙事體式、功能上的淵源和相通。

三是從現存資料來看，瞿佑十分熱衷運用羼入詩歌韻文的叙事形態。除《歸田詩話》外，我們還考知瞿佑撰寫的一篇人物傳記插入了詩歌。清代陸心源《宋史翼》卷三十二録有瞿佑的《周宣傳》，曰：

周宣，字公猷，錢塘人，仕職方郎中。德祐丙子，元師次皋亭，宣上表請兵禦之。時陳宜中主降，議不報。因自集族黨家丁爲報國計。及

① 郭紹虞著：《中國文學批評史》（上），北京：商務印書館2010年版，第410頁。
② 程毅中著：《宋元小説研究》，南京：江蘇古籍出版社1999年版，第210頁。

元兵入臨安，帝后遠狩。宣乃北面泣拜，率衆與戰，身被刀矢，負痛手格殺數十人，隨遇害。文天祥以詩哭之曰："孤忠莫克援頹軍，一死名高百戰勳。總恨權奸多異議，難禁玉石不俱焚。殺身却羨君先我，徇國終當我繼君。他日幽魂逢地下，血應化碧氣凝雲。"[①]

在不長的篇幅中，結尾引用一首文天祥的詩歌來評價周宣的忠君報國之情義。由於瞿佑的文集《存齋類編》不存，我們無法全面審視瞿佑傳記文的叙事特徵，但這一篇似乎也多少説明瞿佑在散體文叙事中喜歡插入詩歌的創作趨向。

四是作者藉小説反思歷史，與其喜讀並撰寫史書是相通的。瞿佑在75歲時這樣總結自己的著述："閲史則有《管見摘編》《集覽鐫誤》。"[②]前者已佚，《集覽鐫誤》即《資治通鑑綱目集覽鐫誤》，尚存世。作者早年有《沁園春·觀〈三國志〉有感》詞云："争地圖王，地老天荒，至今未休。記東都已覆，聊遷許下；西川未舉，暫借荆州。天下英雄，使君與操，生子當如孫仲謀。三分鼎，問誰能染指，孰可同舟。　一時人物風流，算忠義何人如武侯。看文章二表，心惟佐漢；縱横八陣，志在興劉。底事陳生，爲人乞米，却把先公佳傳酬。千年後，有新安直筆，正統尊周。"[③]還有《讀〈秦紀〉五首》詩及《香臺集》中許多吟詠歷史上女子的詩歌。這表明作者對司馬遷《史記》、陳壽《三國志》、朱熹《資治通鑑綱目》，及《資治通鑑》等前代史書非常熟悉，深諳"以史爲鏡可以知興替"的修史功能。正是瞿佑對史書的濃厚興趣與熱忱，才在傳奇小説中感慨歷史盛衰，評價歷史人物，使不

① （清）陸心源輯撰：《宋史翼》，《續修四庫全書》第311册史部，上海：上海古籍出版社1995年版，第625頁。

② （明）瞿佑：《重校〈剪燈新話〉後序》，（明）瞿佑著，喬光輝校注：《瞿佑全集校注》，杭州：浙江古籍出版社2010年版，第835頁。

③ （明）瞿佑：《樂府遺音》，同上，第277頁。

少作品淡化了小説意味，凸顯了史學特色。從這個角度看，《剪燈新話》敘述元末亂世中文人的命運遭際和普通人的愛情婚姻悲劇未嘗没有補史的創作宗旨。

綜上，在前代傳奇小説的基礎上，瞿佑融入了自己的思考，使傳奇小説集浪漫濃郁的文人氣息與雍容大雅的學者風度於一體，形成了詩歌化、文章化的敘事風格和文體特徵，深刻地影響了明代傳奇小説的發展。

第二節 詩文化傳奇小説的效顰與發展

《剪燈新話》問世後，不僅被傳抄、刊印，而且效顰者紛起，出現了李昌祺《剪燈餘話》、趙弼《效顰集》、雷燮《奇見異聞筆坡叢脞》、陶輔《花影集》等衆多“剪燈”類傳奇小説集，同時又出現《柔柔傳》《賈雲華還魂記》《鍾情麗集》等40多部中篇文言傳奇小説。這些作品“效顰”前人，注重運用詩筆和議論，如《剪燈餘話》全部21篇、《效顰集》25篇中的19篇、《奇見異聞筆坡叢脞》24篇中的21篇、《花影集》全部20篇、《幽怪詩譚》全部96篇作品和幾乎所有中篇文言傳奇小説，都插有詩詞文賦，在體式上有所發展和創新，具有新的文體特徵。

一、以詩歌爲主體的體式

成書於永樂十七年（1378）的《剪燈餘話》，21篇作品都插有詩歌，篇幅明顯加長，插入的詩歌數量與比例都達到了新的高度。正如陳大康所言：“《剪燈餘話》全書共60 827字，插人的詩文却有17 424字，約占30%，書中詩詞共206首，集中起來倒自可成一部詩集，全書篇幅與之相當的《剪燈新話》中，插人的詩詞只有70首。將兩書結合在一起考察，便可知明初時《剪燈新話》是首開先例，而將這種樣式的創作推至極端的則是《剪燈餘話》。”[①]《剪燈新話》中的詩歌具有强烈的時代感，可以深化小説的主旨。《剪燈餘話》中的詩歌雖不乏佳作，但作者的主觀情感則大爲減弱，與小説的關係漸次疏離，慢慢失去了塑造人物、烘托環境等藝術作用，完全成爲作者炫示文才、表達思想的工具。如王英《剪燈餘話》序所言：“昌祺所作之詩詞甚多，此特其遊戲耳。”《剪燈餘話》卷一《月夜彈琴記》叙明初書生烏斯道夜遇元代鍾碧桃鬼魂吟詩的荒誕故事，全文 4 087 字，却插入 30 首集句詩，凡 2 210 字，占全文的 54.07%，已超過叙述故事情節的散體文。卷四《洞天花燭記》仿《剪燈新話》卷一《水宫慶會録》而作，叙秀才文信美遇句曲山仙人請其去寫婚書、催妝詩、撒帳文及洞天花燭詩，全文 1 957 字，羼入 3 詩 2 文，凡 1 124 字，占 57.43%，小説中的撒帳歌竟然也是集唐宋人的詩句而成，這就足以説明作者的創作用意。這些詩歌多集衆家之詩句而成，意境渾然一體，固然非一般文人所能爲，自有其價值。明人安磐説：“《餘話》記事可觀，集句如‘不將脂粉涴顔色，惟恨錙塵染素衣。’‘漢朝冠蓋皆陵墓，魏國山河半夕陽。’對偶天然，可取也。”[②] 對於這些詩歌，一般的評價不高，認爲這不是爲刻畫人物性格、推動情節等的藝術需要而插入，而是爲了賣弄自己的集句才能，與表現小説的主題關係不大。侯忠義曾從聯句詩、集句詩、回文詩、隱謎詩等方面，論述了《剪燈餘話》中詩歌的文字遊戲。[③] 但其實並不盡然，上述評價均持現代的小説觀念來看待，與明人創作傳奇或許在觀念上有間隔。

《剪燈餘話》有兩篇作品值得注意：卷四的《至正妓人行并序》和卷三的《武平靈怪録》，這兩篇可視爲模仿《剪燈新話》中的變體，對後來傳奇

---

① 陳大康：《論明初文言小説創作》，《華東師範大學學報（哲社版）》1999 年第 2 期。
② （清）錢謙益撰：《列朝詩集小傳》乙集，上海：上海古籍出版社 1983 年版，第 192 頁。
③ 參見侯忠義著：《話本與文言小説》，瀋陽：遼寧教育出版社 2013 年版，第 44—46 頁。

小説的叙事體式産生了重要影響。這種體式包括兩個方面：

一是《至正妓人行并序》所呈現的小序和詩歌疊加的叙事體式。

《至正妓人行并序》的主體是一首詩，全文 1 524 字，詩歌竟達 1 232 字，占 80.84%，若删除此詩，就成爲一篇不到三百字的筆記小説了。詩序述自己從桂林謫役房山，途中遇至正間老妓，慨嘆紅顔薄命，凄然賦長詩贈妓。從詩加序的形式和内容上説，顯然效法白居易的《琵琶行并序》；從風格上看，則受到了元稹、白居易新樂府詩風的影響。作者賦此詩“匪慰若人，聊以自解”，詩中云“織烏荏苒忙過隙，司馬氿瀾已濕衿”，妓女起謝盛讚“此元、白遺音也”；結合作者從廣西左布政司任上“坐事謫役”房山的遭遇，此詩顯然與白氏“同是天涯淪落人，相逢何必曾相識”乃同一懷抱。友人劉子欽跋，稱作者“乃以微眚於役，感遇而賦此”，可謂知人。友人周孟簡贊此詩“詞義深密，三復爲之起敬。……今以一妓而獲見遇於公之一賞，何其幸哉！雖老死無憾矣！世之士大夫，遇不遇也，亦猶是爾”。[①]可謂知音。這篇作品是遠紹唐代元白的小序加詩歌體的一篇傳奇小説，實質上更像一首詩歌。李昌祺《運甓漫稿》卷一有五言古體詩《讀元結〈大唐中興頌〉》，而《大唐中興頌》就是一首帶有小序的頌詩，序云：“天寶十四年，安禄山陷洛陽；明年，陷長安。天子幸蜀，太子即位於靈武。明年，皇帝移軍鳳翔。其年復兩京，上皇還京師。於戲！前代帝王有盛德大業者，必見於歌頌。若今歌頌大業，刻之金石，非老於文學，其誰宜爲？”[②]後面的四言頌詩 180 字。李昌祺對唐朝的這種帶序的詩體形式無疑是非常熟悉的。不過，李昌祺在詩後又交代了妓女的結局，近於跋，云：“予既贈以是詩，乃致謝曰：‘此元白遺音也！何相見之晚也？老身旦夕且死，當與偕焚，庶讀之於

① （明）李昌祺著：《剪燈餘話》，《剪燈新話（外二種）》，上海：上海古籍出版社 1981 年版，第 264 頁。

② （唐）元結撰，孫望校：《元次山集》，北京：中華書局 1960 年版，第 106 頁。

地下。’明年春，予將還京師，重往過之，則果没矣。因誦斯稿，猶若見其俯仰語笑之態。悲夫！永樂庚子閏正月朔日，廬陵李禎識。”則顯然發展了小序加詩的體式。

早在洪武初年，孫蕡就已經運用這種詩前加長序的形式進行叙事、抒情。孫蕡（1334—1389）《西庵集》卷七“五言律”收録有《朝雲》并序，序稱作者於洪武庚戌（1370）十月，夜宿西湖小蘇堤下，夢蘇軾侍婢朝雲的鬼魂賦題25首集句詩，作者有感於此，“復竊高唐洛神之意，爲詩用紀其事，凡一百韻，悼粉香之零落，寫溟漠之幽姿，纏綿凄惋，宛然思婦呻吟之聲，非獨以慰朝雲，亦聊以自解云爾”。[①] 作品全文2 683字，有詩歌26首，凡1 980字，占73.79%，是明代最早的以詩歌爲骨幹的傳奇小説。明代黄瑜《雙槐歲鈔》卷一《朝雲集句》稱：“洪武中，西庵孫典籍仲衍蕡，號嶺南才子，工於集句，叙所作《朝雲詩一百韻》，語多不録，録其叙，蓋傳奇體以資談謔爾。”[②]《四庫全書總目》卷一六九《西庵集》條指出：“小説載書生見蘇軾侍姬朝雲之魂者，得集句七言律詩十首，七言絶句十五首。今乃在此集第八卷末，蓋蕡遊戲之筆，即黄佐傳中所稱集古律詩一卷是也。黎貞乃綴於集後，又並載其序，遂似蕡真有遇鬼事者。”[③] 可見，明清文人均把孫蕡詩文集《西庵集》中的這篇作品視爲傳奇小説。這篇序和五言律詩都較長，很可能對李昌祺創作《至正妓人行并序》産生了直接影響。此後，把這種叙事體式納入傳奇小説集的不乏其人。

成書於宣德（1426—1435）末的趙弼《效顰集》乃《夷堅志》《剪燈新話》的效顰之作。卷下《夢遊番陽彭蠡傳》叙作者拜見道士王全真和詩事及夢中與王全真遊彭蠡湖，全文共3 447字，雜有33首律詩、2首古體詩，

---

① （明）孫蕡撰：《西庵集》，明弘治十六年（1503）金蘭館銅印本，《中華再造善本》，北京：國家圖書館出版社2010年版。

② （明）黄瑜撰：《雙槐歲鈔》，北京：中華書局1999年版，第15頁。

③ （清）永瑢等撰：《四庫全書總目》，北京：中華書局1965年版，第1474頁。

凡 2 552 字，占全文的 74.04%。作者在最後一首長詩前面云：“言畢，放舟東流，風浪大作。予駭然而覺，乃一夢耳。因賦短歌以識其事云。”[①] 我們也可把此前作者與王全真的交往和夢遇事視作篇末長詩的長序，是小序加長詩的變體。這篇作品流露出對修道成仙的嚮往，而《懷仙吟》33 首最後一首所云“恪守行藏遵孔聖，肯將休咎問巫咸。傍人莫訝終言異，儒比神仙更不凡”，及篇末詩所謂“寒毡但願老儒官，講道談經聊自歡”，則又透露出對儒家思想的堅守，真實地表達了作者的内心矛盾，充滿了濃郁的抒情色彩。

成書於成化（1465—1487）末、弘治（1488—1505）初的《花影集》四卷二十篇，是陶輔校《剪燈新話》《剪燈餘話》《效顰集》“得失之端，約繁補略”而創作的。卷四《翟吉翟善歌》結構獨特，篇首有一段文字近於小序，叙述作者創作的動機和目的。針對社會上“人家一有婚、喪、宅、葬之事，輒起趨吉避凶之疑，多方占擇，不顧義理，至於悖道違天，無所不至”的不良世風，作者自謂：“予睹斯弊，深自惕警。不揣鄙陋，僭立新意，以婚、喪、宅、葬爲擇吉，瞽樂、僧尼、巫媪、奴婢爲擇善，分爲二途，類爲八事，各序小引，聯作俚言，名之曰《擇吉擇善歌》，非敢擅立彼此，意在賢者知警，而愚者之少戒耳。”[②] 下面由八個並列的部分組成，分别闡述了作者對婚姻、喪事、房宅、葬地、瞽樂、僧尼、巫媪、奴婢等八類事情、人物的看法。每部分約三百字左右，均由一篇短序和一首詩歌構成，序與詩的字數大致相當，序言偏雅，詩歌近俗，二者相互生發，議論説理，以教化世人。如第一部分的小序曰：

夫婚姻者，人極之先，五倫之本，正閨門以及家邦，承宗祀以延後

① （明）趙弼著：《效顰集》，上海：古典文學出版社 1957 年版，第 116 頁。
② （明）陶輔撰，程毅中點校：《花影集》，北京：中華書局 2008 年版，第 115 頁。

> 嗣，乃天地工用之端也。凡求婚者，當先觀其父何如，則其母之婦道可知。其母既知，則女範得矣。今之人則不然，一有婚姻乃心財利，或專在吉凶，殊不知貧賤富貴在天，吉凶在我。茫然顛倒，曷勝嘆歟！曷勝嘆歟！①

論述了婚姻的重要性，認爲擇偶應重視人的道德品行，抨擊了當時求財利、重吉凶的風氣。緊接著是一首詩歌：

> 當世婚姻真可笑，不求懿德求才貌。富家有女媒氏忙，逆料妝奩向人道。貪愚一聞心預期，晝夜尋思念不移。那度彼此事可否，亂投瞽卜占筮龜。瞽卜吉凶豈能斷，往往隨口乘人便。命合紅鸞便進財，自此家門都改换。千謀萬慮過門來，貧苦追陪富倚財。婦驕悍怠悖指教，家業從此成頹衰。嗚呼，擇吉兮吉安在？宜當聽取文公戒。還娶不若吾家女，殷勤趨事心無外。②

用通俗的語言揭示當世婚姻不求德而求才貌的種種可笑可嘆之處。《翟吉翟善歌》是由一篇總序與八篇小序、詩歌組成的，完全没有人物和情節，根本算不上傳奇小説。最後一篇《晚趣西園記》開頭有段近於序的文字，叙作者的性情，自詡“所作詩文似近清逸，故録於左”，凡188字；後録一文《晚趣西園記》344字與30首五言律詩800字，共1 144字，占全文的85.89%。這篇作品實爲作者的一部小型詩文集。作者有意淡化傳奇小説的人物塑造與故事性，而重視詩歌創作以抒懷或勸善懲惡，形成個性獨特的叙事體式。

① （明）陶輔撰，程毅中點校：《花影集》，北京：中華書局2008年版，第115頁。
② 同上，第115—116頁。

成書於萬曆間的《鴛渚誌餘雪窗談異》亦呈現出作者對詩歌的偏愛。卷下《秋居仙訪録》全文1 645字，插入20首五律凡800字，占全文的48.63%，作者在篇末評云："予味《晚秋村樂》二十篇，情景之妙，不減唐之皮陸；豈皮陸哉，雖鐘吕亦不過如是也。"[①]可見作者對自己詩才的自賞與自負。

上述作品大多以第一人稱敘述自己的奇遇、夢境或心態，都以詩歌爲主體，幾乎取消了敘事，運用詩歌前的序闡述自己的創作動機和宗旨，運用詩歌來抒情和説理，形成獨特的結構體式與敘事旨趣。正如張孟敬《花影集序》所言"以豁其趣""以極其情"，陶輔所謂《翟吉翟善》則"因人情之趨吉避凶而導迪之，使爲善去惡也"。這種由敘事向情理轉化、以詩歌爲主體的體式，顯然與作家的生平遭際和時代思潮密切相關。

明永樂己亥年（1419），李昌祺因故謫役房山，自然有懷才不遇的愁苦和漂泊江湖的孤獨。《運甓漫稿》卷三《己亥房山除夕營中作》云：

> 殘臘中宵盡，孤懷百感深。已慚先哲訓，徒抱古人心。偃息何由得，勤勞敢不任。寒燈照空榻，擁褐謾愁吟。（其一）
>
> 患難仍連歲，蹉跎獨此身。風塵雙短鬢，宇宙一窮人。向曙繁星没，凝寒積雪新。椒花今夕酒，誰壽白頭親。（其二）
>
> 稚子捐深愛，酸辛痛莫支。坐愁侵骨髓，行樂負心期。風俗殊方異，人情近老悲。前程駑馬足，敢不慎驅馳。（其三）
>
> 警柝嚴巡邏，寒更獨坐聽。凄其孤影瘦，邪滸萬聲停。敗壁風穿葦，空庖凌在缾。茫茫天壤内，么麽一螟蛉。（其六）[②]

---

① （明）周紹濂撰，于文藻點校：《鴛渚誌餘雪窗談異》，北京：中華書局2008年版，第203頁。
② （明）李昌祺撰：《運甓漫稿》，國家圖書館藏明正統間刊本。

作者在詩中一再吟誦“孤懷”“獨此身”“一窮人”“坐愁”“獨坐聽”“孤影瘦”“一螟蛉”等，刻畫出一個苦悶孤獨、缺乏知音的詩人形象。《剪燈餘話》正作於謫役房山期間。《至正妓人行并序》恰叙作者往房山的途中偶遇老妓，其實此事的虛實已不重要，關鍵是李昌祺藉此從古人先賢那裏尋找到精神和心靈上的知音白居易，可以通過詩歌一舒憂懷，借他人之酒杯，澆心中之塊磊。正如作者序所自道：“憂鬱之際，取而讀之，匪慰若人，聊以自解焉耳。”比照白居易，或許《至正妓人行并序》收入詩集《運甓漫稿》更合乎體例。作者把有感嘆自己不遇之嫌的《至正妓人行并序》收入《剪燈餘話》，想必有避免給自己帶來更大麻煩和不可預料命運的考量。

二是《武平靈怪録》以精怪詠詩爲主體框架的叙事體式。

《武平靈怪録》全文 2 271 字，有 9 首詩歌，凡 920 字，占 40.51%。小説叙書生齊諧在洪武間夜宿廢庵中，遇僧、石子見、毛原穎、金兆祥、曾瓦合、皮以禮、上官蓋、木如愚、羅本素等九人來訪，且各吟詩一首，天亮才發現這九人分别是庵院中的泥象、敗硯、秃筆、銚、甑、絮被、棺蓋、木魚、羅扇幻化而成。作者主要是爲了展示自己的詠物才華以顯博學，如毛原穎詩云：“早拜中書事祖龍，江淹親向夢中逢。遠誇秦代蒙恬巧，近説吴興陸穎工。鷄距蘸來香霧濕，狸毫點處膩朱紅。於今贏得留空館，老向禪龕作秃翁。”首聯用韓愈《毛穎傳》中毛筆被秦始皇封爲中書令、《南史・江淹傳》江淹夢筆之典，頷聯吟毛筆的發明人蒙恬及近來善作筆的陸穎，頸聯以鷄距、狸毫兩種毛筆代所有，尾聯點明所詠對象乃一枝空屋中的秃筆。全詩先讚毛筆的功業，再叙其製作和用途，最後點題，用典陳舊，殊乏新意，如果脱離小説文本，就是一首非常平庸的詠物詩。作者將 9 首這類詠物詩編撰成一篇傳奇小説，書生名“齊諧”，顯然有詼諧娱樂的旨趣。這篇小説顯繫模仿唐傳奇《東陽夜怪録》，作品叙秀才成自虛雪夜宿於東陽驛南佛廟，聽病僧智高、盧倚馬、朱中正、敬去文、奚鋭金、苗介立、胃藏瓠、胃藏立等衆人論道賦詩，天明發現原來分別是橐駝、驢、牛、狗、鷄、貓、刺蝟作怪，各自所賦詩歌多運用典故，自道身份，有詠物言志之意。這類小説是“從諧隱文章發展而來的”，[①] 自然意在消遣。難怪孫楷第説：“唐人傳奇，如《東陽夜怪録》等固全篇以詩敷衍，然侈陳靈異，意在誹諧，牛馬橐駝所爲詩，亦各自相切合；則用意固仍以故事爲主。”[②]《武平靈怪録》比《東陽夜怪録》平實，在明初傳奇小説中别開生面，然意趣遠不逮矣。出人意料的是，以諧謔爲主的遊戲之作《武平靈怪録》竟然影響了有明一代的傳奇小説創作。

已佚的周禮《湖海奇聞》刊於明弘治丙辰（1496），“聚人品、脂粉、禽獸、木石、器皿五類靈怪，七十二事”。[③] 現考知其一佚文即《幽怪詩譚》卷五《畫姬送酒》，[④] 小説中的三首詩歌由童軒（1425—1498）《清風亭稿》卷六《九日四首并序》之四、卷二《自君之出矣》二首與《惜花行》共四首詩歌連綴而成，全文 612 字，詩歌 267 字，占 43.63%。周禮以他人之詩編撰小説，顯然是以文爲戲。明代孫緒（1474—1547）説《湖海奇聞》的詩歌：“首首警策，竊以爲掛之他人者，而未敢以告人也。後因遍閱本朝正統、景泰間諸名公詩集，自卞户部、王舍人而下，凡即事詠物之什，無不被其剿入。”[⑤] 可見，《湖海奇聞》中有很多傳奇小説，是周禮以童軒、王紱（1362—1416）、卞榮（1426—1498）等人的詩歌編撰的，形成十分獨特的編撰方式與小説形態。只是這些作品，多不可確考了。但這種編創方式頗爲明人喜愛，對後世産生了很大的影響。

刊於明萬曆己丑（1589）的《古今清談萬選》、萬曆甲午（1594）的

① 程毅中著：《唐代小説史》，北京：人民文學出版社 2011 年版，第 235 頁。
② 孫楷第著：《日本東京所見小説書目》，北京：人民文學出版社 1958 年版，第 126 頁。
③ （明）高儒：《百川書志》卷六，上海：上海古籍出版社 2005 年版，第 89 頁。
④ 陳國軍：《周静軒及其〈湖海奇聞〉考》，《文學遺産》2005 年第 6 期。
⑤ （明）孫緒撰：《沙溪集》卷十三，《景印文淵閣四庫全書》第 1264 册，臺灣：商務印書館 1986 年版，第 621 頁。

《稗家粹編》與 1604—1607 年間的《廣艷異編》[①] 等小説選本收録了許多此類小説，刊於明崇禎己巳年（1629）的《幽怪詩譚》更是明代詩文小説的集大成之作。其中有很多小説都以詩歌爲骨幹，且多精怪詠詩，甚至抄襲他人詩歌，代表了明代此類傳奇小説的創作水準。試看下表：

小説集、卷目	篇名	全文字數	詩歌篇數	詩歌字數	詩歌所占比（%）
《古今清談萬選》卷一	希聖會林	727	8	342	47.04
	以誠聞詠	347	5	205	59.08
《古今清談萬選》卷二	詩動秦邦	715	10	310	43.36
《古今清談萬選》卷三	月下燈妖	1 118	7	399	35.69
	建業三奇	625	4	272	43.52
	四妖現世	730	4	339	46.44
《古今清談萬選》卷四	渭塘舟賞	733	6	302	41.2
	濠野靈葩	745	5	300	40.27
	常山怪木	727	5	285	39.2
	興化妖花	746	6	353	47.32
《稗家粹編》卷三	嚴景星逢妓	727	12	432	59.42
	荔枝入夢	722	6	328	45.43
《稗家粹編》卷六	傒斯文遇	840	10	421	50.12
《稗家粹編》卷八	雷生遇寶	721	5	325	45.08
《廣艷異編》卷一二	范微	722	7	418	57.89
《幽怪詩譚》卷二	鄱陽水物	577	5	292	50.61

---

① 任明華:《〈廣艷異編〉的成書時間及其與〈續艷異編〉的關係》,《上海師範大學學報》（哲社版）2006 年第 5 期。

續 表

小説集、卷目	篇名	全文字數	詩歌篇數	詩歌字數	詩歌所占比（%）
《幽怪詩譚》卷三	梵音化僧	669	5	291	43.5
	樂器幻妓	669	6	348	52.02
	盱江拗士	669	5	258	38.57
	豐年物感	637	5	288	45.21
《幽怪詩譚》卷四	古驛八靈	873	8	496	56.82
《幽怪詩譚》卷五	長沙四老	797	6	383	48.06
	六畜警惡	737	6	354	48.03
《幽怪詩譚》卷六	蟲鬧書室	945	8	488	51.64
	廢宅聯詩	561	1	274	48.84

從表格可以看出，小説多不超過千字，篇幅短小；插入詩歌篇數多，字數都超過三分之一，不少作品詩歌字數超過了一半，詩歌構成了小説的叙事主體和叙事框架。其中很多詩歌都是物妖精怪賦吟自己的詠物詩。如《稗家粹編》卷八《雷生遇寶》叙雷生成化年間夜宿城外古廟，聞聽四人吟詩，天明發現珠、玉、金、錢無數。精怪所吟四首詠物詩，用典貼切，如紫衣人（金怪）詩云："麗水生來色燦然，雙南價重世相傳。沙中揀出形何異，爐内熔成質愈堅。孟子受時因被戒，燕王置處爲招賢。埋兒郭巨天應錫，青簡留名幾萬年。"[①] 首聯、頷聯述黄金的顔色、産地與冶煉，頸聯、尾聯運用了孟子拒齊王千金而接受宋薛兩國君更少的黄金、燕昭王築黄金臺歸納天下賢士、郭巨欲埋兒從地下挖出一釜黄金等三個有關黄金的典故，全詩從物理屬性和人文角度兩個層面詠黄金，能夠抓住所詠對象的特點。《幽怪詩譚》卷

① （明）胡文焕編，向志柱點校：《稗家粹編》，北京：中華書局2010年版，第486—487頁。

六《蟲鬧書室》叙書生葛希孟至正間夜分讀書，見緑衣人、玄衣人、皂衣人、翠衣人、青衣人、白衣人、細腰人、長喙人共八人聚於書房外喧嘩，後各賦一詩以摹寫自我，實分别爲蜻蜓、蟋蟀、蜘蛛、螢火蟲、蠅、蛾、蟻、蚊八怪。這八首詩隨物賦形，將事物的生活習性與相關典故結合在一起，間含寄寓，蘊藉詼諧。如長喙人吟云："爲物雖微最可憎，長從夏夜惱人情。輕輕似絮身邊擾，隱隱如雷耳畔鳴。飛入破窗肌被刺，聒來孤枕夢難成。恣渠血食無驅逐，吴猛兒時有孝名。"[①] 從稱呼到詩句都緊緊扣住了蚊子的特點，最後一句則化用了《搜神後記》卷二所載吴猛擔心蚊虻叮咬父母而終夜不摇扇的故事。白衣人詠蛾詩最後兩聯云："不管焦頭和爛額，只緣忍死肯捐生。莫言浮世趨炎好，到底趨炎不久情。"從飛蛾撲火的悲壯之中，聯想到趨炎附勢者的可悲下場，令人警醒。雖然小説作品與八首詩歌的作者無法考出，但遊戲的旨趣却一目了然。

其中許多詩歌抄襲他人。如《稗家粹編》卷三《荔枝入夢》插入六首詩歌，其一"南入商山松路深"即唐李端《送馬尊師》詩，其二"危峰百尺樹森森"即唐盧倫《酬金部王郎中省中春日見寄》詩，其三"妾生原自越閩間"即明人顔復膺詠荔枝詩，[②] 其四、五兩首即童軒《清風亭稿》卷二《古意》二首，其六即《清風亭稿》卷三《秋閨詠别》。小説叙建寧書生譚徽之與友人遊名山，倦憩荔枝樹下，夢遇美人自薦枕席，並吟詩傳情，醒來發現自己躺在樹下。作者雖不可考，但運用别人詩歌，隨意裝點而成小説，涉筆成趣，確實别具一格。《幽怪詩譚》卷五《六畜警惡》叙至元間夔州水朝宗爲人刻薄，殘暴百姓，忽一日家中的馬牛羊犬豕貓六畜均人立而吟詩，後朝宗被怨家打死，家産被搶劫一空。其中第二首詩乃費宏（1468—1535）詩，

---

① （明）碧山卧樵纂輯，任明華校注：《幽怪詩譚校注》，濟南：齊魯書社 2011 年版，第 287—288 頁。

② （清）俞鵬程：《群芳詩鈔》卷五，《四庫未收書輯刊》第八輯 30，北京：北京出版社 2000 年版，第 114 頁。

第三首詩即文天祥的《詠羊》詩，第四首詩據明代萬曆六年（1578）編刊的《新刊增補古今名家詩學大成》卷二三組合而成，其他三詩作者無考，顯然小説是以他人詩歌編撰而成的。《幽怪詩譚》至少插入了41人的詩歌，其中明人31位，可以説，明人一直對運用他人詩歌編撰傳奇小説的方式充滿熱情，充分認識到小説的虛構特性和娱樂功能。①

總之，這類小説大多叙某人遇到精怪物妖，或聽其吟詩，或與其聯詩，天明後發現真相或其原形，情節非常簡單；詩歌是小説的主體，若删除詩歌，就不成爲傳奇小説了；作家不是爲了表現精怪的恐怖或實有，而是將自己喜歡的詩歌饒有興味地編撰成具有詼諧風格的傳奇小説，令人會心一笑。作者以大量詩歌編纂小説，既有炫才之意，亦具自娱、娱人之旨。

上述兩種叙事體式或以序交代詩歌的緣起，或叙精怪詠詩，無疑都以詩歌爲主體，叙事成爲詩歌的陪襯和工具。這種叙事體式顯然也受到了詩話的影響。有學者專門論述過“體兼説部”的詩話與明代詩文小説的關係，認爲“‘録異事’‘記本事’類型的‘詩話’在宋以前可以有别的表現形式，其中很重要的一種形式便是‘序’”。②因而《剪燈餘話》中的《至正妓人行并序》和《花影集》中的《翟吉翟善歌》等詩序類傳奇小説，叙述詩歌的本事，交代作詩的緣由，其實就是詩話。而明代作家以他人的詩歌編撰傳奇小説，顯然就是直接對詩歌的品評與肯定。這從明代聽石居士《幽怪詩譚引》可以看出：

> 詩自晉魏，以至唐宋，號稱巨匠七十餘家。或開旺氣於先，或維頹風於後，雅韻深情，談何容易！然披覽一過，覺集中絳雲在空、舒卷如意者，則詩中之陶彭澤也。有斜簪插髻、風流自喜者，則詩中之陳思王也。有東海揚波、風日流麗者，則詩中之謝康樂也。有秋水芙容、嫣然

① 任明華：《論明代嵌入他人詩歌的詩文小説》，《求索》2016年第6期。

② 王冉冉：《“體兼説部”的“詩話”與明代“詩文小説”》，《明清小説研究》2000年第1期。

> 獨笑者，則詩中之王右丞也。有鳳笙龍管、漢宫秦塞者，則詩中之杜工部也。有百寶流蘇、千絲鐵網者，則詩中之李義山也。有海外三山、奇峰陡峙者，則詩中之李長吉也。有高秋獨眺、霽晚孤吹者，則詩中之柳子厚也。有狂呼醉傲，俱成律吕，姍笑怒駡，無非文章者，則詩中之李謫仙、蘇學士也。其餘或仙或禪，或茗或酒，或美人，或劍客，以幽怪之致與諸家相掩映者，不可殫述，而總之以百回小説作七十餘家之語。不觀李温陵賞《水滸》《西遊》，湯臨川賞《金瓶梅詞話》乎！《水滸傳》，一部《陰符》也。《西遊記》，一部《黄庭》也。《金瓶梅》，一部《世説》也。然則此集郵傳於世，即謂晉魏來一部詩譚亦可。[①]

正是有感於詩壇"巨匠七十餘家"，才編纂了羼有衆多詩歌的小説集《幽怪詩譚》，明確表示可把這部小説看作一部"詩譚"，即一部品評詩歌的詩話。出於對詩歌的欣賞、品評，有意用他人詩歌來編創類似詩話的傳奇小説，實在是明人的獨創。

二、叙事説理化、史傳化

如前所述，《剪燈新話》運用大量議論，已現文章化的端倪。其後，明代傳奇小説在叙事内容和形式上更加變本加厲，益近於文章，或者説是把文章收録進傳奇小説集，使傳奇小説出現了説理化、史傳化的傾向。

1. 由叙事轉向説理

明代傳奇小説由事向理的轉變，體現出一個基本的趨勢：從以叙事爲依

---

① （明）碧山卧樵纂輯，任明華校注：《幽怪詩譚校注》，濟南：齊魯書社 2011 年版，第 1—2 頁。

托，在叙事中闡述倫理的説教，向整篇作品淡化叙事而以説理爲主的演化。明人羅汝敬説《剪燈餘話》“舉有關於風化，而足爲世勸者”；[①]張光啓稱李昌祺遺憾《剪燈新話》“風教少關”，於是“搜尋古今神異之事，人倫節義之實”而著此書，“雖非本於經傳之旨，然其善可法，惡可戒，表節義，礪風俗，敦尚人倫之事多有之，未必無補於世也”。[②]李昌祺在模仿《剪燈新話》時，以敦尚人倫爲己任，悄然賦予《剪燈餘話》新的時代特徵。正如張光啓《剪燈餘話》序所言：“四海相傳《新話》工，若觀《餘話》迥難同。搜尋神異希奇事，敦尚人倫節義風。”[③]正是這種創作宗旨改變了《剪燈餘話》的叙事格調，呈現出濃厚的説教化色彩。

同是愛情題材，《剪燈新話》突出表現男女間的深情，如卷三《翠翠傳》寫金定、翠翠夫婦因戰亂失散，相見時却不能相聚，最後悒鬱哀傷而逝。《剪燈餘話》則重點渲染男女的節義，如卷二《鸞鸞傳》叙鸞鸞驚聞丈夫被賊殺死後，“負其屍以歸，親舐其血而手殮之，積薪焚穎，焰既熾，鸞亦投火中死焉”，以身殉夫，被時人稱爲“烈婦”，表其冢曰“雙節之墓”。最後作者評論説：“節義，人之大閑也，士君子講之熟矣，一旦臨利害，遇患難，鮮能允蹈之者。鸞幽女婦，乃能亂離中全節不污，卒之夫死於忠，妻死於義。惟其讀書達禮，而賦質之良，天理民彝，有不可泯。世之抱琵琶過别船者，聞鸞之風，其真可愧哉！”卷三《瓊奴傳》叙述吴指揮欲强娶瓊奴時，她對母親哭著説：“徐門遭禍，本自兒身，脱别從人，背之不義。且人之異於禽獸者，以其有誠信也，棄舊好而結新歡，是忘誠信，苟忘誠信，殆犬彘之不若；兒有死而已，其肯爲之乎？”[④]遂於當夜自縊於房中，被母親解

① （明）羅汝敬：《剪燈餘話》序，《剪燈新話（外二種）》，上海：上海古籍出版社 1981 年版，第 119 頁。

② （明）張光啓：《剪燈餘話》序，同上，第 120—121 頁。

③ 同上，第 121 頁。

④ （明）李昌祺著：《剪燈餘話》，同上，第 200、215 頁。

救過來；當聞知丈夫被吴指揮殺害後，具狀與丈夫報仇雪冤，並在哭送埋葬丈夫時“自沉於冢側池中”，於是夫妻合葬，被朝廷旌表爲“賢義婦之墓”。這兩篇作品都贊頌了女子從一而終、以身殉夫的節烈行爲，具有濃厚的理學色彩。

同是遇仙鬼、入冥府的題材，《剪燈新話》意在抒發亂世情懷，及對歷史人物的評價；《剪燈餘話》則重在表達對歷史的洞察力，及自己的思想見解。如卷二《青城舞劍録》評價張子房、陳圖南是歷史上難得一遇的知幾者，是大丈夫，其目的就是爲了證明自己的見解：“天下之事，在乎知幾，幾者事之微，吉凶之先見者也。《易》曰：‘知幾其神乎？’又曰：‘君子見幾而作，不俟終日。’子思子曰：‘君子知微’，皆謂是也。古今以來，豪傑之士不少，其知幾者幾何人哉？”[①] 卷三《幔亭遇仙録》叙杜僎成秋日入山遇仙，清碧仙人説自己累辭征辟，潛心著述，“今皆散逸，獨《春秋諸傳正義》四十八卷僅存，平生精力，盡在此書”，於是諸仙開始談論《春秋》：

> 一仙曰：“《春秋》宣父手筆，不比他經，而諸儒以管窺蠡測，拘拘然指一字爲褒貶，豈聖人之心乎？大抵聖經所書，有常有變，難執一而論。首王人，次封爵，常也。主會主兵，謀縱謀逆，幾於變矣。然而托始立法，拳拳宗周，王必曰天王，正必曰王正，文、武、成、康之威靈，儼乎其對越，撥亂反正，蓋爲天下後世計，而以爲爲魯而作，豈聖意哉？”一仙曰：“伯原公之意如何？”清碧曰：“昔人謂三傳作而《春秋》散，散則散矣，然三傳亦未容以輕議也。蓋《公羊》《穀梁》專釋經，而《左氏》專載事，至唐啖氏、趙氏，始毫分縷析，辨明義例，合三家之要而歸之一。陸淳親承趙氏之學，又著《纂例》《辨疑》《微旨》

① （明）李昌祺著：《剪燈餘話》，《剪燈新話（外二種）》，上海：上海古籍出版社1981年版，第180頁。

> 三書，其文可謂粲然，而其學可謂粹然矣。宋朝諸儒所述，皆明白正大，詞嚴義密，無餘蘊，但胡康侯主於諷諫，'高宗復仇'，未免微有牽强處。故朱子嘗曰：胡氏說《春秋》，已七八分，但未到灑然處。良有以也。又若張洽之傳，王氏《讞議》等書，皆能發先儒之未發，論其精妙，而無遺憾則未也，其至者惟伊川乎！"[①]

這段文字對塑造人物性格關係不大，十分突兀，沖淡了小說的故事情節，顯然旨在表達對《春秋》諸家的評述。據考證，《幔亭遇仙録》中的十三人都是歷史上的真實人物；[②]且《元史》記載，杜清碧有《四經表義》《六書通編》《十原》等理學著作。儘管如此，上述對《春秋》精要的評述，也不大可能是杜清碧的，而是李昌祺藉小說的形式、歷史人物之口闡述自己的經學觀點。更甚者是卷一《何思明遊酆都録》，直接插入與故事情節無關的學術論文。小說叙宋人何思明通五經，酷不喜老佛，"著《警論》三篇，每篇反復數千言，推明天理，辨析異端，匡正人心，扶植世教"，若接著講述其入冥，則情節尚稱連貫，然而作者在此處却插入"先儒謂：天即理也。以其形體而言，謂之天；以其主宰而言，謂之帝；帝即天，天即帝。非蒼蒼之上，別有一天。宮室居處，端冕垂旒，若世之帝王者，此釋、老之論也"、"蓋天者，理之所從出，聖人法天"等長篇大論，[③]竟達534字，占全篇的五分之一，完全游離於故事情節之外。作者將元末隱居不仕的何思明稱爲大宋人，又特意插入天即理的哲學論述，顯然旨在宣傳明代占正統地位的程朱理學思想。

---

① （明）李昌祺著：《剪燈餘話》，《剪燈新話（外二種）》，上海：上海古籍出版社1981年版，第219—220頁。

② 參見陳冠梅著：《杜本及〈穀音〉研究》，上海：東方出版社2007年版，第261—273頁。

③ （明）李昌祺著：《剪燈餘話》，《剪燈新話（外二種）》，上海：上海古籍出版社1981年版，第153頁。

其後的《效顰集》以維護名教爲表現的重心，叙事性更加弱化，議論性文字增多。趙弼説此書“與勸善懲惡之意”，或有可取。高儒《百川書志》卷六《史部·小史》評斷《效顰集》説：“言寓勸戒，事關名教，有嚴正之風，無淫放之失，更兼諸子所長，文華讓瞿，大意迥高一步。”如卷中《蓬萊先生傳》叙林孟章嗜酒，病在膏肓，擔心繼室嫁人，對友人説：“吾逝世之後，覩此尤物之容，不逾月而必適人矣。”憤怒地對妻子説：“幽冥之中，無鬼神則已，如其有神，吾必復取厥良，俾汝孀居終身，愁死於孤枕也。”林死後，妻嫁林友人蔣醫生，夢林鬼魂厲聲説：“汝勿長舌。豈不聞餓死事極小，失節事極大？”林赴冥司狀告蔣生“悖師之道，負友之情”，結果蔣被索命而死。[①]這裏看不到夫妻二十多年的恩愛，只有丈夫對“餓死事小，失節事大”的頑固堅守，以致對娶自己妻子的友人也不放過，小説宣揚程朱理學的主旨極爲顯露。卷下《丹景報應録》叙道士劉海蟾遇天曹玉潛真君等群神降臨人間勘問善惡，現場審判扶蘇、蒙恬狀告李斯、趙高一案，情節並不複雜，但是有强烈的現實指向性，如真君説：“爾曹昔爲相國，位極人臣，貪欲無厭，求利不止，偷合苟容。且夫堯舜之道，天下古今之至道也，爾斯以爲大謬。非聖人者無法，爾之謂也。秦皇父子暴虐棄德，爾斯不以周孔之道輔之，乃以申韓之術以導其殘賊之心，逢君之惡，爾之謂也。彼高者本宦寺小人，百端狙詐，陷害輔宰，專權擅政，弑君謀逆，以致海内混亂，生民無辜而肝腦塗地者，不可勝紀，皆爾二賊所致。若此論之，雖經百劫不可宥也。”或許對當時的朝政和當權重臣有所暗示。閑閑宗師吴全節説得更加直接：“今之士大夫讀書習禮，見利忘義，妒賢嫉能者，比比有焉。其或與人交處，面和内怨，口是心非；或因圖名利，因事以傾擠；或因争私憤，陰謀以相陷。如是之徒，一萌此心，冥曹即録其名於黑簿也。”[②]小説是藉歷史叙

① （明）趙弼著：《效顰集》，上海：古典文學出版社1957年版，第70—75頁。
② 同上，第92—94頁。

事而揭示當時社會的黑暗與士風的萎靡不振，體現出作者的救世之心。陶輔評價《效顰集》"持正去誕"，可謂知言。

明人張孟敬説："夫文詞必須關世教、正人心、扶綱常，斯得理氣之正者矣。"而《花影集》"皆於世教有關。視前人《新話》《餘話》《效顰》諸作，文詞不同，而立意過之"。[①]陶輔也説自己"較三家得失之端，約繁補略"而創作《花影集》。卷一《劉方三義傳》、卷二《節義傳》等，從篇名即能看出作者宣揚節義的創作主旨。前者叙述京衛老軍方某攜子宿於蒙村河邊劉叟酒店，不久方某病亡，子改名劉方，認劉叟夫婦爲義父母；後又從河邊救得劉奇一家。父母歿後，由於家鄉遭遇水災，無處埋葬父母，劉奇只好返回，被劉叟收爲義子。劉叟夫婦去世後，劉方、劉奇盡人子之禮葬之。作品歌頌了人與人之間應該以義相待，子女應孝養父母的美好品德。卷二《管鑒録》叙元末河北慶都縣惡少王屠者以屠宰爲業，不信鬼神，不聽于公之勸改業向善，死入冥府方知鬼神報應，於是痛改前非，成爲善人。好事者作詩云："惡人休把好人欺，不令人知天自知。心上有形須點檢，問君何處是便宜。"庠生管鑒對此不以爲然，後遇樵者對他説：

夫萬物之始，本乎無極而太極。一動一静，陰陽分焉。陽變陰合，五行生焉。無極之真，二五之精，妙合而凝。乾道成男，坤道成女。二氣交感，化生萬類，氣理錯綜，形性特異。惟人秉獨秀，其心最靈，而有以不失其性之全。然以氣理之雜，則未免有剛柔之别，善惡之差，禍福之應，蓋由此也。惟聖人與天地合其德，日月合其明，四時合其序，鬼神合其吉凶者，不過守之以静，謹之以動。人之太極，於斯建矣。建極之道，誠與敬而已矣。夫陽之善者，仁也，中也，正也，善也，福

① （明）張孟敬:《花影集》序，（明）陶輔撰，程毅中點校:《花影集》，北京：中華書局2008年版，第7—8頁。

> 也；陽之惡者，柔也，弱也；陰之善者，義也，剛也；陰之惡者，邪也，惡也。其在人之善惡有福禍之報者，乃氣通理合，自然感類而聚。善與福會，惡與禍期，正如陽燧取火，方諸取水。火發水生，是果天之與奪乎？鬼神之作爲乎？呵呵，又何難明耶？[①]

以太極與理爲宇宙的本體，並論述了天理與善惡之性的關係，亦是對程朱理學的闡發。

成書於萬曆間的《鴛渚誌餘雪窗談異》卷上《王翠珠傳》，全文1 608字，其中《戒嫖論》1 018字，占全文的63.31%，作者意在勸人戒嫖，《戒嫖論》説："不淫女色，非獨愛身也，愛德也，而財又不足言矣；非獨畏理也，畏天也，而法又不足言矣；非獨慮後也，慮鬼神也，而前又不足言矣；非獨好名也，好積善也，而好勝又不足言矣。知此，則楚館秦樓，非樂地也，陷人之罟獲也；歌妓舞女，非樂人也，破家之鬼魅也；傳情遞笑，非樂趣也，迷魂之妖孽也；倒鳳顛鸞，非樂事也，推命之狐狸也。引而伸之，觸類而長之。雖家梅不可折，而况於野乎；雖女色不可淫，而况於男乎。鄙見如斯，人情自悟。"[②]邵景詹《覓燈因話小引》説，客與他夜談耳聞目睹古今奇秘，"非幽冥果報之事，則至道名理之談；怪而不欺，正而不腐；妍足以感，醜可以思；視他逸史述遇合之奇而無補於正，逞文字之藻而不免於誣，抑亦遠矣"，[③]於是心有所感乃擇而録之，交代了小説的題材與主旨。

更有甚者，自《效顰集》始，《花影集》《鴛渚誌餘雪窗談異》等傳奇小説集中的許多作品幾乎没有什麽情節，或以議論爲主而藉人物闡發自己的思想，或近寓言而有所寄托，叙述體制與風格近於古文，或者説是引古文入小

① （明）陶輔撰，程毅中點校：《花影集》，北京：中華書局2008年版，第67—68頁。
② （明）周紹濂撰，于文藻點校：《鴛渚誌餘雪窗談異》，北京：中華書局2008年版，第193頁。
③ （明）邵景詹著：《覓燈因話》，《剪燈新話（外二種）》，上海：上海古籍出版社1981年版，第306頁。

説集，以致於模糊了傳奇小説與古文的界限。

《效顰集》卷下《兩教辨》近於論説文，作品記至正間士人韋正理訪親途中夜訪古寺，遇一僧一道辯論，道人説："若言正理，道教爲正，釋教爲邪。"僧人不服，説佛教普度群迷，衆生平等，勝於别賢愚、分上下的道教。道者則痛批佛教不講仁義，受人敬養却無力助人。僧人反駁説，宋徽宗信奉道教以致亡國，可見道教同樣無靈。道者説人在世間，"有君親以事之，有朋友以輔之，有妻子以處之，爾曹皆一切屏除，其不忠不孝，蔑以加矣"，並引用《老子》近400字認爲老子思想是"修齊治平之要道"。天明訪知乃王重陽、馬祖在此講堂遺址顯靈。僧道引經據典，唇槍舌劍，力駁對方之非，證己方之正，最終以僧人不辯而結束。作品運用對話，近於論説文或文賦，形式獨特。《花影集》卷四《閑評清會録》記書生閑評一日與友人會飲，談論鬼神之事，一人説師巫無益，然能預知生死禍福，令人不解；一人説常見鬼怪爲害，又莫之可考，扶鸞極盛，不知虚實；衆聲喧嘩，終無定論。閑評夜作詩認爲聖人仁學無傳，鬼神乃愚俗所信，一人自燈下躍起辯解説"何謂鬼神，陰陽之功用也。何謂陰陽，一氣之動静也。人與天地萬物，共此一氣……是以人心所在謂之理，理之所在接乎氣。理著氣積，神鬼昭矣。其間邪正之差，又在人心之趨向。趨向之是非，又在學與不學爾。學也，燭識真恪，心正意誠，德合元氣，祀神則享，祭鬼則格。不學也，主見不明，心疑意惑，恐畏交至，妖邪怪誕，由斯而致。公不能力學致知，教人以正理，而乃唱瞽言以責世愚。此僕所以爲公惜也。"閑評問現在子孫致祭來格者，是祖先否，其人説："此心我心，此理我理，氣有屈伸，理實一定，其來格者，非我祖先而何。"[①] 閑評醒來，發現颯然一夢。所謂"閑評"，顯然是作者藉談論鬼神之事來闡述自己對程朱理學的看法，及陸王"心即理"的心學思想，

① （明）陶輔撰，程毅中點校：《花影集》，北京：中華書局2008年版，第129—130頁。

似論説文而實無傳奇小説的故事性。

《花影集》卷三《龐觀老録》則近於寓言。寓言篇幅短小，運用假托的故事與擬人、誇張等手法闡明某種道理，給人以諷刺和勸誡。《龐觀老録》叙述儒生劉醅甕、妓女四水和、商賈王十萬、小人張捨命四人之間的情感糾葛，雖有一定的故事性，實則近乎一篇寓言。這從龐巡檢的判狀可以看出："酒色財氣，乃世所當然。但人有君子小人之分，故事有敗德成仁之道，所以用同而功異也。君子正心節欲，節之則吉；小人縱欲亡心，縱之則凶。其酒色財氣，豈能成人敗人者哉！切照劉醅甕，以酒虧儒者之名，四水和以色失良家之節，王十萬以財傾殷富之基，張捨命以氣損買身之理。"[①] 顯然，作者是以四人分寓酒色財氣，闡明其危害，勸人戒之。寓言文學在中國歷史悠久，《莊子》《韓非子》等諸子著作中數量衆多，成就突出。傳奇小説從形式到寫作方法都受到了寓言文學的影響。

有的傳奇小説近乎詼諧文。詼諧文篇幅短小，追求趣味性、諷諭性，而不同於載道的傳統散文。譚家健把六朝詼諧文分爲三類："第一類，以寓言的形式，假借自我嘲弄而發其懷才不遇的牢騷；第二類，用類似童話或神話的手法，把動植物或無生物擬人化以影射現實；第三類，純粹遊戲之作，諷刺意味不太明顯。"[②] 向志柱藉此將詼諧文歸納成寓言體、假傳體、遊戲文三類。[③] 明代傳奇小説集中即有此類詼諧文，如《鴛渚誌餘雪窗談異》卷下《醒迷餘録》，叙正德中有儒生忠告，"性喜博擲爲戲，田産雖以萬計"，每天都被故應圭、陸一奇拉去賭博，不數年，家業蕩盡，一日夢道士命其戒賭，醒來見身邊有篇《醒迷餘論》論述賭博的危害，遂追悔前非。作品的主體由《醒迷餘論》構成，全面論述了賭博的危害：一是傷害身體，"冒寒暑而莫

---

① （明）陶輔撰，程毅中點校：《花影集》，北京：中華書局2008年版，第104頁。
② 譚家健：《六朝詼諧文述略》，《中國文學研究》2001年第3期。
③ 向志柱：《古代詼諧文的藝術特色及其發展困境》，《中國文學研究》2009年第2期。

知，甘饑渴而不顧。盡日終宵，雖勞不怨；耗神殫力，自苦何辜”；二是破壞親情友情，“索燭求油，抛家寄宿，致懸父母之憂思，因爽親朋之信約”；三是影響生活，“儒者惰業，農者失時，商者蕩資，工者怠事”。總之，“是以賭博之事，不計大小久暫，皆足以廢業喪心，招怨動氣；甚者虧名玷節，露耻揚羞；又甚至敗家者有之，亡身者有之”。[①] 全文詼諧幽默，令人警醒。

2. 傳奇小説史傳化

瞿佑説《剪燈新話》所記“遠不出百年，近止在數載”，曾棨稱李昌祺《剪燈餘話》“取近代之事得於見聞者”，二者都取材於近事，都采取了小説筆法，即不必“泥其事之有無”，[②] 而“其詞則傳奇之流，其意則子氏之寓言也”。[③] 趙弼具有濃厚的史學意識，在《效顰集》中以實録方法爲人物立傳，首開明代傳奇小説史傳化的先河。

所謂傳奇小説史傳化，就是作品以實録爲原則記録真實人物，運用典型事例和細節刻畫人物的精神風貌、道德品行，文風樸實，幾乎不涉怪誕内容，體現出作者明確的補史意識。這在《效顰集》卷上 11 篇作品中體現得最爲明顯，該書多記忠臣名賢的高風亮節，旨在補史。[④] 如開卷第一篇《續宋丞相文文山傳》多次引《元史》叙述其行實，中間補充《元史》所闕的文天祥入元後義正辭嚴地面斥元世祖、“意氣揚揚，顔色自若”地走向刑場、南向受刑以表對故國的忠貞、死後英魂顯靈不受元朝贈謚等情節，表現了文天祥大義凜然、視死如歸的正氣和忠誠，可補正史之闕。卷上《宋進士袁鏞忠義傳》記南宋進士袁鏞守制在家，適值元兵南侵，被四明知府派往前方哨

---

① （明）周紹濂撰，于文藻點校：《鴛渚誌餘雪窗談異》，北京：中華書局 2008 年版，第 234 頁。

② （明）李昌祺：《剪燈餘話》序，《剪燈新話（外二種）》，上海：上海古籍出版社 1981 年版，第 122 頁。

③ （明）吴植：《剪燈新話》序，《剪燈新話（外二種）》，上海：上海古籍出版社 1981 年版，第 4 頁。

④ 喬光輝：《趙弼的史評與〈效顰集〉的史學特色》，《東南大學學報》2005 年第 6 期。

探元兵衆寡，被擒後忠於朝廷，誓不降元，被活活燒死，家人聞知後有17人投水自盡，僅六歲的次子被僕人救出並撫養成人，方使忠臣有後。作者於文末由衷贊嘆道：

> 宋有天下三百餘年，忠臣義士固不爲少矣。如文天祥、陸秀夫、張世傑、李芾、趙昂發、李廷芝、苗再成諸君子，固皆捐身棄家以報國也。然皆登臺省守大郡握兵權者，其於致身死節，乃職分之所當然。若進士袁公，雖名登黄甲，未嘗受一命之寄，而與謝昌元、趙孟傳誓以死殉國，其忠心義膽出於天性。及爲孟傳所賣，奮不顧身，以大義拒敵，寧死不屈，竟燎身於烈焰中。而妻妾男女悉投於洪濤之下，沈朱二僕撫養遺孤於危險之時，忠臣烈婦孝子義僕，萃於一門，從古逮今幾何人哉！至今二百餘年，公之蜚聲氣像凜然如生，殆與日月同輝，泰華並其悠久也。[①]

這樣驚天動地的事迹，“惜乎當時史氏失傳，俾忠義之節弗能表襮於世，深可嘆也”，作者於是在宣德初得到袁鏞傳誄、柳莊先生類編詩集，纔詳知其實，“乃述公忠義本末，以補蔣林二公先生傳略，執彤管者，尚有傳於無窮矣”。顯然作者爲袁鏞作傳，意在令“執彤管”的史臣能夠看到並記入史書以傳後世。卷上《張繡衣陰德傳》記宣德癸丑（1433）年荆湖南北遇大旱，丁憂在家的監察御史張繡衣捐出自己的俸禄與内人的簪珥飾品買米百斛熬粥濟人，又勸説揮使户侯捐米數百石，自春至夏使三千多人免於餓死，並遣人將餒死者埋於郊野，遠近識與不識均稱頌其爲“古之仁人君子”。全文六百多字，以平實的語言刻畫了張氏的仁心厚德，十分感人。作品最後云：“南平趙生樂道人之善，聞公陰德之厚如此，敬疏其實行以俟太史氏采録，續於

---

① （明）趙弼著：《效颦集》，上海：古典文學出版社1957年版，第8—9頁。

《爲善陰騭》書云。”[①]明確地道出了供太史氏采録以補正史的創作目的。《爲善陰騭》是明成祖朱棣永樂十七年編撰的教化之書，目的在於“俾皆有以顯著於天下，且令觀者不待他求，一覽而舉在目前，庶幾有所感發，勉於爲善，樂於施德。”[②]全書共165人，先記其爲善得報的事迹，繼之以論斷，最後繫之以詩。趙弼作《效顰集》在内容與體制上無疑受到了《爲善陰騭》的影響，只不過作者往往只加評論以闡發立傳的宗旨，而没有最後的詩歌。如卷上《趙氏伯仲友義傳》叙明威將軍趙銘有二子，長子孟開乃承嗣從子，次子孟明爲嫡子，皆敦尚儒術，彼此謙讓意欲對方襲領父職，後孟開佯狂以避而不幸以疾死，孟明對父親説：“仁者不以盛衰改其行，義者不以存亡易則其心。兄存兒則讓之，兄亡兒則取之，是兒假仁義而吊虚名也。長子既没，長孫當繼，天理彝倫之正。”父從之，長孫亦能敦尚忠孝，累立戰功。文末作者加以論斷：

> 趙生曰：敦孝友者，人之至行也。慕富貴者，人之常情也。慕常情比比皆是，敦至行者百無一二焉。今人同氣之親，争財利以相毆，小則興訟擠傾，甚則自相魚肉，憾若寇讎，至老死而不釋者，果獨何心哉！觀趙氏伯仲讓千石之禄，而遺子孫百世忠義孝友之美，豈非夷齊求仁得仁之道乎！世之昆弟鬩牆者，聞趙氏孝友之風而無興起之志，誠馬牛襟裾者也。[③]

聯繫現實，奉勸世人理應以趙氏兄弟爲楷模，以孝悌爲立身行事之本，進一步闡述作傳的意義。這種方法遠紹《史記》“太史公曰”等正史體例，近承

① （明）趙弼著：《效顰集》，上海：古典文學出版社1957年版，第22頁。
② （明）朱棣撰：《爲善陰騭》，國家圖書館藏明永樂間刊本。
③ （明）趙弼著：《效顰集》，上海：古典文學出版社1957年版，第27頁。

《爲善陰騭》的規範，可謂淵源有自。

《花影集》在題材與寫法上直接受到了《效颦集》的影響，也不乏紀實的史傳類作品。卷二《東丘侯傳》叙述花雲三歲時，父親被凶豪劉三無故擊殺，16歲時"恒以復父仇爲志"，18歲夢中喫神人所授鐵簡，力大無窮，投徐達，隻身一人取懷遠，"縛劉三及同惡者十許人"，爲父報仇；又率卒三十人下全椒，從朱元璋連破滁州、和州、鎮江、丹陽、丹徒、金壇、常州、常熟等，屢建奇功；在與陳友諒作戰時，中詐被射死。花夫人郜氏對家人説："吾夫忠孝人也，事若不濟，必以死報國家，我獨生乎？此兒雖纔三歲，豈可使花氏無後哉！爾等當保護之。"[①]城陷，夫人赴井死，家人或溺或縊，從死者數十人，獨妾孫氏冒死負兒逃脱，歷盡艱險抵達朱元璋處，受到封贈。作品最後抄録了"翰林學士承旨宋濂"爲花雲撰寫的銘文，顯然受到了宋濂《東丘郡侯花公墓碑》的影響，體現出傳奇小説與碑誌的融合。

第三節　中篇傳奇小説的詩文化

所謂中篇傳奇小説，首要因素在於篇幅，通常字數在萬字以上，長者達三四萬字，主要叙述青年男女的戀愛婚姻和悲歡離合，中間插入大量詩詞文賦表達小説人物的喜怒哀樂。孫楷第在評價《風流十傳》等明代中篇文言傳奇小説時，認爲"凡此等文字皆演以文言，多羼入詩詞。其甚者連篇累牘，觸目皆是，幾若以詩爲骨幹，而第以散文聯絡之者"，此等格範"蓋由瞿佑、李昌祺啓之"，"自此而後，轉相仿效，乃有以詩與文拼合之文言小説"，並稱之爲"詩文小説"。[②]學界對明代中篇傳奇小説的發展狀況、思想内容、藝術特徵等多有論述，而我們認爲，中篇傳奇小説的文體創新主要在以下兩個方面：

① （明）陶輔撰，程毅中點校：《花影集》，北京：中華書局2008年版，第55頁。
② 孫楷第編：《日本東京所見小説書目》，北京：人民文學出版社1958年版，第126—127頁。

一、插入詩詞文賦形成敘事抒情交替的敘事節奏

中篇傳奇小説給我們最直觀的感受就是在散體文敘事中插入大量詩詞文賦。對於插入詩詞文賦的比例、變化及其藝術功用等，學界做出過具體的統計和較多的論述，總體上認爲打斷了敘事的連貫性。但其實，中篇傳奇小説中的詩詞文賦具有預叙的結構功能：一是預示全篇的情節，造成懸念。如《賈雲華還魂記》叙述魏鵬到賈雲華家後，見賈母不提親事，頗爲擔憂，就去伍相祠中祈夢，得神語云："灑雪堂中人再世，月中方得見嫦娥。"預示了後來的情節和人物結局。最後方知賈雲華因相思而早逝，借宋月娥屍還魂，在灑雪堂中與魏生成親。前面的夢讖一一應驗。《劉生覓蓮記》開篇叙書生劉一春過鳳巢谷時遇老人知微翁，獲贈兩句詩"覓蓮得新藕，折桂獲靈苗"，不解何意。後來劉生娶孫碧蓮爲妻，中舉後又納苗秀靈爲妾，詩讖成真。《五金魚傳》開篇叙才子古初龍娶才女華玉爲妻，過金山時，夢白水真人贈詩云："君是神仙侶，何嫌獍梟欺。臨安休憚遠，秦晉復稱奇。典試非新識，出鎮逢舊知。將相歸故里，九九奮天池。"生爲躲避仇人金永堅的陷害，寓臨安，先後以金魚與妓女趙如燕、菊娘、桂娘、王玉嬌定情，正應"臨安休憚遠，秦晉復稱奇"；科考時，遇同學楊龜山是主考官，古生得中，出守建康，遇桂娘，應"典試非新識，出鎮逢舊知"；古生升左僕射尚書，上表辭官，攜華玉、玉嬌、桂娘歸鄉，途中遇菊娘、如燕，同返臨安，子孫繁盛，科甲蟬聯；年逾七十，古生攜五妻妾至五台山築室學道，越十年，被白水真人度爲仙人，與開頭遥相呼應，到明世宗嘉靖年間，有士人遊黄鶴樓遇道人古生，應"將相歸故里，九九奮天池"。二是散體文中間插入的詩詞具有一定的叙事功能。如《賈雲華還魂記》叙娉娉十分憐惜魏生，遣婢福福送給生一首詩，云："春光九十恐無多，如此良宵莫浪過。寄與風流攀桂客，直教

今夕見嫦娥。”娉娉暗示魏生將夜赴生室私會，致生驚喜異常，盼望太陽早落。這顯然模仿了《鶯鶯傳》的情節。

另外，插入的絶大多數詩詞文賦則充滿濃厚的抒情意味，與敘事散體文形成韻散相間的敘事形態和敘事節奏。《賈雲華還魂記》是目前所知明代現存最早的中篇傳奇小説，頗有代表性，下面試將敘事散體文與插入詩詞文賦的具體情況列表如下：

序號	敘事散體文	詩詞韻文
1	開頭敘魏鵬奉母書到錢塘訪父故舊，議婚事	有母書一封
2	生面對錢塘美景	賦一《滿庭芳》詞表婚姻願望
3	對娉娉一見鍾情，夜宿賈府，難寐	賦一《風入松》於壁上，抒發欣喜之情
4	娉娉聞知魏生賦詞後	和一《風入松》詞表白情意給生
5	生憂婚事，赴祠祈夢，得“灑雪堂中人再世，月中方得見姮娥”，不知何意	
6	娉娉偷入生室，見《嬌紅記》恐壞心術	戲題七言絶句二首於屏上
7	生暮歸，見詩後	和七言絶句二首，以表外出的悔意
8	娉娉夜入生室，彈琴訴情，忽聞母唤，即出	生賦一《如夢令》詞，表失意之情
9	清明節，生題詩一首托婢女給娉娉，小姐始佯怒，繼則互訴衷腸，表白心迹	
10	次日晨，生見女却無法説話，極愁悶，女遣婢送一詩，約晚上相會	
11	生被友拉出飲酒，醉歸，女來見其不省人事	在生裙上題詩一首，埋怨生無情
12	生醒見女題詩	和詩一首，並賦一《憶秦娥》詞以自責
13	生夜入娉娉閨房，海誓山盟，共赴巫山	生占一《唐多令》，女和之，共表盟誓
14	生接家書，返家參加科舉，二人泣别	
15	生中進士，次年授江浙儒學副提舉，詣賈府	睹物思人，賦一首七言律詩抒懷

續 表

序號	叙事散體文	詩詞韻文
16	從此二人夜夜歡會	
17	女得罪婢女，與生後園下棋，差點被母發現	
18	次日賞並蒂蓮開，生、賈麟各賦詩一，女占詞《聲聲慢》；女借機諷生寵婢女	
19	月餘，娉娉使婢告知生，已與婢女和好，後可早晚相見，生賦十詩一詞給女，復歡會	
20	七夕夜宴，賈夫人命女、生作詩詞	女題七絶二首，生和詩二首
21	生接母喪書，與女泣別，女歌《踏莎行》一，次早以破鏡、斷弦、手帕托婢送生	
22	女弟麟中進士，授官陝西縣令，至，女病危，母後悔，不久女病逝	
23	小吏康鏵赴襄陽公幹，女婢説有與生訣別詩	將女集唐人詩十首給生
24	生在家度日如年	賦《摸魚兒》一闋回憶戀愛
25	生得康鏵信，發誓不娶	爲娉娉作一祭文
26	生服滿官陝西，去吊娉娉，夜夢女説當還魂	生驚醒，作一《疏簾淡月》詞吊娉娉
27	娉娉藉死三日的宋月娥屍還魂嫁魏生，生知官衙後堂原名灑雪堂，方悟祠中祈夢語應驗	衆人異之，有人賦一《永遇樂》詞祝賀魏生
28	後生有三子，皆列顯宦，生與妻俱高壽	

《賈雲華還魂記》大致可分爲28個情節單元，從叙事散體文與插入詩詞文賦的關係和位置來看，運用最多的叙事方式是前面以散體文叙事、後面以詩詞韻文收結，共有17個情節；第5、9、10、18、19和21共6個情節是在叙事散體文中間夾雜詩詞，即運用散體文——詩詞——散體文的叙事方式，第14、16、17、22和28共5個單元則只有叙事散體文而無詩詞韻文。其實第二種情況可以看作是第一種的變異，第一種叙事方式是叙述一個較爲

完整的情節，插入詩詞延宕了叙事；第二種叙事方式是把一個情節叙述到一半，即插入詩詞，中斷叙事，然後再接續由詩詞引出的叙事散體文。這樣中篇傳奇小説就形成散體文叙事——詩詞抒情或散體文叙事——詩詞抒情——散體文叙事的叙事節奏，而散體文叙事給人以連貫急促、詩詞予人以舒緩婉約的閲讀感受，形成徐疾相間、張馳有度的叙事節律。如《賈雲華還魂記》中的才子魏鵬面對錢塘的優美湖山，賦《滿庭芳》詞一闋云：

> 天下雄藩，浙江名郡，自來惟説錢塘。水清山秀，人物異尋常。多少朱門甲第，鬧叢裏，争沸絲簧。少年客，謾攜緑綺，到處鼓求凰。　　徘徊應自笑，功名未就，紅葉誰將？且不須惆悵，柳嫩花芳。聞道藍橋路近，願今生一飲瓊漿。那時節，雲英覷了，歡喜殺裴航。[①]

魏鵬陶醉在美麗的自然風光和熱鬧繁盛的市井文化之中，觸景生情，以詞抒情，表達對杭州的贊美和婚姻的擔憂與期盼。接著叙魏鵬拜見賈夫人，對賈女娉娉一見鍾情，結果賈夫人只是讓指腹爲婚的娉娉以妹相見，絶口不提姻事，但却熱情地挽留魏鵬住在家裏，魏生十分驚喜，無法成眠，因賦《風入松》一詞，云："綺窗羅幕鎖嬋娟，咫尺遠如天。紅娘不寄張生信，西厢事，只恐虚傳。怎及青銅明鏡，鑄來便得團圓。"抒發對婚姻的困惑。緊接著叙娉娉聞知魏生賦詞後，立即和《風入松》詞一首送給魏生，詞云：

> 玉人家在漢江邊，才貌及春妍。天教吩咐風流態，好才調，會管能弦。文采胸中星斗，詞華筆底雲煙。　　藍田新鋸璧娟娟，日暖絢晴天。

---

① （明）李昌祺著：《剪燈餘話》，《剪燈新話（外二種）》，上海：上海古籍出版社 1981 年版，第 270 頁。

廣寒宮闕應須到，霓裳曲，一笑親傳。好向嫦娥借問，冰輪怎不教圓？[①]

毫不掩飾對魏生風流態度、才華韻調的欣賞、贊美，含蘊地表達自己的愛慕之情和期盼締結姻緣的心事。作者用散體文叙述人物的活動、事件的進展，而用詩詞描摹、傳達才子佳人的所思所想，增進彼此的情感交流，推動故事的發展。詩詞雖然是抒發男女人物的感情，却對叙事是一種補充。正是娉娉知道魏生《風入松》詞中的心事，才藉和《風入松》向魏生婉達心曲，而魏生又通過和詞進一步了解到娉娉的才華和情愫，愈加愛慕娉娉。散體文與詩詞緊密配合，環環相扣，相得益彰。

插入詩詞文賦可以延宕叙事，調整叙事節奏，則插入的多少就造成緩急張馳程度的不同。上表第 6、7、13 情節單元後各插入兩首詩詞，第 20 情節後插入 4 首詩詞，而第 19、23 單元後則插入 10 首以上的詩詞，顯然插入的詩詞越多，抒情意味越濃重，叙事被延宕的時間越長，節奏越緩慢。插入詩詞的多少有時與情節的發展有一定的内在關係。如第 19 單元當娉娉想方設法結好婢女後，告知魏生今後可早晚相會後，魏生高興得手舞足蹈，一口氣賦詩 10 首、詞一闋給娉娉，以表達内心的極度喜悦和感謝之情；同樣，當娉娉臨終前，集唐人詩十首給生，突顯出對魏生的眷眷深情。顯然讀者在咀嚼這些極富辭采、感情真摯的詩詞時，就會被二人情深意厚、生死相依的愛情所感染，沉浸在小說人物的喜悦、悲傷之中。這些詩詞起到由叙事到抒情的轉换，自然就延緩了叙事的進展。

當然，明代中篇傳奇小說叙事散體文後插入詩詞文賦，也會造成叙事的中斷或停頓，而插入數量的多少，能夠體現出叙事節奏的變化。現將明代中篇傳奇小說插入詩詞文賦造成的叙事停頓次數及叙事散體文内的停頓頻率統計如下：

---

① （明）李昌祺著:《剪燈餘話》,《剪燈新話（外二種）》，上海：上海古籍出版社 1981 年版，第 273 頁。

篇　名	散體文字數	插入1首	連插2首	連插3首	連插4首	連插5首	連插6首	連插7首	連插8首	連插9首	連插10首	10首以上	停頓次數	停頓頻率
賈雲華還魂記	11 074	16	5		1						1	1[1]	24	461
鍾情麗集	12 813	30	15	3	3	3			2		2	1[2]	59	217
龍池蘭會録	7 243	12	9	2	3	2						1[3]	29	249
雙卿筆記	9 434	15	3										18	524
荔鏡傳	17 162	54	10	3	1								68	252
懷春雅集	13 202	32	23	10	4	2	1				1	6[4]	79	167
尋芳雅集	16 152	25	9		1				1		1	1[5]	38	425
花神三妙傳	16 943	29	8	1[6]									38	445
天緣奇遇	17 477	53	5	2									60	291
李生六一天緣	27 574	39	12	7	1		1	1					61	452
劉生覓蓮記	23 606	56	13	5	2								76	310
巫山奇遇	14 855	16	10	2	1				3	1	1[7]		34	436
五金魚傳	12 396	32	14	2	9	1			1	1	1[8]		61	203
傳奇雅集	13 121	11	3										14	937

① 《賈雲華還魂記》有1處連續插入詩詞11首。

② 《鍾情麗集》有1處連續插入詩詞16首。據日本早稻田大學藏明代萃慶堂刊（明）何大掄撰、林近陽增編《新刻增補全相燕居筆記》和潘建國《明弘治單刻本〈新刊鍾情麗集〉考》(《中國典籍與文化》2015年第3期)。

③ 《龍會蘭池録》有1處連續插入詩文11篇，參明刊《國色天香》本。

④ 《懷春雅集》連續插入詩文11、14和16篇者分别有1、1和4處，參明刊何大掄本《燕居筆記》、林近陽本《燕居筆記》。

⑤ 《尋芳雅集》有1處連續插入詩詞16首。據明刊《國色天香》本。

⑥ 據明刊《國色天香》本。

⑦ 據《巫山奇遇》單行本，上海：中央書店，1936年。

⑧ 據明刊《風流十傳》本和《古本小説集成》收録吴曉鈴藏本影印本。

從上表可以看出,《賈雲華還魂記》大約每461字的叙事散體文之後就插入詩詞文賦造成一次情節上的叙事停頓，插入的詩詞數量主要是1首或2首。後來的《尋芳雅集》《花神三妙傳》《李生六一天緣》《巫山奇遇》都在425—452字的叙事散體文之後插入詩詞文賦，基本上延續了同樣的叙事節奏，只不過連續插入3篇、4篇、8篇和9篇的停頓次數增多；而《雙卿筆記》約524字才插入詩詞造成一次情節上的停頓,《傳奇雅集》則是平均937字，且插入的詩詞數量都是1篇或2篇，很明顯叙事更加連貫；《鍾情麗集》《龍池蘭會録》《荔鏡傳》《五金魚傳》都是200多字叙事散體文之後就插入一次詩詞造成情節的停頓，且連續插入3篇以上詩詞文賦的次數明顯增多，使叙事極不連貫，叙事節奏一再被打斷。尤其是《懷春雅集》平均167字散體叙事文之後就要插入一次詩詞文賦，且連續插入10篇以上的就有7處，往往插入詩詞文賦的字數遠超叙事散體文的字數，使叙事變得支離破碎。有時連續插入的詩詞數量雖不多，但是篇幅很長，字數較多，如《鍾情麗集》中微香題的《並美序》140字、一首長歌350字，二者連在一起達490字，遠遠超出前面60字的叙事散體文；有的雖説只有一首詩，但却是長詩，如辜生寫給微香的一首長歌達523字；辜生與瑜娘以“月夜喜相逢”爲題，所聯五言詩五十韻達500字。因此，插入詩詞的數量和篇幅的長短都能夠影響叙事的連貫性，造成叙事節奏上的緩急變化。

二、叙事文章化

中篇傳奇小説篇幅明顯加長的原因是多方面的，如將男女愛情的過程構思得更加複雜曲折，叙述一男多女的愛情故事，插入大量詩詞曲等等，但插入文賦書判等文章，大量運用議論、典故等文章筆法，無疑起到了重要的、甚至是推波助瀾的作用，使中篇傳奇小説表現出鮮明的文章化傾向。

第一，插入文賦書判等各種文章。中篇傳奇小説插入的文章體裁十分多樣，有書信、祭文、記辨、婚書、供狀、判狀、論贊，等等。爲了統計的方便，我們將書信、賦單列，把祭文其他等文章統稱爲文，將明代中篇傳奇小説插入的文章情況列表如下：

作品	書	文	賦	文章字數	全篇字數	占全篇百分比
賈雲華還魂記	2	4		632	13 800	4.58
鍾情麗集	7	3	1	3 867	27 309	14.16
龍池蘭會録	2	5	1	3 520	15 116	23.29
雙卿筆記	5			933	11 093	8.41
荔鏡傳	4	4		2 947	25 264	11.66
懷春雅集	1	1	1	1 004	24 173	4.15
尋芳雅集	3			706	20 640	3.42
花神三妙傳	4	4	1	2 536	22 427	11.31
天緣奇遇	3	5		942	21 880	4.31
李生六一天緣	5			929	33 885	2.74
劉生覓蓮記	4	1		701	29 641	2.36
巫山奇遇	8			1 418	19 257	7.36
五金魚傳	5	1		686	18 252	3.76
傳奇雅集	0	0	0	0	13 837	0

可見中篇傳奇小説插入文章的數量較多，篇幅也較長，如《鍾情麗集》插入的一篇賦長達 688 字，《花神三妙傳》中的一篇祭文達 728 字。插入的文章常常大於前面的叙事散體文，故而影響到叙事的連貫和順暢。如《荔鏡傳》中“琚吊鏡”一節共 264 字，其中吊鏡文竟然 243 字，占到 92%；“卿示意於琚”一節 751 字，其中插入的類似於賦的鳳竹詞 449 字，後面又有一律詩 40 字，共 489 字，占本節文字的 65%。除書信有傳情達意的叙事功能

外，插入的文章往往游離於故事情節之外，不僅使小説篇幅變得冗長，也延緩了情節發展和敘事節奏。

第二，在敘事中插入大段議論性文字，藉小説人物的高談闊論表現作者對文學作品、鬼神信仰、歷史人物等的評價。這類議論如果運用適當，有時確實能夠起用塑造人物的作用。如《龍會蘭池録》云：

（蔣世隆）復沉想良久，雖憫其流落，益自喜其佳遇，則曰："崔鶯非相女耶？自送佳期，至今稱爲雙美。今娘子所遭之難，固大於崔氏，而不念我耶？"蘭曰："崔氏自獻其身，乃有尤物之議。卒焉改適鄭恒，今以爲羞。妾欲歸家圖報者，正以此患耳。"世隆曰："卿言乃鷓鴣啼耳。"蘭曰："何也？"世隆曰："行不得哥哥。"①

蔣世隆藉《西厢記》中的鶯鶯自約佳期、親赴西厢事打動、挑逗黄瑞蘭，以試探她的態度；而瑞蘭則以鶯鶯"自獻其身"却未得善終的結局告訴蔣生，自己决不效法鶯鶯爲一時之歡而誤了終身，須從長計議。通過對話，既塑造了蔣生的温文爾雅，渴望得到瑞蘭的迫切心情，及瑞蘭的端莊自重和思慮縝密，又表達出作者對《西厢記》的看法，可謂一箭雙雕。

但是，更多這類内容往往並不是故事情節的必要組成部分，完全游離於故事情節之外。試舉《鍾情麗集》中的辜輅與瑜娘的一段文字爲例：

瑜娘曰："《西厢》如何？"生曰："《西厢記》，不知何人所作也。考之於唐元微之，時常作《鶯鶯傳》，祈《會仙詩》三〔十〕韻，清新精緻，最爲當時文人所稱羡。《西厢記》之權輿，其本如此也歟？然鶯

① （明）佚名撰：《龍會蘭池録》，（明）吴敬所編輯《國色天香》卷一，明萬曆間刊本。

鶯之所作寄張生：'自從别後減容光，萬轉千愁懶下床。不爲傍人羞不起，爲郎憔悴却羞郎。'此詩最妙，可以伯仲義〔山〕、牧之，而此記不載，又不知其何故也。且句語多北方之音，南方之人，知其意味罕焉。"①

認爲《西厢記》取材於唐元稹的傳奇小説《鶯鶯傳》，高度評價小説作品及《會真詩》三十韻"清新精綴"，尤其欣賞鶯鶯贈張生"自從别後減容光"一詩，無法理解《西厢記》竟然没有收録；認爲《西厢記》雜劇多用北方語言，南方人不易領悟其語言的魅力和意味。可見，作者很重視小説、戲曲中詩歌和曲詞的韻味。小説接著又用一大段文字議論《嬌紅記》及其中詩詞的藝術成就。顯然，這些内容藉《鍾情麗集》表達了作者對小説、戲曲本事的認識，及自己的文學理論批評觀念，與小説情節的發展極不協調。

《荔鏡傳》卷一中的《琚觀樂論人》一節主要是王碧琚、陳必卿、婢女益春三人藉談論《西厢記》以探碧琚對必卿的態度，但評價張生、鶯鶯却成爲主體，其中後半段云：

春曰："崔於張情亦匪薄，而畢竟見棄，何也？"琚曰："張之棄崔，其故有三。方其始也，非有素定，奚輕許於干戈擾攘之中？一也。不能自守，而輕獻佳期，二也。張之心固已薄於方會之始，安得不忍於既去之後。正所謂無故以合者，則無故以離。天王（亡）尤物、妖人妖身之説，不過托此以藉口耳。然人多委罪於崔，而不知張之過甚之也。彼當蒲軍構難之初，有所利而動，非仁也。去三年不返，受三書不報，非義也。即絶念於仰慕之先，又尋故於適鄭之後，非智也。故雖有'取次花叢懶回顧，除却巫山不是雲'之句，懇以求見。崔竟以'不爲傍人

① （明）何大掄撰，林近陽增編：《新刻增補全相燕居筆記》卷六，明末萃慶堂刊本。

羞不起，爲郎憔悴却羞郎'之句以拒之，彼獨無愧於心乎？"①

作者藉才女王碧琚之口提出張生、鶯鶯始亂終棄的悲劇緣由，鶯鶯雖有三個過錯，但張生做事却非仁、非義、非智，過錯遠大於鶯鶯，明顯在爲鶯鶯鳴不平，具有一定的特色。

《尋芳雅集》中有一段才子吴廷璋與佳人王嬌鳳談論《西厢記》和《嬌紅記》的文字，亦挺有意思，云：

> 正欲遍觀，見几上有《烈女傳》一帙，生因指曰："此書不若《西厢》可人。"鳳曰："《西厢》邪曲耳。"生曰："《嬌紅傳》何如？"鳳曰："能壞心術。且二子人品，不足於人久矣，况顧慕之耶！"生曰："崔氏才名，膾炙人口；嬌紅節義，至今凜然。雖其始遇以情，而盤錯艱難間，卒以義終其身，正婦人而丈夫也，何可輕訾。較之昭君偶虜，卓氏當壚，西子敗國亡家，則其人品之高下，二子又何如哉？"鳳亦語塞。②

第三，在長篇議論中運用大量經史子集中的典故，作者的才學展示成爲主體，而人物的塑造和情節的安排退居次要位置。《龍會蘭池録》和《荔鏡傳》表現得尤爲突出。前者插入大量篇幅議論鬼神之誣、戲曲皆虚誕、變怪異夢之不足信、詩歌與文人聲譽的關係等。如當才子蔣世隆病痊時，主人黄思古邀梨園子弟演戲祝賀，小説寫道：

> 世隆起見，笑曰："此頑童也，生所羞比。"思古曰："何謂頑童？"世隆曰："具載三風十愆中。"思古意猶未解。世隆具以晉美男破老、漢

① （明）佚名撰：《荔鏡傳》，清道光丁未（1847）刊《新刻荔鏡奇逢集》。
② （明）佚名撰：《尋芳雅集》，（明）吴敬所編輯《國色天香》卷四，明萬曆間刊本。

弄兒、來夢兒、太子承乾事告。思古乃出净酒奉喜。[①]

“頑童”似乎通俗易懂，實則不然，由於世隆用典頗多，不僅黄公不知所云，讀者亦不解何意。據《尚書·伊訓》載，伊尹作訓勸諫商王太甲説：“敢有恒舞于宫，酣歌于室，時謂巫風。敢有殉于貨色，恒于遊畋，時謂淫風。敢有侮聖言，逆忠直，遠耆德，比頑童，時謂亂風。惟兹三風十衍，卿士有一于身，家必喪；邦君有一于身，國必亡。臣下不匡，其刑墨，具訓于蒙士。”[②]這就是“頑童”及“三風十愆”的來歷。然後小説又列舉了晉美男破老等四個歷史典故進一步闡釋自己的觀點。“晉美男破老”出《戰國策·秦策一》，云：“(晉獻公)又欲伐虞，而憚宫之奇存。荀息曰：‘《周書》有言，美男破老。’乃遺之美男，教之惡宫之奇。宫之奇以諫而不聽，遂亡。因而伐虞，遂取之。”[③]謂晉國選擇美男子獻給虞國國君，讓美男子離間國君與諍臣宫之奇的關係，趕走宫之奇，最終滅了虞國。漢弄兒見《漢書》卷六八《金日磾傳》：

日磾子二人皆愛，爲帝弄兒，常在旁側。弄兒或自後擁上項，日磾在前，見而目之。弄兒走且啼曰：“翁怒。”上謂日磾：“何怒吾兒爲？”其後弄兒壯大，不謹，自殿下與宫人戲，日磾適見之，惡其淫亂，遂殺弄兒。弄兒即日磾長子也。上聞之大怒，日磾頓首謝，具言所以殺弄兒狀。上甚哀，爲之泣，已而心敬日磾。[④]

弄兒恃著受帝寵愛，遂亂君臣之禮，爲父所殺。“來夢兒”見《隋遺録》卷

① (明)佚名撰：《龍會蘭池録》，(明)吴敬所編輯《國色天香》卷一，明萬曆間刊本。
② (唐)孔穎達等撰：《尚書正義》，(清)阮元校刻：《十三經注疏》，北京：中華書局1980年版，第163頁。
③ (漢)劉向集録《戰國策》，上海：上海古籍出版社1985年版，第125頁。
④ (漢)班固撰：《漢書》，北京：中華書局1962年版，第2960頁。

下，曰："（隋煬）帝自達廣陵，沉湎失度，每睡，須摇頓四體，或歌吹齊鼓，方就一夢。侍兒韓俊娥尤得帝意，每寢必召，命振聳支節，然後成寢，别賜名爲'來夢兒'。"[①] 來夢兒想方設法以媚煬帝，宫廷淫風之盛可見一斑。"太子承乾事"見《舊唐書》卷七六，云李承乾八歲時被立爲太子，"及長，好聲色，慢遊無度，然懼太宗知之，不敢見其迹。每臨朝視事，必言忠孝之道，退朝後，便與群小褻狎"，特别寵倖"美姿容，善歌舞"的樂妓稱心，"常命户奴數十百人專習伎樂，學胡人椎髻，剪綵爲舞衣，尋橦跳劍，晝夜不絶，鼓角之聲，日聞於外"，後因謀反，被廢爲庶人。[②] 這四個典故都反映了歷史上巫風、淫風、亂風的昌盛及危害，與小説故事情節的發展根本没有關係，完全可以省略。作者接著又對梨園戲曲進行了長篇大論，以《西厢記》等12部戲曲的典故説明"梨園所演，一皆虚誕"，演戲並不能給人帶來吉祥。作者有意從蔣世隆病癒節外生枝引到演戲，顯然就是爲了闡述自己對戲曲的看法。

《荔鏡傳》中的《琚論荔》一節，由陳必卿的化名甘荔論述有關荔枝、櫻桃等水果的典故，又由碧琚之名論述有關玉的四德及歷史典故，兩者相加竟長達七百字；《卿琚論人物》則談論鶯鶯、王魁、愛卿、李師師等人物的言行。試看卷一《琚論荔》論水果的一段文字：

> 琚曰："此江鄉家果，與木奴等耳。何足爲異！"生曰："古今爲木奴，千百樹可等千户侯，亦有君賜而杯以遺細君者。何可輕之耶？"琚曰："名之爲奴，雖貴亦賤。若荔者，爾泉甚蕃。吾聞鬻於市者百僅十價，賤且不滿。其賤若此，子何以之而命名也？"生曰："荔輕於潮，而名重天下久矣。昔謂'一騎紅塵妃子笑，無人知是荔枝來'，楊太真且愛慕之。惟恐其不我得，而子反輕之。意者食而不知其味乎？"琚曰：

① 魯迅校録：《唐宋傳奇集》，《魯迅全集》第十卷，北京：人民文學出版社1973年版，第372頁。
② （後晉）劉昫撰：《舊唐書》，北京：中華書局1975年版，第2648—2649頁。

> “異乎吾所聞。吾之所聞，有所謂櫻桃者，金丸紫脆，唐玄以之而宴士，漢明以之而賜臣，劉阮止饑於天台，彌子半啖於君側。有所謂黄梅者，一味清酸，魏武濟軍士之渴，王曾著花魁之名，廟廊以之而和奕，山谷以之而薦盤。又若聖門得杏而名壇，蒙正以分瓜而名亭，榴房成宋氏多子之説，羊棗啓曾氏思親之心。若荔之膾炙人口者，有乎無也？”生曰：“物固有遇有不遇，而所遇有幸有不幸。荔固未有所遇，而所遇皆不幸焉者。當其遇也，曹元禮以占，張九齡以賦，白樂天以圖，稱其藴藉，像其從容，團圓帷蓋兮兼似桂，朵朵葡萄兮殼繒丹……”①

幾乎句句都用到與荔枝有關的典故，經考，知“木奴”之典出《三國志》卷四八《吴書·孫休傳》注引《襄陽記》，謂李衡做丹陽太守時，密遣十人在武陵龍陽汜洲上種甘橘千株，臨死告訴兒子説“汝母惡我治家，故窮如是。然吾州里有千頭木奴，不責汝衣食，歲上一匹絹，亦可足用耳”；②“千百樹可等千户侯”出司馬遷《史記》卷一二九《貨殖列傳》云“蜀、漢、江陵千樹橘”，“此其人皆與千户侯等”；③“有君賜而杯以遺細君者”出蘇軾《上元侍飲樓上三首呈同列》其三，曰“老病行穿萬馬群，九衢人散月紛紛。歸來一點殘燈在，猶有傳柑遺細君”；④“一騎紅塵妃子笑”等出杜牧《過華清宫絶句三首》其一；唐玄宗以櫻桃宴士事，見《太平御覽》卷九六九引《唐書》云“玄宗紫宸殿櫻桃熟，命百官口摘之”；⑤漢明帝以櫻桃賜臣事，見《太平御覽》卷九六九引《拾遺録》，云“漢明帝於月夜宴賜群臣櫻桃，盛以赤瑛盤。群臣視之月下，以爲空盤，帝笑之”；⑥劉晨、阮肇吃桃充饑事，出《幽

① （明）佚名撰：《荔鏡傳》，清道光丁未（1847）刊《新刻荔鏡奇逢集》。
② （晉）陳壽撰，（宋）裴松之注：《三國志》，北京：中華書局1959年版，第1156頁。
③ （漢）司馬遷撰：《史記》，北京：中華書局1959年版，第3272頁。
④ （清）王文誥輯注，孔凡禮點校：《蘇軾詩集》卷三六，北京：中華書局1982年版，第1956頁。
⑤ （宋）李昉等撰：《太平御覽》，《四部叢刊》三編子部，上海：商務印書館1935年版。
⑥ 同上。

明録》;“彌子半啖於君側”事出《韓非子》卷四《說難》,云:“異日,(彌子瑕)與君遊於果園,食桃而甘,不盡,以其半啖君”;[①] 曹操以梅止渴事出《世說新語·假譎》;“王曾著花魁之名”出《湘山野録》卷上,云王曾布衣時以《早梅》詩獻吕蒙正,吕氏看到有“雪中未問和羹事,且向百花頭上開”句,稱“此生次第已安排作狀元宰相矣”。[②] 可見這段文字就是荔枝、櫻桃、黃梅、杏、棗等各種水果典故的堆砌,似在表現陳必卿、王碧琚的博學,實則與刻畫小說人物無關,影響了小說的敘事藝術。

三、詩文化的成因

明代中篇傳奇小說詩歌化、文章化,既有文學自身發展的影響,也有作家與讀者審美趣味等方面的成因,值得深入探討。如前所述唐傳奇插入詩歌的敘事方式、詩話及序加詩歌的形態影響了中篇傳奇小說韻散相間的敘事形態,但最直接的原因無疑是元代中篇傳奇小說《嬌紅記》的影響。《賈雲華還魂記》《鍾情麗集》《尋芳雅集》《花神三妙傳》《劉生覓蓮記》等十幾篇明代中篇傳奇小說常常寫到才子佳人閱讀《嬌紅記》,甚至直接模仿《嬌紅記》的情節。[③] 而明代後出的中篇傳奇小說又紛紛模仿此前的小說情節和詩歌,如《天緣奇遇》影響了《李生六一天緣》和《傳奇雅集》,只不過插入詩詞文賦的數量和種類隨作家禀賦、偏好的不同而有所差異。

作者深受詩歌正統觀念的浸染,在閱讀前人中篇傳奇小說時,尤爲關注小說中的詩詞,盛贊詩詞的才藻情思,自然就生模仿之意。如李昌祺在永樂十八年(1420)所撰《剪燈餘話序》中明確交代:“往年余董役長干寺,獲

---

① (清)王先慎撰,鍾哲點校:《韓非子集解》,北京:中華書局 1998 年版,第 94 頁。
② (宋)文瑩撰,鄭世剛點校:《湘山野録》,北京:中華書局 1984 年版,第 9 頁。
③ 陳益源著:《元明中篇傳奇小說研究》,北京:華藝出版社 2002 年版,第 38 頁。

見睦人桂衡所制《柔柔傳》，愛其才思俊逸，意婉詞工，因述《還魂記》擬之。”[①]顯然李昌祺最著意的是《柔柔傳》的“才思俊逸，意婉詞工”。《鍾情麗集》的作者玉峰主人在篇末說：“玉峰主人與兄交契甚篤，一旦以所經事迹、舊作詩詞備録付予，命爲之作傳焉。”[②]不管玉峰主人是否藉所謂辜生以澆自己胸中之塊磊，可以肯定的是玉峰主人十分重視運用“舊作詩詞”來結撰小説。這從小説中辜生與瑜娘討論《嬌紅記》中的詩詞優劣一節即可看出作者對詩詞的愛好：

（瑜娘）又問：“《嬌紅記》如何？”生曰：“亦未知其作者何人，但知其間曲新，井井有條而可觀，模寫言詞略略之可聽而不厭也，苟非有制作之才，焉能若是哉！然而諸家詞多鄙猥，可人者僅一二焉。予觀之熟矣，其中有何詞最佳？”瑜曰：“《一剪梅》。”生曰：“以予看之，似有病。”女曰：“兄勿言，待妾思之。”間然曰：“誠然。”生曰：“何在？”曰：“離有悲歡，合有悲歡乎！”生笑曰：“夫離别，人情之所不忍者也。大丈夫之仗劍對樽酒，猶不能無動於心，况兒子女之交者！其曰離有悲，固然也；離有歡，吾不之信也。至若會合者，人情之所深欲者也。雖四海五湖之人，一朝同處，而喜氣歡聲，亦有不期然而然者，况男女交情之深乎？謂之合有歡，不言可知矣；謂之合有悲，雖或有之，而吾未之信也。”瑜曰：“兄以何者爲佳？”生曰：“‘如此鍾情古所稀，吁嗟好事到頭非；汪汪兩眼西風淚，灑向陽臺化作灰’一詩而已。”[③]

玉峰主人能夠品味出“離有悲歡，合有悲歡”的不合情理，並認爲只有“如

① （明）李昌祺著：《剪燈餘話》，《剪燈新話（外二種）》，上海：上海古籍出版社1981年版，第121頁。
② （明）何大掄撰，林近陽增編：《新刻增補全相燕居筆記》卷七，明末萃慶堂刊本。
③ 同上。

此鍾情古所稀，吁嗟好事到頭非；汪汪兩眼西風淚，灑向陽臺化作灰”這首詩最好，對《嬌紅記》中的詩詞是認真欣賞、反復咀嚼的，也體現出作者深厚的詩歌素養和獨到的詩學見解。當然，亦可說“離有悲歡，合有悲歡”中的“悲歡”一詞實爲偏義副詞，各有所指，前者指悲，後者爲歡。在創作中篇傳奇小說時，作者十分注重詩詞韻文的創作和插入，愈加强化了此類小說的叙述體式。

作者在小說中插入大量詩詞文賦，展示自己多方面的文學才能，也有炫才的心理。如簡庵居士成化丁未（1487）撰《鍾情麗集序》所云：

> 大丈夫生於世也，達則抽金匱石室之書，大書特書，以備一代之實録；未達則泄思風月湖海之氣，長詠短詠，以寫一時之情狀。是雖有大小之殊，其所以垂後之深意則一而已。余友玉峰生抱穎敏之資，初鋭志詞章之學，博而求之，諸子百家，莫不究極；及潛心科第之業，約而會之，六經四書莫不融貫。偉哉卓越之通才，誠有異乎泛而無節，拘而無相者。暇日所作《鍾情麗集》以示余。余因反復觀之，不能釋手。[①]

道出了文人博通經史諸子，失志後便藉長歌短詠以炫才吐氣的創作心態。作者不僅精心創作詩詞，還藉小說人物模仿前代著名詩人的作品，如《鍾情麗集》中的微香“效温飛卿體作《懊恨曲》以怨之”，尤其喜好創作別出心裁的雜體詩以展奇才巧思。或作集句詩，如《賈雲華還魂記》中的賈雲華臨死前作“集唐人詩成七言絶句十首”、《鍾情麗集》中辜輅與瑜娘作有集古人詩 26 首、《五金魚傳》中古生與菊有集古詩，皆充分彰顯了作者創作集句詩的才華；或作回文詩，如《鍾情麗集》中有四首，其一云“郎和妾若

① 孫楷第著：《日本東京所見小說書目》，北京：人民文學出版社 1958 年版，第 123 頁。

鳳和凰，妾向郎如葵向陽。芳草碧時郎别妾，涼飆起處妾逢郎”；或作疊韻詩，如辜生寫給瑜娘一首，云“一自往年邊扁便，無奈鱗鴻專轉傳。勸君莫把海山盟，移向他人擅閃善”；或作藥名詩、藥方詩，如《龍會蘭池録》中蔣世隆作了一首藥名詩，曰“血蠍天雄紫石英，前胡巴戟指南星。相思子也忘知母，虞美人兮幸寄生。鶯宿全朝當白芷，馬牙何日熟黄精。蛇床蟬腿漸陽起，芎藥枝頭萬斛情”，就用到了血蠍、天雄、紫石英等 18 種中藥材名；或作詞牌名詩，《劉生覓蓮記》就有多首，如其中一首云“燕春臺外柳梢青，晝錦堂前醉太平。好事近今如夢令，傳言玉女訴衷情”，就運用了燕春臺、柳梢青、晝錦堂、醉太平、好事近、如夢令、傳言玉女和訴衷情等八副詞牌名；或作首尾吟，這在《鍾情麗集》《龍會蘭池録》中均有，如前者中瑜娘所作兩首之一，云：“生不從兮死亦從，天長地久恨無窮。玉繩未上瓶先墜，全軫初調曲已終。烈女有心終化石，鮫人何術更乘風？拳拳致祝無他意，生不從兮死亦從。”或作奇文，如《龍會蘭池録》中的仇萬頃用六十四卦組織成一封婚書，堪稱妙筆。

宋元戲曲中曲詞和賓白相結合的表演方式影響了中篇傳奇小説韻散相間的叙事形態。學界多指出《龍會蘭池録》對雜劇與南戲《拜月亭》在題材、人物、情節上的繼承與改編，[①] 却很少關注在叙事形態上的關聯性。《鍾情麗集》《龍會蘭池録》《尋芳雅集》《劉生覓蓮記》《荔鏡傳》等中篇傳奇小説常常提到《西厢記》等宋元戲曲，顯然，作家對流行的戲曲作品十分熟悉。如《龍會蘭池録》云：

世隆曰：“傀儡制自師涓以怒紂，陳孺子竊之以助漢，何爲禍？何

① 參見葉德均著：《戲曲小説叢考》，北京：中華書局 1979 年版，第 540 頁；嚴敦易著：《元明清戲曲論集》，鄭州：中州書畫社 1982 年版，第 104 頁；陳益源著：《元明中篇傳奇小説研究》，北京：華藝出版社 2002 年版，第 105 頁。

爲福？况梨園所演，一皆虚誕。蔡伯喈孝感鶴鳥，指爲無親；趙朔亡而謂借代於酒堅，韓厥立趙後而謂伏劍於後宰門，晉靈公命獒犬、鉏彌以殺趙盾，乃歸之屠氏，膳夫蒸熊掌不熟，斷其手指，以人掌代熊掌。男人莫看《西厢》，女人莫看《東牆》，固以元稹之薄，秀英之陋，然始終苟合，亦非實事。陳珪受月梅寫帕之投，終爲夫婦；郭華吞月英繡鞋之污，卒幾於死，或冒爲《玉匣》。蕭氏之夫本漢婁敬，詐曰文龍；劉智遠之祖本於沙陀，詐曰漢裔。以蘇秦之遊説，雲長之忠義，寇凖之於舜英，蒙正之於千金，皆非所演，中體能從其侑賀，只自誣耳，又豈可允從之哉？”瑞蘭曰：“非兄熟於故典，何以到此。”①

據考證，上述文字提到了 12 部宋元戲曲作品，“蔡伯喈孝感鶴鳥”事指南宋戲文《趙貞女蔡二郎》，“趙朔”事指南宋戲文《趙氏孤兒》，《西厢》即南宋戲文《崔鶯鶯西厢記》，《東牆》即宋元戲文《董秀英花月東牆記》，“陳珪”事指南宋戲文《孟月梅寫恨錦香亭》，“郭華”事指南宋戲文《王月英月下留鞋》（又稱《玉匣記》），“蕭氏”事指宋元戲文《劉文龍菱花鏡》，“劉知遠”事指宋元戲文《劉知遠白兔記》，“蘇秦之遊説”事指宋元戲文《蘇秦衣錦還鄉》，“雲長之忠義”事指南宋戲文《關大王獨赴單刀會》，“寇凖之於舜英”事指元戲文《吴舜英》，“蒙正之於千金”事指南宋戲文《吕蒙正風雪破窯記》。②這就爲中篇傳奇小説作家學習戲曲的表演方式，溝通戲曲與傳奇小説的叙述形態提供了可能。

通常來説，戲曲中曲詞擅長抒情，賓白主於叙事，形成念唱結合、抒情與叙事相間的格局。當然賓白包括韻白和散白，韻白主要是人物的上場詩、下場詩等。如元雜劇《漢宫秋》第二折王昭君出場時的詩歌是：“一日

① （明）佚名撰：《龍會蘭池録》，（明）吴敬所編輯《國色天香》卷一，明萬曆間刊本。
② 李劍國、何長江：《〈龍會蘭池録〉産生時代考》，《南開學報》1995 年第 5 期。

承宣入上陽，十年未得見君王；良宵寂寂誰來伴，惟有琵琶引興長。”接著自報家門：“妾身王嬙，小字昭君，成都秭歸人也……”出場詩具有抒情色彩，散白則以敘事爲主。南戲劇本的開場，通常是副末用兩首詞作爲念白，道出劇本的創作宗旨和基本情節，然後接曲詞和散白，形成韻散結合的體式。每出戲中均由人物的曲詞與散白組成，最後是下場詩，形成曲詞——賓白——曲詞——賓白或者賓白——曲詞——賓白——曲詞，即韻散相間的表演形態。無疑，這種曲詞與散白結合、韻白與散白結合的表演方式，對中篇傳奇小説韻散交錯的語言形態和敘事抒情相間的敘述方式有較爲重要的影響。

從人物的出場來看，中篇傳奇小説往往在開頭先介紹才子的籍貫、家世、才學等，然後以詩歌抒情言志，表達對功名、婚姻的關注。如《龍池蘭會録》開篇説：“宋南渡，汴郡中都路人蔣生世隆，年弱冠，學行名時”云云，與興福“拜爲異姓兄弟”，然後就接“世隆詩曰：水萍相遇自天涯，文武峥嵘興莫賒。仇國有心追季布，蓬門無膽作朱家。蛟龍豈是池中物，珠翠終成錦上花。此去從伊攜手處，相聯奎璧耀江華。興福詩曰：金戈耀日阻生涯，鵬鳥何當比海賒。楚王不知伊負國，子胥怎放父冤家。情深淵海杯中酒，義重丘山萼上花。直到臨安桃浪暖，一門朱紫共榮華”。這兩首詩歌表達了世隆與興福的人生志向，同時也預示了二人的將來結局，頗似戲曲中的定場白體式和功能。從情節上看，有的中篇傳奇小説則運用了在散體敘事中插入唱曲的方法，如《劉生覓蓮記》中劉生命童演唱自己創作的《半天飛》曲。《五金魚傳》中曉雲對桂娘説：“值此秋景，莫若作一秋曲，姐唱之，妾和之，何如？”遂制《鎖南枝》唱曰：

蘆葦岸，蘋蓼洲，葉落梧桐宫殿秋。明月映南樓，征鴻應時候。郎遊遠，妾轉憂，何日得寒衣就。　　金風冷，玉露秋，零落芙蓉江岸頭。砧杵韻悠悠，黄花同我瘦。腸千斷，淚兩流，湮透了羅衫袖。[①]

可見這與戲曲中的演唱曲詞實際上並無本質區别，可以看作是戲曲的影響所致。中篇傳奇小説中的詞曲數量較多，顯然與戲曲的影響不無關係。

讀者的閲讀趣尚和欣賞習慣也會影響中篇傳奇小説的體式。如明代文人在評價這類小説時，尤爲關注其中的詩詞文賦。明樂庵主人《鍾情麗集序》云："余觀玉峰主人所著《鍾情麗集》一帙，述所以佳人才子之事，間有詩有詞，有歌有賦，華而藻，艶而麗，奇而新，其終始本末、悲歡離合之情，模寫之切，而斷案一章，又真史筆也。"[②] 明人金鏡在《風流十傳》[③] 目録卷一《鍾情麗集》後亦云："是集作於玉峰主人，故詞逸詩工，翩翩可觀。予忘不敏，更爲之删訂，蕪者芟之，闕者補之，瑕去瑜存，可稱完璧矣。"讀者的著眼點是處於正統地位的詩文，這就會促使作者創作中篇傳奇小説時有意插入詩文，從而固化了韻散相間的叙述形態和古文化傾向。在明後期，讀者依然對中篇傳奇小説中的詩詞文賦津津樂道。如顧廷寵萬曆庚申（1620）題《風流十傳》序云："今則稗官野史，樂府詞章，靡不采入毫端以供錯繡。蓋其模寫情趣極真極快，故人皆羡而慕之耳。"明人韓敬《風流十傳》後序云："余猶賞其風流文采，足擅詞場。"從李昌祺永樂十八年（1420）模仿"才思俊逸，意婉詞工"的《柔柔傳》，到明萬曆末長達二百多年的時間長河裏，讀者對詩文相間的中篇傳奇小説的熱情始終未減。這類小説一再被單刊，並反復被《國色天香》《繡谷春容》《萬錦情林》《花陣綺言》《風流十傳》《一見賞心篇》《燕居筆記》等明代小説選本、通俗類書所編刊，正表現出其有强大的生命力和社會影響力。

---

① 《風流十傳》卷八，日本東京大學東洋文化研究藏明刊本。

② 明弘治單刻本《新刊鍾情麗集》卷首，南通州樂庵中人於成化丙午（1486）撰。轉引自潘建國：《明弘治單刻本〈新刊鍾情麗集〉考》，《中國典籍與文化》2015 年第 3 期。

③ 明刊《風流十傳》，日本東京大學東洋文化研究所藏本。

第四章
小説選本對傳奇小説文體的改編

明代文人和書坊主編刊了約200種小説選本，主要集中在明後期，間或配以評點與插圖，以滿足不同讀者的閱讀需求。這些選本按照語體、文體、題材等可分爲多種類型，如以文體分，有《覺世雅言》《今古奇觀》等只收話本的，有《三十家小説》《風流十傳》等專載傳奇的，有《古今説海》《虞初志》等筆記、傳奇兼選的，有《國色天香》《繡谷春容》等傳奇、詩文並録的。其中收録傳奇小説的選本約70部，萬曆以前有《顧氏文房小説》《逸史搜奇》等6部，選録了《周秦行紀》《楊太真外傳》《梅妃傳》等唐宋傳奇，都不改動原文。萬曆至崇禎年間有《稗家粹編》《廣艷異編》等60多部，不僅收録前代傳奇，還選編《剪燈新話》《剪燈餘話》《鍾情麗集》等大量明代作品，且編刊者常常依照自己的閱讀感受與審美情趣有意改動原文，使傳奇小説發生文本上的變化。下面從詩文的增删、叙事的詳略、語言的雅俗轉换三個角度，考察明代小説選本對傳奇小説的改編及其文體學意義。

第一節　詩文：小説文體的變數

傳奇小説經常在散體叙事中插入“詩文”，即詩詞曲賦與書信等文體，形成獨特的韻散相間的文體形態。明代小説選本編刊者常常增删其中的詩文，從外在形態上强化或消解了傳奇小説的體式。

首先是增加詩歌而成傳奇小説。如成書於1604—1607年間的《廣艷異編》卷二三《狄明善》，叙述狄明善夜宿野外酒肆，與桂淑芳繾綣，後知爲桂精。全文370字，是篇粗具梗概的志怪小説。而編刊於1589年的《古今清談萬選》卷四《老桂成形》，除在開頭、結尾增飾了渲染環境的語句外，最突出的是插入了四首詩歌，成爲一篇900字的傳奇小説。《古今清談萬選》卷一《魏沂遇道》，比只有一詩、全文330字的《廣艷異編》卷二五《魏沂》，添加了二詩，增改爲800多字。由於《古今清談萬選》"輯録前人作品而有所修改，往往插增詩歌"，[①]而《廣艷異編》較忠實於原文，顯然不是《廣艷異編》删减了詩歌，而是《古今清談萬選》插增了詩歌，"插入的詩詞應該是《古今清談萬選》編者所爲"。[②]類似的尚有《幽怪詩譚》卷五《洞庭三娘》，比《廣艷異編》卷二五《陶必行》多了兩首詩歌；《幽怪詩譚》卷五《驛女鳴冤》，較王同軌《耳談》卷二《許巡檢女》也增加了兩首。

這些插增的詩文，使作品篇幅明顯加長，將短小的志怪、軼事小説變爲鑲嵌詩文的傳奇小説。這些嵌入的詩文往往襲自他人。如《古今清談萬選》卷一《魏沂遇道》插入的第三首即明代童軒《清風亭稿》卷二《行路難》，卷四《老桂成形》插入的第四、五首即童軒的《清風亭稿》卷二"樂府歌行"《斷腸曲（效元體二首）》。《稗家粹編》卷六"鬼部"《孔淑芳記》無一詩詞，而《古今清談萬選》卷二《孔惑景春》却添加了九首詩詞，全部出自《剪燈餘話》卷二《田洙遇薛濤聯句記》。《廣艷異編》卷二十三《周江二生》原有三首詩歌，其中第一首"夙有煙霞癖，翛然興不群。秋聲飛過雁，水面洞行雲。逸思乘時發，詩名到處聞。扁舟涉方杜，更喜挹清芬"，改自刊行於萬曆十一年（1583）梁辰魚《鹿城詩集》中的《巴陵舟中漫興》："夙有煙霞僻，翛然興不群。秋聽巫峽雁，春載洞庭雲。逸興乘時發，詩名是處聞。

---

① 程毅中等編：《古體小説鈔：明代卷》，北京：中華書局2001年版，第314頁。
② 向志柱著：《胡文焕〈稗家粹編〉研究》，北京：中華書局2008年版，第115—116頁。

歸舟有芳杜，更喜挹清芬。”[①]第三首爲明人舒芬詠蓼花詩。《古今清談萬選》卷四改《周江二生》爲《渭塘舟賞》，删了第一首，增加了明人童軒、顔潛庵、丘濬和羅洪先的四首詩歌；到了《幽怪詩譚》卷二《渭水攀花》，又增加一首童軒詩，共七首詩歌。這樣，一篇370字的志怪小説《周江二生》，被逐漸增改爲800多字的傳奇小説。

其次考察删減傳奇小説中詩文的情況。如《古今清談萬選》卷二《婕妤呈象》删除了《剪燈餘話》卷二《秋夕訪琵琶亭記》七首詩詞中的《琵琶佳遇詩》等二首；《幽怪詩譚》卷一《途次悲妻》，較《稗家粹編》卷一與《古今清談萬選》卷二《蔣婦貞魂》少二詩，僅保留一首詞；何大掄本《燕居筆記》下層卷七《節義傳》删除了《花影集》卷二《節義傳》末尾概括全文内容的一段500多字的銘文，保留了一篇祭文；《一見賞心編》卷三《惜惜傳》删張幼謙和惜惜《卜算子》詞兩首，尚保留二詞三詩。編者只是對詩文進行簡單的删減，並未改變原作的小説文體形態。

有些詩文隨著正文叙事情節一起被删除。如《一見賞心編》卷三《月娥傳》，删除了《賈雲華還魂記》中的一封信、九首詞、九首詩與一篇祭文，尚保留18首詩，文字由原來的13 460字，變成4 510字。這樣，編者就把篇幅曼長、叙事綿密的中篇傳奇，删略成篇幅正常的一篇傳奇小説。更有甚者是徹底改變了作品的文體性質，如《繡谷春容》卷四《王生渭塘得奇遇》删去了《剪燈新話》卷二《渭塘奇遇記》中的四首題畫詩與一首“效元稹體，賦會真詩三十韻”的長詩，將一篇叙事生動、刻畫細膩的長達1 700字的傳奇小説，改爲一篇300字的故事梗概，傳奇小説的形態與神韻蕩然無存。

編者爲何會對傳奇小説中的詩文進行如此增删，而使作品發生文體上的雙向改變呢？這當然有書坊主節約紙張與成本的因素。如《古今清談萬選》

① 吴書蔭編：《梁辰魚集》，上海：上海古籍出版社2010年版，第174頁。

每篇作品通常爲四個半頁，爲平衡篇幅的長短，其“詩詞的增删可能與其編撰有嚴格的版面要求相關”。[①]但最根本的原因，則是小説選本編者的審美趣味及編選目的。

首先是編者的小説觀念决定了小説選本的編纂標準。從收録的作品看，《古今清談萬選》與《幽怪詩譚》的編者十分偏愛詩文。《古今清談萬選》共收録68篇小説，只有四篇没有穿插詩詞；64篇作品中，最少穿插一首，最多21首，共308首，平均每篇作品穿插4.8首。《幽怪詩譚》共96篇作品，每篇均有詩詞，共408首，平均每篇四首多點。可見二書的詩詞數量相當可觀。其次是編者的編選目的影響了小説作品中的詩文數量。西湖碧山卧樵將自己編選的小説選本命名爲“詩譚”，顯示出編者的趣味在詩歌，而不在故事情節。聽石居士《幽怪詩譚引》視此書爲一部魏晉以來的詩歌發展史，直接揭示了編者的意圖。《繡谷春容》是面向市民讀者的通俗類書，編者自然要考慮大衆的文化水準與欣賞趣味，相應地更關注小説的故事情節，故删削了傳奇小説中的詩詞文賦，僅保留故事輪廓。

小説選本的編者有意增删詩文，使詩文成爲篇幅短小的志怪軼事小説、傳奇小説與中篇傳奇小説之間發生文體轉换的變數，具有小説文體學的價值。

第二節　情節：叙事的詳略

小説選本編纂者還常常對原作的人物描寫、情節構思、叙述方式等進行增改，使叙事的詳略發生了變化，甚至發生文體形態上的轉换。

最常見的是删去原作的段落，有的是直接删减情節或結尾，有的則是將傳奇小説中某些叙事情節或場景進行概述。試比較《花陣綺言》《風流十傳》

① 向志柱著：《胡文焕〈稗家粹編〉研究》，北京：中華書局2008年版，第116頁。

與《國色天香》中《尋芳雅集》的一段文字：

> 生欲赴鸞以自解，乃怏怏而别。及至，鸞方倚窗而望，見之大喜，謂生曰："失約之罪，將何以償？"生曰："惟卿所使。"鸞即挽生手，同至寢所，恣行歡謔。枕席中所講會者，千態萬狀，極能動人。雖巫雲不甚曉，而英、蟾輩正惘如也。(《花陣綺言》本、《風流十傳》本《三奇合傳》)

> 生回間，鸞見，挽生手同至寢，恣行歡謔。枕席中所講會者，千態萬狀，雖巫雲輩遠拜其下風矣。(《國色天香》卷四《尋芳雅集》)

《國色天香》本改動後的文字失去了原作人物對話的鮮活性，而"雖巫雲輩遠拜其下風矣"，則使原作中年齡較小、懵懂不通世事的巫雲輩，變得淫蕩成性，對原文實在是一大曲解。有的删節則影響到人物性格的塑造，如：

> 生起見之，不覺自失。叙禮竟，嬌因立妗右。生熟視，愈覺絶色，目摇心蕩，不自禁制。妗笑曰："三哥遠來勞苦，宜就舍少息。"因室之於堂之東，去堂二十餘步。生歸館後，功名之心頓釋，日夕惟慕嬌娘而已。恨不能吐盡心素與款語，故常意屬焉。舅妗皆以生久不相見，款留備至。(45卷本《艷異編》卷二二《嬌紅記》)

> 叙禮竟，嬌遂入，舅館生於堂之東。時舅以生久闊，極意款留。(《一見賞心編》卷一《嬌紅傳》)

原作將申生初見嬌時爲美色所動的失態與癡迷刻畫傳神，改後文字則是純客觀、冷静的叙述，看不到申生的外在反應與心理活動，較原文大爲遜色。上述删略尚未改變原作的傳奇小説性質，若删減嚴重則會改變傳奇小説的體式。如《花影集》卷一《劉方三義傳》2 900 字,《繡谷春容》“新話摭粹”奇遇類《劉方女僞子得夫》删減爲 370 字，已非傳奇小説面貌。《繡谷春容》追求的是故事的輪廓，而不是傳奇小説本身。

改動原作情節也是選本編纂者常做的行爲。試比較《尋芳雅集》中的一段話：

即與鸞同至生室，相見欣然。因以眼撥生曰："那人已回心，今夜可作通宵計矣。"生點首是之。正笑語間，忽索前鞋及詞，已無覓矣。生遮以別言，鸞疑其執。生不得已，遂以實告。鸞重有不平意，少坐而去。生雖喜得鸞，而以鳳方之，則彼重於此多矣。是夜，因鳳事未諧，鬱鬱不樂，伏枕而眠，不赴鸞之約。鸞久候不至，意爲巫雲所邀，乃怨雲奪己之愛，欲謀相傾。然所恨在彼，而所惜在此，又不敢悻然自訣也。(《國色天香》卷四《尋芳雅集》)

次早，鸞至生室，笑索鞋詞，生遮以別言，鸞疑其詐。不得已，遂以實告。鸞微有不平意，生慰之曰："晚當攜來。"至晚，思鳳事未諧，鬱鬱不樂，遂伏枕而卧，因失鸞約。鸞疑生爲雲所邀也，怨其奪愛，欲謀相傾。然所恨在彼，而所惜在生，又未敢悻然自决。(《一見賞心編》卷二《三奇傳》)

原作謂生“不赴鸞之約”，是説生故意不赴鸞室，與二人前後的纏綿多情不太吻合，也有損吴生癡情的形象；《一見賞心編》則改爲吴生由於伏枕而眠“因失鸞約”，强調生是因眠而誤失佳會，不是主觀上的故意，合乎情理。再如唐傳奇《李娃傳》中有李娃與姥聯合設計擺脱滎陽生的情節，凡 730 字，

《一見賞心編》卷十一作：

> 姥意漸怠，然而娃情彌篤。他日，姥謂生曰："女與郎相隨一年，尚無孕嗣。常聞竹林神報應如響，試與女薦酹求子，可乎？"生不悟，乃大喜。翌日遂偕娃同詣神祠禱焉。信宿而姥促娃乘輿先歸，生徒步踵後，至則宅門嚴扃，寂無人聲，生大駭，詰其鄰。鄰曰："李本税此而居，約已周，今税去矣。"生惶惑罔措，因返訪布政舊邸。

最重要的改動是李娃没有參與欺詐滎陽生的騙局，李娃與滎陽生一樣被姥蒙在鼓裏，這就突顯出李娃的癡情，保持了李娃性格的完整性。從人物性格的塑造來説，這些改動勝過原文。

小説選本對原作的改動有時還完全改變叙事視角與人稱。如《剪燈餘話》卷二《秋夕訪琵琶亭記》以才子沈韶遠遊開頭，述其於九江夜遇女鬼鄭婉娥，吟詩唱和，談論前朝遺事，並以沈氏得道結尾，重在表現沈韶的豪放；而《古今清談萬選》卷二《婕妤呈象》則改爲以鄭婉娥開頭，曰"僞漢陳友諒有婕妤姓鄭名婉娥，玉質冰姿，稱絶當世，且親事文墨，亦少閑音律，僞漢極其寵愛焉，年甫二十而卒，葬於江州之琵琶亭焉"，鬼魂則白晝出現，爲人所見，後遇沈韶，並以鄭氏收尾，旨在突出鄭氏的齎志而歿與英年早逝的憂愁哀怨。這種改動顯然别有寄托。

元代鄭禧的傳奇小説《春夢録》卷首有延祐戊午（1318）自序，叙述了"予"與吴氏女的愛情悲劇，正文則按照時間順序收録了"予"與吴氏女往來的信箋、唱和詩詞、祭文及"予"友人的吟詠詩歌，最後是嘉子述的後序。《春夢録》最突出的叙事方法有兩點值得關注：一是自序與正文均采用第一人稱叙事，叙述者"予"記述自己的親身經歷，娓娓道來，將自己的内心情感世界袒露在讀者面前，寫得如泣如訴，哀婉沉痛，令讀者覺得真實、自然、親切；二是正文運用了日記體的叙事體式，主要記録了“丁巳歲二月二十六日”“二月二十九日”“三月一日”等幾天“予”與吴氏女的交往與書信往來，這與自序中的第一人稱叙事相輔相成，有利於强化故事的真實性。《一見賞心編》卷三《吴女傳》則打亂了原文的叙事順序和手法，放棄日記體，改以第三人稱叙事。試比較開頭：

城之西，有吴氏女，生長儒家，才色俱麗，琴棋詩書，靡不究通，大夫士類稱之。其父早世，治命宜以爲儒家室，女亦自負不凡。予今年客於洪府，一日，媒嫗來言，其家久擇婿，難其人，洪仲明公子戲欲與予求之。予辭云已娶。不期媒嫗欲求予詩詞達於女氏，予戲賦《木蘭花慢》一闋。翌日，女和前詞，附媒嫗至。（涵芬樓本《説郛》卷四二）

延祐間，永嘉有吴氏女生長儒族，才色俱麗，幼習經史，長於音律。其父早世，治命曰是必爲儒家配。即女亦自負不凡。歲丁巳，鄭生僖客於洪府，一日，有媒嫗來言，吴久擇婿，難其人，欲與鄭求之。蓋知鄭之才調風流不在女下也。鄭辭已娶。而媒嫗復欲索鄭詩詞達於女前，鄭因賦《木蘭花慢》一闋，寄之云（詞略）。翌日，女氏和云（詞略）。(《一見賞心編》卷三《吴女傳》)

《一見賞心編》删除了自序、後序及十首（篇）詩文詞，將原自序中的内容與正文重新剪接、調整，連綴成一篇新的按照故事發展叙事的傳奇小説，而且運用了第三人稱的叙事視角，叙述者置身事外，力求客觀展現。當然，這樣的改動存在不足，即改變叙事人稱後没有了對當事人鄭生的心理呈現與剖析，失去了原來纏綿、憂傷、無奈的情感基調，也使小説的情感氛圍與叙事韻味發生了根本的改變。

第三節　語言：雅俗的轉换

明代小説選本編者對作品語言的處理，體現出受衆的審美趣味對傳奇小説外在形式的影響。傳奇小説語言的雅俗是相對的，從傳奇小説史角度看，唐傳奇偏雅，宋明傳奇趨俗。而明代小説選本編纂者對傳奇小説語言的改動則爲趨雅適俗，一是語言趨雅，使傳奇小説愈加雅化；二是語言適俗，令傳奇小説語言通俗。先看傳奇小説語言的雅化，而所謂雅化主要就是語言的駢儷化。如下面幾例：

例 1：

次命女："出拜爾兄，爾兄活爾。"久之辭疾。鄭怒曰："張兄保爾之命，不然，爾且擄矣。能復遠嫌乎？"久之，乃至。常服睟容，不加新飾，垂鬟接黛，雙臉銷紅而已。顔色艷異，光輝動人。[①]（《太平廣記》卷四八八《鶯鶯傳》）

次命其女鶯鶯出拜，鶯以含羞辭，鄭怒曰："賴張君活爾命，不然，爾且虜矣。能復遠嫌乎？"久之，乃出。素服淡妝，不加新飾，然而月眉星眼，霧鬢雲鬟，撇下一天丰韻；柳腰花面，玉筍金蓮，占來百媚芳姿。（《一見賞心編》卷一《鶯鶯傳》）

例 2：

（慶雲）聰明美貌，出於天然。父母鍾愛之，於後園中構屋數椽，

① （宋）李昉等編：《太平廣記》，北京：中華書局 1961 年版，第 4012 頁。

扁曰百花軒，女居其内。……時深秋之節，草木黄落，景物蕭條。(《稗家粹編》卷六《慶雲留情》)

（慶雲）姿容窈窕，雖西子莫並其妍；性格聰明，即易安差同其美。父母絶鍾愛之。後園花木叢茂，中構書屋數椽，署其匾曰百花軒。女常居其内，或倚窗刺繡，或憑几濡毫，吟詠極多。……時序催遷，不覺春去，又值秋深，蛩啾啾而吟砌，風颯颯以牽衣。草木黄落，景物蕭條。(《幽怪詩譚》卷三《室女牽情》)

第1例中，將狀寫鶯鶯美貌的“垂鬟接黛，雙臉銷紅而已，顔色艷異，光輝動人”改爲駢語，抄自《劉生覓蓮記》：“月眉星眼，露鬢雲鬟，撇下一天丰韻；柳腰花面，櫻唇筍手，占來百媚芳姿。”第2例中，將描繪慶雲肖像的“聰明美貌，出於天然”，改爲四六相對的偶句“姿容窈窕，雖西子莫並其妍；性格聰明，即易安差同其美”；在“時深秋之節”後增加了摹寫秋天景物的對句“蛩啾啾而吟砌，風颯颯以牽衣”。修改後文字明顯較原文整飭典雅。

語言駢儷化的内在表現就是常常用典。如下面幾例：

例1：

復伸聰悟，知其爲筆怪也。蔽而不言，紿之曰：“一介寒儒，過蒙垂顧，聆君言論，殆非凡人。再有佳章，復求一誦，惟不吝見寵。”(《古今清談萬選》卷三《筆怪長吟》)

復伸亦悟其爲怪，隨機應曰：“不佞一介寒儒，未預汗青之列；五車經庫，難參點畫之司。若老丈神明之胄，骨鯁之臣，宜居掌握，潤色皇猷，豈可束手乞休，藏鋒不試乎？”叟復笑曰：“欲貪仕進，必籍毛錐，素無三窟之營，孰與一枝之借？徒見逐於韓盧，致譏於頭鋭耳！”復伸曰：“老丈藴藉珠璣，馳騁文字，漸濡既久，摹畫必多，適已管窺一斑矣。若更有佳章，並祈明示。”(《幽怪詩譚》卷一《江筆眩士》)

例2：

迨至吴興陸穎，其道大行。其他賢人君子，往往愛重。如江淹之得彩，李白之夢花。(《古今清談萬選》卷三《筆怪長吟》)

迨後支流繁衍，累朝通籍，吴興尤其發迹之所。不特此也，其借資於吾族者，若班仲升之發憤封侯，司馬長卿之題橋得志；柳公權以直諫顯，韓昌黎以博洽聞；江淹之得彩，李白之夢花；未可枚舉。今予老矣，鋒芒盡禿，發蒙振落，故欲削牘而投閑，敢執簡以請教。(《幽怪詩譚》卷一《江筆眩士》)

例3：

（雷起蟄）因禱祝於神之前曰：“起蟄城中居民，如草茅賤士，一芥儒生。冬一裘，夏一葛，未嘗有望外之求；渴則飲，饑則食，安敢有出位之想。奈何命途多舛，貧屢弗堪。甑生塵而弗破，釜遊魚而將穿。冬則暖矣，而兒之號寒者如常；年則豐矣，而妻之啼饑者若故。乞垂日月之明，指示可生之路，則起蟄幸甚。如其終身困乏，寧早歸於九原，目猶先自瞑也。”(《稗家粹編》卷八《雷生遇寶》)

（雷起蟄）乃憤然禱於神像之前曰：“切念起蟄一介鯫生，草茅賤士，幸厠衣冠之列，蹇遭家世之貧。資身策拙，空垂涎於井李；糊口計窮，肯染指於鼎黿。曾奈室如懸罄，曾無粒米之炊；釜甑生塵，奚望飲河之飽。饑渴之害切身，凍餒之憂莫控。孺子不常貧，當指與更生之路；王孫信可哀，宜大垂再造之仁。某不勝待命之至。”（《幽怪詩譚》卷三《財富福人》）

第 1 例原文以四字句爲主，淺顯易懂；修改文多作駢句，用了五車、三窟、韓盧等典故，語言深奧雅緻。第 2 例原文用江淹、李白二典，修改文却增加了班固、司馬相如、柳公權、韓愈四個典故。第 3 例原作雖爲駢文，但只用了《後漢書・范冉傳》中“甑中生塵范史雲，釜中生魚范萊蕪”[①]一個典故，其餘都是“冬一裘，夏一葛，未嘗有望外之求；渴則飲，饑則食，安敢有出位之想”等淺近常見之語。修改文則增加了五個典故：“空垂涎於井李”，見《孟子・滕文公下》：“匡章曰：‘陳仲子，豈不誠廉士哉！居於陵，三日不食，耳無聞，目無見也。井上有李，螬食實者過半矣，匍匐往將食之，三咽，然後耳有聞，目有見。’”[②]“肯染指於鼎黿”，見《左傳・宣公四年》：“楚人獻黿於鄭靈公。公子宋與子家將見，子公之食指動，以示子家，曰：‘他日我如此，必嘗異味。’……及食大夫黿，召子公而弗與也。子公怒，染指於鼎，嘗之而出。”[③]“室如懸罄”，見《左傳・僖公二十六年》：“室如懸罄，野無青草，何恃而不恐。”[④]“孺子不常貧”，見《後漢書・徐稺列傳》：“徐稺字孺子，豫章南昌人也。家貧，常自耕稼，非其力不食。”[⑤]“王孫信可哀”，見《史記・淮陰侯列傳》：“信釣於城下，諸母漂，有一母見信饑，飯信，竟

---

① （南朝宋）范曄撰：《後漢書》，北京：中華書局 1965 年版，第 2689 頁。
② 楊伯峻撰：《孟子譯注》，北京：中華書局 2010 年版，第 145 頁。
③ 楊伯峻撰：《春秋左傳注》，北京：中華書局 1982 年版，第 677—678 頁。
④ 同上，第 439 頁。
⑤ （南朝宋）范曄撰：《後漢書》，北京：中華書局 1965 年版，第 1746 頁。

漂數十日。信喜，謂漂母曰：‘吾必有以重報母。’母怒曰：‘大丈夫不能自食，吾哀王孫而進食，豈望報乎！’”[①]可見，《幽怪詩譚》的編選者對散文叙事有所抵觸，不重視語言的鮮活性，而對駢文情有獨鍾。

次看傳奇小説語言的通俗化。小説選本編者常常使用口語、諺語、俗語、套語等增改傳奇小説。如：

> 不覺日月如梭，三年任滿，升越州通判。未任一年，改升金陵建康府尹。帶領伴僕王安，雇船前去。來到揚子江。(《國色天香》卷十《張于湖傳》)

> 不覺四季光陰如拈指，兩輪日月似奔梭。三年任滿，升越州通判。未任一年，改升金陵建康府尹。帶領伴僕王安，雇船前去。饑餐渴飲，夜住曉行，來到揚子江。(《萬錦情林》本、余公仁《燕居筆記》本、何大掄本《燕居筆記》)

增改的“四季光陰如拈指，兩輪日月似奔梭”、“饑餐渴飲，夜住曉行”較爲生活化，其中“饑餐渴飲，夜住曉行”的俗語見於許多通俗小説。如《水滸傳》第三回：“史進在路，免不得饑餐渴飲，夜住曉行，獨自一個行了半月之上，來到渭州。”話本《錢塘夢》：“在路非止一日，饑餐渴飲，夜住曉行，不覺早到杭州。”《警世通言》卷二八《白娘子永鎮雷峰塔》：“且説許宣在路，饑食渴飲，夜住曉行，不則一日，來到鎮江。”《警世通言》卷三七《萬秀娘仇報山亭兒》：“在路上饑食渴飲，夜住曉行。”此外，增加的“于湖自言：‘忒性急了，今回錯過，何時再逢這般聰明女子。’悔之不已”，及“必

① （漢）司馬遷撰：《史記》，北京：中華書局1959年版，第2609頁。

正道：'一朝半日便要回家，不須多事。'觀主道：'寬住幾日，我要與你説話。'到晚歇了"，都十分家常口語化。考慮到《國色天香》《萬錦情林》與《燕居筆記》的編刊時間，這些通俗語言當是《萬錦情林》的編刊者余象斗添加。有學者曾比較單行本《巫山奇遇》與《風流十傳》本《雙雙傳》中的丫環梨香勸慰小姐這一情節，認爲原作中的小姐、婢女，都文質彬彬，温文爾雅；而《雙雙傳》則增加了"鞭雖長不及馬腹"、"多事曉曉"之類的俗辭口語，尤其是小姐"厲聲叫曰"的神情口吻，已頗類村姑野婦，與原作中的嬌弱閨秀，簡直判若兩人。[①]

增加話本和章回小説使用的提示語、套語也是小説選本編纂者改編傳奇小説的常規行爲。受説唱藝術的影響，話本小説經常使用"話説""却説""正是""有詩爲證"等套語。明代傳奇小説受話本的影響也常常運用類似提示語。如《國色天香》本《張于湖傳》："到晚，將酒肴與妙常同飲。正是：竹葉穿心過，桃花上臉來。茶爲花博士，酒是色媒人。""正是"二字，應爲原文所有，而非《國色天香》編者所加。到了《萬錦情林》與《燕居筆記》本《張于湖宿女真觀記》，則增加了兩處具有話本文體特徵的提示語：一是在開頭"宋朝淮西和州涇陽縣，有一秀才，姓張，名孝祥，字安谷，號于湖"前面添加"話説"二字；二是在"題畢歸衙"後，插入"不在話下"四字。《萬錦情林》本《三妙傳錦》，在《國色天香》與《風流十傳》本《花神三妙傳》生與徽音、瓊姐聯詩一首後，增加了一段近600字的情節，然後插入"不題。却説徽音入門之後"云云。上述提示語的添加也使傳奇小説具有了話本體制的特點。使用套語是説唱藝術與話本突出的外在表徵與藝術特色，套語"主要是静止地描繪品評環境、服飾、容貌等細節，或描寫品評一個重要行動的詳情，起烘雲托月的作用，以補散文叙述的不足，加强藝術形

---

① 潘建國：《白話小説對明代中篇文言傳奇的文體滲透》，《暨南學報》2012年第2期。

象的感染力，並在表演時起多樣化的調劑作用"。[1] 如《清平山堂話本》收録的《洛陽三怪記》《五戒禪師私紅蓮記》用"分開八片（塊）頂陽骨，傾下半桶冰雪水"來形容災禍突降；《戒指兒記》以"猪羊送屠户之家，一脚脚來尋死路"狀人遇到危險。小説選本編者也常使用話本中的賦贊套語改編傳奇小説。

第四節　傳奇小説改編的文體學意義

明代小説選本編刊者對傳奇小説的上述改編，如果置於小説發展的整體環境下，則彰顯了獨特的文體學意義。

第一，"詩文小説"的編撰方式不斷創新。詩文小説以散體叙事，以詩歌韻文來抒情，既能令作家講述動聽的故事以展示史才，又能抒發情懷以炫耀詩筆，實現了叙事與抒情的結合，在纏綿綺麗的愛情故事與譎詭奇偉的志怪書寫中實現小説的娱樂功能。詩文小説肇始於唐傳奇，形成兩種體式：一是小説人物題詠的詩詞韻文在作品中占有很大的比重，增加了傳奇的詩意美；一是詩文成爲作品的主體，若去掉詩文就不成其爲傳奇小説。明人承其餘緒，且别開生面。如瞿佑《剪燈新話》及其仿作與衆多中篇傳奇小説中的詩歌韻文都是作家獨立創作，可謂踵武唐人並有所發展。而運用他人詩歌編撰詩文小説，堪稱明人的獨創。如周禮以童軒（1425—1498）《清風亭稿》中的三首詩歌編撰了《畫美人》，[2] 侯甸嘉靖庚子（1540）叙的《西樵野紀》卷三《桃花仕女》則有六首詩歌出自童軒《清風亭稿》。《幽怪詩譚》卷五《四木惜柯》共四詩，分别爲陳王道（1526—1576）的詠松詩、羅念庵的

---

① 胡士瑩著：《話本小説概論》，北京：中華書局1980年版，第142—143頁。

② 參陳國軍：《周静軒及其〈湖海奇聞〉考》，《文學遺産》2005年第6期。《畫美人》，1536年序刊的《異物彙苑》卷一六即節録《畫美女》，注出《湖海奇聞》，參閔文振輯：《異物彙苑》卷十六，《四庫全書存目叢書》子部第199册，濟南：齊魯書社1995年版，第641頁。

詠檜詩、夏言（1482—1548）的詠柏詩和陳經邦（1537—1615）的詠槐詩。正是上述兩類詩文小説的繁盛，小説選本編刊者才編選收録大量此類作品，並按照自己的美學趣味與讀者的層次對作品進行有意識地改編，這種改編爲研究詩文小説的傳播與影響提供了重要的文本。

第二，中篇傳奇小説向傳奇小説滲透。明人創作的中篇傳奇小説“單篇一類至少當有四十種以上”，[①] 常常被小説選本編者增入傳奇小説中。陳益源早已指出《風流十傳》本《融春集》，在《懷春雅集》的基礎上，增改了不少情節與人物，並抄襲了《劉生覓蓮記》的大量詩詞。[②]《一見賞心編》卷一《鶯鶯傳》在“於是絶望”後增加了“西厢潛蹤杜牖，種種幽情羞自語，安排衾枕度深更，豈料生抛花去，鶯惜春歸，睹白駒之易逝，感朱顔之難留，情傍遊絲牽嫩緑，意隨流水戀殘紅”，其中“種種幽情羞自語，安排衾枕度深更”，抄自《尋芳雅集》嬌鸞所作律詩其七“楊花未肯隨風舞，葵萼還應向日傾。種種幽情羞自語，安排衾枕度初更”；“情傍遊絲牽嫩緑，意隨流水戀殘紅”抄自《尋芳雅集》嬌鸞所作律詩其三“曉妝台下思重重，懊嘆何時笑語同。情傍遊絲牽嫩緑，意隨流水戀殘紅”；增加的“輕移蓮步，笑轉秋波，緑擾擾宮妝雲挽，微噴噴檀口香生”，抄自《劉生覓蓮記》才子劉一春爲佳人碧蓮寫的贊：“軟軟柳腰弄弱，小小蓮步徐行。緑擾擾宮妝雲挽，微噴噴檀口香生；濃艷艷臉如桃破，柔滑滑膚似脂凝。紗袖籠尖尖嫩筍，一種種露出輕盈。”可見，《風流十傳》《一見賞心編》的編者對當時流行的《劉生覓蓮記》《尋芳雅集》等中篇傳奇小説極爲熟悉，纔順手拈來將不少詩歌韻文添加到《鶯鶯傳》等作品中，賦予小説鮮明的時代審美特點。這體現出元明中篇傳奇小説對小説選本編者及傳奇小説文體的深刻影響。

第三，白話小説向傳奇小説的滲透。白話小説注重運用通俗語言從瑣細

---

① 葉德均著：《戲曲小説叢考》，北京：中華書局 1979 年版，第 535 頁。

② 陳益源著：《從〈嬌紅記〉到〈紅樓夢〉》，瀋陽：遼寧古籍出版社 1996 年版，第 202—204 頁。

的日常生活中刻畫人物性格。隨著明嘉隆間白話小説的編刊行世，萬曆以後的小説選本編者受此影響常常增改傳奇小説。單行本《巫山奇遇》中叙述魚覲日設計的私奔計畫十分簡略，而到了合刊本《雙雙傳》則增加了千餘字，平空添出夏補衮之妻、夏補衮之兒、妻弟周才美等世俗人物，叙述詳盡，刻畫生動，顯然受到了白話小説的影響。[①] 白話小説對傳奇小説的深入影響，亦可從模仿與改編中看出端倪。《歡喜寃家》第十回《許玄之賺出重囚牢》從形式上看是一篇具有入話、篇末，運用"且説"等套語的話本小説；從内容上看，其實是篇抄襲、模仿《尋芳雅集》等作品的中篇傳奇小説。[②]《杜麗娘慕色還魂》通常被看成話本小説，[③] 其實，也可視爲增改《杜麗娘記》而成的具有話本體制的通俗傳奇小説，如開頭：

> 宋光宗間，廣東南雄府尹姓杜，名寶，字光輝。生女爲麗娘，年一十六歲，聰明伶俐，琴棋書畫，嘲風詠月，靡不精曉。(《稗家粹編》卷二《杜麗娘記》)

> 閑向書齋覽古今，罕聞杜女再還魂。聊將昔日風流事，編作新文厲後人。話説南宋光宗朝間，有個官升授廣東南雄府尹，姓杜，名寶，字光輝，進士出身，祖籍山西太原府人。年五十歲。夫人甄氏，年四十二歲，生一男一女。其女年一十六歲，小字麗娘。男年一十二歲，名唤興文。姊弟二人，俱生得美貌清秀。杜府尹到任半載，請個教讀於府中，書院内教姊弟二人，讀書學禮。不過半年，這小姐聰明伶俐，無書不覽，無史不通，琴棋書畫，嘲風詠月，女工針指，靡不精曉。府中人皆

---

① 參見潘建國：《白話小説對明代中篇文言傳奇的文體滲透》，《暨南學報》2012 年第 2 期。
② 同上。
③ 胡士瑩著：《話本小説概論》，北京：中華書局 1980 年版，第 532 頁；

稱爲女秀才。(何大掄撰，林近陽增編《新刻增補全相燕居筆記》卷九《杜麗娘慕色還魂》)

《杜麗娘慕色還魂》在《杜麗娘記》篇首添加了一首詩，中間嵌入些許豐富人物的語句，行文更加自由化、散文化。從結構上看，篇首詩完全可以視爲入話。這種體制上的變化，或是何大掄所爲。由《杜麗娘記》到《杜麗娘慕色還魂》的適俗化改編，可以看出話本對小説選家的影響。

綜上，小説選本編者對傳奇小説的增删修改，雖然對原作的藝術完整性有所損害而常爲人所詬病，但對原作人物塑造、叙事藝術、語言轉换等的處理，藴含著編者獨到的小説觀念，體現出文體間的相互滲透，具有不可替代的小説文體學意義。

第五節　《古今名家詩學大成》與明代傳奇小説文體①

明弘治丙辰（1496），周禮《湖海奇聞集》首開以他人詩歌編創傳奇小説之風。萬曆己丑（1589）刊的《古今清談萬選》可謂推波助瀾，崇禎己巳（1629）刊的《幽怪詩譚》堪稱集大成者。明代萬曆六年（1578）編刊的《古今名家詩學大成》直接介入了《古今清談萬選》和《幽怪詩譚》的編創，對明代傳奇小説文體的發展産生了深刻的影響。

一、《古今名家詩學大成》的編刊及三類仿襲之書

“詩騷”確立的詩歌傳統，使詩才成爲衡量士人才華的重要標準，故

① 本節内容，詳見任明華:《〈古今名家詩學大成〉與明代傳奇小説的文體發展》,《文藝理論研究》2023年第2期。

古代讀書人無不習詩，然學詩非易。正如明胡汝嘉《重刻詩學大成序》所説："嘗謂詩非可以易言也。品題欲其婉而不俚，屬對欲其切而近雅，故思竭於翠眉征袁，然後知鄭谷詠物之工；句幻於雙鳳六鼇，然後稱禹玉用事之妙。"[①]對於初學詩者尤爲困難，元人曹覩《詩苑叢珠序》説："學詩甚難，而歷代以來文物事實，與夫騷人辭士之英華，欲周知而悉覽之，功夫爲尤難。笄丱小子，始就規矩，不有門分類聚、纂言紀事之書爲之筌蹄而矜式焉，則無以資其見聞，發其思致。"[②]這就充分認識到教人寫詩的啓蒙讀物對初學者的重要性。恰如明胡文焕《詩學事類序》所言："夫大匠必因繩墨，良工必先利器，故作詩者不能舍詩學矣。然詩學之書固若爲初學者設，而又不特初學已也。"[③]明代前中期，最爲流行的是元毛直方編《新編增廣事聯詩學大成》和元林楨編《聯新事備詩學大成》，萬曆六年（1578）"李攀龍"據前兩者增删而成的《古今名家詩學大成》問世，方取而代之，風行世上。[④]

《古今名家詩學大成》卷首題《新刊增補古今名家詩學大成》，二十四卷，金陵孝友堂初刊，題李攀龍編輯，當爲僞托。是書分天文、時令、花木等36門，門下分題，即類别，如花木門分花、惜花、杏花等76類，每類後面通常包括"原題"，即據元代毛直方序本"叙事"對門類進行解釋；"事類"，即有關典故；"彙選"，即名人詩歌；"大意"，就是概括門類主要内涵的數對詞語；起、聯、結收録的是對句。如卷八"榴花"之"原題"是"《格物叢談》：榴花來自安石國，故名石榴。亦有從海外新羅國者，故名曰海榴。""事類"有"動人春色""珊瑚映水""萬里貢"等九個詩賦典故，"彙選"下是王肇基的《詠榴火》，"大意"下列有"笑日、燒空，似錦、如

① （明）李攀龍編輯：《古今名家詩學大成》，美國哈佛大學燕京圖書館藏明萬曆間刊本。

② （元）仇舜臣、曹彦文編：《新編增廣事聯詩苑叢珠》，日本公文書館藏元大德三年（1299）刊本。

③ （明）李攀龍、胡文焕編：《詩學事類》，《四庫存目叢書》子部179册。濟南：齊魯書社1995年版，第202頁。

④ 關於《詩學大成》在明代的編刊、流傳及承襲情況，參見張健《從〈學吟珍珠囊〉到〈詩學大成〉〈圓機活法〉》，《文學遺産》2016年第3期。

霞，紅噴火、緑生煙”等七對詞語，起、聯、結下是“江上年年小雪遲，年老獨報海榴知”等幾十聯可以直接用來作詩的對句。初學詩者掌握事類、大意和對句就可以作詩，當然最直接簡單的方法就是運用對句組合成詩。其中比重較大的對句，一是來自前人，如《古今名家詩學大成》卷八“桃花”下“起”中的“桃源花發幾家春，聞説漁郎此問津”，是宋代蕭立之七言絶句《桃源》的開頭兩句；“柳花”下“起”中的“寒食少天氣，春風多柳花”，據《古今合璧事類備要》知爲杜甫的逸詩；二是編者自撰，只不過難以確定具體的詩句而已。正是此書對初學作詩者具有重要的指導、參考和實用價值，自問世到明末短短的六十多年間，不僅被福建建陽萃慶堂重刊，還出現多種據此增删而成的詩學啓蒙讀物。它們大致可分爲三類：

第一類是承襲“李攀龍”本的體例、内容。主要有三種：一是《仰止子詳考古今名家潤色詩林正宗》，十二卷，萬曆間雙峰堂刊，署“余象斗編輯”，内容完全同“李攀龍”本《古今名家詩學大成》，余象斗只是改“事類”爲“事實”，合併、調整卷目，改换書名而已。二是《新鋟翰林校正鼇頭合併古今名家詩學會海大成》，三十卷，萬曆戊戌（1598）余應虬刊，題焦竑校、李維禎閲，乃係僞托名人，實爲余應虬編。分上下兩欄，上欄爲“吟哦韻海”，收録“一東”等各韻部字及事類；下欄以“李攀龍”本《新刊增補古今名家詩學大成》和元林楨編《聯新事備詩學大成》等書增删而成，門下類名的解題或承自“李攀龍”本，或直接删除，或另作新解，如引《總龜》重釋“天河”“日”“星”“風”等；“事類”“大意”和“結”“聯”“起”在“李攀龍”本和林楨本的基礎上删合而成；“名儒”即“李攀龍”本的“彙選”，但篇目有所增減，如删除了顔潛庵的詠尺詩、陳經邦的詠燭詩、唐順之的《詠天壇梅花》等，又據他書補充了羅洪先的“古樹槎牙傍水涯”梅花詩。三是《新刻重校增補圓機活法詩學全書》，二十四卷，題“王世貞校正”“楊淙參閲”，卷首萬曆間李衡《叙圓機詩學活法全書》云：“予見王鳳洲先生考先代名賢之雅韻，讀明時英哲之正聲，略其豪放飄逸之句，温厚和平之章，可法可則者，增入古本事實之下，品題聯句之中，題其名曰《圓機詩學活法全書》，而清江楊君淙校緝之功多與焉。”[①] 所謂“古本”指元毛直方編《新編增廣事聯詩學大成》和“李攀龍”本《新刊增補古今名家詩學大成》，是書實爲楊淙據二書體例和内容增删而成。其分類、叙事、事實、大意和起句、聯句、結句，主要襲自毛直方本；“品題”常不署名，主要承襲“李攀龍”本“彙選”，但對起、聯、結句和“品題”詩歌又有所改動。如卷二三鴛鴦“品題”詩没用“李攀龍”本“彙選”顔潛庵詩，而是换爲唐代崔珏的《和友人鴛鴦之什》，並把顔潛庵詩首聯“采采珍禽世罕儔，天生匹偶得風流”、頷聯“丹心不改同相守，翠翼相輝每共遊”和尾聯“此生莫遣分離别，交頸成歡到白頭”分别增入起、聯、結句中。

第二類是以“李攀龍”本的“彙選”詩歌爲主，保留部分解題，選取“事類”内容對詩歌進行注釋的金陵富春堂萬曆己卯（1579）繡梓的《新刊古今名賢品彙注釋玉堂詩選》，八卷，門改爲類，分天文、時令等27類，對原書的門進行了合併、改動，如把人口門、麗人門改爲人物類、婦人類，君道門、臣道門、人倫門合併爲人倫類，調整了原書的順序。類下爲詩題和詩歌，編者常對詩題進行説明，在承襲《新刊增補古今名家詩學大成》“原題”的基礎上有所增删，如卷一“天”下曰“詩學原題云：天，坦也”云云，此處的“詩學”即指《新刊增補古今名家詩學大成》，只不過在“原題”後又增加了“釋義云：元氣之輕清上浮而爲天”等文字；並對詩歌中的詞語、典故和句意進行注解，有的來自《新刊增補古今名家詩學大成》“事類”，有的是編者新補充和闡發的。如卷一顔潛庵“日”詩，引原“事類”中的《廣雅》所載“日名耀靈”典故釋第一句“一點靈光號火精”之“火精”，引原

---

① （明）王世貞、楊淙編：《圓機詩學活法全書》，日本公文書館藏日本明曆二年（1656）刊後印本。

“事類”中的《淮南子》所載“日出於暘谷，入於咸池，拂於扶桑”注第三句“未離東海陰先伏”，並補充説“日者人君之象，一出則群陰皆潛伏。此喻君子正德在位，而奸邪小人皆避退矣”，來解釋句意；而引《詩經》“藿葉隨光轉，葵心逐照傾”注解第六句“階前葵藿赤心傾”中的“葵藿”，則爲新增。編者没有原數照録《新刊增補古今名家詩學大成》中的“彙選”詩歌，而是有所增減。卷首陳棟序云：“因竹亭楊子敬求斯集，熟而讀之，不忍不傳，公於天下，是則宏攄雅思，博覽旁求，並搜以後諸名公佳制，事關風教者千百餘首，復於詩義中有故事則注釋之。……亦以模範於來學也。竹亭編成，付唐君對溪梓焉。”可見，題“狀元梓溪舒芬精選”“孫舉人孟灘、舒琛增補”顯爲僞托，真正的編者“竹亭楊子”應是署“後學清江楊淙注編”之楊淙。這從明萬曆壬午（1582）刊《星學綱目正傳》序署“清江竹亭楊淙”和明崇禎甲戌（1634）刊《新刊合併官板音義評注淵海子平》題“明清江竹亭楊淙增校”可以得到確證。《玉堂詩選》收録有署名“楊三江淙”“楊淙”和“楊三江”的詩歌十多首，有《别吴秀才名守道》《賊兵亂後寄别友人二首》等自創詩，亦有據《新刊增補古今名家詩學大成》集句而成的，如卷一時令類《仲春》注“二月，出詩學”和卷四《水車（集古）》，這對於認識明代詩文小説的詩歌來源具有重要意義。《玉堂詩選》體現出楊淙以名家詩篇爲楷模的詩學主張。

第三類是選取“李攀龍”本的事類典故而成的胡文焕刊《新刻詩學事類》。胡文焕在《詩學事類序》中認爲對初學詩者來説不能繞過的、最重要的是事類，而所謂“彙選”“大意”“結、聯、結”等則没有必要，理由是：“蓋詩貴活，而此則死守耳。詩貴雅，而此則俚句耳。詩貴自發生，而此則因循竊盜之具耳。且死守易從而不能變，雖變弗活也。俚句易入而不能出，雖出弗雅也。因循竊盗易於爲力而不能改其弊，雖改亦弗發生於自然也。噫！詎非詩學之損哉！余恐未得其益，而先得其損也，故曰雖初學不必也。”

主張詩貴自然新奇，反對因襲守舊，强調詩歌的獨創性，雖然難度極大，却指明了正確的學詩門徑。《新刻詩學事類》完全按照《新刊增補古今名家詩學大成》的卷數、門類編排，僅選取其事類内容，雖署“李攀龍于鱗編輯”，實由胡文焕編纂而成。

上述三類詩學啓蒙讀物，在學詩門徑上各有側重，體現出編者不同的詩學主張和方法。其中前兩類與《古今清談萬選》《幽怪詩譚》等小説作品密切相關。如《古今清談萬選》卷四《常山怪木》有四詩，分别爲明陳王道《松》詩、羅洪先《檜》詩、夏言《柏》詩和陳經邦《槐》詩，均見於《古今名家詩學大成》卷十一、《圓機活法詩學全書》卷二二和《玉堂詩選》卷七；《幽怪詩譚》卷五《山居禽異》中的周敦頤《鴨》詩與羅倫《鳧》詩，亦見於上面三書。其中只有《古今名家詩學大成》對《古今清談萬選》《幽怪詩譚》等小説的編創起到了參考作用，下面從小説中的詩歌入手進行考察。

二、《古今名家詩學大成》與《古今清談萬選》的編創

《古今清談萬選》，四卷，共收録 68 篇小説，除去選自《鴛渚誌餘雪窗談異》《剪燈餘話》及唐人小説等 16 篇作品外，其餘 52 篇小説共包含詩歌 251 首，其中 185 首已考知作者。《古今名家詩學大成》《玉堂詩選》和《圓機活法詩學全書》分别有 51 首、47 首和 44 首詩歌與《古今清談萬選》相同，其中《古今名家詩學大成》中的詩歌最多，關係最密切。《玉堂詩選》删除了《古今名家詩學大成》和《圓機活法詩學全書》“起”“聯”“結”中的詩歌對句，而《古今清談萬選》恰好有許多詩歌就是摘取其中詩句組成的。如《古今清談萬選》卷三《古冢奇珍》中的第四首詩“雲和一曲古今留，五十弦中逸思稠。流水清泠湘浦晚，悲風瀟瑟洞庭秋。驚聞瑞鶴沖霄舞，静聽嘉魚出澗遊。曾記湘靈終二句，若人科第占鼇頭”，即據《古今名家詩學大成》卷

二十或《圓機活法詩學全書》卷十七“瑟”下聯句中的“流水清泠湘浦晚，悲風蕭颯洞庭秋”與“驚聞瑞鳳沖霄舞，静聽嘉魚出澗遊”創作而成。可見，《玉堂詩選》對明人編創詩文小説並沒有直接取材的參考價值。

雖然《圓機活法詩學全書》與《古今名家詩學大成》的體例相近，但是爲明人編創小説提供的詩歌數量却相對較少。如《古今清談萬選》卷三《月下燈妖》中的第四首詠燈詩，由《古今名家詩學大成》卷十九“書燈”下“起”中的“窗下寒檠一尺長，終朝伴我唱文章”，“聯”中的“煌煌照徹千行字，燦燦燒來一寸心”、“焰吐每因篝夜雨，花開不爲媚春陽”和“結”中的“當時映雪囊螢者，好結芳鄰過孔堂”，改動五字而成；而《圓機活法詩學全書》卷十七“讀書燈”下的起句、聯句和結句中却只有三聯，缺少“煌煌照徹千行字，燦燦燒來一寸心”一聯。《古今清談萬選》卷三《禪關六器》中的第三首詩，由《古今名家詩學大成》卷十九“簾”下“起”中的“珠箔銀鉤繫彩繩，玲瓏瑩結四時新”，“聯”中的“畫堂高卷琉璃滑，朱户低垂翡翠輕”與“晝永涼通風陣細，夜深晴漏月華明”，“結”中的“昔聞賈氏窺韓掾，千載人間常有名”，改動兩字而成；《圓機活法詩學全書》卷十五“簾”下的起句、聯句和結句則完全没有上述詩句。類似這樣的情況還有很多，《古今清談萬選》中的小説編創直接參照了《古今名家詩學大成》，而與《圓機活法詩學全書》無關。那麽是否有可能在此之前已有這些詩歌，而分别被《古今名家詩學大成》和《古今清談萬選》所采用呢？這種可能性不大。如《古今清談萬選》卷三《建業三奇》有一首詠漁網詩，由《古今名家詩學大成》卷十九“釣竿附漁網”下“起”中“千縈百結密綢繆，長爲漁家事討求”，“聯”中“眼目撒開江浦曉，羅維牽動海天秋”、“就曬岸頭篩碎日，横張江畔漏輕風”與“魚網”下“多少魚蝦遭蠹害，不知誰作此機謀”組成。《圓機活法詩學全書》卷十五器用門“漁網”品題，楊淙即把第三句换成“聯”中的另一句“每隨柳岸閑將曬，幾向蘋江醉不收”，歸於自己名下。

這表明《建業三奇》中的詠漁網詩並非某位詩人所作，否則楊淙不會改動一句就據爲己有，這兩首詩只不過是小説作者與楊淙分别根據《古今名家詩學大成》對句組合的相近而又有差異的七言律詩。

據上，從詩歌的角度來看，《古今清談萬選》中的很多小説作品是直接參照《古今名家詩學大成》編撰的，除上述3首詩之外，至少還有下面表1中的18首詩歌：

表1　《古今清談萬選》據《古今名家詩學大成》改作的詩歌

	《古今清談萬選》	《古今名家詩學大成》
卷一《魏沂遇道》3詩	其一：養就丹砂壽算綿，鷄群獨出勢昂然。數聲唳月歸三島，幾度乘風上九天。長夜聽琴來蕙帳，清晨覓食在芝田。自從華表歸來後，滄海桑田幾變遷。	卷二一“鶴”下“聯”中“數聲啼月歸三島，幾度乘風上九天”和“長夜聽琴來蕙帳，清晨覓食在芝田”，“結”中“自從華表歸來後，滄海桑田幾變遷”
卷三《東牆遇寶》5詩	其二：數顆圓明寶氣祥，鮫人捧出貴非常。若非老蚌胎中産，應是驪龍頷下藏。粲粲媚淵朝吐采，煌煌照乘夜生光。還歸合浦無求索，廉潔存心效孟嘗。	卷二十“珠”下“聯”中的“老蚌胎初吐，驪頭頷豈無”和“媚淵燦燦光尤瑩，照乘熒熒價莫酬”及“事類”中的“淵客泣”鮫人出珠事、“合浦復還”事
	其四：麗水生來色燦然，雙南價重世相傳。沙中揀出形何異，爐内熔成質愈堅。孟子受時因被戒，燕王置處爲招賢。埋兒郭巨天應賜，青簡留名幾萬年。	卷二十“金”下“起”中“麗水生來色燦然，雙南價重世相傳”，“聯”中“沙中采出形何異，爐裹熔成質愈堅”，“結”中“埋兒郭巨天公賜，青簡名留幾萬年”
	其五：方圓制出可通神，不似黄金不似銀。自古習錢名學士，只今白水號真人。方兄積聚堪爲富，母子收藏不患貧。若使如泉流遍地，普天之下足吾民。	卷二十“錢”下“聯”中“輕重相權俱獲利，方圓有制解通神”和“白水真人號，青錢學士名”及“事類”中的“孔方兄”“泉布”事
《古冢奇珍》5詩	其三：嶧陽才古重南金，製作陰陽用意深。靈籟一天孤鶴唳，寒濤千頃老龍吟。奏揚淳厚羲農俗，蕩滌邪淫鄭衛音。慨想子期歸去後，無人能識伯牙心。	卷二十“琴”下“聯”中“靈籟一天孤鶴唳，寒濤千古老龍吟”，“結”中“慨想子期歸去後，無人能識伯牙心”，“事類”中的“嶧桐”事

續　表

	《古今清談萬選》	《古今名家詩學大成》
《古冢奇珍》 5詩	其五：龍首雲頭巧製成，螳螂爲樣抱輕清。玉纖忽綴一聲響，銀漢驚傳萬籟鳴。似訴昭君來虜塞，如言都尉憶神京。征人歸思頻聞處，暗恨幽愁鬱鬱生。	卷二十“琵琶”下“起”中“龍首雲頭巧製成，螳螂爲樣抱輕清”，“聯”中“似訴昭君來虜塞，如言都尉憶神京”，“結”中“歸思頻聞處，幽愁鬱鬱生”
《筆怪長吟》 5詩	其一：銛鋒如劍付儒家，象管霜毫製作佳。紫玉池中涵霧雨，白銀箋上走龍蛇。江淹喜見吟邊彩，李白祥開夢裏花。曲藝誰云無大補，九重金闕草黄麻。	卷十九“筆”下“起”中“銛鋒如劍付儒家，象管生毫製作佳”，“聯”中“碧玉池中含霧露，白銀箋上走龍蛇”和“江淹喜見吟邊彩，李白祥開夢裏花”，“結”中“曲藝誰云無大補，九重金闕篆黄麻”
《四妖現世》 4詩	其二：軒後紅爐舊鑄成，工夫磨洗色澄清。鑒形易見妍媸面，照膽難知善惡情。寶匣開時蟾窟瑩，瑶臺掛處月輪明。佳人喜把朱顔整，騷客驚看白髮生。	卷十九“鏡”下“聯”中“寶匣開時金窟瑩，瑶臺掛處月輪明”，“結”中“玉人喜把朱顔整，騷客驚看白髮生”
	其三：煉得南溪石骨堅，蟾蜍新樣費雕鐫。馬肝潤帶滄溟水，鴝眼清涵碧澗泉。金殿貴妃曾捧侍，玉堂學士昔磨穿。儒生相近爲鄰久，永作文房至寶傳。	卷十九“硯”下“起”中“傳得蠻溪石骨堅，蟾蜍新樣費雕鐫”，“聯”中“馬肝潤帶滄溟水，鴝眼清涵碧澗泉”和“金殿貴妃曾捧侍，玉堂學士昔磨穿”
《三老奇逢》 5詩	其二：何年天匠鑄蒼虯，流落人間不計秋。破虜必歸良將手，致君先斬佞臣頭。寒光出匣明霜雪，紫氣沖天射斗牛。今日太平無用處，請君攜向五陵遊。	卷十九“劍”下“起”中“誰把青銅鑄碧虯，匣中蟠蟄幾春秋”，“聯”中“爲主名歸豪傑手，致君曾斬佞臣頭”和“寒光出匣明霜雪，紫氣沖天射斗牛”，“結”中“今日太平無用處，請君攜向五陵遊”
《禪關六器》 7詩	其四：采得蓬萊九節藤，尋常傴老任隨行。鳩頭削出過眉巧，鶴膝攜來入手輕。挑月尋僧歸野寺，撥雲采藥入山城。勸君莫向陂間擲，會見蒼龍變化成。	卷十九“杖”下“事類”中的“九節”，“大意”中的“采藥、尋僧”“扶老、過眉”“踏月、穿雲”，“結”中“勸君莫向陂間擲，會見蒼龍變化成”
	其五：虎卧蛟横架象床，閑愁不到黑甜鄉。形彎曉月珊瑚潤，骨冷秋雲琥珀香。圓木警來宵不寐，黄粱熟處晝何長。十洲三島須臾見，一覺仙遊思渺茫。	卷十九“枕”下“起”中“虎卧蛟横架象床，閑愁不到黑甜鄉”，“聯”中“流彎夜月曉猶在，骨冷秋雲凍不飛”和“圓木枕來宵不寐，黄粱熟處晝何長”，“結”中“十洲三島須臾見，一覺遊仙思渺茫”

續　表

	《古今清談萬選》	《古今名家詩學大成》
《禪關六器》7詩	其六：蘄竹編成籍象床，渾如薤葉照人光。潤涵玉枕五更雨，冷沁紗厨六月霜。紋蹙半泓湘水皺，陰凝一片野雲長。南窗不遣炎威逼，亭卧從教萬慮忘。	卷十九“簟”下“起”中“蘄竹編成藉象床，渾如薤葉照人光”，“聯”中“潤涵玉枕三更雨，冷沁紗厨六月霜”和“紋蹙半泓湘水皺，陰凝一片漢雲長”，“結”中“南窗不遣炎威逼，高卧從教萬慮忘”
	其七：天地爲爐酷暑蒸，誰將紈素巧裁成。蒼龍骨削霜筠勁，白鶴翎裁雪楮輕。摇動半輪明月展，勾來兩腋好風生。秋深只恐生離别，争奈炎凉不世情。	《詩學大成》卷十九“扇”下“起”中“天地爲爐酷熱蒸，誰將紈素巧裁成”，“聯”中“摇動半輪明月展，勾來兩腋好風生”，“結”中“秋凉只恐生離别，争奈炎凉不世情”
《湯嫗二婦》6詩	其四：素手纖纖弄不停，竹窗閨婦苦勞生。往來不間金梭響，咿嘎頻聞玉軸聲。孟母斷時因教子，公儀燔處尚留名。五花雲錦三千匹，多少工夫織得成。	卷十九“機杼”下起中“深閨咿軋響無停，女織憑兹是務生”，“聯”中“往來不聽金梭響，咿軋頻聞玉軸聲”和“孟母斷時因教子，公儀燔處尚留名”，“結”中“五花雲錦三千匹，多少工夫織得成”
卷四《野廟花神》4詩	其三：瓊花柳絮與山礬，名品先賢辨别難。數朵妝成冰片皎，千枝刻出雪華寒。唐昌覓種分歸植，仙女尋香折取看。回首東君渾不管，狂風滿地玉闌珊。	卷九“玉蕊花”下“彙選”中“半若瓊瑶半若礬，古今人見辨分難”，“聯”中“數朵妝成冰片皎，千枝刻出玉花寒”和“唐昌覓種分歸植，仙女尋香折取看”，“結”中“回首東君渾不管，狂風滿地玉瓓珊”
《五美色殊》7詩	其三：仙姿綽約絶纖埃，曾是劉郎去後栽。一種天工惟我愛，十分春色爲誰開。玉皇殿上紅雲合，金谷園中絳錦堆。好看化成三汲浪，蛟龍乘此起風雷。	卷八“桃花”下“起”中“仙姿綽約爛霞紅”與“盡是劉郎手自栽”，“聯”中“一種天工惟我愛，十分春色爲誰開”和“玉皇殿上紅雲合，金穀園中絳綿堆”，“結”中“佇看花成三汲浪，魚龍乘此躍天涯”
《泗水修真》5詩	其三：莖高數尺傍簷楹，號作鷄冠舊有名。帶雨低垂疑飲啄，因風高舉似飛騰。不凋不落丹砂老，非剪非裁紫錦明。縱使嫦娥憐絶色，廣寒無地夢難成。	卷九“鷄冠花”下“彙選”中“昂然獨舉立前楹，形肖鷄冠故號名”，“聯”中“雨餘疑飲啄，風動欲飛鳴”和“不凋不落丹砂老，非剪非裁紫錦明”，“結”中“縱使姮娥憐絶色，廣寒無地種難成”

上述表 1 中的《魏沂遇道》等小説作品當創作於《古今名家詩學大成》與《古今清談萬選》之間，即明萬曆六年（1578）到萬曆十七年（1589）之間，其中《東牆遇寶》與《野廟花神》即萬曆甲午（1594）編刊的《稗家粹編》卷八《雷生遇寶》與卷四《野廟花神》，如果《古今清談萬選》與《稗家粹編》没有承襲關係，且有共同的來源，[①] 則這兩篇小説似非《古今清談萬選》的編者所創，《泗水修真》等其他作品或即《古今清談萬選》的編者所爲。《三老奇逢》和《五美色殊》抄録有明毛伯温（1482—1545）的《弓》詩、李自華（1535—？）的《旗》詩和秦鳴雷（1518—1593）的《杏花》詩，也可從側面證明其創作時間較晚。

三、《古今名家詩學大成》與《幽怪詩譚》的編撰

明碧山卧樵纂輯的《幽怪詩譚》，六卷，凡 96 篇，全部插有詩歌，共 408 首，近半數小説作品見於前人小説選本。《幽怪詩譚》襲用了《稗家粹編》中的《慶雲留情》等 13 篇作品 49 首詩歌，襲用了《廣艷異編》中的《荔枝夢》《范微》等 13 篇作品 42 首詩歌，襲用了《古今清談萬選》中的《筆怪長吟》《三老奇逢》等 47 篇作品 203 首詩歌，由於襲用《稗家粹編》和《廣艷異編》的全部作品都包含在上述《古今清談萬選》的 47 篇作品之中，可見，《古今清談萬選》對《幽怪詩譚》的影響最爲深廣。另對《幽怪詩譚》編創産生重要作用的就是《古今名家詩學大成》。

《幽怪詩譚》之前，雖然尚有《圓機活法詩學大全》《新鍥翰林校正鼇頭合併古今名家詩學會海大成》和《仰止子詳考古今名家潤色詩林正宗》，但是，有些詩歌只見於《古今名家詩學大成》，如《幽怪詩譚》卷四《田器傳

---

① 向志柱著：《〈稗家粹編〉與中國古代小説研究》，北京：商務印書館 2018 年版，第 129—130 頁。

神》中的“妙用神功不用牽，只憑流水瀉潺湲。乾坤旋轉中間定，日月推移上下圓。落雪紛紛飛石畔，輕雷隱隱響堤邊。若非魯國公輸子，孰使推輪造化全”一詩，是由《古今名家詩學大成》和《仰止子詳考古今名家潤色詩林正宗》中“水碓”對、聯、結下的對句組合而成，《圓機活法詩學大全》根本没有對句，《新鍥翰林校正鼇頭合併古今名家詩學會海大成》則缺少最後的結句。鑒於《仰止子詳考古今名家潤色詩林正宗》完全襲自《古今名家詩學大成》，下面只論述《古今名家詩學大成》對《幽怪詩譚》中詩歌的影響，具體情况見表 2：

表 2 《幽怪詩譚》據《古今名家詩學大成》改作的詩歌

幽怪詩譚		古今名家詩學大成
卷三 《梵音化僧》 5 詩	其一：舊自莊公巧製成，虚心圓口吼長鯨。風生閶闔洪音散，霜降豐山雅韻鳴。夜禁輪蹄行驛道，曉催冠蓋上神京。不因追蠡符征驗，誰識當時夏禹聲。	卷二十“鐘”下“聯”中“夜禁輪蹄行驛道，曉催冠蓋上神京”及“事類”中的“發鯨”與“鳴霜”（“《山海經》：豐山之鐘，霜降則自鳴”）
	其二：奇石原從泗水生，高登太廟玉鏗鳴。清傳虞氏遺音遠，協應商人毖祀明。荷蕢過門應有嘆，少師入海豈無情。鸞飛鳳舞聞夔拊，雅樂鈞天和九成。	卷二十“磬”下“起”中“奇石原從泗水生，高登太廟玉鏗鳴”，“聯”中“虞氏遺音遠，商人毖祀明”和“少師入海嗟無樂，荷蕢過門嘆有心”，“結”中“鸞翔獸舞聞夔拊，雅奏鈞天和九成”
《樂器幻妓》 6 詩	其四：采得柯亭玉竹青，裁成穴孔最虚鳴。頻吹落月凄凉韻，高遏行雲斷續聲。喚起林頭孤鶴舞，叫殘泓下老龍驚。曾從黄鶴樓中聽，落盡梅花夜幾更。	卷二十“笛”下“聯”中“頻吹落月凄凉韻，高遏行雲斷續聲”和“結”中“曾從黄鶴樓中聽，落盡梅花夜幾更”
卷四 《田器傳神》 5 詩	其一：横駕沙堤柳岸間，聲催咿啞卷波瀾。旱天濟物全爲易，陸地生津不足難。俯仰直牽雲陣速，迴旋倒吸水源乾。固知哲匠分龍巧，妙奪天機不等閑。	卷十九“水車”下“起”中“横駕沙堤柳岸間，聲催咿軋卷波瀾”，“聯”中“月天濟物全爲易，陸地生波不是難”和“俯仰直牽雲陣速，迴旋倒吸水源乾”，“結”中“須知匠者分龍巧，妙奪天機不等閑”

續　表

幽怪詩譚		古今名家詩學大成
卷四《田器傳神》5詩	其二：妙用神功不用牽，只憑流水瀉潺湲。乾坤旋轉中間定，日月推移上下圓。落雪紛紛飛石畔，輕雷隱隱響堤邊。若非魯國公輸子，孰使推輪造化全。	卷十九“水碓”下“起”中“妙運神功不用牽，只憑流水瀉潺湲”，“聯”中“乾坤旋轉中間定，日月推移上下圓”和“落雪紛紛飛石畔，輕雷隱隱響堤邊”，“結”中“若非魯國公輸子，孰使推輪造化全”
	其三：鎡基生業未爲貧，野望旋開景色新。綠水耕殘原上曉，白雲翻破隴頭春。歷山昔日居虞舜，谷口當年隱子真。東作西成登萬實，從今願作太平民。	卷十九“犁鋤”下“聯”中“綠水耕殘原上曉，白雲翻破隴頭春”，“結”中“東作西成登萬定，從今願作太平民”
	其四：采得龍髯數縷長，水晶爲柄凜寒光。濕拖花雨沾衣潤，清引松風入袂凉。蒼蚋逐教深隱遁，青蠅驅得遠飛揚。披風拂月無窮興，伴我談玄玉屑香。	卷十九“麈尾”下無“起”，選取了“聯”中“濕拖花雨沾衣潤，清引松風入袂凉”和“蒼蚋逐教深隱遁，青蠅驅得遠飛揚”，“結”中“披風拂月無窮興，伴我談玄語更香”
	其五：金縷光纏五尺長，幾回頻逐馬騰驤。閑敲紅杏村前日，輕拂黄蘆岸畔霜。出塞屢因吟處裊，遊春不記醉中揚。一揮宛轉行千里，誰識當年費長房。	卷十九“鞭”下“聯”中“踏雪屢因吟處裊，遊春不記醉中攜”“結”中的“一揮顧盼行千里，誰似當年費長房”
《古驛八靈》8詩	其三：步趨端飾禮爲名，金齒青絲細結成。楚客共誇珠磊落，魏人偏愛葛清輕。粘來曉徑松雲濕，踏遍春郊花雨晴。葉縣神仙王令尹，飛鳧幾度覲神京。	卷十八“履舄”下“起”中“履因飾足禮爲名，金齒青絲細結成”，“聯”中“楚客共誇珠磊落，魏人偏儉葛清輕”和“步來曉徑松雲濕，踏遍春郊花雨晴”，“結”中“葉縣神仙王令者，飛鳧幾度覲神京”
	其四：適體圍身數尺長，四時舒卷度炎凉。龍紋巧織吴綾美，鳳彩新妝蜀錦香。宴寢覆時籠翡翠，合歡擁處效鴛鴦。弟兄骨肉同和樂，尚憶姜肱夜共床。	卷十八“被”下“起”中“適體圍身數尺長，一時舒卷度炎凉”，“聯”中“龍文巧織吴綾美，鳳彩新妝蜀錦香”和“燕寢覆時籠翡翠，合歡擁處效鴛鴦”，“結”中“兄弟骨肉同和樂，尚憶姜肱夜共床”

續　表

幽怪詩譚		古今名家詩學大成
《古驛八靈》 8詩	其五：墨雲一朵簇烏紗，多士頭顱賴我遮。忙裏不知忘盥櫛，醉中偏覺戴欹斜。隔塵常服程夫子，登嶺驚飄晉孟嘉。却羡青雲攀桂客，瓊林春宴插宮花。	卷十八“帽”下“起”中“黑雲一朵簇烏紗，多士頭顱賴爾遮”，“聯”中“忙裏不知忘盥櫛，醉中偏覺帶欹斜”和“隔塵常服程夫子，登嶺驚飄晉孟嘉”，“結”中“却羡青雲攀桂客，瓊林春宴插金花”
	其七：輕紋細縠玉玲瓏，掛向幽人静室中。半點纖紅飛不到，一窩虛白雪難融。夜寒影印梅花月，春暖香生柳絮風。欹枕縱無羅綺夢，此身如在水晶宮。	卷十八“紙帳”下“起”中“輕紋細縠玉玲瓏，掛向幽人静室中”，“聯”中“千點鮮紅塵不到，一窩虛白雪難融”和“夜寒影映梅花月，春暖香生柳絮風”，“結”中“欹枕總無羅綺夢，此身如在水晶宮”
卷五 《長沙四老》 5詩	其四：年年八月見翱翔，春去秋來雲路長。野性能知寒暑候，天倫不失弟兄行。行藏洲渚無罾繳，飲啄湖田足稻粱。萬里乾坤寬蕩蕩，如何不肯過衡陽。	卷二二“雁”下“起”中“年年八月見翱翔，春去秋來雲路長”，“聯”中“野性能知寒暑候，天倫不失弟兄行”和“行藏洲渚無罾繳，飲啄湖田足稻粱”，“結”中“萬里乾坤寬蕩蕩，如何不肯過衡陽”
《六畜警惡》 6詩	其四：烏能黄耳競騰驤，四序門牆賴我防。夜吠松林明月静，春眠苔徑落花香。項間系札家書遠，足下生氂治世昌。尤記當年舐藥鼎，須臾飄上白雲鄉。	卷二三“犬”下“起”中“入山逐兔駭超驤，回首門庭賴爾防”，“聯”中“夜吠極林明月晝，春眠苔徑落花香”，“結”中“尤記當年舐藥鼎，飄然飛出白雲鄉”
	其五：將軍長喙鬣蓬鬆，豢養恩深不計工。黑面久知來海上，白頭曾見出河東。一肩生啖誇樊噲，萬物多貪謂伯封。肥腯正宜供祭祀，會看貢入廟堂中。	卷二三“豕”下“結”中“肥腯正宜供祭祀，會明貢入廟堂中”，“事類”中“封豕”、“長喙”（《古今注》：豕一名謂長喙將軍）、“黑面郎”與“遼東豕”
《山居禽異》 4詩	其一：綉頂花冠五色新，陳蒼幼（幻）化幾千春。竦身鬥敵全真勇，見食相呼有至仁。日正中天頻報午，月流西漢慣司晨。勸君莫把牛刀試，留警螢窗篤志人。	卷二二“鷄”下“起”中“綉項朱冠五采新，陳倉幻化幾千春”，“聯”中“終身對敵全真勇，見食相呼有至仁”和“結”中“勸君莫把牛刀試，留警芸窗篤學人”
《泰山鹿兔》 2詩	其一：玉質温温點豹文，壽昌養畜幾千春。閑眠碧洞雲陰冷，飽食青郊草色新。虞舜同遊身未貴，趙高妄指語非真。登科式宴詩吟處，喜溢青年折桂人。	卷二三“鹿”下“起”中“身軀肥澤密斑紋，靈囿生來不計春”，“聯”中“静飲清溪水，閑眠碧洞雲”，“結”中“登科試宴歌詩處，喜溢青年折桂人”

續　表

幽怪詩譚		古今名家詩學大成
《泰山鹿兔》2詩	其二：氣稟星精壽算長，幾年飛入廣寒鄉。吸殘灝露金天曉，擣熟玄霜玉杵香。畎畝一株休更守，山林三窟已深藏。何人拔得秋毫去，製作中書到廟廊。	卷二三《兔》下“起”中“氣稟星精壽算長，幾年飛入廣寒鄉”，“聯”中“吸殘灝露瑶窗曉，擣盡玄霜玉杵閑”和“一株休更守，三穴已深藏”
卷六《蟲鬧書室》8詩	其二：非琴非瑟亦非箏，厭聽凄凉夜幾更。泣月每於燈下響，吟秋多在壁間鳴。含愁苦聒幽人夢，促織應催懶婦驚。那更雨餘庭院静，不關情處也關情。	卷二四“蟋蟀”下聯中“閑聒幽人夢，應催懶婦驚”和結中“那更雨餘庭院静，不關愁處也關愁”
	其五：擾擾營營去復回，暑天於我亦冤哉。尋香逐臭呼朋至，鼓翼摇頭引類來。凝墨點屏彈不去，擲毫揮劍迸難開。青衣童子傳言處，爲報天書出鳳臺。	卷二四“蠅”下“起”中“擾擾營營去復回，暑天於我亦冤哉”，“聯”中“逐臭呼儔集，尋香引類來”和“怒劍應難逐，凝屏莫誤彈”
	其六：雪翅翩翩舞不停，夜深何苦繞寒檠。一身汩汩惟甘暗，兩目惺惺惡見明。不管焦頭和爛額，只緣忍死肯捐生。莫言浮世趨炎好，到底趨炎不久情。	卷二四“燈蛾”下“結”中“莫言暮夜趨炎好，到底趨炎解殺身”，“大意”中“忍死、輕生”
	其七：日慕膻腥性最靈，相逢偶似問前程。形分大小常隨隊，義守君臣每聚營。晉士嘗聞床下鬥，宋人曾渡水邊行。古槐陰裏南柯國，王號蚍蜉尚有名。	卷二四“蟻”下“起”中“偶爾相逢似問途，不知何事數遷居”，“事類”中“慕膻”“床下牛鬥”“編珠渡蟻”，“大意”中“分陣伍、列君臣”

上述表2中的《梵音化僧》等9篇小説作品及其22首詩歌的編撰直接受到了《古今名家詩學大成》的影響。考慮到碧山卧樵對選録文本改動較大，則利用《古今名家詩學大成》重編小説作品的應是碧山卧樵。理由有二：一是許多作品中的詩歌來自《古今清談萬選》中的兩部作品。如《幽怪詩譚》卷一《花神衍嗣》中的四首詩歌，見於《古今清談萬選》卷四《睢陽奇蕊》和《泗水修真》；卷二《蕪湖寄柬》插有三首童軒詩歌，其中第一首

“小衾孤枕興蕭然”和第三首“久客懷歸尚未歸”分别來自《古今清談萬選》卷二《留情慶雲》和卷四《泗水修真》。《古今清談萬選》的編者不可能重復運用相同詩歌編撰不同的小説作品。二是許多小説作品不見於此前的小説集，而詩歌又來自《古今名家詩學大成》和《古今清談萬選》，意味著創作時間較晚。

從表1和表2可以看出，編者利用《古今名家詩學大成》創作詩歌，主要有兩種方法：一是完全用《古今名家詩學大成》中的對句，不易一字，直接組成，如表2《幽怪詩譚》卷四《田器傳神》第二首詠水碓詩和卷五《長沙四老》第四首詠大雁詩等。二是選取一到四聯，再改動、補充成一首完整的詩歌，如表1《古今清談萬選》卷三《禪關六器》中第七首詠扇詩的首、頸、尾聯取自《古今名家詩學大成》，頷聯“蒼龍骨削霜筠勁，白鶴翎裁雪楮輕”則爲新創。在改創詩歌時，作者或根據小説人物以第一人稱自詠身份的叙事體式改易人稱，如表2《幽怪詩譚》卷四《古驛八靈》第五首把《古今名家詩學大成》卷十八的“多士頭顱賴爾遮”改爲“多士頭顱賴我遮”。或爲押韻而改韻脚，如表1《古今清談萬選》卷四《五美色殊》第三首爲與頷聯、頸聯末字“開”“堆”押韻，尾聯即改《古今名家詩學大成》卷八的“魚龍乘此躍天涯”爲“蛟龍乘此起風雷”，以押十灰韻；表2《幽怪詩譚》卷五《泰山鹿兔》第二首爲與首聯、頸聯末字“鄉”“藏”押韻，頷聯就改《古今名家詩學大成》卷二三的“搗熟玄霜玉杵閑”爲“搗熟玄霜玉杵香”，以押七陽韻。或改五言爲七言，如表2《幽怪詩譚》卷六《蟲鬧書室》頷聯“尋香逐臭呼朋至，鼓翼摇頭引類來”，即改自《古今名家詩學大成》卷二四的“逐臭呼儔集，尋香引類來”。或據《古今名家詩學大成》的“事類”典故、“大意”及自己的博識創作，如表2《幽怪詩譚》卷四《田器傳神》第四首的頷聯、頸聯、尾聯都抄自《古今名家詩學大成》卷十九“麈尾”下的聯句，首聯“采得龍髯數縷長，水晶爲柄凛寒光”來自“麈尾”下“事類”中“龍髯”：“《劇談録》：元載有紫龍髯拂，色如爛椹，長三尺，水晶爲柄，清泠，夜則蚊蚋不敢進，拂之有聲，鷄犬無不驚逸。”總之，或隱或顯，《古今名家詩學大成》與《古今清談萬選》《幽怪詩譚》的詩歌、小説編創存在密切關係。

《古今名家詩學大成》的發現，首先爲考查《古今清談萬選》《幽怪詩譚》的詩歌來源提供了直接證據。《古今清談萬選》至少有21首詩歌直接據《古今名家詩學大成》改創，且全部被《幽怪詩譚》襲用，再加上表2中的22首，這樣，《幽怪詩譚》共有43首詩歌據《古今名家詩學大成》創作而成，詩作者應主要是《古今清談萬選》和《幽怪詩譚》的編纂者。此外，《古今清談萬選》卷三《月下燈妖》和《幽怪詩譚》卷四《廢宅青藜》中的“堂虚圓薄更輕清”詠燈籠詩，《幽怪詩譚》卷五《長沙四老》中的“一片雄飛白錦毛”詠鷹詩，據《古今名家詩學大成》卷十九和卷二一“彙選”可知，作者分别是陳棟和金達。其次，可以糾正一些錯誤認識。如《古今清談萬選》卷三《魏沂遇道》第一首詠鶴詩、《幽怪詩譚》卷四《古驛八靈》第五首詠帽詩，被認爲分别選自舒芬《玉堂詩選》卷八楊三江的《鶴》詩與卷四李雪崖的《帽》詩；《幽怪詩譚》卷一《木叟憐材》中的“漏泄韶華臘盡時”詩與卷二《桃李叢思》中的“二月東皇醉艶陽”詩，由於《玉堂詩選》卷七未署作者，雜在温庭筠“楊柳”詩和羅隱“杏花”詩後，遂被誤認爲是温庭筠和羅隱之作。其實，前兩首詩歌均據《古今名家詩學大成》摘句改編而成，尤其是《帽》詩未改一字，正文中未署作者，注明“集詩學”，即指集自《古今名家詩學大成》；後兩首詩歌據《古今名家詩學大成》卷十一和卷八可知真正的作者是陳幼泉和秦鳴雷。這樣，《幽怪詩譚》可考知來源和作者的詩歌達263首。[①]

① 據此前研究《幽怪詩譚》詩歌出處的論著，去掉考證錯誤者而得，可參見陳國軍《明代志怪傳奇小説研究》，天津：天津古籍出版社2006年版，第205—208頁；金源熙《明代文言小説集〈幽怪詩譚〉淺談》，《中國學研究》第八輯，濟南：濟南出版社2006年版，第210—211頁；任明華《論明代嵌入他人詩歌的詩文小説——兼談〈湖海奇聞〉的佚文》，《求索》2016年第6期；陳國軍《文獻視閾下的〈幽怪詩譚〉詩歌來源及其意義》，《滄州師範學院學報》2019年第3期。

第三，就是深刻影響到明代傳奇小説文體的發展。

四、《古今名家詩學大成》對明代傳奇小説文體的影響

《古今名家詩學大成》成爲小説創作的參考書，對明代傳奇小説的叙事形態、人物塑造和小説觀念産生了全方位的影響，體現出鮮明的時代性，標誌著明代傳奇小説文體發展達到一個新階段。

首先，是有力助推詩歌大量進入小説作品，形成以詩歌爲骨架的小説叙事形態。這類小説的叙事結構較爲模式化，通常都是叙述某人外出，偶遇數人，相互吟詩以抒懷抱，最後方知所遇乃妖怪精魅，情節簡單。開頭和結尾常常極爲簡短，詩歌構成小説的主體，詩歌與詩歌之間缺乏内在邏輯，聯繫較爲鬆散，很容易在不打亂整體叙事框架的格局下任意添加人物和詩歌，造成詩歌的疊加。《古今名家詩學大成》分門别類，爲此類小説編纂提供了便利，起到了推波助瀾的作用。一是易於在以前的小説作品中插入同類别的詩歌，以彰顯詩歌的核心功能。如《廣艷異編》卷二三《臧頤正》叙士人臧頤正郊遊野外遇二叟，只有詠梧桐和竹子的兩首詩；而《古今清談萬選》卷四《滁陽木叟》則改爲臧頤正途遇五叟，據《古今名家詩學大成》卷十一百木門增加了唐順之、陳幼泉、顔潛庵分别詠楓、柳、桑的三首詩。二是根據《古今名家詩學大成》中的彙選詩和詩歌對句就能十分容易地編撰新的小説作品，試看表 3 中《古今清談萬選》和《幽怪詩譚》較有代表性的作品：

表 3 《古今名家詩學大成》的詩歌與《古今清談萬選》《幽怪詩譚》的小説編創

<table>
<tr><td rowspan="3">古今清談萬選</td><td>《東牆遇寶》5 詩，其中 4 詩</td><td>卷二十顔潛庵詩及集句</td><td rowspan="3">古今名家詩學大成</td></tr>
<tr><td>《古冢奇珍》5 詩，其中 3 詩</td><td>卷二十集句</td></tr>
<tr><td>《月下燈妖》7 詩，其中 6 詩</td><td>卷十九范應期、陳棟、顔潛庵、楊月軒、陳經邦詩及集句</td></tr>
</table>

續　表

<table>
<tr><td rowspan="8">古今清談萬選</td><td>《四妖現世》4詩，其中3詩</td><td>卷十九顔潛庵詩及集句</td><td rowspan="16">古今名家詩學大成</td></tr>
<tr><td>《三老奇逢》5詩，其中3詩</td><td>卷十九毛伯温、李自華詩及集句</td></tr>
<tr><td>《禪關六器》7詩</td><td>卷七、卷十九司空曙、夏寅詩及集句</td></tr>
<tr><td>《渭塘舟賞》5詩，其中4詩</td><td>卷九顔潛庵、丘濬、羅洪先、舒芬詩</td></tr>
<tr><td>《野廟花神》4詩，其中3詩</td><td>卷九羅洪先、陳幼泉詩及集句</td></tr>
<tr><td>《濠野靈葩》5詩，其中3詩</td><td>卷十顔潛庵、楊月軒、羅洪先詩</td></tr>
<tr><td>《常山怪木》5詩，其中4詩</td><td>卷十一陳王道、羅洪先、夏桂洲、陳經邦詩</td></tr>
<tr><td>《滁陽木叟》5詩，其中4詩</td><td>卷十一舒芬、唐順之、陳幼泉、顔潛庵詩</td></tr>
<tr><td rowspan="8">幽怪詩譚</td><td>《梵音化僧》5詩</td><td>卷二十湯日新、顔潛庵、陳白沙詩及集句</td></tr>
<tr><td>《樂器幻妓》6詩，其中4詩</td><td>卷二十舒芬、徐時行、毛伯温詩及集句</td></tr>
<tr><td>《田器傳神》5詩</td><td>卷十九集句</td></tr>
<tr><td>《古驛八靈》8詩</td><td>卷十八顔服膺、顔潛庵、余有丁、吴夢舍詩及集句</td></tr>
<tr><td>《長沙四老》5詩，其中4詩</td><td>卷二一、二二唐順之、金達、蘇軾詩及集句</td></tr>
<tr><td>《六畜警惡》6詩，其中4詩</td><td>卷二三費宏、文天祥詩及集句</td></tr>
<tr><td>《山居禽異》4詩，其中3詩</td><td>卷二二周敦頤、羅倫詩及集句</td></tr>
<tr><td>《泰山鹿兔》2詩</td><td>卷二三集句</td></tr>
</table>

從表3可以看出，每篇小説作品中的詩歌多來自《古今名家詩學大成》同一卷，這決不是偶然的。作者在編撰小説時案頭一定有部《古今名家詩學大成》作爲參照，方能節省查找詩歌的時間，迅速創作。當然，作者尚參照了其他詩集，選取的詩歌題材較爲廣泛，但主要是詠物詩、寫景詩。詩歌成爲小説的敘事中心和意韻，若去除詩歌，作品就失去了原來特有的韻味，變成了短小的志怪小説，使小説文體發生根本性的變化。

其次，塑造的小説人物形象多是功能性的、符號化的。無論是愛情題材還是俠義、歷史題材，傳奇小説大都通過語言、動作、心理描寫等手段塑造出性格鮮明、情感豐富的人物形象，或温柔癡情，或愛恨分明，令人過目難忘。但《古今清談萬選》《幽怪詩譚》中大量作品的人物是根據詩歌設計的，很少觸及情感糾葛和細節描寫，人物關係亦十分簡單，邂逅就詠詩，隨即便成永别，人物性格單薄蒼白。如《古今清談萬選》卷四《五美色殊》叙述明宣德七年（1432）詩人范微仲春時節遊賞百花園，觸景生情遂吟二律“九十春光似酒濃”云云，竟醉卧花下，夢見陶氏、李氏、杏氏、唐氏、牡氏五名佳麗，極盡繾綣，然後各賦一詩自表身份，五人即桃、李、杏、海棠、牡丹花精，吟畢突然夢醒。對於美人的肖像、遇到范微的心理活動完全没有觸及，美人出場自報家門後即戛然而止，來去匆匆。作者主要在於引出詠物詩，給讀者留下深刻印象的只是各種花的典故，而不是花精本身。顯然作者意在詩歌，而不在塑造人物性格。這種以花木百草與服飾器用等爲名氏、給人物貼個標簽、不刻畫性格的創作構思極爲簡單，正好爲發揮《古今名家詩學大成》的小説編撰功能提供了可能與捷徑。

第三，因詩歌杜撰小説，體現出以小説爲戲、重視虚構的小説觀念。如果説瞿佑是有感於戰亂給士子人生和普通人愛情婚姻造成無數災難而創作《剪燈新話》，李昌祺、陶輔等爲社會教化而創作《剪燈餘話》《花影集》，那麽周禮、碧山卧樵等因欣賞品評童軒、王紱和《古今名家詩學大成》中的詩歌而編撰《湖海奇聞集》《古今清談萬選》《幽怪詩譚》等作品，顯然是爲了娱樂，主要追求小説的趣味性。受史學觀的影響，古代小説重視實録，雖然唐人有意爲小説，却常常交代某人所述，强調真實性，而明人大規模、長時間地以詩歌來編撰小説，無中生有，憑空捏造，意味著對小説的虚構性有了明確的體認。小説結尾往往點明人物多爲花妖狐魅，或是夢中所遇，也説明小説故事的子虚烏有，顯示出小説觀念的發展。

《古今名家詩學大成》對傳奇小説文體的介入，使《古今清談萬選》《幽怪詩譚》集詩選、詩學、詩話於一體，兼具品詩的批評價值、學習寫詩的實用意義和小説的叙事功能，體現出詩文小説的獨特價值。

《古今清談萬選》和《幽怪詩譚》堪稱名符其實的名家詩選。目前兩書可考知詩歌作者 54 人，其中 35 人被《古今名家詩學大成》收録，且多爲名家，如唐代有皮日休、羅隱、司空曙，宋代有蘇軾、周敦頤、朱淑真、文天祥，明代有“天才高逸，實據明一代詩人之上”的高啓、號稱“前七子”的文壇領袖何景明、唐宋派的代表人物會元唐順之，成化丙戌（1466）科狀元羅倫、成化丁未（1487）科狀元費宏、正德丁丑（1517）科狀元舒芬、嘉靖己丑（1529）科狀元羅洪先、嘉靖甲辰（1544）科狀元秦鳴雷、嘉靖壬戌（1562）科狀元申時行、嘉靖乙丑（1565）科狀元范應期，榜眼李自華、會元兼探花金達和陳棟、探花余有丁，進士丘濬、周時望、毛伯温、夏言、陳王道、陳經邦、馬一龍、湯日新等。他們科舉成功，甚至是文壇巨擘，擁有很高的社會聲望和文學地位，這就賦予《古今清談萬選》和《幽怪詩譚》具有像明俞憲《盛明百家詩》、朱之蕃《盛明百家詩選》一樣評騭詩歌高下、學習名家典範的詩選性質。

《古今名家詩學大成》“示人以詩學蹊徑，而授之以階梯”，是教人學習詩歌創作的入門詩學讀物。其事類典故、大意是作詩的基本素材，彙選集名家詩篇以供揣摩效法，起、聯、結中的對句則是詩歌半成品，供初學者選取改編成詩。《古今清談萬選》《幽怪詩譚》中的 40 多首詩歌就是依據《古今名家詩學大成》創作的，是學習詩歌創作的成果，具有示範意義。讀者以此類詩歌與《古今名家詩學大成》對讀，就會更加直觀地感受到作詩的門徑，從這個層面上説，稱《古今清談萬選》《幽怪詩譚》是教人作詩的詩學讀物亦未嘗不可。一是教人選取對句組合新詩時，要注意押韻。如《古今名家詩學大成》卷十九“簾”下“起”中原作“珠箔銀鉤繫彩繩，玲瓏瑩結四時新”，《古今清談萬選》卷三《禪關六器》第三首詩爲了與頷聯、頸聯、尾聯最後一字“輕”“明”“名”等下平八庚同韻，便把上平十一真韻部中的

“新”字，改爲八庚韻中的“清”字。二是教人運用“事類”典故、“大意”辭彙等創作詩句，與對句組成新詩。如《幽怪詩譚》卷四《六畜警惡》第四詩中的首、頷、尾聯取自《古今名家詩學大成》卷二三“犬”下對句，補創了頸聯“項間系札家書遠，足下生氂治世昌”，其中上句“項間系札家書遠”就是運用《古今名家詩學大成》卷二三“犬”下“事類”中陸機令快犬黄耳從洛陽到蘇州傳遞家書的故事，下句“足下生氂治世昌”則指《後漢書》卷十七岑熙爲魏郡太守，治理有方，輿人歌之曰：“我有枳棘，岑君伐之。我有蟊賊，岑君遏之。狗吠不驚，足下生氂。”[①] 這一聯均與犬相關，對仗亦工整。這種方法對學詩者具有啓發意義，令讀者在欣賞新奇有趣的故事時，無形中也體悟到作詩的奥妙。詩歌與叙事的結合，使詩文小說具有詩話的性質。無怪乎刊於明萬曆丙辰（1616）的王昌會《詩話類編》收録了《古今萬選清談》卷二《配合倪昇》《驛女冤雪》《野婚醫士》等作品。詩歌與故事兼備的傳奇小說，可視爲一種獨特的詩話。

明人選取《古今名家詩學大成》編創傳奇小說，除了前面說它以類編排，便於書坊主、文人選取同類詩歌編纂模式化的傳奇小說，快速推向市場以賺取更大商業利潤外，尚有兩大主要原因：一是作者的炫才心理，選取名人詩歌能夠顯示自己的詩歌審美水準，利用對句重新創作則能夠彰顯自己的知識積累和詩歌創作能力，這對傳統文人來說是一種文化價值的體現。正如聽石居士《幽怪詩譚小引》所說，《幽怪詩譚》中的詩歌兼具魏晉以來曹植、陶淵明、謝靈運、李白、蘇軾等七十多家詩風之長，這或有誇大之嫌，却揭示出碧山卧樵意在選詩、評詩、作詩以彰顯自己詩才的編創宗旨。二是嘉靖以後明人對小說的虚構理論和“以文爲戲”的觀念有了自覺的體認。創作上，正德以後，假傳文興盛，不僅數量多，而且出現了董穀的《十五子

① （南朝宋）范曄：《後漢書》，北京：中華書局1965年版，第663頁。

傳》、陸奎章的《香奩四友傳》《香奩四友後傳》、陶澤的《六物傳》等系列作品。這種虚構的創作手法和以文爲戲的小説觀念無疑會影響到《古今清談萬選》的編撰。理論上，明萬曆四十二年（1614），胡應麟明確指出“小説，唐人以前紀述多虚而藻繪可觀，宋人以後論次多實而彩艷殊乏”，[①] 對唐小説的虚構性進行了理論總結，並説：“至唐人乃作意好奇，假小説以寄筆端，如《毛穎》《南柯》之類尚可，若《東陽夜怪録》稱成自虚，《玄怪録》元無有，皆但可付之一笑，其文氣亦卑下亡足論。宋人所記乃多有近實者，而文彩無足觀。本朝新、餘等話本出名流，以皆幻設而時益以俚俗，又在前數家下。”[②] 認爲唐乃有意虚構，雖説僅供娛樂，却肯定了《剪燈新話》和《剪燈餘話》幻設尚虚的特點。對小説虚構的理論體認自然會促進《幽怪詩譚》的編創。以文爲戲的創作實踐與理論總結相互作用，共同造就了《古今清談萬選》等獨特的詩文小説的興盛。

《古今名家詩學大成》直接參與了“詩文小説”的編創，深刻影響到明代傳奇小説的文體發展，使《古今清談萬選》《幽怪詩譚》等具有詩學和小説學的雙重理論價值。

① （明）胡應麟撰：《少室山房筆叢》，上海：上海書店出版社 2009 年版，第 283 頁。
② 同上，第 371 頁。

第五章
《六十家小説》：話本小説的成型

明嘉靖間杭州書坊主洪楩編刊了《六十家小説》，包括《雨窗集》《長燈集》《隨航集》《欹枕集》《解閑集》和《醒夢集》六部，每部十篇，彙編了宋元明三代的話本小説，是目前所知最早的一部話本小説總集，爲研究早期的話本小説文體特徵提供了珍貴的文本。[①] 對於《六十家小説》殘存作品的斷代，學術界尚有分歧，我們認爲《六十家小説》中的明人話本有：《風月相思》《羊角哀死戰荆軻》《死生交范張鷄黍》《漢李廣世號飛將軍》《雪川蕭琛貶霸王》《李元吴江救朱蛇》《翡翠軒記》《戒指兒記》《張子房慕道記》《老馮唐直諫漢文帝》《夔關姚卞吊諸葛》《快嘴李翠蓮記》《刎頸鴛鴦會》《董永遇仙傳》《梅杏争春》和《藍橋記》，共 16 篇。[②]

---

① 遺憾的是，目前存世的《六十家小説》已無完本。1929 年，馬廉將日本學者長澤規矩也給他的日本内閣文庫藏 15 篇版心刻有"清平山堂"的話本小説照片由北平古今小品書籍印行會影印出版，書名按照日本的稱呼題作《清平山堂話本》。1933 年，馬廉又購得三册與上述 15 篇作品一樣版本的話本小説集，共 12 篇，書根題有"雨窗集上""雨窗集下"和"欹枕集下"。後來阿英又發現了《翡翠軒記》和《梅杏争春》的殘本。目前，共發現上述 29 篇作品，其中首尾完整者有 22 篇。長期以來，學術界均以洪楩的書坊名稱之爲《清平山堂話本》，其實並不準確。

② 如胡士瑩認爲《風月相思》《羊角哀死戰荆軻》《死生交范張鷄黍》《漢李廣世號飛將軍》《雪川蕭琛貶霸王》《李元吴江救朱蛇》《翡翠軒記》《梅杏争春》《張子房慕道記》《老馮唐直諫漢文帝》和《夔關姚卞吊諸葛》凡 11 種是明代話本（《話本小説概論》，北京：中華書局 1980 年版）；程毅中認爲《風月相思》《羊角哀死戰荆軻》《死生交范張鷄黍》《漢李廣世號飛將軍》《雪川蕭琛貶霸王》《李元吴江救朱蛇》《翡翠軒記》《梅杏争春》《藍橋記》《董永遇仙傳》和《戒指兒記》是明代話本（《宋元小説家話本集》，濟南：齊魯書社 2000 年版）；石昌渝認爲《風月相思》《羊角哀死戰荆軻》《死生交范張鷄黍》《漢李廣世號飛將軍》《雪川蕭琛貶霸王》《李元吴江救朱蛇》《翡翠軒記》《戒指兒記》《張子房慕道記》《老馮唐直諫漢文帝》《夔關姚卞吊諸葛》和《刎頸鴛鴦會》共 12 種是明代話本（劉世德主編：《中國古代小説百科全書（修訂本）》，北京：中國大百科全書出版社 2006 年版，第 410 頁）；韓南認爲《欹枕集》的各篇即《羊角哀死戰荆軻》《死生交范張鷄黍》《老馮唐直諫漢文帝》（轉下頁）

第一節 初步成型的篇章體制

話本小説的體制包括篇名、入話、正話與篇尾四部分，明人在話本小説的篇章體制方面有所探索，逐漸確立了入話、正話、篇尾兼具的話本體制。

一、逐漸以人物和情節命名

《六十家小説》中的13篇宋元作品中，以人物和情節共同命名的有《陳巡檢梅嶺失妻記》《五戒禪師私紅蓮記》《楊温攔路虎傳》《花燈轎蓮女成佛記》《柳耆卿詩酒玩江樓記》和《曹伯明錯勘贓記》6篇；而在16篇明代作品中，則有10篇。明代話本更多地采用人物與情節共同命名，有意突出主要人物和核心情節，易於引起讀者的興趣。尤其是明人編撰的《欹枕集》現存七篇不僅全部采用人物和情節的命名方法，且爲前後兩回有意對偶的七字或八字篇名，如《欹枕集》下前四篇，《老馮唐直諫漢文帝》與《漢李廣世號飛將軍》、《夔關姚卞吊諸葛》與《雪川蕭琛貶霸王》，頗爲工整，體現出作者的匠心。稍後熊龍峰刊的《張生彩鸞燈傳》《蘇長公章臺柳傳》《馮伯玉風月相思小説》和《孔淑芳雙魚扇墜傳》四種話本小説均采用這一命名方法，顯爲有意追求。對“三言”及此後的話本小説命名産生了根本性的影響。

(接上頁)《漢李廣世號飛將軍》《夔關姚卞吊諸葛》《雪川蕭琛貶霸王》《李元吴江救朱蛇》“顯然是出自同一作者之手”，“作者很可能就是洪鞭本人或他的某個合作者”，並認爲《快嘴李翠蓮記》和《刎頸鴛鴦會》亦是明代作品(〔美〕韓南著，尹慧珉譯:《中國白話小説史》，杭州：浙江古籍出版社1989年版，第57、113頁)。

二、入話與正話的關聯更爲密切

《六十家小説》中宋元話本的入話主要有三種情況：其一是《柳耆卿詩酒玩江樓記》等十篇只有一首開篇詩詞，後面不加評釋，直接進入正話的叙事，運用十分簡單。其二是《西湖三塔記》和《洛陽三怪記》兩篇，在入話詩詞與正話之間有解釋性的過渡文字引出故事發生的時間或地點，是上述第一種情況的發展。其三是《簡貼和尚》，入話由開篇詩詞與頭回組成，頭回講“錯封書”，正話叙“錯下書”，二者以“錯”的相似性聯結起來，並無主旨上的内在邏輯，顯然頭回的運用相當粗疏。

明代話本基本延續了這三類入話，在可知開頭的 12 種話本中，除《夔關姚卞吊諸葛》開頭有“入話”二字却没有開篇詩詞或評論性文字而是直接叙述正話外，《快嘴李翠蓮記》《張子房慕道記》《董永遇仙傳》《藍橋記》《風月相思》《戒指兒記》和《雪川蕭琛貶霸王》等 7 篇的入話都是只有一首詩，接著就開始正話。《漢李廣世號飛將軍》則在開篇詩後使用評論闡釋性的過渡文字，主要是用歷史上頻繁的戰亂詮釋開篇詩，然後引出正話“世言匈奴倚仗人强馬壯，不時侵犯中原。秦始皇築萬里長城，以拒胡虜。秦滅漢興，傳至文帝”云云，以凸顯李廣在維護國家邊境安全上所建立的功業。可見，明代開篇詩後的評論性文字與話本的主題關係密切。《刎頸鴛鴦會》《老馮唐直諫漢文帝》和《李元吴江救朱蛇》都運用了頭回，《刎頸鴛鴦會》的頭回叙趙象因私通非煙而逃亡江湖，正話叙朱秉中與蔣淑珍偷情被殺，警醒世人慎戒情色；《老馮唐直諫漢文帝》的頭回主要叙宋太祖、宋真宗駕幸武廟，下詔令建有大功的武將白起、趙充國、李晟威等入廟享祭，正話叙馮唐薦舉的大將魏尚屢破匈奴，被封爲關内侯；《李元吴江救朱蛇》的頭回講述孫叔敖殺死兩頭蛇、後官至宰相，正話叙李元救蛇而得善報。

明人有感於宋元話本正話開始的突兀，開始由簡單的具有結構功能性的詩詞，轉向精心編創入話。這不僅使叙事轉换自然，且有助於引出作者的創作意圖，使頭回與正話相互生發。入話與正話渾然一體，提高了話本小説的藝術水準。

三、正話在叙事形態和題材上的拓展

《六十家小説》中24篇有正話開頭，其中13篇宋元作品有7篇以“且説”“話説”進入正話，11篇明代作品則只有《張子房慕道記》《董永遇仙傳》和《夔關姚卞吊諸葛》3篇以“話説”開頭，加上《刎頸鴛鴦會》以“説話的”開頭，這至少表明明人愈來愈喜歡單刀直入，直接叙述故事的發生地、朝代、人物、家庭，開始由模擬“説話”藝術向案頭閲讀轉變。

就叙事形態而言，明人對宋元話本散文與詩詞韻語交錯的叙事形態進行了探索。《刎頸鴛鴦會》《董永遇仙傳》《夔關姚卞吊諸葛》《戒指兒記》《風月相思》和《梅杏争春》等以散文爲主體，中間插有較多詩詞韻語；而《快嘴李翠蓮記》和《張子房慕道記》則以詩歌爲主體，散文只占極小比例，保留著鮮明的説唱伎藝的叙事形態；《李元吴江救朱蛇》《霅川蕭琛貶霸王》《漢李廣世號飛將軍》《老馮唐直諫漢文帝》《羊角哀死戰荆軻》《死生交范張鷄黍》和《藍橋記》等則幾無詩歌韻語，呈現出濃厚的文人編創的叙事形態特色。

《醉翁談録·小説開闢》按照題材内容把小説家的名目分爲八類：靈怪、煙粉、傳奇、公案、朴刀、杆棒、神仙、妖術。《六十家小説》中的明代話本《羊角哀死戰荆軻》《死生交范張鷄黍》《老馮唐直諫漢文帝》《漢李廣世號飛將軍》《夔關姚卞吊諸葛》《霅川蕭琛貶霸王》等却很難歸入上述題材類型。這些作品主要表現文人生活和抒發文人懷才不遇的情感，重在文人意趣，開創了話本小説的新題材。尤其是《欹枕集》，作爲第一部由單個作

者寫成的小説集，“作者的個性表現得很清楚。作者顯然是一位文人，他接受了話本的語言和叙述方法”，編創的小説主人公“全是當官的或求官的人，主要情節是他們的求學和應考”，“表現的道德觀也是典型的當官或求官文人的道德觀”，[①] 在話本小説題材和審美情趣的轉變上具有承上啓下的重要作用。這意味著作者群體由説唱藝人、書會才人等向文人的轉變。

四、評價性的篇尾

宋元話本小説通常並不隨著正話故事的結束而收束全篇，而是再附加與正話篇名、内容、人物等相關的篇尾。或總結故事、評論人物的詩歌、對句；或説書套語，交代故事的題目、來源等；或以散體議論，闡發正話的思想，進行教化。總體上看，宋元話本的篇尾十分隨意，保留著早期的説書色彩。

明代話本的篇尾則常常在正話後面對人物或故事進行總結評價。如《漢李廣世號飛將軍》在“李氏子、李陵，皆李廣之後也”收尾後，作者評論道：“王勃作《滕王閣詩序》一聯：馮唐易老，李廣難封。馮唐如此足智多謀之士，年老不得重用；李廣如此雄才豪氣之將，終身不得封侯：皆時也，運也，命也！”[②] 最後以胡曾的四句詩“原頭日落雪邊雲，猶放韓盧逐兔群。況是西方無事日，灞陵誰識舊將軍”收尾。這就使得話本的篇尾與開篇詩遥相呼應，强化了故事的創作主旨。

五、三元結構體式的定型

宋元話本都普遍運用入話、正話、篇尾兼備的三元結構體式。明人則探

① 〔美〕韓南著，尹慧珉譯：《中國白話小説史》，杭州：浙江古籍出版社 1989 年版，第 57—58 頁。
② （明）洪楩編：《欹枕集》（七種），《中華再造善本》明代集部，北京：國家圖書館出版社 2013 年版。

索了兩種二元結構體式：第一種是《董永遇仙傳》《孔淑芳雙魚扇墜傳》[①] 和《杜麗娘慕色還魂》等運用入話、正話的二元結構體式，如《董永遇仙傳》篇末曰：

> （董仲舒）安葬已了，守孝三年，不思飲食。忽一日，對人言道："前者，母親與我仙米，我却不知，一頓吃了，不料形體變異。今玉帝差火明大將軍宣我上天，封爲鶴神之職。每遇壬辰癸巳上天，辛亥己酉遊歸東北方四十四日後，還天上一十六日也。"直至於今，萬古千年，在太歲部下爲鶴神也。[②]

故事至此戛然而止，乾净利落。第二種是《夔關姚卞吊諸葛》等無入話而由正話、篇尾組成的二元結構體式。如被學界公認爲明話本的《張于湖傳》《裴秀娘夜遊西湖記》《鄭元和遇李亞仙記》《紅蓮女淫玉禪師》[③] 等，在開篇均無作爲入話的詩詞或頭回，而是直接開始正話的叙述。無入話的二元結構體式，亦是明人的創新。

當然，明人雖獨創了二元結構體式，但總體上還是鍾情於三元結構體式，如《快嘴李翠蓮記》《藍橋記》《刎頸鴛鴦會》《張子房慕道記》《風月相思》《戒指兒記》《漢李廣世號飛將軍》《雪川蕭琛貶霸王》《李元吴江救朱蛇》等運用入話、正話、篇尾兼具的三元結構體式。可見這種結構體式受到文人和書坊主的普遍認可，以後遂成話本體小説最普遍的結構體式。

---

① 《西湖遊覽志餘》卷二十《熙朝樂事》説："杭州男女瞽者，多學琵琶，唱古今小説、平話，以覓衣食，謂之陶真。大抵説宋時事，蓋汴京遺俗也……若紅蓮、柳翠、濟顛、雷峰塔、雙魚扇墜等記，皆杭州異事，或近世所擬作者也。"（上海古籍出版社 1980 年新 1 版，第 368 頁）就提供了明話本創作的重要佐證。

② （明）洪楩編：《雨窗集》（五種），《中華再造善本》明代集部，北京：國家圖書館出版社 2013 年版。

③ （明）何大掄編：《燕居筆記》，《古本小説集成》，上海：上海古籍出版社 1994 年版。

第二節　具有説話色彩的叙事方式

爲了拉近與聽衆的距離，説話人常常隨時中斷故事的講述而對故事人物、情節進行評論，與聽衆進行交流，使説話藝術形成了獨特的叙事方式和旨趣。話本小説的叙事特徵深受説話藝術的影響。

從叙事視角來説，話本小説主要運用説話人和故事人物兩種叙事視角。説話人無所不知，俯視故事中人物的悲歡離合，有效地控制了叙事的結構與節奏，面向讀者對故事人物、情節、主題等進行評判，以表明作品的創作主旨和社會功能。韋勒克、沃倫曾對“第三人稱寫作”作過界定：“小説家可以用類似的方法來講述他的故事而無須自稱他曾經目睹過或親身經歷過他所叙述的事情。他可以用第三人稱寫作，做一個‘全知全能的作家’。這無疑是傳統的和‘自然的’叙述模式。作者出現在他的作品的旁邊，就像一個講演者伴隨著幻燈片或紀録片進行講解一樣。”[①] 此論斷亦基本符合話本小説的實際。

説話人常常故弄玄虚，故意對人物的前途、命運表示出擔憂，帶來叙事的曲折和懸念。《陳巡檢梅嶺失妻記》叙述陳從善將要往廣東南雄赴任時，聽到妻子如春願意前去，“心下稍寬”，接著叙述人跳出來道：“正是：青龍與白虎同行，吉凶事全然未保。天高寂没聲，蒼蒼無處尋；萬般皆是命，半點不由人。”暗示出夫妻二人前途的凶多吉少，令讀者憂心。路上當如春對丈夫説羅童無用，“不如交他回去”時，叙述人又直接對如春夫妻趕走羅童的行爲進行了態度鮮明的評價：“陳巡檢不合聽了孺人言語，打發羅童回去，有分交如春爭些個做了失鄉之鬼。正是：鹿迷鄭相應難辨，蝶夢周公未

① 〔美〕韋勒克、沃倫著：《文學理論》，北京：文化藝術出版社 2010 年版，第 254 頁。

可知。神明不肯説明言，凡夫不識大羅仙。早知留却羅童在，免交洞内苦三年。”叙述人不僅藉此批評陳巡檢缺乏主見，暗示讀者不能輕信妻子，還預示出如春將要遇到三年災難。當猿精申陽公攝走如春時，叙述人又説：“只因此夜，直交陳巡檢三年不見孺人之面，未知久後如何。正是：千千丈琉璃井裏，番爲失脚夜行人。雨裏煙村霧裏都，不分南北路程途。多疑看罷僧繇畫，收起丹青一軸圖。”[①] 再次强調夫妻將有三年不得相見的情節。《錯認屍》中的高氏自作主張打死强奸自己女兒的董小二，叙述人評論説：“高氏雖自清潔，也欠些聰明之處，錯幹了此事。既知其情，只可好好打發了小二出門，便了此事。今來千不合萬不合將他絞死，後來自家被人首告，打死在獄，滅門絶户。”[②] 叙述人始終俯視著故事人物的一言一行，完全知曉其遭際、命運，不斷跳出來發表評論，雖然打斷了正常的叙事進度，但也使叙事具有張弛有度的節奏感。

叙述人唯恐讀者不明白叙事的前因後果，常常做出自認爲合理的解釋。如《戒指兒記》叙述阮三在朋友的幫助下，終於得以在尼庵内與情人約會，接著叙述人道：

> 天有不測風雲，人有暫時禍福。那阮三是個病久的人，因爲這女子，七情所傷，身子虛弱，這一時相逢，情興酷濃，不顧了性命。那女子想起日前要會不能得會，今日得見，全將一身要盡自己的心，情懷舒暢。不料樂極悲生，倒鳳顛鸞，豈知吉成凶兆：任意施爲，那顧宗筋有損，一陽失去，片時氣轉，離身七魄分飛，魂靈兒必歸陰府。正所謂：誰知今日無常，化作南柯一夢。[③]

① （明）洪楩編，石昌渝校點：《清平山堂話本》，南京：江蘇古籍出版社 1990 年版，第 151 頁。
② （明）洪楩編：《雨窗集》（五種），《中華再造善本》明代集部，北京：國家圖書館出版社 2013 年版。
③ （明）洪楩編，石昌渝校點：《清平山堂話本》，南京：江蘇古籍出版社 1990 年版，第 297—298 頁。

對阮三的縱欲亡身，從男女雙方的身體狀態、情感體驗方面進行了自以爲高明周到、天衣無縫的解説。《刎頸鴛鴦會》叙述蔣淑珍生得十分標緻，“縱司空見慣也魂消”，然而“年已及笄，父母議親，東也不成，西也不就”，叙述人唯恐讀者不明就裏，對此解釋道：

況這蔣家女兒，如此容貌，如此伶俐，緣何豪門巨族，王孫公子，文士富商，不求行聘？却這女兒心性有些蹺蹊，描眉畫眼，付粉施朱，梳個縱鬢頭兒，著件叩身衫子，做張做勢，喬模喬樣，或倚檻凝神，或臨街獻笑，因此閭里皆鄙之。所以遷延歲月，頓失光陰，不覺二十餘歲。[①]

原來蔣氏水性楊花，名聲不好，故没有許人。這種對故事情節的解釋，深受説話的影響，似在與聽衆面對面交流、溝通，既對叙事造成延宕，增加了講説的長度，又拉近了與聽衆的距離，顯得十分親切。

叙述人有時還跳出故事之外，對宗教文化、市井風情等進行知識性的解釋，以顯博學。《五戒禪師私紅蓮記》介紹五戒禪師“俗姓金，法名五戒”，叙述人故意中斷叙事，説：“且問何謂之五戒？第一戒者，不殺生命。第二戒者，不偷盗財物。第三戒者，不聽淫聲美色。第四戒者，不飲酒茹葷。第五戒者，不妄言起語。此謂之五戒。”《花燈轎蓮女成佛記》叙述李小官愛慕蓮女而得病，奄奄一息，叙述人道：

你道這病怕人？乃是情色相牽。若兩邊皆有意，不能完聚者，都要害倒了，方是謂之相思病；若女子無心，男子執迷了害的，不叫做相思病，唤做骨槽風。今日李小官却害了此病，正是没奈何處。如何見得

① （明）洪楩編，石昌渝校點：《清平山堂話本》，南京：江蘇古籍出版社1990年版，第190頁。

這病怕人？曾有一隻詞兒説得好。正是：四百四病人可守，惟有相思難受。不疼不痛惱人腸，漸漸的交人瘦。愁怕花前月下，最苦是黄昏時候，心頭一陣癢將來，便添得幾聲咳嗽。[①]

解釋了相思病、骨槽風的區别及其嚴重危害性。

故事人物的視角是有限的，能夠較爲客觀地展示人物的所聞、所見、所思，有助於呈現真實的場面和隱秘的内心世界。《六十家小説》運用人物視角描寫環境、刻畫人物時，往往用“但見”“怎見得”等套語和韻文來描繪人物的所見。如《洛陽三怪記》云：“（潘松）隨着那婆婆入去，着眼四下看時，元來是一座崩敗花園。但見：亭臺倒塌，欄檻斜傾。不知何代浪遊園，想是昔時歌舞地。風亭弊陋，惟存荒草緑凄凄；月榭崩摧，四面野花紅拂拂。鶯啼緑柳，每傷盡日不逢人；魚戲清波，自恨終朝無食餌。秋來滿地堆黄葉，春去無人掃落花。”[②] 就是以潘松的視角感知和描繪花園的“崩敗”，有意突出“亭臺倒塌，欄檻斜傾”、“風亭弊陋，惟存荒草緑凄凄；月榭崩摧，四面野花紅拂拂”等周圍環境給潘松帶來的視覺衝擊和心理感受，十分準確地渲染出精怪生活的環境，爲精怪的出場提供了典型的環境。接著又寫道：

那婆婆引入去，只見一個着白的婦人出來迎接，小員外着眼看，那人生得：緑雲堆鬢，白雪凝膚。眼描秋月之〔波〕，眉拂青山之黛。桃萼淡妝紅臉，櫻珠輕點絳唇。步鞋襯小小金蓮，十指露尖尖春筍。若非洛浦神仙女，必是蓬萊閬苑人。[③]

---

① （明）洪楩編：《雨窗集》（五種），《中華再造善本》明代集部，北京：國家圖書館出版社 2013 年版。

② （明）洪楩編：《六十家小説 · 洛陽三怪記》，日本東京公文書館内閣文庫藏明嘉靖間刊本。

③ 同上。

作者特意運用“小員外着眼看”突出“着白的婦人”之容貌美、衣飾美，正是這種美才使潘松無法與危險、精怪聯繫起來，放鬆了警惕。

綜上，《六十家小説》會根據不同的題材而運用相應的叙事視角，如靈怪類、朴刀杆棒類主要運用人物視角、傳記體結構。[①] 而以説話人視角爲主的，重在講述故事的過程和首尾的完整性，追求故事的奇異性。

第三節　由書場走向案頭的表徵

《六十家小説》的出版標誌著話本小説由書場走向了案頭，一經問世便受到讀者的喜愛。這從當時的書目著録和文獻記載可以得到證明，《寶文堂書目》子雜類著録“《隨航集》十種”;《趙定宇書目》所録《稗統續編》著録“《六十家小説》，十本，欠一本”;《澹生堂藏書目》卷七小説家“記異”類著録“《六十家小説》六册六十卷，《雨窗集》十卷、《長燈集》十卷、《隨航集》十卷、《欹枕集》十卷、《解閑集》十卷、《醒夢集》十卷”。洪楩的友人田汝成所著《西湖遊覽志》卷二有：“湖心亭，自宋元歷國初，舊爲湖心寺，鵠立湖中，三塔鼎峙。……《六十家小説》載有《西湖三怪》，時出迷惑遊人，故魘師作三塔以鎮之。”[②]《六十家小説》把以聽爲主的説唱伎藝從書場戲臺轉變爲以閱讀爲主的話本小説，呈現出鮮明的案頭化特徵。

一、插入書面文體

《六十家小説》中的明人話本不僅插入大量詩詞韻語，還有篇幅較長的書表、祭文等書面文體。且看下表：

---

① 參見王慶華著：《話本小説文體研究》，上海：華東師範大學出版社 2006 年版，第 67—70 頁。

② （明）田汝成撰：《西湖遊覽志》，明萬曆己未（1619）商維濬瑞蓮堂刊本。

序號	篇名	文體	字數
1	董永遇仙傳	一表	150
2	夔關姚卞吊諸葛	一書	51
		一祭文	220
		一文	220
3	死生交范張鷄黍	一祭文	殘缺
4	雪川蕭琛貶霸王	一文榜	430

這些文體篇幅較長，書面色彩濃厚，如《夔關姚卞吊諸葛》插入的一文：

灰飛煙滅，傾危事始於桓靈；地覆天番，叛逆禍生於操卓。四方之盜賊蟻聚，六合之奸雄膺（鷹）揚。血浸郊原，骨填溝壑。孫仲謀襲父兄之勢，割據江東；曹孟德挾將相之權，跨存中夏。豫州奔逃江表，孔明奮起南陽。領兵於已敗之間，授任在危難之際。運謀决策，使周公瑾如治嬰孩；羽扇綸巾，破司馬懿似摧枯朽。佐主抱忠貞之節，處事懷公正之心。望重兩朝，名高三國。天時將革，賢不及愚；漢曆數終，才怎及庸？然管仲霸齊，難同盛德，自開闢以來，一人而已！信筆成文，聊記實迹云耳。[①]

用典密集，對偶工整，是一篇富有文采的駢體文，這顯然不適合於書場表演，但滿足了讀者案頭閱讀的需要。

二、抄録傳奇小説

話本小説常常取材於文言小説，自然會受到它的影響。《六十家小説》

① （明）洪楩編:《欹枕集》(七種),《中華再造善本》明代集部，北京：國家圖書館出版社 2013 年版。

中的《藍橋記》和《風月相思》(即熊龍峰刊《馮伯玉風月相思小説》)是公認的話本小説，前者據裴鉶《傳奇》中的《裴航》節録而成，文字十分相近，只是在開頭添加了“入話：洛陽三月裏，回首渡襄川。忽遇神仙侣，翩翩入洞天”，在結尾删除了盧顥遇裴航一段而增加了“正是：玉室丹書著姓，長生不老人家”的篇尾，形式上屬於話本體制，但從語體上説依然是文言小説，難怪韓南説《藍橋記》“甚至完全没有改寫，和元代版本的同一故事差異很少”。[①] 後者的“入話”是首詠負約的詩：“深院鶯花春晝長，風前月下倍凄凉。只因忘却當年約，空把朱弦寫斷腸”，接著以“洪武元年春，有馮琛者，字伯玉”開始進入正話，而以“伉儷相期壽百年，誰知一旦喪黄泉。雲瓊節義非容易，伯玉姻緣豈偶然！配獲鸞鳳真得意，敬同賓友不虚傳。《關雎》風化今重見，特爲殷勤著簡編”一詩作篇尾；[②] 正話中並未有“話説”“且説”等説書套語，篇中有男女人物吟詠的傳情達意的詩詞凡 39 首，從形態和叙事風格上看純粹是篇傳奇小説。這兩篇作品並不成功，却有助於我們了解明前期話本與傳奇小説的密切關係及早期話本小説的案頭化傾向。

三、抄録史傳

《漢李廣世號飛將軍》《老馮唐直諫漢文帝》和《羊角哀鬼戰荆軻》三篇是據《史記》《烈士傳》等改編而成，其中有很多内容直接抄自史書原文，試比較下面兩段文字：

> 上以胡寇爲意，乃卒復問唐曰：“公何以知吾不能用廉頗、李牧也？”唐對曰：“臣聞上古王者之遣將也，跪而推轂，曰：‘閫以内者，

---

① 〔美〕韓南著，尹慧珉譯：《中國白話小説史》，杭州：浙江古籍出版社 1989 年版，第 57 頁。
② （明）洪楩編：《六十家小説·風月相思》，日本東京公文書館内閣文庫藏明嘉靖間刊本。

寡人制之；閫以外者，將軍制之。軍功爵賞皆决於外，歸而奏之。’此非虛言也。臣大父言，李牧爲趙將居邊，軍市之租皆自用饗士，賞賜决於外，不從中擾也。委任而責成功，故李牧乃得盡其智能，遣選車千三百乘，彀騎萬三千，百金之士十萬，是以北逐單于，破東胡，滅澹林，西抑强秦，南支韓、魏。當是之時，趙幾霸。其後會趙王遷立，其母倡也。王遷立，乃用郭開讒，卒誅李牧，令顔聚代之。是以兵破士北，爲秦所禽滅。今臣竊聞魏尚爲雲中守，其軍市租盡以饗士卒，〔出〕私養錢，五日一椎牛，饗賓客軍吏舍人，是以匈奴遠避，不近雲中之塞。虜曾一入，尚率車騎擊之，所殺甚衆。夫士卒盡家人子，起田中從軍，安知尺籍伍符。終日力戰，斬首捕虜，上功莫府，一言不相應，文吏以法繩之。其賞不行而吏奉法必用。臣愚，以爲陛下法太明，賞太輕，罰太重。且雲中守魏尚坐上功首虜差六級，陛下下之吏，削其爵，罰作之。由此言之，陛下雖得廉頗、李牧，弗能用也。……”(《史記》卷一百二《馮唐列傳》)[①]

良久，帝曰：“卿何知寡人不能用頗、牧耶?”唐曰：“赦臣死罪，方敢奏。”帝曰：“盡該赦下，卿無隱焉!”唐曰：“臣聞古之帝王得天下者，初拜將時，須當築壇三層，遍詔士卒。天子親以白旄黄鉞，兵符將印，跪而進曰：“閫之内，寡人制之；外者，將軍制之。”其軍天子不校，出入聽其任用。先皇亦曾捧轂推輪，以拜韓信爲大將。此古命將之道也。昔李牧在趙爲將，革車一千三百乘，精騎一萬三千匹，百金之士五萬人，乃一人價百金也。由是北逐匈奴，南支韓魏，西拒□（强）秦，破東吴（胡），□（滅）儋（澹）林，縱横天下，遂爲霸國。四海

① （漢）司馬遷撰：《史記》，北京：中華書局1959年版，第2758—2759頁。

之人皆知李牧之英雄，莫敢犯也。從趙王遷立爲君，其母出身倡優，用郭開爲相，開素惡李牧，妄言反叛，將李牧殺之，趙國遂滅。今聖朝魏尚爲雲中留守，其軍市之租，盡饗士卒。另借禄養錢，五日一錠，率養賓客、軍吏、舍人。由是北拒匈奴，不敢正眼而覷視中原。此皆魏尚之力也。雲中戰士，豈知有天藉（尺籍）五符哉！不顧性命，終日力戰，方能上功。慕（幕）府一言不相應，文墨之吏法繩之，聖朝法不明，賞太輕，罰太重。此亦未足爲怪。魏尚國之柱石，陛下信聽饞佞之言，罷其官爵，奪其軍權，下獄問罪，以致匈奴長驅大進，輕視中國。以此推論，故此陛下有廉頗、李牧而不能用也。"(《六十家小説》之《老馮唐直諫漢文帝》)[①]

從對比中可以看出，二者的文字差異極小，《老馮唐直諫漢文帝》保留著史書的文言語體，文雅厚重，顯然是供閲讀的，只是錯别字較多。這種改編雖然較簡便快速，却失去了宋元話本的質樸和鮮活，意味著明前期話本小説的編創尚在探索之中。

作爲一部話本小説總集，《六十家小説》的出版爲話本小説文體確立了初步的體制規範，爲文人、書商編創提供了正反兩方面的藝術借鑒，對促使話本小説走上案頭、走向市場，進一步擴大話本的影響和贏得讀者的青睞起到了重要的奠基作用。

① （明）洪楩編：《欹枕集》（七種），《中華再造善本》明代集部，北京：國家圖書館出版社 2013 年版。

第六章

“三言”：案頭化的話本小説文體

《六十家小説》問世後，明人不斷編創、刊印話本小説。話本小説或承襲改編自前代，或取材於説唱文學和文言小説，愈來愈成爲供讀者閲讀、玩味的案頭化文本。話本小説的案頭化包括兩個方面的内涵：第一，繼續把説唱文學改編成書面文學。《百家公案》作爲從話本到模擬話本的重要轉折點，從人物、情節、細節上看，有多回故事改編自明成化間刊刻的説唱詞話。如第四十八回《東京判斬趙皇親》、第四十九回《當場判放曹國舅》，分别取自詞話《斷曹國舅傳》與《劉都賽看燈傳》；第七十二回《除黄郎兄弟刁惡》、第七十三回《包文拯斷斬趙皇親》、第八十三回《判張皇妃國法失儀》、第八十四回《判趙省滄州之軍》和第八十五回《决秦衙内之斬罪》凡五回，據詞話《陳州糶米記》改編；第七十四、七十五兩回，據詞話《説唱足本仁宗認母傳》改編。正如卷首《包待制出身源流》所云“話説包待制判斷一百家公案事迹，須先提起一個頭腦，後去逐一編成話文，以助天下江湖閑適者之閑覽云耳”，[①] 道出了此書由聽到讀的轉换、“以助天下江湖閑適者之閑覽”的案頭化特徵。直到明天啓年間，《古今小説》（後重刊時改稱《喻世明言》）與《警世通言》《醒世恒言》問世，合稱“三言”，依然有不少作品改編自説唱藝術。經考證，《醒世恒言》卷三十八《李道人獨步雲

① （明）安遇時編集：《包龍圖判百家公案》，《古本小説集成》，上海：上海古籍出版社 1994 年版，第 5 頁。

門》即是根據明代嘉靖、隆慶年間的説唱文學《雲門傳》改寫的；作者將所有韻文删去，只留下偈語和幾首李清的詩，同時也捨棄了説唱裏的復述原則。[①] 此外，《古今小説》卷二八《李秀卿義結黄貞女》云：“有好事者將此事編成唱本説唱，其名曰《販香記》”，結尾處有段詩贊媒妁的韻文：“東家走，西家走，兩脚奔波氣常吼。牽三帶四有商量，走進人家不怕狗。前街某，後街某，家家户户皆朋友。相逢先把笑顔開，慣報新聞不待叩。説也有，話也有，指長話短舒開手。一家有事百家知，何曾留下隔宿口？要騙茶，要吃酒，臉皮三寸三分厚。若還羡他説作高，拌幹涎沫七八斗。”這可能是受到説唱影響的重要證據。[②]《警世通言》卷十一《蘇知縣羅衫再合》有“至今閭里中傳説蘇知縣報冤唱本”，似也改編自説唱文學。第二，文本更具可讀性。馮夢龍《古今小説叙》云：“然如《玩江樓記》《雙魚墜記》等類，又皆鄙俚淺薄，齒牙弗馨焉。”批評了此類話本的粗鄙淺薄。而馮夢龍則以自己淵博的學識和高超的藝術創造力對簡陋的舊本進行了大刀闊斧、獨具匠心的改編，補入大量史實，使情節更合理，細節更真實，熔鑄成的作品更爲精緻，取得了突出的藝術成就。[③] 他極大地提升了《六十家小説》等早期話本的叙事藝術和文化品格，達到了雅俗共賞的美學境界。“三言”在體制、叙事方式和語言上都呈現出了獨特的個性，堪稱話本小説案頭化的典範。

第一節　規範化的篇章體制

如前所述，從明初至萬曆間的話本存在三種結構體式，表明話本小説的篇章體制尚未定型，依然處在探索之中。直到明天啓年間，馮夢龍編撰的

---

① 參見〔美〕韓南著，王秋桂等譯：《韓南中國小説論集》，北京：北京大學出版社 2008 年版，第 109—112 頁。

② 同上，第 112 頁。

③ 詳參胡蓮玉：《從〈明悟禪師趕五戒〉對〈五戒禪師私紅蓮記〉的改寫論馮夢龍的藝術成就》，《安徽大學學報（哲學社會科學版）》2001 年第 3 期。

“三言”才形成篇名、入話、正話、篇尾兼具的規範化的篇章體制。下面僅就其創新之處進行分析。

一、篇名高度概括故事情節

篇名能夠體現作者對作品思想、叙事等方面的理解和價值取向。無論是舊題還是新篇，馮夢龍一改此前命名的隨意性，統一用凝練的語言準確地概括小説的思想藝術特性。如馮夢龍把《六十家小説》中的《戒指兒記》《簡貼和尚》分别改爲《閑雲庵阮三償冤債》《簡帖僧巧騙皇甫妻》(《喻世明言》卷四、卷三十五)，以“巧騙”“償冤債”歸納主要情節和思想主題，十分吸引讀者；把《羊角哀鬼戰荆軻》《李元吴江救朱蛇》改爲《羊角哀捨命全交》《李公子救蛇獲稱心》(《喻世明言》卷七、卷三十四)，突出“捨命全交”與“獲稱心”，鮮明地表現了編者對小説人物的道德評價。

“三言”篇名的另一個醒目的特點是前後兩卷的對仗工巧。或故意點出故事中具有重要叙事功能的對象，如《醒世恒言》卷十五《赫大卿遺恨鴛鴦縧》與卷十六《陸五漢硬留合色鞋》，前者因“鴛鴦縧”揭開僧尼淫亂的真相，後者以“合色鞋”爲物證而懲罰了真正的奸夫。或用數字歸納故事情節，前後相對，如《喻世明言》卷二十五《晏平仲二桃殺三士》與卷二十六《沈小官一鳥害七命》，既準確又吸引人，充分顯示出編者的匠心。有的前後兩篇的主題、題材是相同的，如《喻世明言》卷二十九《月明和尚度柳翠》與卷三十《明悟禪師趕五戒》均寫兩世的佛教因緣故事，卷三十一《鬧陰司司馬貌斷獄》與卷三十二《遊酆都胡母迪吟詩》皆叙遊冥府的鬼神故事；有的則突出情節奇巧的風格特性，如《醒世恒言》卷七《錢秀才錯占鳳凰儔》與卷八《喬太守亂點鴛鴦譜》，卷三十三《十五貫戲言成巧禍》與卷三十四《一文錢小隙造奇冤》等。這樣，前後兩卷就在題材、主題、審美等層面形成關聯，相互生發，供讀者體味作品的主旨。

二、入話的叙事功能增强

“三言”中的入話分三類情況：一是僅開篇詩詞，二是開篇詩詞後有議論等過渡性文字，三是開篇詩詞後有頭回。三類入話的具體情況見下表：

書名	僅開篇詩詞	開篇詩詞後有議論	開篇詩詞加頭回
喻世明言	8	16	16
警世通言	11	14	15
醒世恒言	12	14	14
合　計	31	44	45

從上表可以看出，入話僅詩詞的有 31 篇，在開篇詩詞後面加議論、頭回的有 89 篇，顯然，在繼承《六十家小説》等入話體制的同時，馮夢龍對入話進行了精心的構思，以凸顯入話對揭示創作主題的重要作用。這從對前代相同篇目的改動即可體現出來，最簡單的改動是删改開篇詩詞，如《五戒禪師私紅蓮記》的開篇詩是“禪宗法教豈非凡，佛祖流傳在世間。鐵樹花開千載易，墜落阿鼻要出難”，這顯然與正話所叙五戒禪師犯了色戒却投胎爲蘇軾的内容不符，開篇詩與正話的關係非常鬆散。《喻世明言》卷三十《明悟禪師趕五戒》將其改爲“昔爲東土寰中客，今作菩提會上人。手把楊枝臨净土，尋思往事是前身”，十分準確地概括出五戒與明悟的兩世故事。又如《六十家小説》中《戒指兒記》的“入話”是“好姻緣是惡姻緣，不怨干戈不怨天。兩世玉簫難再合，何時金鏡得重圓？彩鸞舞後腹空斷，青雀飛來信不傳。安得神虚如倩女，芳魂容易到君邊”，緊接著開始正話“自家今日説個丞相”云云。這首詩出自瞿佑的傳奇小説《秋香亭記》，表達了采采對商

生的思念和對二人愛情婚姻的擔憂，用作入話，則與正話的内容並不十分吻合。而馮夢龍《古今小説》卷四則重寫了入話：

好姻緣是惡姻緣，莫怨他人莫怨天。但願向平婚嫁早，安然無事度餘年。

這四句，奉勸做人家的，早些畢了兒女之債。常言道：“男大須婚，女大須嫁；不婚不嫁，弄出醜吒。”多少有女兒的人家，只管要揀門擇户，扳高嫌低，擔誤了婚姻日子。情竇開了，誰熬得住？男子便去偷情闞院；女兒家拿不定定盤星，也要走差了道兒。那時悔之何及！[①]

詩開篇化用東漢高士向子平早畢兒女婚事的典故，並將議論提前，明確闡述了創作主旨，且删除《滿庭芳》詞，使叙事連貫順暢，充分體現出馮夢龍的藝術匠心。可見“三言”中的開篇詩詞一改《六十家小説》的隨意性，不再把開篇詩詞的功能僅僅視爲簡單引出正話中的人物、地點、時間，而是爲正話的展開定下思想基調，與正話的内在關聯也更加緊密。

“三言”亦重視頭回的叙事功能。“三言”中有頭回的篇目爲45篇，占1/3强，不僅明顯增多，而且有意彰顯與正話的關係。如《喻世明言》卷三十《明悟禪師趕五戒》就在《五戒禪師私紅蓮記》的基礎上增加了一個頭回：據袁郊《甘澤謡》中李源與僧人圓澤兩世情緣改編而成的三生相會的故事。這進一步强化了正話中明悟與五戒兩世相逢的宿緣，贊美了志趣相投、超越生死的真摯友情。

按照與正話的關係，“三言”中的頭回大致分三種情况：[②]

---

① （明）馮夢龍編，許政揚校注：《古今小説》，北京：人民文學出版社1958年版，第80頁。

② 王慶華把“三言”明後期作品的頭回分爲情節型、意藴型、人物型和情節意藴型四種，參見王慶華著：《話本小説文體研究》，上海：華東師範大學出版社2006年版，第94—95頁。

一是頭回與正話的情節近似，表達的主旨相同，頭回對正話起到正面烘托作用，彰顯了作品的主題。如《警世通言》卷六《俞仲舉題詩遇上皇》頭回講述成都府窮書生司馬相如只因一篇文章迎合了皇帝之心，一朝富貴；正話則叙説南宋成都府貧士俞仲舉亦因詞作受到皇帝的青睞飛黄騰達，衣錦還鄉，都表現了文人“學成文武藝，售與帝王家”的人生理想與期盼發迹的白日之夢。二是頭回與正話的思想主題相反，形成强烈的正反對照，從而强化善惡報應分明的創作主旨。如《警世通言》卷五《吕大郎還金完骨肉》頭回叙金員外作惡，本想毒殺僧人，不料却害死了兒子，導致妻子自殺、家破人亡的悲劇；正話則述吕玉行善，將撿到的銀子歸還原主而巧遇失蹤多年的兒子，最終一家團圓。作品通過正反對比表達了“善有善報，惡有惡報”的世俗信仰和素樸思想。三是頭回闡明某個主題，近似寓言，正話則用生動的故事來驗證，以警示讀者。如《警世通言》卷十一《蘇知縣羅衫再合》頭回講錢塘才子李宏夢中遇酒色財氣四大仙女言説彼此的危害，正話則説知縣蘇雲帶錢財偕美妻賃船赴任，被見財色而起殺心的惡船家所害，表明財色酒氣易惹災禍；頭回與正話之間相互支撑，前後印證，形成一種張力，既增加了讀者的想像與闡釋空間，又有力地强化了作者所要表達的旨意。

三、以一首詩歌結束全篇

“三言”的收尾一改此前話本小説的隨意性，均爲一首詩歌，或評價故事人物的道德品行，或歸納全篇的主題思想，往往與開篇詩詞遥相呼應，使作品在結構形式和内容主旨上都形成一個密閉的圓環。如《陳巡檢梅嶺失妻記》在正話“夫妻團圓，盡老百年而終”後，以“正是：雖爲翰府名談，編作今時佳話。話本説徹，權作散場”的説書套語收尾，《喻世明言》卷二十《陳從善梅嶺失渾家》的結尾則改爲“有詩爲證：三年辛苦在申陽，恩愛夫妻痛斷腸。終是妖邪難勝正，貞名落得至今揚”，以詩稱頌陳從善之妻張氏雖被妖猴百般凌辱却堅决不從的貞烈性情。《錯認屍》的結尾詩曰“如花妻妾牢中死，似虎喬郎湖内亡。只因做了虧心事，萬貫家財屬帝王”，客觀陳述喬俊一家的悲慘結局；而《警世通言》卷三十三《喬彦傑一妾破家》則以“後人有詩云：喬俊貪淫害一門，王青毒害亦亡身。從來好色亡家國，豈見詩書誤了人”收束，特别强調喬俊因“貪淫”而導致全家喪盡，王青因貪財欺詐而亡身，提出“好色亡家國”的觀點以教化世人，從而與開篇詩“世事紛紛難訴陳，知機端不誤終身。若論破國亡家者，盡是貪花戀色人”表達的貪色必將破國亡家的主旨遥相呼應。

第二節 “三言”的叙事特性與語言藝術

“三言”篇幅曼長，叙述詳盡，描寫細膩，人物事件增多，性格更加鮮明，情節更加曲折，成爲更適合讀者閲讀的書面文學。關於“三言”的藝術特性，學界已多有論述，[①] 我們不再重復，擬選取幾個相對來説有一定新意的角度來探討“三言”的案頭化特徵。

一、精巧的叙事結構

説話人爲了吸引聽衆，十分重視叙事的結構藝術。或運用紀傳體，叙事綫索清晰，重在表現人物的命運遭際；或采取紀事體，叙事富有懸念，旨在展示故事的曲折新奇。石昌渝從不同的角度把古代小説的結構歸納爲單體

① 參見王慶華著：《話本小説文體研究》（上海：華東師範大學出版社 2006 年版，第 97—98 頁）和傅承洲著：《還原勾欄 走向案頭——“三言”叙事藝術新探》（《瀋陽師範大學學報》2008 年第 6 期）等論著。

式、聯綴式、綫性式和網狀式四類，[①] 話本小説主要運用單體式、綫性式的叙事結構。以下我們結合“三言”話本小説情節的具體安排，從三個方面論述“三言”正話較有特色的叙事結構。

一是以一個能推動情節發生、演進，或聯結主要人物命運的關鍵對象來結構故事，這種對象一般稱之爲“功能性物象”，[②] 形成獨特的“功能性物象叙事”。[③] 這種結構在宋元話本中已有，而明人運用更加普遍，計有：《古今小説》卷一《蔣興哥重會珍珠衫》、卷二《陳御史巧勘金釵鈿》、卷四《閑雲庵阮三償冤債》、卷十《滕大尹鬼斷家私》、卷二十六《沈小官一鳥害七命》、卷三十五《簡帖僧巧騙皇甫妻》、卷四十《沈小霞相會出師表》，《警世通言》卷一《俞伯牙摔琴謝知音》、卷十一《蘇知縣羅衫再合》、卷十二《范鰍兒雙鏡重圓》、卷二十二《宋小官團圓破氈笠》，《醒世恒言》卷十五《赫大卿遺恨鴛鴦縧》、卷十六《陸五漢硬留合色鞋》、卷十九《白玉娘忍苦成夫》、卷三十二《黄秀才徼靈玉馬墜》、卷三十四《一文錢小隙造奇冤》等20多篇。僅舉一例來説明：宋懋澄的《珠衫》叙楚人妻被新安客誘奸生情，分别時以珍珠衫贈之；新安客在旅店中偶遇楚人，炫耀自己的艷遇及珍珠衫，楚人還家休妻，提出“第還珠衫，則復相見”。作品以珍珠衫爲綫索結構情節，串連起楚人、楚人妻與新安客的情感起伏與悲歡離合，但美中不足的是没有交代珍珠衫的下落。而據《珠衫》改編而成的《蔣興哥重會珍珠衫》就彌補了原作的這種缺憾，安排蔣興哥休妻後新娶新安客陳大郎之妻。結果是淫人妻者喪命失妻，失珍珠衫者則因娶新妻得以重會，叙事前後妙合無垠，渾然天成。

二是大量運用真假相對的人物、對象等來結構故事。計有《古今小説》

---

① 石昌渝著：《中國小説源流論》，北京：三聯書店1994年版，第31頁。

② 李鵬飛：《試論古代小説中的“功能性物象”》，《文學遺産》2011年第5期。

③ 楊志平著：《明清小説功能性叙事研究》，北京：科學出版社2018年版，第11—12頁。

卷二《陳御史巧勘金釵鈿》、卷三十五《簡帖僧巧騙皇甫妻》,《警世通言》卷二《莊子休鼓盆成大道》、卷三十六《皂角林大王假形》,《醒世恒言》卷六《小水灣天狐詒書》、卷七《錢秀才錯占鳳凰儔》、卷八《喬太守亂點鴛鴦譜》、卷十《劉小官雌雄兄弟》、卷十三《勘皮靴單證二郎神》、卷十五《赫大卿遺恨鴛鴦縧》、卷十六《陸五漢硬留合色鞋》等十多篇。其中有冒名頂替的，或妖精幻化，以假亂真，造成真假難辨。有以真假叙事結構全篇的，如《小水灣天狐詒書》叙述王臣射傷了兩隻狐狸，狐狸遂幻化爲家人，假傳家書，不僅騙走了天書，還導致王臣家業凋零。又如《錢秀才錯占鳳凰儔》叙述飽讀詩書、一表人才的錢青冒名頂替胸無點墨、相貌醜陋的表兄顔俊去相親、娶親，最後真相大白。

三是運用並列式板塊結構叙述主要人物的幾則故事。有《古今小説》卷十三《張道陵七試趙升》、卷三十六《宋四公大鬧禁魂張》,《警世通言》卷三《王安石三難蘇學士》、卷四《拗相公飲恨半山堂》,《醒世恒言》卷十一《蘇小妹三難新郎》、卷二十二《吕純陽飛劍斬黄龍》, 卷二十三《金海陵縱欲亡身》等。如《張道陵七試趙升》中前半叙張道陵收服西城的白虎神、剿除青石山中的毒蛇、驅殺六大魔王及群鬼等三個爲民除害的故事，後半叙張道陵七試趙升，即"第一試，辱駡不去；第二試，美色不動心；第三試，見金不取；第四試，見虎不懼；第五試，償絹不吝，被誣不辨；第六試，存心濟物；第七試，捨命從師"。前後内部的故事及前半與後半故事之間並没有邏輯因果關係，故事之間的結構較爲鬆散。這種結構可稱之爲並列式板塊結構，各故事板塊通常不存在先後因果關係，而是形成疊加關係，與筆記小説相類。如《蘇小妹三難新郎》主要叙述了蘇小妹續寫父親之詩、批點王雱窗課、與東坡以詩互相嘲謔、新婚之夜三難新郎、悟解佛印長歌、與東坡互作疊字詩等數則軼事，將其疊加一起共同表現了蘇小妹的聰敏穎悟和過人的詩才。

二、重視運用人物視角

話本小説都運用説話人的視角講述故事，但是“三言”開始大量運用人物視角叙事，客觀真實地描寫故事人物的所見所想。如《醒世恒言》卷十五《赫大卿遺恨鴛鴦縧》云：

> 赫大卿點頭道：“常聞得人説，城外非空庵中有標致尼姑。只恨没有工夫，未曾見得。不想今日趁了這便。”即整頓衣冠，走進庵裹。轉東一條鵝卵石街，兩邊榆柳成行，甚是幽雅。行不多步，又進一重牆門，就是小小三間房子，供著韋馱尊者。庭中松柏參天，樹上鳥聲嘈雜。從佛背後轉進，又是一條横街。大卿徑望東首行去，見一座雕花門樓，雙扉緊閉。上前輕輕扣了三四下，就有個垂髻女童，呀的開門。那女童身穿緇衣，腰系絲縧，打扮得十分齊整。見了赫大卿，連忙問訊。大卿還了禮，跨步進去看時，一帶三間佛堂，雖不甚大，到也高敞。中間三尊大佛，相貌莊嚴，金光燦爛。①

空間由庵外到庵裹，依次呈現榆柳成行的鵝卵石街、牆門、房子、門樓等景物，以赫大卿的視角，隨著赫大卿的移動，一一呈現出來，描寫細緻，語言平實，富於變化，畫面感强。

故事人物視角可以更加深入、細膩地刻畫隱秘的心理活動。《六十家小説》中的《陳巡檢梅嶺失妻記》云：“如春自思：‘我今情願挑水守奈，本欲投岩澗中而死，倘有再見丈夫之日。’不免含淚而挑水。”② 人物心理刻畫還較

① （明）馮夢龍編著，顧學頡校注：《醒世恒言》，北京：人民文學出版社1956年版，第279—280頁。
② （明）洪楩編：《六十家小説·陳巡檢梅嶺失妻記》，日本東京公文書館内閣文庫藏明嘉靖間刊本。

爲簡單。而“三言”則常常把叙事視角聚焦在人物身上，深入描摹人物的心理與情感活動，如《醒世恒言》卷三《賣油郎獨占花魁》云：

> 秦重聽得説是汴京人，觸了個鄉里之念，心中更有一倍光景。喫了數杯，還了酒錢，挑了擔子，一路走，一路的肚中打稿道：“世間有這樣美貌的女子，落於娼家，豈不可惜！”又自家暗笑道：“若不落於娼家，我賣油的怎生得見！”又想一回，越發癡起來了，道：“人生一世，草生一秋。若得這等美人摟抱了睡一夜，死也甘心。”又想一回道：“呸！我終日挑這油擔子，不過日進分文，怎麽想這等非分之事！正是癩蛤蟆在陰溝裏想著天鵝肉喫，如何到口？”又想一回道：“他相交的，都是公子王孫。我賣油的，縱有了銀子，料他也不肯接我。”又想一回道：“我聞得做老鴇的，專要錢鈔。就是個乞兒，有了銀子，他也就肯接了，何况我做生意的，青青白白之人。若有了銀子，怕他不接！只是那裏來這幾兩銀子？”一路上胡思亂想，自言自語。[①]

作品詳細描摹了秦重初見名妓時的憐惜、愛慕、妄想等心靈深處激起的漣漪和複雜的情感，及實現夢想的内心打算，刻畫出一個可愛、癡情、憨厚的小商販形象。這樣的作品很多，如《醒世恒言》卷十八《施潤澤灘闕遇友》、卷三十六《蔡瑞虹忍辱報仇》等，其中《醒世恒言》卷二十六《薛録事魚服證仙》最富特色，作品叙述唐朝時的薛服生病後，夢見自己變成一條金色鯉魚，經歷了各種意想不到的遭遇，揭示了人物隱秘的人生感受。當他來到沱江邊時，嘆道：“人遊到底不如魚健！怎麽借得這魚鱗生在我身上，也好到處遊去，豈不更快。”當他心隨所願變成鯉魚後，遇到了漁夫趙幹，忍不住“香餌”的誘惑，被釣住。接下來，兩名公差、同僚都想吃鯉魚，薛服則一再自道不滿：

① （明）馮夢龍編著，顧學頡校注：《醒世恒言》，北京：人民文學出版社 1956 年版，第 46—47 頁。

> 當下薛少府大聲叫道："我那裏是魚？就是你的同僚，豈可錯認得我了？我受了許多人的侮慢，正要告訴列位與我出這一口惡氣，怎麽也認我做魚，便付厨上做鲊吃？若要作鲊，可不屈我殺了！枉做這幾時同僚，一些兒契分安在！"其時同僚們全然不禮。少府便情極了，只得又叫道："鄒年兄，我與你同登天寶末年進士，在都下往來最爲交厚，今又在此同官，與他們不同。怎麽不發一言，坐視我死？"……少府聽了這話，便大叫道："你看兩個客人都要放我，怎麽你做主人的偏要吃我？這等執拗！莫説同僚情薄，元來賓主之禮，也一些没有的。"[①]

作品藉化身的金魚隱秘地袒露了薛服的内心世界，以變形的手法表達了正常社會秩序下無法宣洩的困惑和痛苦，取得了非同尋常的藝術效果，薛服也從夢中醒來後，看破紅塵，辭别官場，升仙而去。

三、詩文的大量插入

先看一個表格：

"三言"中的明話本插入書判等賦文一覽表

	篇名		文體	字數
1	古今小説	卷一《蔣興哥重會珍珠衫》	一休書	90
			一信	70
2		卷三《新橋市韓五賣春情》	二簡	140、110
3		卷十《滕大尹鬼斷家私》	一遺書	160

① （明）馮夢龍編著：《醒世恒言》，《古本小説集成》，上海：上海古籍出版社1994年版，第1537—1540頁。

續 表

	篇名		文體	字數
4	古今小説	卷二二《木綿庵鄭虎臣報冤》	一詔書	195
			一青詞	180
5		卷二六《沈小官一鳥害七命》	一招帖	40
			一告示	30
			二聖旨	20、140
6		卷三九《汪信之一死救全家》	二書信	120、100
7	警世通言	卷九《李謫仙醉草嚇蠻書》	一封番書、一回書	160、280
8		卷一一《蘇知縣羅衫再合》	二訴狀	136、120
			一書信	50
			一上表（部分）	120
9		卷二四《玉堂春落難逢夫》	一判狀	60
10		卷二七《假神仙大鬧華光廟》	一疏文	195
11		卷三四《王嬌鸞百年長恨》	二信	120、170
12	醒世恒言	卷一《兩縣令競義婚孤女》	四書信	180、120、80、100
13		卷二《三孝廉讓産立高名》	一短疏一短書	120、60
14		卷七《錢秀才錯占鳳凰儔》	一判狀	190
15		卷八《喬太守亂點鴛鴦譜》	一判狀	230
16		卷一九《白玉娘忍苦成夫》	一書信	150
17		卷二五《獨孤生歸途鬧夢》	一詔書	90
18		卷二七《李玉英獄中訟冤》	一奏章	660
19		卷二九《盧太學詩酒傲公侯》	一判狀	120
20		卷三六《蔡瑞虹忍辱報仇》	一長信	330

由上表可知，“三言”中插入的文章篇幅曼長，而《李玉英獄中訟冤》中的奏章更是長達650字。這些插入的文章有的意在刻畫人物，如《蔣興哥重

會珍珠衫》中的休書："豈期過門之後，本婦多有過失，正合七出之條。因念夫妻之情，不忍明言，情願退還本宗，聽憑改嫁"，表現了蔣興哥對妻子的深情與留戀。有的旨在推動情節的發展，如《滕大尹鬼斷家私》中的倪太守遺書："惟左偏舊小屋，可分與述。此屋雖小，室中左壁埋銀五千，作五罈；右壁埋銀五千，金一千，作六罈，可以準田園之額。"[①]這是滕大尹斷案的依據，也是用計分家的前提，對推動情節發展具有不可替代的作用。有的並無叙事功能，如《喬太守亂點鴛鴦譜》在斷明案情後仍然有一判狀："弟代姊嫁，姑伴嫂眠。愛女愛子，情在理中。一雌一雄，變出意外。移乾柴近烈火，無怪其燃；以美玉配明珠，適獲其偶。孫氏子因姊而得婦，摟處子不用踰牆；劉氏女因嫂而得夫，懷吉士初非衒玉。相悦爲婚，禮以義起。所厚者薄，事可權宜。使徐雅别婿裴九之兒，許裴政改娶孫郎之配。奪人婦人亦奪其婦，兩家恩怨，總息風波。獨樂樂不若與人樂，三對夫妻，各諧魚水。人雖兑换，十六兩原只一斤；親是交門，五百年决非錯配。以愛及愛，伊父母自作冰人；非親是親，我官府權爲月老。"[②]即使省略了此判，也不影響小説的叙事，顯然這篇花判主要是爲了展示作者的才情，也是話本小説"案頭化"的表徵。

還有一些話本小説插入大量詩歌，可謂深受傳奇小説的影響。如明萬曆間熊龍峰刊《孔淑芳雙魚扇墜傳》正話中雖有"話説"、"不説家中歡喜，且説"等説書套語，但主要是模仿和拼凑瞿佑《牡丹燈記》等篇而成，爲深入研究話本小説與傳奇小説的關係提供了直接有力的證據和珍貴的樣本。《警世通言》卷三十四《王嬌鸞百年長恨》與所取材的《情史·周廷章》相比，更鮮明地體現出傳奇小説對話本小説叙事形態的影響。傳奇小説《周廷章》全文共有周廷章與王嬌鸞互通情愫的四首詩歌，依常理而論，在改編爲話本小

① （明）馮夢龍編，許政揚校注：《古今小説》，北京：人民文學出版社 1958 年版，第 158 頁。
② （明）馮夢龍編著，顧學頡校注：《醒世恒言》，北京：人民文學出版社 1956 年版，第 174—175 頁。

説時，爲吸引讀者，應儘量删除原文中的詩歌，增加散文體敘事，以强化故事的曲折性和通俗性。但《王嬌鸞百年長恨》其實走了一條完全相反的改編之路，竟增寫了19首詩歌及兩封各百餘字的書信，其中《長恨歌》達800餘字，顯然書面化的色彩愈加濃厚，成爲一篇體制近於傳奇的另類話本小説。

四、雅俗相融的語言風格

“三言”的語言整體上較爲通俗，而又常常俗中見雅，形成雅俗相融的語言風格。敘述語言平實、清新，人物語言生動活潑、個性鮮明。從形式上説，既有整飭有序的駢儷之語，又多自由靈活、錯落有致的散句，與題材相互配合，充分顯示出語言的韻致和張力。

1. 清新寫實的敘述語言

敘述語言方面，作者常常用議論性的語言闡述作品的創作主旨。如《警世通言》卷十八《老門生三世報恩》入話云：

> 大抵功名遲速，莫逃乎命，也有早成，也有晚達。早成者未必有成，晚達者未必不達。不可以年少而自恃，不可以年老而自棄。這老少二字，也在年數上，論不得的。假如甘羅十二歲爲丞相，十三歲上就死了，這十二歲之年，就是他發白齒落、背曲腰彎的時候了，後頭日子已短，叫不得少年。又如姜太公八十歲還在渭水釣魚，遇了周文王以後車載之，拜爲師尚父；文王崩，武王立，他又秉鉞爲軍師，佐武王伐商，定了周家八百年基業，封於齊國。又教其子丁公治齊，自己留相周朝，直活到一百二十歲方死。你説八十歲一個老漁翁，誰知日後還有許多事業，日子正長哩！這等看將起來，那八十歲上還是他初束髮，剛頂冠，

> 做新郎，應童子試的時候，叫不得老年。世人只知眼前貴賤，那知去後的日長日短？見個少年富貴的，奉承不暇；多了幾年年紀，蹉跎不遇，就怠慢他，這是短見薄識之輩。譬如農家，也有早穀，也有晚稻，正不知那一種收成得好？[①]

馮夢龍以甘羅、姜太公爲例，表達了人的功名富貴都是命中注定的道理。或用富有思辨性的語言曉之以理，或以簡明扼要的語言概括真實可信的事例，都淺顯曉暢，甚至以農家的“早穀晚稻”爲喻，易於爲普通讀者接受。

“三言”雖也用“但見”等韻文套語寫人摹景，但更多使用清新寫實的個性語言。試對比下面寫人服飾的文字：

> 宣贊分開人，看見一個女兒。如何打扮？頭綰三角兒，三條紅羅頭鬚，三隻短金釵，渾身上下，盡穿縞素衣服。(《六十家小説·西湖三塔記》)[②]

> 許宣看時，是一個婦人，頭戴孝頭髻，烏雲畔插着些素釵梳，穿一領白絹衫兒，下穿一條細麻布裙。這婦人肩下一個丫鬟，身上穿着青衣服，頭上一雙角髻，戴兩條大紅頭鬚，插着兩件首飾，手中捧着一個包兒，要搭船。(《警世通言》卷二十八《白娘子永鎮雷峰塔》)[③]

《西湖三塔記》中的女子最突出的特點是一身白衣，刻畫較模糊；而據此改編而成的《白娘子永鎮雷峰塔》則描寫得十分詳細、具體，孝髻、烏髮、釵

---

① （明）馮夢龍編著:《警世通言》,《古本小説集成》，上海：上海古籍出版社 1994 年版，第 647—649 頁。

② （明）洪楩編:《六十家小説・西湖三塔記》，日本東京公文書館内閣文庫藏明嘉靖間刊本。

③ （明）馮夢龍編著:《警世通言》,《古本小説集成》，上海：上海古籍出版社 1994 年版，第 1125 頁。

梳、上穿白衫、下穿細麻布裙云云，自上到下，很有層次感，令人印象深刻。再看同是描寫村鎮的文字：

> 兩個一人一匹馬，行到一個所在，三十里，是仙居市。到得一座莊子，看那莊時：青煙漸散，薄霧初收。遠觀一座苔山，近睹千行圍寶蓋。團團老檜若龍形，鬱鬱青松如虎迹。三冬無客過，四季少人行。驀聞一陣血腥來，元是强人居止處。盆盛人鮓醬，私蓋鑄香爐，小兒做戲弄人頭，媳婦拜婆學劫墓。(《六十家小説・楊温攔路虎傳》) [①]

> 説這蘇州府吴江縣離城七十里，有個鄉鎮，地名盛澤，鎮上居民稠廣，土俗淳樸，俱以蠶桑爲業。男女勤謹，絡緯機杼之聲，通宵徹夜。那市上兩岸紬絲牙行，約有千百餘家，遠近村坊織成紬匹，俱到此上市。四方商賈來收買的，蜂攢蟻集，挨擠不開，路途無伫足之隙；乃出産錦繡之鄉，積聚綾羅之地。江南養蠶所在甚多，惟此鎮處最盛。(《醒世恒言》卷十八《施潤澤灘闕遇友》) [②]

前者只是用説書套語寫出了村莊的偏僻荒凉、陰森恐怖，至於房子的具體位置、布局等十分籠統，没有描寫出個性特點；而下者則交代出盛澤鎮離城七十里，蠶桑業發達，僅兩岸的綢絲牙行就有千餘家，商賈雲集，具有强烈的寫實性和鮮明的時代性。

從語言形式上説，或用字數不等的散句，如《醒世恒言》卷二十七《李玉英獄中訟冤》入話抨擊後母心腸狠毒，兒女最可憐的有三等，其中第三等云：

---

① (明) 洪楩編：《六十家小説・楊温攔路虎傳》，日本東京公文書館内閣文庫藏明嘉靖間刊本。
② (明) 馮夢龍編著，顧學頡校注：《醒世恒言》，北京：人民文學出版社 1956 年版，第 359 頁。

第三等，乃朝趁暮食肩擔之家。此等人家兒女，縱是生母在時，只好苟免饑寒，料道没甚豐衣足食。巴到十來歲，也就要指望教去學做生意，趁三文五文幫貼柴火。若又遇着個兇惡繼母，豈不是苦上加苦。口中喫的，定然有一頓没一頓，擔饑忍餓。就要口熱湯，也須請問個主意，不敢擅專。身上穿的，不是前拖一塊，定是後破一片。受凍捱寒，也不敢在他面前説個冷字。那幾根頭髮，整年也難得與梳子相會，胡亂挽個角兒，還不時撏得披頭盖臉。兩隻脚久常赤着，從不曾見鞋襪面。若得了雙草鞋，就勝如穿着粉底皂靴。專任的是劈柴燒火，擔水提漿。稍不如意，軟的是拳頭脚尖，硬的是木柴棍棒。那咒駡乃口頭言語，只當與他消閑。到得將就挑得擔子，便限着每日要賺若干錢鈔。若還缺了一文，少不得敲個半死。倘肯攛掇老公，賣與人家爲奴，這就算他一點陰騭。所以小户人家兒女，經着後母，十個到有九個磨折死了。[①]

使用“口中喫了，定然有一頓没一頓”等不乏口語化的市井語言，表現了貧苦人家兒女被後母虐待、折磨的種種慘狀和不幸，以散句爲主，間雜偶句，錯落有致，讀來自然流暢。或用前後相對的偶句，如《醒世恒言》卷三《賣油郎獨占花魁》開頭云：

常言道：“妓爱俏，媽爱鈔。”所以子弟行中，有了潘安般貌，鄧通般錢，自然上和下睦，做得煙花寨内的大王，鴛鴦會上的主盟。然雖如此，還有個兩字經兒，叫做幫襯。幫者，如鞋之有幫；襯者，如衣之有襯。但凡做小娘的，有一分所長，得人襯貼，就當十分。若有短處，曲意替他遮護，更兼低聲下氣，送暖偷寒，逢其所喜，避其所諱，以情度

① （明）馮夢龍編著：《醒世恒言》，《古本小説集成》，上海：上海古籍出版社1994年版，第1569—1570頁。

情，豈有不愛之理。這叫做幫襯。風月場中，只有會幫襯的最討便宜，無貌而有貌，無錢而有錢。①

或四四對，或五五對，或七七對，或二五對，以活潑的市井語言，整齊的句式，表達了只有錢貌兼備，能幫會襯，才能成爲“煙花寨内的大王，鴛鴦會上的主盟”。

2. 富有個性的人物語言

“三言”的人物語言符合人物的年齡和家庭出身。由於社會閱歷不同，老少人物的語言自然有别。如《古今小説》卷十《滕大尹鬼斷家私》叙述善述長到14歲，向母親要新衣服穿，云：

梅氏回他没錢買得，善述道：“我爹做過太守，止生我弟兄兩人，見今哥哥恁般富貴，我要一件衣服，就不能勾了，是怎地？既娘没錢時，我自與哥哥索討。”説罷就走。……善述道：“娘説得是。”口雖答應，心下不以爲然，想着：“我父親萬貫家私，少不得兄弟兩個大家分受。我又不是隨娘晚嫁，拖來的油瓶，怎麽我哥哥全不看顧？娘又是恁般説，終不然一匹絹兒，没有我分，直待娘賣身來做與我穿着，這話好生奇怪！哥哥又不是吃人的虎，怕他怎的？”②

善述説話順從母親，已懂事明理；可又向母親説出兄弟懸殊的不解與困惑，堅決要向哥哥索要，表現出他幼稚、心智尚不成熟和孩子氣的一面。

“三言”的人物語言符合人物的社會職業。我們僅以妓女、媒妁爲例，

① （明）馮夢龍編著，顧學頡校注：《醒世恒言》，北京：人民文學出版社1956年版，第32頁。
② （明）馮夢龍編，許政揚校注：《古今小説》，北京：人民文學出版社1958年版，第152—153頁。

分析其語言特色。《警世通言》卷三十二《杜十娘怒沉百寶箱》中有一段老鴇對著杜十娘罵李甲的話：

> 媽媽没奈何，日逐只將十娘叱罵道："我們行户人家，喫客穿客，前門送舊，後門迎新；門庭鬧如火，錢帛堆成垜。自從那李甲在此，混帳一年有餘，莫説新客，連舊主顧都斷了，分明接了個鍾馗老，連小鬼也没得上門。弄得老娘一家人家，有氣無煙，成什麽模樣！"杜十娘被罵，耐性不住，便回答道："那李公子不是空手上門的，也曾費過大錢來。"媽媽道："彼一時，此一時，你只教他今日費些小錢兒，把與老娘辦些柴米，養你兩口也好。别人家養的女兒便是摇錢樹，千生萬活；偏我家晦氣，養了個退財白虎，開了大門七件事，般般都在老身心上。到替你這小賤人白白養着窮漢，教我衣食從何處來？你對那窮漢説：有本事出幾兩銀子與我，到得你跟了他去，我别討個丫頭過活却不好？"①

"前門送舊，後門迎新"道出妓家的生存、處世之道，對待嫖客有錢時畢恭畢敬，無錢時掃地出門，真實地反映出老鴇唯利是圖、自私自利的性格特徵。這與《賣油郎獨占花魁》中劉四媽對莘瑶琴所説的一段話如出一轍："我們門户人家，喫着女兒，穿着女兒，用着女兒，僥倖討得一個像樣的，分明是大户人家置了一所良田美産。年紀幼小時，巴不得風吹得大。到得梳弄過後，便是田産成熟，日日指望花利到手受用。前門迎新，後門送舊，張郎送米，李郎送柴，往來熱鬧，纔是個出名的姊妹行家。"劉四媽又説："有個真從良，有個假從良。有個苦從良，有個樂從良。有個趁好的從良，有個

① （明）馮夢龍編著：《警世通言》，《古本小説集成》，上海：上海古籍出版社 1994 年版，第 1300—1302 頁。

没奈何的從良。有個了從良，有個不了的從良。”[①] 此等長篇大論，更是只有行户中經驗老到者方能説得出。

一般來説，媒妁都善於察言觀色，見機行事，憑藉三寸不爛之舌，爲促成婚姻使出渾身解數，巧舌如簧，隨意顛倒黑白。《警世通言》卷十三《三現身包龍圖斷冤》叙述兩個媒婆給人説親，云：

> 兩個聽得説，道：“好也！你説要嫁個姓孫的，也要一似先押司職役的，教他入舍的。若是説别件事，還費些計較，偏是這三件事，老媳婦都依得。好教押司娘得知，先押司是奉符縣裏第一名押司，唤做大孫押司。如今來説親的，元是奉符縣第二名押司。如今死了大孫押司，鑽上差役，做第一名押司，唤做小孫押司，他也肯來入舍。我教押司娘嫁這小孫押司，是肯也不？”押司娘道：“不信有許多凑巧！”張媒道：“老媳婦今年七十二歲了，若胡説時，變做七十二隻雌狗，在押司娘家喫屎。”押司娘道：“果然如此，煩婆婆且去説看，不知緣分如何？”張媒道：“就今日好日，討一個利市團圓吉帖。”押司娘道：“却不曾買在家裏。”李媒道：“老媳婦這裏有。”[②]

媒婆爲了賺取媒錢，提出的條件都答應，甚至發誓説出“胡説時，變做七十二隻雌狗，在押司娘家喫屎”這樣的粗俗之語。這種語言風格無疑是切近人物的身份和職業特性的。

---

① （明）馮夢龍編著，顧學頡校注：《醒世恒言》，北京：人民文學出版社 1956 年版，第 39 頁。

② （明）馮夢龍編著：《警世通言》，《古本小説集成》，上海：上海古籍出版社 1994 年版，第 463—464 頁。

第七章
從《拍案驚奇》到《鴛鴦針》的文體探索

馮夢龍編纂的《醒世恒言》於天啓七年（1627）問世，標誌文人對話本體小説的規範化達到了新的高度。“三言”刊印後，凌濛初説“宋元舊種，亦被搜括殆盡”，“因取古今來雜碎事可新聽睹、佐談諧者，演而暢之”，藉古今雜記編撰了《拍案驚奇》，於崇禎元年（1628）出版。《拍案驚奇》的出版又開啓了話本小説編撰方式的新時代。《鴛鴦針》撰於明清易代之際，體式新穎，可視爲明代話本小説的終結。而從《拍案驚奇》到《鴛鴦針》，創作出版的話本小説集約有《鼓掌絶塵》《型世言》《石點頭》《二刻拍案驚奇》《七十二朝人物演義》《歡喜冤家》《天湊巧》《西湖一集》《西湖二集》《筆獬豸》《宜春香質》《弁而釵》《清夜鐘》《貪欣誤》《別有香》《醉醒石》《載花船》《鴛鴦針》等約20種，這些作品對話本小説文體進行了可貴的探索。

第一節　體制的新變

此時期的話本小説體制既有對“三言”的承襲，也有發展與創新。

一、篇名在形式與内容上的變化

此前的話本小説篇名都是單句，此時依然有《七十二朝人物演義》《石點頭》等少數話本繼承，但篇名不是對故事内容的概括，而是直接襲用儒家經典，以顯示作者的創作旨意。如刊於崇禎十三年（1640）的《七十二朝人物演義》凡四十卷，篇名全部取自“四書”，從三字到十六字不等。如卷一《楚國無以爲寶，惟善以爲寶》，出自《大學》；卷三《公冶長可妻也，雖在縲絏之中，非其罪也》，出自《論語・公冶長》；卷二七《子産聽鄭國之政》，出自《孟子・離婁下》。“四書”是明代科舉的考試内容，爲士子所熟悉，故用作話本篇名不足爲奇。且據考《七十二朝人物演義》本來就是在明人薛應旂《四書人物考》的基礎上創作而成的。

運用對偶雙句命名已爲此時期的主流。凌濛初《拍案驚奇》開創了雙句對偶式的命名方法，回目主要是以故事中的兩個主要人物與事件構成，如《拍案驚奇》卷二《姚滴珠避羞惹羞　鄭月娥將錯就錯》；間或以事件命名，如《拍案驚奇》卷一七《西山觀設輦度亡魂　開封府備棺迫活命》。題目是人物、事件的高度概括，精練醒目，對仗工整，形式優美，富有吸引力。其後，《型世言》《龍陽逸史》等都采用雙句對偶命名，且又進行了創新，如《天凑巧》《貪欣誤》《金粉惜》等篇名均由兩部分構成，前面是小説中的人物姓名，多爲三字，後面是評判人物、總括故事的對句。如羅浮散客《天凑巧》第一回《余爾陳：假丈夫千金空托　真義士一緘收功》，《貪欣誤》第三回《劉烈女：顯英魂天霆告警　標節操江水揚清》，體現出作家對人物的態度，新穎别致。

在回目中顯示道德倫理和説教在“三言”中並不多，雖然其旨在“警世”“醒世”“喻世”。“二拍”則有所增加，如《拍案驚奇》卷三八《占家財狠婿妒侄　廷親脈孝女藏兒》，《二刻拍案驚奇》卷三二《張福娘一心貞守　朱天錫萬里符名》等。此後更加明顯，《型世言》凡四十回，有教化傾向的回目16回，如第一回《烈士不背君　貞女不辱父》、第十二回《寶釵歸仕女　寄藥起忠臣》等，占40%；《西湖二集》凡三十四卷，有卷五《李鳳娘酷妒遭天譴》、卷三一《忠孝萃一門》等七篇，占 21%。勸善教化成爲此時期話本小説的創作重心。

二、入話的探索

後期話本的入話在開篇詩詞、頭回等方面呈現出鮮明的特色。雖然話本幾乎都有開篇詩詞，且似千篇一律，其實，細細尋繹，會發現微妙的變化。如開篇詩更個性化，由以詩爲主逐漸轉爲以詞爲主等。同爲開篇詩歌，“二拍”主要延續以前的風格，語言比較通俗。如《二刻拍案驚奇》卷十《趙五虎合計挑家釁　莫大郎立地散神奸》，開篇曰：“黑蟒口中舌，黄蜂尾上針。兩般猶未毒，最毒婦人心。”皆爲鮮活的日常生活語言，内容淺顯易懂。《型世言》則普遍比較典雅，富有文人氣。如卷十七《逃陰山運智南還　破石城抒忠靖賊》開篇云：“仗鉞西陲意氣雄，斗懸金印重元戎。沙量虎帳籌何秘，罂渡鯨波計自工。血染車輪螳臂斷，身膏龍斧兔群空。歸來奏凱麒麟殿，肯令驃騎獨擅功。”[①] 用了檀道濟、韓信等多個典故，押一東韻，顯非平庸之作。早期話本的開篇以詩爲主，如《六十家小説》現存話本只有《簡帖和尚》以詞開篇。後來以詞開篇的作品明顯增多，《古今小説》與《警世通言》均有七篇，《醒世恒言》與《二刻拍案驚奇》均有八篇，《型世言》有十一篇，《西湖二集》有十二篇，《弁而釵》四集中有三集，《宜春香質》的全部四集，《龍陽逸史》二十回有十七回。其中《西湖二集》有十一首詞襲用前人作品，作家周楫順手拈來，用來抒發對世情的看法，多與作品的主題相關，較切合題意。詩詞相較，對於藝人和作家來説，寫作僅具五言或七言形式的詩歌較爲容易，如《二刻拍案驚奇》卷十二《硬勘案大儒争閑氣　甘受刑俠女著芳

① （明）陸人龍編撰，陳慶浩校點：《型世言》，南京：江蘇古籍出版社 1993 年版，第 282 頁。

名》開篇詩曰："世事莫有成心，成心專會認錯。任是大聖大賢，也要當着不着。"《西湖二集》卷十五《文昌司憐才慢注禄籍》開篇詩云："塞翁得馬未爲喜，塞翁失馬未爲憂。須知得失循環事，自有天公在上頭。"[①]都是僅具詩歌形式，缺乏詩歌的韻味。而填詞更能體現作家的才情，如《型世言》中的11首開篇詞用到［滿江紅］［虞美人］［綺羅香］［南歌子］［漁家傲］［菩薩蠻］［生查子］［應天長］［南柯子］［柳梢青］［陽關引］凡11個詞牌。《龍陽逸史》的17首開篇詞用到［滿庭芳］［蝶戀花］［菩薩蠻］［如夢令］［搗練子］［西江月］［一剪梅］［踏莎行］［黄鶯兒］［生查子］［浣溪紗］［鷓鴣天］［高陽臺］［減字木蘭花］［浪淘沙］［謁金門］共16個詞牌，反映出小説作家較高的詞學修養，也意味著話本小説的文人化水準有所提升。作家選擇以詞作開篇，與詞主抒情，"能言詩之所不能言"的文體特徵是分不開的。話本作家多仕途失意，家境困頓，如陸人龍之兄陸雲龍《選十六名家小品序》説"獨恨家儉，而目又因之，不能大括燕趙鄒魯、洛蜀滇粤諸奇；又恨目窮，而家又窮之，不能大梓諸先生之雄文"；[②]周楫自言"予貧不能供客，客至恐斫柱剉薦之不免，用是匿影寒廬，不敢與長者交遊。敗壁頽垣，星月穿漏，雪霰紛飛，几案爲濕。蓋原憲之桑樞，范丹之塵釜，交集於一身，予亦甘之；而所最不甘者，則司命之厄我過甚，而狐鼠之侮我無端"；[③]《龍陽逸史》的作者京江醉竹居士亦"生平磊落不羈，每結客於少年場中，慨自齠齡，遂相盟訂，年來軼宕多狂，不能與之沈酣文章經史，聊共消磨雪月風花。竊見現前大半爲醃臢世界，大可悲復大可駭。怪夫饞涎餓虎，偌大藉以資生，喬作妖妍艶冶，乘時競出，使彼抹粉塗脂，倚門獻笑者，久絶雲雨之歡，復受鞭笞之苦。時而玉筋落，翠蛾愁，冤冤莫控，豈非千古來一大不平

① （明）周楫纂，陳美林校點：《西湖二集》，南京：江蘇古籍出版社 1994 年版，第 249 頁。
② （明）丁允和、陸雲龍編選：《皇明十六家小品》，國家圖書館藏明崇禎六年（1633）刊本。
③ （明）湖海士：《西湖二集序》，（明）周楫纂，陳美林校點：《西湖二集》，南京：江蘇古籍出版社 1994 年版，第 603 頁。

事”。[①] 人生失意，又世風日下，更易觸動作家敏感的心靈，於是適宜抒發情懷的詞體成爲作家的開篇詞就在情理之中。如《龍陽逸史》第一回開篇詞《滿庭芳》曰：“白眼看他，紅塵笑咱，千金締結休誇。你貪我愛，總是眼前花。　　世上幾多俊俏，下場頭流落天涯。須信道，年華荏苒，莫悔念頭差。”[②] 表達了對當時大老小官扭曲人生的不滿與嘲諷。

説話中頭回的作用，一是招徠聽衆以静場，一是從正反不同的角度襯托正話的主題。從現存話本來看，直到“三言”，頭回的運用尚不普遍，基本反映了早期説話與話本的實際情況。隨著話本的進一步案頭化，頭回成爲作家架構話本形態時不得不考慮的元素。主要出現兩種傾向：一是重視頭回，進一步彰顯頭回與正話主題的密切關係。據統計，《拍案驚奇》有頭回的計三十八卷，《二刻拍案驚奇》有三十四卷，《石點頭》十四卷中有五卷，周清源《西湖二集》三十四卷中有三十一卷，頭回幾乎成爲話本不可或缺的重要組成部分。尤其是《西湖二集》，常常一篇話本有多個頭回（即頭回有幾個故事構成），如卷四、卷八、卷九、卷十二、卷十三、卷十八、卷二二、卷二九有兩個，卷二一、卷二四、卷二五、卷二六、卷二八有三個，卷六、卷十一、卷三二有四個，卷十九有五個，卷二十有七個。可見作者非常重視經營頭回，充分利用頭回的道德倫理觀念强化讀者的閲讀感受，加深正話的勸懲功能。如卷十三《張采蓮隔年冤報》爲了表達作者宣稱的“勸人回心向善，不可作孽”的主題，頭回中講述了兩個故事：龔倎貪財殺人，冤魂托生爲龔氏之子敗家報冤，報應在子。趙小乙害人奪銀，後被冤魂纏身，自道原委，被問斬償命，報應在身。二是無頭回，精心結撰正話。《弁而釵》四集、《宜春香質》四集與《鼓掌絶塵》四集均無頭回，《歡喜冤家》二十四回中有

---

① （明）程俠：《龍陽逸史序》，《思無邪匯寶・龍陽逸史》，臺北：臺灣大英百科股份有限公司等2000年版，第73頁。

② （明）京江醉竹居士編撰：《龍陽逸史》，同上，第79頁。

二十三回無頭回，陸人龍《型世言》四十卷中有三十三卷無頭回。這意味著作者由入篇詩詞直接進入正話，專注於正話故事的結撰。這兩種傾向因作家的個人偏好而不同，但越來越多的作家不用頭回，或許表明了作家試圖擺脱説話藝術對話本體式的影響，努力探求個性化的話本叙事方式。

入話議論化是又一個鮮明的特徵。“二拍”等話本小説上承“三言”，入話中的議論性文字十分普遍，但通常較簡短，長者一般也不超過三百字。而《型世言》《西湖二集》《石點頭》《七十二朝人物演義》《鴛鴦針》等，一方面是淡化、簡化頭回，將近於頭回的故事概要與議論、説理融爲一體。如《石點頭》卷二《盧夢仙江上尋妻》在開篇詩後先議論人生的悲歡離合是命中注定的，接著講述了樂昌公主、徐德言破鏡重圓與黄昌夫妻再合的故事，然後評論這兩個女子畢竟是“失節之人”，不足爲奇。作者叙述兩個故事才用了 300 字，而議論文字約 250 字，故事之簡略實在算不上頭回。[①]另一方面則是長篇大論，通常都在三百字以上，甚至上千字。這些議論内容十分廣泛，有宣揚遵守儒家忠孝節義的倫理思想的，如《型世言》第三回《悍婦計去孀姑　孝子生還老母》開篇詩後有近五百字的議論，闡述“孝衰妻子”的社會現實，表達了自己對世風澆薄的不滿；《西湖二集》卷七《覺闍黎一念錯投胎》開篇詩後有議論文字 1 700 字，反復陳説儒釋道三教同原，及爲臣當忠、爲子當孝的道理，以致作者都不禁説：“在下這一回説《覺闍黎一念錯投胎》，先説一個大意，意在勸世，所以不覺説得多了些。”二是勸人戒酒色財氣，如《西湖二集》卷二八《天台匠誤招樂趣》入話中有近千字的議論，闡述了僧尼道姑往往沉溺於色欲之中，害人誤己，弄得身敗名裂，提醒世人説：“大抵婦女好入尼庵，定有奸淫之事，世人不可不察，莫怪小子多口。總之要世上男子婦人做個清白的好人，不要踹在這個渾水裏。倘得挽回

---

① 王慶華把這類簡略短小得多的頭回稱之爲“引證性頭回”，參見王慶華著：《話本小説文體研究》，上海：華東師範大學出版社 2006 年版，第 121 頁。

世風，就罵我小子口孽造罪，我也情願受了。"[①]《石點頭》第五回《莽書生强圖鴛侶》開篇詩後也有近千字的議論，旨在"奉勸世人收拾春心，莫去閑行浪走，壞他人的閨門，損自己的陰騭"。三是抨擊男女顛倒、科場不公等黑暗的晚明世風。如《型世言》第三十七回《西安府夫别妻　郃陽縣男化女》開篇詩後用近400字，表達了"世上半已是陰類，但舉世習爲妖淫，天必定爲他一個端兆"的觀點；《天湊巧》第二回《陳都憲：錯裏獵巍科　誤中躋顯秩》入話有900字的議論，作者感慨説："功名二字，真真弄得人頭昏眼亂，没處叫冤。任你就念破五車書，詞傾三峽水，弄不上一個秀才，巴不得一名科舉。就辛辛苦苦弄上了，又中不得一個舉人，捱不上打一面破鼓。到是一干才識無有的小後生，奶娘懷抱裏走得出來，更是没名目的，剽得兩句時文，偏輕輕鬆鬆，似枝竿粘雀兒，一枝一枚；彈子打團魚，一彈一個。不諳些事，故每得了高官，任意恣情，掘盡了地皮，剥盡了百姓，却又得優升考選。這其間豈不令人冤枉？"[②]入話中議論文字的增多，意味著作者或苦口婆心地進行勸世，直接表白自己的道德觀念；或嬉笑怒駡，毫不留情地諷世揶世，抒發一腔不平之氣，而正話故事似乎只是爲了證明入話中的説教與黑暗，成爲入話的簡單闡釋。這樣，雖然作家的創作意圖更加顯豁，但入話的議論成爲作家關注的重心，而正話的叙事技巧往往會被弱化、甚至被忽視。

三、章回化與二元並列的結構體式

明末作者對話本小説的結構體式進行了創新，出現章回化與二元並列的叙事結構。話本章回化，指小説運用話本的内在叙事體式與章回小説的外在形態，形成話本與章回的結合。明崇禎四年（1631）序刊的《鼓掌絶塵》

---

① （明）周楫纂，陳美林校點：《西湖二集》，南京：江蘇古籍出版社1994年版，第473頁。
② （明）西湖逸史撰：《天湊巧》，《古本小説集成》，上海：上海古籍出版社1994年版，第56—57頁。

分風花雪月四集，每集十回，均爲雙句回目，首開話本小説章回化的先河。其後，一類是模仿《鼓掌絶塵》，采用兩級標題，如醉西湖心月主人編撰的《宜春香質》分風花雪月四集二十回，《弁而釵》分《情貞記》《情俠記》《情烈記》《情奇記》四集二十回，均每集五回演一故事，雙句回目。《筆獬豸》包括《人情薄》《魚腸鳴》《釜豆泣》三卷，"每卷録小説一篇，篇各以三字標題。每篇六回，每回又各有回目"。[①]《鴛鴦針》四卷十六回，每卷四回，卷與回均以對偶句標目，如卷一《打關節生死結冤家　做人情始終全佛法》，下面第一回爲《黄金榜被劫罵主司　白日鬼飛災生婢子》。另一類是卷無標題，僅有回目，如《載花船》四卷十六回，每卷四回演一故事，雙句回目。上述話本每集或每卷演一故事，有入話，甚或頭回，多用"話説""正是"等模仿説書的叙事方式，回末多以"且聽下回分解"等套語作結。當然，形態上也有差異，《宜春香質》只在第一回前有開篇詩歌，回與回之間銜接自然，叙事順暢，如第二回末尾云"只苦了孫家父母兄弟，出招子，水裏也去打撈，廟中都去問卜。平日所交朋友，家家查遍，先生也弄得没法。不知此事如何結局？且聽下回分解"，第三回開頭即説"不説孫家父母四邊招尋，無有下落，師友遍訪，没有影響。且説"云云；而《鼓掌絶塵》《鴛鴦針》等每回前都有一首詩歌，回與回之間則被詩歌隔斷，如《鼓掌絶塵》風集第三回《兩書生乘戲訪嬌姿　二姊妹觀詩送紈扇》，末尾曰："韓玉姿却回答不來，就將姐姐一把扯到房中。畢竟不知他兩個有甚説話？後來那紈扇的下落如何？且聽下回分解。"第四回開頭却是："詩：情癡自愛鳳雙飛，汀冷難交鷺獨窺。背人不語鴛心鬧，捉句寧期蝶夢迷。涓涓眼底鶯聲巧，縷縷心頭燕影遲。何日還如魚戲水，等閑並對鶴同棲。你道適纔在房門外咳嗽的是哪一個？恰就是個韓蕙姿。"[②] 話本小説章回化，擴大了作品的表現内容，使叙事

① 孫楷第編：《中國通俗小説書目》，北京：人民文學出版社 1982 年版，第 114 頁。
② （明）金木散人編著，劉葳校點：《鼓掌絶塵》，南京：江蘇古籍出版社 1990 年版，第 42—44 頁。

更加曲折，情節愈加豐富。

話本章回化是話本小説自身發展的結果。單回話本篇幅短小，人物、情節相對簡單，易於架構經營，缺點是不能揭示人物多樣、世情多變的現實生活，易於限制作家的才情。此時，章回小説已十分成熟，積累了豐富的藝術經驗，優點是擅長在宏大的時空中表現人物的命運起伏，觸及到社會的各個層面，描摹出複雜的人情世態，難點是篇幅曼長，不易結撰。而章回化的話本，恰好將二者結合起來，篇幅適中，編創難度不大，又極大地擴充了小説的容量，堪稱話本體制的有益嘗試與創新，深受作家的青睞與讀者的喜愛。

所謂二元並列叙事結構，是指話本由兩個篇幅基本相等的故事組成。這不同於頭回、正話的對應關係，頭回往往篇幅短小，較長者也不到正話的三分之一，且作者有明確的文體意識，將頭回看作與正話相對的入話的組成部分。如《二刻拍案驚奇》卷三十三《楊抽馬甘請杖　富家郎浪受驚》入話在講述了姚廣孝被杖責的頭回後，作者説："看官若不信，小子再説宋時一個奇人，也要求人杖責了前欠的，已有個榜樣過了。這人却有好些奇處，聽小子慢慢説來，做回正話。"而二元並列叙事話本中的兩個故事，不分主從和偏正，篇幅相當，具有相同的叙事功能，共同表現作者的創作宗旨。如《七十二朝人物演義》卷三二《易牙先得我口之所嗜者也》和卷三十七《孫叔敖舉於海》，前者在開篇詩後議論説，儒家綱常五倫中的父子、夫婦，"人若將這兩事肯盡其禮，用其情，自然那昆弟朋友相與怡怡。如是之人，一旦致身事君，必忠必直，必大必明。或者後來有兵凶戰危之舉，托孤寄命之爲，使其人出去幹事，危者可使安，凶者可使吉。托者决不有失，寄者决不有傾。所以補天浴日的大功，治國教民的大業，都從其身顯出。可見人能重其父子夫婦，方能事君以忠，待昆弟以愛，交朋友以信了"，但是天下世間偏有"那一等不識字的褎拙之人，把個父子也不看在心上，反要去離心離德；把個夫妻常常争鬧，反目相欺。如何還做個人在這天地之間，比之驢馬等畜有何異哉”。[1]接著作者講述了兩個悖逆夫婦、父子倫理的故事。從作者的構思來看，顯然小説的主體不是一個入話、一個正話的主從結構，而是講述兩個同等重要的並列故事。第一個叙述吴起到魯國求學，聞知母親病故後，却不回家奔喪守孝，在齊國娶妻後，遇魯國國君來聘，爲求取功名利禄，不辭親而别，爲求得魯君的信任，又無情地將投奔自己的妻子殘忍地殺害，後逃到楚國，被楚大臣斬首。第二個叙述易牙善調五味，能辨淄澠之水，被友人請到宫裏爲齊桓公做饌，爲了固寵求榮，聞知桓公欲吃嬰兒之肉，就急忙回家殺死半歲的兒子精心烹調後獻給桓公，後被桓公立爲相，作威作福，横行無忌，最後被五公子斬首示衆。兩個故事篇幅相當，不分軒輊，一述背夫妻倫常者，一叙無父子親情者，均落得身首異處的可悲下場，意在勸誡世人爲人處世理應首先堅守儒家夫婦、父子的倫理綱常，然後才能治國理民。

第二節　叙“事”的來源、方式及向“理”的轉變

明代話本所叙之“事”總體上是從史傳筆記向現實題材過渡，而晚明則完成了這種演進。叙事來源方式呈現出鮮明的特色，叙述重心由叙“事”向説“理”轉變，表現出理念化、散文化和才學化的特點。

一、從改編轉向現實社會

此前話本小説的叙事内容十分豐富，不過從來源上説有一共性，就是入話中的頭回、正話都取自史傳筆記、戲曲小説等，是有所依傍編創而成的。

① （明）佚名撰：《七十二朝人物演義》，國家圖書館藏明崇禎間刊本。

這一時期除延續這種創作方式外，作家另辟路徑，開始從現實生活中取材，走向文人獨創話本小説的道路。這個過程大體上經歷三個階段：

第一個階段，頭回與正話的叙事内容都取自前人所記，作者只進行語言的文白轉换及人物、情節的補充。如“二拍”與《型世言》《西湖二集》。[①] 第二個階段，詩詞韻文襲用前人作品，内容與主體框架或模仿或自撰。如《弁而釵》《宜春香質》的故事目前均不見於他書記載，但是正話中大量詩詞韻文與個别情節則襲自白話小説《濟顛羅漢净慈寺顯聖記》《封神演義》《八仙出處東遊記》《錢塘夢》及中篇傳奇小説《尋芳雅集》《天緣奇遇》《花神三妙傳》等。[②]《歡喜冤家》二十四回，其中有八回的叙事改自《廉明公案》《杜騙新書》等，有四回中的詩詞韻文、清談韻語襲自《鍾情麗集》《尋芳雅集》與屠本畯的《山林經籍志》，第十回《許玄之賺出重囚牢》則模擬《尋芳雅集》而撰。[③]《歡喜冤家》極具典型性，集改編、自創於一身，其中已有超過一半的篇目可能是作家根據現實生活構思的，自創的程度非常高。這意味著作家力圖擺脱對前人的依賴，積極反映社會現實及自己的生活感受，給讀者親切感。或許出於商業目的，這種創作方式既能拉近與讀者的距離，又能通過襲用詩詞韻文加快編創的速度，滿足各方面的利益需求。第三個階

---

① 《型世言》的素材來源，參劉修業《古典小説戲曲叢考》（北京：作家出版社 1958 年版，第 49—57 頁）、陳敏傑《〈三刻拍案驚奇〉部分篇目本事考略》（《明清小説研究》，1988 年第 4 期）、胡晨《〈三刻拍案驚奇〉本事考補》（《明清小説研究》，1990 年第 2 期）、張安峰《〈型世言〉素材來源》（《明清小説研究》，1998 年第 1、2、3 期）、萬晴川《〈型世言〉第十二回李時勉本事辨析》（《中國典籍與文化》，2000 年第 1 期）、胡蓮玉《〈型世言〉第二十三回本事來源考》（《江海學刊》，2003 年第 3 期）、劉洪强《〈型世言〉素材來源五則考》（《濟寧學院學報》，2013 年第 4 期）等；《西湖二集》的素材來源，參戴不凡《小説見聞録》（杭州：浙江人民出版社 1980 年版）、胡士瑩《話本小説概論》（北京：中華書局 1980 年版）、趙景深《關於〈西湖二集〉》（《中國小説叢考》，濟南：齊魯書社 1980 年版）、孫楷第《小説旁證》（北京：人民文學出版社 2000 年版）、鄭平昆《〈西湖二集〉來源考小補》（《明清小説研究》，1989 年第 4 期）、李鵬飛《〈西湖二集〉的素材來源叢考》（《中國典籍與文化》，2011 年第 2 期）與任明華《〈西湖二集〉素材來源補考》（《中國典籍與文化》，2014 年第 4 期）等。

② 參見任明華《〈弁而釵〉素材來源考》（《濟寧學院學報》，2018 年第 1 期）、《〈宜春香質〉素材來源考》（《明清小説研究》，2019 年第 4 期）。

③ 參見胡士瑩《話本小説概論》第十四章，北京：中華書局，1980 年版；蕭相愷《〈歡喜冤家〉考論》，《明清小説研究》，1989 年第 4 期；潘建國《〈歡喜冤家〉小説素材來源考》，《古代小説文獻叢考》，北京：中華書局 2006 年版，第 38—58 頁。

段，話本小説的人物、情節及詩詞韻文等内容，幾無蹈襲，是真正意義上的創作。《鼓掌絶塵》刊於崇禎四年（1631），是作家試圖自創話本小説的最早嘗試，作品均演述世態人情，對晚明的政治黑暗、頽敗世風等社會現實進行了深刻的描繪，在貌似香艷的“風花雪月”之中，充滿了對社會辛辣的嘲諷，流露出作家對世道人心的關切和救世之意。《鼓掌絶塵》在篇幅上介於單篇話本與章回小説之間，既是文體形態上的創新，又是創作方式上的革命，在文人獨立創作話本的演進史上具有里程碑的意義。之後，《龍陽逸史》《天湊巧》《貪欣誤》《别有香》《鴛鴦針》等，無論是單篇還是分回的話本小説，都是作家取材於現實生活的自創。其中《龍陽逸史》等艷情小説因表現同性戀及赤裸裸的性愛内容在明清時期即爲官方所禁，至今學界評價也不高。但這些小説不依托前人文獻的載記，不拾人唾餘，直接從現實生活中取材，表現世風的淪落、人性的醜陋，從話本小説的創作方式上看，具有不可替代的價值。自此之後，話本小説完全進入文人獨創的時代。

二、運用補叙、倒叙與模擬説書

此前話本的正話都是以順叙爲主體講述故事，以補叙、倒叙等爲輔助，文字通常十分簡短。“二拍”之後，有些作者在叙事方法上進行了創新。如《型世言》第六回《完令節冰心獨抱　全姑醜冷韻千秋》正話開頭叙唐學究中年喪妻，由於貧困難以養家，於是將十四歲的女兒唐貴梅嫁給朱寡婦的兒子朱顏。接下來作者並没有按照時間順序叙述唐貴梅爲人婦的生活，而是以“只是這寡婦有些欠處”引入，補叙了朱寡婦與丈夫經營客店，三十歲喪夫，孤兒寡母相依爲命，一人撑持店面，由於少年情性，難守空房，就與住店的徽商汪涵宇勾搭成奸，“吃了這野食，破了這羞臉，便也忍耐不住，又尋了幾個短主顧”，以“鄰舍已自知覺。那唐學究不知，把個女兒送入這齟齬人家”作結，才開始敘述貴梅進入朱家的生活。這段補敘朱寡婦的内容多達3 300多字，占全篇正話故事6 300字的一半以上。又如《型世言》第二十二回《任金剛計劫庫　張知縣智擒盜》正話敘述嘉靖朝巡撫張佳胤胸有韜略，遇事不慌，有理有序地平定了民亂，這段故事約1 100字。不過作者緊接著却説“不知他平日已預有這手段。當時，初中進士，他選了一個大名府滑縣知縣”，然後開始倒敘他做滑縣知縣智擒群盜的故事，大約6 700字。倒敘的故事構成了正話的主體。《型世言》作者非常講究敘事技巧。

有意模仿説書的敘述方式也是此時期小説敘事的一個特色。如《龍陽逸史》從開頭到結尾，都强化和突出説話人的口吻敘述故事，娓娓道來，十分親切，形成獨特的敘述風格。第十三回《乖小厮脱身蹲黑地　老丫鬟受屈哭皇天》開頭引入《生查子》詞後云：

> 這回書，説世間的事，件件都有個差錯。但是正經事務錯了，就難挽回。大凡没要緊的事，錯了還不打緊，只恐一錯錯到了底，把小事來變成大事，這就是錯得不便宜了。如今眼前錯事的人儘有，錯做的事儘多，總是一個錯不得底。講説的，你先講得錯了，你原爲小官出這番議論，爲何小官倒不説起，把個錯來説了許多？人却不曉得，這個小官要從錯裏生發出來的。①

先以説書人的口氣説“這回書，説”什麽，接著又以聽衆或讀者的口氣反問“講説的，你先講得錯了”云云，然後又模擬説書人自問自答，引出下面的故事“當初漢陽城中有個教書先生，姓鄭，叫做鄭百廿三官。……”敘

① （明）京江醉竹居士編撰：《龍陽逸史》，《思無邪匯寶·龍陽逸史》，臺北：臺灣大英百科股份有限公司等2000年版，第287頁。

述者好像面對著讀者，既掌控整個故事的進展與人物的命運，又設身處地站在讀者的立場，對讀者可能疑惑的問題進行闡釋，與讀者進行親切的交流，形成較個性化的敘述語言。又如第十回《小官精白晝現真形　網巾鬼黄昏尋替代》云："如今把個逼真有的小官精説一回着。説話的，你不曾説起，就來嚼舌了，小官難道都會得成精。看官們只知其一，不知其二。説將起來，小官成精的頗多，不及一一細説，只把現前聽講一個罷。"第十一回《嬌姐姐無意墮牢籠　俏乖乖有心完孽帳》云："説話的，你又説左了。你要説的是小官，怎麽講這半日，句句都説着個土妓？人却不曉得，這個小官原要在這土妓上講來的。"[①] 作家都以説話人的口吻控制講故事的節奏，引起讀者閱讀的興趣。作者十分熱衷這種敘述策略與語言，運用也十分嫻熟。

三、敘"事"轉向説"理"

"三言"雖然標榜要"喻世""警世""醒世"，但重在講故事，通過鮮明的人物性格吸引讀者，客觀上給人以教化的啓示。"二拍"與《歡喜冤家》等承襲了"三言"的敘事風格，力圖在日常生活的描繪中刻畫人物的命運、構思曲折的故事。此時期的《型世言》《西湖二集》等則表現出了與上述相異的敘事方式，强化故事與人物的道德功能，而相對忽略敘事的藝術性，簡言之，即由敘"事"向説"理"轉變，具體表現爲敘事理念化、散文化、才學化三種傾向。

敘事理念化就是作家不將重心放在敘述故事與塑造人物性格上面，而是通過類型化的人物表現忠孝節義等倫理思想。如《型世言》第九回《避豪

---

① （明）京江醉竹居士編撰：《龍陽逸史》，《思無邪匯寶·龍陽逸史》，臺北：臺灣大英百科股份有限公司等2000年版，第235—236、254頁。

惡懦夫遠竄　感夢兆孝子逢親》開篇説父母恩大，若父母漂泊他鄉，人心豈安，接著道："故此宋時有個朱壽昌，棄官尋親。我朝金華王待制偉，出使雲南，被元鎮守梁王殺害，其子間關萬里，覓骸骨而還。"[①] 第十五回入話開頭説"人奴中也多豪傑"，然後寫道：

> 古來如英布衛青，都是大豪雄，這當別論。只就平常人家説，如漢時李善，家主已亡，止存得一個兒子，衆家奴要謀殺了，分他家財，獨李善不肯。又恐被人暗害，反帶了這小主逃難遠方，直待撫養長大，方歸告理，把衆家奴問罪，家財復歸小主。元時又有個劉信甫，家主順風曹家，也止存一孤，族叔來占産，是他竭力出官告理清了。那族叔之子又把父親藥死誣他，那郡守聽了分上，要强把人命坐過來。信甫却挺身把這人命認了，救了小主，又傾家把小主上京奏本，把這事辨明。用去萬金，家主要還他。他道："我積下的原是家主財物，仔麽要還？"這都是希有的義僕。[②]

上述二例都旨在强調孝子、義僕比比皆是，至於其間的艱難曲折、人物糾葛則略而不談。

敘述散文化是指話本以某個地域、人物爲綫索，敘述許多相關的瑣事、軼聞，以散文手法敘述故事，營造出一種濃郁的文化和情感氛圍，給人以獨特的閱讀感受。"二拍"承繼"三言"的敘事傳統，情節曲折，節奏緊凑。《型世言》《西湖二集》等小説則在敘事中不時點綴風俗、世態的描摹、評論，雖展示了更廣闊的生活畫面，但也延緩了敘事的節奏。敘事散文化最具代表性的作品是《西湖二集》，全書以杭州爲中心，展現歷史與現實中的人

---

① （明）陸人龍編撰，陳慶浩校點：《型世言》，南京：江蘇古籍出版社 1993 年版，第 156 頁。
② 同上，第 252—253 頁。

物事件。如卷二《宋高宗偏安耽逸豫》以宋高宗在杭州作的詩爲入話引出正話的主要人物宋高宗，接著叙述士人詠詩嘲諷高宗好養鵓鴿及楊存中在旗上畫“二勝環”以寓二聖北還之事引出宋徽宗身陷北地所作三首思鄉的詩詞，及高宗不迎徽、欽二帝而致韋太后目盲事，再插入朱元璋、朱棣久經沙場方才稱帝，告誡帝王不得貪戀安樂，接著又據《西湖遊覽志餘》《鶴林玉露》《武林舊事》等記載，叙述宋高宗在杭州耽於享樂的故事，如十里荷花、西湖遊幸、宋五嫂善作魚羹、改《風入松》詞等趣聞，結構非常鬆散，却又都圍繞著杭州，在歷史的回憶中給人以興亡之感。作者甚至將不同人物的故事賦予一人身上，讓幾則軼事相連、堆砌。如《西湖二集》卷三《巧書生金鑾失對》：

> 甄龍友來到此寺，一進山門，看見四大金剛立於門首。提起筆來集《四書》數句，寫於壁上道：立不中門，行不履閾，儼然人望而畏之，斯亦不足畏也已。
>
> 走進殿上，參了石佛，又提起筆來做四句道：菩薩低眉，所以慈悲六道；金剛努目，所以降伏四魔。……
>
> 又有一個閩人修軫，以太學生登第，榜下之日，娶再婚之婦爲妻。甄龍友在宇文價座上飲酒，衆人一齊取笑此事。龍友就做隻《柳梢青》詞兒爲戲道：“掛起招牌，一聲喝采，舊店新開。熟事孩兒，家懷老子，畢竟招財。當初合下安排，又不是豪門買獃。自古人言，正身替代，現任添差。”
>
> 又有一個孫四官娶妻韓氏，小名嬌娘。這嬌娘自小在家是個淫浪之人，與間壁一個人通奸。孫四官兒娶得來家，做親之夕，孫四官兒上身，原紅一點俱無，雲雨之間，不費一毫氣力。孫四官兒大怒，與嬌娘大鬧。街坊上人得知取笑。甄龍友做隻詞兒，調寄《如夢令》：“今夜盛

排筵宴，准擬尋芳一遍。春去已多時，問甚紅深紅淺。不見，不見，還你一方白絹。”衆人聞了此詞，人人笑倒。①

上面的四個小故事，第一個見宋代周密《齊東野語》卷二十“隱語”條：“金剛云：‘立不中門，行不履閾。儼然人望而畏之，斯亦不足畏也矣。’”②第二個見《太平廣記》卷一七四《薛道衡》，引《談藪》云：“隋吏部侍郎薛道衡嘗遊鐘山開善寺，謂小僧曰：‘金剛何爲努目，菩薩何爲低眉？’小僧答曰：‘金剛努目，所以降伏四魔；菩薩低眉，所以慈悲六道。’道衡憮然不能對。”③第三個見《西湖遊覽志餘》卷十六：“宋時，閩人修軫者，以太學生登第，榜下，取再婚之婦。同舍張任國以《柳梢青》詞戲之曰：‘掛起招牌，一聲喝采，舊店新開。熟事孩兒，家懷老子，畢竟招財。當初合下安排，又不是豪門買呆。自古人言，正身替代，見任添差。”④原出元人《古杭雜記》。第四個見元代陶宗儀《南村輟耕録》卷二十八《如夢令》條：“一人娶妻無元，袁可潛贈之《如夢令》云：‘今夜盛排筵宴，准擬尋芳一遍。春去幾多時，問甚紅深紅淺。不見，不見，還你一方白絹。’”⑤話本作者將不同人物的傳聞稍作改動，全都集中到甄龍友身上，形成廣見聞、資談諧的筆記體小説的叙述風格。《西湖二集》的絶大多數作品都運用類似手法，取材廣泛，叙事雖不緊密、連貫，却以地域爲綫，將各種事件串連起來，叙述迂徐舒緩，張弛有度，在點點滴滴的歷史往事中表達作家的反思。叙述散文化還表現在對社會的批評、議論性語言的增多。受説書藝術的影響，議論是話本不可缺少的内容，但是通常位於開頭、結尾，間或在中間，表明作家對社會、人

① （明）周楫纂，陳美林校點：《西湖二集》，南京：江蘇古籍出版社 1994 年版，第 47—49 頁。
② （宋）周密撰：《齊東野語》，北京：中華書局 1983 年版，第 378—379 頁。
③ （宋）李昉等編纂：《太平廣記》，北京：中華書局 1961 年版，第 1285 頁。
④ （明）田汝成輯撰：《西湖遊覽志餘》，上海：上海古籍出版社 1980 年新 1 版，第 311 頁。
⑤ （元）陶宗儀撰：《南村輟耕録》，北京：中華書局 1959 年版，第 350 頁。

物、故事價值等的評判。這一時期的話本，類似内容明顯增多，篇幅加大。如《型世言》第十六回《内江縣三節婦守貞　成都郡兩孤兒連捷》叙述蕭騰考滿赴京選官，接著説“這吏員官是個錢堆，除活切頭，黑虎跳，飛過海，這些都是個白丁”等共二百多字，揭示了官場的弊端與黑暗，然後才續前文“蕭騰也只是隨流平進，選了一個湖廣湘陰巡檢候缺，免不得上任繳憑”，顯然揭露官場的文字打斷了正常的叙事進度，是作者刻意安排以抒發心中不平的。

叙事才學化就是作家在話本中展示自己的博學及詩文創作等多方面的才華，形成獨特的叙事風格。《型世言》《七十二朝人物演義》《西湖二集》等均有這種叙事風格的作品。才學化最突出的表現是堆砌素材，講究事有來歷，以顯其博學。如《型世言》第三十八回《妖狐巧合良緣　蔣郎終偕伉儷》入話，在短短的200多字中叙述了劉晨、阮肇天台遇仙女，妖狐拜斗成美女，孫恪秀才遇猿精袁氏生二子，王榭入烏衣國，一士人爲鬚國婿，謝康樂遇雙女乃潭中鯽，武三思路得花妖美人，檇李僧湛如遇一女子乃敝帚之妖等八個人遇仙妖的故事，極爲簡略，每事均有出處，排列典故而又不詳述故事，顯然作者意不在叙事，掉書袋的意圖非常明顯。《西湖二集》取材更加廣泛，遠超《型世言》，如卷三《巧書生金鑾失對》，據胡士瑩考證，入話“王顯事見《朝野僉載》卷四；王勃事見《唐摭言》卷五，他書亦多載之；張鎬事見《玉照新志》卷三及元曲《薦福碑》；二近侍事見《獨醒雜誌》卷二及《賓退録》卷四；吴與弼事見《古今譚概》卷三十六‘惡蟲齧頂’條”，正話中的兩事見《西湖遊覽志餘》卷二；[①] 戴不凡又考出正話中的兩條出《堯山堂外記》與《西湖遊覽志餘》卷二十五；[②] 鄭平昆考出入話中的李蕃事出《太平廣記》卷七七《胡蘆生》（引《原化記》），正話中的四條出《西湖遊

① 胡士瑩著：《話本小説概論》（下册），北京：中華書局1980年版，第596—597頁。
② 戴不凡著：《小説見聞録》，杭州：浙江人民出版社1980年版，第197—198頁。

覽志餘》卷二十一、二、十四，其中兩條源自《貴耳集》；[①]筆者又考出正話中的七事出自《齊東野語》卷二十、司馬光《温公續詩話》、元人《古杭雜記》、陶宗儀《南村輟耕録》卷二十八、《西湖遊覽志餘》卷二十二、周密《武林舊事》卷七等。[②]作家將很多不同時代的人物軼事集中到甄龍友一人身上，從傳奇故事到笑話、風俗，幾乎事無巨細，一一皆有依據。這與"三言二拍"等小説的頭回與正話主要改編自某一篇故事有極大的不同，充分體現出雜糅衆多素材的話本創作特徵。叙事才學化還表現爲藉小説直接炫示自己的各種才華。這一時期，話本中的詩詞文賦總量與作家自創的數量明顯增多，除部分具有抒情、議論的功能外，諸如判狀、奏疏、八股文之類，從叙事藝術上説似無必要，是藉此以表自己文才而已。

第三節　語言的多元化嘗試

此時期在繼承"三言"等叙事語言的基礎上，話本小説的語言又有變化。其中較爲突出的表現是語言的遊戲化、文言化、方言化等新特徵。

一、遊戲娱樂化的詩詞韻文

話本小説常常將社會上非常流行的骨牌等民間遊戲寫成韻文。如《國色天香》卷十《風流樂趣》云：

> 在路行程多風景，中間少帶骨碑（牌）名。將軍掛印興人馬，正馬

① 鄭平昆：《〈西湖二集〉李蕃事考》和《〈西湖二集〉來源考小補》，《明清小説研究》1988年第2期、1989年第4期。

② 任明華：《〈西湖二集〉素材來源考補》，《中國典籍與文化》2014年第4期。

軍隨拗馬軍。兵似群鴉來噪鳳，將如楚漢慣争鋒。這一去揉碎梅花誠妙手，劈破蓮蓬揺斷根。鰍入菱窩鑽到底，雙龍入海定成功。短槍刺開格子眼，雙彈打破錦屏風。只因孤紅一拈香肌俏，引得我臨老入花叢。過了九溪十八洞，見了些金菊到芙蓉。劍行十道人馬進，不覺春分晝夜停。[1]

使用了“將軍掛印”“一點孤紅”“臨老入花叢”“九溪十八洞”“金菊到芙蓉”“劍行十道”“晝夜停”等近20個骨牌遊戲名稱來狀寫男女交歡的過程和情態。《西湖二集》卷十二《吹鳳簫女誘東牆》更是一連使用了40多個骨牌遊戲名稱來表現潘用中相思得疾的情狀：

當日“觀燈十五”，看遍了“寒雀争梅”。幸遇“一枝花”的小姐，可惜隔着“巫山十二峰”。紗窗内隱隱露出“梅梢月”，懊恨這“格子眼”遮着“錦屏風”。終日相對似“桃紅柳緑”，羅帕上詩句傳情；竟如“二士入桃源”，漸漸“櫻桃九熟”。怎生得“踏梯望月”，做個“紫燕穿簾”，遇了這“金菊對芙蓉”。輕輕的除下“八珠環”，解去“錦裙襴”，一時間“五嶽朝天”，合着“油瓶蓋”，放着這“賓鴻中彈”，少不得要“劈破蓮蓬”。不住的“雙蝶戲梅”，好一似“魚遊春水”，“鰍入菱窠”，緊急處活像“火煉丹”，但願“春分晝夜停”，軟款款“楚漢争鋒”。畢竟到“落花紅滿地”，做個“鍾馗抹額”，好道也勝如“將軍掛印”。怎當得不凑趣的“天地人和”，捱過了幾個“天念三”，只是恨“點不到”，枉負了這小姐“一點孤紅”。苦得我“斷幺絶六”，到如今弄做了“一錠墨”，竟化作“雪消春水”；陡然間“蘇秦背劍”而回，抱着這一團“二十四氣”，單單的剩得“霞天一隻雁”；這兩日心頭直似“火燒梅”，

① （明）吴敬所編輯：《國色天香》，日本東京公文書館内閣文庫藏明萬曆間萬卷樓刊本。

夜間做了個“秃爪龍”。不覺揉碎“梅花紙帳”，難道直待“臨老入花叢”？少不得要斷送“五星三命”，這真是“貪花不滿三十”。[①]

作者把骨牌名稱串連起來，編織成一段潘用中邂逅佳人而相思成疾的愛情故事，將遊戲娱樂與叙事寫人結合起來，可謂匠心獨運，反映出對大衆世俗文化的熟稔。《龍陽逸史》第三回《喬打合巧誘舊相知　小黄花初識真滋味》描寫蕭衙門首“點着一座鰲山，粧扮的都是時興骨牌名故事”道：“將軍掛印，楚漢争鋒，一枝花孤紅窈窕。大四對八黑威風，公領孫踏梯望月，孩兒十劈破蓮蓬。天念三火燒隔子眼。奪全五臨老入花叢。還有那拘馬軍趕着折脚雁，正馬軍擒的秃爪龍。”[②] 則以骨牌名稱來狀寫元宵花燈争奇鬥艷的場景，亦十分貼切。

爲了求新逐奇，話本小説的作者還刻意使用中藥名組成韻文刻畫人物。《西湖二集》卷十二《吹鳳簫女誘東牆》排比40多味中草藥來狀寫杏春小姐的肖像與相思之苦：

　　這小姐生得面如“紅花”，眉如“青黛”，並不用“皂角”擦洗、“天花粉”傅面，黑簇簇的雲鬢“何首烏”，狹窄窄的金蓮“香白芷”，輕盈盈的一捻“三稜”腰。頭上戴幾朵顫巍巍的“金銀花”，衣上繫一條“大黄”“紫苑”的鴛鴦縧。“滑石”作肌，“沉香”作體，還有那“豆蔻”含胎，“硃砂表色”，正是十七歲“當歸”之年。怎奈得這一位“使君子”，聰明的“遠志”，隔窗詩句酬和，撥動了一點“桃仁”之念，禁不住“羌活”起來。只恐怕“知母”防閑，特央請吴二娘這枝“甘

① （明）周楫纂，陳美林校點：《西湖二集》，南京：江蘇古籍出版社1994年版，第209—210頁。

② （明）京江醉竹居士編撰：《龍陽逸史》，《思無邪匯寶·龍陽逸史》，臺北：臺灣大英百科股份有限公司等2000年版，第122頁。

草”，做個“木通”，説與這花“木瓜”。怎知這秀才心性“芡實”，便就一味“麥門冬”，急切裏做了“王不留行”，過了“百部”。懊恨得胸中懷着“酸棗仁”，口裏吃着“黄連”，喉嚨頭塞着“桔梗”。看了那寫詩句的“藁本”，心心念念的“相思子”，好一似“蒺藜”刺體，“全蝎”鉤身。漸漸的病得“川芎”，只得“貝”着“母”親，暗地裏吞“烏藥”丸子。總之，醫相思“没藥”，誰人肯傳與“檳榔”，做得個“大茴香”，挽回着“車前子”，駕了“連翹”，瞞了“防風”，鴛鴦被底，漫漫“肉蓯蓉”。搓摩那一對小“乳香”，漸漸做了“蟾酥”，真個是一腔“仙靈脾”。[①]

中草藥是民衆日常生活中熟悉的事物，以此來摹寫青年男女的相思，别具風味。《龍陽逸史》第一回《揮白鏹幾番是釣鱉　醉紅樓一夜柳穿魚》詹復生給韓濤寫了一封書信：“半夏前爲苦，參事俱熟地。再三白朮，彼薏苡曲從。適聞足下已川芎矣，寧不知母牛膝日之苦辛乎。使生地兩家增多少肉，麻黄恐不過。念在所允十兩金銀子分上，但足下大信杏仁，决不作雌黄之説。幸當歸我爲荷。”[②]這種韻文語言也豐富了話本小説的叙述風格。還有作者將《千字文》編撰成耳目一新的韻文，且具推動情節發展的作用，顯示出作者的匠心。如《歡喜冤家》第九回《乖二官騙落美人局》叙述王小山與妻二娘用美人計誘騙張二官出銀合夥做生意，二娘與二官俱各有意，只是還未上手，有一次二人調情時，二娘説豈不知《千字文》有一句道“果珍李奈”，於是二官觸景生情，用《千字文》寫了134句詩，做出個笑話挑逗二娘，詩云：

偶説起果珍李奈，因此上畫彩仙靈。只爲著交友投分，一時間説感武

---

① （明）周楫纂，陳美林校點：《西湖二集》，南京：江蘇古籍出版社1994年版，第211—212頁。

② （明）京江醉竹居士編撰：《龍陽逸史》，《思無邪匯寶·龍陽逸史》，臺北：臺灣大英百科股份有限公司等2000年版，第97頁。

丁。……便托我右通廣内，巧相逢路俠槐卿。一見了毛施淑姿，便起心趙魏困横。兩下裏工頻（顰）妍笑，顧不得殆辱近耻。頓忘了堅持雅操，且丟開德建名立。多感得仁慈隱惻，恰千金遐邇一體。摟住了上和下睦，脱下了乃服衣裳。出了些金生麗水，便把他辰宿列張。急忙的雲騰致雨，慢慢的露結爲霜。捧住了愛育黎首，真可愛寸陰是競。……上床去言辭安定，再休想靡恃己長。我與你年矢每催，問到老天地玄黄。①

詩以二人調情的"果珍李奈"開始，極力渲染二娘之美，鋪排偷情之暢，表達對二娘的仰慕和鍾情。小説藉當時傳播廣泛的蒙學讀物《千字文》編撰的詩歌，讓二官與二娘彼此試探，互通情愫，推動了小説情節的發展。

二、敘述語言文言化、駢儷化

話本小説的語言總體趨勢是將史傳文學與文言小説通俗化。而明末却有話本小説有意借鑒文言小説，呈現出文言化、駢儷化的語言風格。有的更是原封不動地襲用筆記雜書，如《歡喜冤家》第續八回《楊玉京假恤寡憐孤》:

（王寡婦）抬頭一看，見四壁都是楷書。仔細一看，上寫着：

書畫金湯善趣

賞鑒家　精舍　净几　明窗　名僧　風日清美　山水間　幽亭　名香　修竹　考證　天下無事　主人不矜莊　睡起　與奇石彝鼎相傍　病餘　茶笋橘菊時　瓶花　漫展緩收　拂晒　雪　女校書收貯　米麵果餅作清供　風月韻人在坐

① （明）西湖漁隱撰：《歡喜冤家》，《古本小説集成》，上海：上海古籍出版社 1994 年版，第 379—385 頁。

惡魔

黄梅天　指甲痕　胡亂題　屋漏水　收藏印多　油污手　惡裝綘　研池污　市井談　裁剪摺蹙　燈下　酒後　鼠囓　臨摹污損　市井攙　噴嚏　輕借　奪視　傍客催逼　蠹魚　硬索　巧賺　酒迹　童僕林立　代枕　問價　無揀料銓次

落劫

入村漢手　水火厄　質錢　資錢獻豪門　剪作練裙襪材　不肖子　不讀書人强題評　殉情

……

這王寡婦看罷，道："這個人粘貼着這些韻語清談，果然是個趣品。"[1]

共抄録《書畫金湯善趣》《惡魔》《落劫》《宜稱十二事》《屈辱十八事》《閑人忙事》《得人惜二十七事》《敗人意九十事》《殺風景四十八事》等九段文字，據考證上述文字來自屠本畯的《山林經濟籍》。[2] 這些文字對叙事、塑造人物來説並非必不可少，或爲出於娱樂而隨手録入。模仿因襲文言傳奇小説的語言則十分典雅。試比較：

即抱蟾於榻。蟾力掙不能脱，相持者久之，欲出聲，恐兩有所累，自度難免，不得已，任生狎之，宛然一處子也。交會中，低聲斂氣，甚有不勝狀。生亦款款護持，不使情縱，得趣而已。將起，不覺腥紅滿衣，鬢髮俱亂。生親爲之飾鬢。(《三奇合傳》)[3]

---

① （明）西湖漁隱撰：《歡喜冤家》，《古本小説集成》，上海：上海古籍出版社 1994 年版，第 295—306 頁。

② 潘建國：《〈歡喜冤家〉小説素材來源考》，《古代小説文獻叢考》，北京：中華書局 2006 年版，第 51—58 頁。

③ （明）楚江仙叟石公纂輯：《花陣綺言》卷一，明末刊本。

> 時文娥年十七歲矣，一迎一避，畏如見敵，十生九死，痛欲消魂，不覺雨潤菩提，花飛法界。(《花陣綺言》卷四《天緣奇遇》)

> 即抱傳芳於榻，傳芳力掙不能脱，相持者久之。欲出聲，恐兩有所累，自度不免，不得已，任迎兒狎之，宛然一處子也。一迎一避，畏如見敵，十生九死，痛欲消魂，低聲斂氣，甚有不勝狀。迎兒亦款款輕輕，不使情縱，得趣而止，既而雨潤菩提，花飛法界。起視腥紅滿衣，鬢髮俱亂，迎兒親爲飾鬢道："唐突西子矣！"傳芳笑而不答。(《宜春香質》花集第三回《弄兒奇計籠彦士　淫婦懷春惜落花》)

可見《宜春香質》的文字抄自中篇傳奇小説《尋芳雅集》(又名《三奇合傳》)和《天緣奇遇》，[①] 造成敘述語言句式整齊、對偶整飭的特點，具有了傳奇小説的語體風格。

話本小説總體上追求以散文敘事、韻文狀物抒情的韻散相間的語言形式和敘述風格。至晚明，《載花船》《宜春香質》《弁而釵》《歡喜冤家》等作品雖然韻文大量減少，但敘述語言使用大量對偶句式，呈現出駢儷化的特徵。如《西湖二集》卷三二《薰蕕不同器》云：

> 看官，在下這一回怎生説這幾個博物君子起頭？只因唐朝兩個臣子都是杭州人，都一般博物洽聞，與古人一樣。只是一個極忠，一個極佞；一個流芳百世，一個遺臭萬年；人品心術天地懸隔，所以這一回説個"薰蕕不同器"。那薰是香草，蕕是臭草；薰比君子，蕕比小人。看官，你道那薰是何人？是褚遂良。蕕是何人？是許敬宗。[②]

---

① 任明華：《〈宜春香質〉素材來源考》，《明清小説研究》2019年第4期。
② (明)周楫纂，陳美林校點：《西湖二集》，南京：江蘇古籍出版社1994年版，第546頁。

又如《七十二朝人物演義》卷二七《子産聽鄭國之政》云：

却説爲宰輔樞機的人，但有功勳所集，事業所成，政事之新，名望之重，原可志於名山之中，可垂於青史之上，可碑於路人之口，可止於小兒之啼，傳其姓氏，記其里居，自然萬夫傾望，千載流傳，非一二等閑頌述也。若是世上人有了大才，抱了大志，不肯學做好人，修躬淑己，反爲身家念重，貨利情牽，把這貴重的禄位、崇大的家邦置之等閑；一味思量肥家害國，將君上的宗廟山川、社稷人民盡在度外，惟利是趨，惟害是避。一日登庸，萬般貪酷浮躁，收於門牆之下者，無非是勢利小人，駑胎下品，爲其爪牙，結其心腹，莫不先容陳意，獻其乃懷，奸盜詐僞，放僻邪侈，無所不至。雖然君極文思，主多聖哲，到了此際，亦無威可使，無計可施，無刑罰可加，無仁德可化，真是宵壬未退，艱患難弭。外邊來的憂虞既殷，裏邊釀的禍害亦薦。時屯世故，自然没有一年一歲安寧，一刻一時快樂。所以，有兩件事體是有國的上務。你道是兩件什麽事體來？旌賢崇善，進德用才；雍容敷治，扶頹翼衰。①

作者運用了排偶的修辭手法，句式整齊，感情濃烈，富有氣勢。

三、人物運用方言

方言對傳達人物的神情、聲口具有不可替代的獨特作用。胡適曾高度評價説：“方言的文學所以可貴，正因爲方言最能表現人的神理。通俗的白話

① （明）佚名撰：《七十二朝人物演義》，國家圖書館藏明崇禎間刊本。

固然遠勝於古文，但終不如方言的能表現説話的人的神情口氣。古文裏的人物是死人；通俗官話裏的人物是做作不自然的活人；方言土話裏的人物是自然流露的活人。”[①]“三言”的編撰者馮夢龍是蘇州人，書中多使用吴語詞匯。此時期則開始大段使用吴語，極爲鮮活。如《型世言》第二十七回《貪花郎累及慈親　利財奴禍貽至戚》中間插有一大段吴語對話：

那皮匠便對錢公布道：“個是高徒麼？”錢公布道：“正是。是陳憲副令郎。”皮匠便道：“個娘戲！阿答雖然不才，做個樣小生意，阿答家叔洪僮八三，也是在學，洪論九十二舍弟見選竹溪巡司。就阿答房下，也是張堪輿小峰之女。咱日日在個向張望，先生借重對渠話話，若再來張看，我定用打渠，勿怪奤魯。”錢公布道：“老兄勿用動氣，個愚徒極勿聽説，阿答也常勸渠，一弗肯改。須用本渠一介大手段。”洪皮匠道：“學生定用打渠。”錢公布道：“勿用，我儂有一計，特勿好説。”便沉吟不語。皮匠道：“駝茶來，先生但説何妨？”錢公布道：“渠儂勿肯聽教誨，日後做向事出來，陳老先生畢竟見怪。渠儂公子，你儂打渠，畢竟喫虧。依我儂只是老兄勿肯讀作孔。”皮匠道：“但話。”錢公布道：“個須分付令正，哄渠進，老兄拿住要殺，我儂來收扒，寫渠一張服辨，還要詐渠百來兩銀子，渠儂下次定勿敢來。”皮匠歡天喜地道：“若有百來兩銀子，在下定作東請老先生。”錢公布道：“個用對分。”皮匠道：“便四六分罷。只陳副使知道咱伊。”錢公布道：“有服辨在，東怕渠？”[②]

上面段落中的“個”（這）、“阿答”（我）、“咱”（怎麽）、“個向”（這裏）、“渠”（他）、“用”（要）、“本”（給）、“介”（個）、“勿”（不）、“我儂”

---

① 胡適著：《中國章回小説考證》，合肥：安徽教育出版社 1999 年版，第 383 頁。

② （明）陸人龍編撰，陳慶浩校點：《型世言》，南京：江蘇古籍出版社 1993 年版，第 444—445 頁。

（我）、"駝"（拿）、"渠儂"（他）、"你儂"（你）、"話"（説）、"收扒"（收場）、"咱伊"（怎麽辦），都是地道的吴語方言詞語，[①]把皮匠對陳公子偷看妻子的氣憤、愛占便宜的貪婪，及錢公布的老謀深算、心狠手辣，刻畫得活靈活現，場景鮮活，如在目前。陸人龍重視方言，還有意使用北方方言刻畫人物。如《型世言》第十二回《寶釵歸仕女　奇藥起忠臣》云：

> 忽一日，永樂爺差他海南公幹，没奈何，只得帶了兩個校尉起身。那嫂子道："哥你去了叫咱獨自的怎生過？"王指揮道："服侍有了采蓮這丫頭與勤兒這小厮，若没人作伴，我叫門前余姥姥進來陪你講講兒耍子，咱去不半年就回了。"嫂子道："罷，只得隨着你，只是海南有好珠子，須得頂大的尋百十顆稍來己咱。"王指揮道："知道了。"[②]

此處有評語："忽作北音，入情入趣，看官勿得草草。"説明作者有意使用北方方言塑造人物。其中"咱"、"怎生"、"稍"（即"捎"）、"己"（即"給"）就是所謂的"北音"。[③]同回接著又寫道："王奶奶見了景東人事，道：'甚黄黄這等怪醜的？"其中"甚黄黄"即"什麽東西"，也屬北方方言。

明末作家對話本小説的篇章體制、題材來源、叙述方式、語言風格等進行了富有個性化的探索，使話本小説走向獨創的道路，在注重通俗的同時，賦予作品愈來愈濃厚的文人化色彩，爲清代話本小説的發展和文人化提供了全方位的借鑒。

---

① 石汝傑著：《明清吴語和現代方言研究》，上海：上海辭書出版社 2006 年版，第 191 頁。
② （明）陸人龍編撰，陳慶浩校點：《型世言》，南京：江蘇古籍出版社 1993 年版，第 212 頁。
③ 石汝傑著：《明清吴語和現代方言研究》，上海：上海辭書出版社 2006 年版，第 192 頁。

第八章
明代筆記小説的文體特性

明代筆記小説繼承的是唐宋筆記小説發展的傳統，並在多個方面進行了開拓，特别是在文體上形成了自己的特點。長期以來，筆記小説的研究集中在唐宋時期，清代筆記小説研究因有《聊齋志異》和《閲微草堂筆記》的存在也比較發達。唯獨明代的筆記小説頗受冷落，評價也不高。如吴禮權《中國筆記小説史》："現存明人筆記，數量不能説少。但是，其中能劃歸筆記小説一類者，則寥寥無幾。若再除去《何氏語林》《世説新語補》之類的改編之作，純粹爲明人創作的筆記小説實在是少得可憐，真可謂是'煙銷霧散不見人'的情形。"① 陳文新《文言小説審美發展史》："明代的筆記小説，在中國文言小説史上所占份額不重。就志怪小説而言，它不能與魏、晉、南北朝志怪小説相提並論，與唐、宋、清相比，也瞠乎其後；軼事小説中的'世説'型與'雜記'型，也未取得引人注目的成就。"② 苗壯《筆記小説史》也同樣説道：（明代的筆記小説）"前不如唐宋，後不如清代，恰處於兩個高峰之間，有消沉，也有積蓄。"③ 誠然，明代筆記小説確實存在諸多不足，尤其在名家名作方面較少突出的成就，但這並不意味著明代筆記小説没有其獨特的價值。

---

① 吴禮權著：《中國筆記小説史》，臺北：商務印書館有限公司 1993 年版，第 193 頁。
② 陳文新著：《文言小説審美發展史》，武漢：武漢大學出版社 2002 年版，第 507 頁。
③ 苗壯著：《筆記小説史》，杭州：浙江古籍出版社 1998 年版，第 297 頁。

第一節　筆記小説的流變與類型

明代筆記小説的發展可以分爲兩個大的時期：一是從洪武至正德，另一個時期是從嘉靖至崇禎。前一個階段，筆記小説的發展相對緩慢，值得關注的作品不多，尤其是在文體上並没有新的創造。而後一個階段，無論是作品數量，還是文體特色都有了很大程度的變化，可以説，這一階段代表了明代筆記小説的最高成就。

從洪武元年（1368）至正德十六年（1521），是明代筆記小説由低潮而慢慢復興的階段。明代早期的筆記小説創作上承元末，以記録軍國大事、名人事迹等雜事爲主，文體上並没有太多的新變。到了弘治、正德期間，筆記小説發生了一定的變化，志怪類開始復蘇，而雜事和雜録兩類占有主導地位。都穆、沈周、祝允明等是這一時期頗具代表性的作家，他們的創作也預示著明代筆記小説創作全面繁榮的到來。而從嘉靖朝開始，筆記小説的創作進入繁榮期，這一時期，各種類型筆記小説的創作數量激增，標誌著明代筆記小説進入了發展的全盛時期。從筆記小説類型而言，“雜事”一類依然是這一時期的主角，“世説”類型的筆記小説是此時期一個突出的現象，志怪、雜録兩類在繼承的同時，尋求著新變。值得注意的是，這一時期出現的諧謔和小品類筆記小説，雖然它們的作品數量並不突出，但它們的出現確實給明代筆記小説注入了新鮮的血液。隨著明代出版業的興盛，文學的傳播迎來了前所未有的契機。小説方面出現了大量叢編、類編作品，它們既保存和傳播了前代筆記小説文獻，又爲清代筆記小説的發展提供了基礎。大致在這一時段的後期（天啓元年至崇禎十七年，1621—1638），筆記小説創作進入回落期與過渡期，作品數量大幅減少；由於明王朝大厦將傾，末世的到來也帶來了很多以記録朝政、黨争、戰事等時事爲主的筆記小説。

明代筆記小説可以分爲五個類型，分别是：雜事、雜録、志怪、諧謔、小品。前四類筆記小説有著很長的發展歷史，是中國筆記小説最重要的部分，無論在哪個朝代，這些類型的作品數量都占有主流地位。小品類是筆記小説的新變，其出現自然是以晚明這個特殊時代的社會文化爲背景的，具有鮮明的時代烙印。

明代筆記小説中雜事、雜録、志怪、諧謔四類屬於傳統型筆記小説。

雜事類筆記小説有著悠久的發展歷史，又與史家有著很深的淵源。古人往往將其與正史相對，稱之爲"野史"，隨著這類小説在唐宋時期的發展繁榮，這些以前受人鄙視的"野史"開始爲正統史家所接納，發揮其補正史之不足的功能，具有難以替代的史料價值。雜事類筆記小説以記事述聞見長，可以是朝野逸聞，也可以是鄉邦掌故。不少作品所記都是作者的親歷親聞，具有較高的可信性。如《酌中志》《萬曆野獲編》《松窗夢語》等。值得注意的是，雜事類筆記小説在内容的編排上是頗爲用心的，往往將軍國大事放在卷首，而將一些不登大雅之堂的内容放在靠後的位置，這種有意的排序隱含著作者的一種價值判斷。内容涉獵的廣泛也是雜事類筆記小説一個突出的特點，如沈德符《萬曆野獲編》、朱國禎《涌幢小品》、張萱《西園聞見録》等都是其中較有名氣的作品。隨著明代中後期方志編纂的繁榮，筆記小説的創作也表現出一定的地域性特徵，作者有意收集記録鄉邦文獻，出現了不少專門記述某個地方人物事迹、掌故逸聞、地理風俗的作品，具有濃郁的地方色彩。這些具有地域性的作品還往往不是單獨的出現，同一個地域中會出現一系列作品，如記述上海見聞的《雲間雜識》《雲間據目抄》等，記述常熟的《鹿苑閑談》《三家村老委談》《獪園》等，記述南京的《金陵瑣事》《二續金陵瑣事》等。

雜録與雜事類筆記小説的區别在於"録"字，其創作不一定是記述見聞，很多是從他書抄録而來，多少有纂輯的意味。這類小説的内容相對於雜事類筆記小説要更加廣博，表現出一種無所不包的特徵，同時又能見得創作者的博學多識和良好的學術修養。雜録類筆記小説與晉張華《博物志》有一定淵源關係，而唐段成式《酉陽雜俎》的出現標誌著這類筆記小説的成熟。明代尤其是晚明的雜録類筆記小説達到了前所未有的高度，如《留青日劄》《五雜組》《桐下聽然》等，天文地理、自然名物、掌故遺聞、考訂辯證無所不包。

隨著筆記小説在晚明的繁榮，志怪小説也迎來了自己的春天，其繁榮主要表現在作品數量、創作品質和重要作家的出現三個方面。同時，此時的志怪小説創作體現出一種複合的特點，陳國軍《明代志怪傳奇小説研究》對此有過專門的論述，認爲："小説創作中文體駁雜，體類相混，在萬曆時期是一種正常得不能再正常的狀態"，"小説可以身兼經史子集數體，固然可以視之爲小説優勝之處，但小説區别于其他文類的文體特質必然受到致命的損害"。[①] 另一個值得注意的現象是，這一時期的志怪小説創作較爲注重故事情節的完整性和叙事的技巧性，筆記小説的作者限於篇幅，不能像創作傳奇小説那樣任意鋪陳，而是選擇在較短的叙事空間中盡可能完整地展現故事的來龍去脈，使故事的本身變得曲折生動，讓人讀之並不因篇幅的短小而感覺乏味。這種叙事策略無疑給志怪小説的創作注入了活力，同時也在志怪小説走向巔峰的道路上搭建起了一座橋梁，起到了很好的過渡作用。正是有了像《獪園》《續耳談》《狐媚叢談》等作品，清代《聊齋志異》的出現才不會讓人覺得突然。至於諧謔類筆記小説和小品類筆記小説因後文均有專節論述，此不贅。

第二節　筆記小説的成書

由於筆記小説的創作相對自由，文體上並没有十分嚴格的約束，創作者可以最大程度地表現其主觀意圖，從而使作品呈現出較爲鮮明的個性色彩。

---

① 陳國軍著：《明代志怪傳奇小説研究》，天津：天津古籍出版社 2006 年版，第 415 頁。

明代筆記小説的成書過程雖然紛繁複雜，但通過分析，我們還是可以從中發現一些共同的特點和規律。

一、編纂方式：自撰與雜抄

縱觀明代筆記小説的發展歷史，自撰和雜抄無疑是兩種最爲重要的編纂方式。當然，這一劃分只是從整體角度而言，在具體作品中，自撰與抄録之間實際上並没有嚴格的分界。

所謂自撰類筆記小説，是指那些内容基本爲第一手資料爲主，且具有很强的原創性，故有較高的史料價值。在明代筆記小説的五種類型中，諧謔和雜録兩類筆記小説的原創性較低，而雜事、小品、志怪類筆記小説的原創性相對較高。

關於自撰類筆記小説的創作情況，作家往往在書前序言中有所交代。如沈德符《萬曆野獲編》自序云：

> 余生長京邸，孩時即聞朝家事，家庭間又竊聆父祖緒言，因喜誦説之。比成童，適先人棄養，復從鄉邦先達剽竊一二雅談，或與隴畝老農談説前輩典型及瑣言剩語，娓娓忘倦，久而漸忘之矣。困阨名場，夢寐京國，今年鼓篋游成均，不勝令威化鶴歸來之感。即文武衣冠，亦幾作杜陵夔府想矣。垂翅南還，舟車多暇，念年將及壯，邅回無成，又無能著述以名世，輒復紬繹故所記憶，間及戲笑不急之事，如歐陽《歸田録》例，并録置敗簏中，所得僅往日百之一耳。其聞見偶新者，亦附及焉。若郢書燕説，則不敢存也。①

① （明）沈德符著：《萬曆野獲編》，北京：中華書局1959年版，第3頁。

從序中可知，作者所記之事都是其親見親聞，並不是隨意抄撮而來，這樣的創作自然就保證了材料的真實性。又如李樂《見聞雜記》云：“曰雜記者，時有先後，爵有崇卑，事有巨細，皆不暇詳訂次第，特據所見所聞漫書之爾。”[①] 同樣是根據自己的見聞而成書。再如陳良謨《見聞紀訓》序中云：“頃於山居多暇，因追憶平生耳目之所睹記，略有關於世教者，隨筆直書，不文不次，惟以示吾之子。”[②] 從這些序言中我們可以直接了解到作家創作的方式和材料的來源，而“記述見聞”可以説是這類筆記小説最爲鮮明的特點，有别於雜抄類筆記小説以抄録爲主的創作模式。

自撰類筆記小説的材料基本來自於作者見聞，具有相對的真實性，作家創作態度又較爲端正，所謂“郢書燕説，不敢存也”。這些特點都決定了其與衆不同的文獻價值。事實上，在晚明史的研究中，筆記小説爲我們提供了大量的參考資料，也正是這些記憶的片段，向我們展示了晚明社會的不同側面。

雜抄類筆記小説是指那些主要以摘抄轉録爲編纂方式的筆記小説，這類作品的内容大多來自他書，有些作品會在篇末注明出處。明代筆記小説的彙編類作品除了少數如王兆云《王氏雜記》《王氏青箱餘》類作品外，基本上都屬於這類筆記小説。雜抄類筆記小説繼承了《博物志》《酉陽雜俎》《輟耕録》等筆記小説的“博雜”特點，而在廣泛程度上更有過之，顯示出一種“無所不包”的傾向。如《名山藏廣記》《廣博物志》《世説新語補》等，它們都是對此前作品的補充和續寫，這些作品所補充内容的數量和選材範圍已大大超出原書。

雜抄類筆記小説在晚明發展迅速，究其原因，與兩方面因素有著直接關係。其一爲學術風氣的轉變。雖然晚明心學盛極一時，大多數文人從讀書轉

---

① （明）李樂著：《見聞雜記》，明萬曆刻本。
② （明）陳良謨著：《見聞紀訓》，明萬曆七年徐琳刻本。

向於“心”“禪”，學風空疏。但楊慎、焦竑、田藝蘅等一大批文人，則熱心於讀書、考訂之學，這些内容大量出現在晚明筆記小説中，體現出與當時環境迥異的學術觀念。這種治學方式，與清人考據學有著密切聯繫，只不過此時的“雜録”“雜考”並未達到精深的程度，只是初具模樣而已。錢穆在論述顧亭林學術思想時曾説：“然則清儒所重視於《日知録》者何在？曰：亦在其成書之方法，而不在其旨義。所謂《日知録》成書方法者，其最顯著之面目，厥爲纂輯。亭林嘗自述先祖之教，以爲‘著書不如鈔書。凡今人之學，必不及古人也。’……以後清儒率好爲纂輯比次，雖方面不能如亭林之廣，結撰不能如亭林之精，用意更不能如亭林之深且大，然要爲聞其風而起者，則不可誣也。”[①] 顧亭林的《日知録》對清代學術産生深遠影響，而他所提倡的這種“纂輯”之學，無論是寫作方式，還是具體内容，在晚明一些學者的著述中已經有所體現，特别是在晚明雜抄類筆記小説中。它使得這類晚明筆記小説的内容表現出一種“學術化”傾向，筆記小説從單純志怪、述聞到兼有雜抄考證，這似乎也反應了中國筆記小説發展中的一個側面。從筆記小説這一角度，我們或許能夠發現明清學術嬗變過程中一些細微的變化。其實“纂輯”的創作方式可以上溯至宋代，洪邁《容齋隨筆》、吴曾《能改齋漫録》等都是這樣的著作，它們在晚明重新回到學人的視野，又在清代得到發揚光大。此外，值得注意的是雜抄類筆記小説作家中不但有反對陽明心學，提倡回歸朱學的文人，還有一些屬於陽明學派，但其書中仍然存在大量讀書考訂類内容。如焦竑、陶奭齡等人，這説明學派之中存在著共性與個性的差别。其二是出版業的繁榮。晚明出版業的發展不僅帶來了巨大的商業利益，而且讓著作的刊刻變得更爲容易，再加上前代文獻的積累，這樣的便利條件無疑爲雜抄類筆記小説的創作和流傳提供了必要的客觀條件。

---

① 錢穆著：《中國近三百年學術史》，北京：商務印書館 1997 年版，第 159—160 頁。

雜抄類筆記小説相對於自撰類而言，内容上具有更加博雜的特點，體現出較强的文獻性和學術性。自撰類筆記小説的價值側重於史料方面，而雜抄類筆記小説的價值更多的體現出一種知識化傾向。

二、成書方式：集腋成裘與集中寫作

明代筆記小説的成書方式既不像章回小説那樣通過漫長的世代累積，也不似傳奇小説那樣短時間内就可成文。大部分筆記小説采用隨筆記録的方式，没有具體創作時間，也没有相對明確的創作目的，更没有精心安排的章節次序，表現出一種非常隨意的創作狀態和創作形式。我們現在所看到的已經刊刻的筆記小説很多都經過後人的整理，與作者的稿本（甚至待刊稿本）對比會發現，很多筆記小説的原始狀態"毫無詮次"，對這種創作現象我們稱之爲"集腋成裘"式成書。在明代筆記小説的創作中，還有部分作品因爲有較爲明確的創作目的，其成書時間相對比較集中，編輯上也頗具匠心，如筆記小説的彙編就是這類創作的代表，我們稱之爲"集中創作"式成書。

集腋成裘是明代筆記小説最主要的一種成書方式。作者最初並没有明確的創作目的，甚至成書的想法，而是有所感即手録之。材料越來越多，則輯以成編。對於這種成書方式，筆記小説的編纂者也在其所著之書的序跋中都有明確的交代，這樣的例子在序跋中頗爲常見，如朱國禎《涌幢小品》自序：

> 閑居無事，一切都已棄擲，獨不能廢書。然家罕藏書，即有存者，鈍甚，不善讀，又不克竟。至於奇古詭卓之調，閎深奥衍之詞，即之如匹馬入深山，蟻子緣磨角，恍惚莫知其極與鄉也。惟淺近之説，人所忽去，且以爲可弄可笑者，入目便記，記輒録出，約略一日内必存數則。

而時時默坐，有所窺測，間亦手疏，以寄岑寂逍遥之况。因思茂先《博物》崛起東、西京之後，别開一調，後之作者紛紛，皆有可觀，而唯段少卿、岳總領最爲古雅。至洪學士容齋劄爲《隨筆》，數至於五，下遍士林，上達主聽。我明楊修撰、何侍郎、陸給事、王司寇，擴充振發，别自成書。①

這是很典型的以讀書爲基礎來寫筆記小説的例子，作者在序言中不但説明了創作方式，而且還對這種著述方式的源流進行簡要的概括。又如鄭仲夔，編纂了以記事述聞爲主的筆記小説《耳新》，其自序中説道：

余少賤躭奇，南北東西之所經，同人法侣之所述，與夫星軺使者，商販老成之錯陳，非一耳涉之而成新，殊不忍其流遁而湮没也，隨聞而隨筆之。書成，行世且久，而兹取詳加訂焉，以是爲可以質今而準後也。②

此外，還有一類作品是他人代爲整理記録，如張大復《梅花草堂筆談》就是在其雙目失明之後成書的。無論是自記，還是他人代爲記録，它們的成書方式都是一致的。而其特點也較爲鮮明，首先是都要經過長時間的積累，其次是最初都没有明確的創作目的和結構安排。

所謂“集中寫作”是相對於上述“集腋成裘”的成書方式而言的。明代筆記小説中確有一些作品是在某一段時間内集中編纂，較爲明顯的是叢編、類編作品，其編纂時間一般不會持續太長，作者也有較爲明確的目的。除此之外，相對集中編纂的還有以下兩種情况：一種是有明確創作意圖的作品，如《酌中志》。此書是劉若愚在獄中完成，記録了宫廷往事，作者希望能夠

① （明）朱國禎著：《涌幢小品自叙》，北京：中華書局1959年版，第1頁。
② （明）鄭仲夔著：《耳新序》，明萬曆刻《玉麈新譚》本。

通過自己的真實記録而使冤情得以昭雪，故而寫作集中於一段時間。又如張萱的《西園聞見録》，作者志於寫史而未成，遂將自己搜尋的史料編輯成此書，因爲不符合史書體例而取名“聞見録”。再如晚明有一類專門記述鄉邦掌故的筆記小説，可補志乘之闕，同樣也屬於這類成書方式。如《西吴里語》《金華雜識》《泉南雜誌》《汝南遺事》等，其中李本固《汝南遺事》就是受邀編寫志乘而被剔除的材料，被作者編成一書，其序云：

> 殺青既竟，檢笥中尚有遺草，雖匪《侯鯖》，頗類《鷄肋》。棄之不無可惜，且時賢循吏，拘於格而未收者，亦復有人，久之恐湮滅而不彰也。乃撰次成帙，曰《汝南遺事》，以俟後之君子以終先文林之志。[①]

另一種則是集中在某一特定的時間段完成的筆記小説。所謂的“特殊時間段”，大多都是因爲作者年老，或辭官居鄉，閑來無事，而將自己平生的見聞以類似回憶録的方式記録下來，留給子孫。如張翰《松窗夢語引》云：“松窗長晝，隨筆述事，既以自省且以貽吾後人。”[②]又如陳良謨的《見聞紀訓》自序中説道：“頃於山居多暇，因追憶平生耳目之所睹記，略有關於世教者，隨筆直書，不文不次，惟以示吾之子。”[③]再如施顯卿《古今奇聞類紀》自序曰：“余歸老讀書，遇事之奇異者，必以片紙録之，又恐久而散逸也，乃厘爲十卷，名曰《古今奇聞類紀》，上而天文，下而地理，運播而五行散殊，而人物靈變，而仙釋幽微，而鬼神分門别類以備一家之言，中間援引莫詳於國志者，以方今垂世之典所紀之皆實也。”[④]總之，集中創作相對於集腋成裘式的成書方式有著較爲明確的成書目的，有著相對自覺的著作意識，

---

① （明）李本固著：《汝南遺事序》，國家圖書館藏清抄本。
② （明）張翰著：《松窗夢語引》，北京：中華書局 1985 年版，第 1 頁。
③ （明）陳良謨著：《見聞紀訓・序》，明萬曆七年徐琳刻本。
④ （明）施顯卿著：《古今奇聞類記叙》，明萬曆四年刻本。

其從編寫到成書刊刻的過程也比較連貫，時有高品質作品的出現。如顧元慶輯刻《顧氏文房小説》，從選材到刊刻都頗爲用心，堪稱筆記小説出版的精品。

第三節　筆記小説的命名

小説的命名不僅直觀呈現作品的外在形式，而且還包含了作者的思想觀念、文體特徵、創作方式等内容，其内涵是相當豐富的。①

一、筆記小説的命名方式

明代筆記小説的命名方式與其他時代的筆記小説相比並無太大差别。一般情況下由兩個部分組成，第一個部分基本由限定性詞語組成，强調成書的時間、地點、人物、數量、事類等内容，我們分類如下：

（一）以人物姓名作爲小説命名，包括作者的姓名、字號等。如《三家村老委談》《鳳洲雜編》《鄭桐庵筆記》《焦氏説楛》《王氏雜記》等，這種類型在明代筆記小説中比較常見，但其中有些作品的命名並不是作者本人所題，而是後來整理者所擬定的。（二）以具體地點命名，包括作者的堂號、宅名、郡望、旅居之地或暫時停留的地點等。如《樗齋漫録》《西園聞見録》《雲間雜記》《金陵瑣事》《邸中雜記》《高坡纂異》《松窗夢語》《小柴桑喃喃録》等。這類命名方式在明代筆記小説中最爲常見。（三）以時間類詞語

① 古代小説命名的研究取得了一定的研究成果。據程國賦統計："截止到 2013 年 12 月，有關元明清小説命名研究的專著共 3 部，另有碩士論文 5 篇（不含專論古代小説名稱翻譯的學位論文），共發表單篇論文 340 篇（專著中論及古代小説命名的，視作一篇論文）。"見程國賦：《元明清小説命名研究的世紀考察》，《社會科學研究》2014 年第 4 期，第 175 頁。但研究者大多把研究的視角放在白話小説和唐宋筆記、傳奇小説中的名著名篇上，還很少涉及明代的筆記小説。

來命名。有的是縱觀古今，如《古今奇聞類紀》《古今譚概》《古今笑》《歷代小史》等，由於筆記小説到明代已積累了大量的文獻作品，這爲明代筆記小説的編纂提供了豐富的素材，故明人敢於冠"古今"之名。有的是一個時期或一個朝代，甚至是一個較短的時間範圍，如《萬曆野獲編》《顧氏明朝四十家小説》《皇明世説新語》《近事叢殘》《今言》《庚己編》等。（四）以仙、佛、狐、鬼等題材命名。如《仙佛奇蹤》《仙媛紀事》《異物類苑》《狐媚叢談》《志怪編》等，此類命名的作品大多爲志怪類筆記小説，也是古代筆記小説中最常見的命名方式之一。（五）以作品寓意命名。如《青泥蓮花記》《玉光劍氣集》《獪園》《玉鏡新譚》《三戍叢譚》《煙霞小説》《留青日劄》等。這類命名都有潛在的寓意，或與時事相關，或與作品創作主旨有關，或與作者個人經歷有關。如錢希言《獪園》，作者在序言中説明"獪"字的用意，云："則何言乎獪也？漢人以爲狡獪也，又謂央亡囈屎。神禹理水，駐巫山下，雲華夫人授以策召鬼神之書，顧盼之際，化而爲石，爲輕雲，爲夕雨，爲遊龍，爲翔鶴，千態萬狀，不可親也。禹疑其狡獪怪誕，問諸童律。按《集仙録》所載如此，狡獪之名所由始歟？《神仙傳》則載：王遠、麻姑共至蔡經家，時經弟婦新産數日，姑求少許米來，擲之墮地，視其米皆成丹砂。遠笑曰：'姑故年少也，吾老矣，不喜復作如此狡獪變化也。'《列異傳》：小女折荻作鼠以狡獪。李延壽《南史》：宋廢帝欲酖害太后，令太醫煮藥，左右止之曰：'若行此事，官便作孝子，豈得出入狡獪？'齊少帝以蕭用之世祖舊人，得入内見皇后于宮中，及出後堂，雜戲狡獪，皆得在側。是'狡獪'二字，直當做戲弄義解。余取爲稗家目者，毋亦竊比於滑稽漫戲、劇秦美新者流，因是以求容於側媚之場乎？"[1] 而茅元儀的《三戍叢譚》則是因爲自己三次戍閩而作，作者在序中説："夫得志則行其道，不得

---

① （明）錢希言著：《獪園》，北京：文物出版社 2014 年版，第 2 頁。

志則托於言。”[①] 可見其用意之所在。

第二部分是能體現成書方式、材料來源、文體性質等内容的詞語。諸如《雪濤小説》《古今奇聞類紀》《玉芝堂談薈》等。這部分有一些關鍵字，比如“志”“筆”“語”“録”等。我們對明代四百餘種筆記小説命名的關鍵字進行統計，這些關鍵字依出現頻率由高到低排序，前十多位的分别爲：“録”“記（紀）”“談”“筆”“語”“編”“志”“話”“言”“聞”“纂”“事”。從這些命名的關鍵字上可以看出，與前代筆記小説，特别是唐宋筆記小説相比，明代筆記小説的命名並没有太大的改變，只是增加了以“編”“纂”命名的作品，約略可見明代彙編類作品的流行。

明代筆記小説命名中，以“録”“記”“志”“事”“聞”等詞語作爲命名的作品數量較多。這類作品的内容大多具有記事述聞的性質，這類筆記小説中很多都是記録作者的親歷親聞，而非僅憑聽聞，這就大大提高了材料的真實性，極具史料價值。如《雲間雜記》《見聞雜記》《金陵瑣事》《典故紀聞》《見聞録》《金華雜識》《汝南遺事》等。而以“筆”“説”“談”等詞語命名的作品，很多在内容上都比較雜，或是具有一定小品風格的作品。如《梅花草堂筆談》《聞雁齋隨筆》《四友齋叢説》《墅談》《剡溪漫筆》等。有些作品直接繼承了唐代筆記小説的命名和創作方式，如《棗林雜俎》《五雜組》等，其創作方式和命名都與唐段成式《酉陽雜俎》相類。在這部分命名的詞語中，如果談得上稍具時代氣息的，要數以“纂”“類”爲命名的詞語。這種命名在明以前的筆記小説中很少出現，而他們能在明代中後期大量出現，則有賴於筆記小説自身發展所積累的文獻和出版業的繁榮。與這類命名相關的是類編類筆記小説，如《闇然堂類纂》《古今奇聞類紀》《新刻塵外紀仙史類編》《情史》等。在這部分命名中還有一些直接或間接以“小説”命名的作

---

① （明）茅元儀著:《三戌叢譚序》，明崇禎間自刊本。

品。如《甘露園短書》《王氏説删》《煙霞小説》《雪濤小説》《顧氏文房小説》《顧氏明朝四十家小説》《廣四十家小説》等。

除了上述兩部分的命名外，明代中後期筆記小説中還有一類作品是對此前作品的增删，這些作品的命名常常以原著名加上"補""廣""增""删""續"等。其中有的是對原作品進行簡單的增删，有的則改動較大，完全是另外一副面貌，還有的作品雖然没有采用原著名加"增""删"等詞語的形式命名，但實際上也是對某一作品的模仿。在這種增删、改編中同樣體現著作者的小説觀念，所以這種創作形式本身就值得注意。明代筆記小説同其他時代的作品一樣，都有同書異名的情況，大多是在整理出版，輾轉傳抄，或重刊重印時出現的。如《王氏雜記》又名《驚座新書》，《開卷一笑》又名《山中一夕話》，《耳談》又名《賞心粹語》，《古今譚概》又名《談概》《笑史》《古今笑史》，《外史》一名《外史志異》，《三家村老委談》一名《花當閣叢談》，《萬曆野獲編》又名《野獲編》，《戒庵老人漫筆》又名《戒庵漫筆》，《玉鏡新譚》又名《逆黨事略》，《清言》又名《蘭畹居清言》，《筆記》又名《連抑武雜記》，《留青日劄》又名《香宇外集》，《異林》又名《支子固先生彙輯異林》，等等。

二、筆記小説命名的特點與意義

命名是一部文學作品重要的組成部分，也是一種最爲直觀的表現形式。歷來文學家無不在文章的命名上費盡心思，從而達到畫龍點睛的效果。小説雖然是一種不登大雅之堂的俗文學，但其命名仍然是不可缺少的一環。白話通俗小説，因受利益的驅使，常常會在小説的命名上精心構撰，以便可以最大程度上吸引消費者的目光。而商業氣息並不濃厚的筆記小説，由於其創作者大多爲社會中的精英，具有較高的素養，故其命名也頗具價值和意義。

1. 筆記小説命名的文體意識

筆記小説命名的文體意識常常在序言中被加以闡釋，如上文提到的錢希言《獪園》，作者在自序中對這一命名加以詳細論述，曰："《獪園》者何?《松樞十九山》中稗家一種，志怪傳奇之類是也。"作者隨後對"獪"字做了舉例解釋，指出"獪"字正符合怪誕奇幻的志怪書的特點，錢氏也直言"余取爲稗家目者"。[①]在體現出作者命名用意的同時也包含了明確的文體觀念，聲明其創作的不僅是小説，而且是志怪小説。又如朱國禎《涌幢小品》，初看此名，很容易將其與小品聯繫起來，但實際上它是一部雜録類筆記小説。作者在自序中説道："其曰'小品'，猶然《雜俎》遺意。要知古人範圍終不可脱，非敢舍洪而希段也。"[②]可見作者雖名曰"小品"，實是繼承唐段成式《酉陽雜俎》中的"雜俎"之意，而《酉陽雜俎》正是雜録類筆記小説中的代表，其文體上的自覺意識顯而易見。再如沈德符《萬曆野獲編》，這一命名重在"野獲"二字，不僅説明材料來源，其實也反應了作者對於小説這種文體的認識，而這一認識在其自序中有體現。序曰："垂翅南還，舟車多暇，念年將及壯，邅回無成，又無能著述以名世，輒復紬繹故所記憶，間及戲笑不急之事，如歐陽《歸田録》例，並録置敗簏中，所得僅往日百之一耳。其聞見偶新者，亦附及焉。若郢書燕説，則不敢存也。夫小説家盛於唐而濫於宋，溯其初，則蕭梁殷芸，始有小説行世。芸字'灌蔬'，蓋有取於退耕之義，諒非朝市人所能參也。余以退耕而談朝市，非僭則迂。然謀野則獲，古人已有之，因以署吾録。若比於野人之獻，則《美芹十論》當時已置高閣，非吾所甘矣。"[③]笑話書通常被視爲消遣類的讀物，無甚深意。但許自昌《捧腹編》自序中却説："每端居晏坐，從六經九家子史中塗乙命甲，有關正局，

---

① （明）錢希言著:《獪園・自序》，北京：文物出版社 2014 年版，第 2 頁。
② （明）朱國禎著:《涌幢小品自叙》，北京：中華書局 1959 年版。
③ （明）沈德符著:《萬曆野獲編序》，北京：中華書局 1959 年版，第 3 頁。

輒用校行，其他解頤捧腹之事，恍忽詭異之語，可以滌塵襟，醒睡目者，不以無益而不存，舌録掌記，投積敝篋，恒自嘲曰：經史子部，譬猶膏粱，一飽即置；而山蔬野蔌，覺齒頰間多未經之味，更堪咀嚼耳。今歲園居消夏，略取敝篋中什一，命童子筆出，不暇倫次，不計妍媸。分爲十卷，署曰《捧腹編》。吁，當此煩惱堅固之世，不由喜根，安涉名理，故捧腹乃證性之漸歟。王荆公先生亦云：'不讀小説，不知天下大體。'則予之是編也，或不止於助諧薦謔之書也明矣。"① 此外，明代筆記小説中還有一部分作品直接以"小説"類的名詞來命名，② 這可謂是明代筆記小説一種獨特的現象。這種以"小説"相關詞語直接命名的情況常常出現在叢編、類編作品之中，從這些筆記小説的編撰分類和選材中，我們可以看出作者所持的小説文體觀念。如明顧元慶所編刊的《顧氏文房小説》《顧氏明朝四十家小説》《廣四十家小説》三部作品，它們並非編刊於一時，而是陸續成書。從其所收録的作品中我們可以發現顧氏對於小説認識有一個較爲明顯的變化過程。前兩部作品成書於嘉靖時期，其中所收録的作品相對博雜，《顧氏文房小説》中除了有筆記小説以外，還收録了傳奇體小説和崔豹《古今注》、鍾嶸《詩品》等非小説的作品。而稍後的《顧氏明朝四十家小説》中非小説成分明顯減少，筆記小説的成分加重，而傳奇小説已不見於該書。到最後編刊的《廣四十家小説》，所收録的作品基本上都是筆記小説。從這三部叢書具體收録作品的情況中，我們看到顧氏的小説觀念變得逐漸嚴謹，接近於"小説"文體的實際。

2. 筆記小説命名中體現的成書方式

上文説過，明代筆記小説的命名分爲兩個部分，其中第二部分的命名往

---

① （明）許自昌著：《捧腹編序》，明萬曆間刻本。

② 需要特別説明的是，以"小説"命名的筆記小説並非都是直接以"小説"一詞命名，與小説有關的命名，如"説""稗""短書"等也屬於這類命名。如《王氏説删》《甘露園短書》《藏説小萃》等等。

往與成書方式有著某種聯繫。可以説命名中的一些關鍵字，就直接反映了其成書特點。諸如“漫録”“類紀”“雜記”等。具體分析如下。

第一，以“漫”爲詞語命名。如《樗齋漫録》《戒庵老人漫筆》《剡溪漫筆》等。許自昌《樗齋漫録》自序云：

> 《樗齋漫録》者，樗道人讀書齋中，漫録之者也。道人讀書不作次第，漫從架上抽一函，值經經讀，值史史讀，與子與集與説，夫復如是讀，亦未必竟，亦未必不竟。只遇己之所欲言，己之所不能言，己之所不敢言，有投於中，隨録之而已矣。未録前不著一字於胸中，畢竟如何如何而後録也。既録後亦不著一字於胸中，畢竟所録爲如何如何也。大抵樗之一字，已爲道人公案矣。或有字者從外而入，無字者從内而出，前人之所未言，間亦言之，然亦從讀時偶有所感也，非欲畢竟如是而後言之也。總名之曰《樗齋漫録》而已矣。壬子冬日樗道人許自昌書於樗齋中。[①]

由序言可知，作者創作具有很大的隨意性。既没有很强的目的性，也没有任何的約束。而命名中的“漫”字本身具有“隨意”“放縱”“不受約束”的意思，所以這一命名恰如其分地反應出作品的成書方式。“漫録”之名也可以説是這一類筆記小説的代表。另如李如一在爲其祖父李詡所撰《戒庵老人漫筆》的序言中説道：

> 先大父戒庵翁歷世八十有八，年少遊郡校，七試場屋，繼就南雍，一謁選曹，旋棄不赴。日以典籍自娱，即舊師友有當途者，絶不與通。

① （明）許自昌著：《樗齋漫録》，明萬曆間刻本。

閑承下訊勤渠，亦往往避却，遇賢有司勸駕，第九頓致謝而已。惟塵外隱淪，清言斐亹，辨古今，譚稼圃，其人也者，對之則聽，然而笑不厭也。早歲課業必紀，已稍稍旁及奇聞異見，晚乃紀歲月陰晴、里閈人事。每於披閲所得，目前所傳，感愴所至，無論篇章繁簡，意合興到，隨筆簡端。自署曰"戒庵老人漫筆"，積成書册，投諸篋中。[①]

從這段對作者創作過程的介紹中，我們還能了解到筆記小説的命名與作者的人生經歷和處世態度有一定關係。而李如一也曾編輯過筆記小説叢書《藏説小萃》，則可能是受其祖父的影響。

第二，以"類""彙""編"等詞語命名，如《異物彙苑》《古今奇聞類紀》《何氏語林》《群談采餘》等。這類筆記小説的序言中對其命名也有交代，兹將相關敘述轉録如下：

寧校竊禄，講堂多暇，旁綜群籍，從彙斯編。(《異物彙苑》自序)[②]

昉自兩漢，迄于胡元，下上千餘年，正史所列，傳記所存，奇蹤勝踐，漁獵靡遺。凡二千七百餘事，總十餘萬言。(《何氏語林》文徵明序)[③]

凡昔人前言往行，善可爲法，惡可爲戒，及天時人事、草木禽魚、災祥寒暑之變，悉討論而備録之，名曰《群談采餘》。曰"群談"者，乃前人所嘗言也。曰"采餘"者，推其未盡之意而發之也。(《群談采

---

① （明）李詡著:《戒庵老人漫筆》，北京：中華書局1982年版，第1頁。
② （明）閔文振著:《異物彙苑序》，明萬曆活字本。
③ （明）何良俊著:《何氏語林》，明嘉靖二十九年何氏清森閣刻本。

餘》陳奎序）[1]

余歸老讀書，遇事之奇異者，必以片紙録之，又恐久而散逸也。乃厘爲十卷，名曰《古今奇聞類紀》，上而天文，下而地理，運播而五行散殊，而人物靈變，而仙釋幽微，而鬼神，分門别類，以備一家之言，中間援引莫詳於國志者，以方今垂世之典所紀之皆實也。次則多用史傳通考者，以人所傳信之書所載之非誣也。又次旁及於雜編、野記、異説、玄談諸氏之籍者，以其理之不悖，説之相通，故亦存之而不遺也。（《古今奇聞類紀》自序）[2]

第三，以“雜”“叢”爲詞語命名，如《見聞雜記》《五雜組》《四友齋叢説》等。李樂《見聞雜記》自序中對“雜記”這一命名説道：“曰‘雜記’者，時有先後，爵有崇卑，事有巨細，皆不暇詳訂次第，特據所見所聞漫書之爾。”[3]又，何良俊在《四友齋叢説》中也對“叢説”這一命名做了一番闡釋，云：“何子讀書顓愚，日處四友齋中，隨所聞見，書之於牘。歲月積累，遂成三十卷云。四友云者，莊子、維摩詰、白太傅，與何子而四也。夫此四人者，友也。叢者，藂也，冗也。言草木之生，冗冗然荒穢蕪雜不可以理也。又叢者，叢脞也。孔安國曰：‘叢脞者，細碎無大略也。’藂説者，言此書言事細碎，其蕪穢不可理，譬之草木然，則冗冗不可爲用者也。”[4]無論是“雜記”還是“叢説”都是説明其内容瑣碎、叢雜，這也符合筆記小説“雜”的文體特點。

---

① （明）倪綰著：《群談采餘》，明萬曆二十年倪思益刻本。
② （明）施顯卿著：《古今奇聞類紀》，明萬曆四年刻本。
③ （明）李樂著：《見聞雜記》，明萬曆刻本。
④ （明）何良俊著：《四友齋叢説》，北京：中華書局 1959 年版，第 1 頁。

第四，以“廣”“增”“補”等詞命名，如《名山藏廣記》《世説新語補》《廣博物志增删》等。張丑《名山藏廣記》自序曰：“稍長知讀書，而尤好稗官家言。庚寅秋，慨然有藏書名山之志，因取古今雜記百餘種，逐一删其蕪穢，集其清英。上自三皇，迄于唐世。”[①] 這類命名的筆記小説大多是對原作品進行增删、改編的再創作。

① （明）張丑著：《名山藏廣記》，明萬曆刻本。

第九章
明代筆記小説的文體新變

筆記小説經過了唐宋的發展，已經進入文體發展的成熟階段，其自身也開始醖釀一些變化，嘗試與其他文體進行溝通融合。到了明代，筆記小説已經積累了大量的作品，但明代中前期的筆記小説文體基本是唐宋的延續，而真正的改變則開始於晚明這個特殊的時代。

第一節　筆記小説編纂體制的變化

筆記小説到了明代已經積累了大量的作品，隨著出版業和藏書文化的興盛，筆記小説在編撰體制上發生了很多新的變化，雖然這些變化並不足以使筆記小説的文體發生質變，但却實實在在地影響了筆記小説的編創。在這些變化之中，筆記小説的叢編與類編、增補與摘録，以及小品類筆記小説等都是較爲突出的現象，還有一些作家在創作體例上别出心裁，成爲明代筆記小説中的異類。

關於筆記小説編纂體制的變化，有學者采用“彙編”這一概念來加以概括，包括叢書、類書、總集三種類型。大多數小説研究者也基本上同意這一分類，而且在小説彙編的研究方面取得了豐碩的成果。[①] 我們認爲，就明代

---

① 如任明華著:《中國小説選本研究》，華東師範大學 2003 年博士論文；秦川著:《中國古代文言小説總集研究》，上海：上海古籍出版社 2006 年版；劉天振著:《明代類書體小説研究》，北京：中國社會科學出版社 2014 年版；宋莉華著:《明清時期的小説傳播》，北京：中國社會科學出版社 2004 年版等。

筆記小説而言，大致分爲兩類：叢編和類編。這兩類所占比例最大，基本反映出了明代筆記小説體制上的發展變化。

“自唐有類書、宋有叢書，而後古今著述始流傳於世，供諸讀者，蓋零圭片羽，搜求甚難，而彙輯衆長，彙爲一編，故傳播自易也。”[①] 無論是叢書還是類書都是書籍不斷發展的結果，而筆記小説叢編、類編的出現也同樣如此。筆記小説到了唐宋時期，達到一個發展的高潮，產生大量的作品，於是出現了《太平廣記》《類説》這樣的類編作品。最早的筆記小説叢編應該是陶宗儀的《説郛》，而類編則是劉義慶《世説新語》。從它們出現的時代來看，類編這種形式要遠早於叢編，可見叢編的編撰更加需要大量作品及其廣泛流傳。明以前的筆記小説叢編、類編還是偶爾爲之，並不是通常做法。而明代中前期筆記小説的編撰體制也仍然沿襲唐宋，缺乏變化。晚明是筆記小説叢編、類編的興盛時期，這一時期出現的作品不但數量有了明顯的增加，而且在編纂形式上也發生了不小的變化。晚明筆記小説的叢編、類編在整個晚明筆記小説中占有相當的比重，是一種重要的編纂形式。兩者之間，類編占有絶對的優勢。

晚明筆記小説叢編可以分爲雜纂和自撰兩類。所謂雜纂，就是將不同人的作品編輯在一起，而自撰則是將一人的所有作品輯録成書。前一種形式與前代筆記小説叢編並無二致，而後一種則大概開始於明代，盛於晚明。據統計，有近一半的叢編作品屬於這一類，可見這並非是偶然現象。蓋晚明文人有喜好著書、刻書的風氣，希望能借此留名後世，這在一定程度上給叢編、類編的創作體制帶來了發展的契機。再加上這一時期出版業的興盛，爲筆記小説的刊刻和流傳提供了極大的方便，而明代刻書工價之低廉，無疑在一定程度上刺激了叢編、類編的大量出現，成爲筆記小説叢編體制成熟的重要原

① 謝國楨著：《明清筆記談叢》，上海：上海書店出版社 2004 年版，第 148 頁。

因之一。藏書家的興起對晚明筆記小説叢編、類編的大量出現也有重要的關係。我們發現，與白話小説形成鮮明對比的是商業因素在筆記小説叢編、類編中所占比例極低。筆記小説的彙編往往是藏書家所爲，他們的編纂目的並不是謀利，而是致力於文獻的保存和流傳。晚明的私家藏書非常發達，這不僅體現在藏書家的數量上，而且還表現在他們的藏書理念上。晚明的藏書家既占有豐富的文獻資源，又擁有雄厚的財力，還具有一定文化素養，這自然使得藏書家這一群體成爲彙編工作相對合適的人選。再者，小説觀念的轉變也是其中的重要因素，筆記小説的閲讀和創作成爲文人們日常生活的一部分，與此同時，筆記小説的價值再次得到認可，使得文人的創作變得更加自覺，也正是因爲此，彙編才可以大量出現。

筆記小説叢編和類編雖然並不始於晚明，但却是在晚明成熟、發展起來的。它們在清代得到了很好的延續，尤其是叢編蔚爲大觀，而這兩種編撰形式之所以能在後代得到充分的發展，晚明的貢獻不可忽略。

在晚明筆記小説的發展過程中，還出現了一批增補和摘録類的作品，它們是筆記小説創作中較爲特殊的一類，也是筆記小説傳播中一個值得注意的現象。所謂“增補”，主要是指對某一部筆記小説進行内容和結構上的擴展和補充而形成的作品，這類作品的命名常常使用“增”“廣”“補”“續”等字眼，如《世説新語補》《廣博物志》《續耳譚》等。而“摘録”是指那些對一部作品的内容進行有選擇性的抄録，而加以重新編纂的作品，命名時多采用“摘抄”“抄”等語彙，如《太平廣記鈔》《世説補菁華》《梁溪雜事摘抄》等。但無論是增補，還是摘録，都是一種再創作。據粗略統計，晚明時期，這類筆記小説大概有二十五部，約占晚明筆記小説總量的 6%，其中增補類作品爲十六部，摘録類作品爲九部。雖然這類作品在晚明筆記小説創作中所占比例並不突出，但從整個筆記小説的發展過程來看，其在晚明呈現出一種明顯的上升趨勢，充分表現了筆記小説在晚明的傳播和影響。晚明時期還有極少數作品是出於商業目的而編纂的，如王同軌《耳談》在晚明刊刻之後，迅速贏得了讀者的喜愛，被多次重印重刻，由於其突出的商業價值，書坊紛紛推出續作，《續耳譚》就是其中之一。這部作品很好地繼承了《耳談》一書内容上“新”“奇”的特點，而書坊主選擇以《續耳譚》命名，無非是想借重原書良好的市場效應，以謀求更多的利益。

第二節　小品類筆記小説的文體特徵

筆記小説經過長期的發展，形成了自己獨特的文體特徵。這些特徵簡言之就是平直的叙事、質樸的語言以及篇幅的短小和内容的博雜；絶大部分的筆記小説並不具備良好的可讀性，而以“知識性”獲取讀者的青睞。這些特點貫穿在筆記小説的發展史上，而到了晚明，由於社會環境、筆記小説文體以及文人心態的改變，筆記小説一改此前單調乏味的文體風格，在叙事的技巧、語言的表現力以及可讀性方面都有了很大的進展，其中最爲典型的是小品類筆記小説的横空出世。小品類筆記小説以其清新雋永而又極具個性化的審美風格獨立於明代筆記小説之中，打破了傳統筆記小説文體風格一統天下的局面，成爲中國筆記小説史上的一個獨特現象。

“小品”一詞最早見諸佛教，指那些簡約且便於記誦的佛經，而用“小品”一詞稱呼文學作品則是在晚明。但“小品”這一文類文體概念，其界定並不清晰。誠如吴承學在《晚明小品研究》一書中所言：“‘小品’是一個頗爲模糊的文體概念，要爲‘小品’下一個準確的定義，恐怕不是一件容易的事。”[①] 我們試爲“小品類筆記小説”作如下界定：“小品類筆記小説”並不是一種新的文體，而是筆記小説中的一個類型，指與晚明小品文創作風格相似

① 吴承學著：《晚明小品研究》（修訂本），北京：北京大學出版社 2017 年版，第 6 頁。

的筆記小説。具有悠閑自然、舒緩紆徐的筆調，“不拘格套，獨抒性靈”的創作個性，雋永的韻味，清雅的風格；内容上以記述個人生活瑣事、心態情感爲主；形式上大多篇幅短小，文辭簡約。總之，小品類筆記小説是具有與小品創作風格相似的一類筆記小説。

晚明小品類筆記小説具有代表性的作品約有如下十餘部：《適園雜著》《聞雁齋筆談》《雪庵清史》《梅花草堂筆談》《陶庵夢憶》《西湖夢尋》《小窗四紀》《舌華録》《癖顛小史》《雪濤小説》《雪濤談叢》等。這些作品均具有自然雋永、清逸閑適的審美風格，字裏行間透露著自由灑脱的寫作態度；但在看似輕鬆的表面下，却流露出作爲末世文人所具有的無奈和傷感的情緒。

小品類筆記小説與其他筆記小説相比較有著明顯的差異，其主要表現在叙事、内容、語言三個方面。筆記小説在叙事上基本保持質樸平實的面貌，但自唐代以下，特别是在明清時期，這一特徵有所改變，小説家們試圖在有限的空間内讓故事變得有頭有尾且曲折生動，提升了筆記小説的叙事品味；而小品類筆記小説一改舊貌，展現出與衆不同的叙事風格，這類小説善於抓住生活中平凡的瑣事，用一種閑適自然的筆調，舒緩甚至有些慵懶的心態表達出來，作者並不在乎故事的完整，情節的曲折，邏輯的清晰，而是緊緊把握其中的精神，在看似散漫没有章法的叙事中，却藴含著作家心靈深處的哲思，頗有一種化腐朽爲神奇的藝術魅力，給讀者帶來極大的審美愉悦。試看《梅花草堂筆談》卷一开篇的兩則：

料理息庵方有頭緒，便擁爐静坐其中，不覺午睡昏昏也。偶聞兒子書聲，心樂之，而爐間翏翏如松風響，則茶且熟矣。三月不雨，井水若甘露，競扃其門，而以瓶罌相遺，何來惠泉，乃厭張生饞口，訊之家人輩，云舊藏得惠水二器，寶雲泉一器，亟取二味品之，而令兒子快讀李禿翁《焚書》，惟其極醒極健者，因憶壬寅五月中，著屐燒燈品泉于吴

城王弘之第，自謂壬寅第一夜，今日豈減此耶？（《品泉》）

辛丑正月十一日夜，冰月當軒，殘雪在地，予與李紹伯徘徊庭中，追往談昔，竟至二鼓，闃無人聲，孤雁嘹嚦，此身如游皇古，如悟前世。予謂紹伯，二十年前，中夜聞霰聲擊射，亟起呼兄偕行雪中，冰凝屐底，高不可步，則相與攀樹敲斫而行，聞人鼻鼾，笑之爲蠢，夜來聽窗外折竹聲，亦嘗命奴子啓扉視之，酸風裂鼻，頭岑岑作痛，自笑曩時拍馬踏雪，不如擁絮酣卧。(《李紹伯夜話》)[①]

類似的内容在雜事、志怪、雜録等小説中，大多是平鋪直叙，隨筆記録，而張氏却一反筆記小説慣用的叙事套路，把一件本來平淡無奇的生活瑣事，寫得自然脱俗，回味無窮。張大復本人是一個佛教居士，而《梅花草堂筆談》的字裏行間無不流露出佛教那種明心見性的智慧以及對人生命運刹那間的頓悟，可以説佛教的思維方式和處世哲學對此書語言、叙事風格的形成起到了關鍵的作用。明代中前期佛教衰微，而萬曆以後禪宗的崛起給明代佛教發展注入了新鮮血液，同時也給那些亂世中的文人提供了一片可以躲避的“净土”。如果説《世説新語》突出的是士人風度的話，那麽晚明的小品類筆記小説則更多的是一種禪趣。當然這種“禪趣”並不單純，夾雜著儒、道的成分。

小品類筆記小説的内容，一如前面所提到的，作家把創作的視野從國家、社會，轉移到個人生活，那些軍國大事、典章制度、學術隨筆類的内容被排斥在作品之外；取而代之的是作家的個人生活瑣事，但這些瑣事並不僅僅是普通生活中“柴米油鹽”，而是高度藝術化、文人化的生活，充滿了詩

① （明）張大復著，阿英校點：《梅花草堂筆談》，上海：上海雜誌公司1935年版，第1頁。

意和生活的情趣。煮酒、品茗、郊遊、訪友，這一切在作家的筆下都顯得格外動人，富有情調。在記述瑣事的同時，作家還往往在文中抒發自己的感慨，表達出一種對生活與生命形而上的哲理思考。

晚明小品類筆記小説的語言風格，遠遠超越了一種文學語言的表達，而是融入到創作者的内心世界，隨之自然地流露出來，不僅無矯揉造作之態，還具有一種豪華落盡的美感。這種美感體現在作品的每一個部分，甚至序言中。樂純《雪庵清史》自序便是其中之一，由於序文較長，故節録一段，以窺一斑。序云：

> 清史者何？天湖子病中所作以寄病語也。寄病語矣，而必以清目者何？蓋天湖病夫，世之吞火者，而欲飲之以冰也。《史》五卷，一曰景，一曰供，一曰課，一曰醒，一曰福。天湖子生天湖山下楊花溪中，雖未得盡歷五嶽十洲，洞天福地，溪上有梅花塢，紅雨樓，雪庵，雪洞，水竹與居草玄爲亭。一曲房，一石室，時而游水閣，登溪橋，入平湖，臨寒潭，則見一鑑池邊修竹茂林，瀑布泉際，野花幽鳥，源頭植桃千樹，堤上栽柳萬株，可樂桑麻深處，何有城市山林。時而陰則萬家煙樹，雲封古寺；時而晴則千峰月色，月移花影。每好夜景，時或雨來。午夜聞溪聲，江天覽雪霽，令人心事頓如清風明月，功名富貴一侶秋水蘆花。故月到中秋，何如霜夜；月中簫管，何如林端飛雪。余常觀海日風潮，歸來舟中，凉雨一灑，便覺泠然。又聞隔寺木魚音隱隱，隔岸欸乃聲四發，因憶讀書松下，芰荷風來，遠望殘汀落雁，近睹暮鳥巢林，聞夕陽蟬噪，啼鵑流鶯，哀猿唳鶴，與夫葉底之流螢，冷冷清清，此時景致，名爲第一，故列清景於首，爲一卷。[①]

① （明）樂純著:《雪庵清史》，上海圖書館藏明萬曆四十二年（1614）刻本。

此序擺脱了晚明筆記小説序文撰寫的俗套，清新自然，可以當作一篇散文來讀，很難想像這是一篇筆記小説的序言；作者没有直接介紹自己的創作經歷和作品結構，而將這些内容巧妙地融入到自己津津有味的敘述當中，這正是小品體語言藝術化和生活化的體現。它來自晚明士人心態，在晚明知識份子中具有相當的代表性，作者在序中説："天湖子病世之醉者未醒。"這種看透世事的大徹大悟，恰恰是部分晚明文人精神世界的真實寫照。

晚明小品類筆記小説數量上無法與其他幾類相比，在爲數不多的作品中，張大復的《梅花草堂筆談》無疑是這類小説中的扛鼎之作。張大復（1554—1630），字元長，晚年因爲多病而自號"病居士"，昆山（今江蘇昆山）人。通經史詞章之學，尤精於戲曲。錢謙益《初學集》中收録有《張元長墓誌銘》，可考見其生平事迹。張大復在當時頗有聲望，湯顯祖在讀過他寫的《先事史略》之後，感慨道："天下有真文章矣。"[①] 著有《昆山人物志》《梅花草堂集》《吴郡張大復先生明人列傳稿》等。在其著作當中，最爲人所熟知的就是《梅花草堂筆談》，作者早年仕途不順，又在四十歲的時候突因眼疾而失明，晚年疾病纏身，他的表弟許伯衡《張先生筆談題辭》云："先生少有雋才，有志於用世而不遂，故不得已而有言。"[②] 由此可見，《筆談》描繪的藝術化的生活背後，暗含的是作者人生的無奈。但作者筆下的個人生活，依然充滿藝術氣息，日常瑣事則極富韻味，這或許是作家面對無法改變的命運而内心産生的一種釋然的感覺；而張大復的成功之處就在於，他準確地把握住了内心深處的這一變化，將其揉進生活瑣事之中，又以自然灑脱的語言出之，給讀者帶來獨特的審美體驗。兹舉數例如下：

净煮雨水，潑虎丘廟後之佳者，連啜數甌。坐重樓上，望西山爽

---

① （清）錢謙益著：《初學集》，上海：上海古籍出版社 1985 年版，第 1359 頁。
② （明）張大復著，阿英校點：《梅花草堂筆談》，上海：上海雜誌公司 1935 年版。

氣，窗外玉蘭樹，初舒嫩緑，照日通明，時浮黄暈。燒筍午食，抛卷暫卧，便與王摩詰、蘇子瞻對面縱談。流鶯破夢，野香亂飛，有無不定，杖策散步，清月印水，隴麥翻浪，手指如冰，不妨敝裘著羅衫外，敬問天公肯與方便否。(《言志》)

生平無酒才，而善解酒理，能以舌爲權衡也。今夜許仲嘉出新醅嘗客，予愛其醇滑，似不從喉間下者，蓋所謂和而力，嚴而不猛者歟。然滑故應爾，而微少新興，豈出廄之駒，遂無翩翩試步之性耶。張時可曰："異美甚，恐其不耐久。"時可之才十倍余，其言如此，故曰余能以舌爲權衡者也。放飲酣甚，遂不成寐，戲命桐書之。(《試酒》)

藥氣蒸鼻，愁聲溢耳，僵卧床上，如坐釜甑中，起則蚊蚋繚亂，窗間揪揪來嘬人。徐步庭中，見月英和露欲滴，曙光隱隱，東方新麗奪目，心頗樂之。然自顧粟無徵君之瓶，薪無怪魁之山，庭無高安之菊。日且旦，室人洗釜而待炊，索我枯魚之肆矣。忽自念言，前境盡惡，已復啞然自笑，吾所居大是學問之具，奈何若受芋狂狙，愁喜爲用哉？書此自礪。(《自礪》)[①]

同樣是記録瑣事，小品體的語言風格自然雋永，給讀者帶來一種審美的愉悦感。與之相反，其他類型筆記小説往往采用平鋪直叙的方式，語言平實質樸。其實，小品體的這種語言風格並不局限在記録瑣事上，記人記事同樣如此。爲了能更清晰地展現小品體與其他筆記小説語言上的差異，我們將范濂《雲間據目抄》和吴從先《小窗清紀》中的類似内容抄録對比如下：

---

① （明）張大復著，阿英校點：《梅花草堂筆談》，上海：上海雜誌公司1935年版，第3、16、19頁。

雲間據目抄	小窗清紀
龔情，字善甫，號方川。公生而穎喆，髫齒能日誦記千言，舉嘉靖癸丑進士，授行人。奉使景寧藩邸，峻却饋遺，擢禮科給事中。值歲議軍興北胡，南粵諸道赤白囊旁午警報，歲數失稔。公首疏飭邊防，預儲蓄，蠲南北額外之徵。均兵餉，以蘇偏累，復疏上詔取太倉銀兩，省中推公敢言。會勘伊庶人不法狀，忤當事者，指摘貳德，清尋歷升南虞部郎，報罷。公少日聘韓氏已，其女遘廢疾，或諷公改圖，公不聽，竟其女亡，始議婚。其大行端謹，類如此。性喜博古，屬文著作，宗韓非子，有撮殘稿藏於家。①	棟塘翁世家鄞城，開別墅于古鄮之墟，北枕龍岡，南列鹿岩諸峰。手植二棟離立門左右，日長以茂適蔭塘水之上，亭亭若張蓋，每春夏之交，吐花昱昱，香風披拂，紫翠若錯繡，天且盛暑，濃蔭敷布，翁坐塘上，手一編，或口哦小詩，興至則拂柯攀條，升高望遠，每呼子若孫讀書其旁，聽以爲樂。客至因石爲几，菱芡蓮藕之屬，請客所欲，即取而供之，或棄其餘。鵲下巢鳴喳喳，魚尾尾躍水面。或對弈，或鼓琴，或流觴而飲，或蕩槳而遊，大醉則放歌，振起林木間，與魚榔牧笛之聲相和答。客去則就塘浴，浴起則枕石而卧，清陰掩映，不知炎熇之襲人也。入秋冬則黄葉飛舞，浮沉碧流中，爛若云錦，青子累累，葡萄在架，野禽啄啅，群翻争墮。月明之夜，倒一入池，如鏡乍拭，星斗羅列，可俯而掬。②

兩篇文字相對比，便能清楚地感受到語言風格的差異，一是平實嚴謹，有史傳遺風；一是雋永恬淡，具文章詞彩。從審美的角度來説，無疑是後者的語言更具有欣賞價值。它那頗具意境美感的語言，爲筆記小説的語言開闢了一個新天地，展現了語言的多種可能性，這是小品體爲筆記小説發展所作出的重要貢獻。

晚明小品類筆記小説的發展並不是偶然的，是傳統和時代交匯的産物。既吸收了《世説新語》的影響，又是晚明文人生活的寫照。如果説，晚明出現的大量“世説體”作品是對《世説新語》外在形式的繼承，那麽小品類筆記小説就是對其内在精神的體悟和延續，是向晚明文人内心世界深處的擴展。晚明小品類筆記小説的命運如同小品一樣，隨著明朝的滅亡而慢慢消歇；清代社會及學術風氣的轉變，筆記小説失去了晚明開放活躍的創作氛圍，未能在後世得以發展壯大。清代小品類筆記小説集中在清中前期，如

① （明）范濂著：《雲間據目抄》卷一，1928年奉賢褚氏重刊本。
② （明）吴從先著：《小窗清紀》，明萬曆四十三年（1615）刻《小窗四紀》本。

《板橋雜記》《看山閣閑筆》《浮生六記》等，頗注重寫實，而趣味與意境不及晚明矣。

第三節　笑話文體的創新

笑話在筆記小説中屬於比較特别的一類，甚至有不少學者認爲笑話可以作爲一種獨立的文體，但從笑話本身的文體特點來看，把它納入筆記小説還是較爲合理的。古人多稱笑話爲“諧謔”，而“諧謔”在我國有著悠久的發展歷史，《詩經》中就説道“善戲謔兮，不爲虐兮”，後來在曹魏時期出現了真正意義上的諧謔書，邯鄲淳的《笑林》。南朝劉勰《文心雕龍》中對諧謔類筆記小説進行了專門的評介，可見這類筆記小説在南朝時已經有了發展。唐朝的諧謔類筆記小説出現並不多，而宋元時期的諧謔專書則有了明顯的進步。到了明朝，特别是晚明時期，隨著出版業的繁榮，諧謔類筆記小説迎來了其發展最爲輝煌的時期。這一時期的諧謔書不但在數量上非常可觀，創作品質也有了很大的提高，更可貴的是作家們在文體上進行了一些大膽的嘗試。據統計，現存的諧謔類筆記小説共有三十餘種，他們大部分都出現在晚明。可以説，晚明諧謔小説代表了明代諧謔小説發展的最高成就。

關於這一時期諧謔小説的特點，具體來説，有以下幾個方面：

首先，晚明的諧謔小説具有很明顯的文人化特點。文人的參與，提高了諧謔小説的品味。如江盈科、趙南星、陸灼等，這些作家具有良好的文學修養，在實際創作中大大加强了作品的文學性，同時又增加了作品的現實諷喻意義，一定程度上擺脱了諧謔小説單純的娱樂功能。如《艾子後語》《雪濤小説》《權子》《諧語》等，這些作品在内容上大多以經史典故爲背景，讀者如果没有一定的文學修養，就很難領會其中的可笑之處和諷喻精神，甚至會發生誤讀的現象。而作者創作的目的也並非僅僅是爲了博人一笑，如趙南星

《笑贊題詞》稱自己的創作“亦可以談名理，可以通世故，染翰舒文者，能知其解，其爲機鋒之助，良非淺鮮”。[①] 由於晚明社會的混亂，不少作家都選擇用文字來表達對現實的不滿，而笑話這種亦莊亦諧的創作形式，恰好給了他們相對中庸的發洩方式。而文人化作品的大量出現也與書坊製作的“低俗”之書形成了鮮明的對比，形成了一種雅俗共賞的局面。其次，雖然晚明諧謔類筆記小説的創作出現了明顯的文人化傾向，提高了自身的文學品位，但笑話本身所具有的娛樂功能從未消失，還是存在不少的趣味不高、止於一笑的作品，而隨著晚明出版業的繁榮，諧謔類筆記小説的娛樂功能，也贏得了以營利爲目的的書坊主的關注，於是出現了一些商品性的書籍。如明末福建熊氏文德堂所刻《新刻華筵趣樂談笑酒令》(又名《博笑珠璣》)，此書是一部雜技、酒令、棋牌類書籍，專供人們休閑娛樂之用。卷四有談笑門，收録笑話六十九則。事實上，由於筆記小説自身的文體特點，其商業性並不像白話小説那麼强烈，但笑話却是其中較爲獨特的一類，它解頤和諷喻的特點讓其具有潛在的商業價值，當出版業興盛到來的時候，這方面價值便得到了最大的體現。商業出版給笑話的發展注入了活力的同時，再加上笑話書的發展，積累了大量的可用素材，使得這一文體的創作形式發生了改變，一些纂輯類笑話書應運而生。其中不得不提的是晚明俗文學大家馮夢龍，馮氏編輯了大量的小説作品，其中就有幾部笑話書，如《笑府》《廣笑府》《古今譚概》《古今笑史》等，這些作品均按類編排，文獻數量得到大幅度的擴充。馮氏所編笑話集對當時和後世的笑話創作都有深遠的影響，其所編之書不但成爲其他書的材料來源，在清代也多次被增删改編。再次，晚明的諧謔類筆記小説也同其他小説一樣，有互相傳抄的弊病，一些故事在其他作品中反復出現，有些書則完全是“東拼西凑”而成，這一定程度上影響了自身的價

① 王利器輯録:《歷代笑話集》，上海：上海古籍出版社 1981 年版，第 276 頁。

值。有的書商爲了牟利，雜取諸書，更换書名，冒充新書。更有甚者，將舊版重修，鏟去序跋、題署，掩人耳目。

明代諧謔小説總體上繼承了傳統的創作形式，偶有獨特的創制，雖然這種文體創新並不普遍，但作爲一種現象仍然值得我們注意。如明代潘游龍所撰《笑禪録》，其創作形式别出心裁。此書在明代諧謔小説中是比較特别的一個，顯示了談笑間的佛家智慧和不可言傳的禪機。“他利用佛家語録的形式，前‘舉’後‘頌’，中間插入一個‘説’，來顯示出出家和在家的一些相似的笑話。”[①]實際上，作品中的“舉”采用的是佛家語録，而“説”是以通俗的小故事作爲解題，最後用“頌”總結，點破主旨。三者邏輯緊密，互相發明。兹舉一例，以窺一斑：

舉:《壇經》云:“諸佛妙理，非關文字。”

説：一道學先生教人只體貼得孔子一兩句言語，便受用不盡。有一少年向前一恭云:“某體貼孔子兩句極親切，自覺心寬體胖。”問是那兩句，曰:“食不厭精，膾不厭細。”

頌曰：自有諸佛妙義，莫拘孔子定本；若向言下參求，非徒無益反損。

作者首先在“舉”中拿出禪宗六祖的話作爲題，隨後用一個通俗小故事諷刺了道學先生的迂腐，最後在“頌”中用四句話來點破主題。明代佛教在中前期的發展相當緩慢，直到晚明禪宗的崛起才有所起色，而晚明的禪風並不拘泥於佛理，與當時社會有緊密的聯繫，這給晚明知識分子的心靈提供了一片可以逃避混沌現實的空間，此時的文人不僅接觸禪宗教義，甚至出現“逃禪”的現象。雖然我們不確定潘游龍是否信奉佛教，但作者借鑒這種佛

---

① 王利器輯録:《歷代笑話集》，上海：上海古籍出版社 1981 年版，第 294 頁。

經形式來創作小説，無疑與當時的社會和宗教風氣有直接的關係。此外，此篇“説”的部分用道學先生的故事來解釋主題，明顯是諷刺了晚明的風氣。

明末文人余懷在爲王弘撰《山志》所作序言中説道：“説部惟宋人爲最佳，如宋景文《筆記》、洪容齋《隨筆》、葉石林《避暑録話》、陳臨川《捫虱新語》之類，皆以叙事兼議論。”[①] 叙議結合是自宋以來筆記小説的一大特點，但在明代以前，這種創作形式在諧謔小説中極爲少見，其大量出現應該是在晚明。晚明諧謔小説在整體上體現出一種叙議結合的特點，作者的叙述重點往往不在於故事的本身，而是故事所藴含的對現世的諷喻意義，這部分内容恰好在議論中得以充分的顯現。如《笑贊》《笑林》《雪濤小説》《譚概》等都是此類寫作風格的代表。它們從形式上大致可以分爲兩類：一類是在篇末直接議論，另一類是篇末以“某某曰”的形式表達作者的看法。雖然兩者形式不同，但其内容大致相仿。如趙南星《笑贊》一書，全書每條故事後均有贊曰的内容，在文言小説中這種“某某曰”的内容比較常見，但在諧謔小説的創作中，晚明以前並不多見。“某某曰”中常常是作者對於故事所發表的議論或内容的補充，可以看出明顯的諷喻意味。

第四節　《名山藏廣記》與《續耳譚》的體制新變

明代筆記小説文體在晚明進行了諸多方面的嘗試，體現出“求新”“求變”的創作特點。在這類作品中，張丑的《名山藏廣記》是較有特色的一部。從相關的文獻資料來看，《名山藏廣記》的編撰是由於作者對《史記》一書的喜愛和深入研究，想利用稗官小説的材料撰寫一部獨特的史書。張氏看到了小説與正史之間的關係，那些野史雜記正可以補正史之不足，同

---

① （明）王弘撰著：《山志》，北京：中華書局 1999 年版，第 1 頁。

時也可以成就作者著史的願望。更讓人感到意外的是，作者編撰此書是爲了“成太史公未竟之志”，並不無自負地説道：“後之君子得是書以參太史公《史記》，而史學思過半矣。”[①]《名山藏廣記》全書二百零五卷，正文二百卷，分爲本紀六十卷、志四十卷、列傳一百卷。書前的《攟摭書目》實際上就是作者的參考書目，通過這個書目我們發現作者所輯録的内容均出自筆記小説，摻雜少量傳奇。主要以志怪類筆記小説爲主，正如閑閑居士序中轉述作者的話那樣，此書是“記一切有情，記一切詭異，記一切不可知、不可識之事”。[②]作者在輯録的時候並没有簡單的抄録，而是對原書進行了删改潤色。内容是從三皇到唐代，可以説，作者的輯録範圍幾乎囊括了這一階段所有的筆記小説。《名山藏廣記》的創作體例在中國筆記小説史上是頗爲罕見的，運用《史記》體例來編纂小説，這無疑是一種創造。但從這種創造中，我們還是能夠發現其背後的原因，《名山藏廣記》的出現並非空穴來風，而是與《史記》在明代的傳播有直接的關係。明代《史記》的刊刻相當繁榮，據學者統計，有三十種之多。明代對《史記》的研究成果也非常豐富，尤其是晚明，出現了大量評點本，可見明人對《史記》的喜愛和重視。“從總的傾向看，明代學者對《史記》藝術成就持肯定、贊揚的態度，無論是史評史鈔，還是評點、輯評，都對《史記》藝術成就予以高度評價。”[③]作者受到晚明《史記》傳播的影響，正是在這樣的背景下，才有《名山藏廣記》的産生。明代筆記小説，無論是方志類筆記小説的興起，還是沈德符《萬曆野獲編》、張萱《西園聞見録》這樣有志修史而未成的作品，其實都是在小説與正史的關係上尋找最佳的契合點。小説與史本就有著緊密的聯繫，而正史與稗史之間又往往互相融合，《名山藏廣記》的出現把兩者關係推向了另一個

① （明）張丑著：《名山藏廣記》，上海圖書館藏明萬曆三十三年（1605）刻本。
② 同上。
③ 張新科、俞樟華著：《史記研究史略》，西安：三秦出版社 1990 年版，第 102 頁。

高度，小説不僅可以吸收正史的内容，還能借用其體例，這是值得注意的。

提起明代的志怪小説，不得不説的是萬曆時期王同軌所撰《耳談》一書，此書在萬曆二十五年（1597）出版之後曾盛行一時，深受讀者的喜愛。或許是受到良好市場效應的刺激，書商們紛紛想借此品牌效應於市場中獲得成功，所以出現了很多《耳談》續作，成爲了明代小説史中一個值得注意的現象。在衆多續作中，《續耳譚》無疑是其中的佼佼者；《續耳譚》共分爲六卷，收録五百餘篇小説，大多爲神仙鬼怪、奇聞異事之類的故事，亦不脱志怪小説的窠臼。部分小説末尾注明來源，通常題爲"某某談"，每則故事後有議論，這些也都是志怪小説傳統的寫作模式。書中故事均發生在明代，最早爲洪武時期，最晚至萬曆。其中以發生在嘉靖、隆慶、萬曆三朝的故事最多。《續耳譚》在故事内容上沿襲《耳談》"事新而艷，語爽而奇，爲見所未見，聞所未聞"的特點，有些故事頗能給人以深刻的印象。更爲重要的是，《續耳譚》非常講究叙事方式，這是它突出的特點。筆記小説篇幅短小，很難像傳奇或白話小説那樣，在一篇之中達到一波三折的叙事效果，所以大多數筆記小説都揚長避短，采用平實精煉的叙事方式。《續耳譚》的出現，打破了傳統筆記小説的叙事規範。如卷一《尹某西厢記》，叙述了尹某平日所讀《西厢記》日久成妖的故事，兹將此故事抄録如下：

盧秀才化承，家葑門，其姻尹某嘗宿外寢。一夕忽見男女數人，僅長尺許，謂尹云："汝欲看《西厢記》乎？"即搬演，與優人無異。尹驚呼，盧弗聞也。明旦知之，怪復夜起，命家人操兵擊之，入床頭而没。撿得《西厢記》一本，乃尹素所嗜者。且觀且歌，怠以爲枕，日久紙盡油矣，盧焚之，既而假寐，若有言者曰："能滅我形，難滅我神。"遂時時火起旋熄。盧有侍婢，夜見空房中燈光熒熒，晝見嬰兒卧地，首像木偶而身如綫。一月間驟長，若年十六七者，每於窗隙窺婢。一晚竟摟入房曰："我仙人也。"迫與合焉。以餅食婢，味似鵝油，飽三日弗餐。衆訝問，始吐實。久之，庭前墻倒，下有巨蛇，意其爲妖也。從是妖怪沓出，乃遷去。①

作者以如此短小的篇幅，講述了一個完整的故事，叙事精煉傳神，不僅内容新奇，還從側面反映出這部戲曲名著在明代的影響與魅力。我們再來看一則篇幅稍長的故事，卷一《老嫗騙局》云：

萬曆戊子，杭郡北門外居民某者，年望六而喪妻，有二子婦，皆夭冶，而事翁皆孝敬。一日忽有老嫗立于其門，自晨至午，若有期待，而候不至者，翁出入數次，憐其久立，命二子婦迎款。詢其故，嫗曰："吾子忤逆，將訴之官，期姐子同往，久候不來，腹且枵矣。"子婦憐而飯之，言論甚相愜。至暮期者不來，因留之宿，一住旬日。凡子婦操作，悉代其勞，而女紅又且精妙，子婦惟恐其去也。因勸翁曰："嫗無夫，而子不孝，煢煢無所歸。翁喪姑無耦，盍娶之。"勸之甚力，翁乃與之合焉。又旬餘，嫗之子與姐子始尋覓而來，拜跪老嫗，委曲告罪，嫗猶厲詈不已。翁解之，乃留飲，其人即拜翁爲繼父，喜母有所托也。如此往來者三月。一日嫗之孫來，請翁一門云已行聘，嫗曰："子婦來何容易也，吾與翁及兩郎君來耳。"往則醉而返。又月餘，其孫復來請云，某日畢姻，必求二位大娘同來光輝。子婦允其請，且貸親友衣飾盛粧而往。嫗子婦出迎，面色黄而似病者，日將晡，嫗子請兩子婦迎親，詒之曰："鄉間風俗若是耳。"嫗佯曰："汝妻雖病，今日稱姑矣，何以自不往迎而勞二位乎？"其子曰："規模不雅，無以取重，既來此，何

① （明）劉忭、沈遴奇、沈儆垣著：《續耳譚》卷一，日本内閣文庫藏明萬曆間刻《新刻續耳譚》本。

惜一往。”嫗乃許之。於是嫗與其子婦及二子婦下船往迎，更餘且不返。嫗子假出覘，孫又出覘，皆去矣。及天明遍覓無踪，訪之房主，則云：“五六月前來租房住，不知其故。”翁父子悵悵而歸，親友來取衣飾，乃傾貲償之。而二婦家來覓女不得，訟之官，翁與二子因恨極自盡。嗚呼！嫗之計亦神矣哉。誆其婦而殺三命，天必殛之矣。然無故而留客，無媒而娶妻，翁亦有取死之道也。[①]

老嫗精心策劃的騙局，最終造成“誆其婦而殺三命”，讀之不禁讓人在感嘆騙術之高的同時也爲父子的死唏嘘感喟。這樣的故事在《三言》《二拍》中並不稀見，但可貴的是《續耳譚》的作者只用了六百餘字，講述了一個情節完整且引人入勝、發人深思的故事，其中的起承轉合以及情節鋪墊，可見其敘事技巧之高超。作者在講述的過程中，盡可能地保持情節的緊凑，語言的精練。故事的前半部分，在平淡敘事之中，又爲後面結局埋下伏筆，最後使讀者有情理之中、意料之外的心理感受，展現出一種難得的藝術張力。類似的故事在《續耳譚》中還有很多，雖然内容荒誕離奇，不足憑信，但它們却在某種程度上反映了一些社會現實，是值得注意的。《續耳譚》中所收小説篇幅長短不一，少則十幾個字，多則千餘字。在敘事上，《續耳譚》並没有完全采取傳統志怪小説平淡簡略的敘事策略，往往能夠在一些篇幅不長的小説中達到娓娓道來且生動傳神的敘事效果。一些篇幅較長的小説不僅情節上曲折生動，還插入較多的詩詞，頗能見到明代“剪燈系列”小説的影子。如卷一《楊化冤獄案》、卷四《桃園女鬼》、卷六《周文襄公見鬼》、卷二《木生經奇會傳》等。這些故事説明，一方面晚明筆記小説文體具有“駁雜”的特點，另一方面筆記小説作者在敘事上不滿足於平淡的敘事，而有了更高的追求。

---

① （明）劉忭、沈遴奇、沈儆垣著：《續耳譚》卷一，日本内閣文庫藏明萬曆間刻《新刻續耳譚》本。

除了志怪，此書還收録了少量雜事類小説，這些小説真實地反映了晚明社會的黑暗和社會風氣的惡劣，語言平實但却含有辛辣的諷刺，達到一種平中見奇的叙事效果。如卷一《古刹慧林》一則，叙述僧慧琳因戀女色而殺人，潛逃後，縣官誤認爲是鄰居所殺，但因找不到屍首而對此人嚴刑拷打。其女見父受辱而自縊，令父斷其頭以抵亡女頭，後冤案在神明幫助下終得昭雪。又如同卷《俳優滑稽》講述了甲午浙試，一有錢士子買得初場題，後主試者因得罪杭郡公，郡公邀其赴宴，密令宴會上的優伶以此事諷刺他，最終讓其羞愧而走的故事。作者在篇末感嘆道："嗚呼！主試者固通關節可刺矣，向非優人滑稽，郡公即欲刺之，安能曲盡形容之妙哉，使主試腆顔喪氣而不敢發也，優人亦有古優孟優旃風乎？"[①] 還有一些故事，作者是通過幽默的故事情節來暗含對現實社會的諷刺，讓人笑過之後陷入思考。如卷一《谷大用問紗帽》：

> 太監谷大用迎駕承天時，所至暴横，官員接見多遭撻辱。雖方面亦有不免者，然欲撻辱，必先問曰："你紗帽那裏來的？"湖廣某縣令聞之，略不爲意，云："到我必不受辱。"及大用過其地，某入見，大用仍喝問云云，某答言："老公公，知縣紗帽在十王府前三錢伍分白銀買來的。"大用一笑而罷，竟無所加也。某出，人問之，曰："中官性屬陰，一笑更不能作威矣。"是令智謀之士也，記之俟訪其姓名。[②]

《續耳譚》繼承了筆記小説篇幅短小、語言精練的特點，在保證故事完整的前提下，情節緊湊，張弛有度，使小故事中能夠頓起波瀾。這種富有張力的叙事藝術，在晚明並不是一個個案，與其同時期的《獪園》《情史》《耳談》等都存在類似的叙事方式，《續耳譚》是其中的佼佼者。

---

① （明）劉忭、沈遴奇、沈儆垣著：《續耳譚》卷一，日本内閣文庫藏明萬曆間刻《新刻續耳譚》本。
② 同上。